我们的日月溪

绿 笙
著

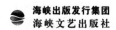
海峡出版发行集团
海峡文艺出版社

图书在版编目(CIP)数据

我们的日月溪/绿笙著. —福州:海峡文艺出版社,2023.10

ISBN 978-7-5550-3397-4

Ⅰ.①我… Ⅱ.①绿… Ⅲ.①长篇小说—中国—当代 Ⅳ.①I247.5

中国国家版本馆 CIP 数据核字(2023)第 152673 号

我们的日月溪

绿笙 著

出 版 人	林　滨
责任编辑	林　颖
出版发行	海峡文艺出版社
经　　销	福建新华发行(集团)有限责任公司
社　　址	福州市东水路 76 号 14 层
发 行 部	0591－87536797
印　　刷	福州德安彩色印刷有限公司
厂　　址	福州市金山工业区浦上标准厂房 B 区 42 幢
开　　本	787 毫米×1092 毫米　1/16
字　　数	466 千字
印　　张	29.25
版　　次	2023 年 10 月第 1 版
印　　次	2023 年 10 月第 1 次印刷
书　　号	ISBN 978-7-5550-3397-4
定　　价	68.00 元

如发现印装质量问题,请寄承印厂调换

目录/CONTENTS

1

　　当郑立新 23 年后在匈牙利布达佩斯多瑙河畔的链子桥头缓缓倒下，一阵钻心的疼痛袭来时，只来得及扫一眼随着自己身体一同跌落的那根来历不明的木棍和远处的石狮子，恍惚间脑海里闪过的是 23 年前乍暖还寒的 4 月，跻身于人头攒动的北京火车站时茫然无助的感觉。霎时间，他痛心地醒悟，即使从遥远的明溪出走到这个东欧小国，其实早在他 6 岁时用一场酣畅淋漓的胜利，赌赢被他摔倒在地质子弟学校边稻田里的小伙伴口袋里几个花花绿绿的糖果，就为他走腔走板的人生埋下了隆重的伏笔。

　　事实上，决定从地质二钻辞职，投奔已先期远赴匈牙利的李哥后，一辈子勤勤恳恳在野外分队打钻的父亲含泪而无奈地四处奔走，为不争气的儿子筹措出国的银两。在一个多月等待的日子里，郑立新拒绝昔日狐朋狗友摆的践行宴，一个人躲到母亲的老家——明溪县枫溪乡一个偏僻的自然村，焦灼地期待早日离开这个曾让他风光无限、如今恨不得马上逃离的地质大院。说起来郑立新算是半个明溪人，当年还是年轻钻工的父亲到母亲所在村庄附近打钻，到村里买菜时认识了尚待之闺中的这位乡下姑娘，竟走桃花运被姑娘的父母看中。

就这样，在野外地质队员找媳妇难的地质二钻，一位老实巴交的钻工竟然捷足先登在这台钻机的光棍中率先结束单身生活。此后，少言寡语的枫溪姑娘成了地质二钻的随队家属。当因工伤被照顾到地质二钻队部的父亲把家安在王坊山头时，在野外分队像野草一般横七竖八成长的郑立新很快成了新工地地质子弟学校的一霸。身材高大的郑立新信奉力气这个东西，并以此为傲。就这么混迹于地质队子弟学校里，学习一塌糊涂的郑立新初中毕业那年借着地质队内招的机会成了一名光荣的地质队员。按理说新招的工人怎么也得到钻机上磨炼那么几年，然后找门道想法子弄回队部，然而，这个时候，父亲又适时地来了一次工伤，给郑立新创造留在队部的机会，他只是到野外分队的钻机上转悠那么一个多月就荣调回王坊，成了机修车间的一名汽车修理工。就这么着，由河南人和明溪人组成的郑家算是在王坊山头正式安营扎寨了，郑立新也很快成了让领导头疼和年轻人惧怕的刺头。随着个头蹿到一米八，身强体壮的郑立新更信奉力气这个东西，更何况到钻机上转了一圈，他别的本事没学会，却向一位老钻工学了几手武当拳，觉得自己是有功夫的人了。于是，郑立新周围很快聚集起一伙与他臭味相投的朋友。这些人唯他马首是瞻。当然，郑立新并非蛮不讲理的人，比方说他对教他汽车修理的师傅就很尊重，拿过很多次地质二钻先进工作者的老师傅每次语重心长地教导他好好做人好好工作，他总是一脸认真地洗耳恭听。郑立新对修理汽车一点兴趣也没有，更感兴趣的是开汽车。然而，在地质队是个人都明白，要单位送你培训拿到驾驶证开上那四开门的北京吉普，多多少少都得有某种七大姑八大姨的关系，"嘟嘟一响，黄金万两"，在改革开放初期可是让人眼红的职业。因此，郑立新不敬业也不爱岗地跟在师傅屁股后面修理汽车时，最大的愿望就是有朝一日能开着这俗称"大屁股"的北京吉普，在弟兄们的眼里绝尘而去。

郑立新还讲道理的是对分配到地质队的大学生、中专生并不刻意刁难。当然，个别那种摆出天之骄子派头的人那就得修理了，在食堂排队买饭时组织兄弟专插对方的队，还私底下交代打菜的小姑娘给这个大学生打菜时手抖几抖。如果这样的警告还不奏效，不把他这个王坊山头老大放在眼里，那么郑立新就得亲自出马修理对方了。就有那么一个也长得人高马大，据说练过什么咏春拳的闽南小子，被郑立新的兄弟插队时不服气，于是，郑立新就约这个不知天高地厚的家伙到子弟学校边上的稻田里见个真章。当然，这回郑立新遇到了对手，这个闽南小子果然是个练家子，他学的那两下三脚猫的武当拳一下现了原形。在几次进攻都被对方不动声色地撂倒后，郑立新瞥见了兄弟们惊讶的目光，一咬牙，不再按套路出牌，蹲身抓了两把烂泥扔向对方后，不要命地"嗷嗷"叫着，上前一把抱着对方死缠烂打。他这种不要命的招数很快让大学生俯首称臣，此后大学生见到郑立新总是恭敬地称一声"郑哥"。然而，郑立新对有文化的人是敬畏的，比方说那个半夜到新工地找从野外分队上来的文学同道切磋诗歌的杜鹃诗社的诗人凌笙，长着一头卷发，个头也不高大，却让郑立新敬而远之。私底下，他对一班子青春荷尔蒙过剩、三天两头总想在平静的王坊山头闹出点动静的弟兄们严肃地说："谁对新分配来的大学生、中专生怎么样我不管，但若是让我听到对杜鹃诗社的诗人有什么事，别怪我这对拳头不认人！"

没人明白郑立新对杜鹃诗社那些诗人为何另眼相看，他又不懂诗也不写诗。不错，从没好好读过书的郑立新虽扛了个初中生的名头却真没看过几本书，但他打心眼里敬畏那些写书的人。其时正值朦胧诗风靡全国，偶尔飘过耳边那么几句，郑立新就对那个叫舒婷的女子佩服得五体投地。这什么诗怎么听了就那么让人舒服呢！于是乎，对于那个从闽西地质大队实验室诞生的诗人，郑立新就打心眼里敬佩。正巧凌笙与车间里一个油漆工是好朋友，顺带着郑立新偶尔也被这油漆工邀着周末一起小聚，喝喝明溪金竹酒，吃吃炒大肠、焖猪肺，一来二去，他与凌笙算是相识了。

也正因此，一个偶然的机缘为郑立新的人生提供了另一种可能。这天，一班子兄弟在明溪县城一家小酒馆为郑立新庆祝生日，酒至半酣，一个个拍胸脯斗酒之时，到卫生间撒尿的一个小兄弟竟因谁先上而与对方产生争执。后来，郑立新偶尔想及，如果那晚上不是因了这么个鸡毛蒜皮的小事，他与李哥是否会相识？他的人生就当是另一种样子。然而，一切没有如果，就那个冬夜，因为一泡尿，酒已上脸的郑立新要给兄弟讨个公道，倒拎着一个啤酒瓶领着兄弟冲进了李秋实的包间。

当晚，在明溪县医药公司工作的李秋实闲来无聊，听说这家小酒馆刚从乡下弄来一条狗，就邀了四五个明溪一中的同学小聚。不错，这段时间以来，李秋实上班时总会莫名其妙地感到一阵烦闷，天天如和尚般暮鼓晨钟般地在单位里混着日子，日子安逸而按部就班，看着已白发苍苍的同事，让才 27 岁的他似乎看到自己已被这单位修理得整整齐齐的未来。恰这时候，传来的沙溪胡志明出国消息。这消息如一根尖利的刺把似乎笼罩他全身的闷气一下刺穿了，气散了，他对于未来却看得更明白了。在水泥厂化验室当化验员的妻子不理解李秋实这没来由的烦闷，轻笑他是不是提前到更年期了，这也提前得太急了些。李秋实没理会妻子关心善意的笑，心海里泛起的涟漪却怎么也抚平不了，就借狗肉邀几个最要好的同学在这漫漫冬夜聊以借酒解闷。当郑立新跟着还在收拾着裤子的兄弟冲进包间，正与同学举杯的李秋实听到对方摇头晃头地嬉笑着"谁啊，是谁啊，是谁把我兄弟推倒的？"还没回过神来，直到同学转身大声说："是我啊，你们想怎么样？"一眼瞥见郑立新拎着的啤酒瓶，他才立起身。

郑立新摇晃着手中的啤酒瓶，向地上吐了一口口水，撇嘴说："怎么样？你说要怎么样？向我兄弟赔礼道歉！否则，别怪我手中的酒瓶不认人！你们也不打听打听，在地质队郑立新的兄弟面前也敢撒野？哼，有尿也得给我憋着！"

李秋实在地质队朋友那里听过郑立新这个名号，没想到在这个场合碰到。看着气势汹汹的郑立新，李秋实伸手向几个同学做了个向下压的手势，一把抢过同学也抄起的酒瓶，重重顿到桌上。问清原委后，他向郑立新抱抱拳，轻笑道："听说过，听说过，郑立新，王坊地质二钻的。我是做东的，有话向我说。我，李秋实，医药公司的。哈哈，一泡尿的事，用得着这么大动干戈吗？"说着，他取过桌上的一个大酒杯，倒满酒，向郑立新身后的兄弟道，"没摔伤吧？如果哪里磕着碰着了，我是医药公司的，什么正骨水、红药水管够。喝下这杯酒，算是我这做东的向小兄弟道个歉，这泡尿就算拉掉了，如何？"

对方稳若泰山的气势震住了郑立新这边刚才还在边上叫唤的兄弟，就在他要接过李秋实递过来的酒时，郑立新却伸手一把向酒扫去。连杯带酒在墙上破碎的声响在小小的包间里有些骇人，伴随着差点被碰到的李秋实一位女同学尖锐的尖叫声。郑立新举起酒瓶对着已站在面前的李秋实依旧嬉皮笑脸的样子，冷笑道："你说这泡尿拉完就拉完了？我郑立新和兄弟们的面子就值这杯啤酒？不成！"

李秋实略往后退一步，离晃到鼻尖处的啤酒瓶远一些，不动声色地说："你说要怎样才能把你兄弟这泡尿拉完？"

"怎样？你说怎样！什么正骨水、红药水我们地质队医务室有的是，稀罕你医药公司的？哼，若要我兄弟这泡尿顺畅拉完嘛，就得把我们那一桌的账给清了。"

"啊呀，看来你兄弟这泡尿挺值钱啊！"

郑立新听出李秋实讥笑的语气，有些拿不准对方究竟什么来头了。一般而言，看到他拎着酒瓶进去，应当没几个人不慌乱的，这个头比他矮一个头的李秋实却四平八稳的，连那杯擦着他砸到墙上的啤酒都没让他挪动一下脚步。然而，身后几个弟兄起哄的声响无形中放大了李秋实不动声色的蔑视，没有退路的郑立新举起手中的酒瓶。当郑立新的手被上前一步的李秋实牢牢地如铁钳般伸手夹住时，身后传来了一声断喝："立新，快住手！"

凌笙的出现是这晚上事件的转折点，也是郑立新人生重要的一个节点。这晚上，恰巧也在小酒馆用餐的地质队杜鹃诗社的诗人凌笙，在最恰当的时机化解了一场即将引发的无厘头群架，也促成了郑立新与李秋实的相识。后来的事情变得简单了，凌笙陪着郑立新和李秋实喝下一大杯金竹酒，两桌也合并为一桌，那个因尿惹事的李秋实同学和郑立新兄弟醉倒了一处。也就从这个晚上开始，郑立新发现原来生活中还有一种比力气更厉害的东西，那就是从内心深处迸发出的淡定和大气，这玩意似乎还和文化有关系，他明白自己是怎么也学不来的。李秋实的从容淡定，让郑立新一直信奉拳头的信条土崩瓦解。他后来敬服李秋实不是因对方抓住他的手腕第一次让他的酒瓶无处撒野，而是李秋实从头到尾面对他的酒瓶表现出的从容，就像武当拳后发制人，四两拨千斤，就把他多年历练出来的力气消弭得无影无踪。

当然，凌笙促动郑立新与李秋实相识，他与李秋实却是因诗歌成为朋友。其实，在很长一段时间李秋实都不承认自己是诗人，直到他商海沉浮多年后回归诗歌，才接受了这个在他看来经历九死一生之后更显弥足珍贵，在市场经济高速发展的社会已不再引人注目的桂冠。当凌笙疯狂地写诗，成为地质队民间自发成立的杜鹃诗社主力干将之时，李秋实正在医药公司里混日子，他喜欢读诗写诗，却不想像凌笙一样成为至高无上的诗人，他现在最急迫的是如何改变自己和家人贫穷的生活。然而，他不拒绝诗歌，在参加明溪县文联《滴水岩》杂志组织的滴水岩笔会中，李秋实与地质队诗人凌笙相识并因性情相投而引为知友。凌笙理解李秋实对诗歌的态度，李秋实也敬佩凌笙要成为一位真正诗人的人生目标。不错，与所有中国人一样，他们都意识到一个伟大的时代正在他们面前展开，每个人都将面临不同的选择。当李秋实远赴匈牙利淘金之时，几乎同一时间，凌笙却选择到中国作家协会鲁迅文学院开始新的文学之旅。

2

正是从这个晚上开始，知悉李秋实居然也懂诗写诗的郑立新对他多了一种不由自主的敬重，慢慢地两人成为意气相投的朋友。李秋实锐利的眼光透过郑立新的江湖义气看到他内心并没有蒙尘的亮光，有时候他会毫不客气地敲打郑立新要好好学技术："立新兄弟，我们是半个老乡，明溪人吃苦耐劳的精神你得学着点！"郑立新对李秋实说的大道理没有反对，只是一回到车间，别人开来北京吉普让他修理好，他肚子里的气就不打一处来。特别是那个队长的女儿，年龄与他一样，当初在学校里见到他都是绕着走，现在却开着辆"大屁股"，两条长辫子一甩一甩的，见到他，眼睛往天上看，郑立新就恨不得抓着手上的扳手把车子砸个稀巴烂，但还得听她招呼，把该拧紧的螺丝拧紧。没有办法，郑立新就领着弟兄们拿新来的不听话的大学生、中专生出气，让他们打酒买肉请弟兄们痛快。二钻的领导很是拿郑立新没有办法，队长让保卫科长好好管管这班郑立新带的刺头，可他们也没犯法，保卫科长只能板着脸把郑立新叫到办公室规劝一顿。郑立新嬉皮笑脸地敬礼鞠躬保证，回头保卫科长家养的鸡却莫名其妙少了两只。明知是郑立新这班混混们干的，却没有任何证据，保卫科长只能打掉门牙往肚子里咽，只求这班浑小子做事不过格，也就睁一只眼闭一只眼了。郑立新就这么在王坊山头过着让父母和领导头疼的日子，直到他所敬仰的李秋实被一张火车票带去了匈牙利，与凌笙和李秋实的中学同学们一块喝了送行酒回到王坊，郑立新开始觉日子没有滋味起来。李秋实敢辞去医药公司这么好的单位跑到匈牙利这个他听都没听说过的地方，这胆量，他郑立新就做不到！是啊，他讨厌每天闻车间的机油味，更讨厌伺候这些铁家伙。什么时候能冲出这个憋闷的车间开上车就好了。于是，尽管兄弟们一如既往地围着大哥转，连王坊村百姓家里的鸡看到他都扎起翅膀躲到一边，郑立新却觉得这种可以一眼看到头的日子没有滋味了。

转眼间，春天又要来了，王坊山头的几棵桃树已悄悄吐出花蕾，每到春天就发桃花癫的张三又拿着弹弓四处打鸟。已没有多少人记得张三确切的名字，只知道出身地质世家的他在家里排行老三，大家就习惯地叫他张三。他在野外分队据说谈了个女朋友，吹了后就成了每年春天四处打鸟的张三。"打鸟的张三"其实在没到春天时是个忠于职守的职工，自患病后就被照顾到队部食堂跟炊事班长学做米粉肉，且技艺直逼师傅。而到了春天，食堂就只能默许他有一搭没一搭地上班，大部分时间在王坊山头拿着把弹弓打鸟。"打鸟的张三"只打鸟不打人，且技艺很差，绝大多数时候弹弹虚发，只把鸟儿吓得振翅高飞而已。后来连明溪县城的人都知道王坊山头到了春天就不怎么看得着小鸟了。对这个"打鸟的张三"，郑立新是不许弟兄欺负他的，不为难弱者，这是郑立新从金庸的武侠小说中学到的。然而，在置身匈牙利束手无策之时，郑立新恍然明白正是"打鸟的张三"那一颗小石子，引发了他人生中最重要的一次出行，且是一条无法回头的路。

在这个春天还寒气逼人的早上，郑立新双手插在裤口袋里一步三晃照例迟迟到车间时，队长女儿早将吉普车开来，一见郑立新就大呼小叫地让他赶紧换轮胎，不要误她到野外分队送资料。她居高临下的神情让郑立新很是不爽，那种没滋味的感觉忽然就冲到嗓子眼里。这时候，"打鸟的张三"鬼鬼祟祟地从门口走过。郑立新看着转身而去的队长女儿的大屁股忽心生恶念，对"打鸟的张三"说："张三，张三，还没打到鸟吧？过来过来，你看到那个小妞嘛？我说啊，只要你打中她的大屁股，我就告诉你早上哪个林子里鸟最多。"

"打鸟的张三"看一眼正悠闲地站在远处背朝他们等换轮胎赏景的队长女儿，不相信地瞪大眼睛，脖子一挺："你说的是真的？我怎么不知道小鸟到哪去了？"

郑立新认真地说:"小鸟看到你拿着弹弓的样子躲到一片树林里去了,我刚才经过看到的。喏,你只要打中那个丫头的屁股,我马上带你去打鸟。"

这是一个相当混蛋的协定,"打鸟的张三"打小鸟的技术不行,但打一个大屁股的技术还是有的,于是,事情在队长女儿惊叫声中发生了变化。长辫子大屁股的姑娘明白是郑立新恶作剧后声音夸张地号哭着告状去了。而正是她那句"郑立新,你等着,我叫我爸让你下钻机去当钻工"的话,让郑立新涌到嘴边的没滋味变成了一团大火,呼啦啦瞬间喷出的火焰几乎让他不假思索地跳上了吉普车。其实并没多费周折,在汽修车间耳濡目染早就会开车的郑立新一脚油门就将车发动起来。当郑立新开着这辆一个轮胎漏气的吉普车,向夸张得恨不得整个王坊山头的人都知道他指使"打鸟的张三"耍流氓的队长女儿冲去时,没有听到路两边传来的惊叫声。队长女儿惊骇间跌摔在路边,郑立新得意地哈哈大笑。是啊,他就是要吓傻这个目中无人的队长女儿,并不是真的要撞她,这就够了。然而,当吉普车如一只愤怒的小鸟冲下陡坡,得意的郑立新却怎么也找不到刹车了。不对,是他怎么踩刹车,吉普车也没停下。"完了,这小妞是要害死我啊!什么更换轮胎,原来是要修刹车啊!"郑立新只能长按喇叭,在路两边人们的惊叫躲避之中眼前黑了一片。后来,保卫科的事故调查结果表明,这辆吉普车除了一个轮胎有些漏气,车况良好,没有驾驶证的郑立新慌乱中将油门当作了刹车。

郑立新制作的"惊天大案"轰动了整个王坊山头。不幸中的万幸,他这次不同寻常的处女驾只是刮倒一个挑担的王坊村村民,撞坏地质队的大门和停在路边的两辆自行车,吉普车严重受损,他本人也只是额头撞破出血,居然没有造成更严重的后果。更让郑立新父母庆幸的是,唯一受牵连的王坊村民往路边栽了个倒栽葱,从菜地爬上来,也只是腿擦破点皮,借着郑立新母亲与王坊村有亲戚关系,对方骂了郑立新几句,收了两罐麦乳精就相安无事。两辆自行车自然也是郑立新父亲登门赔偿,至于损坏的吉普车,要等队上决定如何赔偿处理了。郑立新父亲诚惶诚恐地到队长家向惊吓不轻的女孩道歉,保证一定代儿子赔偿损坏的吉普车,又涎着脸求保卫科长不要报案。好在保卫科长看在都是地质队职工的分上，并没有记郑立新偷鸡之恨，只暂时将闯祸的他关在一间小屋里面壁反省。

一个人在黑屋子里待了一个晚上，郑立新心中黑得摸不着道，听着外头几个讲义气的兄弟高呼着大哥，忽觉得这声音是如此刺耳。面对保卫科长的训斥、车间主任的长叹、父亲含泪的怒骂，郑立新知道自己在王坊山头待不下去了。那么，到哪里去呢？郑立新心中一片茫然。从黑屋子里出来，在等待队上最终处理结果，夜深人静之时，三天不出家门的郑立新漫无目的地走到一片林子里，迎头碰到拿关切目光盯着他的凌笙，于是，他的眼睛就在凌笙的问候声中没有准备地潮湿了。他对凌笙说："诗人，你是不是也觉得我特别混蛋啊？"

凌笙摇摇头说："立新，车间就不是你待的地方。你是一只野鸟，老关在笼子里迟早要出事。"

想到"打鸟的张三"，郑立新苦笑道："诗人的话我没听懂。在大家眼里我可不是一只好鸟啊。"

"冲出这个鸟笼，到外面的世界飞。"

一语点醒梦中人！在早春寒风中，郑立新握住了凌笙伸过来的手。不错，不管地质队是处理他下分队还是开除，这都不是他郑立新能够接受的。与其伸颈等着挨刀，不如自己先下手，至少……至少在弟兄们面前能保持他这做大哥的最后颜面。就是这个晚上，郑立新在凌笙的宿舍里，由凌笙执笔给远在匈牙利的李秋实发去了一封求救信。对，求救信！把事情的来龙去脉原原本本告诉李秋实，并向他求救。当然，郑立新明白这是一条艰难的无法预见的不归路。

几乎同时，李秋实可以充当赴匈牙利邀请函的信如通行证般来到王坊山头，地质队对郑立新擅自无证开车造成恶劣影响的重大安全事故也有了最终处理结果，考虑到他是地质队内部职工子弟，决定将其下放野外分队当钻工，一切经济损失除每月留生活费后由财务直接从工资里扣。接到保卫科和车间主任双重通知那天，郑立新将辞职报告递到了大队人劳科科长的面前。然而，郑立新可以打个响指转身离去，将人劳科科长投向他的惊诧目光摔烂一地，接下来办手续和更困难的筹措经费，却让只剩下摇头叹息的父亲四处奔走。只有这时候，郑立新才发现父母已经老了，特别是父亲的白发多了许多，他知道其中有他的"功劳",这让焦灼等待中的郑立新第一次对自己的人生产生了怀疑。开弓没有回头箭,郑立新没有退路。

3

在 1992 年 4 月 26 日这个祖国首都春暖花开的日子,郑立新长经途跋涉终于到达打小就向往的首都,看一眼天安门后,置身于北京西客站候车大厅里,尽管心中已无数次想象过,他还是为眼前的景象震惊而心生乡下人进城才有的惶惑和无所适从之感。整个候车大厅人头攒动,伴随着浑浊空气扑面而来的是如蜜蜂般鸣叫的嘈杂声,过了一小会儿,郑立新才分辨出这嘈杂声里有人的声音和高音喇叭的声响,再进一步适应不同于长安街春寒的温暖,他才分清了说话声里有男人有女人,还有人大声地咳嗽。随后,原本似乎影像一片模糊的郑立新视觉苏醒过来,那些堆在两旁候车椅间的大包小包像是一座座神秘的小山,人们小心地在小山间走动,时不时地发出略含警告的声音:"注意脚下,您哪,注意脚下!"郑立新也背了一个大包,包里装着的是那些他都不好意思说道的零碎,而这都是李秋实在信中千叮咛万嘱咐的经验之谈,说是这些零碎或许能换来北京至莫斯科的火车票。于是,从来没有购物概念的郑立新按照李秋实罗列的购物单,尽可能用最后剩下的资金买齐。在拿到 K3 次北京往莫斯科的车票后,郑立新本想找机会向队长女儿道歉,毕竟他把人家吓得好几个月都不敢开车,但他没看到她和她的"大屁股"北京吉普。在候车室待一会儿后总算适应眼前环境的郑立新骨子里的硬气一点点地回升,瞅准机会见缝插针在候车室找了个座,一眼看到斜对过那个与队长女儿年龄相仿的姑娘,没来由地心里又有了一丝惆怅。

郑立新像母鸡护小鸡一般巡视着自己两个大包,用狗看着属于自己肉骨头的眼神,有意端着一种凛然不可侵犯的表情。这个从明溪小地方走出来的王坊山头的带头大哥其实内心是发虚的,因为这是他第一次出这么远的门,比任何时候都需要让人看出他这个一米八的块头里,蕴藏着的是任何人不可轻视的力量。郑立新正襟危坐的样子没能持续太久,他端着的架势却一直持续到上了火车挤进包厢。腿脚快的郑立新给自己抢了个好彩头,包厢的四个卧铺还空空如也，等他手脚忙乱妥当地安置好两个包，将自己放倒在上铺雪白的床上，另外三个乘客才陆续进入包厢。按照跟着地质队走南闯北过的父亲临行前嘱托，出门人见人只能话说三分，察言观色，交往点到为止，害人之心不可有，防人之心不可无。郑立新现在就抢占了先机和有利地形，对将与他同行七天六夜的三个同伴开始不动声色地观察。

原本还算宽敞的包厢空间很快被各种大包小包塞满了，似乎候车大厅那种拥挤的感觉被打包搬上了包厢。一个个神秘的小山都被主人安置在势力可及的范围，很显然，这些"小山"的主人和郑立新一样都有着相同的提防和怀揣着恶狗护肉骨头的勇气。意识到这一点的郑立新在对方不时扫过来的探询眼风里悄悄松了口气，一种大家都差不多的感觉让他稍微放下从进入候车大厅就端着的凛然威严。各就各位，郑立新下铺是一位斯斯文文中年妇女，身材丰腴，穿着得体，一眼看上去就属于养尊处优的人，一副颇有些学问的样子。对面上铺则是一位身材苗条、长相清秀、看起来柔柔弱弱、十八九岁的小姑娘。对面下铺则是与郑立新年龄相仿的北京青年，身材瘦削，不用介绍，从他一进包厢就满嘴京片地"您啊您啊"与每个人点头招呼，就猜得出他是北京人，那两件远远超出郑立新两个包分量的超大行李就是他的。两男两女，郑立新不动声色地权衡了一下包厢里的力量，怎么说也是他这一米八的大块头一枝独秀。一向信奉拳头和力气的郑立新经过仔细观察后算是彻底放下一直端着的架子，把疲惫的身体摔瘫在卧铺上，不知不觉竟在火车还没开时就迷糊过去，直到一阵晃动才惊醒过来。郑立新猛地想起父亲语重心长的出门忠告，一睁眼就先捕捉自己的行李，还好两个大包安然躺在它原本的地方，随身背的地质包也还在枕头边上。他看看腕上的手表，这一迷糊竟睡了半个多小时，北京至莫斯科的国际列车已是满载着中俄两国的国际友情，以及一车心怀各种打算的乘客。离开祖国首都的地盘了。那三个同行者似乎已迈过陌生人最初的门槛开始试探性地聊天，北京青年正热情地向柔弱姑娘建议调换铺位，用不容商量的语气说："您哪，一个江西小姑娘到苏联老大哥的地盘讨生活不容易，不容易，来到我们伟大的首都也没让您好好逛逛，咱作为北京人怎么着也得表示表示。这么着吧，江小燕同志，您哪，小姑娘上上下下不方便，来，来，来，您就睡我这下铺。

放心，不要您补差价，嘿嘿，我们北京人民对全国人民这点情谊还是有的。"

江西姑娘江小燕同志一副受宠若惊的样子，连连摆手说："荣大哥，行不得的，行不得的。我妈说……"

北京青年摆出一副祖国首都人民大义凛然的表情，打断江小燕的话："您哪，别管你妈说啥，在家靠父母，出门靠朋友。江小燕同志，您就睡下铺吧。"

江小燕还是惶惑不安地说："我妈说了，滴水之恩当涌泉相报，我……我们非亲非故的……我……不能占你便宜……"

北京青年荣建设有些生气了，说："您哪，就一个下铺，至于吗？放心，您荣大哥好歹是八旗的后人。"他站在包厢中间，作势向已从上铺坐起来的郑立新和正对着一面镜子梳理头发的中年妇女抱抱拳，又拍拍胸脯道，"我说，各位在京城打听打听，那大清朝的大臣荣禄当年在老佛爷跟前是什么角色？若不是大清没了，荣家在皇上眼里可高贵着呢。不瞎话，荣禄可是咱正宗的祖爷爷，正八旗！虽说眼下咱们荣家这一脉没落了，但血统高贵着呢。哼，这一个下铺就要人报恩？您哪，这是埋汰我呢！"说着话，北京青年真有几分生气了。

江西姑娘摆手摇头，不知如何表达。

这时候，中年妇女站起来说话了。她把镜子放进包里，先做了一个鼓掌的手势后说："荣建设同志高风亮节，好！古有宋太祖千里送京娘，今有荣建设让铺佳话。原来是正八旗荣氏的人，怪不得思想觉悟这么高。要我说，小姑娘你就别客气，承了你荣大哥的情。路还长着呢，这几天几夜的你一个姑娘家爬上爬下的确不方便。"

听了这一会儿，郑立新算是听明白了也看明白了，这北京青年多半是清朝八旗子弟的破落户，他这么向江西小姑娘献殷勤，肚子里有没有算盘还真很难说，人家小姑娘看上去也没法涌泉相报。想着江西与福建算是朋友省份，刚恍醒过来时听了一耳朵，小姑娘介绍自己是江西广昌的，那不就是建宁隔壁，建宁又与枫溪隔壁，算起来自个与江西姑娘就是邻居了。郑立新脑子里这么没有道理地把江西广昌与枫溪联系起来，一种没来由的义气就生发出来，决计一路上得护着柔柔弱弱的江西姑娘一点。其实，郑立新虽是二钻有名的混蛋，也不阻止兄弟们扛着把破吉他唱些哥啊妹啊的情歌，在公开场合惹得路过的姑娘们面红耳赤，心底里骂他们一声"流氓"，但他从不招惹女人。没认真读过什么书，或许打小受爱讲梁山好汉故事的父亲影响，造就了郑立新遇强则强遇弱怜弱的性格，堂堂三尺男儿若欺负手无缚鸡之力的女人，还混什么世界当什么大哥。当然，郑立新这骨子里的侠义心肠没几个人看出来，也只有李秋实品出来了，或许正因此，李秋实后来认了这个名声并不太好的兄弟。这么思谋着，郑立新就向上铺有些无所适从的江西姑娘使了个眼色，接过中年妇女的话说："就是就是，不就一个上铺下铺嘛，荣大哥是好意，小燕姑娘就不要推辞了。"

郑立新一锤定音，包厢里隆重上演的换铺故事总算落下了帷幕，"套瓷"受阻已有些尴尬的北京青年当下感激地向郑立新抱抱拳。郑立新也忘了父亲的临行忠告，跳下铺来，按捺不住地加入因旅途寂寞而形成的朋友聊天。伴随着火车轮子与铁轨单调重复的声响，包厢里性别平衡的两男两女开始聊起天来。自尊心作怪，郑立新第一次说了谎话，隐去自己奔赴匈牙利的真实原因，而是把自己包装成一个有远大理想，决心干一番事业的有志青年，辞去地质队的公职断自己后路，只为活出一个新的自己。他的介绍引得江西姑娘投来崇敬的目光，由衷称赞郑大哥有胆气。这让郑立新真觉得自己真是个有远大理想的青年，而不是无路可走，到匈牙利投奔李秋实，前程未卜。

似投桃报李，北京青年称赞郑立新一看就是有胆识的人，必定会有一番作为，只是他听说过地质队工资高，郑立新能自己砸了这个金饭碗，令人佩服。在郑立新也客气地称赞对方家世显赫，皇城根下的人果然仗义之后，这个满嘴跑火车的北京青年终于表白自己北京倒爷的身份。他说北京、莫斯科这条线来来回回走几趟了，为啥这么折腾，不好好在皇城根下过舒服日子？是因为他有个北京大院的哥们在莫斯科生意做得很大。哎，大院你们知道吗？说了你们也不明白，简单说就是都是高官们聚集居住的地方，那里头的人嘴头子松一松透个什么消息，就够我们小老百姓吃喝小半年，大院里的子弟个个都有三头六臂的通天本事。啧，说多了你们也不懂。这么说吧，我这北京大院的哥们在莫斯科中国商人里可是有一号。那些老毛子知晓我哥们是大院里的人，都抢着和他做生意，那卢布哗啦啦扔过来，不接都不行。就这么着，我哥们圈子里人杂了，得有几个体己的弟兄啊，代他北京、莫斯科这么地通着信息。就这么着，兄弟我就替哥们做这事。

尽管北京青年说得天花乱坠，除了江西姑娘瞪着一双外星人般的眼睛一眨不眨地看着他，郑立新和中年妇女都看出对方不过就是一个替人打工的北京倒爷，所谓的八旗子弟也未必有那么玄乎。不过，两人都像听故事一般为北京倒爷点头赞许。

江西姑娘江小燕一开口却让人一惊。原来这个貌不惊人的小姑娘是听从母亲旨意投奔在莫斯科做生意的舅舅，而她一提舅舅的名字，北京倒爷就咋舌了，原来是曹爷！莫斯科华人商界可是有一号，在"一只蚂蚁"市场有好多商铺。北京倒爷这么一说，江小燕倒有些不好意思："我也不知道。我们广昌实在太穷了，我舅舅原来在省纺织品进出口公司工作，因为他在大学学过俄语，先是帮着公司与香港一家企业在莫斯科开办合资商贸公司，后来自己出来做。舅舅写了好几封信让我出来，我……我就是怕，高中毕业没考上大学，在一家乡镇企业上班，现在工厂发不出工资了，没办法，母亲才让我到莫斯科找舅舅。荣大哥，你对莫斯科熟，你说我一句俄语也不会说，在那地方能待得下去吗？"

饶是见多识广，北京倒爷显然也被江小燕细声细气说出的舅舅名头震住了，开始用另一种眼光打量眼前柔弱的小姑娘，暗喜自己"套瓷"还真是套到贵人了，抑或是从这一刻起，他"套瓷"的目的发生了变化。是啊，出门在外，多个朋友多条路，若能搭上曹爷这样的商界精英，自己哥们那几片生意只能算毛毛雨了。事实也是如此，当北京倒爷的哥们因把莫斯科商场还当作他的北京大院，利欲熏心"黑吃黑"，被莫斯科黑社会追杀而横尸莫斯科红场时，正是通过江小燕舅舅帮助，荣建设才得以从莫斯科脱身逃到匈牙利。此刻，狡黠的荣建设心中暗暗调整"套瓷"目的后，对皱眉发愁的江西姑娘说："小燕妹妹，别担心，有荣哥我呢。莫斯科我熟，等到了地，我一准让哥们的车把你送到舅舅手上。放心，放心，有哥呢！"

转眼间称呼改变，哥与妹的关系让原本心存一丝邪念的"套瓷"变得纯真无邪了，而兄对妹的无私关怀显然让涉世未深的江西姑娘感动了。她舒展开眉头，拍手笑说："好啊好啊。你们不知道啊，我舅舅可是个不太爱说话的严肃人，他来信只给我一个地址，让我自己找去。母亲说这是舅舅在试我的胆量。现在我不怕了，嘻嘻。不过，荣哥，能不能答应我，你叫朋友送我去，可千万不能让我舅舅知道。"

在江小燕与荣建设伸手指拉钩时，一直在看书的中年妇女慢条斯理地理理本就梳理清楚的头发，开始自我介绍。她一出口就透着一种文化人的味道，说的话也那么有文化，也果然是个有文化的人。原来这皮肤白皙神情淡然的中年妇女是一个不同于包厢三个人的学者，竟然是北京外国语学院的迟姓教授，她坐上这趟列车可不是为了做生意，而是光荣地代表中国人民到莫斯科大学访问讲学。介绍完身份，在北京倒爷、明溪混混和江西姑娘有些瞠目结舌的表情中，迟教授开口说了几句让人听了肃然起敬的俄语，然后翻译说这句话的意思是：中俄两国人民是友好邻邦，是用鲜血凝结友谊的好朋友。你们学会这两句话，在莫斯科向俄国人求助时准保有用。她这话是对郑立新和江小燕说的，又对北京倒爷说你是不用学的。北京倒爷回过神来，摆手说不用不用，老毛子那几句问候语我都知道。迟教授感受到来自北京倒爷的一丝轻视，不动声色地说起的俄罗斯时事是报纸上看不到的秘闻。她这些秘闻一时倒让荣建设竖起了耳朵，当她慢条斯理地把据说来自莫斯科大学朋友那里获知的消息一一显摆出来，连北京倒爷也对这个潜藏在包厢里的东欧通折服了。

如一场及时雨，对前途两眼一抹黑的郑立新听得一惊一乍的，暗叹外面世界果然很精彩也果然很无奈，迟教授口吐莲花般的知识启蒙为他开启了一扇小窗户。当然，这窗口仅仅是吹进了那么一丝俄罗斯东欧的风，就几乎晃花了郑立新的眼睛，也让他一直端着的原本想拿来对抗这个未知凶险世界的王坊山头老大感觉受到强烈地打击，这种打击直到迈出国门后包厢发生突然变故，才在被江小燕视为英雄的氛围里慢慢康复。当然，这只是短暂的，在此后的匈牙利展开新的人生旅程时，郑立新也偶尔短暂地找回当老大的感觉，但绝大多数时候则像一个输光的赌徒。

4

在不知不觉中，黑夜吞食了这列不知疲倦奔跑着的国际列车，包厢里的一男两女都进入了梦乡，可在疲倦袭来之后郑立新只睡了大约一个小时，就被列车在深夜里显得特别大的声响震醒了。略一睁眼首先看看自己那两个与北京倒爷对比相形见绌的小包安然还在，重新闭眼的郑立新却一时无法入睡。此前，郑立新从李秋实的来信和凌笙从图书馆好不容易找来的相关资料里，模模糊糊地对莫斯科和匈牙利有了个大致了解，对这列火车将要经过的地方和行程有粗略的规划，现在，列车还行驶在中国的土地上，估计不久就要从二连浩特出境进入蒙古，然后是俄罗斯，还得穿过荒凉的西伯利亚。借着暗夜的掩护，郑立新把心中的忐忑不安放肆地摊在有些晃动的上铺上，想着离中国离明溪的王坊山头越来越远，一米八大个子的郑立新心中惶惑的感觉让他无法从容淡定。思想着去年李秋实也是同样单枪匹马坐着这么同一列火车又是什么样的感觉，忽没来由又想起队长女儿和她开的"大屁股"，"打鸟的张三"那一石子好像有些分量，打鸟不行打姑娘屁股倒是挺有准头。哎，好像有些不该这么做，有点违背他一向的准则，对一个女孩动粗。不过，他真是想吓唬吓唬从来不正眼搭理他的队长女儿，没想到一脚踩在油门上居然不知道换刹车，还真有几分混蛋。她摔到路边菜地的样子有些狼狈，应当是真吓坏了，这回他郑立新在对方眼里也是个欺负女人的流氓了。想到这里，郑立新有些烦躁起来，用力裹紧被子，这越来越北的初春果然比明溪王坊山头冬天的风还厉害啊！郑立新不知自己何时睡过去，他是被车窗外的嘈杂声和北京倒爷一声"哇，到二连了"惊醒了。

二连浩特？中国的最后一站，从这就要出国进入蒙古了！郑立新忙一骨碌翻身而起。

天已大亮，迟教授和江小燕看样子早已醒来，似乎与郑立新一样都度过了一个似梦似醒的夜晚。江小燕搓着双眼，迷糊着说："到二连浩特了？啊呀，要出国了！"似被自己这句话提醒了，和衣而睡的小姑娘也坐到床沿上，掀开帘布往窗外望，忽惊叫道，"咦，火车好像在动呢？那些人在做什么？"

此时才缓缓起身的迟教授用一只手捂着嘴，优雅地打了一个长长的哈欠，用她一贯慢条斯理的腔调说："换轨啊！"对江西姑娘的大惊小怪很不以为然。

"换轨？换什么轨？"郑立新也诧异地问，"换……是不是我们还要换包厢啊？"想到即将到来的未知的折腾，他有些坐不住了。

"你们哪，两个啥事不懂的南方人，也敢出来……"迟教授有些不耐烦地把话末的话吞回去，接着慢条斯理地把二连浩特给两个无知的南方人普及了一下常识。其实，二连浩特属于内蒙古自治区锡林郭勒盟管辖，与蒙古国扎门乌德市隔界相望。就像一篇文章在进入正题时总要做些铺垫，介绍一通这个"火车拉出来的城市"，迟教授才在两个南方青年期待的眼神注视下切入换轨这个正题，拉长声调说："现在你们明白了？出了二连，前面就是蒙古了，你脚下的土地就不是中华人民共和国了。国家不一样，铁轨当然就不同，蒙古国和俄罗斯的钢轨是 1520 毫米的宽轨，而我们是 1435 毫米的准轨，相差了 85 毫米。道理就是这样，轨距不同，就得出国门时在二连换不同的轮子和火车底盘，才能出境。"见两个南方人听得认真，迟教授的虚荣心得到满足，她意犹未尽地指指窗外隐约走动的人影说，"呼和浩特铁路局集宁车辆段二连联运检修车间 80 多位工人就充当这样的'换轮人'……"

摆出一副见多识广、见怪不怪表情的北京倒爷从上铺跳到地上，瘦削的身子原地蹦了两下，轻骂道："哎呀呀，迟教授说得不错。每次列车进站，这班子'换轮人'得先检车，然后用电动架车机缓缓地把车厢托起才开始'换轮'。我都习惯了，每回在二连总要耗那么 2 个多小时，这效率太低了！时间就是金钱！奇怪，既然要与中国通火车，这铁轨怎么就不能短那么几十毫米，费这事干吗？"

原来是这么回事。郑立新稍安下心来，重新将身子靠在被垛上，顺着荣建设的语气说："是啊，换轮太麻烦了！"

迟教授用不屑的口吻说："你们哪，对国际国内的形势什么也不懂！就这么着……"摇着头，方才似乎被北京倒爷打断授课欲望的迟教授又在包厢里普及起 1989 年苏联解体和东欧剧变的历史。迟教授这回讲述的国际知识连北京倒爷也放下见多识广的表情。意犹未尽，结束冗长的授课，迟教授指指早从铺上坐起来的郑立新说："小郑啊，你要到匈牙利，可你还不知道匈牙利现在的经济社会是怎么回事，又怎么能做好生意呢？你刚才还称什么苏联，可不能这么叫，现在人家叫俄罗斯。"在把郑立新批评得连连点头后，迟教授考虑到三个学生的文化程度，就没有用课堂语言，而是尽量浅显易懂地把道理普及了一遍。迎着即将登上莫斯科大学讲坛的教授诲人不倦的目光，从来没聆听过一个教授教导的郑立新只有点头称是五体投地的份。然而，被迟教授的一大通国内国际知识砸得有些晕头转向，打小就没好好在课堂上过课，被老师批评屁股上长钉的郑立新回过神来后，见教授喝口水似还要上课的样子，赶紧从上铺下来，原地伸展了一下胳膊腿，对此时被迟教授抢走风头的北京倒爷说："去看看，看看换轮。"

荣建设看一眼自己的几个大包有些犹豫。

善解人意的迟教授不易觉察地撇撇嘴说："我反正不下车，你们要信得过，这些东西我帮忙看着。反正这车上还有我们的公安，出了二连，我可就不敢打保票了。"

一直认真倾听的江西姑娘显然也有一样的担心，听迟教授这么说，当下就兴奋地叫道："阿姨，我也下车看看，麻烦你帮我们看着些。"

江小燕的一声"阿姨"，让一副矜持表情的迟教授放下了为人师表的严肃，微笑着向江西姑娘点了点头。

北京倒爷在前，明溪小伙中间，江西姑娘随后，一行人穿过一节节包厢来到车门口，忽然间上来一位浓眉大眼的公安，显然是这列火车的乘警之一。中俄两国商定，在中国境内火车上配备公安以保护乘客的安全，出二连后中国公安要全部下车，列车安全交给俄方负责。然而，俄方不派警察上车。正是这致命的疏忽埋下隐患，1993 年 3 月至 5 月，一伙早有预谋的惯匪利用这安全"漏洞"，制造了一系列震惊中外的重案，引起中国高层领导的重视，公安、铁路、外交等部门联合办案将案犯抓获归案后，这满载着中俄人民友谊的国际列车安全才引起俄方重视，得到有效的保障。

现在，上车的乘警向他们敬礼之时，郑立新不由自主地矮下了身子，在北京倒爷略有些油滑地也向公安歪头敬礼之时。是啊，从学校开始，直到地质队工作，郑立新断不了与派出所打交道，名头不外乎是打架，而打架多半是因自己的兄弟被对方欺负了。最厉害的一次是明溪县城的一班混混到地质队挑事，郑立新岂容对方在自己地盘撒野，双方约好在刚割去稻子的田里大打一场，以郑立新带领弟兄们将对手打得丢盔卸甲而告终，但他在派出所蹲了一天一夜。

就因为游走在法律的边缘，郑立新见到公安不由条件反射地矮了身子。他这条件反射没有逃过老江湖北京倒爷的眼睛。

跳到站台上，二连浩特的寒风不客气地掀动着郑立新裹得严实的军大衣，4月底的二连满目还是一遍萧瑟的景象，远山和近景都是灰蒙蒙一片。站台上已站着许多和他们一样钻出温暖车厢来看稀奇的人，有人边跺脚边骂这鬼天气。原来，此时他们所在的整节车厢已在缓慢地抬升，他们坐在车上竟然没有感觉到。列车两边有不少正在忙碌的工人，有人吆喝着，有人大声地回应，人的说话声在空旷的站台上空被火车喷出的蒸汽冲淡，而另一种坚硬的金属撞击声却在火车轮子更换的过程中显得特别清晰。

郑立新、荣建设、江小燕不知不觉间站在一起，在站台上各色人等投射过来的各种各样含义不明的目光中，向人们展示短暂互相倾诉后在包厢里凝结的其实还有许多保留的友谊，似在以这样的方式提醒别人，他们是一个牢不可破的整体。也在不知不觉间，郑立新刚才因迎头遭遇浓眉大眼公安塌下去的身体在这种气氛中挺直起来，继而身上的力气也在内心聚集。这是让郑立新自信和引以为傲的力气，与他一米八的身高非常匹配，即将跨出国门时他需要以这样的方式为自己壮胆。但很快，郑立新小肚鸡肠地担心起包厢里的两包零碎来，那可是父亲负债累累之后又举债依李秋实交代带上的车票钱，从没做过生意的他对李秋实的交代打了很大的折扣，他担心自己根本没有能力把这些零碎换成车票钱。因此，父亲的出门忠言忽回响在耳边。换轮的工作在"换轮人"专业操作中有条不紊地进行，郑立新看到近处一个"换轮人"向他投来冷漠目光时，想及迟教授居高临下的表情忽然想上车了。这时候，已走到一边的郑立新转头就看到与荣建设不知何时走到远处的江小燕。寒风中朴素得体的衣服紧裹着江西姑娘苗条丰满的身体，凸现出少女美妙的曲线。不知油滑的北京倒爷说了什么，江小燕忽笑得前仰后合。此时，他看到荣建设一只手如狡猾的蛇正慢慢游动到江西姑娘毫无觉察的臀部上，另一只手则试图揽住少女苗条的腰肢。

荣建设是被郑立新一声带着某种情绪的"荣哥"所吓，才让自己的手没有在江小燕身上走得更远。他有些尴尬地搓着双手，没话找话："哦……哈哈……这些'换轮人'不简单，这活儿一干几十年，真不是个事。"

浑然不觉的江小燕转过身来，用天真无邪的眼睛看着眼前的一切，招呼郑立新上前来，说："荣哥，郑哥，你们见识多，我这第一次出门，什么也不懂，你们得多教教我啊！"话到末尾，就有了一丝妹妹对哥哥撒娇的语气。在两位哥哥还没回过神来时，她又银铃般"咯咯"笑道，"我要上车了。太冷了，我去陪迟阿姨。两位哥哥再见。"

江西妹子忽然说出的"哥哥"让两个男人都有些意外。郑立新用冷冷的眼神意味深长地盯着荣建设。

荣建设尖瘦的脸上两只小眼睛接住郑立新的眼神又很快躲开了，接着呼出一口长气，叹道："纯！真是一碗清水般的纯！满北京城也找不到这样的妹子了。可惜……她怎么是曹爷的外甥女呢？啧……"说话，似乎马上要流下哈喇子的北京倒爷原形毕露。

郑立新看荣建设这个样子忽感到一阵厌恶，冷冷一笑说："嘿嘿，荣兄，你这套瓷果然是别有所图啊。"见对方眨巴着小眼一时接不上话，又不客气地说，"如果我猜得不错，你那北京大院的哥们多半也是假的吧？"

荣建设眼里闪过一丝狡黠的目光，嬉皮笑脸地说："看到这么纯情的妞，兄弟没动心？我不信！不是吹的，凭你荣哥走南闯北的本事，手拿把攥的。唉……"

郑立新打断对方的感叹，正色说："小姑娘不容易，人家把你当哥呢。"

"哥？"北京倒爷一跺脚，嘻嘻一笑说，"都是明白人。立新兄弟也不是什么胸怀远大理想，决心干一番事业的有为青年吧？哈哈，看样子是在单位摊上事混不下了。兄弟，我猜得对不对？"

郑立新心里一惊，不得不佩服北京倒爷眼光锐利，支吾道："我……可是地质队子弟，地质队就是我的家。哼，我就是嫌这家太憋闷，自个出来闯闯。你不也就是个倒爷吗？从北京往莫斯科来回倒腾东西。对了，荣哥还没回答我莫斯科北京大院的哥们怎么回事呢？"话说开来，郑立新索性露出自己明溪王坊山头老大的本相，将话捏细了，一个字一个字从牙缝里往外蹦。

江湖油子北京倒爷虽拿不定郑立新是什么路数，但也看出郑立新是个敢玩命的狠角色，犯不着为一个挨不着边的江西妹子伤和气。他缓和语气，笑嘻嘻地说："啊呀，不过是开个玩笑，哪当得真啊。兄弟不知晓，那个小姑娘的舅舅曹爷在莫斯科华人商界可是有一号。不是吹的，在莫斯科只要有卢布，哇呀，那前突后翘的俄罗斯姑娘金发碧眼迷死人喽，往你身上贴，赶都赶不走。兄弟，如果不急着去匈牙利，哥介绍你先住到莫斯科的日出旅馆。现在俄罗斯经济萧条，便宜得很，就是你这样的身板也怕是没体力消受喽。不过，不瞒兄弟说，我荣建设虽有几根花花肠子，但对兄弟可都是实诚的，信不信随你。莫斯科我的北京大院哥们也是个人物，虽没曹爷厉害，也是黑白两道通吃的角色……"说到这里，荣建设迟疑了下，又朝郑立新凑近一些，压低声，"怎么说呢，哎……您哪，就这么说吧，我这发小还真不是北京大院的人，只是在读大学时泡上了大院里一名高官的女儿，就这么着……您哪，明白了吧？他那老岳父可是见天在报纸上露脸的人物，黑白两道知道我哥们的背景，都买他的账，牛逼着呢……兄弟不才，就帮他在北京、莫斯科来回跑，跟着喝口汤……"忽觉说得有点多了，荣建设硬生生打住话头，见郑立新似专心看"换轮人"工作，脸上是没有表情的表情，忽想起什么，又胸脯一挺说，"得了，您哪，哥们这可都是掏心掏肺的，看兄弟也是个讲义气，胳膊上跑得了马的人。得声明一下，哥祖上可真是正宗的正八旗，假不了，荣氏族谱上白纸黑字记着呢，没掺一点假。嘿嘿，兄弟若信了我的话，先不急着去匈牙利，就在莫斯科跟着我北京大院的哥们混，保管您吃香的喝辣的，三五年的还怕混不出人样？再找个正儿八经的俄罗斯前突后翘的妞做媳妇，这人生啊，也算是齐活了。兄弟，您说哥这意思够意思不？"

郑立新没想到自己一个话头引来北京倒爷这一番高论，还真让他云里雾里有些看不懂对方了。以前他也听说过北京皇城根下的人都透着那么一股祖国首都的味道，眼下郑立新算是领教了，从八旗子弟荣建设身上，他看到自己露出了乡下人的拙。也不知荣建设为何要说这些，只是对方这一番知冷知热的话让即将迈出国门，心里其实一直七上八下的郑立新颇为感动。虽说被对方看出路数，郑立新少了几分底气，但骨子里的江湖义气让他再也端不住架子了，一时也就说了自己的来路，又作势抱拳道："荣兄眼尖，兄弟实在是没脸在地质队混了，才不得不自断后路把自己逼出国了。"

荣建设瘦脸上挤出一堆笑，夸张地竖大拇指说："郑兄弟果然没让我看走眼，连单位头儿的女儿也敢惹。厉害！什么远大理想，那都是扯淡！兄弟早看得透透的。这年头啊，只有人民币才是爷！"

5

在二连浩特站台上无聊地看"换轮人"有条不紊地忙碌着，两个萍水相逢的人这么一通自报家门，倒是把北京倒爷和明溪王坊山头老大的感情拉近了些。当二人勾肩搭背上车时还真有几分相交已久的哥们样子，郑立新因江小燕产生的那么一丝莫名其妙的不愉快，也被北京倒爷意外的掏心掏肺消弭得无影无踪。一进包厢，荣建设就从包里掏出一瓶二锅头和一包驴肉，邀明溪兄弟喝一杯。来而不往非礼也，郑立新也拿出带在身上一直没舍得吃的、母亲临行前炒的花生米，与对方共享。两人挤到一个上铺喝酒，小声说话，迟教授只是拿好奇的眼光打量着两个在她看来都是没有文化的人，自视与她这种到莫斯科传播中华文化的学者不可同日而语，见他们同流合污倒也不奇怪，遂谢绝了北京倒爷的邀请，拿起一本书看了起来。另一个下铺的江小燕从他们进包厢就没吭声，像一只小猫般蜷曲着身子，一动也不动，也不知是不是睡着了还是不想搭理两位似已成兄弟的人。两位心照不宣订立同盟的男青年，现在也不敢直面江小燕纯得透明般的眼睛。

其实在这个包厢里，包括整列的国际列车，每个人都是倒爷，尽管身份不同。北京倒爷也罢，明溪王坊山头老大也罢，江西妹子也罢，都是想通过这样的倒腾倒出钱来，走出国门淘金，倒出属于自己的幸福生活。迟教授也是如此，只不过她倒腾的是精神的东西，也就是她所说的中国文化，可这文化经这么一倒不也增了值，生了钱，要不人家莫斯科大学又怎么有她的讲台呢？这个道理，从没好好读书的初中生郑立新是想不明白的，他倒是记住父亲四处借贷供他出国的理由：人挪活，树挪死。是啊，地质队这肥沃的土壤不适合他这棵树了，有李秋实牵线，就挪到匈牙利这块地，能不能活，郑立新心中一点底也没有，正好借着北京二锅头的劲，把被北京倒爷看破的架子重新收拾一番，从心理上找回王坊山头老大的一丝感觉。在这种飘飘忽忽的感觉中，列车何时换完轮子从二连浩特驶出国门踏上异国他乡的土地，郑立新一点都没有察觉，直到火车进入蒙古一眼望不到边的犹如风干牛粪般干裂的不毛之地后，进入西伯利亚无边无际的原始森林，眼前与明溪"路隘林深苔滑"相似的森林才让郑立新从二锅头的世界里回过神来。

一直蒙头大睡的荣建设开始活跃起来，兴奋地告诉大家现在已是苏联地界了。迟教授用不屑的目光扫一眼北京倒爷，先用俄语说了一遍，再用汉语一字一句强调："俄罗斯！俄罗斯！"

莫名其妙地像打了鸡血般兴奋起来的荣建设并不在意迟教授居高临下的训示，笑嘻嘻地轻打了一下自己的嘴巴："嘻嘻，习惯了，习惯了。对，对，是俄罗斯。到了莫斯科，我不会伤害苏联人民的感情。"他看了看自己那几个静静躺了一路的大包小包，向郑立新和江小燕努努嘴，"打起精神来，钱就要来了。"

钱来了？钱是什么人？从没做过生意，从读书到工作一直吃住家里的郑立新对金钱还真没什么概念，听话竟以为钱是什么人物。

江西妹子则显然在出国前从舅舅那里聆听到不少教导，做足了功课，当即掀开被子叫道："荣大哥，荣大哥，火车要靠站了吗？"一边紧着往窗外探看。

北京倒爷对郑立新的迟钝和江西姑娘的沉不住气一副见怪不怪的样子，斜一眼江小燕的两个大包："你舅舅没和你说明白？好吧，趁现在到前面靠站还有一点时间，咱就和你们普及普及苏……哦，俄罗斯现在的经济状况。"荣建设悄悄地扫一眼靠坐窗口看窗外景色的迟教授，喝了一口水，端正脸面，对等他发言的郑立新和江小燕说，"你们哪。俄罗斯是个一向重工业发达轻工业凋零的国家，日用品奇缺。我估摸着两位一定也是听从前辈嘱托置办了不少东西，放心，前面马上火车靠站，那些倒腾东西的俄罗斯倒爷会上车来。瞧着吧，您哪，这钱就来了，刮刮新的卢布！"终于找到一个在迟教授面前扳回北京人见多识广的面子，荣建设说完话，有意谦虚地向迟教授请教说，"迟教授，您说我这话在不在理？要不，您再给两位初次出国的同胞补充补充。"

迟教授转过头来，看着远方已出现轮廓的城市，有些心不在焉地说："说得是，说得是，现在俄罗斯经济状况不太好，有钱买不到东西。"

这时，火车喘了一口长气缓缓停靠在一个不知名的小车站，转瞬间，整节车厢都集体沸腾起来。早已等候多时的俄罗斯倒爷上了车，如打鸡血般早兴奋地扯开大包的荣建设精神抖擞。他打开那个最大的包，里面全是叠得整整齐齐的一件件皮夹克。他再也顾不得车厢里几位惊异的眼神，拎着几件皮夹克出了包厢。如一阵风般来去，那个装满皮夹克的大包不断萎缩，在郑立新惊诧的目光中，北京倒爷缠在腰间的腰包转眼间鼓了起来。

看似柔柔弱弱的江西妹子在最初的愣神之后显出天生的生意头脑，也急急忙忙地打开两个包，掏出里头花花绿绿的东西，拿出事先准备好的计算器，与冲进包厢里的一个中年俄罗斯人细声细气地做起生意来。小姑娘掏出来的东西竟大多是女人的内衣、内裤、长袜、短袜，那么多红红绿绿的乳罩猛然摊在郑立新眼前，一时让他瞪大不相信的眼睛。江小燕此时已来不及顾及男人惊讶的目光，只是认真地对着那个高自己一大截的五大三粗的中年男人比比画画，一边在计算机上按着数字。最后，那个头发已全秃的中年俄罗斯男人摇摇头，用惊奇的目光打量着眼前这个柔弱清秀的中国姑娘，把计算器递回江小燕手上，甩响指做了个"OK"的手势。一瞬间，江小燕兴奋得原地跳了起来，一时有些手忙脚乱，一二三四地当着对方的面数乳罩，接着把这整包的乳罩交到对方手上。很显然，小姑娘初做跨出国门的生意，数着对方递到手上的崭新俄罗斯钱时激动得手有些发抖。俄罗斯中年男人转身离去时，还摇着头，一副在中国姑娘面前没占到便宜的不甘心样子。几乎已倒腾完一大包皮夹克的北京倒爷的生意告一段落，他心满意足地摸着鼓鼓的腰包回到包厢，有些不认识地看着正收拾包的江西姑娘。

此时的江小燕又恢复柔弱羞涩的样子，见返回的荣建设，忙把计算器拿给对方看："荣大哥，我第一回和外国人做生意，您看看是不是价太低了?"

荣建设没接过计算器，只瞄了一眼上面的数字，就瞪大一双放出惊奇目光的小眼睛叫道："江小燕，您哪，真是让我刮目相看，您这是白菜卖出了肉价!可让我们北京人大跌眼镜。"一边又嬉皮笑脸地盯着对方一张因兴奋而格外红润的美丽脸蛋，摇头长叹，"哎呀，这真是酒不醉人人自醉啊，他一定是被你的小脸蛋迷住了。我就说哪，这做生意啊，还是女人厉害，女人厉害!"

"荣大哥，你胡说什么！"初战告捷的江小燕对北京倒爷的嬉皮笑脸并没有真生气。

车子悄然开动了。这时候，荣建设似才看到早被眼前一切震得目瞪口呆的郑立新，一眼扫到他安静地躺在包厢一角的两个并不大的包，再次惊奇地大呼小叫："啊呀，郑老弟，你的生意还没开张？"他用思忖的目光在郑立新和包之间来回扫了两遍，忽走近前来，疑虑地小声问郑立新，"兄弟，您不会啥玩意都没带吧？这包里只是自己的行李？"

"行李……也……也有准备一点东西。"

"什么东西？该不会都是准备带给匈牙利你那位大哥的东西吧？兄弟，你也太……"

"没有，没有，李哥没让我带东西。我也就是带了一点小玩意，风油精啊什么的。"郑立新说的是大实话。这些年母亲身体一直不好，长年吃药，随队家属的活有一搭没一搭地干着，没赚几个钱，郑立新自个的工资还不够花，还时不时地得让父亲给他到派出所交这样那样的罚款，赔人医药费什么的，因而家里的日子一直过得捉襟见肘。这次为郑立新出国，四处借贷，欠了一屁股债的父亲只为儿子能挪个地方有活路，哪有多少钱置办李哥提供的那些大件货物，只能整些零碎的日用品，里头就有从明溪市场地摊整打买来的廉价女性内衣、内裤。当然，这些玩意不是郑立新置买的，而是凭在市场上摆摊做生意的表姐关系，从一个正好做女人内衣的姐妹的摊位上赊来的，可是费了天大的面子。原本郑立新打死也不带，不知什么时候母亲悄悄塞进了包里。现在，看北京倒爷生意做得火热，郑立新也有些蠢蠢欲动，可一是不知从何下手，再一个当着江西姑娘的面，真不好意思让包里的东西示人。没想到的是，倒是人家一个小姑娘脸皮厚得很，敢和五大三粗的俄罗斯倒爷做这生意，看那一直在自个眼里神秘得很的乳罩在老毛子和江小燕手上递来捏去，见到女孩就心慌的郑立新还真是看呆了，更不敢把包里的廉价乳罩拿出示人了。没来由地，他竟有些怨恨母亲不该瞒着他把这些东西塞到包里，尽管李哥交代多带些货把车票钱赚回来。

北京倒爷惊异明溪王坊山头老大居然钱送来不懂得赚。江小燕对郑立新两个依然无动于衷的包也颇感意外，但北京倒爷颇瞧不起人的表情，让江西姑娘忽有些同情这位大个子福建人。她见郑立新垂头丧气的样子，就将手里的计算器递给他说："郑大哥，没关系，我也是第一次出国做生意。看看，老毛子人还是挺实诚的。我就那么随手一按，没想到竟成交了。嘻嘻。这个给你，没关系，我刚才在外头和人打听了，前面停的站叫伊尔库茨克，比刚才的站更大，会有更多俄罗斯人上车做生意，你就用这计算器，大着胆子按数字，反正按对了就赚。做生意就是一个愿打一个愿挨，能买，说不定他赚得更多。"

在江小燕做生意时一直冷眼旁观，又有些坐立不安的迟教授拉长声调斜一眼江小燕："看不出来小姑娘做生意倒满地道的，不像是第一次出国啊！一个小姑娘家和男人做那……样的生意，不简单喽！"话尾的几分酸味，已有些不像教授的语气，倒像是街头巷尾扯家长里短的妇人了。

江小燕没听出对方语气里的嘲讽意味，向包厢里的人下保证般说："我是第一次出国，也是第一次和外国人打交道呢。刚才我心慌得要命，对方要是再按回他的数字我就认了。"

郑立新把计算器一把推给对方，因为他的包里也备了这么一个简单的计算器。这是李哥在信中交代的，出国做生意语言不通，除了双手比画就得靠计算器了。只是被一个小姑娘同情，郑立新骨子里的傲气涌上来，一声不吭爬到上铺倒头躺下，暗暗鼓励自己到下一站死活也得把包里的这点货倒腾出去，不然就让北京倒爷和江西小姑娘笑话了。

同时，迟教授话里话外的意思，也让郑立新重新打量这个敢和俄罗斯商人讨价还价的江西姑娘了。

6

时隔17年，郑立新在匈牙利再次与江小燕意外相遇，并由此展开一段让两人说不上是痛苦还是快乐的情感之后，郑立新才得知江西姑娘在乡镇企业上班时，母亲在广昌县城开了一家杂货铺，下班或休息日，江小燕就到杂货铺里帮忙，有时帮着卖东西，有时还与父亲一起帮着进货，好几回还跟着父亲到建宁购买莲子。或许正是这种不经意的锻炼为江小燕后来做生意打下了基础。来到异国他乡后，她深藏的经商潜能激发出来，更何况到俄罗斯后还有舅舅的引导。

现在，在钱找上门竟没胆量去接的郑立新暗恨自己之时，列车一往直前地穿行于茫茫无边的西伯利亚，向下一个车站驶去。又一个漫长的夜晚笼罩了车窗外景色宜人的原野，但郑立新无心观赏窗外美景，扎扎实实地为自己两个并没有多少存货的包操起心来，忐忑不安地迎接下一个车站的到来。听着对铺荣建设安详的呼噜声，郑立新睡不着，透过从包厢外投射进来的微弱光线，他看到斜对面下铺的迟教授翻来覆去似也没有入睡。郑立新猜测迟教授鼓鼓的帆布包里也和他一样放着需要出手的货，只不过这个中年妇女端着架子罢了。这么一想，似找到同病相怜的人，郑立新暗暗好笑着，心情稍微轻松了些，迷迷糊糊地在火车轮子与铁轨千篇一律的摩擦声中睡了过去。不知过了多久，包厢外异样的声响将进入梦乡的郑立新惊醒过来，就在他从铺位上坐起的同时，包厢的门被轻轻推开又关上，一个黑影钻进包厢随之按亮了电灯。郑立新还没弄清是不是大半夜乘务员查房时，对方已严厉地用手中的瓦斯枪柄敲打着床架，有些不耐烦地吆喝着："起来了，起来了，给爷把钱都归拢归拢。"

毕竟是出门的生意人，一个个即使睡着了还是很警觉的。同是上铺的北京倒爷先坐起来，一转眼就明白怎么回事，一脸惊恐中已动作迅速地拉被子盖住放在铺内侧的腰包。江小燕则低声惊叫，随之在对方晃动的枪口下用手捂着嘴巴，整个身体簌簌发抖。迟教授迷糊间却打了个大大的呵欠，用她一贯的慢条斯理腔调教书育人般嘟囔道："半夜三更的查什么房，俄罗斯乘务员怎么这么不讲……"她的最后一个"究"字没说出口，就在对方伸到面前的枪口下生生打住了，嘴巴僵在一个大大的"O"上，随之害怕地将被子拉到下巴处，厚厚的被子也遮不住她身体的颤抖。

不用对方多做解释，从睡梦中惊醒的四个中国人都明白是遇到劫匪了。

后来才得知，这是两个在莫斯科生意失败妄想走发财的捷径欠下高额赌债的北京倒爷。事实上，这趟从北京到莫斯科的国际列车途经中、蒙、俄三国，从1960年就开始运行，是中华人民共和国成立后第一趟涉外列车，全程7865公里。1989年戈尔巴乔夫访华后，中苏关系正常化，苏联对中国商品的大量需求让中国人看到了商机，这趟列车成为最重要的货物通道，其中的北京倒爷是最先嗅到商机也是最大的群体。这两个北京倒爷与荣建设一样来回北京莫斯科间多次，对这趟车的情况非常熟悉，在债台高筑无力偿还，被俄罗斯黑帮逼得走投无路后，发现了国际列车一直存在的安全漏洞：中国乘警只负责国内线路的安全，在二连浩特出境时下车，俄罗斯警察却不上车执勤，且对中国乘客之间的纠纷不太爱管，有点事不关己高高挂起的意思。也就是说，从二连浩特出境到莫斯科 6 天 6 夜，列车上没有警察执勤，只有例行管理的乘务员，安全保护处于真空状态。就这么着，两个落魄的北京倒爷打起在火车上抢劫的念头，在前一个站就开始寻找合适的猎物，皮夹克生意做得风生水起的荣建设引起他们的注意，悄悄地打探后得知这包厢里两男两女，一个是看起来挺有修养的中年妇女，估计身上带了不少出国的公款，另一个是柔弱的小姑娘，再一个是瘦小的同行，这都不是个事。让他们有所忌惮的是那个身板结实的大高个，看起来不是个善茬。因此，依两个劫匪事先的计划，一个人在外面望风接应，另一个身高力大的进包厢做案，先震慑住对方把钱归拢来。最要紧的是防着大个子。

这会儿，用一块布蒙脸的劫匪挺满意眼前"猎物"的表现，再次强调说："爷是图财，要钱不要命。都别动心思，爷手里的枪可不认人！"在说话时，他右手拿着的瓦斯枪始终一直对着坐在上铺的郑立新。他伸左手指指荣建设，示意对方从上铺下来，"哥们，都是这条道上跑的，别想藏着掖着。喏，把你的腰包还有身上的钱统统扔下，再慢慢地下来。爷只图财不是？您哪，也不想为这几个小钱弄个血光之灾不是？"

"大哥、大哥，您就放过小弟吧，这可是小弟砸锅卖铁凑的钱。山高水长，等兄弟赚了钱再来孝敬您，求您高抬贵手。"荣建设从上铺下来，不住地点头哀求对方。

劫匪不搭理荣建设，只将上铺的被子一掀，顺手将鼓鼓的腰包扯到手上，眼里射出贪婪的目光。这过程中，警觉的他始终把右手的枪指着坐在上铺的郑立新。完了，这时运也太背了，看来身上带的这点路费多半是留不住了。郑立新在对方黑洞洞的枪口下，虽咬着牙却无计可施。不用说，这劫匪如此胆大，肯定不是单枪匹马，包厢外不知还有他多少个同伙。若是反抗，这些玩命之徒还真会开枪，把命搭上就不值了，就认了吧。在对方枪口之下，有力不敢使的郑立新最初决定认这霉头，甚至还暗暗庆幸自己带的那些东西没有出手，起码还能留下几个吃饭钱。就在一向天不怕地不怕的明溪王坊山头老大这么要认栽之时，情况发生了意想不到的变化。这晚上，或许是第一笔生意成功心情激动，或许是一个包厢里处久了放松防备之心，也或许是列车的暖气太热了，江西姑娘第一回脱掉外衣入睡，当她身体不由自主地抖着，少女美妙的曲线无意中抖花了劫匪的目光。

不错，劫匪计划是控制包厢里的人后给外面的同伙发信号，然后同伙再进来，彻彻底底地把这个包厢里钱全都笑纳。不料想，计划刚刚开始实施，这劫匪却被少女的美妙曲线弄弯了目光，忽略了此前探风时确定不是善茬的郑立新。而就在他色眯眯地走向受惊小鹿般越加抖出少女曲线波浪的江小燕时，他手中的瓦斯枪不可救药地偏离了预定的方向。

其实还是有过片刻犹豫，是江小燕在劫匪走近时捂嘴又一声惊恐无助的叫声，猛然激发了明溪王坊山头老大骨子里的血性和侠义。也就在这短暂的瞬间，拿定主意的郑立新猛然从上铺跳下来，在劫匪听到动静侧身要举枪的同时，落地的他顺势飞起一脚，准确地踢到对方的右手腕。随着劫匪一声压低声的痛叫，他手中的瓦斯枪画了一道可怕的弧线重重飞撞在包厢墙上，发出骇人的金属撞击声。与郑立新一般高大的劫匪当然不是软柿子，急速转过身来时，手上骇然多了一把寒光闪闪的水果刀。在空中画了一道令人胆寒的弧线后，劫匪"嗷嗷"叫着，挥刀向郑立新面门刺来。

完全没意料到枪之外还有刀。郑立新心中一颤，不敢大意，前些年在钻机上学的几招武当拳在这要命的时刻派上了用场。说话间，他伸手一推一挡，刀锋偏过脑袋从他右手臂处快速划过，借对方的力使劲一震，致命的水果刀"当啷"落地。接下来，郑立新就不按套路出牌了，借着气力足，硬生生伸臂架住对方捶来的一记重拳，使出他从六七岁打架时就习熟的狠招。当然这一招他轻易不用，只有在遇到比自己强的对手时，才这么不讲道义地使这种下三烂的手段。郑立新再次作势起左脚，在对方闪避之时用右脚膝盖重重地拱向对方裆部。这是郑立新屡试不爽的以弱胜强的手段，假动作真动作一气呵成，让人防不胜防。果然，这个劫匪当下就双手捂着裆部，痛得在地上缩成一团。一切发生在转瞬之间，从郑立新出手到劫匪倒地，在场的三个人居然没反应过来。直到郑立新拾起躺在一边的瓦斯枪，递给愣在一边的北京倒爷，低沉地说："看好他！"正当他走到门边要捡起地上的水果刀时，包厢门再次洞开。也在一瞬间，早有防备的郑立新往边上一闪，先是一个不讲理的冲天炮打得对方头晕脑涨，紧接着又是起膝盖拱向对方致命的裆部。当两个劫匪在包厢里滚到一处，嗷嗷痛叫时，郑立新已飞快地关上包厢门。形势无法预料，不知对方有多少同伙，为今之计，就是守住门不让劫匪冲进来，等待援兵。郑立新捡起地上的刀，倾听外面的动静。

包厢外果然有了动静，但不是劫匪，而是听到声响的乘务员。身材已开始发福的女乘务员看着包厢里的一切，恍然明白过来，瞪大着眼睛，嘴里不知嘟噜着什么。事后，迟教授翻译："我的天哪，强盗！车上有强盗！我的天啊，中国人！"在女乘务员转身惊叫着跑去喊人时，那个最先被郑立新放倒的劫匪已有些缓过劲来，面对北京倒爷手上的瓦斯枪，无奈而痛苦地向拿刀站在一边的郑立新抱怨道："哥们，您哪……您太不讲究了。哥们，这是要兄弟断子绝孙啊！哎哟哟……"

直到来了一大班乘务员将两个倒霉的劫匪带走，缓过劲来的迟教授自告奋勇当翻译介绍完案情回到包厢，郑立新才发现手腕处方才被对方水果刀划破一道细小的伤口，流出的血都结痂了。一直焦急等着的江小燕忙迎上来，惊叫一声，不由分说拉着郑立新坐在自己铺位上，转头四顾间，情急之下，竟撕破自己的内衣襟给他包扎起来。她的这个举动，让郑立新感到很是意外而有些不好意思，脸不易觉察地有些发烫。

北京倒爷对郑立新竖起大拇指说："兄弟，您救了我们三人。没说的，你这两包货，荣哥下一站就帮您出手。您哪，就坐那等着数钱吧！"

江小燕不客气地将荣建设往边上一推："现在有你了？刚才哪去了？劫匪让你拿包就拿包，还一个劲地哀求人家，可人家也没把你当北京老乡。哼！"

上车后一直是柔弱文静表现的江西姑娘这么一数落，让这一路以北京皇城根人自居、揣着满满优越感的荣建设脸面无处搁放，尴尬地让到一边。

已恢复莫斯科大学访问学者表情的迟教授也语重心长地批评北京倒爷："郑兄弟把歹徒制服了，你拿着枪的手还在发抖。若不是郑兄弟，后果真是不堪设想啊！真是的，多半是你太招摇，把劫匪引来了，真是……"末尾省略的话即是对此前她并不怎么看重的郑立新勇敢举动的肯定，也是对号称正八旗的荣建设居然没有遗传一点八旗血性的婉叹。

迟教授的表扬和江小燕充满温度的崇敬目光，让成为英雄的郑立新有些不好意思。实际上直到这会儿，郑立新身上的肌肉都在微微颤动，不是因为方才一番打斗，与人打架是他打小的家常便饭，而是后怕。是啊，若不是江小燕那一声无助的骇叫，他郑立新面对黑洞洞的枪口肯定是俯首称臣，老老实实把口袋里的家底都掏给对方。当然，享受着英雄待遇的郑立新不会说出自己当时内心与大家一样害怕，而产生勇敢是因为江小燕。直到 17 年后，当他与江小燕在布达佩斯的绿桥再次重逢后才向对方坦陈这一点，让江小燕因感动而饱含深情地瞪了这个不争气的赌徒一眼。当然，他们都没有料到有关他们的一段情愫会在国际列车上埋下这么冗长的伏笔。

让所有人同样没有预料到的是这个夜晚发生在国际列车上的抢劫事件，只是为后来一系列罪恶拉开了一个序曲。令人非常不解和可惜的是，中国明溪青年勇斗歹徒成功挫败一起发生在国际列车的劫案，除了俄罗斯友人口口相传这个单枪匹马的英雄外，并没有引起俄罗斯政府的重视，从二连浩特到莫斯科漫长的行程中，依然没有增派俄罗斯警察进行安全保卫，导致这个没有被及时填充的安全"漏洞"终于在一年后酿成耸人听闻的一系列抢劫、强奸案。此时，已在匈牙利四虎市场摆地摊，无法控制内心"赌博"这个魔鬼的郑立新断续听到有关新闻，不由想起江西姑娘崇敬的目光和撕破内衣襟给他包扎伤口时那温柔心疼的感觉。

7

1992 年 4 月这个夜晚之后的行程中，江小燕温情的目光一直笼罩在郑立新身上。这么明显的崇敬之情当然让迟教授和北京倒爷一打眼就看出来了，荣建设不无醋意地附耳对郑立新说："兄弟，您哪，这英雄当的……都说美女爱英雄，真是不假。您哪，就别去什么匈牙利找你那什么李哥了。听哥的，就借着江西妹子这股劲，一起投奔她舅舅，您这可就一步跨过兄弟还在苦苦走着的路喽。到'一只蚂蚁'里做生意，有她舅舅罩着，您哪，就等着飞黄腾达吧！"羡慕不已的北京倒爷说着说着，小眼里冒出绿光。

郑立新对北京倒爷这副势利的嘴脸很反感，却一时不知说什么好。因为，随着列车离中国越远，勇斗歹徒的郑立新心中越来越虚飘了，心里念叨着李哥在信里详细交代到莫斯科如何转车到匈牙利，以及相关注意事项。

这个晚上剩下的都是垃圾时间。除了三人异口同声地赞扬郑立新的勇敢，以及被迟教授和江西姑娘批评、再也端不起北京人架子的荣建设一再表示，到下一站一定替郑立新做生意外，就是四人心有余悸地在假睡之中等待天亮。荣建设一次次表白，当然是为了在江小燕和迟教授面前将功补过。大家都清楚，若是劫匪得手，损失最惨重的就是他了。江小燕也说要帮郑立新，这让郑立新有些受宠若惊。想及包里那不敢示人的女性用品，他的脸又有些发烫，不敢看江小燕纯洁善良的眼睛。

没滋没味地草草用过早餐之后，列车终于停靠在北京倒爷嘴里已念叨无数遍的伊尔库茨克。远远地就看到站台上站着许多似乎按捺不住的俄罗斯人，荣建设此时又如猛然打了鸡血一般兴奋起来，边探头往窗外看，边对也站到窗前的郑立新指指自己包说："兄弟，您把心放肚子里，也就一泡尿的工夫，您看荣哥怎么把这剩下的十几件皮夹克让俄罗斯倒爷收了。回头不耽误给您出货。放心吧，您哪。"

听到这话的江小燕对先己后人的北京倒爷很是不屑，从鼻子里轻轻"哼"了一声，自顾低头整理包里的存货。

一直正襟危坐认真看书的迟教授坐不住了，一副欲言又止的样子，念叨着："听说伊尔库茨克做生意的俄罗斯商人特别多，荣……荣先生，我……"

一路相处而来，原本的陌生人因旅途寂寞似已消除出门人应有的戒备，彼此以兄弟姐妹相称，除了迟教授这神圣不可侵犯的称呼。因此，听到迟教授对自己这么正式的称呼，已在做着战前准备的荣建设微微一愣，扫一眼此时已被教授挪到铺位前的一个鼓鼓的包，意味深长地一笑，拉长声调说："是啊，过了这个村可就没这个店喽。"

荣建设的话让迟教授猛然紧张起来，旁听者郑立新全身肌肉也绷紧了起来。

果然，列车车门一打开，随着荣建设如兔子般矫健地拎着剩下的十几件皮夹克冲出包厢，整列火车都沸腾起来，刚发生的劫案一点也没影响这列满载着发财欲望的国际列车。令人奇怪的是，在听到别的包厢已响彻俄罗斯商人生硬的话时，这节刚经历劫难的车厢却很是安静，后来才明白那是乘务员对这个包厢特别照顾。随着荣建设有些沮丧地拎包陪着笑容可掬的女乘务员返回包厢，大家感到莫名其妙之时，那两个倒霉的劫匪已被几个身材高大的男乘务员押下火车，交到等候在站台上的俄罗斯警察。就在荣建设不明所以，对站在门口的女乘务员一连声用北京话说着"凭什么不让我做生意"，年轻漂亮的女乘务员礼貌地还以微笑时，两名俄罗斯警察走进包厢。他们先向大家敬了个礼，其中年长的那位说了一通俄语。迟教授忙把郑立新往前一推，用俄语说："警察同志，这就是勇斗劫匪的中国明溪小伙。"

年长的反问："中国明溪？"（俄语）

迟教授答道："是，中国，福建明溪，中国南方的一个县。"（俄语）

"中国明溪，顶呱呱！我代表俄罗斯警察向他表示崇高的敬意！"（俄语）说话，两个俄罗斯警察对着郑立新敬了个军礼。

郑立新听不懂对方说什么，但他听出音译的"中国明溪"，正寻思对方来做什么时，对方猛然一个标准军礼，让与他们站一起身高上还是吃亏的明溪小伙也笨拙地还了一个军礼，随即又觉得不妥，换成了抱拳。也就在他这么从军礼换成抱拳时，两个俄罗斯警察却已一个转身，如来时般迅速离开了包厢。随后，迟教授把她与俄罗斯警察的对话和来意翻译后，大家才明白他们包厢被暂时管控的缘由。荣建设先跳起来，叫道："真能装！警察不上列车保护合法的外国公民，这会儿就来敬个礼！就为这么个礼，让我们生意的都做不成了！"就在他这么谩骂着要重新拎包出包厢时，已被解禁的这个包厢忽然涌进了一男一女的两个俄罗斯人。荣建设一愣，顾不得再骂俄罗斯警察，着急着向对方销售剩下的皮夹克。

江西姑娘看郑立新还在发愣，不由分说："郑大哥，我来帮你。"拉开那个鼓鼓的蓝色地质包的拉链，江小燕却愣了，脸上忽地飘上了红霞。

似乎一个不可告人的秘密被人发现，郑立新急忙蹲下身急着要把拉链拉上："我自己来，我自己来。"急切间拉链却拉不上。

江小燕脸红红地斜郑立新一眼，一声不吭地抢过地质包，掏出里头的乳罩对中年俄罗斯人眼前一晃："看看，看看，这是地道的中国女人用品，质好价廉，机会难得。"一边让迟教授翻译给对方听。

迟教授没料到郑立新的包里会扯出女性用品，也一愣，随即在江小燕恳求的目光下，颇有些不情愿地进行了翻译。

江小燕似嗔似怨的一眼让郑立新这个五大三粗的汉子心里泛起异样的涟漪，竟不敢回视对方目光，直到江西姑娘拿着计算器与对方按了一通数字笑着点头时，他才长舒了一口气。一时间，郑立新心里暗恨表姐出的馊主意。

又涌进来两个俄罗斯倒爷。荣建设的皮夹克已倒腾完了，正舒心地数着卢布。这时候，看着别人生意成功，早已如热锅上蚂蚁般坐立不安的迟教授终于出手，在众人眼前如变魔术般翻出8件皮夹克。后来，据迟教授表白她这可不是要倒腾东西，皮夹克原本是要送给莫斯科大学同行作为见面礼，是被包厢里的氛围所惑，才鬼使神差地把礼品换成了卢布。末了，迟教授用一句"昔日孟母三迁果然有理，近朱者赤近墨者黑"来总结自己的偶然失足。尽管迟教授俄语说得顺溜，可在她极力推销下，那个满脸大胡子的俄罗斯中年男人却一直在摇头。生意受挫的迟教授面红耳赤，完全丧失了学者风范，无奈之下，在对方要转身出包厢时，向荣建设投去求援的目光。在一边数着卢布的荣建设见状，二话不说，接过迟教授手中的皮夹克向俄罗斯商人边抖边比画，一边快速地在计算器上按着数字。做着这一切时，北京倒爷的表情和肢体语言极其丰富，忽儿摇头长叹，忽而皱眉伤心欲绝的样子，忽儿转身跺脚，最后，眼圈红红的他拉着对方的一个手指头按到计算器一个数字上，随即又捶胸顿足后，方将皮夹克扔给了对方。俄罗斯商人得意地笑了，笑纳了迟教授的8件皮夹克。

在俄罗斯商人心满意足地离开包厢，迟教授的手有些颤抖地点着荣建设塞过来的卢布时，郑立新真正是大开了眼界，北京倒爷给他的生意经来了一个精妙的启蒙。只是他打死也不明白，会俄语的迟教授与对方交流半天一无所获，北京倒爷一句俄语不会说，却凭着丰富的肢体语言让对方束手就擒。这时候，经江小燕之手，郑立新那点女性用品也悉数出手了。正当郑立新被荣建设的生意启蒙弄得目瞪口呆时，江小燕也拿着她包里的货出包厢出售，让郑立新暗暗佩服同样初次出国的江西姑娘时，包厢里跑进来一个看上去也就十五六岁的俄罗斯英俊少年。

很显然，这个俄罗斯伊尔库茨克少年是跟着哥哥姐姐到列车上看新鲜。他先是笑吟吟地看着包厢里的人，眼光扫一圈后盯住郑立新此时已腾空的地质包，伸手摸了一下，嘴里咕噜着什么。

终于将礼品变成生意，白菜卖出肉价的迟教授沉浸于生意成功这直接而猛烈的喜悦中，看郑立新摇头晃脑不解对方意思，知识优越感重新回到莫斯科大学中国访问学者身上。她摇头一叹，指指郑立新的包："这小孩子看中你的包，问你多少钱卖。"

要买包？这个地质包是地质队员的标配，生在地质之家的郑立新有两个。那年地质部不知抽了哪根筋，给全国地质系统的每位地质队员发一套深灰色的地质服和这个深蓝色的帆布地质包。有一阵子，郑立新喜欢带着也是地质子弟的兄弟们穿着统一的地质服在外招摇，后来在一次群架中被一个死缠烂打的对手扯坏了一只袖子，此后就没再穿地质服了。这地质包是郑立新出外最爱用的，深而宽，底部有四个活动的万向轮，帆布防水，最巧的是包底还有一条拉链，可拉可放，包也就可高大可小，不显山不露水地能装好多东西。实际上，这地质包除了结实耐用外，可说是地质队留给郑立新最后的念想了，虽然他不是个合格的地质队员，可好赖在地质队度过那么一段青葱岁月。因此，郑立新在匈牙利艰难地讨生活，经历多次搬家，可破旧的地质包一直不舍得丢。后来与江小燕开始甜蜜而艰难的情感历程，生命与生活终于在布达佩斯活出亮色，江西女人奇怪郑立新怎么一直留着这个已是爬满沧桑的地质包，郑立新只说了一句："它就是我的家。"并没有太多浪漫情怀的男人说出这么一句话，让江小燕更深刻地认识这个一直走不出"心魔"的明溪男儿。现在，听了迟教授翻译，郑立新似被吓了一跳，一把从对方手上扯过地质包放到上铺，很坚决地摇头，情急之下回了一句通用的英语："No，No，No!"

对方一连声的三个国际通用"No"，反而激起了俄罗斯少年的兴趣。他想了想，从口袋里掏出一沓卢布，晃了晃说："我就要你这个包，这些钱买你的包。"（俄语）

迟教授翻译完，荣建设的眼睛就瞪大了，对郑立新做了个"OK"的手势，一连声说："卖给他，卖给他。兄弟，财神爷上门了，你还往外推？多划算啊，你拿这些钱到俄罗斯买10个真皮的包都有余。卖，卖，迟教授，你对这小家伙说还得再加些。"

迟教授果然把话翻译过去。俄罗斯少年显然没料到对方还会加价，似乎有些为难地想了一下，接着又从口袋里掏出几张卢布放在一起，递到郑立新面前。

郑立新没有让北京倒爷的惊叹声发出，就再次坚决地摇头："NO，NO，NO!"在一包厢人惊讶的目光中，郑立新转身从上铺扯过随身背着的马桶包整理着，忽摸到夹层里的东西，掏出一看竟是3包口香糖。想来是临行时表姐怕他晕车塞到包里的，一路而来竟把这东西忘了。想了想，郑立新拿着口香糖，转身对失望地要走出包厢的俄罗斯少年说："喂，这个送给你。"

俄罗斯少年眼睛一亮，咕噜了一句，伸出2根手指。

郑立新没明白怎么回事，机灵的北京倒爷却看出来了，对不明所以的郑立新摇手，代他向对方伸出了5根手指。

俄罗斯少年皱眉加摇头，犹豫着伸出2根手指。

荣建设也摇头，再次伸出3根手指。

俄罗斯少年当即咧嘴笑了，数出30卢布，递给愣着的郑立新，拿着3包口香糖一蹦一跳地跑出了包厢。

看着手上凭空多出的30卢布，郑立新埋怨荣建设："荣哥，我原本是要送给他的。你看这俄罗斯少年长得多喜人啊。3包口香糖30卢布，这……也太……"

荣建设用惊异的目光打量着郑立新，小眼睛眯缝着说："啊呀，真想不到兄弟这么古道热肠。您哪，做生意没有这么多说道，一个买一个卖，成交。谁赚谁亏，各安天命喽。"已把包里的货都倒腾一空的北京倒爷开始耐心地向郑立新普及生意场规矩。

重新端起访问学者架子的迟教授批评油腔滑调的倒爷别把一个好青年带沟里，义正词严地肯定说："郑立新同志，你刚才的想法是对的。唉，可惜啊，被人横插一杠。不然，这是多么让人感动的国际友情啊。唉。"

无意中当了英雄，又被堂堂大学教授肯定为"好青年"，郑立新都有些不认识自己了。这还是明溪王坊山头那个让单位和父母头疼的"落后青年"吗？但得到这么隆重的肯定，郑立新心里还是非常受用。

这时候，手上的货都脱了手，欢喜而归的江小燕听了个话尾，问明事情来龙去脉，并没有发表看法，只是用那种纯净如水的目光深深扫了郑立新一眼。一瞬间，虽说是王坊山头的老大，除了对队长女儿大屁股有那么一点恶作剧的想法，对女孩从没动过心思的郑立新几乎要被江西姑娘水一样的眼神淹没了。一时间，他觉得整个包厢越加温暖起来。

17 年后，遭受人生几乎万劫不复打击从俄罗斯转战匈牙利决心东山再起的江西姑娘，在绿桥边重逢明溪青年时，就提及 1992 年 4 月国际列车上郑立新原本要表达国际友情的口香糖。她说一直无法忘记一个自称从小打架不读书的坏青年会有这样的举动，这让她看到了对方隐藏在骨子里的侠义。当然，郑立新更没有忘记江小燕在国际列车上让他心颤的眼神，当他在"心魔"作祟下徘徊于四虎市场和"卡西洛"之间时，眼前总会没来由地晃过江西姑娘纯净如水的眼神，内心涌上一阵羞愧。而现在，伴随着列车启动那单调重复的声响，郑立新被江小燕一眼弄得同样羞愧，羞愧自己没有坚持，让北京倒爷打断他与俄罗斯少年本该建立的哪怕是短暂却珍贵的国际友情。于是，他把这 30 卢布一直单独放在包中原本放着口香糖的夹层里，躺在上铺上，揣着飘忽的心情，迷糊了过去。

8

终于，这辆满载着旅客各种欲望的国际列车到达终点，喘着粗气，如释重负地停靠在莫斯科火车站。

这是一个已有百年历史的车站，典型的俄罗斯风格建筑，尖尖的如童话世界里才有的屋顶高耸入云，暗红色的色调在有些阴冷的天空笼罩下显出那么一种与众不同的庄重。虽然这些略显陈旧的建筑就像俄罗斯现在的经济状况一样，但仍能让人感受到它昔日的辉煌。正是中午时分，当列车在站台上停稳，各节车厢的门就像排泄一般排出经历漫长旅程原已疲惫不堪，现在却像打了一针强心针般，争先恐后逃离列车的人。

在这个经历了国际列车第一次抢劫案并被乘客挫败的包厢里，最先从铺位上跳下来的是对这一切已熟门熟路的北京倒爷。他的四个大包在一路的交易中全变成了卢布，正缠在他鼓鼓的几乎要爆裂的腰包里，仅剩的一个包显然装着最为珍贵的必须交到北京大院哥们手上的东西。现在，他捷足先登把这个包在列车刚进站时就挪到包厢门口。

江小燕也显得有些紧张，离终点还有二十几分钟，到车窗外莫斯科郊外风景，她早早就把东西收拾好，并仔细地察看了两遍睡铺上是否有遗落的小物件。然后，她横背着随身的显然是当年读书时用的书包，坐在床沿上等待。一切安置妥当，她用纯净如水的目光看着郑立新背对她收拾蓝色的地质包，似犹豫半天方下了决心，装着看窗外风景，走到郑立新背后，轻声迟疑地说："郑……郑大哥，你要不要在莫斯科停一停？"

江小燕的话像是燕子的低声呢喃，小得郑立新都没听太清。他转身问："什么？"

江小燕脸上忽然飘上两朵红云，微微低下头说："在莫斯科先看看，再去匈牙利也不迟。你如果……我可以让舅舅帮你。"最后一句话语速特别快。说完，她的目光飘到窗外正在逼近的莫斯科火车站。

江西姑娘的话北京倒爷和迟教授都听到了。八旗子弟的后裔瞪大眼睛，不无醋意地轻声嬉笑。此时的迟教授则正襟危坐，对包厢里三人的忙碌熟视无睹，显示了学者与众不同的风度。她听到江小燕这明显包含感情色彩的话，只是向上翻了翻眼皮，没有任何表示，一副见怪不怪的样子。

郑立新当然听明白江小燕的话，他的脸莫名地也有些发烫，心里一暖一热，出口却拒人于千里之外："谢谢，不用了，待会我就转车去匈牙利。"他转身接着拉不知怎么卡住的地质包拉链，那些女性用品都经江小燕之手换成了卢布，现在空包的一截得拉短些。越是着急，郑立新越是拉不上拉链。忽地，脸上两朵红云似乎被郑立新客气话语飞快吹散的江小燕蹲下身，抢过郑立新手上的地质包，稍整了两下就拉上了拉链，然后坐回自己的铺位上看着窗外的风景。郑立新一时有些不明所以，愣在当场。

这时候，列车已稳稳停靠在火车站，莫斯科在人们忐忑不安的心情里如约而至。

一出包厢，漫长旅途且经历抢劫之难建立的萍水相逢的情谊，似乎被莫斯科的异国寒风一吹，转瞬就烟消云散了。北京倒爷第一个扛着看起来依然有些沉重的包下了火车，在站台上和三人客气地告别时，看了看江小燕又看了看郑立新，小眼睛眨巴两下，向三人抱拳道了声："您哪，就此别过，到莫斯科有事找荣建设，莫斯科中国商界都知道兄弟的名头。兄弟没大本事，可莫斯科每条道我都熟着呢。"又意味深长不无遗憾地小声对郑立新说，"兄弟，你够义气，我荣建设交你这兄弟了。真不在莫斯科停一停？哥陪你去红场看看克里姆林宫。喏，人家小姑娘可眼巴巴地邀了你呢。啧，也是，七尺男儿生于天地之间，脚下的路得自个走着才稳妥呢。好，拜拜了，您哪。"北京倒爷再不多做停留，扛起颇为沉重的包，钻过虽嘈杂却还算井然有序的人群，第一个从大家视线里消失了。

郑立新以为这是与北京倒爷第一次见面也是最后的告别，然而，他没有料到居然几个月后在匈牙利多瑙河畔链子桥石狮子边重逢逃难的荣建设，也同样没想到时隔17年后江小燕也转战匈牙利。而这从国际列车延续到匈牙利的缘分，一个让他从此被"心魔"所控几近万劫不复，一个是时隔漫长的时光对接上国际列车上的眼神，从而启动了他生命的重生。

第二个告别的是满满学者派头的迟教授，她款款有致地用俄语把自己同行的中国明溪英雄介绍给来接站的莫斯科大学同行，礼貌性地向两人告别后，对郑立新说："也许我会去匈牙利看看，考察一下匈牙利，就看莫斯科大学怎么安排了。或许我们还有机会在匈牙利再见。"女教授并没有留下任何联络方式，随莫斯科同行款款而去，远远地见她钻进一辆老旧的拉达离去。

郑立新被迟教授莫斯科同行为表示对中国明溪英雄敬佩热烈的握手弄得本就飘着的心情更飘了，勇斗劫匪的英雄的手掌在没有防备的情形下被握得有些生疼，以至于握住江小燕有些迟疑地伸过来的纤纤秀手时居然没有什么感觉。他只是机械地对江小燕说："再见。"

江小燕的舅舅还是派人来接站了，一个外表干练的青年人提着江小燕的行李，以莫斯科火车站哥特式建筑为背景的背着书包的江小燕，恍如一个从童话世界里走出的小女孩，她转身而去时纯净如水的眼神里不易觉察的哀怨，让郑立新忽暗生悔意。是啊，或许该接受这不知多少人求之不得的邀请。但郑立新就是这么一个有时候一根筋的人，如同他后来在匈牙利整整 17 年奔走于四虎市场与卡西洛之间，被一个赌字牢牢攥在手心，一直走不出"心魔"一样。事实上，在莫斯科火车站与江小燕的告别最为简洁，只有轻轻地一握和互道"再见"，两人都没想到就这么轻描淡写的从此各自浪迹天涯的告别，是为 17 年后的重逢埋下伏笔。急于转车的郑立新脑子里没有任何诗情画意，更何况他本就不是个有诗情画意的人。因此前北京倒爷详细介绍，还画了张转车的草图，现在郑立新和许多怀着淘金目的转战匈牙利的中国人一样，都在按照这张路线图希望能顺利搭上另一趟开往匈牙利的国际列车。

终于，郑立新把紧张疲惫的身躯安放在自己的铺位上后长长吁口气，大功告成般为自己鼓劲：匈牙利，我郑立新来了！这时候，他才有工夫回味江小燕迟疑的邀请与清秀的脸上那两朵飘忽不定的红云，以及最后告别时轻飘飘地"再见"和轻轻地一握。郑立新看着窗外远去的俄罗斯风景，突然轻轻拍了一下自己的脑袋。

9

再次经历整整 36 个小时似乎没有尽头的旅程，满载着中国人的这趟国际列车在周四的清晨到达了匈牙利首都布达佩斯。与莫斯科火车站陈旧但大气不同，中欧小国匈牙利首都的火车站在灰蒙蒙的天空下显出几分肃杀的景象。在中国春暖花开的 5 月布达佩斯居然还是一片冰雪世界，远远近近那些未化的白雪和化雪的地方黑白交错中显出一派凌乱而冷漠的景致。郑立新是在群情激动的中国人簇拥下"滚"下火车的，推搡得他几乎摔倒在一个操着北京口音的胖墩身上，差点让他发起火来。这哪里是匈牙利，分明是又一个中国火车站！几乎整列火车都是说着中国话的同胞，转瞬间，这些中国的南腔北调就让布达佩斯火车站台变成一个中国集市。其中大部分与郑立新一样是坐着北京至莫斯科国际列车而来的中国同胞们，再没有了莫斯科火车站的嘈杂而有序，那时是急着各谋"生路"，现在到达了目的地，又急着寻找各自的亲朋。有接站和被接的人紧紧地拥抱在一起，也有下车茫然四顾的无主旅客。

这时候，被人流挟裹出站的郑立新并不着急，因为李哥在回信中很仗义地写明会在约定时间接站。所以，郑立新完全把心放在肚子里，不慌不忙地背着他还有少许存货的特征明显的地质包，在翘首接站的人群中寻找着李哥。一遍，两遍，三遍……郑立新没看到李哥那张英武的国字脸，而在一遍又一遍的寻找中，一路上飘着的心又忐忑不止。直到混乱的人流像一片片雪融入突然飘起来的若有若无的雪花中，郑立新忽感受到布达佩斯与明溪冬天不太相同的寒意，忍不住打了个哆嗦，觉得自己就像是被火车扔下的一个无主的包裹。就在他茫然四顾地不相信李哥的国字脸不会出现时，身后响起一个略有些沙哑低沉的声音："你是郑立新兄弟?"

郑立新猛然转过身来，一瞬间，他眼里的泪几乎都要出来了，因为这是他踏上布达佩斯土地后听到的第一句针对他的中国话。

"我叫赵剑武。李哥有事没空来，让我来接你。"这位个头不高，但身体结实，长了一张娃娃脸的青年，并没给郑立新一个盼望中的热情拥抱，只略望他一眼，又扫一眼对方的地质包，没有接站人应有的接行李动作，却转身而去，也不管郑立新有没跟上来，自顾骂道，"这鬼天气，5 月了还下雪！来的路上碰上交通事故堵车，迟了些。"

"没关系，没关系。就是没想到布达佩斯这时候还下雪，稀奇。"郑立新对这个判断不准年龄的娃娃脸客气中的冷意有些意外，紧着追上两步，问，"我们这是去哪里？去找李哥吗？李哥在哪里？"

赵剑武回头看郑立新一眼，并没有回答李秋实的去向，简洁地说："先去明溪驿安顿下来，后面的事情再和李哥说吧。"此时两人已坐上了一辆公交车。

　　没有得到预想的答案，娃娃脸闭上双眼坐在座位上一副拒人于千里之外的样子，让郑立新没法过多问话，反正一切等见到李哥再说吧。只是……明溪驿？布达佩斯怎么会有这么一个地名？这究竟是什么地方？郑立新怀着满腹疑虑，直到公共汽车驶上紧挨着多瑙河宽阔的马路，猛然扑入视野的多瑙河秀丽风光瞬间消弭了刚才"无主包裹"的感觉，瞪大兴奋而好奇的眼睛。

　　尽管此前从没认真读书的郑立新听从父亲建议做了些功课，但多瑙河从纸上走进他视野里，还是让明溪王坊山头的老大无比震惊。事实上，郑立新的震撼与所有初到匈牙利的中国人一样。在东欧，匈牙利的首都布达佩斯向来有"东欧巴黎"和"多瑙河明珠"的美誉，是欧洲著名的古城，坐落于多瑙河中游两岸。早先布达与佩斯是遥遥相对的两座城市，后经几个世纪的扩建，在1873年由位于多瑙河左岸的城市布达和吉布达，以及右岸的城市佩斯合并而成。此前并没有布达佩斯这个名称，一般将其称为佩斯—布达。布达是老城区，主要在布达山上，是布达佩斯的文化中心和富人居住区。沿山路而行，绿树成荫，随处可见造型别致的洋楼，隐身于树木之中，环境十分安静优雅。著名的布达城堡就位于布达城堡山的顶端，是布达佩斯的标志性建筑。这个城堡建于13世纪，是奥匈帝国时期的皇宫，伊丽莎白皇后（即中国人熟悉的茜茜公主）曾在此居住。城堡历经战火，多次重建，形成现在的巴洛克风格。现在城堡已成为博物馆和艺术馆，收藏了不少价值连城的艺术品。和布达比起来，佩斯显得更为庸俗和热闹，是政客、商人聚集地兼平民居住区，也是众多华人商贩批发零售、大肆捞金的风水宝地。如步行街的特色小店、咖啡厅、赌场，还有"红灯区"，都是供某些闲人消遣的场所。

　　布达佩斯还有一个令人流连忘返的所在：温泉浴。尤其是那个有名的Gallert Thermal Bath。它的温泉泳池设在一个位置十分隐秘的古罗马宫殿式的大厅里，厅内布满刻着各式花纹的大理石圆柱，墙上的马赛克壁画古色古香，巨大的玻璃屋顶将外部的光线调节得既柔和又暧昧，淡淡水气中可见赤裸的人体在圆柱间晃动。

　　美丽的多瑙河把布达佩斯这座城市分成布达和佩斯两个部分，也给这座古老的城市带来了独特的风景。5月并不是布达佩斯最好的季节，布达佩斯市花天竺葵还在含苞待放，将在一个月后才开始装点这座美丽的城市，到处绽放的鲜红娇艳花朵在夜深人静之时偶尔会让郑立新没来由联想起江小燕秀丽的脸庞上两朵红云。郑立新没看到多瑙河畔盛开的天竺葵，但河面上不时飞过的成群海鸥让从闽西北山区来的青年很是好奇，就在他有些入迷地观赏着海鸥在河面上时而贴着水面时而高飞的精彩表演时，不知何时，赵剑武已睁开布满血丝的眼睛，无精打采地说："漂亮吧？多瑙河比我们明溪小河沟美到天上去了吧？只是这多瑙河的波浪却凶险着呢！兄弟，等你跳到里头游那么几个来回就知道了。"说完这话，他又闭上双眼假寐。

赵剑武的话让正在兴奋地欣赏多瑙河风光的郑立新很扫兴，对方客气里包含着冷漠，现在又说这莫名其妙的话，是什么意思？即使郑立新读书不多，也能听懂话中双关之意。微愣了一下，郑立新想着对方一定是李哥信得过的兄弟，也就没在意他不阴不阳的态度，在两人下车往一条街走时，终还忍不住心中的疑惑，问："赵大哥，明溪驿是什么地方？布达佩斯怎么有明溪的地名？"

听到"明溪驿"三个字，赵剑武脸上的表情松弛下来。他停下步子，等好奇地四处观望、一路笑着与迎面的匈牙利人热情招手的郑立新跟上来后，缓和语气说："听李哥说，我比你小，就叫我剑武吧。"又不答反问，"我和你一样都没好好读书。这么说吧，这可是历史，李哥是中专生，有学问，这名头是他起的。"似来了兴趣说，"详细的李哥才说得清楚。这么说吧，我们明溪县与沙县、将乐、宁化、清流交界，设县前为清流的明溪巡检司，也是属于县治的边远地带。当李哥和我还有王哥这一班子人来到布达佩斯后，起初租住便宜的半地下室，后来生意有起色，正好王哥在'四虎市场'摆摊时交了一个匈牙利朋友，机缘巧合，以较低的价格租下这幢别墅。李哥说这别墅就作为一个初到匈牙利的明溪人一个落脚点。以前明溪不是叫巡检司吗？就戏称它为'明溪驿'，意思是给大家休息喘气的驿站。没想到，李哥随口这么一说，明溪驿的名字就这么叫开了，连匈牙利朋友都这么称呼。很多初到匈牙利的明溪老乡没地方落脚，明溪驿管吃管住，等他们赚到钱了再来结算。有的就这么走了，也随他。当然，大部分人会记得明溪驿的好。李哥说广交朋友，不要图一时之利。只是眼下……唉……"

　　李哥果然还是那个重情重义的明溪汉子！郑立新一下火车像"无主包裹"般的感觉真正烟消云散，从登上国际列车就有些发飘的心情也在猛然出现眼前的"明溪驿"面前被温暖所取代。穿过一条绿树和正含苞欲放的天竺葵夹道的小巷，一座典型的欧式风格别墅展现在郑立新面前，虽然两层的别墅外表显得有些陈旧，但在异国他乡居然租下了这么大幢的别墅，显然李哥在布达佩斯发展很不错，这让一心来投奔他的郑立新如释重负。其实，郑立新从小在地质大院长大，过的是衣食无忧的日子，从没接触过生意也不想做生意，如果不是突然变故把他逼上这条绝路，他这辈子也不会与买卖挂上钩。生活把他逼到了匈牙利，临行前在明溪市场开店的表姐不厌其烦地给他普及做生意的一些道道，让他听得都心生厌恶和畏惧，明白无商不奸的信条里却也有诚实守信的商家之道，而如何在二者取舍间谋利，这就是师傅领进门修行在个人了。表姐的知识普及和国际列车上北京倒爷的启蒙，让郑立新对自己更没有信心了。然而，开弓没有回头箭，想着父亲为他出国举债和从此与地质队再无关系，郑立新就不能不往前走。这一路来他也想好了，到了匈牙利就跟着李哥好好混，等赚到一笔钱能把家里的债还了，够他去学一本驾照买一辆车，他就回明溪。是啊，郑立新并没有长驻布达佩斯的打算，他害怕做生意与人讨价还价。对，考驾照买车，买一辆与队长女儿开的一样的"大屁股"，不，买辆解放牌卡车，盖过"大屁股"，让队长女儿和地质队所有人看看他郑立新离了地质队活得更滋润。因此，郑立新是洗心革面，决心在匈牙利淘一桶金就抽身而退，只是他没有想到他的计划被李哥的变故完全打乱了，几个月后又被北京倒爷一步步带到再也无力爬上来的"沟"里。

10

　　郑立新跟在赵剑武身后走进明溪驿大门，一眼看到的是院子里散乱地叠在一起的一个个箱子，上面盖着一层帆布。箱子的包装看起来挺细致，大约装的不是贵重物品才会堆在露天。郑立新没来得及仔细看箱子上的中文字，险些与急匆匆出门的一个身材中等、外表显得干练的青年撞到一起。郑立新闪避之间，赵剑武向他介绍说："这是王兴发，你就叫他王哥吧。"原来这是与李哥、剑武兄弟一起创建明溪驿的王哥，郑立新当即热情地称呼"王哥"后伸手与对方相握。然而，王哥握住郑立新伸过来的手时并没有用什么力度，只是轻描淡写地稍一用力就抽出手。他摸了一把脸，忧郁的目光却扫到院子里的箱子上，明显应付般客气地说："哦，你就是地质队的郑立新，听秋实说过。先安顿下来。"说着却拉赵剑武走到一边。

赵剑武客气的冷意和王兴发应付的漠然，让郑立新见到明溪驿在心中升起的温暖，又与5月布达佩斯阴冷搅在一起。肩背着地质包的郑立新站在院子里茫然四顾，一时不知何去何从。赵剑武和王兴发在一边表情严峻地嘀咕好一阵，还伴随着手势的比画，显然两人正在商量着什么关系重大的事情。有那么一会，呆站在院子里的郑立新有时间打量眼前绿树掩映中安详宁静的明溪驿，根本不像赵剑武所说的住着十几个明溪人的样子。李哥去哪儿了？这时候，两人的谈话在郑立新几乎失去耐心，骨子里的傲气要滋滋往外冒时终于结束了。王兴发略向郑立新摆摆手，头也不回地出门而去。赵剑武则走到郑立新身边，脸上依旧是严峻的表情，说："对不住了，立新兄弟，我要出去办一件急事，你先到李哥和我的房里挤一挤，安顿下来，出门在外总没那么方便。吃饭后好好睡一觉，到了布达佩斯，这就成了，后边的事情等李哥回来再说。"难得一路上少言寡语的赵剑武说了这么一通知冷知热的话。末了，他冲屋内喊道，"冯丽琪，冯丽琪。刚来一个明溪老乡，你来帮忙安顿一下，让他先到我和李哥的房里休息。"

赵剑武转身急急出门，随着他的话声，从屋内走出来一个长相清秀、穿着朴实的女子，一头浓黑的长发随便用皮筋扎成一条马尾，在丰腴的腰肢上一晃一晃。恍惚间，差点让郑立新误以为对方就是江小燕。

冯丽琪目送赵剑武消失在大门外的背影，嘀咕着："都是这么着火般，饭也不吃。唉，这样也不行啊！"一声细声细气地叹息后方打量着来人，笑着说，"你就是郑立新啊，好大的个头。呵呵。进来进来，明溪人到了这里就算是到家了。先填饱肚子，再好好睡一觉，这一路的累，我是知道的。李哥都交代了，你放心吧！"

在对方银铃般悦耳的笑声和快人快语中，郑立新感到一股春风扑面，认真说："我只是半个明溪人。"

冯丽琪笑道："知道知道，你母亲是枫溪人，父亲是地质队的，你从小在地质队长大，这些都听李哥说过。不只是明溪人喽，这明溪驿也住过不少朋友介绍过来的别地方的人，有北京的，有浙江的，记不清了。"她一边说着，一路将郑立新领到李秋实和赵剑武共住的房间。

房间原本挺大的，只是居然也堆着不少与院子里一样的箱子，两个单人铺在箱子围成的城堡中就像是两条孤零零的小舟。箱子？这么多的箱子，都装了什么货物？怎么会零散的院子房内到处堆？楼道上也同样有这种显然是从国内发来货物的箱子，这得有多少资金押着这些货上，李哥怎么会让它们堆在明溪驿里呢？心中产生疑问的郑立新当然不知道，李秋实、王兴发、赵剑武和另两个生意伙伴们联合做的这笔本来一本万利的大生意，在各个环节都堪称完美的时候却在意想不到的内部堡垒出了问题。正疑虑着，让郑立新没想到的是，冯丽琪端到他面前的居然是一碗热气腾腾的客秋包。

见郑立新惊讶的眼神，冯丽琪把绑在腰间的围裙解下来，看一眼眼前这个与所有初到布达佩斯一样有些惶然无措的大个子面前，轻叹口气说："唉，到这里就像到了家一样。郑兄弟，明溪驿里的饭菜都是明溪口味，不知道的会以为回到明溪了呢！不瞒你说，我是李哥临时叫过来帮忙的。李哥若有空话，都是李哥买菜下厨给大家煮地道的明溪菜，他的手艺可是顶呱呱的。当然喽，李哥忙，平常是一个也是明溪来的大姐煮饭。"

郑立新怎么也没料到在布达佩斯吃的第一顿饭居然是地道的客秋包。客秋包，郑立新最喜欢的吃食，母亲逢年过节总会煮一桌地道的明溪菜，其中金勾蛋、目鱼笋和主食客秋包是少不了的。吃着客秋包，这熟悉的味道不知怎地让一路上颠簸还遭到赵剑武、王兴发冷遇的郑立新眼睛不由有些发红。填饱肚子的郑立新，在冯丽琪在厨房忙着时，悄悄地把上下两层的明溪驿转了一下，居然没碰到一个人。也是事有凑巧，往常明溪驿里总有一些休息的人，可今天居然都出去摆摊了。上下有好些个房间，大多数关着门，而那个最大的开着门的房间里居然打着十几个地铺，看样子住着十几个人，现在这些人大约都在外头摆摊做生意吧。郑立新这么思忖着，在走道上又看到不少与院子里同样的箱子。转了这么一圈，这些天一直紧绷着的神经猛然放松下来，忽一阵倦意涌上来，郑立新是个性格豪爽的人，既然李哥有交代，就不客气地把高大的身躯放倒在李哥的床上。之所以认定这是李哥的床，是因为他看到了枕头边有一张写着几行诗的纸和一本匈牙利文的诗集。这诗一定是业余诗人李秋实生意繁忙中的杰作，诗集自然是匈牙利诗人的了。

郑立新判断不错，这床铺是李秋实睡的，枕头边的这首诗却不是他写的，而是匈牙利诗人裴多菲的著名诗篇《自由与爱情》，是昨天晚上他夜不能寐时打着手电抄录了这首早从匈牙利传到中国的著名诗篇。其实，自来到匈牙利李秋实就没写过一首诗，这是他强迫自己忘记过去的浪漫，在残酷的商场中尽快找到自己位置。然而，他还是无法完全忘却诗，到布达佩斯没多久就买了一本匈牙利文的《裴多菲诗选》，中文版的诗集他早就有，这外文版的诗集不过是随手翻翻，聊以安慰繁忙生意中总时不时要颤两下的一颗心罢了。

11

郑立新小睡了一觉，直到夜幕暗合，明溪驿终于热闹起来。

听到熟悉的明溪乡音，忽然间，平生第一次只能听个半懂却不会讲的郑立新就暗悔没有跟母亲学说明溪话，在热闹的乡音里显出他这半个明溪人的孤独。李秋实、王兴发和赵剑武都还没有回来，这些人郑立新一个也不认识，明溪话就像是明溪驿在布达佩斯这个小小"文化岛"的密码，瞬间拉近了老乡们之间的距离，如果不是东欧风格的建筑提醒，郑立新还以为是回到了明溪。郑立新没有掌握"文化岛"的密码，火车站时"无主包裹"的感觉又弥漫上来。回到明溪驿的明溪人突然见到这么个只会说普通话的大个子略有些诧异，却也见怪不怪，李哥王哥的朋友多，这多半是刚从国内出来投靠他们的朋友，因而他们还是热情地用普通话与郑立新打招呼，但很快又把这半个明溪人冷落一边，在饭桌上热烈地交流着一天的摆摊心得。生意好的兴高采烈，生意一般的唉声叹气。陆陆续续地，几张饭桌聚集了10多个明溪人，这些都是到匈牙利不久，暂时还没找到合适住处而落脚明溪驿的。这时候，一直在厨房忙碌的冯丽琪才空闲下来，也盛了饭与大家挤在一起，边吃边听各式各样的生意经，时不时将眼光飘向大门。一个瘦瘦小小的，都称他为瘦猴的就一脸坏笑地对冯丽琪说："冯丽琪，想陈铭科了？他今天生意好得很，嘻嘻，是不是犒劳自己去'小窗口'了？嘻嘻。"

小窗口？这是什么好玩的地方。独自端碗饭无心无绪坐在一边没滋没味吃着的郑立新正这么想着，冯丽琪却生了气，骂对方说，"瘦猴，你这狗嘴里吐不出象牙来！你说谁去'小窗口'？别以为大家不知道，也就你瘦猴有几个钱就去'小窗口'。哼！"

一个正往嘴里塞一块红烧肉的胖子接过话："就是啊，瘦猴，也就你要去'小窗口'解解眼馋。"一边斜冯丽琪一眼，胖脸上堆着含义不明的笑说，"丽琪妹妹好是好，就是什么时候能把给陈铭科的好分一点给我就好了。我啊，就知足了，就是哪天掉到多瑙河也心甘。"

冯丽琪忽抓起大盆里舀菜的勺子作势向胖子打去，半空中却拐了个弯，舀一勺汤扣到对方碗里，斥道："吃饭吃饭，哪来那么多话！"

胖子得了便宜，胖脸上的笑挤成一堆，回报瘦猴做的鬼脸，故意叹口气说："陈铭科啊陈铭科，我对你真是羡慕妒忌恨啊……"他的话没有说完，就挨了已站在他身边的冯丽琪用力一拳。看来真生气的冯丽琪脸红红的，眼里含着委屈的泪，恨骂一声，"吃饭也堵不上你们的嘴！"随后转身进厨房了。

饭桌上的气氛冷下来，有位年长的人就用筷子无声地点点自知说错话的瘦猴和胖子。一时间，大家无声埋头吃饭。郑立新搞不明白"小窗口"是什么玩意，那个陈铭科又是冯丽琪什么人，好奇心顿起，忍不住问道："哎，你们说的'小窗口'是什么好玩的地方？"

"好玩？"胖子愣了一下，随即笑起来，指指瘦猴说，"好玩，是好玩。明天你让他带你去，那可真是个好玩的地方喽。"

瘦猴就有些急眼了，脖子一挺道："你们就往我身上泼脏水吧！我反正是出淤泥而不染。"

一桌人的都几乎笑得喷饭。胖子说："你没那个慧根，还想上莲台？还荷花呢。哈哈。"

年长些的人看郑立新一脸不明白的样子，轻叹口气说："小兄弟，你初来匈牙利，别听他们胡说。外国和中国好多不同，你别管那些荤啊素的，好好做生意赚钱才是正路。这布达佩斯遍地都是黄金，就看你有没有拾的能耐喽。"

郑立新因长者语重心长的话点了点头。吃完饭，一桌人作鸟兽散，大约是累了一天，大家都躲到房里去了，整个明溪驿又安静了下来。已是小睡一觉的郑立新看着外头浓重的夜色下似乎又飘起若有若无的雪花，边惊讶于这 5 月雪，边无心无绪地等着李哥回来。他是投奔李哥而来的，但现在踏上布达佩斯土地整整一天却没见李哥的影子，刚才饭桌上那些人的生意经却听了个大概，那诸多困难让从没做过生意的他不由心生畏惧，甚至有些后悔不该逞一时意气到这人生地不熟的匈牙利来，若是听父亲的话向单位领导服软，老老实实让队长的女儿出一口恶气，灰溜溜地发配到野外分队钻机上，起码日子是实打实看得见，心里也有着落。在布达佩斯 5 月让郑立新意外的阴冷中，他的心在焦急的等待间不由有些七上八下起来。再转到院子里看那一个个盖着帆布的箱子，正要仔细看上头的文字，显然也在等人的冯丽琪招呼他回屋来。

在高个子郑立新面前冯丽琪显得更加娇小。她轻叹口气，对脸上挂满焦灼的郑立新说："唉，等李哥吧？我看你精神头还没养足，早点去睡吧，就睡李哥屋里，他交代的。这些天明溪驿人多，你先和他挤一挤，慢慢地再出去找合适的房子。不急。唉，这些天李哥就是这么早出晚归，有时半夜才回来。唉，真是，怎么会发生这种事呢？一个个的都是闯荡匈牙利的老手了……唉……"在一声声无奈叹息中，冯丽琪自顾上楼去了。

冯丽琪长叹中的欲言又止，让郑立新心中升起一团疑云。

怀揣着初到布达佩斯就呈现在面前的惶惑，郑立新一直和衣歪靠在李秋实的床上等着，随后翻了翻那本匈牙利文字的裴多菲诗集，奇怪的是王兴发和赵剑武也没回来。不知不觉中郑立新难抵旅途疲惫又睡着了，是啊，七天七夜的旅程中初次出国的郑立新其实没认真睡过，是不敢睡，生怕睡着了包里仅有的到匈牙利做生意的本钱丢了，经历抢劫后就更不敢合眼了。在明溪驿放心睡去的郑立新睡梦中似乎又回到国际列车上，咦，那个北京倒爷果然对江小燕存歪心思正要动手动脚呢，郑立新运足了力气一脚把北京倒爷踹到了一边。就这一踹，他把不知何时盖在身上的被子蹬掉了，醒来却看到坐在对铺的李秋实正打着手电看着铺上摊开的纸。听到动静，李秋实转过头来，见还在迷糊发愣的郑立新站起来，微笑说："立新兄弟，欢迎你到布达佩斯。"

这是郑立新到达匈牙利后听到的最期盼的也最温暖的一句话，心里一时滚过一阵热浪，急忙握住对方伸过的手，用力摇着："李哥，可算是见到你了。我来了，我来了。"

同屋的赵剑武还没回来。开灯处，一脸掩饰不住疲惫的李秋实国字脸上堆着郑立新熟悉的自信微笑，拉着郑立新的手一起坐到铺位上，真诚地说："早就收到你的信，没想到临时有事走不开，就让剑武小弟去接你了，对不住啊。怎么样，休息一天缓过劲来吧？没关系，都是这样，去年我刚到匈牙利时累得真想找个地洞睡那么几天，心累。可不行啊，一下火车我们几个人就上街踩点，走了整整一天，摸清布达佩斯主要的几个市场情况，第二天就开始'练摊'了。没经验啊，吃了许多在国内怎么也想象不到的苦，才慢慢适应了布达佩斯的水土啊。哈哈。"

还是从前那个直爽仗义的李秋实。郑立新一直悬着的心总算放下来，听了对方掏心掏肺的话，郑立新也简洁地向李秋实说了这一路来的遭遇，特别是历经抢劫的凶险。

李秋实当即握住郑立新的手，摇了摇说："这也就是立新兄弟做得到。不简单，真是不简单！你李哥真没有看走眼，没白认你这个兄弟。好，做得好。中国明溪青年，让老毛子知道明溪的名头，侠义！"眼光忽又一暗，轻声一叹，"唉，立新，原本让你来匈牙利先在我这公司里干着，等情况熟悉了，再出去单干。可现在碰到了一点意外……"欲言又止，李秋实捕捉到郑立新眼中的疑问，起身在屋子里转了一个来回，长长一叹，"唉！立新，你进门看到院子里摆着的那些箱子吧？一定想知道那是些什么东西。"

郑立新迟疑地说："是……是从国内发来的货物吧？我看到上头有中文。"

李秋实充满英气的国字脸瞬间笼罩上一层阴霾，从口袋里掏出烟来递给对方一支，点燃后猛吸一口，用食指和拇指紧捏着烟头，冷冷地说："熬了一辈子鹰，这回反被鹰啄了眼！"

1

　　事实上，此时的李秋实表面上波澜不惊，内心却正被比这 5 月布达佩斯更冷的朋友背信弃义带来的严寒所侵蚀。这是一个原本万无一失，现在却面临着将李秋实、王兴发和赵剑武三个生意伙伴推入万劫不复之地的失败，在所有来自外部的环节都处置圆满之后，没想到一个致命的环节却在内部人手上崩断。同样是 5 月，1991 年从明溪一起坐着满载财富梦想的国际列车来匈牙利布达佩斯的李秋实、王兴发和赵剑武，经历不到一年的摆摊后，三位颇有经商才干的年轻人不仅积累了一定的财富，淘到异国他乡的第一桶金，建立了可靠的人脉，并对整个匈牙利经济市场有了深刻的了解。就这样，三个雄心勃勃又志同道合的明溪人决定走出摆摊的小本经营，成立明溪人在匈牙利的第一个公司——恒发贸易有限公司，经过此前详细科学的市场调查后，在 5 月依然寒冷且还将持续一段时间的自然条件下，公司的第一笔生意就是从国内出口 1 万件皮夹克和 5 万双旅游鞋。通过此前三人建立的人脉，很快就在匈牙利经贸部拿到了两个批文。以现在匈牙利的市场行情，保守估计一件皮夹克的利润约 200 美金，一双旅游鞋可赚 30 至 50 美金。可以想象，这将是一个多么庞大的数字！就这么一笔被三人视为开门必须打红的生意，将为他们带来让人咋舌的财富。

这是一笔只能也必须稳赚的生意，因为这不仅是公司的头炮，而且押上了三人来匈牙利一年赚取的第一桶金，还有通过各种渠道借贷来的数目相当可观的资金。拿到匈牙利外贸部的批文后，市场果然没有欺骗他们此前煞费苦心进行的细致调查，李秋实、王兴发和赵剑武充分施展一年来在匈牙利闯出的生意之道，在货未到之前几乎所有的订单都已订完，他们所要做的就是从国内将这批价值千金的货物顺利运到布达佩斯。

一成立公司，三位雄心壮志的明溪青年就通过王兴发认识的一位匈牙利生意友人，机缘巧合地以较便宜的每月400美金的价格租下这幢别墅。颇有侠义心肠的李秋实提议将这幢别墅取名明溪驿，意思是今后给初到布达佩斯的明溪人提供一个落脚的场所，一个给明溪老乡带来乡情和温暖的人生驿站。于是，随着恒发贸易有限公司一同在布达佩斯扬名的还有这个带有公益性质的明溪驿。不错，李秋实、王兴发、赵剑武三个决心在布达佩斯一炮打响的年轻人，都有相同的古道热肠，凡是在明溪驿落脚的明溪人一律不收住宿费，伙食费由自己视经济情况而定。开初，当时也一同从明溪坐同一趟国际列车来到布达佩斯，与三人也是好朋友，但性格稳重甚至在经营生意上有些胆小的陈铭科没有加入恒发贸易公司，对他们如梁山好汉柴进般摆流水席接待明溪老乡的做法不敢苟同，认为不用多久就难以为继。然而，出人意料的是虽然有个别明溪人住在明溪驿里时间长了些，且从不交伙食费，但绝大多数的人只在此略微落脚，明溪驿越来越红火。后来，偶尔还有朋友介绍不是明溪的初到布达佩斯的淘金者也落脚明溪驿。

也正是明溪驿的这种侠义让后来李秋实东山再起后得到不少他其实已忘记的人帮助，有人直接说在明溪驿得到他的恩惠。这让从小就知晓罗汉公、后来回明溪发展有空闲总要到月峰寺上一炷香的李秋实感叹：所谓种善因得善果，大抵是给人帮助时不求回报，只要心安心诚即可。自明溪驿成为初到布达佩斯的明溪人驿站后，李秋实生意之余总喜欢亲自去买菜煮菜，忙不过来时，一同来到布达佩斯的冯丽琪偶尔也会来帮忙。现在，顺利拿到匈牙利外贸部批文，所有货物又已订购一空，一切顺风顺水，恒发贸易有限公司眼见着就要在异国他乡扬名立万之时，没想到在最不应该发生问题的环节出现致命的断裂。

问题出在同样是朋友的杭州外贸公司一名业务员身上。当订单全部订完，这位国内的朋友开始组织货源。第一批货是组织人民币150万的皮夹克、旅游鞋，由杭州空运至莫斯科，再转运匈牙利布达佩斯。然而，正是这个万无一失的环节出现了不应出现的问题。这位后来李秋实再不愿向人提及名字的朋友，组织货物时居然犯了一个让人匪夷所思的低级失误，在上海虹桥机场被人灌醉，所有货物被巧妙调包，5000件一级品的皮夹克全变成废品。没人知道这个"贪杯故事"的真假，只是货到布达佩斯这天，兴高采烈的赵剑武打开第一个箱子就傻眼了。当一个个箱子打开后，赵剑武疯了般操着手上的铁棍敲打着箱子嚎道："这不是真的！这不是真的！这到底是怎么回事！王哥，李哥，这到底是怎么一回事？"

年纪最大的王兴发也傻了眼，他伸手掏出香烟试图点燃，却哆嗦着把夹在嘴里的烟碰到了地上，随后慢慢仰头咬牙说："我们被骗了！"

李秋实冷着脸从箱子里掏着皮夹克，一件、两件、三件……所有的皮夹克都是缺胳膊少腿的废品！当赵剑武在发疯般击打着箱子，王兴发突然发怒冲过去抢过铁棍，一把将赵剑武推开，吼道，"不能疯！不能乱！想想办法……想想办法……总能想到办法的。再想想……再想想……"就这时，为这批货没日没夜操心的李秋实眼前一黑，倚着箱子慢慢瘫软在地上。这是李秋实有生以来遭受的从未有过的打击，这个性格爽直自信的明溪汉子，就这么无助地瘫坐在异国他乡的土地上，是闻讯赶来的陈铭科和冯丽琪将他扶起来的。这一刻，他只觉得全身的力气都被一双无形的手抽走了，努了几把力才勉强撑着箱子站着，因为气愤、绝望、无奈，全身在微微地颤抖。他没有勇气看冯丽琪和陈铭科眼含热泪的眼睛。

旁观者清。说话从来不紧不慢、性格温和的陈铭科看着他一向敬佩的李哥失魂落魄的样子，忽然对三人大声吼道："你们这就趴下了？之前和我说的那些豪言壮语都到哪里去了？眼下最要紧的是把这些货保存好，别再造成更大的损失！先把堆在院子时的这些箱子全盖好。丽琪，去拿帆布。"看冯丽琪应了声，紧着往屋里跑，他又对还在发愣的三人叫道，"你们还愣着做什么，等下场雪雨，它们就真都成废品了！"

　　仰望着灰蒙蒙的天空，似乎一直在无声质问老天为什么不长眼的王兴发最先回过神来，用力摸了把刚剃的小平头，强打起精神："对，也许还有救！秋实、剑武，我们可以和签订订单的客户商量商量，或许……还可以回一些本……"

　　在陈铭科出人意料的吼声中，李秋实身上的力气才缓缓地回来了，明知不太可能有商家愿意要这些废品，但王兴发的话还是让他看到了一线微弱希望。是啊，不能倒下，不能就这么认输。布达佩斯，我李秋实不会这么轻易认输！然而，他并不是输在布达佩斯，而是被自己的同胞从背后狠狠捅了一刀，看着满地"血淋淋"的景象，他绝望地意识到或许没有还手的机会了。

　　这天，沉重的气氛笼罩着整个明溪驿，大家都在小声议论恒发贸易公司看来刚开业就要关张了。在冯丽琪和陈铭科的带动下，大家找来帆布帮着把堆在院子里的货盖得严严实实的，好在5月的布达佩斯并不是雨季，少许的雪花不会对这些货物造成损失。李秋实和王兴发机械地与大家一起尽量是把货物搬到别墅的走廊和屋子里，剩下一些堆在院子里再盖上帆布。赵剑武则始终拿着手上的撬棍，瞪着一双仇恨的眼睛看着货物，似乎对方就是那个欺骗他们的骗子，恨不得冲上去给它几棍。

　　这是发生在郑立新来匈牙利之前半个月的一幕。半个多月来，王兴发回了趟国内，辗转上海、杭州，试图与发货方交涉。然而，买卖双方交接明白，签收清楚，发货方把这个意外事件推得一干二净。报案后，公安经过一番调查也没发现任何犯罪证据，因那个曾经信誓旦旦的朋友——国内的公司业务员不知所终，无法找到当事人，案件也就成了一桩无头案，警察不无同情地表示会继续追踪嫌犯。显然，一切都无法挽回，王兴发只能揣着那业务员究竟是"贪杯"真醉，还是与发货方合伙诈骗的疑团，心如死灰地返回布达佩斯。

　　半个月里，李秋实和赵剑武也充分调动来布达佩斯一年所积累的生意关系，试图为这些"废品"找到娘家。然而，他们充分体会到商场无父子的无情信条，那些曾经找上门来的订货商家没人愿意哪怕以白菜价领回这些"废品"，有一位匈牙利商人反而还要恒兴贸易公司支付违约金。幸而当时在订货时他们保留了一手，没有收一分钱预付款。在另一位朋友调解下，对方才心有不甘地作罢。

2

损失无法避免，三个人通过自己到布达佩斯一年积累的资金和向亲朋好友筹措的 150 万人民币眼看着全打水漂，再加上七七八八的费用，这么估算下来，每人得承担约 50 万人民币的债务。

50 万人民币！对于三个本就借钱出国来匈牙利的明溪青年来说无异于天文数字。当王兴发从国内灰头土脸地回到布达佩斯，李秋实和赵剑武也使尽浑身解数无法想将"废品"废物利用，哪怕找补回几个心理安慰的钱。然而，更令他们头痛的是这些堆积如山的"废品"处置问题。如果不能如期给它们找到出路，过一段时间，海关还将对这些"废品"收税，数目对已是负债累累的他们相当可怕！再次惊出一身冷汗后，三个人不得不重新打起精神，为这些"废品"谋出路。四处碰壁之后他们才知晓匈牙利的法律与中国的法律真有天壤之别，若是在国内碰到这种情况，他们完全可以把这些"废品"找一个偏僻的地方一把火烧了，甚至直接扔到垃圾场，但匈牙利不行，若这么做就将面临严厉的处罚。于是，这么些天，三个人分头把能想到的办法都想了，依然没有找到处理"废品"的任何出路。而就在前天，李秋实想到把这些"货"捐给慈善协会的主意。

这是最后一线希望。这天一大早，李秋实特意穿上正装，剃胡修脸，把自己打扮成心灵和外表一样光鲜的成功人士，在王兴发和赵剑武充满期待的目送下，信心满满地往慈善协会出发。恰是星期日，李秋实收拾了忐忑不安的心情，轻手轻脚地走进这家慈善协会所在地，在一间屋子里没等多久，一位面目慈祥的老人出现在他的面前。李秋实忙用针对性学习的几句匈牙利语再次重申电话里沟通过的来意。

李秋实现学现卖的外国话很蹩脚，慈善协会负责人还是听懂其中最重要的"捐赠"这个词。他慈祥的胖脸上堆着笑，连连点头，只是不明白对方具体还要做什么。就在李秋实暗悔应当听王哥所说，叫一年来已能把匈牙利语说个八九不离十的陈铭科一起来时，幸好来了一位自称来自上海的工作人员，他热情地给李秋实充当翻译，总算双方沟通成功。慈祥老人高兴地称赞李秋实的"爱心捐赠"，当即和上海工作人员一起来到明溪驿。

见李秋实果然把慈善协会的人请来，王兴发和赵剑武大喜过望，忙上前虔诚热情地向负责人陈述捐物的爱心。然而，看到这么多捐赠物的负责人待发现箱子里竟是一件件缺胳膊少腿的皮夹克时，脸上的表情越来越凝重，原本慈祥的表情转瞬消失了。他摇着头发发白的头说："慈善协会不收废品。啊呀，你们这些孩子不诚实啊！"

李秋实慢慢捡起方才掉在地上的一件皮夹克，轻轻拂去上面沾上的泥土，眼前一片黑暗。

两天来，黔驴技穷的李秋实、王兴发、赵剑武面对堆积如山无法处理的"废品"，真有些欲哭无泪，因为已负债累累的他们根本掏不出处理垃圾的费用。终于，他们几乎同时想到"逃离"布达佩斯这最后的出路。心力交瘁的李秋实此时只想找个疗伤的地方，决定听从妻子的召唤，暂时回国，这个时候家才是最好的避风港。心有不甘的王兴发和赵剑武则想好了，用手上仅剩的一点资金"逃"到另一个国家。王兴发习惯性地摸一把平平的短寸头仰天长叹："就不信我这棵树在布达佩斯没种活，换个地就不生根发芽？我还得开枝散叶。"

赵剑武则直接说："我都打听清楚了，剩下这点钱也只够到奥地利，后面就只能走一步看一步了。哪的黄土不埋人，我就是死在外面也回不去了。回不去了……"说到这，这个性格急躁而耿直的年轻人眼里衔满了泪。

李秋实对王兴发说："王哥，我觉得现在没力气了。山高水长，我们兄弟有缘就会再见。"

或许李秋实也没有想到，三兄弟将分道扬镳之际说的无心之话，竟在若干年后实现。当他再次远赴国外与王哥重逢，此时，性格坚毅颇有经商头脑的王兴发经历九死一生后，已在巴西站稳脚跟且打出一片天地。

这个晚上，三位各自思谋"逃离"布达佩斯路径的明溪青年，在他们亲手创建的明溪驿里度过了一个终生难忘的不眠之夜。

3

过程无比艰难，叙述却是短暂的。

李秋实向郑立新讲述这些时，内心还在隐隐作痛，时不时地，懊悔就如一根针刺在他必须强作欢颜的心上。在烟雾缭绕中听完这个结局悲惨的生意故事，郑立新从对方浑身的颤动中感受到了愤怒无奈，还有那么一种无助。此时，郑立新才恍然明白接站的赵剑武为何态度冷漠，王哥的冷意和他们的至今未归也找到了答案。是啊，这故事让初到布达佩斯尚未开始商人生涯的郑立新惊呆了，傻了！他无法想象眼前这个虽一脸疲惫却平静述说这一切的李哥瘫软在地的样子。

见郑立新脸上惶惑的表情，李秋实勉力收拾经这些天已慢慢沉淀下来、此时又悄悄升上来的悔恨无助心情，掐灭快烧到手指的烟屁股，多少有些自嘲地一笑，说："让立新兄弟见笑了。李哥心太大了，想一口吃个胖子，现在想来，这可能从头到尾就是个圈套，只不过利欲熏心瞎了眼往里钻。你啊，千万不要学我，从小做起，慢慢来，要学铭科，扎扎实实从摆摊做起。我和他说好了，明天，你就跟他去'练摊'。这位兄弟是个做生意的料，在四虎市场都有一个巴比隆了。他可以拉扯你一把。"

"陈铭科？冯丽琪大姐的丈夫……"

"他们不是夫妻。这个……先不说。"李秋实盯着郑立新的眼睛，"这是个实诚人，一个文化人，外表和内心都一样斯文。他原来可是中学的英语老师，厉害着呢。他到匈牙利才一年，居然快成布达佩斯通了。"又一声轻叹，"唉，立新，原本想让你先在我们贸易公司练着，等你觉得自己行了再出去单干。可……现在，你都看到了，明溪驿的房租和水电费我都和房东结算了，三天后就要关门。对了，住的地方我也让铭科帮你找。先租个便宜的地方落脚，慢慢条件改善了你自个再找过吧。唉，李哥帮不了你了，对不住了啊。"话到末尾，又是一声含义复杂的叹息。

李秋实一番推心置腹的话和无奈的叹息，让郑立新从震惊中回过神来。这就是李哥啊，在目前这种处境下还想着他，这种侠义心肠是从骨子里生长出来的。郑立新很想为李哥做些什么，但知道空有一身力气的他除了勇斗劫匪，别的什么也做不了。嗯，有一点他可以做，就是尽量让李哥放心。这么想着，他晃了晃宽阔的肩膀，应声说："放心，李哥，既然来了，我就不走了。好，明天我就和陈铭科去'练摊'！谢谢李哥这时候还想着我。"

李秋实认真地说："实话说，出国的人谁都想赚钱，生意场上无父子。立新，你得明白，铭科肯在四虎市场托朋友给你腾个摊位，大多数人是做不到的。还有啊，有些话我在回国前还得和你说道说道，以后你就会看到很多东西和国内不一样，有些你想做在国内不能做的事在这里都可以做，你明白吗？这个时候我们就得想明白，费这么大劲出国是为了什么？"略微一顿，他再次盯着郑立新的眼睛，"为什么？不就是为了赚钱！这个简单的道理什么时候都不要忘了。也就是说，凡是与赚钱无关的事都离得远远的，你明白吗？"

郑立新虽然对什么四虎市场还是一头雾水，听话也明白这一定是李秋实最后能为他做的事。一时间，他心中多少有些失望，有些慌，又有些温暖的感谢，略一迟疑说："明白，李哥，我郑立新再混蛋，也明白这理。"然而，郑立新并没有记住李秋实临回国时对他的忠告，他的人生后来一直游走于四虎市场和卡西洛之间，被赌博这个"心魔"牢牢拉住时，已无法记住李哥这说起来简单而做起来并不容易的生存之道。

这是对郑立新来说刻骨铭心的布达佩斯第一夜，对李秋实来说则是一个面对万劫不复的不眠之夜。王兴发和赵剑武一夜没有回明溪驿，李秋实在郑立新酣睡之后，无法入眠的他索性穿衣起床，一个人来到堆着箱子的院子，他轻轻抚摸着这笔生意带给他的"废品"，思想着回国后的情景，心中黑得摸不着道了，但他此时又是多么急迫地想回到曾经让他急着"逃离"的故乡。就今天傍晚，走投无路的他经过双狮桥，看着一群海鸥在河面上忽高忽低地飞翔，一时间暗暗发誓：布达佩斯，终有一天，我还会回来！

纵穿布达佩斯的多瑙河将这座古老美丽的城市分成了布达和佩斯两个城区，九座横跨多瑙河的桥就像是九条美丽的项链，其中最古老的是链子桥。这是匈牙利官方对这座城市地标的称呼，而因为桥头有两座石狮子，来此的中国人都喜欢称它双狮桥。李秋实和许多中国人一样喜欢它这个名字——双狮桥，因为狮子是中华民族传统的镇恶辟邪的吉兽，中国曾被称为未睡醒的"东方雄狮"。到布达佩斯后，双狮桥成了李秋实最喜欢来的地方，每次经过，总要在桥上逗留一下，静静地凝望两只狮子，特别是心情烦闷的时候，在双狮桥上俯瞰多瑙河，让思绪随着海鸥飞得很远。时隔多年，当功成名就的李秋实重返布达佩斯，特意来到双狮桥留影，感叹往事如多瑙河碧波般流逝之时，不由感慨万千。

然而，没人知道李秋实以平静的语气向郑立新说这么一番话时其内心所受的煎熬。强撑着精神打理一切，面对天文数字般的巨额债务，他不知道在布达佩斯被无情的商场煎成"咸鱼"后是否还有机会翻身，只是心中总有一个声音在提醒他"不能倒下"！起码不能倒在布达佩斯，否则真坠入万劫不复了。所以，他现在最需要的是回到故乡静静地疗伤，他得面带微笑离开这个初涉商场的"滑铁卢"之地。

不知何时，天上又飘起若有若无的雪花，一朵朵轻盈地落在盖着箱子的帆布上。李秋实眯眼仰头让雪花洒在脸上，那种若有若无的冰凉让他的思绪格外清醒。都说窦娥冤屈六月飘雪，这布达佩斯5月的雪是不是在为他李秋实鸣冤啊！想到那个曾经信誓旦旦而今人间蒸发的朋友，李秋实忽然朝着布达佩斯阴暗的天空像狼一般大声吼叫几声，不甘的泪水瞬间溢满眼眶。

4

睡梦中的郑立新没有听到李秋实失魂落魄中骂的这句粗话，第二天醒来已不见他，倒是看到不少人陆续搬离明溪驿，冯丽琪正用无奈的眼神目送着明溪老乡离开。树倒猢狲散，再也没有明溪驿了，再也没有明溪人在布达佩斯这个温暖的家了。冯丽琪忧伤无奈的眼神让郑立新也很难过，他呆站在那里，为自己的去处担起心来。

正扛着一大蛇皮袋行李往外走的胖子见郑立新的样子，腾出一只手来拍拍他的肩膀说："兄弟，天下没有不散的筵席。唉，只是没想到这么快。我看啊，李哥、王哥他们这回啊……够呛……"边摇着头走了。

估计已把行李都搬走了，只拎着一个装着牙杯、碗等小件生活用品网兜的瘦猴从屋里出来，瘦脸上挂着失望和不甘说："郑兄弟，你没有哥哥运气，一来明溪驿就要关张了。可惜，可惜，真可惜。兄弟我得自找去处了。嘿嘿，你也要早做打算啊。我在四虎市场摆摊，有事招呼一声。"说着，似乎身后有根鞭子抽打着他，快马加鞭地走了。

冯丽琪对瘦猴的背影轻轻唾了一口："到这里的老乡数瘦猴最赖，来2个多月了还不出去租房子。李哥说瘦猴家里最困难，生意也做得不顺，他想省几个钱就让他住吧。哼，我都不好向李哥说，瘦猴摆摊赚的钱都撒到'小窗口'去了。"

郑立新不知"小窗口"是什么，也没兴趣问，只觉得这些急着撤离明溪驿的人似乎有些不够仗义，按理说这个时候得和李哥他们同舟共济才是。当他把心里的想法说出来，冯丽琪反为他们解释："立新，这里不比国内，举目无亲，明溪驿要关门了，他们当然得赶紧找到住处。难啊，在布达佩斯要找到一个价格合适、做生意方便的住处不容易啊。"顿了顿，又不无感慨地说，"你来之前，李哥就委托铭科给你找住处了，是以前我和铭科住过的地方，那房东人好，价格也便宜。也是你运气好，昨天去问，先前的住户刚搬走了，正好。"又用探究的目光看着郑立新，"真不知你和李哥是怎样的生死兄弟，他都自身难保了，还为你考虑得这么周到。啧。立新兄弟，这是布达佩斯，得有多大的情义喽。"

正为自己住处发愁的郑立新突然听到昨晚李秋实也没说起的好消息，思想这一定是冯丽琪还没来得及告诉李秋实。一时间，他长松了口气，睡了一大觉的力气无处使唤，思想这个时候不能这么走了，得为李秋实做些什么。

"做什么？你能做什么？又不需要你去打架，你把自己安顿好就是帮李哥忙了。"听郑立新说出心中想法，快人快语的冯丽琪不客气地问，"喏，我们这就去四虎市场，你先在铭科的巴比隆附近铺个摊。对了，今天也来不及进货了，咦，你从国内带什么东西出来？"

郑立新想到表姐给他塞满一地质包的廉价乳罩，脸不知不觉竟有些泛红了，想了想说："有些东西……在国际列车上都卖给老毛子了，只剩几盒龙虎牌万金油。"这龙虎牌万金油是父亲通过队部医务室老乡的医生，用劳保偷偷开出来的，说是这玩意对晕车肚疼都管用，到国外会水土不服，多带一些慢慢用。

"咦，看不出来你这大个子还挺会做生意的，货都在车上倒腾给老毛子了。"知道郑立新身上有些资本，冯丽琪有些意外地，"好，你在布达佩斯的生意就从龙虎牌万金油开始吧。"

当背着地质包的大个子郑立新跟在身材娇小的冯丽琪后面向四虎市场出发时，他觉得就像7岁那年跟在母亲身后揣着满腔好奇又有些不情愿地走向学校的情形。这种感觉让郑立新觉得很是奇怪，甚至有些不好意思，走着走着，作势东张西望的他落后了一大截。

冯丽琪不耐烦地催促他："喂，大个子，你怎么走路还走不过我一个女人家。快点，已是迟了，我把你送到四虎市场，还得去四十七市场呢。"

迈开大步几步撵上等他的冯丽琪，郑立新犹豫了一下，不解地问："咦，你和陈大哥不在一起做生意？"

"哼，你一个毛头孩子别东打听西打听，也别听人家嚼舌根子。"冯丽琪脸色一暗，"他是他，我是我。走啦。"

听比自己大不了几岁的冯丽琪老大姐的口气，再看她忽然阴下来的脸色，想及大家提及她和陈铭科时欲言又止的话。心中不解的郑立新当然不知道陈铭科和冯丽琪之间那复杂的情感和曲折的经历，其实，就在郑立新来布达佩斯三天前，冯丽琪还和陈铭科一起在四虎市场打理一个好不容易得来的巴比隆，是那天再次听到别人闲言碎语后，冯丽琪对性格内向的陈铭科恨铁不成钢，正好借着明溪驿原来帮着打扫卫生和煮饭的老阿姨生病请假，她主动请缨到明溪驿帮李哥。一是与陈铭科生气，二是为了借此还李哥一直关照他们的人情。再说刚到布达佩斯时她最初摆摊做生意的地方就是四十七市场，这个市场有她认识的好几个姐妹，熟得很，现在算是重返旧地。

远远地，令郑立新兴奋而惊讶的是看到大门上方四个鲜红的汉字：四虎市场。

四虎市场是由布达佩斯一个旧火车站改建的。政府改造之初目的很明确，就是为不远万里来布达佩斯的中国朋友提供一个做生意简单而实用的场所，因此，在大门口招牌四个角上画着四只栩栩如生的威猛的老虎，并用汉匈两国文字写上四虎市场。没人深究过政府部门为什么给这么一个自由市场起名"四虎"，只是在有些中国人看来，市场的建造者似乎想用四只老虎镇住来自中国和其他国家的淘金者，老虎张开的血盆大口可以吞食一切，包括淘金者心中的梦想。事实也是如此，绝大多数初到布达佩斯的中国人都是从四虎市场起步，在千千万万的淘金者中，后来被人们传颂和记住的幸运儿屈指可数，大部分财富都落入管理者这"四只老虎"的血盆大口中。当然，这是商场的铁律，市场经济从来没有温情脉脉，有些闯荡匈牙利的人在四虎市场拼杀十几年，仍是赚血汗钱的摆摊者，只能躲在成功者背后悄悄打理失败的心情。

　　然而，四虎市场仍无愧于淘金者趋之若鹜的天堂，从摆地摊到在市场拥有一个属于自己的巴比隆，依然是人们的梦想。事实上，这个简单的市场就是将原先的旧火车厢改造成一个个小房间，每个房间 10 多平方米，这就是商店了，匈牙利语音译称"巴比隆"。可就是这么一个简陋的市场，却汇聚着 2000 多个巴比隆。毫不夸张地说，整个四虎市场就是一个国际大杂烩，来自各国的淘金者除人数最多的中国人，还有阿拉伯人、越南人、吉卜赛人，以及邻近匈牙利的东欧各国商人。也因此，各国商人带来的商品也品种繁多，琳琅满目，有来自阿拉伯国家的、俄罗斯、德国、意大利、奥地利、越南等国的商品。当然，来自中国的价廉物美的日用品品种最为丰富，很受匈牙利人欢迎。匈牙利人都有逛市场的习惯，四虎市场的商品比超市和外面商店的价格便宜，因而最有吸引力。

　　四虎市场最为显目的有两条街：一是中国街，200 多米长的中国街聚集了在这里零售、批发商品的中国人，而在这条中国街上明溪人摆的摊或开的巴比隆就有两百多家，可说是中国街最引人注目的群体；二是越南街，都是越南人开的巴比隆或摆的摊，既出售越南货，也售外国货，商品最为繁杂，不似中国街的商人以日用品为主，越南街居然还出售形象逼真的武器，还有打猎、钓鱼等用品。当然，少不了的还有许多本地的商人，匈牙利的马扎尔族人、吉卜赛人，还有各种肤色的人种来此游玩或做生意。

5

四虎市场可说是匈牙利搭建的一个国际贸易市场，商人从各自国家不远万里运来各式各样的商品，意图赚取丰厚的利润。匈牙利人有逛早市的习惯，因此，每天天不亮，四虎市场就沸腾起来，一辆接着一辆的大货车、小货车，当然也有摆摊者的小板车，均拉着货物蜂拥而至。每天都有数千人涌进四虎市场，把仅几里长的六条街道挤得水泄不通。

正是整个商场最热闹的时候，郑立新站在门口稍微停留一下脚步，惊奇地呆望居然出现在异国他乡的四个汉字，还来不及细观四只老虎，就险些被一位推着一板车货物的商贩撞上。这个面色黄黑身材只及郑立新肩膀的商人生气地板着一张瘦脸，用郑立新听不懂的语言骂骂咧咧地挥手示意。冯丽琪忙把有些发愣的郑立新拉了一把，笑着向对方打手势表示抱歉。她轻声告诫郑立新："这是个越南人，别惹他。越南人团结，也能吃苦，铭科最佩服他们。"

郑立新此时哪有心情惹什么越南人。在国内时别说做生意，就是连明溪的自由市场他也很少去。他的眼睛已不够用了，心莫名地有些慌，那种飘着的感觉很是强烈。跟在冯丽琪身后，郑立新在拥挤的人流中显得格外笨拙，不时与匆匆行走的人东碰西撞，引得对方怒目而视。穿行在一个个巴比隆围出的市场街道上，人们各种语言的叫卖声和讨价还价的声音，还有不知从哪个地方播放出来的外国音乐，这种种嘈杂声形成的喧嚣，让郑立新如同置身于一口正热烈沸腾的大锅里，那么多声音就是一个个争先恐后冒着的气泡，让他有些发怵。对，发怵！这种感觉是打小摸爬滚打称霸一方的郑立新从来没有过的，他不由脚下一个拌蒜，险些撞到一个巴比隆门上。

善解人意的冯丽琪看了看一进入四虎市场就发愣的大个子，轻声一笑，附耳对他说："就是这样，又乱又吵。可这样是我们最喜欢的，人多，生意才好做。立新，等适应一下就会好的。喏，现在我们走的就是越南街，再过去就是中国街了，铭科的巴比隆就在中国街的头几家，马上就到了。"

让一个女人看出内心的怯意，郑立新骨子里的狠劲升上来了。他装着不在意地点点头，暗暗长吸一口气，紧了紧身上背着的并不重的地质包，给自己打打气。这时候，他的耳朵也有些适应市场这让人心烦的嘈杂，想了想，他有意挺挺腰板，并用一种无所谓的目光打量眼前的一切。当然，郑立新装酷也只能骗骗自己，在四虎市场里每天阅人无数买进卖出的人一眼就可看穿，只是没人在意郑立新的装蒜，在这争分夺秒的商场里，人们眼里只盯着手中的货物和顾客口袋里的钞票。堪堪将走出越南街，没想到郑立新竟又和一个急急挤过的人撞上，两人一对眼，竟是刚才在四虎市场门口相撞的越南人。都认出了对方，越南人又叽叽哇哇地指着郑立新鼻子骂。此时已是回过神来的郑立新终于按捺不住，明溪王坊山头老大的脾气上来了，把地质包往地下一扔，也指着对方鼻子骂道："你小子骂什么？三番两次找爷不痛快，是不是欠揍！"

郑立新的骂声在嘈杂的喧哗中如一滴水落进河里，一点声息也没有，越南人杀猪般的哇哇叫声却惊动了就近几个巴比隆的越南老乡，他们都放下手中活凑过来。冯丽琪见不是事，连忙向对方用世界通用语说着"对不起"，二话不说提起地质包，扯着郑立新挤过人群。倔脾气上来的郑立新还心有不甘地叫着："这小子太可恶了！"

冯丽琪不睬郑立新的怒叫，也不知哪来的力气，竟将一位大个子拉着走，直走到中国街陈铭科的巴比隆前，方瞪着一双秀眼骂郑立新："大个子！你这第一天到四虎市场是做生意还是来打架啊？你还以为在王坊山头啊？这里是匈牙利，是布达佩斯的四虎市场！来这里的人都是为了做生意赚钱！越南人不好惹，警察招来更不好惹。你个不知天高地厚的傻大个！"

冯丽琪自是从李秋实那里知晓了郑立新的底细，此时是真生气了，气呼呼地数落郑立新。正是女人瞪着的一双秀眼，让一路而来憋着一口气的郑立新脑子冷静下来，竟像个做错事的孩子垂下头，一声也不敢吭。

正在巴比隆里与一顾客谈生意的陈铭科听到动静走出来，见到冯丽琪有些意外。他扶了扶架在鼻梁上的眼镜，似没看到被训的郑立新，只一双眼惊喜地盯着女人道："丽琪，你……来了。快进来，快进来，今天一大早生意就好得很，我都快忙不过来了。"

冯丽琪脸上一阴："这个傻大个就交给你了。谁和你是我们？别管我，我这就去四十七市场，那里的姐妹等着我呢。"又轻声一叹，依旧用大姐姐的语气，对正打量着巴比隆的郑立新说，"打架厉害不是本事，到了这四虎市场，能把钱从别人的口袋放到自己的口袋里才是真本事！"说完话，一转身挤过人流走了。

从李秋实嘴里郑立新已知道陈铭科的名字，也从瘦猴胖子那隐约明白他和冯丽琪的关系，但一打眼见到陈铭科，他还是有些吃惊。郑立新原以为仅仅一年时间就在四虎市场有自个巴比隆的陈铭科，一定是一位与李秋实一样厉害的角色，没想到面前的他竟是戴着一副金边眼镜，身材适中，面庞白净，长相秀气斯文的人，样子不像商人，倒像个教书先生。现在，郑立新正疑惑冯丽琪与陈铭科究竟是什么关系时，忽然对冯丽琪称呼的"傻大个"感到一种莫名的亲切。

目送冯丽琪消失在中国街拥挤人流中的陈铭科，也在打量眼前足足比他高出一个头的"傻大个"，热情地伸出手说："早听李哥说了，那边一个朋友占了个摊位，你就先借那个地盘练练。以前没做过生意吧？不急，不急，俗话说心急吃不了热豆腐，钱有得赚的，只要肯吃苦。"他与郑立新那有些机械地伸过来的手摇了摇，转身进店与临时雇的店员交代两句，又随手拿了店里几件货塞到郑立新地质包里，也不看对方，径直往前走。走到中国街街口，就看到地上摆着一溜的摊位，各式各样都有，大都用一块塑料布或什么帆布之类的东西往地上一铺，货物摆在上面，商家就开始吆喝了。在一个长着大胡子，样子像是阿拉伯人的中年男人摊位边上停下来，陈铭科用英语与对方说道了几句，对方似有些不情愿又无可奈何的样子，把铺开的摊位往边上挤挤，让出一小块地方。陈铭科忙在地上铺上从店里随手带来的一张塑料布，紧挨着大胡子挤出的，一块也就一米来宽的地盘上，简洁地对郑立新说："这个朋友是阿拉伯人，以前得到过我的关照，今天你来得迟，只能先和对方挤挤，一个摊位费是140福林，人家占的，我们吃点亏，你分摊一半，70福林。怎么样？"

其实不用征求意见，自进入四虎市场脑子就有些发蒙的郑立新就像个木偶，对生意一窍不通的他只有点头的份。然而，他心里对陈铭科的安排并不太乐意，想着就在陈铭科的巴比隆里开张做生意也是可以的，陈铭科却把他推给这个壮实得像一头牛，满脸不乐意的大胡子，似乎有些不够意思。直到后来郑立新才知道在四虎市场这寸土寸金之地，争分夺秒中陈铭科能腾出时间给他找摊位，就是最大的义气了。在商言商是商人的铁律，没有一个商人会让一个从未谋面也不知根底的人在店里做个人的生意。当然，这个道理是郑立新后来才明白的。当陈铭科又简洁地交代傍晚收摊后带他去看租住的房子后转身急急而去，郑立新对着眼前铺开的这张绿色塑料布有些发愣时，身边的阿拉伯人早扯开嗓子喊着别人听不懂的叫卖声。乱而有序，有序的乱，用这样直接的词来形容这一溜的摊贩最为恰当，扛了个初中文凭却没读多少书的郑立新想不出更多的形容词。环顾远近的摊点，地板上摆着的货物吃、穿、用等什么都有，就说这个大胡子阿拉伯人摆着的货就是郑立新听都没听过，更别说看过了。当然，吸引郑立新的不只是这些奇怪的货物，更有大胡子表情夸张的做生意动作。显然，这个大胡子是位老摊贩，一会儿说着流利的英语，一会儿说着别人听不懂的阿拉伯语，伸出粗大的手指，与买货的顾客比比画画。更丰富的是他脸上的表情，一忽儿做痛苦状，一忽儿挤满笑，一忽儿无奈。这时，他正与一位看不出是哪里人的顾客各自用不懂的语言为一个货物讨价还价，在连续扳起对方倒下去的两根指头后，他忽然痛苦地捂着自己胸口，摇摇晃晃地似要心痛晕倒的样子，忽又在对方要转身而去时，拍打胸膛又摇头，接着用手指做了个"OK"的手势。双方买卖成交，大胡子将一把福林塞进腰包时脸上升起得意满足的表情，这时似才看到在一边看得发愣的郑立新。他有些不解地指指郑立新的地质包，又指指还空空如也的塑料布。

似看了一出好戏的郑立新这才回过神来，手忙脚乱地把地质包里的货物摆到塑料布上。并没有多少货物，除了陈铭科临时支援的几件日用品，就是那几盒龙虎牌万金油、清凉油了。就这么着，郑立新到布达佩斯的生意在蒙昧无知的状态下开张了。从小在地质大院长大的郑立新连明溪县城的自由市场都没去过几次，印象中就是吵和乱，还别说做什么生意了，虽说临出国时表姐给他普及过一些摆摊做生意的常识，很是不以为然的郑立新根本没听到耳里。再说那是别人的经验，放到此时郑立新身上一点也不起作用。大胡子又在招揽生意，周围的各色摊主也没空注意这个一脸茫然站在那里、似乎在看热闹的傻大个。不错，郑立新的样子不像是这个小小摊位的摊主，面前绿色塑料布上摆着的货物似与他没有关系，没有人会把他与它们联系起来。看着面前熙熙攘攘的顾客，在音量不大但杂而乱的嘈杂声中，郑立新根本不知道如何把眼前的货物推销给顾客，只是呆呆地站在摊位后面，想像身边的大胡子一样毫无顾忌地吆喝，但试了几次，嘴巴张了张，就是出不了声。不错，曾经的国家职工、明溪王坊山头老大抹不开这个面子，就像国际列车上江小燕帮他推销乳罩时那样心存愧意。顾客似乎专门欺负这个初进四虎市场的中国人，那么多人在大胡子摊位前买东西，可就是对郑立新的货物视而不见，只是用奇怪的眼神打量一眼这个神情紧张、表情木讷、不言不语，脸上甚有一丝不易觉察羞愧之色的大个子。这些顾客的这种目光让郑立新更加局促紧张，不知不觉间他手心攥了一把汗。

　　大胡子阿拉伯人生意告一段落，心满意足地数着钞票时，惊奇地看着站在原地、两脚磨着地面、无所适从的中国人。或许是同情心升起，他摇摇头，向中国人做个张大口说话的手势，说："OK?"

　　郑立新当然明白。看着方才对他来挤摊位不满意，此时却满脸同情的大胡子，他暗暗在心里骂了自己一句，也向对方做了个"OK"的手势，指指货物，点点头。终于，鼓足了勇气，郑立新拿出明溪王坊山头老大的气势，按照表姐临出国时的指导，放声吆喝道："龙虎牌万金油，清凉油，CHINA!"用少得可怜的英语词汇放开大嗓门喊出"中国"这个词，似乎一瞬间将市场的嘈杂声都盖过去了，周围摊贩和顾客都用惊奇的目光看着这位大个子中国人。

　　大胡子阿拉伯人也被郑立新高八度的吆喝声吓了一跳，随即就做了个"OK"的手势，笑了。

6

　　从进入四虎市场就被嘈杂声压得几乎透不过气来的郑立新，终于喊出到匈牙利的第一声生意"处女喊"，冲破了笼罩在他身上的一层无形铠甲。这一刻，来自明溪的郑立新终于艰难地鲜活起来。

　　有了这"处女喊"，郑立新开始学着阿拉伯人的样子向经过的顾客吆喝自己的货物。然而，或许是他的货不对路，尽管经他卖力吆喝，有不少顾客驻足观看他的货物，但都是挑拣一番就转身而去。渐渐地，看着大胡子的货物一点点地消失，自己的生意还没有开张，吆喝声早没了力度的郑立新心中又有些慌。对啊，这摊位费就得付 70 福林，这白吆喝不开张生意，岂不是还是自掏腰包？一时间，郑立新已没有别的奢望，就指着能把这摊位费赚回来。做生意真不是人干的事！难道说我郑立新真不是做生意的料？感觉有些焦头烂额的郑立新眼前忽闪过江小燕那眼神如水般秀丽的双眼，忽觉得冯丽琪与江小燕两人似有些相似，个头相貌都差不多，都是江南女子小家碧玉的娇小玲珑，不同的是冯丽琪泼辣，而江小燕性格温柔。江小燕做起生意来就像变了个人般，没了那种羞涩，不知冯丽琪做生意是不是也这样？大约是差不多吧，只有他郑立新白长了个大个子，连一盒清凉油都卖不出去。这么胡思乱想着，终于冲破"处女喊"而鼓起的勇气也如水般从身上要流光了。就这时候，一位同样让郑立新分不清国籍的中年妇女走到摊位前，指着清凉油，用她的母语问多少钱。郑立新后来才知道他生意生涯的第一位顾客是匈牙利马扎尔人，就像中国的汉族一样，马扎尔族是匈牙利最大的民族。当然，他听不懂匈牙利语，但从对方表情明白这是在问价钱。于是，他急忙学着大胡子的样子伸出五根手指，有生以来第一次在脸上挤出那么多讨好的笑："50，50 福林。"

马扎尔中年妇女摇摇头，伸出两根手指。

看对方一副要走的样子，郑立新吓了一跳，赶紧自己折断了一根手指，继续挤出一堆讨好的笑："40，40 福林。我今天刚做生意。"

好在对方听不懂中国话，没有在意郑立新急切间犯了生意场上大忌。马扎尔中年妇女扫郑立新一眼，似想了想，伸出的手掌多了一根手指。

郑立新现学现卖，也学方才大胡子阿拉伯人的招数，讨好的笑变成痛苦状说："真不能少了，40 福林，就 40 福林，不讲价。"

马扎尔中年妇女似失去了耐心，放下手中的清凉油，摇摇头，转身要走了。

郑立新一时就急了，在对方转身后忙叫道："30，30 福林，卖你了。"在喊着的同时，忙把伸得直直的巴掌恶狠狠地又折了一根手指。

这是郑立新的第一笔生意，少得可怜的开门红。然而，这可说是拯救郑立新做生意自信的"救命稻草",正是有了这根"救命稻草",他这一天才能在四虎市场坚持下来。17 年后,当郑立新在布达佩斯再次与江小燕重逢,此时已是一个历练油条的摊主,经无数碰壁后积累了满脑子的生意经,四虎市场所做的清凉油第一笔生意却让他永生难忘。当他声情并茂地向江小燕回忆这一场景时,那个马扎尔中年妇女的形象记忆犹新。他说这个女人是他见过的最美的匈牙利女人,又善良得就像走路连一只蚂蚁都生怕踩到,一回枫溪老家就去聚龙寺烧香念佛的母亲。江小燕不无同情又爱怜地将郑立新的头揽到胸前,喃喃说:"你真是丽琪说的傻大个,真是傻!"

第一笔生意终于做成功,郑立新有些忘形地向大胡子阿拉伯弯腰表示感谢,因为是对方的鼓励让他完成了"处女喊"。这位刚接触时让郑立新误以为不好相处的阿拉伯人,也摸着大胡子连声"OK",理解地点头微笑。这是一个吉利的兆头,郑立新兴奋地把 30 福林硬币抛起,让它一次次落在面前的绿色塑料布上,听着并不清脆悦耳的声响,觉得连这块陈铭科拿来的绿色塑料布也是个吉利彩头。是啊,绿色,多好的颜色,绿色象征希望,生机勃勃,也象征他郑立新的生意希望无限。郑立新这么庆祝自己第一笔生意,周围的摊主似乎并不奇怪,反而报以理解地笑了。是啊,谁都有第一笔生意,谁又没有在四虎市场慌乱失措的时候呢。这也确是个好兆头,接下来的时光,摆在面前塑料布上的货物一件件地消失在顾客手上,花花绿绿的匈牙利钞票进入了郑立新敞开大嘴的地质包里。他想,得像别的摊贩一样买个大腰包来装钱了,方便,也是生意人的标配。

或是因心理紧张终于随着大部分货物的出售而消失,郑立新忽有些内急起来。他记得进中国街的那一头有一个标示着全世界通用的"WC"厕所。于是,郑立新向此时已得到他信任的大胡子做了要方便的手势,让他代看一下摊位后着急忙慌地跑去。

这是四虎市场的另一大特色。这么一个偌大的市场,每天有几千的人流量,却只有 3 个厕所。正所谓,人有三急,这就诞生了人本能的需要,需要就是价值,就是最紧俏的商品。不错,追逐利润最大化的商场铁律在这里也产生了作用,商场管理者瞄准厕所也是一桩一本万利的生意,竟开张了这么一条生财之道，所有人上一次厕所得付 50 福林的代价。哇，50 福林，在布达佩斯的自由市场上，一个鸡蛋才 5 福林，50 福林可以买 10 个鸡蛋，也就是说撒一泡尿就去掉了 10 个鸡蛋。这对在激烈竞争中的四虎市场淘金人来说委实代价太大了，于是，有人就尽量少喝水，甚至嗓子眼渴得冒烟了也忍着。这可不是闹着玩的，一次尿 10 个鸡蛋啊，够一天的荤菜了。一天下来，大家彼此间无奈地互相嘲讽："喂，今天你拉掉多少个鸡蛋。"忍不住多拉了鸡蛋的人就愤愤而骂，少拉了鸡蛋的人则是一副占了多大便宜的表情。许多年后，那些最初从四虎市场起步的成功商人，回想起在市场的憋尿情景记忆犹新，骂市场管理者是吸血鬼。甚至有人就此落下上厕所就心疼的毛病，仿佛好不容易赚的钱就随着尿哗哗流走了。

当郑立新火急火燎地来到厕所，却发现此处已是人满为患。他长吸一口气排在第五个人后面，眼见着前面的人掏 50 福林方如愿入厕，一问之下委实吓得不轻。哇，我的妈啊，这是什么厕所，里头不会都用金子铺的，拉出来的也都是金子吧？50 福林，他好不容易开张的第一笔生意才 30 福林，不够抵这泡尿。这时候他才有些明白，听身边的大胡子阿拉伯人喊了一上午，也没见他喝过一口水，原来是在省 50 福林啊。郑立新边心里暗骂着边四处张望，真想找个角落把这 50 福林省下来，但这是不可能的。这时候，排在他前面的说着一口四川话的小个子商贩不停地跺着脚，显是有些着急。快管不住自己的四川人用浓重的四川口音骂道："格老子，这些资本家真是吸血鬼，守着个臭茅坑剥削劳动人民血汗钱不说，也不多修几个，撒泡尿排队，耽误老子做生意。格老子！"

排在郑立新后头，听不出哪里人，一位长着一头卷发的中国商贩接话："物以稀为贵嘛。厕所多了，他们还怎么收这 50 福林？这些洋鬼子白给你们腾地摆摊啊？当然想尽办法榨你们的油水喽。"

四川人说："格老子，昨晚在四川饭店一伙老乡们聚会多喝了两杯，今天这嗓子眼不得劲，招呼不出声来就多喝了点水。格老子，老子已拉掉 20 个鸡蛋喽，算上这趟，30 个鸡蛋没了。"说着话，小个子缩起双肩，心疼得倒吸凉气。

看样子，小四川与卷毛相熟，趁排队上厕的机会一致声讨着厕所管理者。

那个面无表情收钱的驼背匈牙利老人早见怪不怪，对大家不满的表情置若罔闻。终于轮到郑立新了，他的手有些颤抖地把 50 福林数给对方后冲进厕所，几乎是恶狠狠地把一泡尿拉在价格昂贵的匈牙利厕所里。他一边尿一边心疼地暗数：10 福林 20 福林 30 福林……最后拉干尽了，走到门口又返身硬是憋足劲挤出一滴，好像这一滴算是免费的，心理上多少有些安慰。

中午，陈铭科让他雇的小工替郑立新一小会儿，一起去吃午饭。正是有需要就有市场，在整个四虎市场有许多家小饭店和快餐店，最出名的中国人也最爱来的就是这家南方饭店，汉字写的招牌，卖各种面点、饭菜，都是给中国人量身定做的中国食物，物美价廉，走的是薄利多销的路线，在四虎市场经商的中国人大部分都到南方饭店解决午餐问题，高峰期就得排队。好在南方饭店的食物都是快速简便，店里的桌凳根本不够用，大家就端着吃食围在门口，三下五除二解决肚子问题。陈铭科和郑立新各端了一大海碗面条挤在埋头吃饭的中国同胞中，打仗一般风卷残云把面条倒进肚子里。陈铭科简洁地问询郑立新一上午生意后，鼓励郑立新就这么做，虽然卖出东西的价格偏低，但第一天做生意，这已是不错的成果了，又交代收摊后带他去看出租房，一起走。

陈铭科的鼓励就像是一场及时雨，抚慰了郑立新初入四虎市场如浮萍般无处着落的心。下午，突破"处女喊"的他拿出明溪王坊山头老大的气势，吆喝得有模有样了，那个大胡子阿拉伯人微笑地点头赞许。让郑立新不爽的是，中午吃面条时他还是忘了昂贵厕所的事，多喝了几口面汤，忍不住又上了两次厕所。这么着，到傍晚收摊，郑立新在匈牙利厕所已拉掉了整整 30 个鸡蛋！心疼得拉尿时两腿直打战。

再次拉掉 10 个鸡蛋回来后，郑立新的摊位前来了两个穿着宽大围裙的吉卜赛女人。郑立新当然不知道这些吉卜赛人的宽大围裙里有好多个特制的口袋，一贯的伎俩就是围着商贩的摊位左转右转，不停地挑选着货物，趁你稍不留神，就将货物快速地放进围裙内特制的口袋里，手法娴熟，互相间还打掩护，不少商贩都吃过吉卜赛人的亏。当然这只是少数的吉卜赛人，但鱼龙混杂，谁能分得清哪个吉卜赛人是真正的顾客，哪个是小偷呢。于是乎，大家只要一见吉卜赛人就格外警觉，生怕货物不翼而飞。显然，这两个打扮得花枝招展的吉卜赛人是四虎市场"老人"，一眼瞧出郑立新是个新手，她们对大胡子阿拉伯人的摊位看也不看，一上来就围着中国人铺在地上的已不多的货物挑来捡去，一边伸手指头与郑立新讲价。

郑立新只是在电影里见过吉卜赛人，会算命会变戏法，走南闯北，能耐大得很。一时间，他很好奇地打量着对方，哪知道这些顾客醉翁之意不在酒。

这么着，双方打着手势比画半天，两个吉卜赛女人失望地转身要走。这时候，一直在旁边看着这一切的大胡子阿拉伯人忽伸手扯住其中一个吉卜赛女人，微笑着摆手："No，No，No。"一边指指郑立新，又指指自己，然后握住郑立新的手，再次微笑地摆手，"Yes，mine。"

吉卜赛女人不解地问："Your?"

大胡子阿拉伯人伸手拍郑立新的肩膀："Yes。"

两个吉卜赛女人似明白过来，点点头。一个笑嘻嘻地变戏法般从宽大的围裙里掏出了两盒龙虎牌万金油；另一个掏出了一把梳子。在郑立新看得目瞪口呆时，她们笑嘻嘻地扭腰转身而去，临了还给愣着的中国大个子抛了一个飞吻。

不用大胡子解释，郑立新也明白如果不是他出手相助，自己这几样货物就被吉卜赛女人偷走了。郑立新感激地向阿拉伯人抱拳致谢。

7

繁忙的一天终于结束了，郑立新地质包里装着第一天做生意赚来的福林跟着陈铭科走出市场。此时，整个四虎市场已安静下来，不像方才那般嘈杂，这让郑立新莫名地松口气。想着今后每天都得这样打仗般生活，他心中又升起如浮萍般无处着落的慌。看着戴着眼镜、斯斯文文的陈铭科，他还真想知道这个中学老师是怎样走到今天的。想着这些，他就提及了方才大胡子智斗吉卜赛人的事。陈铭科略感惊奇地说："没想到，你开张第一天就遇到吉卜赛人！自有四虎市场以来也不知有多少人吃过吉卜赛人的亏。他们总是趁着人多眼杂时顺货物，如果你没发现就自认倒霉；如果发现了，他们就会把货物还给你，有时还会笑嘻嘻地向你弯腰表示抱歉。或许对他们来说，这是一种技艺，失手了就是没练到家，还给对方也是理所当然的。当然喽，这样的吉卜赛人是少数，成天在四虎市场逛的也就那么几个熟面孔。我见过不少正经做生意的吉卜赛人，买卖公平，特别爽快。"

"铭科兄，你的阿拉伯朋友真仗义！刚去时看他一脸不乐意，还以为他是小气人呢。"

"他叫阿里，是卡塔尔人，在四虎市场做生意有年头了。别以为西亚出石油就个个都富得流油。阿里也是个穷人，家里好多张嘴等着他摆摊赚钱。当初也不知他是怎么到匈牙利的，我们有一点交情。"陈铭科这么轻描淡写地说着，其实阿里挤出摊位给郑立新摆货，这可是天大的面子。在商言商，谁愿意身边多一个竞争者呢。陈铭科与对方结缘是因为一次偶遇。有一天，他和几个明溪朋友在一个地铁口见几个匈牙利混混欺负一个大胡子阿拉伯人，忘了父亲教导的出门在外莫多管闲事的忠告管了这闲事，把这几个欺软怕硬的混混赶跑。就这么着，后来两人在四虎市场摆摊相遇，阿里就记住了这个中国义士。说来也不知是不是时运不济，这么长时间下来，阿里还在四处摆摊，有时在四虎市场，有时到四十七市场，虽然挺会叫卖生意，却始终只够温饱，直到陈铭科终于在四虎市场有了自己的巴比隆，阿里还在摆地摊。

陈铭科没把与阿里的相识说给郑立新听，只是在郑立新再次竖拇指称阿里义气时，语气冷淡地说："立新兄弟，商场讲的是利，可不是讲义气的地方。"

郑立新对陈铭科的话有些不以为然。绕过停车场时，忽看到在大门拦车横挡中间大圆盘上，竟用黑笔勾写出"强盗"两个大字。又一次在四虎市场看到汉字，让郑立新有些好奇，正想发问，走到前面的陈铭科却笑说："这一定是瘦猴干的。"

原来，四虎市场有几个停车场，仍不能满足日渐火爆的需要，一些外地送货的车辆常没有车位，得排队等候。这时候，聪明的商家就会想法走捷径，在进入大门时悄悄给引路的保安手里塞上那么几百福林。有了这个见面礼，保安就会给你安排一个好车位。就这么着，水涨船高，得到甜头的保安胃口也越来越大，"见面礼"的数额随着四虎市场的声名鹊起而见风就长，有时还开口索要物品。那天，陈铭科到明溪驿找李秋实就听瘦猴和几个明溪人正起劲地骂四虎市场的管理人员，有骂一泡尿拉掉10个鸡蛋的，骂得更甚的就是停车场的保安。当时，瘦猴一蹦三尺高，叫道："什么保安！保什么安，就是强盗，吃拿卡要。哪天我就去大门上写上 2 个字：强盗！干脆挂牌上岗得了。"

　　经一天生意折腾的陈铭科和郑立新都有些疲惫，在坐地铁时居然都小睡了一会儿。当然，陈铭科老马识途，闭眼时一双耳朵却扎着，错不了站。这一年多来早历练出一上车就打盹，到目的地就睁眼，回家像条虫，与顾客做生意生龙活虎的本事。走出地铁口，只见 5 月的匈牙利飞雪今天终于有了收住的迹象，但从大街上扫过来的风依然挟着丝丝冷意，让郑立新不由自主地拉紧衣领。走过一条街，来到一条看起来有些杂乱和萧条的小巷，直走到巷尾方到陈铭科曾经住过的出租房。这是一幢旧公寓楼最底层的一间半地下室，顺台阶往下走，外面的光线被台阶一拦，室内就显得有些昏暗，即使大白天也得开灯，空气沉闷。且喜是两居室，单独的房间，共用敞开式连在一起的厨房和饭厅。厨房虽小，生活用具倒是一应俱全，炒菜煮饭不成问题。与厨房紧连的是只容一个人转身的卫生间，以郑立新这样的大个子，得弯腰才不至于碰到顶上的水管。饭厅放了一张沙发和一张小桌子，再加两把凳子，没有多余的空间了。最重要的当然还是卧室，小得可怜，放着一张单人床，一个矮柜。一个兼采光和透气之用的窗户露出地面。一米八三的郑立新拉开罩着的黑色窗帘布，发现这窗有一小半是在墙上，罩上一个显然起保护玻璃作用的铁丝网。再细观就知这窗户是开不得的，因为窗外就是街道边的花带，高个头的郑立新可以很轻松看到街道上匆匆而过的行人半个身子。看着这大半个罩着铁丝网的窗户，郑立新忽联想到监狱，这种感觉让他很不受用。

　　见郑立新用力拉上黑黑的窗帘布转身皱眉的样子，陈铭科扶扶眼镜装着没看到，用轻松的语气说："立新兄弟，明天你就搬过来吧。我刚到匈牙利时在这住了半年多，后来才搬走的。你别看这房子不起眼，可交通方便，走过那条不长的街就是地铁口，到四虎市场、四十七市场都挺方便，我们做生意的人讲究的就是这个。"

　　郑立新依旧皱眉说："就是……采光通风都差得很，房子也挺潮。"他伸手摸着墙壁上渗出的几滴水珠。

　　"是吧，通风采光差些，雨季还有点潮，天气暖和就好了。"陈铭科用询问的眼神看着郑立新，"租金便宜，才 7000 福林！进来就能住，不要再添置什么。也是你运气，前两天租户才搬走，李哥让我帮你找个住处，我就想到这地方。房东人挺好，说是老租客，没涨价。我也打听过了，另一间屋子的租客是个北京人，这些天回国倒腾货物去了。大家都是中国人，异乡他乡，相处一下就熟了，说不定还能成为朋友呢。立新，你初来布达佩斯……就……先住下吧，以后……以后条件好了再搬。"

从陈铭科有些吞吐的话语和征询的眼神，郑立新明白以他现在的经济实力也只能租这样的房子。是啊，7000 福林，他得卖多少盒龙虎牌万金油啊！其实并没有其他选择，两眼一抹黑的郑立新知道这是李哥和陈铭科为他着想。好吧，这就算是在布达佩斯安顿下来了，只是没想到这么快明溪驿就要关门了，否则，他跟着李哥在恒发贸易公司里干就不会住这鬼地方了。做了决定的郑立新又走到天窗前，掀开窗帘，他看着那些几乎是从他头顶踩过去的脚，忽然有一种看看这脚上的人究竟是怎样一副面孔的冲动。

并没有多费周折，不一会儿，约好的匈牙利房东——一位慈眉善目的老太太就满脸堆笑地出现，交了一个月的租金，在那张用中文写的协议上草草签下"郑立新"的大名，双方握手结盟。完成李哥交代任务的陈铭科如释重负，送走老房东，急切地问郑立新能否自己回明溪驿，在得到肯定答复后，说是他还有急事要办，就一个人先走了。当然，这并不是陈铭科把郑立新扔到半道上，是因前天与冯丽琪吵嘴后没想到她竟一个人去四十七市场摆摊。一天来陈铭科无心做生意，现在遵李秋实的委托，耐着性子把郑立新安顿到出租房里，急着去四十七市场找冯丽琪。

目送陈铭科匆匆消失在台阶上的背影，一个人置身于低矮潮湿昏暗的房间，郑立新站在窗前看着从眼前迈过的各种脚步，一种孤独无助的感觉瞬间袭向毫无准备的他。这种感觉是在踏上布达佩斯土地时没有的，那是因为有李秋实。现在他真要把一米八三的身躯扔在这里，开始他的生意生涯了，一时间，这个打小天不怕地不怕的明溪王坊山头老大颓然跌坐在床沿上。出了好一会儿神，郑立新摸着地质包里今天赚到的钱，心里恨恨地骂了几句自己，才收拾了脸面走出出租屋。

8

夜色完全笼罩了布达佩斯这座美丽的古城，街巷的灯火闪烁着一种夜晚特有的暧昧，不时有穿着暴露的匈牙利女人不怕冷地展示女性的美丽。郑立新有些夸张地昂头挺胸，端着架势，行走在布达佩斯夜晚的街道上。其实没什么不同，太阳出来天亮，太阳落山天黑，布达佩斯的夜晚和明溪的夜晚一样黑，他不是刚进城的陈奂生，他郑立新是堂堂的地质队员，见过世面，在明溪县城混社会的人眼里有一号。不就是布达佩斯嘛，有什么了不起，大就大一些，不就是若干个明溪县城组装起来的嘛，逛一次布达佩斯就当逛十几二十次明溪县城好了。在布达佩斯陌生的夜色下，穿行于陌生的人群中，郑立新昂首挺胸肩挎独特的地质包这么给自己打气，内心的孤独无助感慢慢消失了。从明溪县城走出来的郑立新在布达佩斯古城没有迷路，很快顺利走到了地铁口。明溪驿附近也有一个地铁口，很快他就可以见到李哥了，经了这一天四虎市场的"练摊"，郑立新有许多话想向李哥说，让他帮着拿主意。堪堪走到地铁口，一个瘦瘦小小的身影突然出现在他眼前，对方一愣，尖声叫道："巧了，巧了，这不是立新兄弟嘛？听冯丽琪说你跟陈铭科到四虎市场'练摊'。怎么样，生意开张了？赚了多少钱？"

猛然见到一个认识的明溪人，听着对方关切的话语，并不喜欢瘦猴的郑立新像见到久别重逢的亲人，一五一十把一天的经历都说了。说着，心里的暖意让他眼里浮起一层若有若无的水意。

早些天就和胖子一起找到租住处的瘦猴这天路过四十七市场，见到冯丽琪知道了郑立新的事，又有些好奇地用色色的眼光盯着冯丽琪丰满的胸脯，说："我说丽琪妹妹啊，你也别为一棵树放弃了整片森林，陈铭科对不起你，还有兄弟我呢。嘿嘿，别看我瘦，可兄弟我瘦是瘦，干活做什么都有力气……"瘦猴的话未说完，就被冯丽琪啐了一口。瘦猴人不坏，只是嘴上爱占女人便宜，并没有哪个人把他的话当真。其实大家都一样，一个个出门，摆摊做生意累个贼死，青春正茂的身体夜深人静时有骚动是正常的，只不过很少人像瘦猴这般过嘴瘾聊补精神和生理上的饥渴。现在，从语气里听出郑立新对陈铭科把他一个人扔在出租房有些埋怨，瘦猴就不无羡慕地作势上下打量郑立新，"我说兄弟，你也别怪陈铭科，他和李哥这些知识分子就是和我们这些文化不高的人想法不一样，情呀爱的。陈铭科是斯文人，生意做这么久也改不了骨头里的酸，他这是急着去找冯丽琪呢，不就是'傍肩'嘛，说什么感情喽，各取所需，不就结了。话说回来，也不知你和李哥在明溪有怎样的交情，这么关照你。实话说，投奔明溪驿的人没谁有你这样待遇，还找人给你引路？这是什么地方，这是有奶就是娘的布达佩斯。我来这几个月就是一个人在布达佩斯瞎闯，吃了不少亏才长了些见识。"说着说着，瘦猴忽眼睛一亮，神秘一笑，"让你这从小生在新社会长在红旗下的社会主义国家孩子长长见识。走，不急着回明溪驿，这会儿我估摸着李秋实他们也一定还在外面奔走，你回去也没啥意思。喏，我带你去开开眼，知道人家怎么个活法，你就会死命给自个挣钱了。"不由分说，瘦猴拉着像被陈铭科抛弃在布达佩斯街头孤独无助的郑立新离开地铁口，往一条灯红酒绿的热闹大街走去。

意外遇到瘦猴，郑立新听着对方走心的话，在 5 月布达佩斯阴冷的夜晚犹如接过母亲递过来的热水袋，心里升腾着暖意。路上，瘦猴告诉郑立新，他和胖子租住的地方离郑立新的出租屋不远，也就隔着两条街，以后有什么需要可以吱应一下。瘦猴的古道热肠让郑立新似又接过一个热水袋，忽想起几次听到的"傍肩"这个奇怪的词，问陈铭科和冯丽琪"傍肩"是什么说法。听这一说，瘦猴就来了精神，眉飞色舞地把"傍肩"解释了一通。

所谓的"傍肩"，就是两个独居异国的男女相互依靠，结合在一起。一个"傍"字道尽这种露水夫妻感情的无奈，"傍"就是依靠，你依靠我，我依靠你，既有生意上需要，更有感情上的彼此依靠。来到匈牙利，每个人都背负着家庭的希望，大多数举债而来，金钱和精神上的双重压力常让人透不过气来。商场残酷，竞争激烈，但疲惫的身体和精神的紧张有时也难抑生理的需要。特别对于身体柔弱的女人而言，异国他乡的独自打拼更面临着七尺汉子所想象不到的困难，弱肉强食是商场最为冷酷的一面，有时是多么需要一双坚实的肩膀依靠。于是乎，就有出于这么多需求的女人"傍"上了同样需求的男人，两个都有需求的人走到一起，结成对子，更有力量来抵抗来自外界的冷意。这是异国他乡的抱团取暖，彼此心照不宣地维护这种"露水情感"，甚至于不谈情感，只谈需要，两相情愿，君子协定，不牵涉双方国内的家庭而"结对子"。人是感情的动物，但感情遇到金钱，有时只能让位于彼此的需要。生活如此，生意亦如此。生活上互相关心，生意上互相帮助。当他们回归于各自的家庭，彼此甚至可以成为陌路人。

这就是"傍肩"，在异国的布达佩斯已是大家见怪不怪的情感现象。但是，瘦猴在郑立新听得一愣一愣时，又郑重地表态说："立新兄弟，我刚才所说的那些'傍肩'可都不适用于陈铭科和冯丽琪。嘿嘿，哥平时也就开个玩笑。实在话，陈铭科那知识分子斯文小样我看不惯，可我和李哥、王哥他们一样都支持这对'傍肩'。这是一对苦命鸳鸯喽，就不知给他们牵线的月下老人将来回到国内，是不是敢出来说公道话了。"

什么"傍肩"？不就是到了国外两个男女因为需要搞到一起嘛，陈铭科和冯丽琪倒得到大家同情和支持，这又是什么道理？郑立新满腹疑问，而瘦猴已没空解答了，此时他们已离开大街进入一条灯光昏暗的小巷。瘦猴指着一幢如鹤立鸡群般闪着五彩灯光，门口站着两位浓妆艳抹年轻女人的房子，神秘一笑："嘿嘿，我没别的本事，也没哪个女人愿意与我这穷小子'傍肩'，只好过过眼瘾了。嘿嘿，立新兄弟，走，开眼去。"

从小打打杀杀的郑立新最崇拜的就是梁山好汉，初中毕业没读多少书的他倒是把一本《水浒传》翻个烂，那些英雄好汉的信义千金，视兄弟如手足视女人如衣服的信条让他颇为赞赏，一百单八将里也就出了个好色的王矮虎。现在，看着门口两个花枝招展的女人，郑立新以为这是妓院，转身要走，却被早预料到的瘦猴一把扯住，摆手说："不是你想的那样，只是开开眼，开开眼。"不由分说，将停住迟疑脚步的郑立新扯了进去。

实际上这是布达佩斯穷人们光顾较多的色情场所，以较廉价的代价过过眼瘾。不错，只是过过眼瘾，是通俗说的"小窗口"。整幢房子里的焦点是中间的一个大圆台，四周是一个个密封的小屋，每个小屋有一个小窗户，从小窗户里可以将大圆台尽收眼底。奥妙就在这个小窗户。它是个吃钱的机器，只有从投币孔里投入 30 福林，小窗户才会自动打开，时间两分钟，两分钟后小窗户自动关闭，需再投币才再开启。那么，从这个小窗户能看到什么让人流连忘返的风景，才能让人自觉地投钱币呢？那就是大圆台上的色情表演。当郑立新在轻车熟路的瘦猴引导下一起进入一个小屋，又在他指导下投入 30 福林时，原本紧闭的小窗户突然开启了，一种郑立新从未听过的音乐如子弹般从小窗户射出来。瘦猴催促发愣郑立新："啊呀，快，你先看。快看快看啊，别浪费时间。"

郑立新几乎地被瘦猴推到了小窗户前，当他探头从小窗户望出去时，浑身不由自主地一阵战栗，一股奔腾的血流瞬间蹿遍了全身。他看到了什么？他看到在大圆台上有几个已是上身全裸的外国女郎正随着音乐如蛇一般扭动着美妙的身躯，随着身体的扭动，丰满的乳房在诱人地抖动。紧接着，当她们掀去缠着的裙子时，随着更加激烈的音乐变幻着舞姿，蛇一般扭动的身体让郑立新看呆了，只觉得全身的血在一瞬间点燃后又凝固在心脏的位置，他快喘不过气来了。郑立新趴在小窗户上，大圆台上外国女郎美丽诱人的胴体给明溪王坊山头老大，以这样一种直接的赤裸裸肉欲的方式进行了性启蒙。两分钟的时间短得只来得及让郑立新来了一个深呼吸，小窗户就无情地关闭了。随着窗户的关闭，血脉偾张的郑立新回过神来，但身上被肉欲点燃的热血还在乱窜，他听到了自己从来没有过的激烈的心跳声。

瘦猴一副猴急的样子，一把推开郑立新说："过瘾吧，过瘾吧。这外国女人就是来劲啊。让哥来，让哥来。"说着，他迫不及待地投入了 30 福林的币。

见瘦猴聚精会神地恨不得从小窗户跳到大圆台上，整个身子显然配合着裸体女郎们蛇般的扭动，此时已呼吸平稳的郑立新就看到一个丑陋的自己，没来由地，猛然间江小燕秀丽的面庞闪现眼前。郑立新有些发狠地扇了自己一巴掌，逃也似的离开这个充满肉欲诱惑的小屋，险些一脚踩空台阶。外面的冷风一吹，回头看灯红酒绿的房子，有些心疼 30 福林就这么给诱惑走了，这是他开张第一笔生意赚的钱！他有些沮丧地走着，没走多远，过了眼瘾的瘦猴就追上来了，连咂着嘴说："啧啧，过瘾过瘾，真带劲。立新兄弟，你怎么走这么快，不再看看？"

"这是我第一次也是最后一次来这种地方！"郑立新发狠地跺跺脚，生气地对瘦猴说，"我不会再来了！"

郑立新不只是心疼 30 福林钱，更有些看不起自己！他郑老大是顶天立地的男儿，看不惯队长女儿嚣张样，也只是让"打鸟的"去打她的屁股，小小地惩戒一下。果然这是郑立新第一次也是最后一次光顾"小窗口"，后来他一直认为，相比于"傍肩"，瘦猴的这种"小窗户"更显出一个男人内心的龌龊，作为一个顶天立地的男人，与其这么开眼，不如轰轰烈烈地找"傍肩"，管别人什么眼光，只要两人情投意合，哪怕只是在异国短暂相伴，那也是男人该做的事。也正因此，郑立新很羡慕和欣赏陈铭科和冯丽琪这对"傍肩"，更为冯丽琪最终还是屈服于命运返回明溪，这对大家支持的"傍肩"无疾而终而惋惜。

瘦猴没料到郑立新反应这么强烈，有些奇怪地看一眼对方，不以为然地说："哥是带你开开眼界。嘿嘿，资本主义国家与我们社会主义国家就是不一样啊。啧啧。"语气中似意犹未尽。

郑立新不吭声，闷头往前走。

瘦猴看郑立新一眼说："哥不是坏人，刚来匈牙利也和你一样，纯得像一碗水呢。我说啊，四虎市场是做生意的地方，可我觉得不适合你，那儿的摊位费贵得贼死，资本家心黑着呢，撒泡尿都得 30 福林，生生让人憋坏了。这么着吧，你若信得过我，就和我一起'练摊'去，这么大的布达佩斯哪个地方不能摆摊啊。实话说吧，兄弟我到四虎市场只看了一眼就没进去，这地铁口、汽车站，反正人多的地方就是我们的战场，支个摊，天王老子也管不着，自由着呢。"

瘦猴是个热心人，他这么和郑立新说道一通，又告知了自个住处，约定两人明天在地铁口汇合，就往另一条巷回去了。一直没吭声的郑立新听瘦猴哼着小曲消失在布达佩斯高深莫测的夜里，对方的提议倒让他心里有了主意。对，不妨跟瘦猴去"练摊"，四虎市场昂贵的摊位费和拉尿成本只领略了一天，就让本就对做生意没信心的郑立新心生怯意，若果真像瘦猴所说不需成本也可摆摊，何乐而不为呢。心中拿定主意的郑立新决计回明溪驿与李哥说知，然而他不知道这打游击式的"练摊"其中的凶险，差点让他跌入万劫不复的境地。现在，怀揣着初次四虎市场摆摊生意开张喜悦，又因失足"小窗口"的懊丧，郑立新走错了路，直到晚上 10 点来钟才回到明溪驿。看到黑暗中亮着灯光的明溪驿魁梧的身躯，在布达佩斯夜里迷路的郑立新感到一种近乡情般的温暖，可一转念想到明溪驿过两天就要人去楼空，沮丧的心情更浓了。埋头进门急着见李哥的郑立新在大门口险些与急匆匆走出的陈铭科撞个怀，硬生生刹住脚步的两人都有些惊讶。郑立新先招呼说："陈大哥，你来找李哥？他们都在吗？"

"对，他们都在，你进去吧，李哥刚才还问你的情况呢。"陈铭科似无心与郑立新对答，急步要走，又转身说："明天早些来，早来才能抢到摊位。"

"我不去四虎市场了。我想自己在外头'练摊'。"

"什么？"陈铭科有些意外地看着郑立新，"你要自己练摊？"

"瘦猴让我和他一起练摊。"郑立新说，"谢谢，等哪天我要回四虎市场，再找陈大哥。"

"也好，也好。我们大家都是这么过来的。"陈铭科愣了愣，说，"反正我在四虎市场，都是李哥的兄弟，有需要就吱一声。"抬头望一眼在黑夜里轮廓有些模糊的明溪驿，轻声一叹，"唉！明溪驿没有了，可在布达佩斯的明溪人还是兄弟。"

郑立新心里一热，伸手握住陈铭科递到面前的手。看这位极像他中学一位老师的斯斯文文的生意人消失在视线里，郑立新还是不敢相信他居然是在竞争激烈的四虎市场敢租下巴比隆的老板。

9

其实，不用说郑立新不敢相信，换在两年前，陈铭科自己也不相信。

陈铭科来匈牙利之前是明溪一中的英语老师，从三明师专英语系毕业后，家在洋坊的陈铭科就成了一名光荣的人民教师。当年，作为全村第一位大学生，陈铭科曾给家里带来了无上的荣耀。鲤鱼跳龙门，一个农家子弟跳出农门，从此捧上金饭碗，更何况是人人敬佩的人民教师。接到三明师专录取通知书那天，家里虽不富裕，但父亲倾其所有摆了一桌，请来村干部和家族的长辈，让陈铭科挨个敬酒，说着感谢的话，更像是主动接受大家羡慕的祝福之词。读过两年私塾，在村里算是文化人的父亲，没有像一些家长一样早早让孩子扛锄头，而是始终坚持要儿子上学，用他的话说就是砸锅卖铁也得让儿子读书。没有人相信父亲眼光的长远，在读多少书最终也是回来扛锄头种田的年代，父亲却相信总有一天读书人就该干读书人的事。果然，当那个影响一代人的时代变迁到来时，事实证明了父亲的远见，一直读书上进的陈铭科也得到了应有的回报。两年师专生活结束，学得一口外国话的陈铭科分配回明溪教书，父亲又把村干部和长辈请到家里摆了一桌，照例让陈铭科挨个敬酒，说感谢话的同时接受大家的祝贺。父亲听不懂外国话，但他一定要陈铭科敬完酒后抑扬顿挫地用外国话朗诵一段话。父亲事先提出这个要求时，很是让陈铭科吃惊和为难，对一个大专生来说，要准确翻译伟大领袖的话还是有相当压力的。父亲没有读多少书却写得一手好毛笔字，承担了村里一应红白事诗书的活计，是村里令人尊重的文化人。从小到大，陈铭科对父亲非常崇拜，并从内心里感激家里最困难的时候父亲也没叫他辍学。家贫出孝子，陈铭科对父亲的话执行起来，从来说一不二，这回却打了退堂鼓，没有按照父亲指示翻译毛主席语录，撒谎对父亲说朗诵一首来自社会主义兄弟国家的爱国诗人的诗。于是，在这个到明溪一中报到前的村宴上（父亲一直强调这不是普通的家宴，而是代表一村荣耀的村宴），陈铭科用英语抑扬顿挫地朗诵了匈牙利爱国诗人裴多菲著名的诗篇《我愿意》。

在座的村干部和父亲当然听不懂英语，更不知道这首诗与爱国不爱国没啥关系，但是陈铭科用他们听不懂的外国话眉飞色舞说了这么一通，显然起到了前所未有的震撼效果，比起第一次村宴，这个生涩的陈家小子成龙成凤了。

当然，父亲和村干部们都不知道，陈铭科当初用英语朗诵这首诗的目的是向一位女生求爱。这位女生家在明溪县城，是三明师专与陈铭科同届的中文系学生。中文系女生多少都有那么一种浪漫的情怀，正是诗歌横行中国的年代，什么朦胧诗什么普希金，一股脑儿地砸向渴望浪漫的青春期年轻人。这是一个不讲理的年代，会写诗几乎成了白马王子的标配。你会把算盘拨打得啪啦响？对不起，俗人一个！外语系的男生陈铭科是到三明师专报到的同一辆车上与中文系女生认识的。双职工家庭，且父亲还是教育局副局长，一向养尊处优的中文系女生坚决不要父亲派车送到学校，不料在明溪到三明的班车过九曲十八绕的荆西岭时给搅了个翻江倒海，让原本并不善与人交际的陈铭科逮到表现的机会。有了这个铺垫，两人到校后自然走到了一起。中文系女生欣赏戴着眼镜、长相斯文的陈铭科，一点也没有乡下人的土气，只是此时正迷着朦胧诗的她觉得他缺了诗歌的标配，不知不觉在加入诗社后与陈铭科疏远了。这让陈铭科急得不行，一着急也买了本诗集，不承想这一目的性不纯的诗歌爱好竟影响他一生，还真的从此隔三岔五写写诗，几年后把自己混成了业余诗人，也顺带着在文联组织的笔会上认识了李秋实。陈铭科学习很努力，对待感情也很努力，他的努力得到了中文系女生的回报，听说中文系号称第一号诗人的诗社社长也在追求她时，陈铭科自知自己其实并不具备真正诗人的才华，写了一阵诗就有江郎才尽之感，不像诗社社长可以日写诗歌几首。感到挑战严峻的陈铭科听中文系女生用佩服得五体投地的语气朗诵匈牙利裴多菲的诗时，脑子灵光一闪，决定充分发挥自己的特长。于是，找不到英译本的陈铭科通过刻苦学习，用英语翻译了《我愿意》，于某个适合谈情说爱的春意盎然的日子，在校园一角的小树林里深情地用英语朗诵这首诗时，中文系女生显然无法承受这份意外惊喜，激情四溢地向一个乡下小子奉献了珍贵的初吻。

当然，若干年后陈铭科踏上诗人的国度时，这个国家却不是昔日的社会主义兄弟了，他来此的目的也不是朝圣，而是怀揣着淘金梦，试图改变自己和家人的命运。虽然他与李秋实一样也买了一本匈牙利文的《裴多菲诗选》，但每天做生意累得贼死，已难得品味书中的诗意了。

正是这样，陈铭科用英语朗诵匈牙利诗人裴多菲的诗歌把中文系才子拍死在求爱的沙滩上，也把这场村宴推到了高潮。是啊，一切都很美好，稚气未脱的农民儿子陈铭科一步迈进明溪一中这个明溪县教育界的最高学府，成了一名无数人羡慕景仰的人民教师。有才干，工作又勤勤恳恳，成天夹着一本讲义夹，斯文无比的陈铭科几乎年年先进，中文系女生顺理成章也分配到明溪一中，但吃了两年粉笔灰就被副局长父亲调到机关，坐起一杯茶一张报的清闲自在的办公室。距离远了，两人感情却与日俱增，却不知道那个一门心思想扶正的副局长，正谋划利用女儿与市教育局的一位领导攀亲家。他没有明着反对女儿和外语老师恋爱，但要陈铭科当他的乘龙快婿并不是他所期望的。副局长毕竟是领导，高瞻远瞩地不想让人看到他嫌贫爱富，他要用时间慢慢地让陈铭科看到自己的差距。于是乎，陈铭科与原中文系女生现在的机关干部情感就这么拖着，始终无法修成正果。副局长的预谋取得了满意的效果，在几次上门遭到女朋友家人白眼，又听到一些他想攀高枝的风言风语，终于对悬殊门第产生畏惧后，原本被爱情冲昏头脑的农民儿子陈铭科内心产生无法抑制的自卑。自然而然，因自卑生发的自尊不知不觉让二人间的情感产生了裂痕，似落入某些电影小说描述的爱情俗套，两人的感情有了一些说不明道不清的疙瘩。就这么着，转眼间过了8年，在期盼胜利成果时，让父亲没有料想到的是，突然而至的贫困会这么快就剥去陈铭科给陈家带来的光环，噩运接二连三降连这个普通的农家。先是母亲重病在家里欠了一屁股债后撒手归西，随后是父亲上山扛树摔断腿，同样花费了巨额医药费后落下残疾，再也干不得重活。此时，已出嫁的姐姐自身生活艰难，自然无法顾及娘家的困难。妹妹刚师范毕业，只顾得了自己一张嘴，弟弟还在读书。于是乎，经济困难转眼间压垮了这个负债累累的家，一副家庭重担在生活剥去温情脉脉的面孔后，落在中学英语教师并不算刚强的肩上。

陈铭科回到洋坊的老家，面对黯然神伤长吁短叹的父亲只能强作欢颜，然而，他明白以他课书谋得的那几块钱要想让家人过上好日子，无异于咸鱼翻身。这个晚上，心里黑得摸不着道的陈铭科回到明溪县城，鬼使神差来到县政府大院宿舍楼找女友，试图得到一丝慰藉。让陈铭科大感意外的是原来的中文系女生现在的政府机关干部表情很冷淡，听了他一通述说，并没为陈家的不幸落一滴泪，只是淡淡地说："那怎么办啊？欠那么多钱，你一个月才几块工资喽。"

陈铭科强打起精神："我父亲不能下田干活，可还有编竹器的手艺，能赚钱。我妹妹师范马上要毕业了，弟弟读书不成器，再一年高中毕业就让他出来做工。总归日子会慢慢好起来。"

女机关干部对男友的前程展望似乎没多大兴趣，一手绞着衣角，依旧淡淡地说："那我们怎么办？等不了这么多年，我……"

正当陈铭科为女友的冷淡感到有些失望之时，副局长下楼来了。他先是挥手让女儿回家去，在女儿不无留恋和幽怨地扫陈铭科一眼跑上楼后，副局长叫陈铭科一起走到院子一角的一棵歪脖子树下。副局长用领导的语气表明自己首先支持女儿和陈铭科的恋爱，并肯定陈铭科是一位优秀的人民教师。随后，在陈铭科不知领导是要给他颁奖还是提拔他时，副局长话锋一转，严厉地指出陈铭科和他女儿爱情的缺陷，只顾他们两人的感情，而没有顾及亲人的感受。副局长拉长声调说："陈老师，婚姻和爱情是两码事。你爱我的女儿不就是要给她幸福吗？以现在你家的状况和你的能力，显然你给不了她幸福。爱情是伟大的，伟大就伟大在一心只为对方考虑，为了对方的幸福可以牺牲一切。我的意思，你明白了？"

陈铭科完全被副局长一番绕口令般的强盗逻辑绕进去了，他当然明白副局长说的这番中国话，就是外国话他也听得明白。与此同时，领导的话无形中剥去了他人民教师的外衣，把一个乡下农民儿子无根无基的形象呈现出来。在副局长居高临下的直视下，陈铭科本能地用自尊的话回应对方。他终于明白，那个曾经痴迷地写诗和倾听他用英语朗诵裴多菲诗的中文系女生已经死了。什么"我愿意是激流，山里的小河，在崎岖的路上，岩石上经过……只要我的爱人，是一条小鱼，在我的浪花中，快乐地游来游去"，再浪漫的诗意都敌不过生活的残酷。这个晚上，陈铭科恨不得找一根绳子把自己吊在那棵歪脖子树上，或找个地缝钻进去，在副局长做报告般的话语中。当然，他离开政府宿舍楼大院时抬头看到了楼上窗帘后那个曾让他心醉的倩影，于是，遍体鳞伤的他揣着仅有的自尊离开时还抱着一丝希望。他希望在冷静一段时间后，昔日的中文系女生会回到现在的机关干部身上。然而，直到暑假回家帮着干活再回到学校，听到的第一个消息就是女友已调到三明市教育局，顺带着嫁给了某位市教育局领导的儿子。就此，两人再也没有任何联系。自尊且自卑的陈铭科默默把苦果咽到肚子里，那个当年诗情满怀的中文系女生死了，而他陈铭科不能死，为了自己也为了家人，他必须活着，他这根陈家的顶梁柱不能折了。但是，出路在哪里呢？以他现在的几片工资，何时才能掀去压在陈家头上的债务大山呢？就在陈铭科徘徊无主之时，听到了沙溪的胡志明出国并寄回了很多钱的传闻。胡志明何许人陈铭科不想知道，他一个中学外语老师薪水虽不高，但总是拿着国家工资的人民教师，做不来这种事。然而，1991 年初他听到了一个更让他震惊的消息，医药公司的李秋实辞去公职准备去匈牙利。

10

陈铭科认得李秋实，他们都是明溪一中同一届毕业的。因不同班，在校时没多大交往，陈铭科考上三明师专，李秋实读的是福建卫生学校，毕业后分配在明溪医药公司。因有共同的诗歌爱好，当年为爱情写诗的陈铭科到明溪一中工作后保持了这个爱好，就在一次明溪县文联主办的杂志《滴水岩》举行的笔会上，两个中学同学算真正相识了，当时在一起的还有地质队的诗人凌笙。共同的志趣让陈铭科和李秋实成了好朋友，隔三岔五地，享受着李秋实掌管医药公仓库的便利条件，有意报废的"蜂王浆"和"十全大补酒"等。如果说胡志明出国对陈铭科来说是隔岸观景，那么，好朋友李秋实的辞职却让他震惊之余眼前一亮。于是，正徘徊无主的陈铭科火速找到李秋实，得到对方亲口验证后，喃喃道："辞职？那就没有退路了。"

李秋实国字脸上是一种果决的神情："不破不立，索性破釜沉舟！只有把自己退路断了，才能真正轻装上阵。"

李秋实的话触动了陈铭科，他决定与李秋实一起赴匈牙利淘金，为了家人也为了自己。再一个隐秘的原因是离明溪远一些，离三明远一些。陈铭科本想给自己留条退路，只是办个停薪留职，但没有得到许可，这让他心生退意。更重要的是国际列车昂贵的车票和一系列出国必需的费用。陈铭科感到吃惊的是当他回家试探性地把这个想法与父亲说知，父亲竟然果决地支持儿子辞职。父亲说："铭科啊，你性格中有瞻前顾后的一面，这对你出国是大忌。你要学你同学断退路才会有活路。至于费用，你就不用操心了，你只需把手续都办全了就行。"

陈铭科没想到父亲会卖了祖上传下的一幢祖屋。拿着这烫手的钱，陈铭科手在发抖，为了工作也为了这祖屋，他陈铭科当真是开弓没有回头箭了。离开洋坊故里的那个晚上，陈铭科在一简单的家宴后搀扶着用拐拐也不能把路走平的父亲来到已属别人的祖屋前，父子二人默默伫立一会后，又来到了洋坊陈氏祖祠。面对着神龛上陈氏列祖列宗的牌位，父亲第一次以沉重的语气向他讲述了陈氏家族一个已成神话的故事。

那是陈家一份沉淀在历史深处的荣耀。说的是清顺治十八年（1661 年）出生于洋坊的陈启韬，自幼聪颖而善于交际，16 岁就离乡前往广东经营大米生意。几年下来，业有所成，生意做得顺风顺水。然而，天有不测之风云，这日，他的商船在海上遇到飓风，大难不死却一直漂到暹罗国。所幸陈启韬在广东时经常与暹罗国米商打交道，已学会讲暹罗话，他察觉到当地的商机，决定在暹罗暂居。凭着他在商场上历练出的处世经验，很快与当地官绅打成一片，生意也慢慢地做起来。久而久之，中国人陈启韬的声名传到暹罗国王耳里，遂传旨召见。国王很欣赏陈启韬相貌魁梧，谈吐风雅，当即授予官职。也是因缘巧合，公主相中陈启韬的人品，国王遂招他为驸马。多少年后，官至丞相的陈启韬取暹罗名为"博帕功"。

一年又一年，远在异国他乡的陈启韬思念故土，但公务缠身无法回国，只能修书一封，连同礼物派使者送回家乡。他挥毫写下一副长联："先君遗体，天各一方，生西颖而老他乡，遂使禴祠失祀；小子远游，心怀两地，相暹罗而思故国，顿教寝食难忘。"后来，亲友将长联悬挂在洋坊陈家祖屋正厅栋柱上。陈启韬晚年时曾携子返乡省亲，不料途中儿子梦苟染病身亡。老年丧子，悲痛难忍，陈启韬就此淡了返乡之念。新中国成立后中泰两国重新建交，陈启韬的后裔秉承先祖遗志，于 1975 年据先祖所画的洋坊村图来明溪寻亲。然而，在当时的政治形势下，没人敢对一个来历不明的外国人承认陈启韬是村里的人。

讲完这个遥远的家族故事，父亲颇为自豪地用鼓励的眼神直视着儿子："明溪历史上最早出国的人就是我们洋坊的陈启韬。铭科啊，想想当年陈氏先人在那样的条件下都能在外国建功立业，现在国家打开国门，为父相信你也能闯出一片自己的天地！"

在父亲低沉而不无激情的叙述中，原本只是打小只在长辈们传说中形象模糊的陈启韬在陈铭科心中逐渐立体起来的同时，即将像先祖一样背井离乡的陈铭科对堂上陈氏先祖三跪九叩，接住了父亲滚烫的目光，心中暗暗发誓：有朝一日，不管花多大的代价也得把太爷爷置办的祖屋买回来。就这样，北京到莫斯科的国际列车载着陈铭科与李秋实和其他明溪乡亲一起来到匈牙利，他和李秋实是唯一两个辞去公职的国家干部。让陈铭科没有想到在国际列车上会相识同样怀揣着改变家人和自己命运独闯匈牙利的冯丽琪，一个长相酷似中文系女生的农村妇女，就此开始一段让人议论是非长短的情感，一路走来，竟成了外人所称道的"傍肩"。

傍肩，傍肩，就是相依相傍成立的家！陈铭科是这么认为的。相比于中文系女生初恋的浪漫，与冯丽琪的这份感情更来得现实些，彼此相互取暖，彼此情感需要，更像是一对相濡以沫的亲人。也或是因为这一点，时不时陈铭科对自己与冯丽琪的"傍肩"关系会产生一丝惶惑，在别人并无恶意的调笑中，自尊而敏感的昔日中学外语老师就会没来由地对冯丽琪发火。性格爽朗的冯丽琪有时不在意，有时就生气不理陈铭科。这次也是如此，陈铭科因为别人一句玩笑话让恨铁不成钢的冯丽琪又生气了。是啊，在冯丽琪眼里，这个斯文的中学英语老师善良智慧性格温和，与她那因患小儿麻痹症跛了一条腿总把路走不平，成天酒瓶不离手的脾气暴躁的丈夫相比，简直是一个天上一个地下。初中毕业的冯丽琪看中陈铭科是个文化人，恨的也是这个文化人自尊与自卑集于一身，这种温和的矛盾偶尔会如茅草般不经意地割伤她。就这天，冯丽琪自告奋勇到明溪驿帮厨离开陈铭科，本想借着送郑立新到四虎市场的机会两人和好，不料陈铭科忙着生意没空搭理她，一气之下，她就说要到四十七市场做生意。

这天晚上陈铭科先是到四十七市场找冯丽琪扑了空，又到她最好的大姐吴秀仙住处，结果两个人都没见着，这才找到明溪驿。找一圈，心灰意冷的陈铭科顶着深夜布达佩斯 5 月的寒风回到租住的公寓，远远看到房间里的灯光，心中一热：丽琪已回来了！一时间，他激动得三步并着两步，冲上楼。

11

其实这一天冯丽琪确在四十七市场帮大姐吴秀仙进货出货，在天快黑时心中一直期待着陈铭科出现。吴秀仙看冯丽琪魂不守舍的样子，劝她说："丽琪，你这是何苦呢。布达佩斯有那么多的'傍肩'，可我也没看别人这般牵肠挂肚。

你这是动感情了，今后可怎么办？"

怎么办？怎么办！从冯丽琪跨出这一步与陈铭科成为"傍肩"，就无数次设想过两人的未来，又无数次地推翻这个未来。是啊，他们不可能有未来，原因就是为了女儿！她无法想象女儿跟着个成天酗酒打打骂骂的跛子父亲，那会毁了女儿的一生。再一个，她可以逃离那个贫穷而从来没有温暖的家，那哥哥怎么办？老实巴交性格懦弱的哥哥怎么留得住嫂子，那个长相丑陋的女人可是为冯家生了两个男丁，她走了，两个侄儿岂不是没了娘。或许也正因这没有未来的情感，投入情感的"傍肩"陈铭科在自尊心发作时，就会不由自主地伤着同样纠结的冯丽琪。

这是一个看不到未来的情感，而所有的错误就源于在 20 世纪 80 年代还在发生的"换亲"事件。事件，对，就是一桩伤害许多当事人的重大事件。自坐上国际列车来到匈牙利布达佩斯，原本只是抱着为了哥哥牺牲自己得过且过心态的冯丽琪越来越强烈认识到这一点，在异国他乡的风景打开她原本局促的视野后。当初中刚毕业就被一向重男轻女的父亲强制辍学的冯丽琪回到小山村，命运似乎就已被父亲精明地算计了。这个女儿太聪明了，远远超过老实木讷的儿子。也因为家里贫穷和儿子没出息，父亲打起"换亲"的算盘。在父亲拨打的算盘里，将自己的女儿嫁给对方跛了一条腿但长相还算周正，又学了个理发手艺，开了家理发店的何家儿子，日子好不到哪去，可也算是有一碗饭吃。对方那品貌丑陋却能干活的女儿嫁给自己老实木讷的儿子，却无异于给家里添了一个壮劳力。因此，怎么算计，这门双方都认可的"换亲"于冯家似乎更占些便宜。是啊，冯父是这么认为的，冯丽琪当然不这么认为，她不想把自己的一生系于一个跛腿的理发匠身上。最初的反抗有些强烈，于是，家里人轮番上阵，先是父亲大声威逼和母亲流泪恳求都无效后，被父亲狠踹一脚的哥哥来到妹妹面前。哥哥没有吭声，只是蹲地上抱着头，在妹妹的哭诉中摇头跺脚。冯丽琪对一向心疼自己，打小人前人后护着自己的哥哥泣道："哥啊，你真要让我嫁给那个跛子，换回嫂子？"

哥哥摇着的头埋得更深了，几乎淹没在裤裆里。

冯丽琪又咬咬牙问："哥，你说话啊，你说一句话，妹就嫁过去。"

　　哥哥这回用力打了自己一巴掌，狼一般闷闷地嚎了一声，转身摔门走了。这一走就是一天，后来是在一个废弃的笋厂找到的。他被父亲押犯人般押到妹妹面前的，就是不吭声，眼里大颗大颗的泪滚下来。

　　就在父亲一脚将哥哥踹倒在屋里时，冯丽琪一直的坚持崩溃了，一声撕心裂肺地号叫后扑到倒在地上的哥哥身上……

　　冯丽琪为哥哥换来了嫂子，也为那个时不时酒醉后发脾气动手打人、酒醒后不停向她赔不是的跛腿理发匠生了一个聪明可爱的女儿。理发店的生意差强人意，尽管冯丽琪使尽浑身解数上山下田做活，几乎生生把一个如花似玉的姑娘几年间熬成了村妇，但生活依然拮据，眼见着乡里们日子越过越红火，对丈夫没有任何指望的冯丽琪为自己更为了女儿选择跟上忽然在明溪涌动的出国潮。这是一个改变的机会，尽管前途充满凶险，但从胡志明开始引发的明溪人出国淘金潮，让冯丽琪看到了生活的希望。跛腿丈夫自然是不支持女人的，他不给妻子一分钱，甚至为此还动了手。是啊，从女人进入何家门，村里人就在背地议论一朵鲜花插在了牛粪上。冯丽琪是个性格爽朗有主见的女人，从女儿呱呱坠地那一刻起，看着她花朵般稚嫩的脸蛋，她就认了命，决定与跛腿男人好好过日子，但男人三天两头醉酒后周而复始的暴力又让她冷了心。现在，丈夫的反对反而让本来念着女儿有些犹豫的冯丽琪铁了心。好吧，女儿就交给善良的婆婆带吧，为了将来她和女儿的命运。

　　出国需要一笔不菲的资金，女儿不幸的婚姻已让父亲有些后悔当初"换亲"，见女儿回娘家求助，二话不说将家里所有的积蓄都掏给女儿，还帮着向乡里相借，哥哥也瞒着女人把仅有的 200 多元私房钱给了妹妹。就这样东拼西凑，冯丽琪总算筹措了一些日用品坐上开往莫斯科的国际列车，颇有生意头脑的她在列车上就赚回了车票钱，让她对匈牙利淘金充满了信心。她在布达佩斯四处"练摊"也很快淘到了第一桶金，把摊位摆到了四十七市场。然而，阴错阳差与陈铭科走到一起却不在她出国计划之内，现在想来，她真不知道怎么就一步步不知不觉地与这个英语老师成了外人眼里的"傍肩"。偶尔她也会后悔和害怕，但更多的是两人彼此心心相印的甜蜜，这种幸福的感觉是跛腿丈夫从来没有给过她的。她沉迷于这段感情中不能自拔，尽管有那么多异样的目光盯着她这对"傍肩"。让冯丽琪稍感释然的是,绝大多数人知道她"换亲"的不幸婚姻后同情理解,风言风语少了,只是这偷来的幸福总时不时让她有种无处着落的感觉。这次借故逃到明溪驿是因为陈铭科听到别人并无恶意的玩笑,此类的玩笑其实现在他们都习以为常了,或因陈铭科巴比隆的货物那天被吉卜赛女人顺走,犯了当初摆摊时才会犯的低级错误,沮丧的他听到这玩笑就对冯丽琪发了火。现在,听吴秀仙问她"怎么办",心中埋怨陈铭科到此时还没出现的冯丽琪低下头,气道:"怎么办?凉拌!"决定狠心将陈铭科"凉拌"的冯丽琪忽然想喝酒。

吴秀仙看冯丽琪气呼呼的表情,想了想说:"好,成天累死累活的,我们也放松一下。凭什么男人能喝酒,我们女人就不能醉一回。走,到四川饭店让川菜把自己'辣'一'辣',里外就都暖和了。"

四川饭店是一家中餐馆,一位四川人开的。事实上,在中国饮食文化进入欧洲许多国家,如法国、德国、意大利等时,身为匈牙利首都的布达佩斯在1989年前却没有一家中餐馆,四川人开的四川饭店和香港人开的九龙饭店是第一个吃螃蟹的人。当匈牙利人开始接受中国饮食和越来越多的中国人来到布达佩斯,颇有经济头脑的中国人看到其中商机,又相继于1990年和1991年开了香港饭店和长城饭店,这些中国餐馆名头起得响亮,突出鲜明的地域特色,生意都相当不错。当然,在朋友小聚时,大多数中国人还是会选择价廉物美的四川饭店,品尝正宗的川菜。

当冯丽琪和吴秀仙来到四川饭店时已过了饭口,用餐的中国人和匈牙利人不多,饶是如此,她们还是在外头站了一小会儿,才被眉清目秀的跑堂"小四川"带到一个两人的空桌。并不是第一次来四川饭店,轻车熟路点了水煮活鱼和麻婆豆腐,静等上菜时,在餐馆弥漫着麻辣气味和嘈杂的气氛里,冯丽琪的心方宽松下来,而在吴秀仙上洗手间时,看着"小四川"忙前忙后利落地招呼客人,心里的一个想法突然冒出来。冯丽琪听人说过这个"小四川",不知他的名字,却知他是四川饭店老板的外甥,去年高中毕业跟舅舅来四川饭店,因长相白净英俊,做事机灵利索,大家都喜欢叫他"小四川"。第一次来四川饭店,冯丽琪就发现"小四川"的眉眼与陈铭科有几分相像,如果不是陈铭科多一副眼镜，添了些文化人的气息。或是正因此，生意不错又有空闲要犒劳自己时，并不喜欢川菜的冯丽琪就拉着同样不喜欢川菜的陈铭科到四川饭店打牙祭。有一回，性格爽直的冯丽琪对陈铭科开玩笑说："铭科，我看这小四川人长得好又机灵，是做生意的好手，将来他的成就可能要超过你呢。"这话就让陈铭科莫名生气地说："那你去找小四川好了，何必在我这棵歪脖树上吊死！"冯丽琪知自己伤到了陈铭科的自尊。不错，或许是陈铭科原本就格外自尊敏感的心被中文系女生伤到了根，在对待两人的感情上多少有点小气，李秋实曾当面批评他缺乏"大格局"。然而，冯丽琪对陈铭科的"小格局"又怨又爱，她不喜欢李哥王哥的"大格局"。她是一个被婚姻伤到底的女人，对于"大格局"的男人总觉得把握不住，还是陈铭科这样的"小格局"贴心，尽管时不时会因此而生没来由的气，但这毕竟是牙齿和舌头打架的事情喽。现在明溪驿的倒闭，似从一个侧面验证了冯丽琪的选择正确。只是……人真是没有十全十美的啊！陈铭科若多些李哥那样的"大格局"有多好啊！看到"小四川"灵活地招呼着客人，就像是古代饭庄里最能看人眼色的小二哥，冯丽琪心中对陈铭科的气忽就消了。是啊，你冯丽琪在陈铭科眼里也不是完人呢。就在"小四川"端着一盆水煮活鱼放在桌上，笑笑地招呼冯丽琪"慢用"后转身要走时，冯丽琪叫住了他。

吴秀仙从洗手间出来远远地见冯丽琪与"小四川"聊着什么，"小四川"认真地笑着点头。坐下来，她就开玩笑说："怎么？陈铭科没来，拉'小四川'补缺？"

"秀仙姐，你也开玩笑！"冯丽琪脸腾地红了半边，边往彼此的杯子里倒酒，认真地说，"秀仙姐，我在问'小四川'开饭店的事呢。他倒是爽快得很，只是一个跑堂的，这里的头的枝节知道不多。"

"丽琪，你想开饭店？"

"就是想想。"冯丽琪迟疑地说，"就不知铭科赞不赞成。"

吴秀仙盯了对方一眼："丽琪，你是真爱上陈铭科了。别忘了，你们只是'傍肩'，日子总归还是要过回去的。丽琪，过些日子你大哥就要来布达佩斯了，我已看准了生意，我和你大哥要拼一把。以后，会更忙些，也或者会到匈牙利别的城市，我们姐妹见面的机会就少了。我真不放心你！你这个人外表爽朗，快人快语的，其实内心比谁都细都柔，我怕有一天伤的不是陈铭科而是你呢。唉！"年长冯丽琪5岁的吴秀仙把心中的担心都凝聚在这一声无言的长叹中。

12

并不是来到匈牙利而是在明溪，吴秀仙与冯丽琪就相识，只是到了异国他乡，这相识因共同的乡情而上升为姐妹之情。吴秀仙的夫家是冯丽琪的娘家，从丈夫的那里她早已知晓冯丽琪悲惨的"换亲"婚姻，惊讶在20世纪80年代居然还有那么封建愚昧的"换亲"。后来与冯丽琪认识后就更加同情对方，想着有机会要帮帮这个可怜的女人。这时候，吴秀仙已在明溪县城自由市场摆摊经营布料生意，颇有生意头脑的她生意做得顺风顺水，短短三年多时间就在城区盖了一幢三层小洋楼，楼上住人，底层开店，经营服装和布料生意。丈夫刘玉源则从客运公司出来独干，买了一辆东风牌卡车跑运输。可以说，夫妇俩夫唱妇随，各自的生意都做得风生水起，在明溪县城已是人人羡慕的万元户。吴秀仙虽是一个女人，却有着侠义之士才有的古道热肠，日子过得不错的她一直同情关注着冯丽琪，自在夫家与冯丽琪认识后，算起来是丈夫远亲的冯丽琪就少不了她的帮助，每次冯丽琪到县城就落脚吴秀仙家。她也曾邀冯丽琪来县城与她一起经营服装和布匹生意，但有了女儿真心想与丈夫好好过日子的冯丽琪，因丈夫反对下不了决心。只是在男人一次次酒后暴打，日子过得越来越没有盼头，才最终听从吴秀仙的建议跟李秋实一起来到匈牙利。

当时，吴秀仙因要处理县城店面的货物，时间没赶上，她是隔了两个多月才独自一人闯匈牙利。在外人眼里，吴秀仙夫妇已是明溪县成功的商人，他们抛下蒸蒸日上的生意出国，奔赴这前程未卜的异国他乡重新创业，很是让人不解。冯丽琪出国前夜住在县城吴秀仙家里时，也这么问秀仙姐为什么要出国。吴秀仙反问冯丽琪："丽琪，你说我这三层小洋楼，还有这生意真的那么让人羡慕？"

冯丽琪不解其意，惊讶道："当然了！我父亲就常拿你们作榜样训我哥哥没出息。"

吴秀仙站起身，看着窗外，招呼冯丽琪："来，你看看这外面。"

窗外是一条水流有气无力的明溪河，再远处是田野和月夜下轮廓模糊的山峦。当然，还有远远近近零星的灯火。

吴秀仙对仍不解其意的冯丽琪说："明溪太小了！小得在街上转个身都会碰到街坊四邻。守着这店面，看着这片小小的山水？这不是我想要的生活。丽琪，你现在就要出国了，出去看看就知道外面世界有多大，很多想法就会改变了。不瞒你说，我去了一趟北京和上海，回来就知道明溪有多小。是啊，就像我公公说道我一样，说我有了几个钱这明溪县城就盛不下了。实话说，真是盛不下我的心喽。"

吴秀仙说话时眼里亮得灼人的目光，把就要离开明溪但心里还放不下女儿的冯丽琪真正触动了。冯丽琪不无羡慕地说："秀仙姐，我没你那么高的志向，只想能安安稳稳赚些钱，让我的女儿过上好日子。"

吴秀仙说："我知道，我知道。丽琪，这是你现在的想法，等你到了国外就会改变的。你没看沙溪的胡志明回来那骚包的样子，就好像是个百万富翁。我们的脑子不比别人差，凭什么就要窝在明溪这个弹丸之地打转？我和老公商量好了，我先出去就是为了探路，等摸准生意门道他再出去，我们要大干一场。"

两个月后吴秀仙来到匈牙利，与已找到落脚点的冯丽琪暂住出租屋，但她只在四虎市场和四十七市场摆了十来天的摊就离开明溪人聚集的布达佩斯。与陈铭科、冯丽琪这些借债来匈牙利淘金的人不同，吴秀仙是怀揣着充足的资金有备而来，她不缺钱，并不急着摆摊谋生，她摆摊的目的是对市场进行考察，找到她所需要的生意方向。于是，吴秀仙一个人来到匈牙利很少有中国人涉足的一座中等城市——克斯克米，初中毕业却颇有语言天赋的她几乎跑遍克斯克米大小自由市场及各种零售商店。这种考察并非泛泛地逛逛，而是从实际的"练摊"来积累经验，起早贪黑地从批发公司批货零售，其中的艰辛她从没向外人透露过，包括最好的姐妹冯丽琪。最危险的是有一次她推着批发来的货物回到租住处时，被一个别有用心的越南男人跟踪。吴秀仙放下货物转身，跟着进屋的越南人已逼到了面前，嬉皮笑脸地说："中国女人，厉害！我喜欢，交个朋友，怎么样？"

　　这个越南人吴秀仙认得，与她在一个自由市场摆摊，据他说曾经到云南生活过一段时间，会讲些中国话，不时有意用撩拨的话挑她，吴秀仙都是冷冰冰地应付过去。出来做生意，吴秀仙当然知晓女人比男人更多的难处，但她是为了求财，不想节外生枝得罪这个越南人。吴秀仙以为自己拒人于千里之外的态度，会让越南人知难而退，不料一时大意竟被对方跟到住处也没发觉。合租的来自江西、浙江的几个同伴还没回来，越南人进屋后见此情景眼神更加色色地盯着吴秀仙因呼吸紧张起伏的丰满胸部。吴秀仙感到大难临头，很后悔这些天生意顺利一时的忘形，以至于跟随的危险都没发现，看样子从 20 岁就摆摊做生意可谓阅人无数的自己躲不过此劫了。冲出屋喊人已是不可能，越南人壮实的身体就像一扇门板堵在门口，于是，吴秀仙只能手足无措地往后退，在对方步步紧逼中。

　　越南人用蹩脚的中国话得意地嬉笑说："中国女人，不要紧张，我喜欢你。你没有男人，我没有女人，大家一起乐乐，好得很，好得很。"

　　吴秀仙已退到墙角，冰冷的墙壁让她浑身一激灵，霎时，智慧回到已是一片空白的头脑中。她向对方做了个往后退的手势，长吸一口气，平息一下快喘不过气来的呼吸，换上笑脸，说："中国越南，同志加兄弟。你等等，别急，这一身脏的，让我先去洗洗。好吗?"话末尾，吴秀仙尽量拉长温柔的声调，还向对方眨眨眼睛。

　　色心已起的越南人显然是个混江湖的，并没有上当，慢慢逼近已无处可躲的中国女人，依旧笑嘻嘻地说："中国女人，你很聪明。嘿嘿，同志加兄弟，我们哥哥加妹妹，快活快活。"

　　在越南人那只长满黑毛的手伸到眼前时，吴秀仙想大声喊，但从对方那色眯眯的目光里她想到了"狗急跳墙"这个词。这时候，眼前一阵暗的她哆嗦的手无意间摸到墙角桌子上不知谁用完忘了放回厨房的菜刀。

　　突然闪现在面前的锋利菜刀让越南人缩回手，往后退一步。

　　吴秀仙近乎疯狂地挥舞着菜刀，吼叫道："你来，你来，我今天劈不死你就把我自己砍死! 越南佬，滚蛋，滚蛋! 滚啊……"

　　想占便宜的越南人并不想因此送命，在吴秀仙挥刀摆出一副拼命架势时落荒而逃。吴秀仙用力关上门，随之全身的力量像水般流走，顺着门滑坐地上，抑自不住委屈和害怕地号啕大哭。显然，左邻右舍听到了中国女人的哭声，但没有人出来探究为什么。吴秀仙一直哭泣到同屋的浙江人回来才一把抹去脸上的泪，冲出门向邮局跑去。在一阵对她而言相当漫长的等待后，电话那头终于响起丈夫浑厚的男中音。

吴秀仙是明溪县第一批安装固定电话的家庭，尽管电话费昂贵，但来匈牙利后思家心切的吴秀仙每个星期都要与家里通电话，听听丈夫和孩子们的声音，说说匈牙利的市场行情。昨天才通过电话，丈夫对女人的来电显然有些惊讶，不安地问："秀仙，发生什么事了？"听到丈夫一声"喂"时，吴秀仙眼里已是溢满了委屈的泪水。外表再刚强的女人其实内心也是柔弱的，面对人生风雨时需要男人坚实肩膀的依靠，她打电话是想让丈夫到匈牙利来，马上动身，最多明天。现在，独自在异国他乡险遭不测的吴秀仙浑身还在颤抖，然而，听到男人担心的话语，她猛然把所有的委屈生生咽回肚子里，竭力控制自己的情绪，撒谎说，"我的钱包被小偷偷了，这几天摆摊的钱都丢了。"只有这样，细心的男人才不会怀疑妻子情绪的变化。果然，男人相信了妻子的谎言，安慰说，"没关系，没关系，就当交了学费，你先去匈牙利不就是交学费嘛。唉，秀仙，本来应当我先去探路的，只是这运输的生意实在一时走不开。"丈夫关切的话语慢慢平息了吴秀仙内心的恐慌。她平静地与男人聊起考察市场的收获，又在听完两个孩子轮番的问候后，挂断电话的一刻，憋回去的泪水终于放肆地顺着双颊奔流而下。

13

后来在自由市场又见到那个越南人，对方竟没事般笑着和她打招呼，吴秀仙却像见着一只讨厌的苍蝇，恨恨地扭过头。她没对任何人提起这件事，因为这就是利益博弈的商场。人人都为财而来，谁也不愿意多一个敌人。这个教训也让一向自忖打小在商海阅人无数的吴秀仙，意识到一个女人在外国他乡打拼不能与外人道来的危险，从这个晚上开始，她装钱的袋子里多了一把锋利的水果刀。

　　然而，来自匈牙利警察的危险，对于"练摊"的人却无处不在。这天，同屋的浙江姑娘哭哭啼啼地诉说她的一个男同乡被警察抓走了。原来，这个精明的浙江男人刚到警察局办好半年的延期签证，兴奋之余，这天不摆摊想约浙江女同乡逛逛渔人堡，当他走到巷口时迎面碰上一名警察。出于职业习惯，匈牙利警察对这两年忽然增加许多的外国人都会时不时根据心情的好坏要求对方出示护照，这个警察当下伸手拦住这名男人。心情颇好的浙江男人出示护照后，或许为了表达匈牙利警察局给他延期签证的感谢之情，在对方看护照时忙掏烟献给警察。警察见一切符合手续，满面带笑地接过烟。不料想，浙江男人忽然从口袋里掏出一把手枪打火机，殷勤地欲给对方点烟。一瞬间，警察对这把来历不明的手枪如临大敌，反应敏捷地一把抢过伸到脸前的枪，紧接着用一个标准的动作将浙江男人按倒在地，不由分说将他铐到警察局。浙江姑娘亲眼所见，吓得不够义气地转身跑回家躲起来。后来，浙江男人到警察局就把一切事情都弄清楚了，警察礼貌地向他赔礼道歉，无端戴一回手铐的他只能自认倒霉，那个手枪打火机成了送给警察的礼物。

　　这个让人哭笑不得的警察与商贩的故事给吴秀仙提了个醒，摆摊时更加小心谨慎。匈牙利是个对妇女、儿童和老人格外尊重的国度，精明的吴秀仙来匈牙利不久就发现了，并充分利用这一点，与警察斗智斗勇。事实上，自吴秀仙来到克斯克米，除到政府管理的正规自由市场摆摊外，为了更全面地考察市场，还选择人多的地方"练摊"，最经常去的就是离公交站不远的一条过街地下通道。这当然是非法的，是警察打击的对象，一旦落入警察之手会没收货物和货款，血本无归。这难不倒吴秀仙，当年18岁的她在明溪县城开始做生意，为了节省自由市场那几角钱管理费，就是从随处摆摊开始，与工商管理人员周旋中可是积累了丰富的经验，现在换汤不换药，正好把对付中国工商的那一套用来应付匈牙利警察。

　　这是一个比自由市场更加自由的无人管理的真正的自由市场。在这条过往行人众多的地下通道两旁，摆满了各国摊贩的货物，货色一点不比正规自由市场少，且价格相对更便宜。久而久之，有些匈牙利人特意来这"自由"市场买东西，生意无形中越来越红火。一般情况下，买卖双方讨价还价，因语言不通而像两个哑巴比画地高八度地试图用自己的语言让对方听懂，于是，通道内的声响更加混杂，但一切井然有序。然而，表面的有序却蕴藏着随时可能降临的危险，那些警察一旦出现，所有的商贩当即作鸟兽散，来不及跑的则成警察的俘虏，老老实实地接受处罚，有时几天的摆摊收入尽失。但不管怎么说，只要小心从事，比起正规市场要交昂贵的摊位费，通道里的"自由"市场还是成为刚到匈牙利的商贩们首选。每当警察从地下通道口出现，随着第一个商贩一声穿透所有嘈杂声的高八度尖叫，一直竖着耳朵的各国"练摊"者当即卷起铺在地上各种材料的"摊布"就跑。警察从东边进，摊主们从西边跑。让人感到奇怪的是，从没发生警察从东西两边围堵的事，且只是每天来巡视那么两三次就作罢。后来，有聪明的中国人根据国内的执法环境自以为是地分析，认为警察之所以与外国商贩们玩这百玩不腻的猫捉老鼠游戏而不彻底扫清，是有个放水养鱼的意思，毕竟这些商贩是萧条的匈牙利经济一个重要组成部分。是啊，大多数时候，警察在抓到跑得慢的倒霉蛋时先检查护照，很少将所有货物和货款没收。当然，个别护照过期或忘带护照的人则不客气地押送警察局，人货两空也就顺理成章了。

正是在这种紧张的经营环境下，年轻时就从中国工商那里练就躲猫猫本领的吴秀仙一次也没有失手过。为了便于逃跑，吴秀仙并不是将所有货物摆在面前的塑料布上，而是背了一个大大的双肩包，鼓鼓的包里塞满批发来的各类日用品，背起来从后面都看不到头，高大得吓人，让人不相信这是一个中国女人能承受的重量。只要警察一来，她就快速地卷起塑料布拎上，背着双肩大包埋头朝早就看好的路线往反方向跑，从小摆摊与中国工商打交道练就的敏捷让吴秀仙总能全身而退。慢慢地，吴秀仙习惯了这颇为刺激地做生意，因为她打小就喜欢有挑战性的事情。当然也有很危险的时候，有一回她看好的逃跑线路被一个摔倒的老人挡住了，反应极快的她把手中所剩无几的货物连同塑料布远远扔出去。当这个留着两撇浓黑八字胡的 30 多岁的警察挡住她去路时，吴秀仙心里一暗：完了，这回要血本无归了。不料想，"八字胡"竟礼貌地向她一弯腰，伸手做了个放行的手势。吴秀仙长吁口气转身逃走，不相信地回望，却见"八字胡"正伸手扶起跌倒的，刚才向吴秀仙买了东西还没付钱的匈牙利老人，对中国女人微微一笑。

吴秀仙明白这是匈牙利人对妇女、儿童、老人这个弱势群体骨子里的尊重，听李秋实解释后知悉这是古老的奥匈帝国传承下来的一种文化。精明的吴秀仙充分利用了这种文化，在这条地下通道里与匈牙利警察斗智斗勇，那个"八字胡"居然与她混熟了，有几回收摊时见面，双方互相热情地用匈牙利语打招呼。不错，混迹于这非法的"自由"市场，还有一个目的就是在这鱼龙混杂之地练自己的口语，颇有语言天分的有心人吴秀仙在克斯克米摆了几个月摊，居然学到半吊子的做生意时经常用到的匈牙利话，买卖时基本上不再比画手指或靠计算器讨价还价了。

尊享着女人特有的待遇，久而久之，吴秀仙还发现警察们除了对女商贩网开一面外，越来越不对通道内的"自由"市场动真格了。一是来此巡察的频率少了，二是没到之前有时先按响喇叭，似乎在提前报警，告诉外国摊贩们："我们来了，你们就给个面子，配合我们工作，暂时避一避吧。"吴秀仙最早发现这个可喜的变化，练摊更如鱼得水了。这天，在打游击战般礼貌地送走警察的两次检查后，地下通道内的摊贩们开始安心地做生意。正是下班高峰，地下通道的人流量增加了许多，正埋头手脚麻利地做生意的吴秀仙摊位前来了一个身材高大的匈牙利男人，一抬头见到那两撇熟悉的"八字胡"，她险些叫出声来。

一身便装的"八字胡"微笑着将手指按到嘴上，示意吴秀仙不要吭声，又指指对过几个正弯腰挑选货物人："中国大姐，我们下班了。下班了，明白吗？我们只是来买东西。"

吴秀仙没把这话完全听懂，意思却明白了，惊讶之余忙欣喜地把背包里的货物掏了许多放在面前塑料布上，连声说："欢迎，欢迎。您随便挑，保证价格便宜。"

"八字胡"也听懂了吴秀仙半吊子的匈牙利话，高兴地点头说："我喜欢中国的日用品，特别是这个，我爷爷喜欢。"他指着一盒龙虎牌万金油。

吴秀仙半卖半送地把龙虎牌万金油塞到"八字胡"口袋里。

14

这是一个值得纪念的良好开端。此后，警察对地下通道"自由"市场睁只眼闭只眼，下班后换上便衣来此购物也成了他们的首选。物美价廉，这是商场流通的铁律，与警察们从最初剑拔弩张到后来心照不宣的和平相处，让吴秀仙也领悟到别样的人生道理，想着父亲常说的"水至清则无鱼"的中国古语，对匈牙利商场更多了一份信心。就这样，如独行侠般在克斯克米将摊位摆遍所有正规自由市场、并在地下通道"自由"市场与警察打交道中悟出商场和人生哲理的吴秀仙，掌握了这座城市各种日用消费品及服装销售行情，3 个月后返回布达佩斯继续在四虎市场摆摊，目的还是了解各种商品的行情。现在，她除了从国内带来的资金，还在克斯克米淘到了来匈牙利的第一桶金，完全有能力在四虎市场租一个巴比隆，甚至于买下。然而，在四虎市场如此兴旺的情况下，她却看到了其中隐藏的危机，具体什么让她不安又说不清楚，只是她不想像陈铭科和冯丽琪一样把所有鸡蛋都放到四虎市场这个"篮子"里，就像她了解了克斯克米的市场，它相比于布达佩斯容量小得多，将来那里会成为她的一个分支，主要资金还是放在布达佩斯这巨大的市场里。因而，她在四虎市场早出晚归摆摊不久就转到四十七市场，更看好这个设施更齐备，交通非常便利的市场。事实上，8 年之后 2000 年发生在外国商贩和管理者之间那场对经营者来说伤筋动骨的"冲突事件"，证明了吴秀仙的远见卓识。2006 年布达佩斯政府强行清除商场的巴比隆，给许多商家带来了无法挽回的损失，四虎市场就此消失，只留存在人们的记忆中，更验证了吴秀仙高于常人的商业智慧。

相比于四虎市场成为许多中国人到布达佩斯淘金的首选，四十七市场的设施和管理都更加规范。它是布达佩斯四五个较大的自由市场中突出的一个，它的本名并不叫四十七市场，只因四十七路公共汽车可以直接到达，图省事的中国人给它改了这个名。这是一个大市场，在一圈圈分隔开的围墙里，有 300 多个铁架上铺了木板的台子有序地一行行排列着。每个台子铁皮顶下，还有一个放货物的铁柜。大多数的台上左上角钉着一个匈牙利文写的小铁牌，这是被人长期包租或买下了。整个市场只有 50 个这样的台子没有钉上铁牌，每天由来此做生意的人按先来后到竞争拥有，提供给没有经济实力的一般商贩。

这些铁皮顶的台子四周紧挨着围墙内是一间间木头搭建的小屋，门窗都用钢筋牢牢封住，里头的设施非常简陋，只比街头摆地摊不会晒太阳淋雨强一些。别看这些小屋简陋，却因价格相对较低而非常抢手，一些匈牙利人或来自各国的商人有的就把公司设在这里，权当一个便宜的办公地点。这些公司有批发小商品，有卖电器的，各种货物都有。当然，民以食为天，也少不了简便的中国快餐馆等。匈牙利人爱吃油饼，于是就有一家经营油饼的小屋，40 福林两个，可以填饱肚子。生意最好的是中国人开的快餐店，有中国传统的饺子，还有米饭和炒菜，价格便宜实惠。

50 个无主的台子成了四十七市场每天最让人热盼的香饽饽，最先从中窥到赚钱门道的是做生意称不上厉害的阿拉伯人和罗马尼亚人，他们有一股子赖劲，就是把这个台子赖到自家门下，拉帮结伙地起早或干脆头一天就睡在市场里，占它几十或十几个台子，第二天早上以每个 200 福林的价格出售给商贩。这是一个真正生意人不屑为之的生意，比郑立新早来到匈牙利几个月的瘦猴就干了一段时间这种占位的活计，通宵守候着，尽其所能占它 3 个台子，第二天早上转手给别人赚 400 福林，这一天后面的日子就在"小窗口"和卡西洛里度过了，晚上再到四十七市场睡觉。直到后来竞争激烈，瘦猴敌不过成群结伙的阿拉伯人和罗马尼亚人才断了这个营生，让他好是惋惜明溪老乡们怎么看不上这桩生意。

从克斯克米回到布达佩斯四虎市场，后来又转到四十七市场的那天早上，吴秀仙拉着一车货就被眼前两个商贩为争一个台子吵得不可开交愣住了，有些后悔自己前一天的考察不够细致。正要与人交割台子的瘦猴在明溪驿见过吴秀仙，当下就够义气地把占的台子留给她。他一边帮着摆货，一边得意地说："吴姐，你就放心睡安稳觉吧，这台子我每天给你留着。"

吴秀仙虽对瘦猴这种生意很不以为然，但还是感谢他关键时刻出手相助，知道他还住在明溪驿，委婉地说明溪驿也不好长住，还是要自己出来租房子的好。瘦猴就阴了脸转身走了，吴秀仙也只能摇头暗叹一声。是啊，吴秀仙欣赏李秋实、王兴发、赵剑武开办明溪驿的仗义，可在商言商，他们也是在创业阶段，虽说在匈牙利淘到第一桶金，但也不能由着瘦猴这般不自觉的人赖在明溪驿。

其实，吴秀仙有经济实力租下这么一个台子或买下，没有出手，就是因为一旦拥有也就意味着捆住了自己的手脚，在没有最后确定生意方向前，她必须让自己有更多的选择。现在，吴秀仙来到了四十七市场，一如既往摆摊的同时细心考察整个市场的经营状况，为她与丈夫最终的一搏寻找万无一失的商机。原本因了难耐的孤独也因为艰难，特别是遭遇越南人的危险之后，她是多么想让丈夫马上到匈牙利，但李秋实他们的生意失败和明溪驿的关闭，又让她犹豫了。还是再等一等，时机、条件和掌握情况更有把握再说，让丈夫携所有的家资来匈牙利发展，这是一锤子买卖，容不得闪失。吴秀仙是一个敢闯敢做的女人，可也有女人天生的细心和耐心，那么，她还得再忍耐一段时间。快了，快了。每次与丈夫通电话，她就是这么安慰担心自己的男人。

现在，得知冯丽琪被感情羁绊着，说了一通话，见冯丽琪低头不语，吴秀仙就又有些恨铁不成钢地责备道："丽琪，你忘了来匈牙利做什么了？你说过的，你可是要来赚许多的钱，让女儿将来能过上好日子。当初，我支持你与陈铭科在一起，别人家说道你们什么'傍肩'，我还为你们开脱，现在大家知道你那荒唐不幸的'换亲'后，闲言碎语少了。是啊，你和家里的那个男人不叫婚姻，更称不上感情，那只是一桩生意。只要你赚够了钱，腰板硬了，相信他会让你带走女儿与他离婚的！他不是'傻子'，有钱还找不到一个真正跟他安心过日子的人？将来我可以帮你一起去说道。可你现在这个样子，掉到感情的漩涡里出不来了，你让我怎么说你好。唉，我们女人啊，很多人就是过不了情关，才不能像男人一样干大事！"

听着吴秀仙这一番掏心掏肺的话，喝了酒头有些晕的冯丽琪眼里浮上一层水雾，轻叹道："唉，秀仙姐，我没你那么大的规划，我只想和女儿一起过安稳的日子。像李哥说的，我和铭科都是小格局的人，过好小日子就满足了。是啊，是啊，我们就是这样想的。秀仙姐，我……我也不知怎么就一步步与铭科走到了今天，有时候我都不敢想这事情传到明溪，那个男人会是怎么样。"

"能怎么样？丽琪，世上没有不透风的墙，早晚有那么一天。我刚才和你说了，只要给他钱，他会让你和铭科在一起的。你秀仙姐我 18 岁就在明溪县城摆摊，你那男人我见第一面就知道他是个见钱眼开的主！"吴秀仙轻蔑地"哼"了一声，放缓口气，爱怜地把冯丽琪手中的酒杯拿走，"不喝了，不喝了，酒入愁肠最是醉人。丽琪，你不是小格局的人，铭科也不是，各人有各人的性格，他这样稳扎稳打也是一个路数，你看李秋实他们不就是冲得太快栽了这么个大跟斗。要我说啊，你和铭科敢走到这一步，对待感情的态度才是大格局，大得都要顶破天了。好吧，我们走吧，我陪你回去，我要当面和铭科好好说道说道，不要成天疙疙瘩瘩的，他的性子就是这一点不好。丽琪，听秀仙姐的，好好做生意，把钱赚够了，这才是你改变自己命运最锐利的武器。明白吗？"

"秀仙姐，谢谢你，我明白了，我明白了……"冯丽琪往后梳理一下落到额前一缕秀发，摇摇头，似把一腔的愁绪都甩脱了，勉力挤出一丛微笑，"我知道大姐是为我好。不管今后的日子怎么过，既与铭科'傍了肩'，就把在匈牙利的日子过开心，等攒够钱就回国与他摊牌，他同意也罢不同意也罢，总之那样的日子我是一天也不想过了。"说话间，似乎那个爽快阳光的美丽女人回来了。

吴秀仙心稍安了些，忽想起什么，顺着冯丽琪看着"小四川"走进后厨收回来的视线，问道："丽琪，刚才我问了一句，现在再问你下，难不成你真想开饭店？"

冯丽琪环视着店面大堂说："秀仙姐，你知道我煮菜是可以的，打小跟母亲学的。在明溪时我就有在县城开一家专营明溪特色菜饭店的想法，只是那个男人不肯。"迎着吴秀仙鼓励的眼神，她接着说，"前几天我到明溪驿帮厨，大家都说我煮的明溪菜很地道，当时我就有一点想法。四川饭店生意这么好，我就想能不能也开一家专营明溪特色美食的饭店。"

吴秀仙笑着说："恐怕你不只是这么想吧？"

"什么都瞒不过秀仙姐。"冯丽琪眼前一暗说："这么几个月来有那么多人到明溪驿落脚，大家都知道明溪驿，倒不记得那幢别墅的名字。我就想明溪驿没了，以后明溪人要聚一聚到哪里呢？如果有这么一家饭店，闲时想家了，大家就有个去处了。”

“你这想法好是好，就是经营起来不容易啊。光靠明溪人不行，还得让匈牙利人接受明溪的美食，这恐怕得有个过程，你可得想好了。”吴秀仙沉思说。

“只是想想，回头和铭科商量商量，看他什么主意。”

15

都有了些酒意，两个女人脸上的晕红在灯光下多了种被辛劳掩盖的妩媚，也才知道她们有些酒量，两个人竟喝了一瓶白酒。现在，已有六分酒意的冯丽琪斜着一双秀眼，看着跑得气喘吁吁的陈铭科说：“你还懂得回来啊！老婆跑了也不管啊？”

听到“老婆”两个字，陈铭科一直担着的心放了下来，因为只要说自己是“老婆”，就代表冯丽琪气已消了。他扶了扶眼镜，脸上堆着讨好的笑，“回来就好，回来就好。咦，你这是一个人到哪喝酒了，脸红得那样？”

“什么回来就好？”这时候，到厨房拿了杯水喝着的吴秀仙倚靠着门框，不客气地接过话，“陈铭科，别以为自己是个文化人，无师自通地会说几句匈牙利话就欺负我们丽琪。和你说吧，我吴秀仙没什么文化，可与匈牙利警察也能说匈牙利话，他们都喜欢买我的东西。哼，有什么了不起！”

没想到屋子里还有外人的陈铭科正要上前拥抱冯丽琪的手僵在空中，尴尬地解释：“秀仙姐，不知道你也在。我……我可是一收摊带郑立新去出租房后就四十七市场和你的住处、明溪驿找了一大圈，跑了大半个布达佩斯。嘿嘿，我哪敢欺负丽琪，她可有你这大姐撑腰呢。我只是……只是……”性格温和的陈铭科有几分怕能干精明的吴秀仙，私底下对冯丽琪说对方是投错了胎，若是男儿身，必定比李哥、王哥还厉害。

“知道就好。你别看我这丽琪妹妹在外人眼里是直肠子，没心没肺的，好像心里都没装着事，只有我知道她一门心思想着的是与你过好日子呢。”吴秀仙坐到冯丽琪边上的凳子上，把水杯往桌上一顿，对垂头退到一边的陈铭科缓和语气道，“不知道的人都看你们是一对‘傍肩’，知道的才明白你们是一对好不容易走到一起的苦命鸳鸯！铭科，丽琪的事你都知晓的，不管你们将来结局如何，在布达佩斯都好好待我这苦命的妹子！开初，丽琪说不管别人怎么看，她想和你在一起，说你是她真正爱上的第一个男人。听听，真真爱上的，我妹子可是把心肝都掏给你了。她是女人啊，国内还有个家，她可是顶了多大的压力才与你在一起，你倒时不时疙瘩一起就给她脸色看。铭科啊，陈老师，我妹子可是女人啊！知道不？刚才在四川饭店，我还和丽琪说你们的事。现在我和你说，陈老师，陈铭科，你们就好好地赚钱，等赚够了钱才能把你的爱的女人'赎'回来！"

"赎？"陈铭科听得一头雾水。

"对，就是赎回来！只有用钱才能结束那合法而荒唐的婚姻，把丽琪从那段不幸'换亲'解脱出来！话难听，可就是赎啊！"吴秀仙说，"陈老师，你明白吗。"

自到匈牙利后，又因陈铭科与冯丽琪的关系，吴秀仙就改口不叫他陈老师，今天一口一个"陈老师"，显然是真动了气。陈铭科扶了扶眼镜，连忙点头说："秀仙姐，再也不会了，我也只是听人说了那一嘴心里有些气，也没说什么，丽琪就……"

"还用说啊？你们文化人那一掉脸色比多难听的话都伤人！"冯丽琪瞪陈铭科一眼。

吴秀仙走了，明天一大早她得是去盘货。而听了这位快人快语的大姐一番夹枪夹棒的话，陈铭科不仅不生气，反而感激吴秀仙一语点醒梦中人，看到骨子里那个多少有些瞻前顾后的文化人身上的通病。当他有些爱怜地搂住眼里漂浮着水雾的女人时，女人温柔的拳头使了些力捶打着男人的后背，千言万语尽在其中。这个晚上，这对闹别扭的"傍肩"激情四溢地相拥一起，在紧紧的拥抱中恨不得融化在对方的怀里。此后，他们再也没有因别人的言语和目光离开过一天，直到2000年冯丽琪听到父亲病重的消息被丈夫骗回国。

当激情像奔涌的海水退潮后在沙滩上留下一摊的狼藉，冯丽琪向陈铭科说起在四川饭店忽生的念头。随着激情消退，被欲望掏空的身体反而格外清醒，女人往赤裸的身体套着衣着时，头脑里原来还模糊的想法更加清晰起来。此时，已是疲累欲睡去的陈铭科一激灵，从床上坐起来，惊讶地问："开饭店？

秀仙姐说的？"听冯丽琪讲完在四川饭店的所看所想后，陈铭科内心的想法一瞬间被女人的话点燃了，兴奋地说："丽琪，我怎么就没想到？对，这些天我就在想，现在四虎市场我们租的那个巴比隆生意不错，可总觉得两个人都在那里施展不开手脚。对，今后你开饭店，我还在四虎市场经营，只要雇几个小工，两边的事情都可以盘活得来。"

得到男人的支持，冯丽琪也高兴地说："我就要和你商量呢。铭科，你还记得我们刚到四虎市场时推小车卖茶叶蛋和快餐的事吗？"

怎么会不记得呢？那是两人成为"傍肩"之后合作的第一笔生意。那时陈铭科和冯丽琪都在四虎市场摆摊，每天为了抢摊位而起早贪黑，甚至还与人动起手脚，遇到这种情况，斯文的陈铭科总不是别人对手，生意也就差强人意。与冯丽琪成为"傍肩"后，两人转到了竞争相对不那么激烈的另一家自由市场，然而，生意也一直不温不火的。后来，冯丽琪发现自由市场里不少商贩忙着做生意顾不上吃饭，里头有几家卖小吃的很受欢迎，常常供不应求。于是，冯丽琪灵机一动，与陈铭科商量，利用自己在国内从母亲那里学到的家传厨艺，驾轻就熟地做中国人的生意，成本低，回收资金快，就是生意不行，也不会有多大的损失，大不了回四虎市场摆摊。于是乎，两人就买了一辆小推车，车上摆上一个保温桶，在市场里卖茶叶蛋、粽子和肉骨头稀饭，当然也少不了冯丽琪最拿手的客秋包。就这样，冯丽琪在出租屋里连夜煮好，天一亮就由陈铭科推着小推车到自由市场叫卖，一个上夜班，一个上白班。抱着薄利多销的经营理念，冯丽琪制作这些简易吃食时很用心。比方说那个头挺大，只要吃两个就管饱的粽子里头裹着的是精心烧制的红烧肉，最是顶饿；茶叶蛋则是让李哥帮忙，通过明溪驿时常有初到老乡的关系，托人从明溪带来正宗的茴香、桂皮等调料泡煮，入味后特别香。就这么着，这陈冯小食摊一经推出就受到了中国人的欢迎，生意竟出奇的好，几个月后，有不少外国商贩也要吃中国粽子和茶叶蛋。一车推出去，到饭口转眼间就卖完了。于是，天天起早贪黑，冯丽琪负责采买新鲜的食材和烹制，陈铭科负责推车叫卖。生意越来越好后，因从他们租住房子到自由市场得有一个小时的路，陈铭科每天都要早晨7点钟准时出门，忙一个晚上的冯丽琪小睡一觉后也得在上午把所需食材备齐，下午则忙着包粽子、煮茶叶蛋,半中间还得送一趟煮好的食品到自由市场。名声传开后,有些商贩竟从陈冯的小食担里带几个粽子或茶叶蛋回去当晚饭。就这样,货真价实的小食担让陈铭科和冯丽琪赚了不少钱,当然,起早贪黑的辛苦就不必说了。后来是正规的快餐店多了,看到其中商机的有些中国人也学他们的样子经营小食推车,生意淡了,竞争激烈了。此时,通过小食担,这对从合作之初就说定各占一半股份的"傍肩"已赚到第一桶金,才转而到生意最兴旺的四虎市场租巴比隆做生意。

之所以停下小食担,其中一个原因也有陈铭科不想一直当这个店小二。是啊,每天最早一个出现在自由市场又最后一个离开市场,推车叫卖"冯氏小食"的陈铭科觉得就像是古代饭庄的店小二,尽管生意不错,他也不想一辈子就这么做下去。现在,听冯丽琪提及此事,陈铭科伸手将女人揽到怀里,感慨说:"那是一段开心而身心俱疲的日子,现在我一闻到粽子和茶叶蛋味都要反胃。"

冯丽琪轻轻捏了男人一下,嗔道:"哦,你这是嫌弃我包的粽子和煮的茶叶蛋不好吃喽。那怎么现在对开饭店倒有兴趣了?"

陈铭科更紧地搂了搂怀中的女人,思索着说:"你刚才说明溪驿把别墅的名字都盖掉了,初到布达佩斯的明溪人爱到明溪驿落脚,明溪老乡们有什么难事也爱到那里坐一坐,说说话。丽琪,你知道这是为什么?"

"为什么,不就是大家在异国他乡,老乡们凑在一起说说家乡的事。"冯丽琪不以为然地说,"老乡见老乡,两眼泪汪汪,就是说的这个。"

"对啊,这种乡情就是文化!骨子里的文化情结!"陈铭科兴奋起来,"往深点说就是共同的文化认同,一个地方的人对一个地方的方言、民俗、地方风情、饮食都有一个共同的感情点。这种文化认同只有到了异地才会格外显现出来,对故里山水的美好记忆,故乡的民俗风情,当然还有亲情,这也就是中国人为什么到一个地方总要成立什么同乡会商会之类的组织,为的是把老乡们的心都凝聚在一起。"

冯丽琪撇嘴道:"你们文化人就是酸!我可没你想那么深呢,什么文化认同,什么文化情结,你讲了我也不明白。我只是想着来布达佩斯的明溪人越来越多了，有个卖明溪风味的饭店，让大家吃上地道可口的家乡菜，生意应当做得起来，有些人到明溪驿不就是想吃这一口嘛。再说，四川饭店的顾客也不只是四川人，我们都去过几次了，我看现在匈牙利人也开始接受四川麻辣风味呢。"

陈铭科微笑地看着女人，轻声说："丽琪，原本我只是对明溪驿有些感慨，是那天碰到余知天老师，他说了这番话，把我原来心中模糊的一些感慨挑明了。听说他来匈牙利就是想办一张报纸呢。"

"哦，就是你和我说过的余老师？一个真正的文化人。"

业余文学爱好者陈铭科通过李秋实与明溪县委的余知天早就相识，虽然接触不太多，但对余老师来到匈牙利的原因，曾听李秋实说过。当时，余知天有一天偶然翻阅《参考消息》，看到一位美国作者所写的《2000年大走势》一文后，产生到匈牙利办报的冲动，离开束缚住手脚的单位来到匈牙利。但办报需要不菲的资金，怀揣着文学梦的他现在还在寻求合作者。

陈铭科敬佩他的执着，只恨自己尚无经济实力提供帮助，现在想起对方曾说过的话，忽觉得冯丽琪开饭店的想法也可以慰藉大家的文化认同。于是，他伸手将女人耷拉到额头的一缕秀发撩开，感叹道："是啊，余老师想办一份中文报纸，也有给明溪人和中国人提供这种文化阵地的意思。丽琪，你现在这么一说，我倒觉得如果说报纸给大家的是精神食粮，明溪风味饭店就是物质食粮。"

"给你这么一说，我们这明溪饭店还非办不可了。明溪饭店，和四川饭店一样，让人一看就明白。"冯丽琪在心中默默地算了一下账，轻声说，"铭科，我们就分分工，今后你还经营四虎市场的巴比隆，我来经营明溪饭店，收入嘛……"

"君子协定。"陈铭科眼神一暗，接嘴说。

所谓君子协定，就是他们决定成为"傍肩"开始，两人约定共同经营，刨除生活的开支，节余的钱二一添作五，一人一半。于是，每个月末，结算清楚后，两人到邮局分别给家里寄钱就成了他们一个心照不宣的共同节目。每当这一天，陈铭科的心情就格外沉重，真真实实地看到他和冯丽琪之间那种"傍肩"的身份。冯丽琪理解男人心中的沉重，就一次次安慰他说，等挣够钱她就回国与丈夫离婚，将女儿带回娘家委托父母照顾，他们就能摘去"傍肩"这个压得她几乎喘不过气来的帽子，等女儿大了，读完高中若能考上大学就在国内，若不能考上大学就一起到匈牙利，反正她是不能与陈铭科在明溪过日子。现在，见男人无奈的眼神一暗，冯丽琪忽非常心疼这个她第一次也必定是此生唯一爱上的男人，伸手轻抚着他的头发，柔声说："铭科，一切都会好起来的，会的，一定……"

1

　　女儿是水做的骨肉。初中毕业的冯丽琪对《红楼梦》中贾宝玉说的这句话特别深刻，而在异国他乡第一次爱上一个男人，这种刻骨铭心的爱却让她觉得女人是水，男人是漂泊的船，温柔的情才是男人喜欢停泊的港湾。正是这样，外表风风火火、性格爽直的冯丽琪心里揣着的是如水的温柔，荒唐的"换亲"让她以为此生永远关闭了温柔的港湾，直到遇到陈铭科，她的这一池春水才泛起了涟漪。当然，无须讳言，最初搅动她这池蛰伏的春水是因为异国他乡独自打拼的艰难和孤独感。

　　事实上，是在北京往莫斯科的国际列车上冯丽琪才算真正认识陈铭科。当时，因店面货物一时无法出手，原定同行的吴秀仙只能将冯丽琪交代给陈铭科，正巧他们同一包厢。陈铭科是吴秀仙儿子的英语老师，彼此早就相熟。就这么阴错阳差，在明溪毫不相干的两个人在国际列车上相识了。在此之前，吴秀仙私底下已将冯丽琪的遭遇告知陈铭科，她担心这个满怀心思的女人路上的安全。知悉冯丽琪不幸婚姻的陈铭科很是同情对方，让他感到意外的是这个他想象中会愁容满面的乡村少妇却性格开朗，与人交往落落大方，根本让人看不出是经历深重磨难的女人。于是，同情好奇之中陈铭科一路上格外关心冯丽琪，还心生些许敬意，对自己出国之前还心存着最后见中文系女生一面的想法而惭愧。不错，在离开明溪的前夜，听说中文系女生周末回明溪看生病的父亲，陈铭科还鬼使神差地来到政府宿舍楼大院副局长的楼下，在那棵曾让他恨不得上吊的歪脖子树下站了许久，期望中文系女生能出现。随着国际列车离中国越来越远，暗恨自己如李秋实所批评那般没有"大格局"的陈铭科发现冯丽琪还是个做生意的好手，备办的货物还没到莫斯科就全换成了美元。而当他们变为"傍肩"，成为生活上的伴侣和生意上的合作伙伴后，冯丽琪的生意头脑才慢慢地开启了陈铭科深藏在文化人外壳里的经商能力。这时候，陈铭科在冯丽琪去掉罩在身上的伪装外衣后，方窥探这个温柔如水的女人情感中不能与外人道的坑坑洼洼，同情和敬佩交杂之中，陈铭科爱上了这个美丽而善良的女人，暗暗发誓要用自己的劳动和爱来抚平冯丽琪情感的坑洼。当然，他没有预料到最终两人的爱会因为一个意外事件而偏离预定的轨道。

不错，冯丽琪凭借自己爽朗的性格掩饰了内心情感的坑洼，并没有刻意，其实她就是这样的性格，只不过因为"换亲"后被压抑了，一踏上国际列车，这种压抑就被洋溢着财富欲望的嘈杂释放了。偶尔，只有在车轮与铁轨将夜晚碾出单调的惆怅时，她的脑海里会浮现 3 岁女儿稚嫩的脸蛋，随着离中国离明溪越来越远，眼里不由自由地溢出思念的泪水。睡梦中去除伪装后的轻声无奈哭泣让她醒来，干脆就任泪水无声流淌，直到被惊醒的陈铭科递过来一条毛巾。如被发现不可告人的秘密般，冯丽琪难为情地替自己解释说："我做噩梦了。"抬头间，她看到的是微弱光线下男人关切的目光。

成"傍肩"后冯丽琪就说陈铭科是不是从国际列车开始就别有用心，因为正是男人温柔关切的目光第一次扣动了女人的心扉。或正因此，冯丽琪有些害怕这种让她心悸的目光，到布达佩斯后她没有接受陈铭科的建议一起摆摊，互相有个照应，仅仅在稍熟悉布达佩斯市场后的第五天就独自一个人去摆摊，她选择了交通便利的四十七市场。

没有依靠也没有任何羁绊，这是冯丽琪内心惶然又一直渴盼的生活。布达佩斯这个国际大都市相比于明溪小县城，一个人放进去就像一滴水融入大海，更何况一直在乡村生活的冯丽琪，早已习惯鸡犬之声相闻的乡村宁静，明溪县城的几条街道都没有走熟。然而，随着压抑的性格释放出来的还有经商的天赋，连冯丽琪都惊异自己会这么快适应大都市的生活节奏和环境。几个月后，吴秀仙风尘仆仆地来到布达佩斯，见到在短短时间脱胎换骨的冯丽琪时，惊讶地瞪大眼睛："这还是冯丽琪吗?"

事实上，对于一个人而言，物理的时间可以改变许多，但有时候心理时间的改变或许只需要短短的那么几天甚至一瞬间，一个人的蜕变就完成了，这需要外部强大的压力和自身的禀赋，冯丽琪就是如此。在国际列车上开始做生意的冯丽琪给自己树立起信心，而到布达佩斯她跟着来自明溪的大姐摆了几天摊就机灵地摸清了门道，她一个人来到四十七市场和许多不认识的中国人，当然其中也有明溪人，一起开始淘金。隔行不取利，这是吴秀仙一再交代冯丽琪的生意信条，于是，冯丽琪在四十七市场只售卖自己熟悉的中国商品，全是国货，做到对商品的用途和质量心里都有底，她可不想像有些人以蒙骗来做生意。其实，在布达佩斯所有外国人的摊位中，中国人的摊位最受欢迎，中国出产的商品皮夹克、旅游鞋、针织衫等大都货真价实，在匈牙利商店里得花多一倍的价钱才能购得，很受匈牙利人青睐。再一个，匈牙利人相对实在，购物时大多数人没有讨价还价的概念，尽管也装模作样地比画着，但大都会顺从中国商人所出的价格，没有国内顾客拦腰砍价再往下折两折的说法。然而，正所谓林子大了什么鸟都有，中国人同样良莠混杂，有些人就看准匈牙利人实在，打起无本万利的主意，把一些伪劣产品也推销给实在的匈牙利人。比方说鞋子穿两天就开胶，羽绒服里的羽毛霉烂。一粒老鼠屎坏了一锅汤，让原本价廉物美的中国货声誉打了折扣。

这天，冯丽琪就看到明溪大姐在责骂一起来的一个明溪人批发的旅游鞋是次等货却以一等货卖出，说他这是在砸中国人的招牌。她心里就很是看不起一路上这位豪言壮语的同乡，赞同李哥所说"诚信经商方是长久之道"的话。因此，冯丽琪在商品质量上非常挑剔。四十七市场出售的商品有丝绸做的发箍、针织衫、眼镜架、龙虎牌万金油、风油精等日用品，品种丰富而货真价实。在中国女人中算是中等身高的冯丽琪长相清秀，身材丰满苗条，特别一头垂到腰间的秀发越加显出成熟东方女性妩媚，加之性格活泼开朗，亭亭玉立的她在一班子摊贩间非常醒目，如银铃般吆喝声吸引了路过的顾客。

其实，在四十七市场女商贩不少，像冯丽琪这般长相出众的女人独自练摊却不多。或许占了这个性别优势，冯丽琪摊位前总站着不少匈牙利男性买主。秀色可餐，这些男人除了被摊位上货物吸引外，当然也有欣赏东方女性之美的爱美之心。一开始，被这些匈牙利男人并无恶意地欣赏还有些心慌，但很快冯丽琪就适应了，大大方方地回视对方的注视，真诚地把货物递到对方手上，在她坦诚的目光中生意多半也就顺理成章地做成了。然而，匈牙利顾客最欢迎的冯丽琪在商贩间却不受欢迎，几次与她邻近一同摆摊的一位北京爷们就不无嫉妒地调侃："咱爷们卖的是货，人家还顺带卖的是脸，爷们就只有羡慕的份了。"并无恶意的调侃让冯丽琪脸皮有些发烫，但生意场上无父子，能把货变成钱揣到自己腰包里才是正道。于是，她只是略含歉意地向北京爷们笑一笑，更加大声地吆喝起来。

2

然而，与冯丽琪生意没几天就上了路不同，并没有生意经验的陈铭科四处摆摊，没几天就走了麦城。

来到布达佩斯，首先要解决的当然是住的问题。为了租到价格便宜交通便于做生意且条件相当的房子，陈铭科和李秋实、王兴发、赵剑武四人分头找房子，好不容易由会英语的陈铭科通过一位热心的匈牙利人，在一个匈牙利人居住的住宅小区租到一套半地下室，一个月租金 28000 福林，两室一厅一卫一厨，吃喝拉撒的设施齐备。厨房里锅碗瓢盆都有，通着煤气；每个房间两张床，还铺着被褥；客厅有沙发电视、一张小餐桌、四张凳子。让人更稀奇的是这小小的半地下室还铺着地毯。别看是个半地下室，暗无天日的，白天也得开灯，却通着暖气，在天寒地冻的 5 月布达佩斯温暖如春。大家庆幸能这么顺利地租到价格适中又如此舒适的房子，唯一稍感遗憾的是客厅那台外表陈旧、不知年代的电视机太差强人意，播放的图像模糊扭曲，有时干脆雪花飞舞。不过，这也没关系，反正电视里头说的都是匈牙利话，没一个人听得懂，权当听响，聊以打发时间。

这样的格局正适合于四个来自明溪山区、两手空空怀揣着淘金梦的年轻人居住。李秋实与陈铭科住一间，王兴发与赵剑武住一间。让人欣喜的是房子依山而建，从露出一大半的窗户可以欣赏到远处多瑙河的风光，河里来来往往的游船和成群掠过的海鸥。刚入住时，陈铭科被这异国风情吸引住，踮起脚尖在露出一大半的窗户前一站就老半天。

当然，他们千里迢迢不是来旅游的，去除了预交的两个月房租，四个年轻人都囊中羞涩，迫切需要从布达佩斯淘来钱，第一步先解决生存问题。于是，第二天，四人就分头"练摊"，因没有前人指点，也一时还摸不着在哪里批发物美价廉的货物，大家无师自通地分别选择火车站、公园门口和多瑙河畔的双狮桥头摆开生意场，总之，选择人流量相对较多的地方，又可节省摊位费。他们决定先这么练一段时间，有了经验和一定资本后再进正规的自由市场。货物嘛，不急，先将从国内带来的，没在国际列车出手的龙虎牌万金油、活络油、红花油、发卡、皮筋、鞋帽、珍珠项链等卖给热情的匈牙利人民。最夸张的是李秋实，在国际列车上基本把带的货都倒腾光了，居然把自己一件衣服也当作第一天"练摊"的道具，这可是他仅有的一件换洗衣服，用他的话说，他这是抛砖引玉，过两天就换穿正宗的皮衣。

这天，李秋实与陈铭科相伴来到著名的双狮桥头摆摊。事实上，在同行的四人里只有陈铭科没接触过任何生意，父亲打小就让他好好读书，一路从小学到高中到师专，居然没上过自由市场，可算是穷人富养的典范。王兴发和赵剑武都是在明溪县做过生意的人，知晓生意场这池水的深浅，到了布达佩斯按方抓药，应当差不到哪里。李秋实虽在医药公司上班，可放假时跟着姐姐一起在明溪自由市场卖过山货，有一段时间还在医药商店里当售货员，算是有一定的经商经验。因此，想着陈铭科对生意两眼一抹黑，王兴发和赵剑武分别择地"练摊"，李秋实力主让陈铭科与自己一同出摊，好互相有个照应。第一天"练摊"出奇顺利，陈铭科在狮子桥头随便用一张塑料布摊开的珍珠项链、风油精、活络油、红花油，没多久就被围拢来的匈牙利人买走了，腰包里多了鼓鼓的福林，心里格外踏实。李秋实呢，他所带的货大都在国际列车上支援老毛子了，现在唯一的存货就是临行时从医药公司批发来的感冒冲剂、板蓝根、人丹等，反正这些药吃不死人，有病没病吃下去就是个意思。于是，他索性把这些原本留给自己的备用药都拿来"练摊"了。

一个两颊刮得铁青的大胡子匈牙利中年男人一来就看上了人丹，比比画画问李秋实这是什么东西。这可把李秋实难住了，忙让会英语的陈铭科用国际语言向对方夸赞说："非常好，很好。"（英语）

匈牙利中年男人听懂了国际通用语言。想了想，他又瞪大眼睛，嘴里叽里呱啦地说着，显然是要验证这到底是什么药。

陈铭科又用英语介绍了一通，可对方也只听得懂简单的英语，不能与中国英语老师对话。见陈铭科一筹莫展，李秋实一脸焦急向对方比画着手势，就在对方摇头要转身而去时，他灵机一动，捂着肚子做疼痛状，再作势将仁丹倒嘴里，然后，满脸微笑地拍着肚子，说着："OK！China！"边竖起了大拇指。

李秋实这一通肢体语言终于让匈牙利中年男人明白这是可以治肚子疼的药，于是，两包人丹顺利以高于国内五倍的价格进入对方的袋子里。这对李秋实来说是一个启发，随后，他如法炮制地将感冒冲剂和板蓝根都让匈牙利人民掏钱"笑纳"了。

相比于李秋实不得不用惟妙惟肖的肢体语言来推销备用药，陈铭科摊上的风油精、活络油等因名声早已在外，在匈牙利人眼里早有"中国神药"的美誉，没多久就销售一空。而看李秋实像耍猴一般使尽浑身解数让对方明白货物的用途，陈铭科就暗下决心要尽快掌握日常的匈牙利用语，从第一天摆摊就留心学习。果然，仅仅3个月后，颇有语言天赋的中国英语老师就能用简单的匈牙利语与买主交流了，这对他做生意起到了很好的促动作用。

现在，陈铭科有闲心观赏双狮桥畔的多瑙河风光了。

曾经从电影里看到过多瑙河的陈铭科，方才因为心里惴惴不安，一到这双狮桥头就忙着铺开塑料布摆货，哪有闲心观赏风景，这会儿货物出手，悬着的心放下来，再目睹这条穿过大半个欧洲的著名河流，与从半地下室大半截窗户里远远地眺望果然不同，蔚蓝色的河水泛滥在宽阔的河面上，往来繁忙的船只从桥下优雅地驶过。一群海鸥围着船帆盘旋，忽地一个猛子扎向河面，忽又如箭一般冲上空中。近了，近了，有几只海鸥居然朝着桥头飞来。这时，陈铭科才惊奇地发现这些海鸥的嘴巴是红色的，在阳光下闪着夺目的光彩。红嘴海鸥！去过海边的陈铭科没见过红嘴海鸥，一时让他惊喜地叫出声来："李哥，快看，快看，红嘴的海鸥。原来这外国的海鸥与中国海鸥也不一样啊！"

听到陈铭科惊喜的喊声，正在向一位穿着风衣、样子斯斯文文的匈牙利老人推销自己衣服的李秋实，百忙中回头望了一眼，招呼陈铭科："铭科，来，来，你用英语和对方说说，我这衣服可不是捡来的，是从中国带来的。"等陈铭科走过来，又说，"我估计这老头是个文化人，没准会国际语言。不要说是我自己穿的。"

这是李秋实一件八成新的灯芯绒夹克，不幸成为他第一天"练摊"的道具。眼下，被主人抛弃的它正可怜巴巴地被这个匈牙利老人翻来覆去地挑剔着。果然是个文化人，而且还是一名大学教授，陈铭科把国际通用的英语这么和对方一搭上，大学教授当下就眉开眼笑，主动握住陈铭科的手说："China，Good！Good！"接着像遇到亲人一般，介绍说他去过中国的首都北京，很景仰古都的文化，还一连声兴奋地提到长城、故宫。他这么一说，倒让陈铭科有些心虚，因为他这个中国人并没有去过北京这些地方，但也只能顺着对方的意思聊几句，用英语说："布达佩斯，北京，都是古都，文化深厚。"陈铭科这话似乎挠到了对方的痒处，教授当即买下李秋实的灯芯绒夹克，且不再还价。看着这个老教授心满意足地用蹩脚的汉语与自己说"再见"，陈铭科悄然长松一口气，他真怕这个如此热爱中国的教授再把北京说具体点，自己这个没逛过首都的中国人就得露馅了。

白菜卖了肉价的李秋实得意地数着手上一大把让他感到意外的福林，自嘲说："真不忍心这么骗一位热爱中国的匈牙利教授。"又对陈铭科感叹说，"铭科，我真是羡慕你啊，你这英语老师在外国还是有用武之地。唉，我可不行，天生没语言天赋，见到 ABC 头就大。不瞒你说，当年高考，就是因为英语不行我才报了中专。唉。"说着，他顺着陈铭科仰望在多瑙河上空盘旋飞翔的红嘴海鸥，轻吟道，"我愿意是荒林，在河流两岸，对一阵阵狂风，勇敢地作战……只要我的爱人，是一只小鸟，在我稠密的树枝间做巢，鸣叫。"

"裴多菲!"陈铭科欣喜叫道。

"我们现在来到诗人的故乡了,可不是在寻诗的,是来淘金的。"李秋实脸上闪过一丝不易觉察的黯然神情。

3

李秋实说得不错,他们都曾是热血沸腾的业余诗人,大声地朗诵过匈牙利这位著名诗人脍炙人口的诗篇,心怀着雄心勃勃的文学梦。然而,当现实一点点地抽走他们心中的诗意,来到曾经无比向往的诗人的国度,怀揣着的却是与诗无关的财富梦想。造化弄人!对于陈铭科来说这首《我愿意》又有着特别刻骨铭心的意义,正是这首诗搭起他与中文系女生的爱情鹊桥。现在,站在多瑙河畔的双狮桥头,猛然间听李秋实吟诵起这诗句,陈铭科心抽痛了一下,从红嘴海鸥身上收回目光,卷起塑料布转身而走,初次生意成功的喜悦一瞬间烟消云散了。

李秋实没在意陈铭科的反应,自顾说:"走,铭科,来的路上我看到有一家书店。出国前我就想好了,要用第一笔生意赚的钱买一本匈牙利文的《裴多菲诗选》。哈哈,将来我好带回去与凌诗人炫耀炫耀!哈哈。"当然是玩笑话。不过,一年后生意失败回到国内,李秋实果然将一本匈牙利文的《裴多菲诗选》带给此时已随地质队搬迁至三明的文友凌笙。

虽然在双狮桥头听到匈牙利诗人的诗句勾起陈铭科已沉到心底的酸痛,但第一天生意出人意料的顺利,还是令在书店与李秋实一起买了匈牙利文《裴多菲诗选》的陈铭科很快忘却瞬间涌上心头的过往。是啊,过去的毕竟都已过去,他陈铭科虽不是个有大格局的人,可也不是个徒然面对失去的情感怅然长叹的男人,可以说,昔日的中文系女生在他临出国前那个晚上,在那棵歪脖子树下已随那片飘然而下的落叶化作尘土。现在,他怀揣着财富梦想来到匈牙利,为的就是孔方兄。是啊,没想到原来做生意也就是这么回事,把货物往摊位上一放,等着人家上来讨价还价,几个回合也就成交了。咦,做生意也没什么难嘛,按这个架势下去,不用多久当能与孔方兄成为挚友,也就能把出国借来的钱都还了。

　　这个晚上，三路人齐聚出租屋，各自将战果讲述了一遍。与李秋实和陈铭科一样顺利，王兴发和赵剑武的"练摊"也收获颇丰，他们分别选择火车站和公园门口，也无一例外各有斩获。性格耿直的赵剑武兴奋地说："匈牙利人比我们中国人傻多了，我那些货基本上对方就没怎么还价。我出个价，人家只是象征性地比画一个手指，我一摇头，人家就老老实实地把福林数到你手上。还有一位先生，一瓶龙虎牌万金油，居然给了我 1 美金。这可是美金啊，啊呀，匈牙利人实诚啊！"

　　留着精干短平头发，性格沉稳，四人中年龄最大的王兴发平素不苟言笑，不了解他的人会以为这是一个不好接近的人，其实他与李秋实一般古道热肠。他也微笑地说："这些匈牙利人真当我们中国人同志加兄弟了，不知道我们是来掏他们钱包的。是啊，是啊，我卖得最贵的一条珍珠项链对方居然也是掏了美金，45 美金！15 元人民币的大路货呢，美金啊！我简直都不好意思接钱了。"

　　很少开玩笑的王哥这么正儿八本的玩笑话，让几个人都笑了起来。而听陈铭科讲述用英语交流让一位匈牙利大学教授高价买李秋实八成新衣服后，大家更笑成了一锅粥。笑着，李秋实沉思说："王哥、剑武，第一天'练摊'我就发现匈牙利人似乎对我这件衣服挺感兴趣，如果不是我出价太高，早就出手了。还有人指着我脚上的旅游鞋问有没有卖。"

　　"你是说夹克和旅游鞋？"王兴发摸了一把小平头，眼睛一亮，来了兴趣。

　　这是李秋实第一天"练摊"售卖自己衣服敏锐的发现。这个晚上，就皮夹克和旅游鞋这个话题，王兴发和李秋实、赵剑武探讨了很久，约定这些天摆摊先去找家中国人开的批发公司弄几件皮夹克和旅游鞋试试。不错，正是李秋实敏锐的目光发现这个蕴藏着巨大商机的市场，随后，经过几个月的筹划，凭借摆摊赚来的资金和国内带来的资本，以及东借西凑，李秋实、王兴发、赵剑武正好利用房主急用钱的机会，租下一幢别墅，成立了恒发贸易有限公司，目标就是皮夹克和旅游鞋，做一笔将转眼间转变他们"摆摊"命运的大生意，方有了后来的明溪驿。然而，造化弄人，因识人不察，在千算万算的市场调查万无一失之中，他们没想到堡垒从内部被人攻破，被所谓的朋友从背后捅了致命的一刀，最终导致明溪驿关闭，恒发贸易有限公司也寿终正寝，王兴发和赵剑武不得铤而走险"偷渡"离开匈牙利，另寻活路，而心灰意冷的李秋实则灰头土脸地选择暂时回国。

话说回来，四人中唯独陈铭科没有参与成功后就可一口吃成胖子的巨额皮夹克和旅游鞋生意，被李秋实恨铁不成钢地批评"小格局"的原中学英语老师老老实实在四虎市场摆摊，一步一个脚印地从地摊客成为巴比隆的租户。其中原因，一是除了陈铭科性格温和如李秋实所说的"小格局"作怪，没胆量参与这一旦失败就倾家荡产的大生意；二是确实没有资本，不像李秋实王兴发赵剑武三人在明溪均有一定的经济积累。当明溪驿名声远扬时，为节省房费，陈铭科找了另一个地段更偏、价格更便宜的出租屋，也就是一年后介绍给郑立新居住的房子。

初战告捷，陈铭科信心爆棚。再说，回住处的路上他和李秋实路遇一位相识的明溪老乡，探听到一家离他们住处并不远的中国货批发商店。于是，第二天，他谢绝李秋实一同摆摊的建议，决定单飞"练摊"。李秋实与王兴发、赵剑武则准备到昨天王兴发发现的一个地下人行通道摆摊，顺便进一步考察皮夹克和旅游鞋市场。

这天，陈铭科一大早上批来一些货物后，选择离住处只隔两条街的人流量较大的地铁口摆摊，没想到出奇顺利，摆在塑料布上的货物到半下午时光就已销售一空，也没有碰到王兴发所说的警察。于是，单飞的陈铭科胆子更大了，连续两天都在这个地铁口摆开摊位，算下来一天的收入颇让人吃惊。陈铭科暗暗为自己的选择高兴，第三天也不跟李秋实他们到四虎市场探路。是啊，可省下一笔不菲的摊位费，在地铁口做这无本万利的买卖，何乐而不为。也正是前两天的一帆风顺让陈铭科丧失了警惕性，依样在地铁口找个背风的地方铺开摊来，已"练摊"两天的陈铭科放开嗓门吆喝，充分发挥自己的特长，用中文和英文轮番上阵，果然吸引了不少行人驻足选货。就在他面对从地铁口涌上来的一拨顾客有些手脚忙乱时，面前的人忽散去了，诧异间，陈铭科有些发蒙，直到两个人高马大的警察用英语喝道："中国人，站起来！"

正蹲在摊位后给顾客拿货的陈铭科脑子一片空白，机械地站起来，手上还抓着东西。

年轻些的警察伸手一把将陈铭科手上货物打掉，用英语命令道："不准卖，不要动！中国人，否则后果自负！"

居然碰上一个英语讲得挺顺溜的匈牙利警察，也正巧碰上中国的英语老师，双方的交流没有任何障碍。陈铭科听懂了，忙用英语向对方解释："我……我刚来一会儿，警察先生，原谅我吧，我再也不会来这里摆摊了。"

陈铭科一连串的英语让年轻的警察有些惊奇，浮上一种遇到知音的感觉。是啊，对于这位学了一口国际语言却很少有机会展示的警察而言，居然遇到一个中国人会讲英语，也算是千载难逢。于是，年轻警察脸色缓和一些，继续用英语说："中国人，你要到市场摆摊，在地铁口摆摊是不允许的，影响市容市貌。"

陈铭科见对方口气缓和，忙点头承认错误，请求给予改正的机会。他哭丧着脸用英语与对方套近乎："警察先生，我第一天来，还没开张赚到钱，房东还等着我交房租呢。"从小到大，性格温和却倔强的陈铭科从来没这么求过人。这会儿，他尽量把自己装成犯了错误的学生，虚心接受老师的批评指正。

年轻警察征询的目光投向一直站在他身后，脸色阴得拧得出水来的年长警察。就在陈铭科以为幸运地凭借英语老师的优势打动对方时，年长警察突然用匈牙利语喝令："靠墙面壁，伸开双臂，接受检查！"

陈铭科听完年轻警察不无同情的翻译，脸色霎时一沉，心中一颤：哎呀，这不是港台片里警察对付坏蛋的招数吗？怎么用到一个中国商贩身上？还来不及他多想，年长警察不由分说地拧着陈铭科一只胳膊，强令他转身面壁接受检查。这是陈铭科有史以来从未体验过的屈辱。急切间，他用英语为自己大声辩解："我只是摆摊，不是犯罪，你们不能这样对待一个来匈牙利合法经商的中国公民！"

并不由陈铭科申辩，年长警察已从上到下将平伸双手的中国人摸了个遍，确信没有携带任何凶器后，叽里咕噜用匈牙利语与年轻警察说了一小会儿。随后，年轻警察用英语让陈铭科转过身来，说："护照。中国人，请出示你的护照。"

陈铭科此时眼里已溢满屈辱的泪水，他无声地指指地上的挎包。陈铭科一向谨慎，来布达佩斯这几天，即使出门买一包盐也随身带护照，为的就是以防万一。

年轻警察将检查过的护照塞进陈铭科的口袋，用英语不无遗憾地说："别害怕，以后到正规自由市场做生意。你这些货物和非法所得我们统统都要没收。"

"什么？你们这是……"看着年长警察将包里这几天赚的 200 美金和几百福林都搜走，放入他的口袋里，陈铭科不管不顾地用中文骂起来，"你们这是强盗行径！这不是明抢嘛？什么警察！你们这么做和强盗无异……"

两个警察都听不懂中文，但从陈铭科愤怒的表情中明白对方一定在指责他们。于是，年长的警察伸手指着陈铭科，眼睛斜视着他，用匈牙利语厉声喝令："中国人，你是不是不服从我们执法？那好，跟我们去警察局走一趟。"

还是会讲英语的年轻警察同情这位同样会讲英语的中国知音，用英语喝令陈铭科："闭嘴！"一边拉着骂骂咧咧要掏手铐的年长警察转身而去，百忙中还不忘指指陈铭科，示意他"闭嘴"。

三天的成果瞬间化为泡影，还好早上出摊时留了些钱在家里，总算还有本东山再起。可捏着空空如也的挎包，陈铭科悲中从来，屈辱的泪水夺眶而出，仰头对着布达佩斯晴朗的天空骂了一声："强盗！"这时，原来也在地铁口摆摊，警察来时已像受惊兔子般跑得无影无踪，刚返回的北京商贩小声劝陈铭科："兄弟，这是在匈牙利，不是中国。你再和他们争，真把你弄到局子里，可是哭爹喊娘也够不着天了。认命吧，胳膊哪拧得过大腿？自个眼观六路耳听八方，多留点神吧，您哪。"

4

陈铭科含着屈辱的泪水回出租屋里吞食苦果，沮丧的心情无以言表，李秋实他们安慰半天才缓过劲来。然而，外表温和内心倔强的陈铭科偏不信这个邪，就不去四虎市场交那摊位费，决定转移战场，到赵剑武所说的摆摊人较多，可以相互照应着，相对安全些的一条过街地下通道再起炉灶。被李秋实责骂只会算小账的陈铭科盘算过，与在四虎市场摆摊相比，在外面摆摊卖同样的货，收入会高出那么三分之一，这对于出国并没有李秋实、王兴发、赵剑武丰厚"粮草"的陈铭科来说是一个极大的诱惑。然而，有了地铁口全军覆没这个惨痛教训，陈铭科谨慎多了，摆摊时记住北京人要他"眼观六路耳听八方"的忠告，像是一只随时准备躲入洞中的兔子。

第四天早上，陈铭科用仅剩的一点"余粮"盘来一些货，来到一处离家并不远的地下通道摆摊。果然如来此摆过摊的赵剑武所说，这条地下通道就像是一个地下自由市场，并不长的通道居然个挨个摆着不少来自中国人和阿拉伯人、越南人的摊位。人多壮胆，陈铭科暗恨自己没早来此，凭空在地铁口吃了哑巴亏。地下通道地处闹市区，来往的行人不少，摆开摊来，大家彼此忙碌地做生意，气氛紧张而有序，一天下来，损失的钱就回来了大半。随后两天，警察出现了，当然，此时已警觉如狡兔的陈铭科快速卷起塑料布上的货，沿着警察相反的方向安然撤退。陈铭科是一个细心的文化人，在地下通道这么摆了一阵摊，很快就发现并总结出警察的活动规律：早晨6点半到7点半；傍晚5点到晚上8点，这两个时间段是警察执法的盲区，前者是警察还没上班，后者是警察已经下班。是啊，匈牙利警察可没中国公安那么敬业，上班下班点掐得很准。但是，一过了8点，偶尔会有揣着打牙祭心思的警察在吃饱喝足后出来挣点小钱，这时候也属不安全时间段。

陈铭科摸清警察这个铁打的活动规律，决定选择这两个时间段"练摊"，早早地就把摊在地下通道铺开，在警察上班之时收摊，回出租屋小睡一觉或去批货，然后在5点时再倾巢而动。果然，两个月下来，陈铭科这种"打游击战"的摆摊方式收到意想不到的效果，得到了丰厚的回报，眼看着腰包鼓起来，在地铁口所经受到的屈辱也在与警察"捉迷藏"的胜利中得到了慰藉。然而，正所谓得意者必忘形。这天傍晚5点钟，陈铭科在地下通道熟悉的摊位摆开架式，准备大干一场，预计8点前鸣金收兵。正当他放心地与顾客交易时忽感到肚子有下坠之感。依平常而言，陈铭科出摊前总是滴水不沾，为的就管好自个身体，免得因这等小节耽误生意，但或是这一段丰厚的收入让他得意忘了形，中午在犒劳自己时吃多了些辣椒爆炒猪大肠，于是，这会儿肠胃就来闹意见了。

人有"三急"，陈铭科只得吩咐边上摆摊的中国老乡照看下，忙丢下摊上的货，背上双肩包往出通道口街边的一家公厕急奔。好在匈牙利人民有路不拾遗的传统，不用担心摊上的货会不翼而飞，中国同乡也不至于卷并不多的货，坏了乡亲的感情。但是，待陈铭科返回时，通道里摆摊的商贩们早已人去楼空，他的摊位前居然门神般立着一位五大三粗的匈牙利警察。一瞬间，陈铭科又一次在布达佩斯美丽的夜色下脸色煞白。转念间，陈铭科想就此断臂自保，反正大部分的货及钱都在背着的大包里，摊位上的货物就让警察当无主货没收算了。但是，"小格局"的他毕竟心疼这十几双袜子、裤袜，决定硬着头皮上前作一试探。

警察对畏畏缩缩上前来的陈铭科，指指地下的货物，一脸严肃地问："请问你是哪里人？这些货是你的吗？"

一个客气的"请"字，让陈铭科看到了希望，稍迟疑下，壮起胆子应承："警察先生，我是中国人，这……这些货……是我方才丢在这里的。"经过这两个多月的"练摊"，颇有语言天分的陈铭科留心学习匈牙利语，勤学苦练之下，居然能用蹩脚的匈牙利语与人交流了，这一点让李秋实王兴发赵剑武很是佩服。

听对面的中国人会讲匈牙利语，警察点头说："你在这里摆摊？"

"不是，不是，警察先生，我只是路过这里。有几个商贩想看我的货，我就拿出来给他们看一看。正巧肚子痛，上厕所去了，回来……他们就把货丢在这里不见了。"陈铭科撒谎骗警察时无端想起考试作弊被自己抓住的学生，脸不知不觉地红了。

谢天谢地这是一位实诚且善良的匈牙利警察。他居然相信陈铭科这漏洞百出的谎言。或许也是陈铭科吉星高照，警察让陈铭科清点摊位上的货物，在对方确信没有丢失后，还帮着把它们收起来。当陈铭科暗暗庆幸转身要逃时，他才一脸正气地批评陈铭科说："中国人，不要轻易相信你的合作者！那位要看你货的人是想骗你的货，以后要小心。"说着，警察向陈铭科敬了个礼，转身而去。

这真是一个千载难逢的意外，警察帮着看无主的货，且对摊主敬礼！所有匈牙利警察都穿着灰色制服，戴着大盖帽，脚蹬照得出人影的亮闪闪的牛皮靴，绑扎腰间的牛皮带上挂着手枪、警棍、步话机、手铐和哨子等。陈铭科目送这位装备标准敬礼更加标准的匈牙利警察，为他的善良和严格执法大为感动，眼里不由溢出感激的泪花，在布达佩斯美丽的夜色下，如漏网之鱼的他第一次感受到曾经同为社会主义国度应有的温暖。这个晚上，他将发生的奇遇讲给大家听，感叹说："都说一种米养百样人，这话真是真理。同样都是警察，怎么这位警察老哥这么不一样呢？想起来就让人心里温暖如春。"

赵剑武不以为然地说："陈老师，别忘了，匈牙利的春天还飘雪呢。"

王兴发脸上表情僵硬地说："铭科，你这是幸运。真把你弄到局子里，我们可没本事把你捞出来。"

李秋实见陈铭科有些尴尬的样子，忙转移话题说起今天去看过的别墅，价格的确非常便宜，适合开公司。

见三人正紧锣密鼓地筹划大生意，并无兴趣的陈铭科怀揣着难得的温暖好好睡了一觉，对继续"练摊"充满了必胜的信心。

5

正是这样，在冯丽琪凭借女性天然的优势在四十七市场打开局面时，陈铭科则四处摆摊，两次与警察过招，在失败和幸运交织间艰难地积累第一桶金。终于，在地下通道"练摊"3个月后，拥有一定经济实力的陈铭科决定告别这种不安定的"练摊"生涯，迈开扎实的脚步，进军一个名叫 OZD 的自由市场。之所以没有选择此时已是明溪人扎堆的四虎市场，还是缘于陈铭科自己心里没底，担心四虎市场竞争激烈。经过一番考量，他选择了这家交通算起来离他住处还算方便的自由市场，正儿八本地正规摆摊，交摊位费，安安心心地与顾客讨价还价，生意很快就步入了正轨。

这时候，经过几个月的"练摊"，在国内从来没接触过任何生意的英语教师有了脱胎换骨的变化，戴着眼镜的他虽还是一副斯斯文文的样子，但满嘴生意经一出口，已完完全全是一个唯利是图的摊贩了。环境改变人，陈铭科这块生铁在布达佩斯风起云涌的国际商场里正慢慢地熔炼成钢。现在的陈铭科匈牙利口语进步神速，可以毫不困难地向匈牙利人推销自己的货物，语言天分无形中弥补了他生意经验不足的缺陷，进军 OZD 市场后他的生意一直不错，收入也比在外面到处摆摊增加了三成，他在心里盘算着，按这个进度，除了积累一笔可观的资本，一个月后还清出国时家里借的钱不成问题。陈铭科在 OZD 顺风顺水地摆摊，偶尔想及国内的日子竟有种恍若隔世之感，听李秋实说吴秀仙也到了布达佩斯，在四十七市场摆摊，可一直没时间见面，没来由地，夜深人静之时他的脑子里就会浮起冯丽琪秀丽的面庞和垂到腰间的乌黑秀发，挂念这个不幸的女人现在怎么样了。这天，就听李秋实说起冯丽琪，用不无敬佩的语气感叹冯丽琪在四十七市场生意做得不错，年轻漂亮的她几乎成了四十七市场一处特别的"中国风景"。听说冯丽琪生意做得不错，陈铭科感到欣慰的同时心里不易觉察地微微一颤。是啊，在国际列车上相识后，这个外形有几分像中文系女生的乡村少妇就给他留下无法磨灭的印象，内心刚强和外表的爽朗让人看不出她身上曾发生的不幸，这是让陈铭科最敬佩的。到了布达佩斯，冯丽琪没有听从陈铭科的建议，与另一位明溪女人自闯市场，两人就再没见过面。也因生存的逼迫，四处摆摊的陈铭科心中这么一点思想被挤到心底最深处，现在随着在 OZD 安顿下来，冯丽琪的形象就如胶片在显影液里慢慢显现出来。她是一直在四十七市场摆摊？还是像他一样四处打游击？对于一个女人来说，独自在异国他乡，从布达佩斯这"国际性的江湖"里淘饭吃，肯定比男人更不易，李秋实所说的特别的"中国风景"，只不过是外人眼里的评价罢了。这么想着，陈铭科就想哪一天到四十七市场看看冯丽琪。

就在陈铭科到 OZD 一个月整的这天上午，陈铭科背着一大包货走到市场门口，远远地就见一个女人推着一辆小推车，满满堆着的货山一般高，正艰难地往斜坡上拉。从背影上看不出这女人是哪国人，但看对方身体前倾，双脚发颤，努力一步步拉着车往斜坡上爬的样子，陈铭科摇摇头暗叹：这是怎样一个女人啊？干吗一次拉这么多货呢，这不是玩命！一时动了恻隐之心，陈铭科忙上前帮着推。

女人显然感受到手上的重量轻了，侧头见有人帮忙，气喘吁吁地表示感谢："谢谢，谢谢。"也不知对方是哪国人，女人说的居然是匈牙利语。

陈铭科听出对方中国口音，一时又暗叹：也是，只有中国女人会这么勤奋！

这条并不长的斜坡终于走完，女人将车子停稳，回头再次向帮她推车的人表示感谢。这一回头，两人都愣住了。冯丽琪吃惊地看着陈铭科，上气不接下气地说："陈……陈老……师，你不是在外面摆摊，怎么在这里？这么巧。"

陈铭科扶扶滑下来的眼镜，也瞪大眼睛问："冯丽琪，你不是在四十七市场吗？"

其实双方都从第三者那里知晓对方的情况，现在意外重逢，不仅有在异国他乡遇到明溪老乡的惊喜，更有一种说不出来的情愫，让两人的眼睛不知不觉有些湿润了。陈铭科看看身边不断匆匆走过的摊贩们的脚步，不由分说接过推车，说："走，先去占个摊位，我身边的一个越南人刚转到四虎市场，我们的摊位就摆在一起。"

冯丽琪长舒口气，抹去额上渗出的汗水，点点头，眼里盛满欣慰。

一路走着，说话就知道了事情的原委。原来，冯丽琪在四十七市场做生意成了"中国风景"后，慢慢地引发一些中国商贩的妒忌，特别是那个北京倒爷，暗中纠结几个人给冯丽琪使绊子。吴秀仙来到四十七市场后，她好是与对方干了一架。虽然没有中国商贩敢再暗中使坏，冯丽琪总感觉不太对劲。再者，在四十七市场待久了，她也想换个地方多考察一下布达佩斯的市场。像秀仙姐一样，虽然她没有对方的经济实力，冲着在布达佩斯的大生意来，可也不想窝在一个地方，得为将来多趟条道。于是，冯丽琪没有听吴秀仙的劝阻，也没有去李秋实他们所在的四虎市场，而是来到了OZD。这是她到OZD的第二天，没想到就巧遇也转战到这里的陈铭科。这天她之所以进这么多货，是批发商店的老板让冯丽琪把货一次性提走，价格上可便宜一成，就为多这一成利，也看中这些货目前在市场上走得不错，冯丽琪自不量力想拼一把。

陈铭科没有责备冯丽琪，进市场占了两个相邻的摊位，先帮着把她那一车货卸下来，接着摆开了自己的摊。在陈铭科手脚麻利地做着这一切时，冯丽琪站在一边竟插不上手，心里蒸腾着一股久违的暖意。是啊，自从来到布达佩斯，不，应当说从她嫁给那个腿跛了心也缺了一块的男人，她就从没感受到一个女人被男人照顾是一种什么感觉。现在，在异国他乡她却感受到了，这是一种甜蜜蜜的，让人心里暖融融的，又不同于父母的温暖。自到了布达佩斯，在四十七市场摆摊成了特别的"中国风景"，她就不得不让自己身上多长了些刺，伪装成一只谁伸过来都会扎手的刺猬，直到吴秀仙来了，她才稍松了口气。这几个月"练摊"也让冯丽琪性格中爽朗的一面彻底释放出来，不了解她的人怎会知道被"换亲"折磨的女人内心的苦楚呢。当然，此时的陈铭科在冯丽琪眼里也不再是那个斯文的英语老师，他大声地吆喝和熟练地与买主讨价还价，俨然已是一个地地道道的商贩了。冯丽琪惊讶之余，心里一股温暖酸楚的柔意按捺不住地升上来。是啊，他该是一个好老师的，现在却成了一个商贩，真不知这男人心里经过了怎样的挣扎。在一拨顾客走后，将手中的福林揣入包里，冯丽琪把泡的茶水递过去说："陈老师，喝口水吧。我看你都吆喝半天了，也没见你喝一口水。"

"别叫我老师，从走出国门我就不是老师了。要是我的学生看到我现在这个样子，一定要吓死了。"本想说玩笑话轻松一下的陈铭科却无端勾起心中的酸楚，脸上的表情有些黯然，"就叫我陈铭科吧。"又举起杯中所剩不多的白开水说，"我不渴，只是润润嗓子，不能喝太多……"说着话，有些难为情的样子，轻轻抿了一口水。

冯丽琪明白了对方的潜台词，脸色一红，迟疑说："哎，陈……铭科。"不由分说把泡的茶水递到男人脸前，执拗地说，"喝口茶，这是秀仙姐带来的，她村里人做的土茶，舍不得卖，留着自己喝，味比较重，却提神呢。"待陈铭科迟疑地接过茶杯，又命令般说，"铭科，你以后不要带白开水了，我给你泡一杯茶来。一个人在外面，可要学会照顾好自己！"话的末尾竟有几分娇嗔的意味了。

陈铭科端着有冯丽琪体温的茶杯，听着女人略含责备的温暖话语，轻轻抿了一口茶，只觉一股茶叶特有的苦味携着清香入喉。随之，在冯丽琪银铃般的笑声中，慢慢地，一种久违的温情弥漫了他的整个身心。

6

这是一个温馨却说不上浪漫的开始。异国他乡再次重逢的两个年轻男女在OZD自由市场喧嚣中，从互相关照的"练摊"开启了一段两人都没有预想到的情感之旅。事实上，对于冯丽琪而言，她这片感情的沙漠遭遇陈铭科的关心不知不觉地生长着情感的绿洲，等到那一天，当属于他们的其实已酝酿已久的春天在一个偶然时刻来临，他们心中的绿意蓬蓬勃勃展开时，已不是理智的闸门所能控制了。一方面，性格温和谨慎的陈铭科对冯丽琪来说是此前她从未接触过的。其实初中毕业辍学的冯丽琪很喜欢读书，最心仪的就是有文化的斯文男人，"换亲"让她的梦想破灭了，而现在即使与对方讨价还价也是一副斯文样子的陈铭科很让冯丽琪赏心悦目，她乐于接受对方的关心和照顾，也乐于关心和照顾对方。另一方面，起初陈铭科只是接受吴秀仙的委托，在国际列车上尽一个男人力量照顾对方，但他很快发现冯丽琪并非他想象中愁眉苦脸的怨妇，慢慢地，他转而敬佩对方内心的刚强和爽朗的性格，巧合的是从她的眉眼里他看到曾经的中文系女生的影子。就在这么一种微妙的感觉里，由同情与敬佩交错而滋生的情愫，在昔日中学英语老师心里开始如野草般期盼春天的到来。

OZD自由市场的重逢，让陈铭科和冯丽琪在彼此生意的互相帮衬中走近了。然而，生意上的竞争是越来越激烈了，为了各自的生存和发展，陈铭科和冯丽琪都暂时忽略这种情感发展的危险。不错，在外人眼里这是一种惊世骇俗的"危险"，那些三三两两因各种原因走到一起的"傍肩"，得承受着人们异样的目光和指责。因竞争越来越激烈，为了在市场占一个位置相对较好的摊位，陈铭科和冯丽琪商量后决定进行"合作"分工，一个人早些到OZD市场占摊，先摆上一小部分货占地盘，然后由另一个人后续用推车进更多货，货款双方一天一算清，不过夜。当然，虽这般约定，考虑到男女有别，又因冯丽琪住处离OZD市场更近，试了几天，后来占摊的事情就基本由冯丽琪承担。这样，前一天傍晚冯丽琪早一些收摊，若有没出手的货则由陈铭科代为售完，以保证能早点回家休息，第二天提早占摊。好在都是道上人，占摊并不是凭力气大小，而是形成先来后到的规矩，无论是中国商贩还是外国商贩都认这个理。可偏偏也有人不认这个理，那就是最让人头疼的吉卜赛人。

这天，冯丽琪凌晨 4 点钟就来到 OZD，此时已有三三两两的商贩进入市场。冯丽琪在熟悉的摊位上铺开塑料布，顺利地占领这段时间他们一直比较顺手的两个摊位。就在她长舒口气，坐下来喝一口浓茶为自己提神之时，摊位前突然来了一男一女两个吉卜赛人。女人穿着似乎是统一制作的宽大而有许多口袋的色彩庞杂的衣服，这是让许多商贩都望而生畏的衣服，吉卜赛女人快速的顺手牵羊曾让不少初次"练摊"的人吃亏。一打眼见到面前的吉卜赛女人，冯丽琪马上心生警觉，放下手中水杯，盯着对方的一举一动。不料，这吉卜赛女人似无意买货也不是来顺手牵羊，只是略微将地上并不多的小货物翻捡了一下，就向男人努了努嘴。于是，站在摊位边的吉卜赛男人伸手指着地板，高声道："这是我的摊位，把东西拿走！"

吉卜赛男人说的是匈牙利语，已能听懂的冯丽琪不解地瞪大眼睛，反问："这是我先占的摊位，怎么是你的？先来后到！"

吉卜赛女人耸耸肩膀："我说是我们的就是我们的。中国人，你到别的地方。"

见过世面的冯丽琪岂会怵对方的无理取闹，呷了一口茶水，不屑地说："这 OZD 市场都讲先来后到，凭什么我给你让摊？"她将口中的茶叶梗吐到地上，对吉卜赛男人摊开双手，微笑道，"这摊位又没写着你们名字，是不是？先生？"

吉卜赛男人从中国女人嘴里听出一种强硬的态度，似乎有了些许犹豫。此时，他身边的吉卜赛女人把手指到冯丽琪鼻子下，叫道："你让不让？不让，我让你的货统统见鬼去！"说话间，女人弯腰就要扯放着货物的塑料布。

冯丽琪反应很快，一脚把塑料布一角踩住。吉卜赛女人使力一扯没扯起塑料布，反而手一滑跌坐出去。就在边上的商贩都为冯丽琪叫一声"好"时，吉卜赛男人扯起另一块塑料布一甩，将摆放的十几件货物甩向空中。看着眼前的一派狼藉，双拳难敌众手的冯丽琪高声骂着，"你们是土匪啊？这么不讲道理！"说话间，她不要命地与吉卜赛女人撕扯在一起。

正推着一车货进入市场的陈铭科恰好赶到，不由分说，上前将正要扯另一块塑料布的吉卜赛男人一把推开。一时间，双方剑拔弩张，冯丽琪和吉卜赛女人的尖叫声响彻了凌晨的 OZD 市场。在双方激烈推搡中，个头比对方矮了足足一个头、斯斯文文的陈铭科哪是人高马大的吉卜赛男人对手，只象征性地支撑了一小会就被对方反转双手，无情地一把推跌出去。

冯丽琪见陈铭科跌倒在墙角，半天爬不起来。一时间，她顾不得瞪大眼睛只有出气忘了吸气的吉卜赛女人，高声惊叫："铭科，铭科，要不要紧？要不要紧？吉卜赛人，你们这是要抢摊啊！"

吉卜赛男人力气太大了，陈铭科有些晕头转向，是冯丽琪的叫声惊醒了他。不知哪来的力气，他扶正滑落鼻尖的眼镜，勉力手一撑，从地上爬起来，跌跌撞撞地向一脸得意地笑着的吉卜赛男人冲去。陈铭科原本打算赤手空拳和吉卜赛男人拼命，无意间碰到支撑摊位的铁架子，并没有多加考虑，他一把扯下架上一根拇指粗细的铁棍，一声号叫，向对方劈头盖脸不管不顾地打去。

初战大获全胜的吉卜赛男人正活动着手指关节，摆着拳击架势，准备好好教训这个不经打的中国男人，没料想对方手上多了根铁棍，来不及反应，手臂上先挨了一棍，咧嘴疼得倒吸冷气间，再看这中国男人像头暴怒的狮子，镜片后的眼睛通红。正所谓打架怕不要命的，一时间，欺软怕硬的吉卜赛男人转身扯着同样惊恐的女人落荒而逃。陈铭科再次有力的一击落了空，挥舞着铁棍，对他们的背影嚎道："来啊，别跑，怕你们不成！当我们中国人好欺负！"

一场意外的争执以这种意外的方式结束，围观的摊贩们看吉卜赛人狼狈的样子，不约而同向像一只斗鸡般喘着粗气的陈铭科鼓掌。

陈铭科扔了铁棍，学着中国武士的样子向他们抱拳致谢。

陈铭科的样子让冯丽琪吃惊不已，她从没想到陈铭科会有这么勇敢的一面。一直以来，这个斯文的中学老师在她眼里都是个刚性不足的文化人，与李秋实是不同的两种文化人。并没有时间整理自己的情绪，顾客们已接二连三地进入市场，冯丽琪忙用要出售的红花油给陈铭科红肿的手臂涂着，没来由的，眼里泛着心疼的泪花，埋怨地说："你不要命了？吉卜赛人岂是好惹的？都怪我逞强，早些把摊位让给他们就没这事了。"

冯丽琪说话的语气像是对待自己的亲人。涂药时，陈铭科清晰地从女人泪花中捕捉到一种陌生而让他心悸的目光，不由心里微微一颤，不敢接对方关切的眼神，嗫嚅着说："没关系。只是……这吉卜赛人力气实在太大了。"

冯丽琪见陈铭科生气的样子，轻笑道："刚才你的样子好吓人啊，好像要吃了对方。"

"谁让他们欺负你，我豁出去……"猛然间打住话，男人看到女人眼里伴着泪花闪动的，温情而陌生的，让他心颤的目光。

事情并没有因吉卜赛男人的败阵而结束。随后几天，陈铭科和冯丽琪的摊位就总有三三两两吉卜赛女人光顾，她们穿着似乎是标配的宽大又有众多口袋的色彩鲜艳的衣服，在摊位上挑挑拣拣，就是不买货。这让陈铭科和冯丽琪精神高度集中，生怕一不小心，货物就被"顺"进她们口袋里。明知这一定是那对吉卜赛男女招来的，但人家不吵不闹，不是来砸摊，只是充当顾客，能拿她们怎么样？你还得笑脸相迎。大约是中国男人的拼劲让吉卜赛人换了一种策略，要用这种烦人的方式把他们挤出 OZD 市场。果然，连续这么几天下来，围着他们摊位的吉卜赛女人严重影响了他们正常的生意，稍不留神还有些货物莫名其妙丢失。陈铭科和冯丽琪没想到吉卜赛人也会和他们玩起中国人老祖宗玩剩下的"孙子兵法"，爽直性子的冯丽琪几次要发作都被陈铭科拦住了。是啊，和上门的顾客吵架，这生意还做得下去吗？然而，如此下来生意也同样一落千丈。一方面是对 OZD 市场的总体情景有些失望，另一方面是为了避开这些纠缠不休的吉卜赛人，在陈铭科劝说下，一直想找市场管理者讲理的冯丽琪终于同意转战明溪人最多的四虎市场。

7

或是因了吉卜赛人的事件，或是心底里早埋下了那一缕若有若无的情愫，不知不觉间，情感上亲近许多的陈铭科和冯丽琪在四虎市场开启了属于他们两个人的"开始"，彼此生意上互相照应更自然了。两人不仅互相帮着看摊，而且在对方进货时还帮着卖货，有时候干脆由陈铭科负责进货，然后分头卖。虽然在经济上各算各的，但在外人眼里，他们俨然已是关系有些微妙的生意伙伴了。

有时候，两人的目光那么快速地对一下就慌乱地闪开了，当然，这是没有顾客，闲下来的时候。陈铭科没想到初中毕业的冯丽琪也颇有语言天赋，于是，没事时两人就互相用匈牙利语对话，当然陈铭科还是略胜一筹，偶尔让冯丽琪恍惚以为回到课堂上面对老师的提问，心里就有一种怅然暗中滋生，没来由地，跛腿理发匠那张板着的脸就会浮现出来。

冯丽琪太想女儿了。偶尔甚至后悔不该抛下年幼的女儿，即使一起在家吃糠咽菜，也比承受这无边的思念好得多。她想每天都能听到女儿的声音，但这是不可能的，她付不起昂贵的电话费，她要赚越来越多的钱为女儿和自己的将来谋一个好前程，只能省下电话费，把这昂贵的国际长途控制在每月一次。

事实上，匈牙利的经济虽然没有已步入改革开放快车道的中国发展势头，但作为古城的布达佩斯市政基础设施相当完善，通讯的发达远超过中国。其一是电话普及家庭，"楼上楼下电灯电话"在布达佩斯早已实现；其二是在众多的公交车停靠站、地铁口、火车站、汽车站及街道等公共场所都有公用电话设置，通讯联络便利。为了方便人们使用，布达佩斯街上的公用电话亭分别有红色、蓝色、黄色三种，非常醒目。当然，把电话亭漆成三种颜色不是布达佩斯市政管理者追求美观好看，而是为了让人一目了然地明白其不同的功能。布达佩斯市内电话，三种颜色的电话亭都可以畅通无阻，三分钟为一个时段，投币5福林。只有红色和蓝色的电话亭可以拨国际长途，方便外国商贩向远在万里之遥的亲人倾诉思念之情。

这时候，中国国内普通老百姓家里装一部电话是万元户们才有的殊荣，一般人谁舍得掏2000多元的初装费安一个烧钱的玩意，就连街上的公用电话也比较稀少，少数商店安装公用电话是生意，按时计费，相当昂贵。当然，已有大款们用了砖头般的大哥大，一些有实力的商人也在腰间绑上BP机，作为一种身份的象征。因此，对于明溪这个闽西北山区小县来说，电话的普及就比三明市滞后一步。以冯丽琪所嫁的村庄而言，原本整个大队只有一部电话，现在两家私人小卖部才各装了一部公用电话，供人们接打。然而，一般人没有重要的事还是不轻易打乡村电话，因为打到小卖部再由店主呼喊着找人接，这期间电话机就呼啦啦地吃钱，听着都让人心疼。一般情况下，接电话的人跑得上气不接下气地拿起话筒，电话那头的人因为心疼钱早有些不耐烦了，三言两语像打电报一样把事情说完，怕烫手般把话筒按回话机方无声舒口长气。让冯丽琪感到万幸的是跛腿男人开的理发店就在小卖部隔壁，且男人除了回家吃饭、睡觉，绝大部分时间一定都在理发店里，这无形中就像给她家装了一部住宅电话，只要一打通当即就能听到电话那头女儿的声音。

匈牙利打电话虽方便，国际长途昂贵的话费却让人望而却步，除了冯丽琪这种时不时忍不住发作的母爱使然，一般人极少打国际长途，有混得差的人甚至一年也没和家里打个电话。显然，当你走进红色或蓝色的电话亭拨通国际长途时必须手上攥着一把硬币，一分钟 180 福林，对于摆摊的商贩们来说是相当昂贵的代价。到布达佩斯后因生意刚刚起步，心疼钱的冯丽琪整整忍了两个月才给家里打电话，尽管听取了过来人的建议，事先准备了一大把硬币，但她躲在红色电话亭里抱着话筒声泪俱下地享受女儿奶声奶气的亲情时，一不小心被电话机吃掉了整整 600 福林，就这还没把心中的要说的话说完，只听得女儿哭着喊了一声"妈妈"。温情过后，冯丽琪为这 600 福林好是心疼了几天，后来就约定一个月一次通话，每次控制在一分钟，像打电报一样说完话，听女儿喊几声妈，有时还不得不听插播的男人冷冰冰的指责。就这样，每月一次与女儿通电话，成了冯丽琪一个节日，还伴着一种无奈的隐痛。

这天收摊按例两人各自回住处，觉得今天生意不错的冯丽琪实在按捺不住对女儿的思念产，决定奖励自己一次，听听女儿的声音。按原来约定，每个月十五晚上给女儿打电话，女儿就会早早在理发店等着，今天不是十五，也不知女儿会不会在理发店。管他，碰碰运气吧，至多听男人没好气地训斥几句，总能知晓女儿这些天怎么样，瘦了？还是胖了？吃饭香吗？睡觉是不是还爱踢被子？于是，陪着走一段路的陈铭科看天色已暗，这个红色电话亭的位置行人较少，决定陪冯丽琪打完电话再回。已是准备一把硬币的冯丽琪感激地看陈铭科一眼，说了句"我只是和女儿说几句话"就急急冲进电话亭。还算顺利，电话一拨就通了，没人占着小卖部的电话机，听到小卖部的阿婶大声招呼男人的名字，冯丽琪的心止不住怦怦跳起来。男人开口就是冷冰冰的一句："怎么又打电话，不要钱了？"冯丽琪顾不得男人的态度，解释说："今天生意多赚了点钱。我想和女儿说话，她在吗？"

"她不在！昨天和人家玩，跌了一跤，在家里呢。"

"怎么？摔倒了，要不要紧？"

"就是头上擦破点皮，有什么要紧。不听话，和人家男孩子野！"

冯丽琪的心揪起来，眼里已是含了泪，追问着："你……你能不能把她叫来，我想听听女儿的声音。"

"电话不要钱啊？赶紧挂了。我跟你说在外面你要省着点钱，别没事老往家里挂电话。家里的债刚还上，我想把一直没粉刷的房子年前买些水泥、石灰刷上。"

"你……"冯丽琪听着男人的话语，想象着他冷冰冰的面孔，心里一股气一直往上冒。但她现在没空和他置气，她想亲口听女儿说话，究竟脸摔破得如何，会不会破相。于是，她忍住一肚子气，用哀求的语气对丈夫说，"孩他爸，你和我说说女儿究竟怎样了？头摔破了，会不会破相？他爸，你把女儿叫来，我和她说。"

男人心疼钱，开始用不耐烦的语气教训这个不知节省的老婆，不由分说挂断了电话。

冯丽琪从没指望从丈夫那里得到哪怕一丝关心，这个跛腿的男人因自卑而滋生了极度自尊，从冯丽琪"换亲"来到何家就没给她一个好脸色，到生了个赔钱的不能给他传宗接代的女儿，男人的脸就更臭了。到了女儿2岁，冯丽琪的肚子再也没有反应时，男人又添了个喝酒动不动打老婆的毛病。冯丽琪曾无数次产生离婚的念头，可一想到"换亲"那头哥哥的婚姻，她只能把一肚子怨恨往肚里咽。再一个她也不知离婚能不能带走女儿，带着女儿她又靠什么生活。就这样，慢慢地，她的忍让助长了男人的脾气。如果不是吴秀仙的鼓动，她无论如何也迈不出国门这一步，让她感到意外的是男人居然支持她出国。现在，听着男人冷冰冰的话语，冯丽琪再一次清楚地意识到男人只是把她当一架赚钱的机器。于是，因了对丈夫怨恨和女儿的忧心，走出电话亭的冯丽琪忍不住在布达佩斯这条行人不多的小巷里让泪水伴着哭声宣泄出来。

陈铭科起初以为冯丽琪是因与女儿通话所触动，听着听着就觉得这个靠着电话亭毫无顾忌哭泣的女人情绪有些不对，忙上前试探性地询问一句。不料，冯丽琪却仰起一张泪脸，对陈铭科求援般诉说了一切，将丈夫的绝情和女儿的思念一股脑儿抛向这个毫不相干的男人。陈铭科静静地听着，直到对方哭泣声慢慢止住，才轻声劝慰："丽琪，你别担心，你家先生不是说了嘛，你女儿只是擦破点皮。没事的，没事的，我想你的女儿一定像你，将来和你一样漂亮……"陈铭科想用玩笑的语气来驱散对方的担忧。

不料冯丽琪却一下拉下脸来，对陈铭科大声叫道："先生？你说的谁家先生？他也配！他就是一个废人！腿废了，心也废了！"

冯丽琪抹把泪，转身恨恨地走了。当然，她不是对好心陪自己打电话的陈铭科生气，也不是对男人生气，而是恨自己当初为何顺从这荒唐的"换亲"。换上现在，即使哥哥打一辈子光棍，她也不能牺牲自己一辈子的幸福，更何况还得搭上女儿。抑或是从这个晚上开始，冯丽琪对那个男人真正死了心，最终促成她与陈铭科越走越近。

看着打完电话哭得稀里哗啦的冯丽琪，又听到她一番敞开心扉的倾诉，陈铭科心里也难受得一塌糊涂。那个男人真是太混蛋了。娶到冯丽琪这样的女人居然不懂得珍惜。同情加上气恨，明白原委的陈铭科就想着以后一起盘货时把好出手的利润高的货都留给对方，好让她能多给女儿打几次电话。陈铭科是这么想的。这天在四川饭店和李秋实、王兴发、赵剑武一起小聚，被川菜麻辣得满脸流汗时，无意间听到隔桌一个四川人正在向两个老乡吹嘘他的发明：无钱打国际长途。正是说者无意，听者有心。听个详细的陈铭科心花怒放，当晚回到住处就依样试做了个"道具"，为保险起见，还先做了试验，果然大功告成。第二天，恰是十五，陈铭科决定让冯丽琪好好享受一下母女之诉。

陈铭科从四川人那里学到的打电话"道具"究竟是什么神器？原来，道理其实非常简单，就是把一个 20 福林的硬币穿个小洞，然后找一根细细的线穿过小洞绑着这个硬币，打电话时将吊着细线的硬币投入电话机投币孔。如此，有了这悬而不掉的硬币，电话的机关打通，可以毫无顾忌不花一分钱地打国际长途了。电话挂完，收回这个凝聚着国人歪心思的"道具"，重复使用中，国际长途就成了面对面无须任何成本的聊天。不，这穿了孔的 20 福林是不能再流通了，这算是一个微不足道的成本吧。

　　实际上，明溪一中英语老师陈铭科向来是遵纪守法的实诚人，从没做过有违法律和道德准绳的事，试验完"道具"，成功地与家里的父亲聊上话后，陈铭科的心止不住做贼般心虚，从电话亭里出来，感觉迎面而来的匈牙利人看他的目光都有些异样。然而，在这个十五月圆之夜，陈铭科利用手中"道具"，在冯丽琪惊异的目光注视下，亲手替她拨通电话时，却心生一种大义凛然的豪迈。他站在电话亭外这么安慰自己：我只是帮一位思念女儿的母亲。再说，四虎市场的管理者有多么黑心啊，一个破火车站改造成的设施简陋的自由市场收那么贵的摊位费，拉一泡尿都敢要价 50 福林，每天，四虎市场里的中国人得向布达佩斯政府贡献多少税费！打个免费电话算什么！于是，在红色的电话亭外一边望风，一边开导着自己的陈铭科心中坦然了许多。同时，他也决定给自己画条底线，那就是这"道具"只提供给冯丽琪一个人使用，他自己再不会用，这是他做人的准则。也果然，直到布达佩斯政府发现其中的奥秘，对电话机进行改装，"道具"失灵，陈铭科也没有利用它打过电话。

　　然而，漫长的国际长途并没有慰藉冯丽琪思念女儿的心，反而在超乎寻常地听女儿说道她许多微不足道的事后，心里更加难受了。她没有理睬男人要他多寄些钱回家的指示，就将"道具"从电话机里提了出来。是啊，身为一个母亲，听到女儿最后被丈夫扯开话筒传来的哭喊"我要妈妈，我要妈妈，我要和妈妈说话"时，冯丽琪心都碎了。因此，冯丽琪走出电话亭把"道具"还给陈铭科时，竟然毫无顾忌地扑到这个用得意眼神看着她，似想得到她一声感谢或夸奖的男人肩头放声大哭起来。

　　乱了，乱了，真是一切都乱了！这个"道真"把一切都弄乱套了！将"道具"收藏好的陈铭科显然没想到这种"奖励"，一时间有些手足无措，像企鹅般扎着两只无处安放的手，想说什么却什么话也说不出来。但是，感受着扑在肩头的女人柔软和陌生得让他几乎要窒息的异性气息，无端地让他想及与中文系女生初吻的滋味。不一样，不一样！冯丽琪身上散发的成熟女人气息让曾经的中学英语老师的血瞬间热了起来。

　　布达佩斯的天说暗就暗了下来。当冯丽琪终于从陈铭科肩头不好意思地抬起泪眼时，两个身处异国他乡的青年男女的心，却在这陌生的异国夜晚亮了起来。

8

这天晚上，陈铭科没有睡着，不争气地，脑海里总是一遍遍回放着冯丽琪趴在自己肩头的情景，有些后悔像企鹅扎着两个翅膀般无所适从的双手，转而又恨自己怎么会有这么阴暗的念头。第二天，在四虎市场见到冯丽琪，陈铭科不敢与女人对视，生怕对方一眼看穿他内心曾有的阴暗想法。冯丽琪显然也一夜未眠，她从陈铭科躲闪的目光中感受到一种异样的情愫，这让她心乱中又有一丝从未有过的甜蜜，而更让她害怕的是自己很渴望和享受这么一种以关切为掩护的温情。她有些手足无措，不知怎么办，就悄悄把自己担心告诉了同住一起的秀仙姐。吴秀仙微微有些吃惊，因为她从冯丽琪眼里看到的不仅是迟疑，还有一种她熟悉的男女之爱。于是，18 岁就在商场历练，在经商和情感上都堪称老大姐的吴秀仙用不容置疑的语气警告冯丽琪："打住，丽琪，现在悬崖勒马还为时未晚。当初你们两个经济分开算但互相帮衬做生意的做法我就不太赞成，担心你们迟早会连生意带人合到一起。看看，现在有苗头了吧？赶快收这个不该摆的'摊'！"

被秀仙大姐一语点中命门，冯丽琪心虚间为自己软弱地辩解："秀仙姐，我只是有些担心，铭科也没说什么做什么。每天的进货出货我们都是当天算清，经济上没有任何瓜葛，不过是相互有个照应。我看市场上有些中国人也是这么帮衬着，做起生意来更方便。"

"危险！你有这个想法就是最危险的征兆！铭科！你不知说这个名字时不知不觉用的是什么语气！"

"什么语气？"冯丽琪不敢看吴秀仙的眼睛。

吴秀仙轻叹口气："唉，丽琪，在这布达佩斯你听也听到看也看到过，已有不少人就这么合在一起了！是不容易，我不会指责这些人，各人有各人的活法，这里不是中国，很多东西都和国内不一样了，有时候你不想改变都不行。我知道你心里苦，只是……只是你别忘了来这里做什么！"

"我没忘，我不敢忘，我天天都在拼命赚钱！"冯丽琪眼神黯淡了，"那个没心的人，一打电话就要我寄钱，他是不把我累死在匈牙利不罢休呢！"

冯丽琪忽然阴下来的脸色让吴秀仙升起了同情心，想了想说："丽琪，我知道你的心思，你出来赚钱就是为了将来有一天离开他。将来你自由了，可以选择陈铭科。看得出来，陈铭科是一个可以依靠的实诚人，我支持你，但不是现在。你听清楚！布达佩斯有多少明溪人啊，这不是一个没人认得你的外国，是另一个由明溪人建立起来的明溪世界，李秋实他们租的别墅不就成了大家公认的明溪驿吗？如果你有点风吹草动，传到国内，那将来你与他摊牌就会很不利，这个你得想清楚。"

吴秀仙真诚和冷静的劝慰让冯丽琪看到了自己面临的"危险"。于是，她听从吴秀仙的建议离开了四虎市场，但是人离开了，心却一直挂在四虎市场，有时做生意时还心不在焉地叫陈铭科的名字。那天她说要跟吴秀仙到四十七市场时，陈铭科眼里瞬间迸出的失望让冯丽琪想及就心疼。不错，她确信在四虎市场已是相当"危险"，而她真没准备好怎样面对这样的"危险"。

正是布达佩斯的雨季，与闽西北明溪漫长的南方雨季不同，匈牙利古都的雨季似乎来得突然些，事先没有经过一番演练就劈头盖脸地笼罩了整个城市，在人们匆匆的脚步中各色雨伞装点出雨雾中城市特有的妩媚。冯丽琪的心里也泛滥着突然而至的雨季，原因是例行的每月十五通电话中，从男人轻描淡写的话语里知道父亲生病了，娘家打电话不方便，只有写信回去询问。其实，冯丽琪是怨恨父亲的，包括怨恨那个用她的不幸享受着幸福的哥哥。出国后她从没与娘家人打过电话，只偶尔写一封没有什么感情色彩的信。是啊，自从"换亲"那晚上离开家门，她就认为自己被娘家人卖了。后来经吴秀仙规劝，通过秀仙丈夫才与娘家稍微有了些和解，但她不知道什么时候会真正原谅父亲和哥哥。然而，现在猛然听到父亲生病的消息，才发现其实娘家的一切从未在她心里淡忘，写完信就决定把这个月赚的钱都寄给父亲看病，不管丈夫在电话里催命般地要钱。于是，这天她在四十七市场出奇顺利地卖完前一天盘来的货后，看看天色尚早，估计如果顺利或许可以再盘一批货来卖，多赚一些钱寄给娘家。

转战四十七市场，冯丽琪和吴秀仙各做各的生意，只偶尔互通一下生意上的信息。冯丽琪做起生意来更加拼命了，她心底里一直有一个声音：就是尽快赚更多的钱，才有资本带着女儿离开何家。换句话说，就是如秀仙姐所分析的那样，只要有足够的钱，那个跛腿的钻到钱眼里的男人会给她自由。那么，她现在要做的就是赚够"赎身钱"，把自己和女儿"赎"出来！因此，自到了四十七市场，早没了与陈铭科一起时偶尔逛逛街或到四川饭店打打牙祭的业余爱好，现在她的生活完全是两点一线，从出租房到市场，一天一个来回。每天早上5点钟起来赶往市场，这时天还未大亮，还得靠打着手电做生意。说起来，匈牙利人真与明溪人的习惯不同，又不是买菜买早点，但他们有一大部分人就是喜欢天没亮就来逛自由市场，过这个时间点，不少生意就错过了。于是，来到匈牙利的明溪人和其他所有中国人只能入乡随俗，每天天不亮就把摊位支起来，直到晚上六七点钟收摊回家。就这样，冯丽琪每天从早上4点半起床到晚上7点钟收摊，有时回到租住处都8点钟了，人累个贼死，钱倒没有与陈铭科一起合伙在四虎市场做生意赚得多。

这天，原本按计划能再拉些货到市场赶上6点左右这拨下班的顾客，但突如其来的雨打乱了冯丽琪的如意算盘，当她兴冲冲地拉着三大件100多公斤货物往四十七市场赶时，因雨天发生交通事故造成堵车，整条路都停满了按着喇叭的汽车，别说一车装满货的推车，就是一个人也很难挤过去了。一车货倒是临时向货主借了塑料布严严实实罩起来，不会损坏，自个也借了件雨衣穿着，但推着车挨着路边跟着车流向前蠕动的冯丽琪看着身前身后那雨中湿淋淋的闪闪烁烁的车灯，开始着急起来，显然，按这个速度是不能在预定时间赶到四十七市场了，不由有些后悔不该临时起意多拿这车货。走到一个岔路口，忽想起穿过这条巷子再回到主街就可避开这段发生交通事故造成严重拥堵的路段，只是这条巷子出口有一段陡坡，不知这近300斤的货自己有没有力气推上坡。其实也来不及多想，借着前面一辆小车夹塞露出的空档，冯丽琪一咬牙把小推车顺着车缝挤进了巷口。

这条小巷是不能走机动车的，与拥挤的大街相比突显得特别空旷，冯丽琪暗道一声"菩萨保佑"，庆幸自己的英明决策，忙弯下腰加足劲拉起车来，争取赶在自由自场散摊之前，能把大部分的货便宜些出手就不虚之行了。

雨不知不觉间下得更大了，罩在冯丽琪身上的雨衣在倾斜着刮来的雨点中几乎成了摆设，雨水顺着简易塑料雨衣的衣领往身上灌，感觉衣服已全湿了。然而，此时的冯丽琪已顾不得了，她现在一门心思就是把这车货拉到四十七市场尽快出手，薄利也得多销，要不这一天就白忙乎了，她忘记了快出巷口时那段近 50 米的陡坡，以一个女人的力量就是推着空车上坡都得费些力，更别说车上有近 300 斤的货物了。现在，一打眼看到眼前长长的陡坡，冯丽琪就知道自己犯了一个错误。自古华山一条路，冯丽琪已没有退路，已成落汤鸡的她索性掀去紧贴着头发的雨衣帽，一咬牙，长吸口气，身子努力向前倾，把全身的力量都灌注到双脚和双手上，开始拉车。

雨巷里行人稀少，偶尔路过的脚步匆匆的行人都感到奇怪地看一眼这个像一头牛般拉车上坡的女人。冯丽琪明白这不是中国，更不是明溪，没有什么雷锋同志上来帮着推车，她只能咬紧牙关往前一步步挣，1 米、2 米，10 米……20 米，不知什么时候她觉得从脸上滑下的雨水有了一些咸味。咦，这是流泪了吗？还是流的汗水？冯丽琪搞不明白究竟是流泪还是流汗，然而她的力量已耗尽了，还有大约 20 米的路程，远处巷口大街上车流灯光已清晰可见，她双脚软了，双手的力气也被无形中抽走了，危险在她没有准备的情况下来临，撑不住的车子带着她往后溜。她听到了见此情形用匈牙利语发出的远处行人的惊叫声，但是她不能放弃这一车货物，于是，不认输的女人陪着一车货物正滑向危险的边缘。突然就止住了，一股如布达佩斯雨季一般降临的力量让女人和装满货的车重新启动。百忙中，冯丽琪回头向伸出援手的帮助者投去感激的目光。啊呀，果然是雷锋，一个熟悉的中国雷锋！这时候，埋头继续拉车冯丽琪确信自己流泪了。是委屈的泪水，当然还有一丝撒娇的意味。

9

帮助冯丽琪脱离危险边缘的，的确是一个叫陈铭科的明溪雷锋。从 OZD 市场帮忙推车意外重逢到这回雨中推车，这是第二次，也是改变两人生活的一次看似简单而更高层次的重复。

自冯丽琪离开，一直在四虎市场同样早出晚归摆摊的陈铭科就觉得生活缺少了滋味，原本有冯丽琪在，两人的摊位可以相互照应，省了不少心，现在就是小便也得一路小跑。为了不影响生意，只能尽量少喝水，不是心疼那一泡尿的 50 福林，而是实在陪不起时间。生意中感到了合作的需要，在情感上也感到失去"合作"后的空虚孤独。其实，在此期间他在明溪驿见过冯丽琪一次，当时她和那个吴秀仙大姐在一起，彼此客客气气打招呼，让陈铭科觉得冯丽琪有意拒人于千里之外。性格内向敏感的陈铭科心想，好吧，就这样吧，或许这是最好的结束，没有开始的结束。啊呀，那么，和冯丽琪还想怎样的开始呢？人家可是有夫之妇，一个 3 岁女孩的母亲。并不需要提醒，陈铭科看到自己面对的"危险"。有了这么清醒的认识，陈铭科随后几天就安安心心地做生意，在四虎市场有意把自己累得贼死。他已盘算好了，四虎市场是中国人更是明溪人的福地，等赚足了钱就租个巴比隆，这样做起生意来就会更轻松也有更多赚头。确定了这个目标，胸怀大志的陈铭科觉得自己已完全躲开来自冯丽琪的"危险"。然而，到了夜晚，一个人躺在出租屋里望着天花板，身体疲惫，心思却沉不下来的陈铭科脑海里就一遍遍放电影般播放有关冯丽琪的生活片段，经过一次次剪辑留下的精华部分就只有冯丽琪爽朗的笑声、秀丽的面庞和苗条丰满的身影。陈铭科也想把这"电影"换个片，想想自己的生意和别的趣事，可放着放着，拐了个弯，"冯丽琪的电影"就不讲理地插播进来。

陈铭科拿自己没有办法了。其实，这时候在李秋实、王兴发、赵剑武立起公司招牌，租下别墅打出明溪驿旗号时，一个人付不起高昂房费的陈铭科搬离原来一同租住的出租屋，租到另一个更便宜的也就是后来郑立新住的半地下室。当时，陈铭科是偶然找房遇到这个匈牙利老太太，不知是不是陈铭科戴着眼镜的斯文外表，还是他一口能完整表达意思的匈牙利语，让他捡了这个大便宜。原来这匈牙利老太太并不缺钱，先生在布达佩斯郊区一所中学教书，只有周末才回家，两个女儿都在外地工作，平常只有老太太一个人生活。她自己住在楼上，与半地下室一样都是两居室，两个卧室，外加卫生间、厨房、客厅，生活设施一应俱全，老太太只出租一间卧室，另一间空着，是给乡下一位偶尔进城来采买货物的当厨师的侄儿留的客房。老太太租房的条件相当苛刻，要求对方得是个本本分分的人，不能太闹腾，也不能男女同住，就此相看了不下十几位租房者都不满意，是陈铭科的斯文打动了老太太，再听说对方在中国时也曾是中学老师，与自家先生同一职业，交谈了几句就把房子以非常便宜的价格租给中国明溪老师。对，"中国明溪老师"，老太太认这个，后来就一直称陈铭科为"陈老师"。陈铭科与冯丽琪成为"傍肩"后，不符合房东租房条件而搬走，这出租屋只断断续住过几个租客，直到她侄儿自个在布达佩斯有了房子，才把另一间房也出租。就这样，后来陈铭科带郑立新去租住时不得不向她撒了个谎，说郑立新是文化人，还是和裴多菲一样的诗人，才让老太太半信半疑地同意出租。

正是这样，一个人住的陈铭科享受清静的同时也在品尝着夜晚的孤独，这天他为自己找到充分的理由来四十七市场，却在市场门口先碰上了吴秀仙，一时间进退不是，脸霎时红了起来，因为这洞察一切的吴秀仙是他此时最怕见的人。倒是略微有些惊讶的吴秀仙看陈铭科的窘态，装着不在意地告知冯丽琪去进货的消息，又抬头看天，不无担心地说："听丽琪说父亲生病了，她赶着再盘些货是急着寄钱给父亲看病呢。唉，夫家和娘家两边逼着，她这是不要命了。我看这天好像要落雨了。"

吴秀仙急急走了，陈铭科也掉头急急地顺着她说的路径迎冯丽琪，想抄近路穿过这条小巷，没想到阴错阳差竟在关键时刻第二次出手帮忙推车。现在，车子停在平缓的大街边，路灯和车辆的灯光交错着在雨幕中闪烁，陈铭科不待冯丽琪说话，不由分说地责备道："你真是要钱不要命了！一个女人家，为了一点货不肯撒手，刚才那样子有多危险啊！"

冯丽琪顺从地让出拉车的车把，脸上流淌着的液体在灯光映射下遮盖了所有的表情。然而，她从液体的热度明白，除了汗水还有止不住眼里溢出的泪，有委屈，有感激，还有一丝家人般亲切的埋怨，措辞想了半天，出口却是："谁要你管！"

"我不管你？你不知道刚才有多危险啊！"陈铭科再次强调后，继续责备，"有事情前天在明溪驿碰到也不说。你真当自己是女强人啊！我这有些积蓄，回去先匀给你用。"

"你……怎么……"

"我知道了，在四十七市场门口碰到秀仙姐。"陈铭科躲开女人问询的目光，"丽琪，大家都在国外，有困难就要吱声。你告诉我前天去明溪驿是不是想找李哥帮助？他们做大生意，手上的钱都撒出去了。你怎么……就怎么不和我说一声！"话的末尾就有了一种不知不觉升上来的亲切意味。

被陈铭科责备的冯丽琪像个做错事的学生在接受老师批评，小声为自己辩解："你说过要攒钱租巴比隆的。没事，我这个月把钱寄回去，父亲的病就会好了。"

"你呀，你是不是觉得我们文化人只会纸上谈兵，关键时刻都指望不上？"

看陈铭科生气地停下车，拿下眼镜擦拭的样子，一直为他打着伞的冯丽琪心中蒸腾着一种陌生的感觉。她愿意听对方这么不讲道理的责备，从粗糙的话语里体味其中与众不同的关心和温暖。她轻声说："铭科，我……我错了。我不该……"

雨似乎比刚才更大了，雨声和汽车声交杂中陈铭科没听到女人娇嗔地认错，他打断女人的话："现在市场也快关门了，雨这么大，顾客也不会有几个。"他扯扯塑料布，确信货物没有淋湿后，略一沉思，不待冯丽琪说话，当即下令般道："这样吧，这里离我的住处很近，先把货拉到我那里放着，明天我帮你拉到市场。你看你这一身也湿了，淋感冒了可不得了，而今在布达佩斯谁看得起病啊！嘿嘿，就我们那几盒红花油可不能包治百病呢。"

正为这一车货发愁的冯丽琪，在陈铭科玩笑话中终于露出了微笑。这是目前最好的建议，她的住处离此处较远，她可没有力气把货拉回家了。于是，冯丽琪再次像做错事的学生，跟着陈老师听话地走了。

这时候，肆虐一个下午的雨终于有了和缓的迹象，当陈铭科把货物分几趟搬进地下室时，被这场意外之雨浇得焦头烂额有些走投无路的冯丽琪方回过神来，抑或是与陈铭科的意外相遇让她心里装满了意外的欣喜，不知不觉间恢复了爽朗的性格。她指挥陈铭科将货物妥善安放后，好奇地把这个两居室的出租屋视察了一遍，一边惊叹他怎么就从天上接了这么个大馅饼，居然花这么少的钱租到这么宽敞清静的住处，简直是总统待遇；一边将原本就整齐干净的房间用批评的语气挑剔了一遍，这里不能摆什么，那里不该摆什么，厨房的灶台上有油污没擦，这一个男人过日子就是马虎。说着话，似乎把方才学生与老师的角色转换了，现在的陈铭科像个学生，她倒是上门来家访的老师在给学生挑毛病。搬完货物的陈铭科来不及坐在凳子上休息，点头接受着"老师"的批评，心里揣着的是来自"老师"鸡蛋里挑骨头般批评中一丝挺受用的"甜蜜"。最后，冯丽琪拉长声调说："嗯，还算是个文化人，没把这房子住成狗窝。"说话忽打了一个喷嚏。

直到此时，陈铭科才发现冯丽琪早已全身湿透，而那衣服贴在女人玲珑有致的身上尽显曲线，让他接受批评后刚闲下来的眼睛一望，脸就有些发烫，心也异样地跳动了一下。他忙找来自己干净的衣服递给对方，嗫嚅道："丽琪……快洗洗……换上，别感冒了……湿衣服，我……给你烤一下……"

冯丽琪顺着男人的目光看到了自己身上，一时忙收了"老师"的长篇大论，故作轻松地接过陈铭科递过来的男人衣服，脸一红，钻进了卫生间。

听着卫生间里"哗哗"的水声，陈铭科进厨房搜罗了一遍，想给两人弄点吃的，一看存货只有大半筒面条、两个鸡蛋和一个西红柿，只能凑合着煮碗鸡蛋西红柿面条对付下。从小一个人到明溪一中读书，师专毕业后又一个人过着单身汉生活，爱吃面条的陈铭科早练就煮面条的本事，时常用宿舍的煤油炉煮面条，现在有这设备齐全的厨房，对他来说煮两碗可口的面条并不费事。当他端着一碗热气腾腾的西红柿鸡蛋面放到客厅桌子上，忽然间停电了，整个出租屋一片漆黑。这是少有的，陈铭科愣神的工夫，就听得浴室里冯丽琪一声惊呼，尚未披挂齐整就害怕地冲了出来，与也不知发生什么事的男人撞了个满怀。陈铭科伸手一捞，堪堪将女人拦腰扶住，忙关切地问："怎么了，怎么了?"

"我……我害怕……"

没想到性格爽直刚强的女强人居然怕黑，男人险些笑出声来，但女人未擦干的头发甩出的水珠带着一种特别的味道撞到陈铭科嘴唇上，一瞬间点燃了内心压抑、逃避已久的情愫。其实，后来发生的事情说不清究竟是谁先主动的，两个因为这意外黑暗相拥在一起的男女在身体触碰之中，理智的堤坝再也拦不住欲望的泛滥。女人曾试图躲避，然而身体很快背叛了她，像是溺水之人，眼前的男人就是她在欲望之海抓到的一根稻草。她终于放弃了象征性地逃避，舒展开身体，让自己被一种陌生而让她沉醉的欲望淹没……

电灯在两个疯狂扭曲在一起的身体分开时适时亮了，从客厅到卧室并不远的距离散落着两个人的衣服，就像是海浪冲上沙滩退潮后留下的遗物，那么触目惊心又充满着一种欲念释放后的轻松。然而，冯丽琪并不轻松，在激情退潮之后，她一把扯过被子把自己赤裸的身体遮得严严实实，眼里忽涌上没来由地委屈的泪花，低头对着男人赤裸的手臂轻轻咬了一口。在男人惊异注视自己手臂上几个浅浅牙印时，她含羞带恨地啐了对方一口："原来你也不是个好人！你们男人都一样！是不是从一开始就想好了，是不是？"说着话，不待男人还嘴，又用命令的语气道，"你出去，我要穿衣服！"在男人像做错事的学生低头掩门出屋后，冯丽琪将自己埋在被子里，痛痛快快地哭了一场。让她自己也感到惊异的是这哭声似乎不是因为内心难受，更多的是一种释放后的欢愉，同时，又清醒地意识到从这时候起，她冯丽琪在人前再也抬不起头来了。

这晚上冯丽琪没有回去，第二天自感犯了天大错误的她一反活泼爽朗的性格，待一直像做错事的学生般，小心翼翼看自己脸色的男人帮着装货上车，她才不无幽怨地瞪男人一眼，低声说："我……走了，你别送，我认得路……"

10

目送冯丽琪拉着货一步步走离自己的视线，陈铭科倚着半地下室台阶的门框慢慢坐到地上。早起浇花的房东太太看着陈铭科的样子，用匈牙利语关切地询问："陈老师，你昨天做生意太累了？年轻人要注意休息。"敏感的陈铭科却听出房东老太话中的双关之意，脸霎时红了半边，含含糊糊应了一声，逃回出租屋。这一天，陈铭科做生意都心绪不宁，是啊，陈铭科恨自己怎么就把持不住，从小苦读圣贤之书，终究难抵内心的欲望。冯丽琪一定是生气了，要看不起他陈铭科这个道貌岸然的君子，居然乘人之危，她不会再理自己了。不错，乘人之危！她已经怀疑自己是事先有预谋。但是……他陈铭科真的是一个乘人之危的小人吗？这个雨夜后来的时间，明知大错铸成不敢面对"老师"的"问题学生"陈铭科，就裹着冯丽琪从房内扔出的一件大衣，在客厅沙发上对付到天明。好在匈牙利的暖气对地上室和半地下室一视同仁，在温暖和悔恨之中男人一夜未合眼。这一整天，陈铭科就一直像在解一道老师留下的高深作业题，一遍遍在心中回放冯丽琪临走时幽怨的目光，似乎有那么几分依恋、几分温情、几分忿意、几分懊悔，总之五味杂陈，让陈铭科这个学生怎么也破解不了女人留下的这道作业题。唉，看来只能交白卷了，好在这是一对一教学，没有别的学生参与，解不了题干脆不解，反正怎么着在"老师"眼里他已是一个"坏学生"了。

陈铭科没有心思做生意，心不在焉让两个吉卜赛女人乘机顺走了几样货物。在四十七市场的冯丽琪也没有心思好好做生意，好几桩生意都算错了账，好在善良的匈牙利人民没有乘人之危，友善地退回她多找的钱。冯丽琪眼前总是晃动着陈铭科那做错事般心虚害怕的表情，一时让她有些心疼。在拉着货物离开陈铭科住处时，女人是希望男人能"扶上马送一程"的，但男人的退缩又让她心生些许怨意。其实，过后的好些天她内心很是希望陈铭科突然出现在自己面前，尽管经过这个特别的雨夜恰到好处的停电后，她并没有想好怎么应对以这种方式出现在她生命中的男人，但想到他"坏学生"般小心翼翼的表情，冯丽琪心尖尖就疼得发颤。发颤后她又暗骂自己：冯丽琪你想做什么？你还想一错再错吗？收手吧，你是有家有男人的女人！然而，现在远在明溪只知道张开贪婪大口无休止地吃着她血汗钱的男人是她的家吗？显然不是的，她冯丽琪拼命赚钱不就是为了有一天能满足这个男人贪婪的钱欲，带着女儿离开这个一开始就错误的家吗？在迟疑与悔恨之中，冯丽琪终于把事情的经过向唯一可信任的大姐敞开心扉。

吴秀仙对下定决心抖落"丑事"的小姐妹并不吃惊，她拉着眼里含着感情复杂之泪的冯丽琪的手，轻声一叹说："唉，丽琪，预料之中。两个人的心只要惦念着，不管你逃得再远，终有在一起的一天，这就人心的力量，很多人活了一辈子也没悟出这个道理。丽琪，你和陈铭科走到这一步我一点也不奇怪。"接着，她直视着冯丽琪略感惊讶的眼睛，认真地说，"逃，不是办法，也逃不掉。丽琪，大姐是过来人，一开始警告过你'危险'，让你刹住车，那时还来得及，现在……我倒觉得你们既然迈出这第一步，干脆放手往前走。丽琪，你过得太苦了，不能再这么下去了，反正和家里的那个男人一开始就是错误，现在到匈牙利给了你这个改正错误的机会。你如果真的爱陈铭科，就不要在意别人说什么，等赚够了钱就回去把离婚手续办了，你也说过那个男人只看重钱，你们之间并没有感情。"

吴秀仙的态度让冯丽琪有些吃惊又暗生一丝欣慰，听话又迟疑道："只是……这名声……我听着人家背后对'傍肩'指指点点的，我……"

"怕什么？他们是'傍肩'，你们是相爱，能一样吗？"吴秀仙微笑地看着冯丽琪，"谁在我面前嚼你们舌头，看我不撕烂他的嘴！"

"就这么往前走……我……"

吴秀仙看着迟疑的冯丽琪一字一句地说："往前走，管人家说什么'傍肩'，过你自己想过的日子，比什么都强！陈铭科是个靠得住的人，会珍惜你的，这样的男人在匈牙利这花花世界里不多了。"又心疼地伸手将冯丽琪揽过来，轻叹道，"唉，谁能说这不是上天心疼我这苦命的妹子呢。他不来，你就去，丽琪，到手的幸福如果不抓住，也一样会溜走的。"

吴秀仙的一席话让冯丽琪彻底打开了心结，期待着那个命定中的男人一出现，她就义无反顾地跟他走，管人家议论什么"傍肩"。然而，她不知道男人心生迟疑了，因为女人临行时幽怨的目光，陈铭科忽然是那么地心疼。事实上，自从知悉冯丽琪不幸的"换亲"婚姻，陈铭科就打内心里同情这个女人，而她那爽朗能干的性格所展示的阳光让他吃惊之余不由心生敬佩，正是在这种复杂情感酝酿之下不知不觉间对冯丽琪的爱悄然发酵了。但是，也是这种从骨子里的心疼，在品尝爱情发酵的美酒后，陈铭科在女人幽怨的目光下忽然醒悟：你可真浑啊，你是个无牵无挂的人，可冯丽琪是个有夫之妇，人言可畏，人们的口水会淹没她！那么，终有一天她会恨自己，顶不住"傍肩"的名声转身离去。而他陈铭科不只是想和她成为"傍肩"，而是成为真正的家人。正是在这种迟疑之中，陈铭科决意让这个雨夜的"意外事故"无疾而终。这天晚上，陈铭科收摊回到虽暖气如春但在他心里已冰冷如冬的出租屋，正没滋没味地吃着显然忘放盐淡而无味的鸡蛋面时，地下室的门轻轻叩响了。疑惑中开门，只见站在门外的冯丽琪正用离去时一般幽怨的目光看着他，陈铭科一时间惊喜而手足无措地退进屋里。

冯丽琪将男人一步步逼进屋里，望一眼桌子上的鸡蛋面，用陈铭科心疼的幽怨目光盯着他，轻声说："陈老师，能给我也下一碗鸡蛋面吗？"

这是一个疯狂的夜晚，一个让两人终生难忘的夜晚，两个决定一直往前走的人们眼里的"傍肩"，在简陋的地下室里紧紧地搂在一起，大汗淋漓间似乎要将对方融入自己的身体，完全溶化在一起。从这个晚上开始，他们头顶着"傍肩"的身份一起在四虎市场做生意，在拟定的"君子协定"之下，从生意到生活都成了合伙人。当然，他们相信这是暂时的。他们从一起卖茶叶蛋和粽子，直到有了资本，在寸土寸金的四虎市场租下个巴比隆，他们成了人们唯一默许且赞赏的"傍肩"。后来，因为房东太太不许住家的苛刻条件，陈铭科和冯丽琪搬出这间曾让他们发生"意外事故"的温暖出租屋，租住到另一个小区的一层平房。这是一个一居室，卫生间、厨房齐全，最让他们满意的是有一个相对较大的客厅，偶尔有朋友来，可以在客厅打地铺。

说好的"君子协定"，做生意和生活都是各半，包括房租也是一人一半。这是冯丽琪的坚持，陈铭科只能无奈地妥协。偶尔，冯丽琪会心疼地安慰颇有几分失落感的男人："铭科，现在我才真正明白，从离开明溪那天起，我就与明溪的一切都一刀两断了。你再耐心些，等到我回家把明溪的事情了了，我带着女儿专心与你过，到那时候，'君子协定'就失效了。铭科，我这也是为了自个图个心安呢！"

陈铭科理解女人善良的"君子协定"，只是内心里时不时抑制不住嫉妒，嫉妒那个他从未见过的跛腿男人，凭什么心安理得地享用着女人的善良。但这是两个人都必须面对的现实，陈铭科时不时偶因外人的某些话语心中鼓起疙瘩时，冯丽琪难过失望之后又总是心疼地用自己的温情将这疙瘩轻轻抚平。

11

日子是漫长的，回忆却是短短的一刻。在异国他乡讨生活的明溪人并没有太多的时间沉醉于个人的感情纠葛中，昨天生意不好是昨天心情不好，今天生意好那就今天心情好，明天生意还得在明天的日子里挣，生活的快乐在来匈牙利淘金的明溪人眼里就这么简单。但是，结果简单，过程却充满着艰辛。比方说明溪驿关门，树倒猢狲散的李秋实、王兴发和赵剑武不得不各奔前程。

事实上，明溪驿倒闭最失望难过的是面对这一切束手无策的陈铭科和冯丽琪，当初他们与李秋实、王兴发、赵剑武同乘国际列车来到匈牙利，心中都揣着大大小小的梦想。决心干一番大事业的李秋实、王兴发、赵剑武成立了公司，明溪驿无形中成了明溪人一个聚拢乡情人心之地，现在却成了三人的"滑铁卢"，倒是没有雄心壮志的小生意人陈铭科在四虎市场站稳了脚跟。与李秋实不同，王兴发和赵剑武有些瞧不上这个中学英语老师，觉得他小打小闹成不了大气候。陈铭科并不以为意，可以说有了初恋情人的父亲给他吃下的那一剂猛药，他早就不在意人家贬损的目光，更何况王哥和赵剑武是恨铁不成钢，是想拉着他一口吃成个胖子。现在，三位雄心勃勃的老板没吃成一个胖子，反而要灰溜溜地逃离布达佩斯，这让陈铭科心里很不是滋味，以自己的经济实力又无法雪中送炭，只能与冯丽琪商量临行前给他们践行。三天后的这个最后晚餐人数并不多，除三位虽生意失败但怎么看都还意气风发的恒发贸易有限公司老板外，就是吴秀仙和刚到匈牙利的郑立新。

这天，已是迈入 6 月门槛的布达佩斯终于雪住天晴，阳光慷慨地铺洒在多瑙河两岸的布达和佩斯，久违的暖意让街上行人脸上也挂着阳光般灿烂的笑容。实际上，初到匈牙利的中国人一开始都不太适应匈牙利政府的一些特别规定。比方说，凡周末或节假日，政府部门各机关都放假，商店也关门，只有餐饮行业可以营业。匈牙利人都遵守这些规定，甚至古板得有些不可思议。如匈牙利人开的商店均是早上 7 点半开门，中午 12 点关门，顾客若超过时间进店，即使还没关门，他们也不卖给你东西，送上门的生意就是不做。匈牙利人如此遵守政府规定，就苦了一心恨不得把时间都用在赚钱上的勤奋的中国人，不得不入乡随俗地适应中感叹人家真是懂得生活。是啊，你看看一到休息日，懂得享受生活的匈牙利人放弃赚钱的大好机会，拖家带口地四处游玩，风景区里人满为患，有的人还跨国游。而我们中国人呢？只知道数腰包里今天进账多少钱，放弃眼前大好时光和风景。而这些日子表面上还是那个沉着冷静的明溪汉子，实际上被明溪驿倒闭弄得心烦意乱的李秋实内心的挣扎和彷徨只有他自己知道。不能倒下，不能倒下，超码不能倒在匈牙利的土地上！当他与王兴发、赵剑武四处碰壁无力处理堆在明溪驿里的货物选择"逃跑"时，最希望的是到一个没人知晓的地方整理混乱的心情和伤口，至于如何再次整装出发，此时的他心里一片迷茫。"逃跑"，对，他和两位兄弟都没有提及这个敏感的词，内心里他悄悄为这个词打上了双引号，他更愿意相信这是暂时的撤离。不错，只是撤离！然而，他真的还会踏上匈牙利的土地吗？几十年后，功成名就的李秋实重返布达佩斯时回想起当初的撤离，抚摸着链子桥石狮子被二战炮弹炸裂的伤口，不由感慨万千。现在，李秋实轻抚着链子桥石狮子的伤口，看着街上那么多拖家带口的人，经郑立新提醒才恍醒今天是周末，不由暗暗一叹：这日子真是过颠倒了！这么暗叹着忽就失去了最后去找昨晚别人介绍的一家公司，看能不能将堆积的废品多少卖出个白菜价的想法，决定带郑立新去游玩布达山。

经过几天"练摊"，郑立新眼里看到的、耳里听到的，都是在布达佩斯捞世界的艰难，惊奇负巨债的李秋实为何没事人一般，暗暗敬佩之余，在他面前说话也小心了许多。现在听李秋实说不去找人了，带他好好观赏下布达佩斯的风景，欣喜之余不免有些担心。

李秋实看出了郑立新内心的想法，开玩笑说："立新兄弟，我听铭科说你这些天都在'练摊'，不错，到了匈牙利，一切从零开始，你不再是王坊山头老大了，就是一个倒腾货物的商人。不过，也别急，慢慢来，稳稳地。临回去了，就带你登一次布达山吧。"实际上，到匈牙利后整整 2 个月，李秋实都没有好好地摆摊，他不仅走遍了布达佩斯所有的自由市场，而且走过了大半个匈牙利的城市，目的就是考察各地的商业行情，而这也是他后来鼓动王兴发和赵剑武合开公司的起因，只是没想到他们把国内国外的行情都摸透了，却没看穿人心的险恶，被朋友从背后捅了一刀。说话时李秋实想及这些，不由轻声一叹，"唉，立新兄弟，还是像铭科那样脚踏实地的稳当，别一口想吃成个胖子，说不准就呛得喘不过气来啊！"似又想起什么，盯着郑立新的眼睛，"'小窗口'那样的地方可是去不得。还有卡西洛，那都是吃钱的主啊，玩不得！"

人高马大的郑立新就觉得在李秋实面前矮了个头，脸色有些尴尬地保证："不会，不会，李哥，我就是有些好奇，再不会去了。"

"有时候，好奇会要人命的！"李秋实不客气地说完，转身往布达山方向而去。

也就是李哥，在明溪江湖中有一号的王坊山头老大就是服李哥。几步赶上李哥的脚步，一路上，郑立新还是不明白负债累累的李哥怎么还有心情带自己赏风景，但布达山已耸立在眼前。

布达山也叫城堡山，是布达佩斯一个沉淀着匈牙利传统文化之地，古老的王宫——夏宫就在布达山上，创建于 13 世纪后期贝拉四世时期，在 15 世纪末成为欧洲最辉煌的王宫之一。整座夏宫建筑包括了哥特式大殿、伊斯特万塔和王宫小教堂等。著名的渔人堡则在布达山的东面，1905 年建造于古老要塞上的新罗马样式城堡，名称源于 19 世纪时市民为守护城市，将王城所在的多瑙河一带交由渔夫守卫，因而以渔人堡命名。站在渔人堡上可以鸟瞰布达佩斯全城美丽的风光。当然，让人注目的还有典型哥特式建筑的马加什教堂，这个新哥特式风格的教堂蕴含了匈牙利民俗、新艺术风格和土耳其设计等多种色彩，特别是其白色尖塔和彩色屋顶，让整座教堂在庄重之中多了点灵动。

正是雪后初阳的景致，整座城堡山零星还装点着正在融化的白雪，在阳光照耀下显得格外妖娆，当李秋实和郑立新登上布达山时已是 10 点多钟光景，来来往往的游客很多，整座布达山非常热闹，不知不觉间，两人都为眼前美丽的景致所感染。游完夏宫出来，郑立新仰望着高高的围墙，连声赞叹匈牙利皇宫雄伟壮观。李秋实说："这夏宫建得别致，可若说雄伟，还得算我们北京的故宫，那才叫一个大。"说着话就走到了渔人堡，远远地传来一阵阵熟悉的旋律，一望之下不由让李秋实眼前一亮。原是两个俄罗斯的小伙子和两个俄罗斯姑娘正在渔人堡墙边载歌载舞，一个小伙子摇头晃脑地弹着吉他，一个小伙子拉着手风琴，一个姑娘跳舞，一个姑娘放声歌唱，他们弹唱的歌曲是早就风靡中国的《莫斯科郊外的晚上》。

虽听不懂俄罗斯语言，但这旋律对李秋实来说实在太熟悉了，这些从苏联传到中国的歌曲影响了中国几代人，李秋实与朋友们聚会时就时不时地会有人唱起这些耳熟能详的苏联民歌，优美的曲调，引人遐思的歌词，扣动着青春萌动的心。一时间，李秋实忘记了眼前渔人堡美丽的风景，被这乍暖还寒的雪后阳光下的俄罗斯歌曲深深打动了。当一曲唱罢，旋律变换为《小路》时，李秋实不由自主地跟着哼唱起来。显然，俄罗斯小伙听出他们也熟悉的中国歌声，弹得更起劲了，而那位正高声歌唱的有着湛蓝色眼睛的美丽俄罗斯姑娘微笑着向李秋实做了个大声歌唱的手势。只是稍一犹豫，李秋实放开了歌喉跟着这优美的旋律，用中国话大声唱着："一条小路，曲曲折折细又长……"唱着唱着，似回到明溪朋友们相聚的日子，李秋实的心在歌声中感受到了遥远乡情的温暖。俄罗斯姑娘停下了歌唱，与另一位姑娘一起为这位中国人在异国他乡用中国话唱着的俄罗斯歌曲伴舞。这个奇特的歌舞组合吸引了渔人堡的游客，大家自发地将他们围成一圈，用掌声合着歌曲的旋律；并不太会唱歌的郑立新被这氛围感染，也加入合唱的行列。一曲终了，俄罗斯姑娘做了个手势，俄罗斯小伙的手风琴曲调一变，还是一首中国人熟悉的《三套车》，苍凉的旋律，悲怆的歌词，在俄罗斯小伙用俄罗斯语言和李秋实用汉语合唱中将这个突发的演唱推向了高潮。

这是一个意外，一个让即将"逃离"布达佩斯的李秋实感受到匈牙利初夏温暖的意外，来自曾经国际友人苏联的意外。当俄罗斯姑娘湛蓝色的眼睛里向李秋实投来含情脉脉的目光时，李秋实却扯着有些发愣的郑立新挤出围观的人群逃离渔人堡，他没有听到身后传来的人们将硬币扔在地上打开的琴盒里声响。李秋实知道自己眼里衔满的泪一定流下来了，在布达山上，在匈牙利明亮的阳光下。

12

郑立新看到了李秋实阳光下脸上的泪水，有些吃惊，又暗暗松了口气。其实，在陈铭科通知他晚上一起为李秋实、王兴发、赵剑武送行时，这个斯斯文文的中学英语老师就不无忧郁地提及李秋实平静得如一潭死水的状态，担心他会把自己憋坏了，不能让他这么把自己端着离开布达佩斯。现在，郑立新明白李秋实终于把一直端着的架子放下来了，这才是一个有血有肉知道疼痛的李秋实，而不是那个遍体鳞伤还没事人一样的李秋实。是啊，李秋实太需要这样的释放了，只不过没想到充当说客的是在异国他乡响起的苏联歌曲。当李秋实停住脚步，远眺布达山下远处若隐若现的如一条闪亮绸缎美丽得晃花人眼睛的多瑙河时，心思从来比较粗糙的郑立新静静地站在一边，什么话也没说，直到对方慢慢转过身来，笑着说："该回家了。"尽管李秋实脸上的风暴被阳光抚平，并不善于察言观色的昔日王坊山头老大还是从他脸上看到说话时一瞬间掠过脸上的悲凉和无助。

没有进入渔人堡就下山的两人一路上说说笑笑很是愉快。是啊，面对雪后初晴的布达山美丽景致谁也没有理由怀揣心事，但没进入渔人堡稍感不足的郑立新突然决定，今天为李秋实送行的晚宴上要做一个曾被他夸赞的拿手菜。于是，正愁不知如何感谢李秋实的郑立新，下山后直奔菜市场购买食材，他生怕必备的食材被有同样爱好的中国人买光了。

这是一道从食材还是烹饪来说都再简单不过的菜，且这道菜还与李秋实与郑立新二人共同的一个朋友有关。事实上，郑立新骨子里并不是个不讲理的人，比方说他对实验室的诗人凌笙就尊重有加，他讨厌的是那些自以为肚子里有几瓶墨水就拿腔捏调的文化人，还有自以为是的干部子弟，对这些人他就得进行修理，而像凌笙这从不把他当混混看的诗人却视若兄弟。有诗友从野外分队上来，凌笙借同屋人的小煤油炉煮几个拿手菜请诗友们喝酒时，郑立新也参加了几次。他当然不喜欢什么诗，但对凌笙与诗友们炒的两道重口味的菜却很感兴趣：一是辣椒爆炒大肠，二是大蒜烩猪肺。有一回，李秋实也在场，很喜欢辣椒爆炒大肠，称原本并不喜欢大肠异味，这么一烹饪倒成为一道最入味的菜，酒都可以多喝两杯。现在，正是这李秋实脸上被乡情激出的水亮让郑立新想到这道菜。其实，与匈牙利节假日规定不适应相同，让来到布达佩斯的中国人意外的是匈牙利人似乎对猪内脏很感冒，猪肝、猪肠、猪肺便宜得惊人，价格相当于国内人民币一块多钱一斤，让不少喜好吃猪下水的中国人喜出望外。在四虎市场拉一泡尿都得拉掉 10 个鸡蛋的布达佩斯，价廉物美的猪下水就成了想着如何从嘴巴里把钱省下来的中国人首选。郑立新知道全权负责精心准备送行晚宴的冯丽琪十之八九不会安排这道不入流的菜，正好他可以为李哥好好露一手。

好在郑立新当机立断奔赴菜市场，抢到最后一挂猪大肠，又特意买了这种布达佩斯最辣的辣椒，拳头般大小，其辣味与中国的朝天椒相比有过之而无不及。见时间尚早，郑立新提着这挂大肠和"拳头椒"先回自个住处，不想路上却碰上瘦猴。瘦猴吞了口口水，问今天不出摊赚钱，是不是准备招待什么贵客，有个凑宴的意思。郑立新知晓李秋实不欢喜瘦猴的为人，特别是知道瘦猴引他去"小窗口"后更是当面警告过瘦猴。虽然郑立新觉得李秋实有些小题大做，但还是不想自作主张把瘦猴引入送行晚宴。于是，他就支支吾吾地说是替朋友买的，急急走了。他平生第一次这么细心专注地按照凌笙曾经的教导，笨手笨脚地把猪大肠收拾干净，又小眯了一会儿，看太阳已偏西，方急急地提着这重要的食材来到陈铭科和冯丽琪的住处。

居然今晚上的贵客和主人都到了，只有在四十七市场出摊的吴秀仙还没露脸。冯丽琪看到郑立新手上拎着的猪大肠，脸色有些不悦，快人快语地埋怨说："立新，菜我都备好了，就等着开席。猪大肠哪能上今晚的桌面，先放一边吧。"

郑立新没想到冯丽琪这个快嘴居然不留情面，偌大的个头站在门里头就有些进退维谷。说来奇怪，或许是失去了王坊山头的地气，现在的郑立新已让人无法将他与王坊山头老大联系起来，只偶尔闪过眼中的一种暴戾之光，依稀还有当年混世魔王的样子。他在知悉冯丽琪身世和不顾世人议论与陈铭科成"傍肩"的缘由，还真有几分怵这个秀丽娇小，与江西姑娘江小燕有几分相似的爽直乡村少妇。在屋内沉默地喝茶的李秋实替郑立新解围："丽琪，你还不知道我吗？你可别整出什么山珍海味，就明溪的菜，再加上立新兄弟这辣椒爆炒大肠，我们就领这送行的情。"

其实是郑立新的到来让原本沉闷的气氛活泛了起来。都知道这是陈铭科和冯丽琪为他们摆的送行宴，但他们更知道这是三人的散伙宴。随着明天李秋实启程原路返回明溪，王兴发和赵剑武也将"逃离"匈牙利这个伤心之地，因此，三人不约而同地早早来到，在中午就提前关了巴比隆的陈铭科陪同下，四人相对而坐，说着不咸不淡的话；喝着慢慢淡下去的茶；揣着相同的，对前途忐忑不安的心事。一切都已安排妥当，三个曾经意气风发雄心勃勃的合伙人没有一句话提到生意，陈铭科更是小心翼翼地避开这个雷区，气氛颇有些沉闷。

行李中早揣满明溪老乡们托带信件的李秋实此时已是归心似箭，与其说他同意陈铭科摆这个送行宴，不如说他是想与王兴发、赵剑武借着酒意告别。他现在需要的只是一杯酒，他想王兴发和赵剑武也一样。听李秋实话，并不爱吃大肠的王兴发也给郑立新解围："秋实知道啊，我喜欢大肠这味道，就等着立新兄弟的拿手菜。"赵剑武则催促郑立新进厨房，并对冯丽琪开玩笑说："丽琪妹子，你这当家人得当好家啊，我们可都等着喝你和铭科兄弟的喜酒呢。"

赵剑武的无心之语却让冯丽琪的脸阴了下来，瞪了对方一眼，转身跟着郑立新进厨房去了。自知失言的赵剑武看一眼提着茶壶的陈铭科，作势一抱拳，略表歉意地说："铭科，说实话吧，在这布达佩斯我们中国人有多少'傍肩'大家都看在眼里，可我只认你这一对，没旁的意思。唉，不说了，你们走到一起不容易，你可玩不得始乱终弃啊！即'傍'了'家'就得'傍'一辈子。"

一脸忧郁的王兴发接过话："铭科，剑武说的都是我们想说的。快刀斩乱麻，抓紧让丽琪回家把手续办了，水到渠成，看谁说你们一个不字。"

两位大哥说的话让陈铭科一时有些感动，扶了扶眼镜，无奈地一笑说："我也是这个意思，把赚的钱都给丽琪先回国把事处理了，可她就是死心眼，非得遵守什么'君子协定'。"

王兴发和赵剑武相对一望，只能也无奈地陪着一笑。正给茶壶里续水的李秋实轻声说："丽琪妹子这性子谁说得动喽。铭科，那你就做好充分思想准备吧，可不能三天两头地听到几句风言风语就打退堂鼓。要是这样的话，丽琪妹子可是没路可走了！"说着话，他意味深长地盯着陈铭科的眼睛。

陈铭科认真地点了点头。

13

不知不觉间太阳收敛了最后一线光辉，暮色正从天幕上徐徐落下，雪霁后的冷意在风怂恿下悄然弥漫着整个布达佩斯。此时，这个不平常的送行晚宴已是酒过三巡。各怀心思，轮番的互敬来得有些急，七个人似乎都急于借酒来伪装各自的表情。这时候，陪过几杯酒又回到厨房忙碌的冯丽琪大声招呼郑立新烹饪他的拿手菜，郑立新忙起身仰脖一口喝干与李秋实碰杯的酒，说声"看我的"，就信心满满地钻进厨房去了。迟来的吴秀仙被王兴发罚酒一杯后，再次轻声让要回国的李秋实带话，让他告诉她丈夫不要着急着来匈牙利，再等一段时间，等她瞄准了再来不迟。李秋实含笑应承，赵剑武却不以为然地说："秀仙姐，我知道你做生意从来都有板有眼，可我看这也是你的弱点，稳重过头也会错失商机。"忽又醒悟过来，一脸沮丧之色，垂头一叹，"唉，也是，我现在哪有资格对别人说三道四。"

"剑武，你说得对啊。只是我现在还真没拿准，不敢把身家性命都押上去。"吴秀仙看了看低头吃菜的李秋实和王兴发，安慰赵剑武说，"从商场经营上来说你们没有做错什么，与你们一起成立的那家北京人开的公司不就把生意做起来了。谁又想得到呢，被自己最信任的人背后捅一刀。"

"天亡我也！"似被戳到了痛处，赵剑武重重地一顿酒杯，"就是挖地三尺，我这辈子也得把这个犹大找出来，把他的心挖出来看看是黑还是红！"

王兴发与李秋实无言地碰杯一饮，接过话说："关键是度的把握！商机永远都有，就看有没有一双慧眼。我不灰心，秋实、剑武也不要灰心，现在我们是撤离布达佩斯，可这是以退为进。哼，我就不信我王兴发就这一跟头栽在匈牙利爬不起来！等着吧，换个地从头再来，有了这一剂猛药，这商场已没有什么妖孽能难住我王兴发了！"

吴秀仙举杯站起来说："王哥，冲你这话，我就知道你垮不了！你们都垮不了！这才是我吴秀仙眼里的明溪汉子，我相信你们迟早会风风光光地回布达佩斯。这杯酒我敬你们。"

正与李秋实小声说着什么的陈铭科也举杯说："秀仙姐说得对，我一起敬你们。"

五人一起喝了这杯酒送行酒，不，一杯以壮行色的酒。这时候，从厨房里飘来辛辣无比的油烟味让吴秀仙忍不住咳嗽起来，冲厨房里喊道："丽琪，你炒什么菜这么辣，让人嗓子眼都辣得长毛了。"

已被辣得溢出眼泪的冯丽琪跑出厨房，大口喘了两口气，跺跺脚说："还不是郑立新在炒他的辣椒大肠，太辣了，从到布达佩斯，这'拳头椒'我就不敢买。太厉害了，真是太厉害了，比我们国内的朝天椒还厉害得多。"闻着不断从关着的门里飘出的辣味,看几个人都有些忍不住要咳嗽的样子,忽想起什么,说:"哎呀,我和铭科搬来时,房东就不让我们煮菜有太多油烟,待会说不定她要下楼来说我们了。哎,这对老头老太平常慈祥得就像土地公土地婆,可我那天看楼上浇花水溅到她的阳台,她可是把邻居骂了个狗血淋头。"

忽就听到由远而近的警笛声。听到警笛声,李秋实、王兴发和赵剑武心虚地互相用眼神询问,警笛声却直响到房前停住了。想及这么个意外的结果,李秋实和王兴发脸色阴沉地坐了下来。赵剑武先沉不住气,骂道:"这别墅的房东也太坏了,房租都结清了,不就是扔了些废品在那里吗,至于报警吗!"

李秋实和王兴发此时已镇静下来。王兴发咬咬牙,闷声说:"别慌,我们人还在呢,警察来了又能怎么样?"

看着王兴发和李秋实阴沉的脸色,听赵剑武骂娘,冯丽琪和陈铭科不约而同凑到窗间撩开窗帘往外望,一望之下不由让他们倒吸一口凉气。只见房子前竟停着两辆灯光闪闪的警车,刺耳的警笛声中仍在鸣叫,十几个荷枪实弹的警察正比画着手势散开队形,看样子显然在包围他们这幢房子。更骇人的是有几个警察居然还戴着一个罩着脸的头套,手持冲锋枪,正向他们一楼的住房走来。这时候,一头雾水的他们都顺着赵剑武的话往那方面想,只是不明白警察为何要这么兴师动众。冯丽琪轻声骂道:"这些洋鬼子,真不讲情面!"说着就往房门走去。陈铭科回身向大家摆手做了个"不要紧"的手势,抢一步拦在冯丽琪面前,轻声说:"我来和他们说。"陈铭科这自然的动作让冯丽琪心中一暖,瞟了他一眼,抓住了他的衣襟。

还来不及打开门就响起了重重的敲门声,开门处两支冲锋枪已顶到陈铭科和冯丽琪的鼻子底下,听到对方"不要动,举起手来"的严厉警告声,陈铭科用中国话让冯丽琪照做。此时,从未见过如此阵势的陈铭科浑身不争气地有些发颤,但他从脑子里快速地过了一遍屋里所有人都有完全符合匈牙利法律的证件,方壮起胆子,高举双手,对戴着面具的匈牙利警察用匈牙利语问:"警察先生,发生了什么事?我们都是到匈牙利做生意的手续合法的中国公民,几个朋友在一起聚会,不知触犯贵国哪一条法律?"

陈铭科一口标准的匈牙利话让面前的警察拿着的枪口低了几厘米,其中一名警察用枪口一指说："有人举报你们制作炸药，我们要进屋搜查！中国人，让开，站着别动，让里面的人都举起手，老实走出屋子！"

"制作炸药？警察先生，你们搞错了吧！我们是合法生意人，从来不知道什么炸药。"陈铭科大惊失色，想把举着的手放下来比画下手势，但看着指到胸口黑洞洞的枪口，真怕对方扣着扳机的手一颤，只得再次表白，"我们是朋友聚会！"

警察完成对这间房子的包围后，一个当官模样的警察手持短枪警惕地走上前来，用枪指指陈铭科和冯丽琪，喝道："你们房东报警说你们的房间里飘出一种呛人的刺鼻气味，怀疑你们在制作炸药。现在，请你和你的朋友配合接受检查，让屋里的人举着双手依序走出来。"

呛人的气味？陈铭科脑子一激灵，终于回过神来，再次摇着头解释说："警官先生，误会了，这真是个天大的误会。警官先生，是我的一个朋友在用你们匈牙利最辣的辣椒炒菜，呛人的气味只是辣椒味而已。不信，你们仔细闻闻，是不是辣椒味？"

警官似乎被陈铭科的话和真诚的表情打动了，皱起鼻子闻着空气中飘散的辣椒味，半信半疑地说："辣椒？"看陈铭科肯定地点头，他收起手中指着对方的手枪，指指陈铭科又指指里面，摇摇头说："中国人，聪明得很。现在，请您叫你的朋友依序走出屋来，我们要进屋搜查。不要乱动，否则我们手里的枪就不客气了。"

显然，这位警官相信了陈铭科这一番解释，将称呼改成了"您"，也省去"举着双手"的要求。听对方缓和许多的语气，陈铭科一直悄然打战的双腿稳住了劲，做了个"OK"的手势，对一脸疑惑的冯丽琪点点头，转身朝屋里喊道："李哥、王哥，你们大家都出来吧。没事，是个误会，警察要进屋检查下才放心。千万千万，你们的手都别乱动，他们手上可都有真家伙，走了火，可玩不得。"

实际上，在陈铭科用匈牙利语叽里呱啦地与警察们交涉时，几个早凑到门边的人一头雾水，并不知道他们无意中成了"制作炸药的嫌疑人"。现在听得陈铭科的话，早按捺不住的赵剑武先嚷嚷起来："什么？叫我们出去让他们进屋检查？我们可都是有合法手续的外国商人，凭什么在家喝几杯酒还得让他们检查！我不出去，让他们有种就端着枪进来，以为我赵剑武怕他们手上的烧火棍！"

生意失败，走投无路，三个恒发贸易有限公司的老板正是心理最脆弱的时候，听着赵剑武的叫阵，王兴发咬着腮帮子，一只手搓着如剑般的短发，努力按住似要从头顶喷出的心火。李秋实则心如暮色沉沉，暗暗一叹：这真是人倒霉喝口水都塞牙缝！什么误会？多半是房东看出我们要跑路，让警察来堵我们了，但也不至于这般兴师动众吧！罢了，罢了！觉得再也无法保留在布达佩斯最后一点颜面的李秋实内心长叹，悄悄拉住王兴发搓着短发的手重重一握，又摇摇头。

千言万语，尽在兄弟间无言一握！王兴发长长吁口气，推门走在第一个。赵剑武张了张嘴，咽回了再次骂娘，一跺脚，也昂着头不甘心地走出门。其实，在警察忙着包围屋子时，郑立新的辣椒炒大肠已新鲜出炉，正抹着泪来个大蒜烩猪肺，一不做二不休，把切剩下的一个拳头椒也掺进去。因此，跟在李秋实身后最后一个走出屋子的郑立新，一手端着匈牙利"拳头椒"炒大肠，一手端着大蒜掺"拳头椒"烩猪肺，他那眼泪汪汪的样子呈现在警察面前，让警察愕然之余也有些忍俊不禁，手中枪不由垂了下来。

一行人鱼贯出屋，被十几个警察如众星拱月般围在中间。陈铭科忙端过郑立新手上的辣椒炒猪肺让警官品尝，说："警官先生，您看看，就是这两盘菜炒出的呛人辣味。嘿嘿，误会，您看这是不是你们要找的炸药？"

警官狐疑地将鼻子凑到菜上，用力一吸，呛人的辣味让他不由打了个喷嚏。这时，已快速进屋将小小的二居室搜查一遍的两个戴着防毒面具的警察走出来，用匈牙利语向警官报告中国人所言非虚。于是，警官向陈铭科敬了个礼，笑着表示抱歉："对不起，一场误会。中国人的烹饪世界第一，可你们炒菜油烟实在太大了，今后请考虑到邻居的感受，以免造成误会。对不起，打扰了。"警官说完，挥挥手。转眼间，围着七个中国人的包围圈快速消失，两辆警车安静地离开这个虚惊一场的居民小区。

这时候，一直躲在警车后的报警人露出了真面目，正是陈铭科的房东老头老太。其实，冯丽琪出门就看到躲在警车后观望的房东，猜测是郑立新制造的油烟让他们报了警，现在得到证实，不由用力瞪了畏畏缩缩走上前来似想说什么话的老头老太一眼，转身先回屋。

不明所以的一干人在陈铭科招呼进屋重新上桌，听他从头到尾解释一番，不由啼笑皆非。李秋实、王兴发心照不宣地暗暗长舒口气。赵剑武则骂道："铭科，你这房东也太不是东西了，炒个菜油烟大些就报警。"

正说着话，房东老头已拎着一瓶红酒来敲门，对陈铭科说："对不起，对不起，陈老师，都是我太太少见多怪闹了这场误会，她不好意思自己上门来，就让我以这瓶珍藏五年的红酒向你们表示歉意。"不由陈铭科推托，把酒放在桌上，向几个人点点头，又迟疑地说，"陈老师，以后请……请尽量不要这么大油烟，我们……还有邻居都不习惯，谢谢。"

这个房东老头退休前是布达佩斯政府的一名公务员，为人修养很好，一向对两位中国租客彬彬有礼，并尊称陈铭科为陈老师。见对方亲自献酒登门道歉，自知违反当初租房协定的陈铭科倒为这误会不好意思起来，忙起身相送出门，一连声保证再也不会造成"制造炸药"般的呛人油烟。有意躲到厨房的冯丽琪看房东老头登门道歉，气早就消了，忙用饭盒装了一盒客秋包追出去，让房东尝尝中国明溪的风味。

14

一场误会尽消，虚惊一场的三人却再也提不起酒兴，自知闯祸的郑立新看大家都不动筷子，只不声不响地喝闷酒，道歉般向三人敬了一圈酒，趁酒意起身抱拳说："立新初来乍到承蒙大家关照，本想……哎，不说了，这麻烦是我造成的，这样吧，我给大家来个吉他弹唱，助助兴。"他不敢看王兴发黑着的脸和赵剑武瞪着的眼睛，走到墙角，拿起陈铭科不知从哪捡来的一把旧吉他，唱起时下国内正风靡的《恋曲1990》：

> 乌溜溜的黑眼珠和你的笑脸，怎么也难忘记你容颜的转变；轻飘飘的旧时光，就这么流走，转头回去看看时已匆匆数年……

缠绵悱恻的旋律和幽怨伤感的歌词，打动了几个此时此刻身处异国他乡的明溪人，大家的脸色不知不觉间缓和下来。李秋实举杯与王兴发、赵剑武相视，碰杯声中，一切都在这五味杂陈的酒中。随后，他放下酒杯，走到微闭双目摇头弹唱的郑立新身边，放开浑厚的歌喉，加入了歌唱之中。

　　或许明日太阳西下，倦鸟已归时，你将已经踏上旧时的归途，人生难得再次寻觅相知的伴侣，生命终究难舍蓝蓝的白云天！

是啊，即将踏上归途，故乡的天还是那么蓝吗？一个失败者如何面对故友亲朋？有一点可以肯定，他李秋实就是做牛做马也一定会归还亲朋们的情与债。只是他现在真的只想回去，回去。不错，"生命终究难舍蓝蓝的白云天"！李秋实的心扉被歌声深深打动了，眼里闪烁着成分复杂的泪花。

王兴发也被打动了！是被这歌声，更被陈铭科组织的这个特别的送行晚宴所营造的浓浓的明溪乡情，冯丽琪精心烹饪的一桌明溪风味的菜，当然也有郑立新好心惹祸的拿手菜，他王兴发领情了。"前路漫漫，必须往前奔，但是，布达佩斯，请你记住，有一天，我王兴发和弟兄们会回来的。"心中被这歌曲勾动温暖情感的王兴发在歌声骤停，屋子里安静得能听到针掉地的声音时，举着一杯酒走到郑立新面前，似为自己方才的态度表示歉意。待对方无言地亮出杯底，他习惯性地搓了搓头顶短发说："嘿嘿，大家都知道我王兴发不像秋实是个文化人，我和秀仙差不多，也是打小在外闯荡，什么活都做过，什么苦也都吃过，商场上打滚就积累了那么一点经商的本事，可没想到……唉！不说这个，我自己罚一杯。"他真倒了杯酒一口干了，将酒杯轻放桌上，在大家不解地注目他要做什么时，他咧嘴一笑说，"可我特别尊重文化人。到匈牙利后听秋实说起这个国家有一个伟大的诗人叫裴多菲，有一首诗他特别喜欢，我听过后也很喜欢。用你们文化人的话说，我今天班门弄斧一回，用向铭科学的匈牙利语念这首诗。"

李秋实不由先带头喝了一声"好"，也一口饮尽杯中酒，走到王兴发身边说，"好，我与王哥一起念！"

一个是高亢的男高音，一个是浑厚的男中音，两个明溪男儿在布达佩斯用匈牙利语朗诵起匈牙利诗人裴多菲的诗歌《自由与爱情》：

> 生命诚可贵，
> 爱情价更高。
> 若为自由故，
> 二者皆可抛。

简短而铿锵有力的诗句把送行晚宴的气氛活跃了起来，忘记了方才"制造炸药"事件。这时候，已是脸色泛红的吴秀仙向大家摆摆手说："你们都唱什么流行歌曲念外国诗，这里虽是国外，可看着丽琪煮的这满桌明溪菜，我想不能少了我们明溪山歌。我也来凑个趣，给大家唱一首。"在大家鼓励的掌声里，她敞开喉咙，唱起了《唱戏》：

> 锣鼓喧天响在楼，忽儿少年忽儿老。
> 金榜题名空富贵，镜中花儿没看头。
> 男人装着女人头，一时快乐一时愁。
> 洞房花烛假风流，水中月儿随人走。

吴秀仙在大家的掌声中不好意思地摆手道："好久没唱了，唱不好，我做姑娘时可是村里一等一的歌手呢！"忽想起什么似的，认真地对冯丽琪说，"丽琪，等你的明溪饭店开业了，时不时请我们会唱山歌的明溪老乡到店里唱一唱，一定更吸引顾客。"

冯丽琪忙点头，就让吴秀仙明溪饭店开业时去唱山歌捧个场。在吴秀仙不客气地应承后，李秋实若有所思说："这首山歌的意思正适合我和王哥、剑武三兄弟眼下的处境。嗯，你们放心，我早说过，在布达佩斯喝下了这剂猛药，我们都练就金刚不坏之躯了。哈哈，大家放心，我们不会垮掉！"他向吴秀仙作势抱拳表示感谢，忽意味深长看一眼一脸酒色，扶着眼镜傻笑的陈铭科，对冯丽琪轻笑道，"丽琪，我想我们都和铭科一样，现在倒想听听你唱那首《田埂打掉做一丘》的明溪山歌呢。大家说是不是？"

郑立新先就起了哄。在大家轻轻拍掌中，不知是酒红还是羞红的冯丽琪放下正醒着的红酒，一向大方的她倒羞涩地轻轻一笑说："我的嗓子可没秀仙姐好，唱不好，你们别笑话我。"略一沉吟，先用目光悄悄剜了陈铭科一眼，果真拉开嗓子唱道：

> 哥在上丘妹下丘，两人眼角丢一丢。
> 保佑明日涨大水，田埂打掉做一丘。

王兴发带头鼓起掌来，感叹道："明溪很多地方我都走过了，真没听过这么有意思的山歌呢。'田埂打掉做一丘'，真是好啊！"

吴秀仙则借机敲打陈铭科："陈铭科，丽琪妹子歌里歌外可都在唱你呢。"

郑立新看着唱歌的冯丽琪，江小燕的影子忽没来由地浮现眼前，心中不由有些怅然。

众人七嘴八舌赞叹山歌旋律朴实，土得掉渣的歌词就像明溪菜一样特别有味，善意地取笑冯丽琪唱歌时与陈铭科"眼角丢一丢"。都有了六七分酒意，除了两个想着等下要照顾几个必定要醉的男人的两个女人。又一轮酒互敬后，李秋实仰望着头顶明亮的灯光，忽问大家："你们都坐过飞机吗？"待有人点头有人摇头后，他端着酒杯，迈着已有些不稳的脚步绕桌一圈后，站在灯下，感叹道，"我坐过飞机，可让我感叹的是坐在候机楼里看飞机。停机坪上、跑道上有那么多飞机起起落落，看着看着我心里就惆怅起来，真的是，是一种没来由的惆怅。当时我就想啊，一个人的一辈子不就像这飞机一样起起落落、浮浮沉沉中度过吗？再远的航程都有停机坪等候你的降落。你飞得再高飞再远都要落地，都有终点，不能老是在空中，是不是？永远不变的是从这个起点到那个终点。而在飞行时不论遇到怎样的气流都应尽力保持稳定，不让飞机从半空中折翼掉落。你们说是不是这个理？"

李秋实突发的"飞机人生"感慨，似乎打乱了原来乡情浓浓的氛围，一时间大家都没反应过来，是吴秀仙轻轻鼓掌带动起大家的掌声。王兴发向李秋实竖起拇指："秋实骨子里就是个文化人，多愁善感。你这看飞机还真看出人生的道理来，是这么个理啊。我们现在就是一架遇到气流的飞机，必须保持稳定，否则，就如秋实所说的'从半空中折翼掉落'！最要紧的是先想法避开或穿过这股气流。"

赵剑武捏着拳头往空中用力一挥，似在给无形中的飞机打气般，叫道："等着吧，我赵剑武的飞机现在飞到另一个地方，是开辟一条新的航线，等哪天加满油飞回来，布达佩斯还会有属于我赵剑武的停机坪！"

李秋实走过去握住了赵剑武的拳头，用力摇了摇。王兴发也走过来，握住了两人的手。一时间，三个即将"逃离"布达佩斯的明溪汉子，用这么一种特殊的方式告别，也是约定。其实，与有既定目标的王兴发与赵剑武不同，此时还是内心一片迷茫的李秋实最害怕回明溪后如何面对父母亲朋，当初的信誓旦旦犹在耳边啊。这一刻，只是血性中那种本能的坚韧，让他伸手与两个兄弟尽力一握。

看着这一幕，大家眼睛不知不觉中都有些潮湿了。陈铭科揽住走到身边的冯丽琪的肩膀，对三人说："等王哥、李哥、剑武回来，我和丽琪还在这里为你们接风洗尘。"

冯丽琪轻"啐"了下，用手指点了点陈铭科的额头说："还在这里？还过这穷日子？哼，到时候我们得在别墅里为几位大哥接风洗尘！"冯丽琪说这话时眼里盛满了憧憬。后来她告知陈铭科自己没说出来的想法是，有朝一日能买下明溪驿那幢别墅，重新打出明溪驿的招牌，连同她即将诞生的明溪饭店，就在明溪驿里为李秋实他们接风洗尘。当然，冯丽琪没实现这个目标，因为这幢别墅后来被拆除了，让位于一条道路，而她没能兑现诺言的最重要一个原因，那时候的她早已回到明溪，陪伴陈铭科在一座豪华别墅里，迎接李秋实他们归来的是一位美丽的匈牙利女人。现在，怎么也没料到这么一种结局的冯丽琪为大家斟满房东送来的陈年红酒，在微微晃动酒杯溢出的酒香里，心照不宣地为即将各奔东西的三个明溪男儿以壮行色。

1

　　各奔东西。这是三个明溪男儿此时无奈的选择。李秋实第二天启程回国，王兴发和赵剑武第三天也将奔赴前途未卜的远方。就在李秋实与郑立新登上城堡山，在渔人堡边沉浸于苏联歌声之中时，他们也确定了离开布达佩斯的时间。

　　这是没有办法的办法，以他们现在的经济实力和身份都无法光明正大地奔赴预定的目的地。赵剑武选择去意大利，王兴发的行程将更曲折，通过七拐八弯的关系让他嗅到的商机，选择最终的落脚点是万里之遥的巴西。因此，他们挤出了最后一点"救命钱"，通过熟人介绍来到这个特殊的旅馆，为自己的未来找一条命悬一线的通道。

　　赵剑武从来就不是一个优秀的学生，尽管打小聪明伶俐，可心思却从没用到读书上，上课总不能认真听讲，就想着下课后怎么用书包里的弹弓打天上飞过的与他没有任何关系的小鸟。他喜欢无拘无束的日子，初中毕业没考上明溪一中的他如大赫般离开学校，回家跟着父亲上山下田做活，农闲则四处打工赚钱，慢慢地学着做生意。他很勤劳，也很机敏，可这么四处晃荡了几年也没落下什么钱，后来在父亲支持下来到匈牙利闯荡，从"练摊"开始，有了一笔在国内想都没想过的资本，但没想到在"天高任鸟飞"的商场，第一次隆重出道就被迎头而来的冷水泼成了"落汤鸡"，好不容易积累的资本打水漂不说，还欠下了巨额债务，只能选择一条特别渠道为自己的人生翻本。

王兴发也一样，然而，他不想和赵剑武一起去意大利。"我要去巴西，喜欢桑巴舞的自由与奔放。说起来你不相信，是当年看到巴西的电视剧《女奴》，我就想到巴西看看。这回……算是给自己一个机会吧。"几十年后，当记者采访功成名就的王老板时，王兴发这么与记者说。自由奔放、少言寡语、性格沉稳的王兴发真是这么想的？其实真是这样，外表沉稳的他一直渴望自由与充满激情的生活，他是从那部电视剧认识了巴西和桑巴舞。

一切都已敲定，从这个特殊的小旅馆出来，脸色阴沉的两兄弟重新走进布达佩斯阴冷的暮色之中。王兴发下意识时裹紧大衣领子，意味深长地扫赵剑武一眼，轻声一叹："唉，剑武，出来久了吧？可有些错误是犯不得的。我听说那个瘦猴赚几个钱成天出入'小窗口'，这些地方是吃人不吐骨头的。"

"我明白的。"赵剑武用力呼出口气，"让王哥笑话了。就是不争气，嘿嘿，多看了两眼。王哥，你放心，我们和李哥有约定，有一天一定要风风光光地回布达佩斯。没找到自个的活路，没活出人样来，我知道自己还没资格折腾呢。对了，王哥，听李哥说郑立新也跟着瘦猴去'小窗口'了，李哥当面说道他呢，那么个大个子，脸红得像关公，做错事的小学生一般。"

"各人的造化吧。唉。"王兴发叹道，"剑武，你说得不错。我们没资格折腾了，这是在过独木桥，没有回头路。唉！"话尾竟拉出了几分悲凉的意味。王兴发长长一叹，伸手揽住赵剑武的肩膀，两个难兄难弟无言地行走在对他们而言已充满无情冷意的布达佩斯夜空下。

风，似乎更紧了些。

2

这个时候，恒发贸易有限公司的另一位股东李秋实，已坐上当初载他来到异国他乡的往返北京与莫斯科的国际列车。虽然俄罗斯的天气比布达佩斯还要冷，国际列车的包厢却温暖如春。然而，一上车，李秋实就将自己放倒在上铺，裹紧被子仍感到一阵阵寒意袭来。他不想与包厢里那三个眉飞色舞谈论着生意的中国同胞搭腔，而这三个显然满载而归的人见李秋实拒人于千里之外的冷漠，也很快对他置之不理。不用说，这个满脸铁青的青年一定是个生意失败者，没有人愿意与一位倒霉蛋拉近乎。除起来填饱肚子和上洗手间外，李秋实就没离开过他的铺位。他并不在意三个成功者那种轻视的目光，因为他明白这只是他回明溪后必须接受的比这一定严酷百倍轻视的一个演练，在决定回国时他早已做好心理准备。然而，当火车载着他一点点地拉近与祖国与故乡的距离时，他的心还是无声地颤抖起来，有一刻甚至后悔没有选择与王兴发和赵剑武一起出走他国。于是，裹紧被子的李秋实一直在睡觉，似乎要把这段日子失去的觉都补回来。一路上，他就这么昏沉沉地睡着，睡出了一身汗，他后来抹到了脸上流下的液体，他不知道自己在睡梦中居然流泪了。他宁愿相信这是汗。他想让这汗把自己淹没得严严实实，与这个世界隔离。然而，倾听着火车轮子无情地碾压着铁轨的声音，回想当初与那么多明溪老乡一起坐国际列车的情形，李秋实才不情愿地确信方才在梦中溺水般无助的他是流泪了。

李秋实就这么在温暖如春的国际列车包厢里一直昏睡着穿越俄罗斯和蒙古，直到踏上中国的土地，在二连浩特例行换铁轨的声响与火车的寂静中他才恍然清醒过来。当然，李秋实并不知道他是受凉感冒发烧了，焐出一身汗，病不知不觉地来又不知不觉地走了。这时候他觉得一身轻松，在睡梦中把泪与汗都流完后，他彻底清醒了。于是，他穿上大衣走到二连浩特的站台上，看着换铁轨的工人们再一次重复着一样的工作，已是比俄罗斯温和许多的风轻轻拂弄他如一团乱麻的心绪。也是在二连浩特，他和王兴发、赵剑武一起下车看工人们换铁轨，好奇之中内心充满着无限的憧憬，赵剑武豪情万丈对着二连浩特的寒风大喊："等着吧，等我回来，站在你面前的就是一个腰缠万贯的富翁了！"王兴发和李秋实虽然觉得赵剑武有点沉不住气，但相视一笑中很赞同赵剑武对二连浩特喊出了他们的心里话。现在李秋实孤零零地缩着双肩在同样的二连浩特却像一只失群的孤雁，寒风无情地打湿了他的眼眶，但也提醒他得振作起来。是啊，选择了回国，循着当初来匈牙利的路踏上回明溪的行程，等待他李秋实的一定是父老乡亲的失望，或许还有指责和鄙视。然而，他执意要回国，这让王兴发和赵剑武很是不解。他没有对他们说，他现在就想听听明溪的乡音，看看故里的山水。他知道，说这些，已选择另一条路的两位兄弟不会理解。现在，踩在祖国结结实实土地上，这位失败而归的明溪汉子深深吸了一口祖国的空气，轻声地说："中国，我回来了；明溪，我回来了。"

李秋实是在一个暮霭沉沉的傍晚悄悄返回明溪的，当他急切的脚步走向家走向亲人时低头与一位邻居擦肩而过，邻居没认出戴着帽子将衣领竖起的行色匆匆的李秋实，开门处是妻子张嘴结舌的愕然表情。他返身关门的动作有些重，他甚至只是匆匆地看了年幼的女儿一眼就把自己关进了房间。直到这一刻，李秋实才放放心心地把自己放倒了，放倒在故乡天空下，放倒在亲人关爱的目光中。整整三天，他把自己关在房间里，坐在窗前，望着外面亮丽的天空发呆，不和谁说一句话，包括忧心忡忡的妻子。有好多次，贤惠的妻子想和久别归来的丈夫说说话，却被男人冰一般冷的目光打了回去，只能无声地一叹，默默地尽其所能煮上男人爱吃的菜。

事实上，从信中早已知悉前因后果的妻子自接到丈夫归国确定的日期后，就一直在焦急等待男人归来，担心害怕中直到开门见到忽然变得沉默寡言的丈夫，她一颗悬在半空中的心才算是放下了。遵照李秋实信中吩咐，妻子没把他回来的消息告知公公及任何人，她当然明白这会引起一场震动亲朋好友的地震，她不敢想象那些债主蜂拥而至的景象。然而，世上没有不透风的墙，男人生意失败的消息早通过各种渠道从匈牙利传到明溪，一些沉不住气的债主已上门向柳娟打听李秋实的消息，都被柳娟含含糊糊地打发走了。欠债还钱，天经地义，柳娟已做好与丈夫一起砸锅卖铁还债的思想准备。内心里，自从得到消息，柳娟就希望丈夫从那个该死的地方回家。不错，当初丈夫辞去医药公司让人羡慕的公职远赴匈牙利，在县水泥厂化验室工作的柳娟就不赞同，为此夫妻还闹了一阵子不愉快，她还请来地质队实验室的同行凌笙劝丈夫不要砸了铁饭碗。后来，是公公一锤定音，她才掏出所有的积蓄和向兄弟姐妹借钱，送丈夫出国。打小过惯穷日子的她并不指望丈夫到匈牙利马上就成大老板，尽管她相信一向敢说敢做、一诺千金的男人，但她没料到的是这么快，败得这么惨。一开始，她没思想准备，好多个夜晚就后悔当初该坚持不让他辞职，起码也像有些人一样停薪留职，失败了也好有个退路。现在，退路也没有了，怎么办？如何还这些巨额债务？她的心沉得都快跳不动了。更让她担心的是还远在匈牙利的男人，不知这个一向刚强的男人如何承受这意外的打击。这么想着，她是多么急切地盼望男人回来，只要人回来了，一切就都有盼头。活人不给尿憋死，卖房卖地，做死累活，慢慢还债，日子总有个盼头。但现在，男人这个样子，让柳娟满腔的话无处诉说，一颗心又悬了起来。

就这样，李秋实吃了睡，饿了吃，像一具行尸走肉。直到第十天，柳娟看着男人一天天消瘦的样子，只能到李坑老家请来了公公。见到满脸忧色清瘦许多的父亲，李秋实低声喊了一声"爸"，眼眶不觉湿润了。其实，从回到明溪那一刻他最想见又最怕见的人就是父亲。他是家中的长子，是李家的顶梁柱，他清楚自己身上寄托了父亲沉甸甸的希望，支持他辞职出国的父亲希望他当好李家的领头雁，他却变成一只折了翅膀的孤雁。李秋实现在只想默默地舔好自己的伤口，振作起来，再去见父亲。妻子没经他的许可搬来救兵，一时间他不知如何面对，只是向 10 天来没说过几句话的妻子重重瞪了一眼。做父亲的当然知道儿子此刻想些什么，他心疼而失望地看着蓬头垢面，头发凌乱，胡子拉碴的儿子，用竹烟杆重重敲了一下桌面，轻责道："你别怪柳娟，你现在还知道怕见我这父亲，说明还有救！你看看你现在的样子，哪里还有一点像我的儿子哦！早知你这么经不起输，当初我真不该放你出去！"

"爸，输得太惨了！我……"

"亏了多少都有个数，只要人在，这就不算输！"父亲心疼地瞪一眼垂头丧气的儿子，缓和语气说，"我没让你妈来，怕她看到你现在这个样子受不了。秋实儿啊，跌倒爬起来，打小我就这么教你，你怎么就忘了呢？"

李秋实的泪不由自主地在慈父的责备声中溢出眼眶，长长一叹："唉，可是……爸，我现在感到一点力气也没有，我怕是……怕是很难爬起来了！"

李秋实的哀叹让父亲非常震惊、失望。在连续吸了三筒旱烟，父亲依然无法让儿子抬起头来后，他重重一叹，将竹烟杆往桌脚上一敲，没烧完的烟屎红红地落在地板上，一跺脚，含泪长叹："唉，我的儿没指望了啊……"

　　父亲的话和一声长叹及转身而去的背影让李秋实非常震惊，但他没有追摔门而去的父亲，瞪了妻子一眼，转身把自己重新关在屋子里。想想，他是得好好想想，原本他也是想好好想想，把目前的事情理出一条清晰的头绪。父亲来早了些，他有些埋怨妻子。但是，他理清头绪了吗？他躲在屋子里不见人是仅仅怕债主们得知消息上门追债，还是这么一跌，真成烂泥糊不上墙了？李秋实依然没走出内心的纠结。整整两个月，李秋实都没有走出来，也没有找到站起来的勇气和力气。他当然不知道，世上没有不透风的墙，从匈牙利吹回来的风早就通过各种渠道告知他回明溪的消息，他的家之所以风平浪静，是因为背似乎驼许多的父亲为他挡住了这些冷风。就在那天转身长叹而去时，父亲对李家所有人下了道死命令，不准任何人透露李秋实回明溪的消息，能瞒多久是多久，在儿子还没有力气应付的时候。当然，在李坑当初借钱的债主找上门时，李秋实的父亲坦然地承认了。他使用的办法是把目标引向自己，他不能让听到消息上门要债的人把还没想好怎么爬起来的儿子逼得没有活路。不错，正是父亲凭着他大半辈子积累的人脉和树立的威望，为儿子挡住了那些蠢蠢欲动的债主，他对最大的债主说："给他时间，我相信秋实一定会还上你的钱。我的儿，我心中的有数。如果最后还不上，我走之后，李家这幢百年祖屋归你，说话算数！你和大家说，可以叫村主任来作中，我和你立字据！"

3

　　在父亲和家人焦急的期盼中，李秋实还是足不出户，无计可施的柳娟没心思上班，干脆找李秋实的同学到明溪医院开了张病假条，她要在家里守着魂不知丢到哪里的男人。她还悄悄到离水泥厂不远的惠利夫人庙为男人烧香，希望救苦救难的惠利夫人能赐给她一副解救丈夫的良药，或许只有这副药能解开男人的心魔。是啊，她和公公一样担心的并不是天文数字的债务，打小从苦日子里熬出来的柳娟不怕过苦日子，她现在最担心的是男人走不出来，公公那一句"我这个儿子没指望"的话，才让她的心真的冷了半截。这天，悄悄推开虚掩的门看到原本一直呆望窗外的李秋实在翻看一本旧杂志，柳娟认得，这是明溪县文联编的《滴水岩》，上面就刊登着丈夫一首诗，那是他的处女作，同期发表的还有地质队实验室凌工程师的诗。霎时，柳娟脑子里灵光一闪：对，诗！或许男人这把被匈牙利的风吹锈的锁只有这什么诗歌能开得！欣喜之下，她当即到楼下用公用电话给凌工程师打电话。

这时候，李秋实曾经的诗友凌笙已跟随着整个地质队搬迁到三明，李秋实远赴匈牙利追寻淘金梦路过三明，凌笙还在富兴堡一家小饭馆为他送行，两人就着一盆酸菜鱼和一碟花生米喝了一瓶李渡高粱，如果不是因李秋实当夜要坐火车，估计这两个如今"分道扬镳"的文友起码得再开一瓶李渡。不错，当晚批评李秋实弃文从商的凌笙开玩笑用"分道扬镳"这个词为李秋实送行，一旦投入那个曾经的社会主义国家就得与诗歌分手了。李秋实就用热辣辣的目光看着凌笙，说："我也不知道此去如何，既然迈出这一步，诗歌只能暂时放一边。不过，我想好了，到匈牙利我就要用赚的第一笔钱买两本匈牙利原版的《裴多菲诗集》。一本给你，一本留给我自己。"

凌笙听懂了李秋实话中的潜台词。这是他们最后在一起谈论此时还方兴未艾的诗歌，后来，凌笙果然收到从匈牙利寄来的《裴多菲诗集》。这本匈牙利文的诗集凌笙当然无法阅读，这其实只是两人之间一种无言的默契。第二天，接到柳娟无助电话的凌笙吃惊之余坐上三明往明溪的长途汽车，身上就带着这本匈牙利文的《裴多菲诗集》。在荆西岭盘山公路上绕得有些晕头转向之时，凌笙翻着看不懂的匈牙利文，并不知道自己手持的这把诗歌之钥，能否打开李秋实那把已远离诗歌的锁。柳娟一见到凌笙如见到大救星般压低声说："凌工程师，我是没辙了。你来劝劝秋实，除了见过我公公，他现在连最好的中学同学也不见。"

因是同行关系，柳娟一直这么尊敬地称呼已是化学分析助理工程师的凌笙。而从女人压低声调的无奈话语里，电话中已知悉事情所有经过的凌笙品咂出女人对自己的期望，无形中感到了一丝压力，担心李秋实也会像拒绝中学同学一样将他拒之门外。当然，并没有意外，包括李秋实开门与其形象都和凌笙坐长途汽车转荆西岭盘山公路时想象的没大出入，这让他面对李秋实惊愕表情时悄悄松了口气。

先是有些愕然地看一眼做错事般站在凌笙身后的妻子，然后，李秋实就握住凌笙递过来的手。两个久别的文友来了个男人式的拥抱后，他对妻子说："还愣着做什么？泡茶。不，整两个下酒菜，我要和凌笙兄弟好好喝两杯！"

审视凌乱的屋子和李秋实如鸡窝般的头发，凌笙摸摸自己永远无法梳理清楚的一头卷发，笑道："和我想象的差不多，只是你一向打理得很清楚的头发乱成这样，出乎我意料。"

从彼此善意取笑都乱如鸡窝的头发开始，凌笙从包里掏出那本翻了无数遍并不是为了看懂，只是为了感受诗人国度那种诗意的诗集，轻声说："说到做到，哈哈，我凌笙没有白交你这个朋友。"

"现在得失信了。"李秋实接过凌笙递过来的诗集，了无心绪地随手翻了翻，不无遗憾地说，"收拾行李时还想着的，没想到回国时还是把那本诗集留给布达佩斯了。唉，这是天意吧，匈牙利让我们把生意做砸了，也让我把诗丢了。"

"丢不了的，只要在心里的东西，就丢不了。"

"凌笙，你现在不像是诗人，倒像是哲学家了。"

"生活会让一个人成为诗人，也会让一个人成为哲学家。要紧的在于内心的选择。唉！"

"精辟！可我现在不是个文化人，更不是诗人，也不是商人，我现在是'四不像'。"李秋实把诗集还给凌笙，仰头轻声一叹，"凌笙兄弟，能不能陪我去月峰寺？"见对方诧异的样子，他就起身望着窗外已是灿烂得炫人眼睛的阳光，补充道，"我现在就想去见见罗汉公，听听他会对我说什么。"

凌笙心思转换间跟上李秋实跳跃的思绪，问："去罗汉庵？我们认识不久去过一趟，记得你很敬佩罗汉公。好啊，去听听他说什么。"

并非突发奇想，回明溪这么一段时间，李秋实没有一个晚上睡得踏实，一入睡就做梦，在云雾迷漫辨不清方向中总会远远地出现一位壮实的中年男人，面目不清，轻声在对他说着什么。这人一定是罗汉公！醒来后的李秋实知道这是梦。想去月峰寺，可他没有勇气一个人去见罗汉公，因为在出发之前他特意去向罗汉公辞行，在长跪三拜许下了宏愿。但他的愿望并没有实现，在思想了无数遍出路而寻觅不得，他觉得自己是得去听听罗汉公会对他说些什么了。凌笙，这个精神的挚友到来，让他找到了前往罗汉庵的勇气。

柳娟没有责备丈夫的突发奇想，现在她最希望李秋实离开屋子，离开这个并不能让他躲一辈子的壳子里。当凌笙急匆匆从一位修理摩托车的朋友那里借来一辆红色嘉陵摩托，向她做了个放心的手势，看着男人轰大油门载着凌工程师绝尘而去的背影，柳娟只是含着欣喜的泪水大声交代，她会炒好菜等他们回来喝酒。

红色嘉陵气喘如牛地载着两个男人绕行过七弯八拐的盘山公路，中午时分来到了罗汉庵。就说罗汉庵还有一个名字叫月峰寺，寺中祀奉的定光古佛便是罗汉公（又称大汉公、吉祥公、吉祥如来等）。传说元佑郎象升（定光古佛化身）托化僧人景靖云游明溪，见城南的十公芜山头高耸入云，连绵九峰开大幛，经灯笼凹，穿山过岭，串联七小峰，犹如七星望月，绵延至罗汉村现罗汉庵主殿背后而尽。从三个方向而来的三条清溪交汇于殿前成于半月潭，似半月拱照七星，故取名月峰寺。

传说罗汉公是一位忠厚诚实、善良勤劳，长期受雇于人的长工。雇主长年在外经商，在家的女主人对待长工飞扬跋扈、吝啬刻薄，经常给大家吃不加盐油的菜。罗汉公虽然每日粗茶淡饭、衣衫褴褛，仍勤勤恳恳、日出而作日落而归。三年后雇主返家，见罗汉公等长工一个个面黄肌瘦，心生疑虑，偶尝长工饭菜，其淡无味，难以下咽。雇主便问罗汉公："此菜你如何能吃得下？"罗汉公淡然一笑，"已吃三年，习惯了。"雇主又见罗汉公身上衣裤破烂不堪，不由勃然大怒，严令其妻解释缘由。无奈之下，女主人只能托词说是为家持财，而怠慢克扣了长工们的伙食和衣物。雇主严厉训斥妻子后，命其烧水给罗汉公沐浴更衣。不承想罗汉公沐浴之后随着雾气消失得无影无踪，升天成佛了。雇主惊讶之下跳入浴桶，也随一阵清风升天。吝啬刻薄的女主人见状惊恐不已，慌忙跳入浴桶欲随夫而去，然而，善恶有报，女主人却化成了阴沟蛆虫。从此，罗汉公升天成定光古佛，善良正直的雇主也成了伏虎禅师。

同学朋友都知道李秋实从小到大对罗汉公很崇拜，却不知道他敬的不只是成神的定光佛，更敬曾是做工者的罗汉公。因他农家子弟人生底色里的善良正直与作为凡人的罗汉公身份的契合。这一点，也只有他视为精神朋友的凌笙知晓。同样，同学朋友都知道李秋实喜欢用"格局"大小来评价一个人，敬佩"大格局"者，鄙视"小格局"的人，连择友也是以"格局"大小来选择。不错，李秋实一直以为出身低微，处于社会最底层，罗汉公却是一个有"大格局"人，正是"大格局"的人生态度，成就罗汉公到定光佛的蜕变。当然，这还是一个公家人的李秋实第一次带凌笙来罗汉庵时，两个诗人之间的探讨，后来被王兴发嘲笑为文人酸腐之举。确实，他从罗汉公身上感悟到的"格局"，一直是他选择朋友的最重要标准。

此刻，站在罗汉庵前，凌笙就想起当初两人充满感慨的对话，李秋实显然也想及第一次带凌笙来罗汉庵的情形，于是，两人心照不宣相视一笑走进寺内。李秋实抬头观望内门楼上两块分别题着"道济百灵"和"澄果冰清"匾额，见凌笙正品咂着其中意蕴，略一迟疑，沉声说："凌笙兄弟，我想……就……就一个人和罗汉公说说话。"也不待对方回答，他自顾进寺了。

凌笙微微一愣，返身出寺门，耳听李秋实与守寺乡亲用明溪本地话对答，心中暗思着待会如何开导李秋实之词。凌笙当然不知道，李秋实此时内心是一遍迷茫，其中最纠结的是为什么恪守诚实守信，反而会被一个不守信之徒轻易击败？他一涉足商场，遵从的就是诚实守信的信条，在商言商也必须于"君子爱财取之有道"的原则下进行。利缘义取！违背信条，或许能获一时之利，要做一番大事者，却必须有罗汉公那样的"大格局"。

那么，他现在是不是该校正这样的信条呢？

4

事实上，李秋实在最早一批出国经商的明溪人中，是全县第一个辞去公职、自绝后路之人。李秋实不给自己留后路，夫妻为此几乎反目，如果没有父亲最终拍板，他的从商之路就得胎死腹中。在明溪人眼里，好不容易跳出农门捧上铁饭碗的李秋实拥有一份让人羡慕的工作，从福建卫生学校毕业分配到明溪医药公司中药泡制加工厂当技术员，单位不多的几个中专生颇引人关注，每个月有旱涝保收的工资，后来娶了在明溪水泥厂当化验员也有固定工资的老婆，这日子在外人眼里已是很圆满了。每次回村，从乡亲们羡慕的目光里，不用出水两腿泥的李秋实起初也颇为满足，上班下班，放假回村帮父亲做做农活，日子顺风顺水，正是父亲当年支持他读书上进最好的结局。按着这条道走下去，争取过几年混个一官半职，事业有成，那是李家祖坟冒烟、光宗耀祖的事，全村人都会跟着李领导沾光。父亲是这么指望的，李秋实也是这么努力的，乡亲们也是这么祝福的。然而，随着日子一天天按部就班地过着，平淡得一眼望得到头的工作却让他慢慢心生出几分乏味。也就是这年正月初六，随父亲参加定光佛做醮，捏着三炷香跪在罗汉公神像前，李秋实猛然一惊：呀，自己一直敬佩罗汉公格局大，那么自己的格局在哪里呢？就是这么上班下班，最终谋个什么人人都盯着，狼多肉少的某个官位吗？这真是你想要的生活？这么一想，李秋实总觉得罗汉公一双利眼已洞察他内心的一切，似乎对他非常失望。也就从这天起，李秋实确信这不是他想要的生活，但他不知道自己的生活该怎样，又能怎样？

其实，这样的扪心自问从李秋实参加工作没多久就开始了，原本只是轻微的，淹没在村里人的祝福和亲朋的羡慕目光下，是后来业余时间选择诗歌让生活丰富起来。有那么两年，他遵从父亲的教诲也想在单位干出一点名堂，有朝一日将那个他怎么看都像是"我胡汉三又回来"的那个顶头上司从交椅上掀下来。于是，他每天认真工作，上班第一个到，扫地烧水，忍着恶心给顶头上司沏茶。或许这个没有文凭的上司在开始提倡干部年轻化知识化的潮流中发现李秋实深藏内心的企图，意识到工作能力很强又很努力且有硬邦邦中专文凭的这个乡下小伙潜在的巨大危险，开始在各种场合利用各种机会刁难他。这真是李秋实过得最窝囊的几年，一心想出人头地的他不得不忍着顶头上司绵里藏针的为难，堂而皇之的刺痛让他又找不到针的来处，更发不得火，只能忍气吞声接受种种不公平的待遇。如果不是后来发生了这个在单位同事看来极普通的潜规则事件，李秋实估计还是抱着荣升的企望忍受顶头上司的绵里藏针，时不时像做错事的学生接受领导对他好高骛远的批评，特别是在他写了诗，且在《滴水岩》发表，单位里一些同事戏称他诗人后。

这天晚上，心情郁闷的李秋实与几个中学同学在小酒馆里小聚，喝着均竹酒，大家闲谈中提起单位的事，李秋实就说了"胡汉三"的霸道刁难，时不时地给他穿小鞋。一位年纪稍长的师兄点拨他："秋实，你就是太高傲了。现在还搞了个业余诗人的头衔，县文联那里也时不时地露个脸，这还了得。你得自矮身份，不然，你扫再多的地，泡再多的茶也没用。有几个领导不是武大郎开店？你是个中专生，又比他厉害，他不给你小鞋穿才怪呢。"一语点醒梦中人，李秋实细想他怎么也无法做到同学指点的自矮身架，起码业余诗人的头衔戴上是摘不掉的，更何况写诗已是他枯燥生活中最亮丽的点缀。终于，无奈之中的李秋实这天因一件莫须有的小事被领导再次批评好高骛远时，一直以来压抑的情绪爆发了，与顶头上司痛痛快快地干了一架。小小明溪县，事情传得快，回到家已得知情况的柳娟就责备丈夫不该与领导争吵，本来领导就看不惯丈夫高傲的样子，以后更不知要给他穿多少小号的小鞋了。李秋实一时就火了，"我让他给我穿小鞋？哪一天，老子把脚上的皮鞋脱下来不穿了！就是穿草鞋也比这皮鞋舒服！"其实是顺口一说，当时并没有什么成熟的想法，唯一一个赌气的想法就是，他李秋实不管他三七二十一，不再一身正气地回避人家"潜规则"，也放松放松。

　　什么"潜规则"？那是医药公司内部职工心照不宣的便利。每次进货，多少都有一些药品损坏，特别是那些玻璃瓶装的药，磕磕碰碰后若"五官不正"，大家就给它们"潜规则"了，或自个悄悄近水楼台享用，或堂而皇之地以"废品"价格廉价地收入囊中。身为技术员有管理检查仓库的权力，但一直努力表现先进的李秋实从不"潜规则"这些药品。现在，无端被批评的李秋实决定也放松放松，请了两个最要好的同学一起来"潜规则"，对象就是医药公司颇抢手的营养品——蜂王浆。三人先是将"五官不正"的蜂王浆"潜规则"，但第一次开荤的两个同学意犹未尽，曾点拨李秋实的师兄诡秘一笑，动手先制造了一个"废品"，然后堂而皇之地"潜规则"之。开了这么个头，脸上抹不开情面的李秋实只能让师兄用这个办法"潜规则"了一盒蜂浆，大补后的同学连夸李秋实仗义。不料想，李秋实邀同学"潜规则"蜂王浆的事，被一直视李秋实为竞争对手的一个小人告了密。在证据面前，好汉做事好汉担的李秋实被顶头上司扎扎实实地训斥了一个下午，还连带着罚扣了半个月工资。两家的父母兄弟都有拖累，李秋实和柳娟每个月的工资都是精打细算着花，现在缺了李秋实

的半壁江山，日子的紧巴可想而知。妻子埋怨之余又担忧领导可是找到给丈夫
穿小鞋的理由，惹得李秋实与妻子干了一架，跑到王坊山头找凌笙探讨诗歌，
心中的气暂时算是消了。但是，李秋实明白自己参加工作以来的认真努力算是
被这几盒蜂王浆毁了，妻子所说的小鞋，顶头上司估计早就做好了，现在就等
着给他穿了。别人都在"潜规则"，我李秋实"潜规则"一次就扣工资，这理
到哪说去！思想之下，骨子里并不是逆来顺受的李秋实从此走出原来的企盼，
工作虽还认真做着，对得起拿的工资依然是他做人的原则，但"潜规则"的事
李秋实索性与同事们一起做得不亦乐乎，时不时请要好的同学到仓库里"潜规
则"那些"五官不正"的药品，除了蜂王浆，当然还有大家最爱的"十全大补
酒"。李秋实与大家"同流合污"后，反而再也没人打小报告了，大家心照不
宣地共同"潜规则"。有一段时间，凡同学聚会大家都必定非常期待李秋实
"潜规则"来的"十全大补酒"，那可是好东西，酒好还有补。有同学开玩笑
说，自从有了李同学的"潜规则"，不少同学的家庭更和睦了。然而，李秋实
却越来越恨现在这个"同流合污"的自己，"当一天和尚，撞一天钟"，这还是
那个打小敬佩罗汉公，期盼人生有"大格局"的李秋实吗？如果不是"胡志明
事件"的爆发，李秋实不知道自己的人生会不会就此走腔走板。对李秋实来
说，"潜规则"蜂王浆改变他原本遵循的按部就班的工作态度，就像被一股无形
的心火烘干的一堆"干柴"，"胡志明事件"出现则是半空中打了一个闪电，不仅
照亮他眼前已是一片黑暗的工作前程，而且引燃了被心火烘干的那堆"干柴"。

5

这的确是一个事件，后来明溪人把它称之为轰动整个明溪城乡的"胡志明
事件"。当时，历史并没有认识到这个事件的爆发对明溪这座山区小县意味着
什么，直到几十年后，人们重新回望和梳理已成为全国闻名的新侨乡，探寻群
山包围中的内陆山区如何会出现这么一种现象时，才意识到这个事件对于撬动
明溪人民的未来，就像让阿基米德找到了一个支点，撬动了整个地球。

这年的农历正月初六，李秋实陷入内心彷徨无助之时，沙溪乡比李秋实小
两岁的胡志明却谋划着前往遥远的意大利。事实上，1966 年出生于沙溪乡沙溪

村的胡志明并非正宗明溪本地人，其祖籍为浙江温州，初中毕业后到明溪县广播站当了一名外线工，负责沙溪到夏阳的广播线路维修。外线工辛苦啊，成天背着工具袋穿行在山间小道上，从明溪到沙溪有一条通往三明的省道经过，进城可搭班车，但到夏阳的路就难走了，翻山越岭的盘山公路很难搭到顺风车，主要得靠一双脚板。辛苦归辛苦，工资却挺高，一个月能有近百元钱入账。在沙溪乡亲的眼里，公家人胡志明年纪轻轻有这么一份好工作，胡志明为此也颇为满足。然而，在浙江温州亲戚们眼里，好汉不赚有数的钱，拿这百元死工资不是男子汉所为，时不时地，从温州老家传来的各种消息让胡志明原本安分的心长了毛。浙江温州是什么地方？那是改革开放的前沿，也是出假货的地方，用胶水粘的皮鞋，走十步开裂，温州的富裕神话却长了脚般传遍全国各地，也通过温州亲戚添油加醋地传到身居山区的年轻人胡志明耳里，一些已在意大利、法国经商的亲朋召唤他一起到国外淘金。不，不是淘金，在亲朋们的信中那就是去捡金子，外国人懒，遍地的金子就等勤劳勇敢的中国人俯首可拾呢！

　　胡志明终于坐不住了，找了个借口，扔了背着的工具袋，坐汽车转火车，辗转着回到温州老家，一下车就看傻眼了。待亲戚带他到自家的家庭作坊转一圈，自豪地夸耀说全世界的名牌他这作坊都可以根据市场需要生产出来，并声称很快就要去意大利，小作坊赚钱太慢，况且现在温州假货名声不好，到国外捡金子更来得快。胡志明大开眼界，当即决定跟随表哥去意大利捡金子。想起翻山越岭修电话线的艰辛，他确信，凭自己的勤奋还捡不来意大利满地的金子？

　　1989 年 11 月，时令正是深秋，山区的气候在早晚已有了寒意，不仅山道上的枫叶红遍了半边天，各种杂木叶也被深秋染上缤纷的色彩，山林的秋景美丽得让人不忍离去。然而，胡志明收到表哥邀请函并得到担保后顺利办理了护照，遥远的亚平宁半岛美丽的景致已让他对眼前的秋景视若无睹。这是沙溪人拥有的第一本外国护照，此前没人见过护照是什么玩意，听说这玩意就是外国的通行证，有它就可以坐飞机到那地方做事情赚钱了，亲朋好友争相传阅印着胡志明精神十足头像的本本，惊叹之余却没有多少人真正羡慕他。可以说，出国赚钱对于明溪人来说就像是第一次吃螃蟹，谁也不知道会不会被螃蟹咬伤了，再说外国的"螃蟹肉"真好吃？若消化不好可是血本无归。因此，所有人对这个勇于吃意大利"螃蟹"的小伙子都将信将疑，采取观望的态度。甚至有人对胡志明放弃县广播站这么好的工作摇头惋惜，等着看他的笑话。

23岁的胡志明内心其实也是忐忑不安的，他当然不知道自己正在书写明溪的一段历史，并成为改变许多人命运的一个"事件"。当他踏上11月已是冰天雪地的亚平宁半岛，住到言而有信的表哥家里，并在他的帮助下到佛罗伦萨一家温州老乡开的服装厂里工作，开始吃意大利"螃蟹"。工作的辛苦没有出乎他的意料，表哥早已把一切都告知表弟。最让他难受的是语言不通，走在街上就像个"聋子""哑巴"，没有人意识到他的存在，不像在沙溪在明溪，在熟悉的语言包围下可以横冲直撞。好在上班的工厂有不少像他这样的中国人，大家还能用南腔北调的中国话交流，当然还有温州老板和温州的表哥，让他觉得在意大利并不孤单。事实上，他也来不及体验孤独感，每天马不停蹄的工作很快让他变成一架替老板打工替自己赚钱的机器，伴随着车间机器单调而永不停止的声响。从公家人转换为打工仔的胡志明刚进工厂时没有任何技术，只能做一个勤杂工，什么脏活累活都做。这没有技术含量的工作让原来的电话线修理工多少有些失落感，但第一个月拿到手的工资让他这种失落感瞬间烟消云散。折合为人民币3000元的意大利钱那么厚的一沓，是23岁的胡志明此前根本不敢想象的，这可比他在明溪广播站当外线工的工资整整翻了30倍！也就是说，他这地位最低的勤杂工干一个月抵国内干两年半！如果干一年，干十年？如果掌握技术，上机台做衣服？哇，这个数字胡志明都快算不过来了。当晚，他把自己的打算告诉了表哥。表哥看着兴奋的表弟，鼓励他抓紧用心学技术："会缝纫的技术工工资比勤杂工高几倍呢！明天我和你老板说说，争取让你早日拜一位师傅学技术。"

表哥说话算话，没几天，果然通过朋友找了一位可以信赖的温州老乡做表弟的师傅。胡志明恭敬地向师傅鞠了三躬就算是行了拜师礼，正式入行了。从勤杂工转换为缝纫徒弟，温州老乡认真教，他刻苦学。这时候，做外线工翻山越岭练出来的体能和毅力打下的底子成就了后来的胡志明。每天，别的徒弟休息了，他还要比他们再多学一个小时，边练习边琢磨。他是一个做事一丝不苟的人，有时为了把一件衣服的针脚缝得更细密也更好看些，若看不顺眼，二话不说就拆了重缝。他这么精益求精，一开始在工作进度上就稍慢些，收入不如其他的徒弟。了解胡志明这种性情的师傅没有批评他，而是手把手更加耐心地指导他诀窍，胡志明经常为此加班到天亮，让这位温州老板对这位来自明溪的小老乡刮目相看。很快，仅仅3个月，胡志明经过努力就掌握了娴熟的缝纫技术，顺利地从勤杂工变身为一名熟练的技术工人。当然，努力是艰辛的，回报也相当丰厚，比他当勤杂工时的工资翻了几倍，第一个月就领到了折合人民币8000多元的工资。这对于胡志明来说无异于天文数字，一辈子也没见过这么多的钱。这个晚上，胡志明将这些花花绿绿的意大利钱摊在床上，数了一遍又一遍，直到表哥推门进来才不好意思地说："刚发了工资，我数数。"表哥理解地笑道："志明，刚来意大利时我也和你一样，不奇怪。等着吧，好好干，钱有得你赚的。"胡志明当然要好好干，想着远在明溪的父母还在为他出国的欠债发愁，胡志明快马加鞭把第一笔钱寄回国内。同时为了多挣些钱，他总是加班加点，从第二个月开始，每个月挣到的工资超过了1万元。前途一片光明，想想当初接到表哥召唤时的犹豫和扔掉工具袋时的不舍，以及出国时一路上的忐忑不安，胡志明觉得以前的日子都白活了。让他没想到的，还有一个更大的惊喜等着他。

从1986年开始，意大利为了缓解劳工紧缺的现状，看准勤劳善良的中国人，希望有更多低廉的劳动力来建设美丽的亚平宁半岛，每隔二至三年就会推出一次"大赦"，专门为在意大利工作的华人解决长期居留问题。就这么着，胡志明领了几个月高工资后被这个天上掉下的馅饼砸中了。用一句套话说：机会是给有准备的人！胡志明正好赶上趟，仅仅4个月后，在表哥的帮助下，胡志明顺利取得意大利的居留权。一切都顺风顺水，没有了后顾之忧，胡志明可以在缝纫机台上大展身手，用他越来越娴熟的"青出于蓝而胜于蓝"的技术赚大把外国钱，在缝制一件件衣服的同时缝制自己越来越丰满的淘金梦。

功德初步圆满。中国人有一句话叫：富贵不还乡，如锦衣夜行。一年后，已是积累一笔在国内来说让人高山仰止财富的胡志明，选择秋高气爽的日子衣锦还乡，在沙溪乡引爆了一颗"炸弹"。当胡志明穿着意大利服装在沙溪乡招摇过市时，比县长的到来更引人注目，不说兄弟姐妹、亲朋好友上门探听消息，就是连八竿子打不着的人，甚至与胡家曾经有过隔阂的人也七拐八拐地打探。成功人士胡志明也不把自己发财的经验藏着掖着，如说书般将自己的淘金过程详细描绘，让人们脑子里的国外淘金梦随着他的讲述逐渐丰满起来。这年底，自己发财也没忘了带着大家一起发财的胡志明为16位亲朋好友办好护照和签证，半年后，他们先后循着他的脚步踏上了亚平宁半岛。这只是一个开端，此后，他相继把一批亲戚和沙溪人通过各种渠道，带到意大利、法国、匈牙利等国家。

第一个吃"外国螃蟹"的胡志明在最初制造"胡志明事件"轰动明溪城乡后，随着他的荣归故里引爆的"炸弹"，更把沙溪人的思想"炸"得人仰马翻之，"炸弹"威力理所当然波及其实一直在关注"胡志明事件"结果的明溪人。这么辉煌的成就让明溪人再也坐不住了。"炸弹"炸出了一个诱人的口号：欧洲遍地是黄金！这口号在口口相传中被不断地添油加醋，胡志明的荣归也渐渐变得有些扑朔迷离，许多人都想找机会见见传说中已在意大利捡回许多金子的这个沙溪人。当然，见到人并不是主要目的，重要的是有能力筹到钱的人开始想方设法通过各种渠道加入出国淘金的队伍中。不知不觉间，明溪城乡形成了一股出国淘金的热潮，人们争先恐后地以旅游、探亲、定居、访友、商务考察等方式奔赴欧洲大陆，最初波及的是在改革浪潮中因体制因素下岗的工人和处于底层的农民，随后连国家干部和公职人员也加入这股风行明溪城乡的出国潮。当1993年第二次衣锦还乡的胡志明花费巨资16万元，在沙溪立起一幢颇具欧式风格的小洋楼时，再一次掀动一浪出国潮。在他的帮助下，又有一批沙溪青壮年走出国门。当然，后来的胡志明自己办起服装加工厂当老板时，遍布欧洲的明溪人已不吃惊了。

然而，外国钱好赚，对于留守女人来说，数着花花绿绿的钞票时，精神的孤寂也成为一种常态，吃五谷杂粮的某个身体偶然红杏出墙，这极其个别的现象却被一些别有用心者无限扩大，后来就形成了"一沙二尤三清流，明溪少妇最风流"的民间俚语，其中的"明溪少妇"暗指沙溪留守女人。当然这是一种讹传，也是一种别有用心的谬论，没有明溪人将它放在心上。当明溪成为改革开放中的福建内陆山区一个奇特的新侨乡时，它制造的已不仅是一种财富故事，而是一种文化现象。

6

这就是后来写进历史的"胡志明事件"。之所以称之"事件"而不是故事，是因为它就像一个"炸弹"，把整个明溪都炸翻了，也把很多人的思想都炸翻了。当时被炸得人仰马翻的人中就有因邀同学"潜规则"蜂王浆和十全大补酒的李秋实，正处于迷惘中不知何去何从的他被这个"炸弹"炸得脑洞大开，瞬间一片空白之后随之展现出五彩缤纷的美丽景致。李秋实决定抓住这美丽的景致。于是，他悄悄撬班，袋子里还揣了两瓶被他有意"潜规则"的十全大补酒，以他猜测能做出如此惊天动地大事的胡志明一定是位性情中人，原意他是想与素未谋面的胡志明坐下来好好唠唠，品尝十全大补酒。遗憾的是，荣归故里的胡志明扔下"炸弹"后扬长而去，只在沙溪留下一堆闪闪烁烁的故事。李秋实从沙溪人兴奋地谈论胡志明的表情中，瞬间知道自己的路该如何走了。也可以说，让他决定自断后路的决定就诞生在被胡志明踩了几脚后还在余震的沙溪。

这个晚上，因妻子一直担心他"潜规则"蜂王浆被领导"潜规则"，时不时埋怨他不该继续"潜规则"十全大补酒，不想在女人这里节外生枝的李秋实采取迂回政策。晚饭后，他先是与妻子恢复因心情郁闷中断已久的散步，又说了一个笑话让女人捧腹大笑后，有了这足够的铺垫，李秋实这才装着不在意的样子把心中的想法淡淡说出。不料想，笑得心情愉快的妻子马上警觉起来，追问，"你刚才说什么？我没听清楚。"

李秋实长吸一口气，抱着长痛不如短痛的态度，把心中已是考虑成熟的想法详细说明。末了，他补充说："胡志明能做到，我李秋实也一定能做到。这两天我和几个同学朋友都商量好了，就到匈牙利。"看着笑容像水一般从妻子脸上流走，他努力活跃气氛，用玩笑的语气说，"嘿嘿，你放心，匈牙利与中国很友好，我们和他们会有共同语言的。嘿嘿。"

"什么？你发疯了！"女人没有吃男人这一套，夸张地尖叫起来。

　　李秋实往后退一步，装着深思熟虑的样子，尽量化解女人的惊骇："我盘算过了，出国的费用加上准备一些货物，借的钱也不算多，家里的那些积蓄大部分留给你和女儿。放心吧，听人说从北京到莫斯科的国际列车经过俄罗斯许多城市，一路上都可以做生意。老毛子喜欢中国货，说不定没到匈牙利，火车票的钱就赚回来了。"

　　"不行！你什么都不要说，就两个字：不行！"女人提高八度的声音让路过的一对情侣吓得快步离去。柳娟坚定地说，"说什么也不行！要借那么多钱不说，还要把工作辞了，万一亏了，你想过吗？你将来连个吃饭的饭碗都没有。你想想清楚，家里供你读书跳出农门费了多大的劲？你还要把好端端的工作辞了！"接着，女人理解地开导男人，"秋实，你是怕领导将来给你小鞋穿吧？我都想好了，等星期天你把领导请家来，我做几个菜，请他好好喝顿酒，赔个礼，这结也就解了。你可不能再带同学去喝什么十全大补酒，人家身体是补了，你这工作却是亏了呢！"

　　李秋实知道无论如何在女人这里都是通不过了。于是，他第一次霸道武断地对妻子说："没有万一！与其在单位暮鼓晨钟，等着'胡汉三'穿小鞋，还不如我自己把这双公家的鞋脱了，做一双更结实暖和的鞋子穿！"

　　无可奈何的女人伤心地跑回李坑，向公公求援。

　　起初父亲当然是反对的。是啊，儿子是李家的骄傲。当年李秋实考上中专，那可是李坑有史以来头一份，农门出秀才，光宗耀祖，那是多大的造化，村里人都说李家祖坟冒烟了。父亲也好是请村里长辈和村干部们喝了一回酒，嘱咐儿子好好读书上进。待他分配到明溪医药公司成了不用扛锄头旱涝保收的公家人，父亲又请酒庆祝，并指点李秋实的弟弟们要以哥哥为榜样，好好读书，将来也做公家人。他又叮嘱儿子要努力上进，挣个一官半职，他到九泉之下见李家列祖列宗就可以昂首挺胸去了。因此，李秋实提出辞职无异于给父亲扔了一颗炸弹，把父亲对他的希望与寄托炸了个人仰马翻。理所当然，与媳妇一同进城的父亲把儿子骂了个狗血淋头，用竹烟杠敲敲桌面，严厉地说："听你媳妇的，把这长草的心放安稳了，踏踏实实上班，向领导赔不是。都是公家人，他还能把你怎么样？还要自己把鞋脱了，穿自个做的鞋，美的你！"

然而，父亲在听了李秋实一番掏心窝子的话，特别是李秋实如实讲述"胡志明事件"的前因后果，虽没读过多少书，思想却不守旧，也了解儿子倔强刚强性格的他盯着儿子恳求的眼睛，吸了两筒烟后，一声长叹道："唉，看来这世道真的变了，眼下的世界我是看不太懂了。也罢，就出去闯闯，为父帮你一起筹钱。"又反过来开导一脸失望惊讶的儿媳，"就像一只鸟从这个山垄飞到另一个山垄找吃的，秋实觉着这个山垄的吃食不香，就让他换个山垄吧。"父亲转身而去时，又叮嘱儿子到外国的山垄找吃的可以，但不能不给自己留后路，工作不能辞，就按国家的政策办停薪留职。然而，得了父亲指令的李秋实最终还是瞒着妻子办了辞职，因为他不想与"胡汉三"多费口舌，也省得听他不阴不阳的送别话语。于是，就这么着，借着"胡志明事件"的"炸弹"余波，李秋实在这个晚上写就一封并无多少文采的辞职书后，审视着窗外汹涌澎湃的无边夜色，内心多少有些忐忑不安。

顶头上司对李秋实递到面前的辞职书很是吃惊，原本他等对方递上的是停薪留职信，已准备好好刁难一番，清算清算这个傲慢的年轻人"潜规则"蜂王浆和十全大补酒的严重错误，现在这辞职信就像是对手的绝交书，让他全身的力气无处使，只能皮笑肉不笑地居然在李秋实转身而去时，言不由衷地说了句不伦不类的"一路顺风"。与此同时，作为一位特殊的朋友，凌笙更像是李秋实精神上挚友，他在惊讶地倾听李秋实讲述向"胡汉三"递交辞职书时，对方脸上惊诧的表情，并不赞成这自绝退路。他摇头一叹道，"唉，秋实，看来你要远离诗歌了！但反过来一想，我们杜鹃诗社已经有好几个人不再写诗了，毕竟诗歌当不得饭吃。"

听了好友的肺腑之言，李秋实黯然神伤："就像我父亲说的，我这只鸟儿是时候到别的山垄找吃的了。凌笙，是暂时的，只是暂时告别。我想，有一天我还是要回来的。文学是永远的情人，大家不都这么说嘛。唉，一切都结束了，上午我已把辞职书交给胡汉三，下午他就批了。"多少有些失望，原本李秋实是想与对方好好交锋一下，没想到这辞职信一下就把他打垮了。这么想着，李秋实笑道："呵呵，仰身大笑出门去，我辈岂是蓬蒿人哪！"

也就是这一刻，凌笙认识了一个从未见过的李秋实，忽然间对他的选择多了一种没来由的信心，只是他绝对没想到这么快李秋实就折戟败归。走太快了，或许是李秋实这次失败的真正原因。了解李秋实生意失败的前因后果后，虽然朋友的背信弃义是一根导火索，但急于求成方是造成识人不察的主要原因。旁观者清，没做过生意的凌笙看到了李秋实内心的症结所在。现在，李秋实走出了罗汉庵，脸上是让凌笙颇有几分惊讶的平静。一时间，凌笙被对方脸上的平静打乱了原本准备好的说辞，想了想说："秋实，我当初是反对你辞职自断退路的，真佩服你的勇气，就这一点，我凌笙做不到。记得你一直很敬佩罗汉公的'大格局'，那是第一次来罗汉庵，听到你这种人生论断。当时，我就很赞同你的观点，但我说每个人的人生格局有不同的层面，格局的大小是取决于各人的内心，并不以一个人的成就为标准。有的人成为腰缠万贯的老板，有的人一生清贫甚至一事无成，但并不影响他共同都拥有'大格局'。正所谓，穷且益坚，不坠青云之志；穷则独善其身，达则兼济天下。这都是令人敬仰的大格局，你现在是不是忘了罗汉公是如何忍辱负重，才有后来……嗯……我是说……你现在暂时受挫……不……"

李秋实看着选择措辞开导自己的挚友，打断对方的话："凌笙，你要说什么我都知道。方才在罗汉庵里面对着罗汉公，我都想明白了，哪里跌倒哪里爬起来，我会往前走。"他向凌笙伸出手，沉思说，"罗汉公什么也没对我说，又说了好多，我都用心在记着呢，以后有机会再告诉你。凌笙，谢谢你陪我来，不瞒你说，我一个人真没有勇气来啊！"

不错，一开始跪拜在罗汉公神像前李秋实是内心一片迷惘，庙祝见他脸上凝重的表情，就悄悄退出大殿，留李秋实一个人在空荡荡的大殿里。在一缕缕香烟缭绕中，在烛火间而"噼啪"一跳间，慢慢地，李秋实似乎走进了罗汉公的世界，他觉得自己和当初的罗汉公一样在雇主那里做工，上山下田，风吹雨淋，吃着难以下咽的糙米，衣裳褴褛难抵寒风。他听到了刻薄的女主人尖酸的嘲讽之语和斥责之声，他想跳起来与她好好理论一番，可他看到罗汉公只是默默地低下头倾听女主人的斥责，扛起锄头出工去了。他不解罗汉公为何这样忍气吞声，他也气鼓鼓地挑起一担土箕跟着下田。他追问罗汉公，可罗汉公什么话也不说，只是用手指指指天、指指地，又指指自己的胸口。一天又一天，在他快忍受不住的时候，男主人回来了，随后他看到罗汉公在他眼前化身为定光佛，万道祥光中他还看到男主人化身为伏虎禅师，女主人却变为一条蛆虫……这是怎么回事？也就在恍恍惚惚间，李秋实猛然惊醒，惊异他方才居然迷糊睡去。三炷香火依然青烟缭绕，没来由地就想起当初凌笙解读明溪人尊崇罗汉公信仰的话："出身低微的罗汉公和善良的雇主分别成为定光佛和伏虎禅师，而刻毒的女主人在同样的'通道'里却成为阴沟蛆虫，是这个传说演变为民间信仰的理由。最引人深思的是三人进入的是'同一条通道'，但因个体本质不同而生发相反的结果，人们敬仰罗汉公更多是其中的深意，这也是客家人特别尊崇定光佛的深层次原因。"霎时，李秋实听到一直笼罩心中的沉沉黑色如水般从身体里悄然溃散的声响。

凌笙当然不知道李秋实这一番内心的挣脱，但听着对方的话，看着对方重新明亮起来的眼神，他明白自己再说什么都是多余了。他为李秋实高兴的同时，握住了李秋实伸过来的手，用力摇了摇。

从这天开始，李秋实做的第一件事就是给生意场上认识的朋友写信。连续几天，他来到邮局像在完成一个庄重仪式般，把一封封信投入绿色的邮箱，期盼能从这邮箱里长出绿色的希望，一颗心与这个逐渐热起来的季节一样。做完这一切，接下来是漫长的等待，他想用这个目前唯一能与外界建立联系的方式搭起一座桥，将他李秋实从水深火热的明溪引渡上岸，他相信只要上了岸就会有办法。等待是漫长的，李秋实有足够的耐心，在父亲和亲人为他抵挡蠢蠢欲动的债主时。然而，希望很丰满，现实却非常骨感，在众多的信石沉大海、杳无音信之时，偶尔的几封轻飘飘的信装着轻飘飘的问候和关心，让李秋实第一次体会到什么叫世态炎凉。

看到男人终于振作起来的妻子一次次鼓励李秋实，安慰他："人家也是有困难，你别怪人家，总会有办法的。"

李秋实后来把这些轻飘飘的朋友轻飘飘的拒绝都忘了，若干后，当其中一位走投无路的朋友前来求助时，他二话不说扔给对方一个卡，让这位朋友濒于倒闭的公司起死回生。这个晚上，特意在三明一家五星级饭店请李秋实的这位朋友，在只有他们两人的包间举杯酌酒后，欲下跪为当年曾给李秋实回的这封轻飘飘的信赔罪，却被李秋实一把扶住，说："男儿膝下有黄金！你若真想跪就到月峰寺跪罗汉公吧。"现在，李秋实接到若干轻飘飘的信和杳如黄鹤的去信后内心的沉重慢慢浮了上来，在他坚信而多少有些焦急的等待中，只能用书架上已经落满尘埃的诗集打发时间，不知不觉中，似回到业余写诗的岁月，只是心中蒸腾的诗意被无边的黑暗重重地压着。直到这天，一封来自香港的信被邮差送到家里，连同信一起寄来的还有一张 500 元人民币的汇款单。只有一张纸的信同样轻飘飘的，信上写着的如电报般简洁的话却重若千钧：

　　秋实，所处困境获悉，我拟往福州打理生意，你先来一起做。寄去些许钱，权作路费及安排家用。没有过不去的火焰山。期待面晤，详情面谈。远握，顺致安康！

李秋实把这封信翻来覆去，与妻子一起看了一个晚上。

7

在李秋实捧着这封凝聚着重若千钧情谊的信，决定听从这位雪中送炭的朋友建议启程省会，决意从有福之州第二次出发。此时，远在匈牙利，陈铭科和冯丽琪的明溪饭店经过一番颇为曲折的筹备终于开张了。事实上，从那天在四川饭店与吴秀仙一起喝酒突发奇想决定开饭店始，到陈铭科提及文化归属论，为饭店的名称和经营方向定位，确立不仅要办一个饭店，更要接续倒闭的明溪驿成为在布达佩斯的明溪人一个寄托乡情之所。举办家宴送走李秋实、王兴发、赵剑武后，冯丽琪和陈铭科依然在每天早出晚归经营四虎市场的巴比隆，冯丽琪负责寻找开饭店的地点。他们很清楚，在布达佩斯这偌大的大都市里，饭店选址至关重要，要热闹的交通方便之地，便于分布于城市四面八方的明溪人到明溪饭店用餐思乡，老乡们一起吃饭喝酒小聚。再一个，一个小小的明溪饭店若想在异国他乡短时间打出影响，从四川饭店等不少的中餐馆间崭露头角，在竞争已有些激烈的中餐领域占有一席之地，除了主打明溪特色菜这条人无我有的经商之道，最好还要在人多热闹之处。而要同时满足这两个条件的地点一时间还真不好找，那些繁华热闹大街店面的租金，以陈铭科和冯丽琪现在的经济能力还支撑不起，于是就专门寻找地铁站、汽车站、火车站附近。

几乎与此同时，已看好经营方向的吴秀仙也在寻找合适的地点，让丈夫从国内筹集资金准备货物，她的公司在布达佩斯挂牌成立之时，第一笔大生意也同时从国内发货。双管齐下能尽量减少流通环节，第一时间瞅准时机把货物用集装箱货柜运到布达佩斯，在炙手可热之时把货物转卖到匈牙利人民手中。其实，在仔细分析李秋实他们的恒发贸易有限公司第一笔生意砸在手中的教训后，打小商场历练的吴秀仙经过这一段时间的边摆摊边考察，选准了经营方向后，第一笔生意一定要做到万无一失，首选公司地址也必须是交通便利之处。于是，经过一段时间考量，她看中了牛高地火车站良好的商业环境和交通便利，只是在与店主商谈价格时无法落实下来。这天，正逢周末，依匈牙利法律商店都关门歇业，勤劳得像小蜜蜂般的吴秀仙也不出摊了，约冯丽琪一起到牛高地火车站再与店主谈判。

其实牛高地火车站冯丽琪早已和陈铭科考察过，交通和位置都比较满意，只是打听了半天也没碰到合适的店面要出租。这天听吴秀仙说到牛高地找店面心中就没多少信心，只是抱着陪秀仙姐逛一逛的打算。这天一大早，冯丽琪坐车来到牛高地火车站就见车站广场边一棵树下站着的吴秀仙。吴秀仙听冯丽琪没吃早饭，当下就拉着她朝广场边上一家无锡人开的小笼包店去。"我来过几次这里，每次都到这饭店吃饭，经济实惠，淮扬菜地道，特别是小个小个的小笼包与我们明溪客秋包比有另一种味道呢。"

这个江苏人开的饭店，冯丽琪来牛高地火车站看店面时见过，只是没进去吃。冯丽琪吃过无锡小笼包，名称一模一样，那年她一个人带女儿到三明市第一医院看病后到满园春市场逛，就看到有一家挂着无锡小笼包的店，看女儿嘴馋的样子，狠狠心要了两笼，女儿直说好吃，坚持夹一个小笼包给妈妈吃。想着小笼包的味道，冯丽琪就想及家里天天盼着她的女儿，心里一沉，眼睛不觉间有些水雾飘起。令人意外的是，眼尖的冯丽琪老远就看到店前居然挂着"本店转让"的广告，言明：本人因有要事回国，本店租期未到，今低价转让。广告全用汉字书写。

相问之下也就清楚了，这对中年夫妇店主都是无锡人，男人是家中独子，父母年迈生病没人照顾，两个孩子都在读书，尽管生意不错，只能打道回国，为的是可以照顾孩子和父母。这转让的招牌也是早上才挂出来的，前后不过半个多小时，这是他们犹豫一个晚上才一大早挂出来的。真是歪打正着！冯丽琪有些沉不住气，吴秀仙向她使了个眼色，直截了当向对方说明来意。无锡夫妇没想到招牌刚挂出就有人上门接手，女店主有些意外不舍，男店主则喜出望外，拉着二人转到里间商谈。其实这店面挺大，店里也不仅仅经营小笼包，还做淮扬菜。看来是男店主坚持盘店，女店主还面有不舍之色。前后把店面看了看，很是符合冯丽琪的要求，她怕对方变卦有些不敢往下压价，试探性地真诚地问对方商量能不能价格低些，女店主一口就回绝了。吴秀仙一看不是事，当即将冯丽琪拉到一边，与男店主东拉西扯地攀谈起来，还提及自己曾到无锡游玩过的事，直到双方感情谈得越来越拢，就拿起刀狠狠砍价，最终，经吴秀仙讨价还价，男店主做主以冯丽琪都有些不忍心的超低价签订了转让协议，当即又电话叫来就住在火车站附近的匈牙利东家，也一并签订了延续的租期。兴奋之余，冯丽琪死活掏钱请吴秀仙吃小笼包，与无锡夫妇约定一个星期后来收店。两人满嘴流油地一出店门，冯丽琪就长吁口气说："秀仙姐，我真是要憋坏了，打着灯笼找不到的好事，今天的太阳不会是从西边出来吧？一到这里就捡了这么个大金元宝，我和铭科来两次也没找着。这地段，这店面，正是明溪饭店所需要的呢。"

吴秀仙也为冯丽琪高兴，看着对方兴奋得脸色涨红的样子，笑着说："现在轮到你陪我去攻克堡垒了。那个匈牙利人死活不让价，谈了三天，只让了一成，离我的目标还差二成呢。"

"秀仙姐，你太会讨价还价了。我就不行，心软，连铭科都说我做生意不够狠。嘻，好在匈牙利人都比较实诚，很少讨价还价的。若不然对方一还价，我多半就低头了。"

"丽琪，你真是善良，不了解你的人，哪知道我们活泼美丽的乡村少妇心软得像刚打出的糍粑呢。"吴秀仙话锋一转，忽说，"这可不行啊，在商言商，丽琪。方才我见你听店主提到转让的理由好像都想不还价就接手。这么看来，你倒是更适合开饭店，明码标价，不用整天与人讨价还价了。只不过，呵呵，可不能心一软就让人吃白食啊！"

吴秀仙的玩笑话，说中了冯丽琪被的心事。她悠悠地说："秀仙姐，你说得对，我是想到了女儿呢，不知道她有多么想妈妈啊！那个人……"对于丈夫，一直被男人视为提款机的冯丽琪已不想提称呼了，只是用"那个人"来替代。

见冯丽琪眼圈有些发红，吴秀仙忙岔开话题："好了，旗开得胜。现在，得借着好运气再去与那个匈牙利大胡子过招了！我就不信他不认输！他那个地段可没这热闹，就在火车站广场边，没人要开店的，也就等着我公司的招牌立在那了。"

冯丽琪有些好奇这么会做生意、能把死人说活的秀仙姐遇到的是什么样的对手，居然几天还没把价格砍下来。一见面，看到年轻的匈牙利男人却留了一脸如阿拉伯人的大胡子，穿着一件肯定是从中国人手上买的黑色皮夹克，眼光闪闪烁烁，看起来不像是个善茬，冯丽琪猜测对方与打小在明溪街头做生意摸爬滚打出来的秀仙姐是一个重量级的对手。然而，冯丽琪判断错了，吴秀仙的判断也错了，是冯丽琪的出现，对方才露出了真面目。什么真面目？原来这个匈牙利青年是一位业余画家，最喜欢画人物油画，这房子是刚去世不久的爷爷传给他的，额外还有一笔不菲的遗产，不想坐吃山空的匈牙利业余青年画家就想出租换几个零花钱。因此，他不急着出租，在价格上只象征性地让了一成。这一回，吴秀仙可是看走了眼，不知道站在面前的是一个富二代，一位玩艺术的业余画家。更让她看走眼的是，这位业余画家见到冯丽琪一瞬间，原本闪烁的目光当下就直了，盯得冯丽琪内心打起鼓来，猜测对方是不是一个色狼。

就在两个中国女人都没看懂一位画家见到美的眼神时，匈牙利青年画家居然不再用匈牙利语与吴秀仙讨价还价，而是用不算流利，但能意思表达清楚的汉语自我介绍起来。这一介绍，直听得吴秀仙都目瞪口呆。原来对方是在布达佩斯一所大学学汉语的研究生，还曾到中国北京学习过一年汉语，更重要的他是一名业余画家。这时，话锋一转，他用赞叹的语气对吴秀仙说："这位女士太美了，一种朴实的中国美。如果能让我画一幅画，一切都好说。"

对方提出了交换条件，但这个条件让两个女人更加目瞪口呆。画画？当模特？脱光衣服让人家画？初中毕业生冯丽琪上美术课时听美术老师说过，于是，她先就红着脸一口拒绝。吴秀仙也拉下脸表示不能商量，并斥责对方这个要求太过分，与租房子无关。青年画家摸了把大胡子，明白两个中国女人误会了，忙表示只是画人物肖像，他最喜欢擅长的就是人物肖像，他画了来布达佩斯的好多外国女人的肖像，也画过中国女人，可这么清纯阳光的中国少女他是第一次看到。他急切地请吴秀仙劝劝冯丽琪，并说只要满足这个条件，一切都好说。

原来如此，两个中国女人都松了口气。清纯？阳光？少女？这是说我吗？冯丽琪听得脸红了半边，心中又溢起一种别样的满足。

后面的事情就顺理成章了，坐在屋子一角的冯丽琪接受了一位画家直勾勾的欣赏而非色迷迷的目光，这个上午后来的时间都在大胡子青年的画室里度过。画作完成，吴秀仙也喜出望外地以低五成的价格与对方签订了租赁合同。大胡子不舍的目光盯着冯丽琪问"我们还能见面吗"时，从未被一个男人这么上下打量，尽管穿了衣服，也觉得这位画家的眼光把她什么都看到了，冯丽琪有些慌乱，没回对方的话就落荒而逃，揣着心里怦怦跳着的甜蜜。是啊，被欣赏的感觉真好！就是陈铭科也没有用这么夸张的词汇称赞她呢。兴奋不已的吴秀仙追上冯丽琪："我们都有一个新的开始了！"

8

这天早上遭遇的两个意外是冯丽琪在匈牙利一个最好的开始。然而，为了这必定是美丽的开始，她还需要最后加一把火，把这希望点燃，明溪饭店需要一位会煮明溪菜的真正厨师。其实，一开始与陈铭科商定开明溪饭店，冯丽琪就打算自己充当饭店的大厨，但随着筹划的计划越来越丰满，最好能找到一个真正的厨师就是现实的问题了。很显然，陈铭科得经营四虎市场的巴比隆，他们打算将来有一天能把这巴比隆买下来。四虎市场的生意很重要，但冯丽琪若老板大厨一肩挑，只怕长久下来分身乏术。当然，开弓没有回头箭，找不到厨师，就只能冯丽琪先担着了。这时候，是那天街上碰到从"小窗口"出来两眼迷离的瘦猴，陈铭科说道了他两句，瘦猴嬉笑着承认错误说自己不动真格的，就是过过眼瘾，权当业余娱乐生活。直说得陈铭科无奈摇头，他却反问明溪饭店要不要厨师。这一说直把陈铭科吓了跳，原来当初与瘦猴一起赖在明溪驿的胖子居然是一个有牌照的厨师。真是踏破铁鞋无觅处，得来全不费工夫！怎么就从没听说过胖子会煮菜呢？且还是厨师。当初明溪驿找人煮菜，还让冯丽琪临时顶班几天，怎么胖子不出手呢？瘦猴奚落陈铭科，"是你们眼拙，没听胖子成天挑丽琪煮的明溪菜缺点火候吗？他这是真人不露相，明溪驿那几张破嘴不值得他出手。"

了解之下，陈铭科方知胖子到匈牙利原来大有来历。

胖子名叫江水平，老家在明溪城郊的坪埠，离著名的万春桥不远。他是和瘦猴一起到匈牙利的，住到明溪驿时有意让瘦猴不要提及他家情况，有个独闯天下的意思，所以大家只知道他家住坪埠，穷苦农民出身。这一点，从胖子时不时吹嘘村里著名的万春桥，大家就知道他是家在坪埠的农民。似乎万春桥是胖子家里的一样。时不时地，住明溪驿的人思乡述说家乡人事时，胖子就要把万春桥挂在嘴上，说是当年红军在万春桥上怎样怎样，当年毛委员和许多领导人都在桥上坐过。这当然是胖子的显摆，这座有历史的万春桥上走过红军却是千真万确的事，当年毛委员还坐在万春桥上召集当地人做过社会调查。

后来大家听得多了，胖子再提起万春桥，有人就拿话顶他："万春桥是你家建的？"事实上，万春桥还真是胖子祖宗修建的，胖子家是农民，却早在明溪县城扎下了根基。江水平的家境不错，改革开放之初，一直在生产队开拖拉机的父亲就在明溪开了一家补轮胎修理摩托车的小店，没几年就将小店面开成汽车修理厂，大大小小的汽车修理和油漆都行。不仅如此，夫唱妇随的母亲也开了家小炒店，后来又开成一家中等规模的饭店。两夫妇生意做得红红火火，早早就在县城买房安家。让赚钱手到擒来的两夫妇最头痛就是从小被爷爷奶奶惯坏的独子江水平，好吃懒做地长成了胖子。父亲要儿子跟他学修车，将来好接班汽车修理厂，但胖子天生对机油味过敏，闻到修理厂的汽油味机油味就想吐，更别说修什么车了。然而，他却对厨艺感兴趣，时不时到母亲开的饭店帮忙，颇有天赋的他居然跟着厨师学到拿手的明溪菜。母亲心疼儿子，母子俩瞒着当父亲的，几年折腾下来居然让胖子考到正儿八本的由三明市烹饪学会颁发的厨师证。母亲想说服男人让儿子从事他爱好的事业，将来接手饭店当老板，父亲却暴跳如雷，说他最讨厌男人绑着围裙站灶台，说那不是一个顶天立地男人做的事，差点把儿子的厨师证扔灶膛烧了，是做母亲的眼疾手快才抢下烧了一角的厨师证。一气之下，正好有个机会，胖子就约好友瘦猴一起来到匈牙利。明溪人到匈牙利正是一股风，拿儿子没有办法的汽车修理厂老板只能无奈妥协，抱着让他离开父母羽翼到外国历练的想法，并不指望他赚钱。

可以说，胖子是明溪人闯匈牙利的另类。当然，与瘦猴一起到布达佩斯在明溪驿里好吃好住赖着不走的胖子，看穿父亲的企图，是想好好表现一把，让父亲刮目相看的。他到布达佩斯后也很认真地"练摊"，早出晚归赚几个辛辛苦苦的外国钱。瘦猴那一套他是不屑为之的，在瘦猴怂恿下进了一次"小窗口"，吓得心惊肉跳再也不去了。然而，练了一段时间的摊，其中的辛苦就有些受不了了，更别说成天提心吊胆的。做生意本不是他的长项，还得防着一个个人高马大全副武装的警察，腿脚稍慢些就被逮住而血本无归，像孙子一样被训。幸好，他人虽胖胆却挺灵活，有风吹草动第一个卷货而逃，倒也没栽在警察手里。然而，自从没了明溪驿遮风挡雨，与瘦猴一起租住一间房间，日子的困苦就一眼望不到头了。于是，原本还想干一番事业给父亲瞧的胖子心里早打退堂鼓了，只是一想到回国还得被父亲拉着到修理厂闻机油味，胖子只能三天打鱼两天晒网地四处摆摊。

听瘦猴说道胖子的身世和窘境，陈铭科暗中欣喜，可回家与冯丽琪一说道，又担心胖子这条懒虫能不能胜任明溪饭店的大厨。再说这厨师证是不是他母亲买通关系弄来的也很难说，若是个冒牌货，请神容易送神难，以他们两人的品性，乡里乡亲的，面子上可是拉不下来。冯丽琪觉得陈铭科的担心不无道理，但想及在明溪驿时胖子时不时挑自己煮的明溪菜少一点火候，多半他这厨师证还是硬功夫拿来的，就出主意先请胖子到家里来煮一桌明溪菜，是骡子是马拉出来遛遛。

这是自送别李秋实王兴发赵剑武晚宴之后陈铭科和冯丽琪的家请来的第一位客人。家？是的，不知不觉间，他们已把这个温暖的两居室视为一个家了，有时候想想国内"那个人"竟有恍若隔世之感。现在，陈铭科也和冯丽琪一样称她的丈夫为"那个人"了。

显然，胖子和瘦猴对来到这对"傍肩"的家充满着好奇，尤其是瘦猴那贼溜溜的目光怎么看都让冯丽琪觉得有几分暧昧。想到他时不时到"小窗口"，冯丽琪只能忍着恶心，耐心等待胖子的明溪菜出炉。

江水平一进门就两眼放光，和陈铭科寒暄了几句，一杯茶没喝完就直奔厨房，先用挑剔的眼光审视了一番冯丽琪准备的食材，当下就撸起袖子施展开身手来。听着厨房里的动静，不太放心的陈铭科让瘦猴自个喝茶嗑瓜子，悄悄到厨房观察。只见冯丽琪在一边帮着打下手，围上围裙的胖子一扫懒散的模样，抄着锅铲在蒸汽缭绕中显得格外生龙活虎，于是就把一颗心一半放回了肚子。实际上，当晚的菜除了传统的明溪菜，还有几样难度较大的客家菜。结果不言自明，江水平的厨师证含金量是 24K 的。冯丽琪这才相信到胖子在明溪驿时批评她的菜差点火候所言不虚，让她过意不去的是，胖子对陈铭科开出的工钱二话不说就应承了。实际上，以他们两人目前的经济实力也没法开出更高的工资，只能参照四川饭店大厨工资的百分之七十支付。冯丽琪真诚爽直地说："工资低了些，等饭店开张，生意如果很好，我们一定……"

让人意想不到的是，一直自信满满地双手别在胸前，坐在那听冯丽琪和陈铭科点评菜肴的胖子说："我还得谢谢你们，我就烦摆摊做生意。我喜欢煮菜，就是不要工资，只要管饭，我也给明溪饭店当大厨。"

没想到在明溪驿接触时喜欢与冯丽琪调笑，风言风语让人烦的胖子竟也是个爽快人，当下双方就签了雇工协议。瘦猴在桌子底下踢胖子的脚，有个责怪胖子不讨个价还个价的意思。举荐了胖子的瘦猴像功臣般不客气地与陈铭科碰杯说："你们都得感谢我，胖子能在布达佩斯圆厨师梦，明溪饭店能找到一个好厨师。"

听瘦猴酸溜溜的话，陈铭科不顾冯丽琪使眼色，答应今后瘦猴到明溪饭店用餐一律五折优惠。瘦猴这才心满意足地笑了。

9

布达佩斯的天气一天天暖和起来，多瑙河两岸的风光风和日丽起来。这天，位于牛高地火车站广场边的明溪饭店正式开业，当天来的客人都是陈铭科和冯丽琪邀请的明溪老乡，一个大堂和几个包间坐满了，也是考虑到大家都要做生意，早上只是在明溪饭店招牌门框两边，贴上陈铭科挥笔写的一副俗得不能再俗的对联："财源茂盛达三江；生意兴隆通四海。"正式的开业餐定在晚上。

当客人陆续到来，互相间热闹夸张地用明溪话打着招呼，七嘴八舌的乡音让人一时间以为回到了明溪，而在陈铭科邀请的客人中最引人注目的是在四川饭店洗盘子，一坐下来就谈论要办一张华人报纸的余知天。其实，怀揣着文学梦和一腔文化情怀的余知天到匈牙利后四处奔走，想在布达佩斯办一张华文报纸，却一直找不到投资者，为了解决生计问题，他只能四处摆摊赚钱，后来因进货出货占去太多的时间，正好碰上四川饭店招洗碗工，想着这工作较为单纯，让他有空跑办报的事，于是这一段就在四川饭店洗盘子，今天他是特意请假赴明溪饭店开业晚宴的。坐下来，他一边和认识的人挥手打招呼，一边对迎过来的陈铭科不客气地批评道："铭科，你也是个中学老师，好歹还曾是个文学爱好者，这么俗气的对联怎么能上明溪饭店？"

陈铭科尴尬地扶扶眼镜，咧嘴一笑说："丽琪说开业就是要热闹，这对联大家一看就懂，喜庆。"

"也对，大俗就是大雅，是有这么个说法。"余知天摆摆手，笑了。

郑立新此前听凌笙和李秋实说起过余知天，知他是明溪县委一个什么部门的领导，只是没有见过面，现在看对方果然一打眼就是个从骨子里透出文化味的文化人，一时就纳闷一个政府官员怎么也到匈牙利来，多半和李秋实一样与领导闹矛盾混不下去了吧。后来余知天在布达佩斯办起了第一张中文报纸《欧洲时报》，郑立新才知晓自己的猜想是以小人之心度君子之腹。因举荐胖子自认有功的瘦猴早早就来到明溪饭店，一向自来熟的他主人一般帮着陈铭科招呼客人，让不少人误以为他是陈铭科招的店小二。陈铭科知道冯丽琪讨厌瘦猴，可人家这么热情，也不好拒绝，心想着等开业宴散了给他一个红包，也算是感谢他举荐胖子之功。毕竟都是明溪老乡，一个巴掌伸出来手指都有长短，哪能个个都是顶天立地的汉子呢。这是陈铭科待人的宽厚之处，没想到瘦猴见被一个穷酸文化人抢了风头，当下拉长声调讥笑余知天："早听说你到匈牙利要办报，怎么还在四川饭店洗盘子呢？我是该称你余主编还是余洗盘呢？拿笔杆子的手洗碗不知是什么感受？文化好是好，就是当不得饭吃呢。"

瘦猴的话一时让整桌人都哑了口，担心余知天受不住这话。吴秀仙斥责瘦猴："你胡说什么？这是明溪饭店开业，你要搅局啊？"转身又对眯眼微笑地听瘦猴说话的余知天说，"我吴秀仙不是什么文化人，可我觉得余大哥的想法很好，我们中国人到这匈牙利两眼一抹黑，若有那么一份中文报纸，给我们互通信息，说说让我们看得懂的话，我想大家的心会更好地聚拢在一起。我是没有资本，若将来有了钱，第一个投资，支持你办报。"

"好，秀仙说得好。说说中国人看得懂的话，互通信息，把大家的心聚拢在一起。这都是我所想的。看来，这报纸我还非办不可。"余知天站起来，一挥手，"原本我一直琢磨着这报纸叫什么名，现在我忽然想到了，就叫《欧洲时报》。我们明溪人现在遍布欧洲大陆，这张报纸也必须站在匈牙利放眼整个欧洲。"说着，他向瘦猴一抱拳，"这位兄弟，实话说，拿惯笔杆的手洗盘子，滋味真不好受。这么说吧，从明溪来到匈牙利的兄弟，原来在国内很多人都活得人五人六的，可到了这里，成天像兔子一样被警察撵着，这滋味哪个愿意受？可我们来了！我们为什么来了？原因五花八门，归根结底就是一个：追梦！在国内不能实现的梦要在这里实现，我们看中匈牙利这块风水宝地适合明溪人这棵苗生长。好吧，祝愿大家心中的梦都在匈牙利圆满，也祝愿明溪饭店这棵幼苗，从今天开始沐浴着布达佩斯的阳光雨露茁壮成长。好，我借铭科和丽琪的酒，建议大家同饮此杯！"

真没想到余知天以这样的胸怀回应了瘦猴的奚落，并借此婉转地化解紧张的气氛，让明溪饭店的开业宴在大家意想不到的举杯共饮中一下进入了高潮。

胖子新鲜出炉的一道道地道明溪菜端上桌来，包括冯丽琪精心调馅包亲手包的客秋包，品尝之中，在场的明溪人触动了思乡之情。正所谓，老乡见老乡，两眼泪汪汪。酒至半酣，提及故乡的人和事，有些人眼圈不禁红了，这种氛围似乎回到明溪驿的时光。当然，陈铭科和冯丽琪这对在布达佩斯唯一让老乡们认可的"傍肩"开出明溪饭店，多少让一些人心生感叹。世上没有不透风的墙，让陈铭科和冯丽琪没有预想的是，随着明溪饭店的开张，他们这对苦命鸳鸯的情路也慢慢走到了尽头。一年后，接到丈夫打来的电话，被骗回国的冯丽琪再也没有返回匈牙利，而随后男人的意外身亡，又让心存愧疚的她斩断了与陈铭科的这段"孽缘"。

现在，明溪饭店的开业宴已进入高潮。轮到饭店老板给来宾敬酒了，冯丽琪借故在厨房忙，没有和陈铭科一起来敬酒。陈铭科端着酒过来，已有七分酒意的余知天恰见到有几个匈牙利人在店门口探头探脑后走了，他逼着陈铭科把冯丽琪那杯酒代喝后，沉思说："铭科，我这些日子在四川饭店洗盘子，对开中餐也看出一些门道，就说道几句，也不知对不对。我想啊，四川饭店打的是川菜的牌子，可你去吃过，应当知道老板把川菜依据匈牙利人和别的中国人口味进行了微妙的改变，不是那么辣得难以下咽。我想啊，明溪饭店打明溪风味是正道，但要想真正把生意做起来，在布达佩斯的中餐馆中有一席之地，少不了还得入乡随俗，也像四川饭店一样根据匈牙利人和其他地方中国人的口味稍加改造，能让他们也接受明溪菜。当然，若是明溪人来，你还得煮出地道的明溪菜。因人而异，多几套拳路，方能应付各方对手嘛。哈哈，铭科，你也是文化人，我说这话你能明白的，饮食文化是一个地方区域文化的一个重要代表，而文化讲究个文化认同，人家不认同你，生意就做不大了。"

对生意特别敏感的吴秀仙当即赞同说："余大哥，四川饭店让你洗盘子，真是浪费了一个人才。文化人就是文化人，说出来的道理就是不一样。我和丽琪说的是明溪饭店要薄利多销，先把招牌打出来，让布达佩斯的中国人和外国人接受明溪菜，记住它的味道，吃了还想吃，可没想这么深啊。"

余知天的这个建议让大家又共饮了一杯酒。在大家的举杯声中，瘦猴的样子有些灰溜溜的，自己找个角落里默默地喝酒吃菜。其实，瘦猴当众向余知天刁难，伏笔却是瘦猴在自由市场占摊位倒卖给明溪人被余知天斥责为不义之举，就此一直怀恨在心，明溪饭店开业时借机刁难。后来，2000年瘦猴身染重病无钱医治之时，余知天不计前嫌利用《欧洲时报》的影响刊登倡议书，号召明溪乡亲为他捐款，最终将他从死亡线上拉回，瘦猴也成了报纸最忠实的推销者。

10

明溪饭店开业了，生意很快就走上了正轨。在外人眼里，明溪饭店的大老板是冯丽琪，还有吴秀仙这位股东。实际上，这是更有人生阅历的吴秀仙出的主意，是替陈铭科和冯丽琪这对"傍肩"避嫌，对外就顶了陈铭科这个股东之名，暗里还是陈铭科，协议都是拿在这对"傍肩"手里，与吴秀仙一毛钱关系也没有。陈铭科和冯丽琪感激秀仙大姐考虑周全，二人还是依当初约定的"君子协定"五五分成。当然，对于这对在异国他乡相恋相知的苦命鸳鸯来说这是很痛苦的事情，感情上的融为一体和经济上不得不"君子协定"，让他们时而有一种人格分裂的感觉。有许多次冯丽琪提出马上回国与男人摊牌，但都被陈铭科考虑到现在经济状况还无法应对"那个人"提出的要求而阻止了，这就让冯丽琪更想着赚更多的钱后与"那个人"做彻底了断。现在，被他们报以期盼的明溪饭店终于开业了。如前所料，因所处牛高地火车站位置交通便利，人来人往，更因余知天的提醒，冯丽琪拉着胖子一起琢磨了不少适合匈牙利人口味的明溪菜，因人而异地调整菜的口味，同时，还因冯丽琪对饭店管理的规范和服务到位及价廉物美，很快吸引了大批的中外顾客。中午是最繁忙的时候，到这个饭口都像打仗一样，有时候门口还排出长龙，在饭店就餐的人，有的吃完还要打包走，一时间人满为患。这天，如走马灯般穿梭的服务生急急忙忙来找在后厨与胖子一起煮菜的冯丽琪说，有几个匈牙利人进店占了桌子不点菜，其中一个大胡子匈牙利人嚷着要见什么女老板，拿他们一点办法也没有，也不知这伙人什么来头，可能是来捣蛋的匈牙利混混。

冯丽琪纳闷之余，心里有些紧张起来。自饭店开业，方方面面的事情应付了不少，形形色色的人物也打过一些交道，大多不是不讲理的人，几个菜打点一下，大家也就和颜悦色地相安无事。人在江湖，身不由己，这方面的事情都是陈铭科出面，现在突然冒出匈牙利混混，莫不是前天铭科把某个混混得罪了？冯丽琪忙跟服务生来到大堂，果见靠窗的一桌懒散地摊坐着五个匈牙利年轻人，三个男的两个女的，未开口问话，背对她的那个年轻人转身站起来，一时就让冯丽琪呆住了。

匈牙利年轻人先笑着用汉语与冯丽琪打招呼："清纯少女，听说牛高地广场边开了家明溪饭店，生意很好，真没想到就是你开的。也不告诉老朋友一声，你太不够朋友了！今天，我可是带了朋友来捧场哦。清纯少女，欢迎吗？"

原来是陪秀仙姐去租房子时遇到的匈牙利业余青年画家，冯丽琪暗暗舒口气。听着匈牙利年轻人用汉语说的"清纯少女"，边上听到的中国人好奇地看过来。冯丽琪的脸忽地红了，迟疑一下，伸出手说，"欢迎……当然欢迎，欢迎画家先生……"

"大胡子！叫我大胡子，我们第一次见面时你这么叫我的。我喜欢。"大胡子认真地纠正道。

冯丽琪脸更红了："那你……和朋友到明溪饭店用餐，不知你们要吃什么菜？我这里可都是地道的中国明溪菜，也不知合不合你们的口味。这样，我先介绍下本饭店的特色？"

"不用，不用。你们的明溪特色菜统统都上来。"大胡子笑吟吟地说着，一双灼亮的眼睛毫无顾忌地盯着冯丽琪绽红的脸，欣赏着"清纯少女"的中国式羞涩。他转身对一直期待地看着他的朋友一摊手，夸张地用匈牙利语说，"怎么样？清纯少女，我说得没错吧？"

已基本上能听懂一半日常匈牙利语的冯丽琪在几个匈牙利青年毫无顾忌的目光注视下，一颗心忽像怀春少女般怦怦跳着，不知道大胡子带这些朋友来究竟想干什么。当然，后来也就弄清楚了。原来大胡子这是要到匈牙利另一个城市的大学教书，但自从那天给冯丽琪画了一张肖像画后，他的画在一班子业余画家里得到了首肯，称赞是他画得最好的人物肖像，大家都想见见这个中国的"清纯少女"。于是，大胡子找到吴秀仙，原本怕大胡子找上门让陈铭科吃醋的吴秀仙只好告诉了他。今天，借着临走前请朋友的机会，大胡子要大家见识一下中国"清纯少女"。现在，在大胡子和他的朋友用 X 光机一般锐利的目光扫射和"啧啧"叹声中，性格爽朗大方的乡村少妇冯丽琪忙叫过一旁候着的服务生，小声吩咐他让胖子把几个拿手的明溪菜都做出来，只是她在面对大胡子咄咄逼人的热情下竟有些手足无措，不知该不该接受他显然没有恶意的拥抱。

就在冯丽琪不知如何应对大胡子热情的外国礼节时，她身后突然闪出撸着袖子瞪着一双大眼的郑立新。郑立新不由分说把冯丽琪挡在身后，对着大胡子不客气地高声道："丽琪姐，谁来捣乱？别怕，大不了到警察局走一遭。谁敢欺负我姐？真以为明溪饭店没人了？"

大胡子面对突然闪出的怒目金刚般的中国大个子，伸出的双手僵在空中。

冯丽琪忙把挡在身前的郑立新往边上扯，边埋怨道："立新，别胡闹，他是秀仙姐的房东，我们认识的。"

大胡子看看这个中国人中少有的大个子铁塔般的身坯，往后退了一步，摸着大胡子笑了起来，说："清纯少女的护花使者？哈哈。"边说边向郑立新竖起大拇指。对方这个举动，倒让郑立新撸着袖子露出的腱子肉有些发傻地鼓着。

原来，郑立新这两天都在离牛高地火车站不远的一个地下通道摆摊，生意出奇的好，让他第一回充满了信心，更重要的是每天还能就近到明溪饭店解决吃饭问题。平时忙生意，他经常打包就走，有时也没和冯丽琪打招呼。这天也是如此，转身要走的他却被慌慌张张的服务生拉住，说有几个匈牙利混混来捣蛋，看样子冯老板有麻烦。郑立新心想布达佩斯的混混也不看看明溪王坊山头的老大在这里，当即返身进店英雄救美。

当然是一场误会。几句话说开，大胡子大大方方地把一直用欣赏的目光看着冯丽琪的一位金发姑娘，介绍给冯丽琪："清纯少女，这是我的女朋友，也是一位画家，她可没你清纯哦。"又用匈牙利语嬉笑着对女朋友说了一遍，被她重重打了一下。几个匈牙利人嬉笑起来。

原来如此！在大胡子邀请"护花使者"一起用餐时，觉得大胡子也是爽快人，再一个，在匈牙利碰上能把中国话说得这么流利的外国人还是头一回，一时来了兴趣，郑立新索性把装着货物的地质包往地上一放，挨着大胡子入席，生意也不做了。这时候，服务生已端上冯丽琪亲手包的客秋包，郑立新就主人般向大胡子介绍起客秋包的传说。这还是郑立新来匈牙利后听陈铭科说知的，现学现卖原原本本地把客秋包的制作和传说都道了个仔细。

客秋包是明溪传统风味食点，其做法是将煮熟的菜芋去皮后捣烂，与蕨粉（地瓜粉、木薯粉）糅合，以水不黏手即可捏成薄胚。馅则因人而异，多用香菇、冬笋、虾肉、干贝、精肉、豆芽、韭菜、葱、蒜、豆腐干等，包成菱状，蒸、煮皆宜，具有皮薄馅鲜、滑嫩易嚼、鲜美不腻、四季皆宜的特点。明溪方言"须"音"秋"，故俗称"蕨秋"，蕨须包亦叫蕨秋包或客秋包。早期蕨粉原料乃山上的葛藤，根如筷子粗细，其淀粉丰富，农家挖掘水磨晒干而成葛粉，而今因挖制费工、稀少，蕨须粉多以木薯粉或地瓜粉取代。据《明溪县志》载："明代邑人揭泗泮授广西兴安令，值岁饥，泮亲引于山，令采蕨为食。"由此可知，远在明代，明溪人就知以蕨粉为食了。而说到客秋包的历史，其中还有一个优美的传说。

相传清乾隆年间，有位江西木匠到明溪谋生，中秋将至，因思念亲人而愁眉不展。心细的明溪东家见此情景，便特地用蕨粉模仿北方的水饺做成一种新的小吃款待江西木匠。江西木匠吃了这独特的小吃大为赞赏，询问食物何名。明溪东家笑答："刚做的，尚未取名。"江西木匠见其形似饺子，念及思乡之情，随口称它为"客愁包"。随后，"客愁包"这一小吃便在明溪城乡流传开来，人们认为"愁"字过于伤感，又因是中秋前夕做成，遂改"愁"为"秋"，称之客秋包。

并不擅长讲故事的郑立新当仁不让地将客秋包的制作和传说讲完，又不好意思地看着亲自端菜上来的冯丽琪，笑道，"我这是班门弄斧。喏，要是中国清纯少女讲会更生动。"大胡子半信半疑地向依旧红着脸的冯丽琪求证后，当即用匈牙利语把这个传说向他的朋友复述了一遍，引来满桌赞叹声。大家争先恐后品尝明溪客秋包。大胡子拍拍郑立新肩膀，对一脸得意的郑立新说，"中国历史悠久，中华文化博大精深，连一道菜也有这么深远的历史，我佩服。以后我要在课堂上给学生们好好说说。"

大胡子的话让郑立新的腰杆不知不觉间更硬了几分。自从来到匈牙利这布达佩斯古都，每天不得不早出晚归摆摊，有时被警察撵得四处奔逃，如惊弓之鸟，早忘了自己身后还有一个历史悠久的祖国，现在听大胡子的称颂之语，不觉间豪情满怀，觉得在这伙匈牙利文化青年面前赚足了颜面。于是，他像主人一般招呼大胡子一起碰杯喝酒。尽管大胡子几次邀请，可冯丽琪真受不了这些青年画家欣赏她这"清纯少女"的目光，加上正是饭口，店里的生意也忙不过来，她得后厨前台间招呼着。因此，她嘱咐胖子按匈牙利人的饮食习惯在菜的口味上做些微调后，只是礼节性地过来敬了两杯酒。清纯少女？一个历经生活坎坷在异国他乡讨生活的乡村少妇还称得上"清纯少女"？冯丽琪悄悄地对着镜子看镜中那个脸带羞涩、肤色白皙、面若满月的中国女人，心想：一个男人当着女朋友如此称赞和欣赏另一个女人的美，女朋友并不吃醋，这是不是余老师说的什么文化差异呢？心中这么自怨自艾着，性格风风火火的冯丽琪第一回生发林黛玉式的伤感，内心多少有一些廉价的虚荣，转而又深深地为命运对自己如此不公而心生怅惘。这么想着，看大胡子失望的目光，心里有些过意不去的冯丽琪嘱咐郑立新好好陪大胡子和他的朋友。郑立新得丽琪姐的指令，更像个主人般招呼起来。

　　一桌丰盛的明溪菜让大胡子和他的朋友都酒兴盎然。自明溪驿关门后一直四处摆摊打游击，对自己未来看不到头的郑立新碰上个对上话的匈牙利青年，竟有一种他乡遇故知的感觉，替冯丽琪把大胡子陪了个酒至八分。当这场由大胡子组织的午宴结束，早过饭口的明溪饭店一时空寂下来，大胡子借着酒意要与"清纯少女"来个外国礼节时，冯丽琪稍一犹豫张开双手与对方轻轻地拥抱了一下。

　　大胡子摸了把胡子，大声说："等假期回布达佩斯，我……还叫朋友来明溪饭店吃……吃有历史文化……中国菜……"

　　冯丽琪目送郑立新与大胡子哥们般勾肩搭背而去，心中忽有些怅然若失。这种感觉就在心中的某个痒处，一却找不到具体的位置。晚上，她将这种感觉说给陈铭科听，陈铭科就不无醋意地调侃说："虚荣心！这就是女人天生的虚荣心！爱美是女人的天性，谁也逃不掉。咦，我是不是现在多了个匈牙利情敌……"他的话被女人的嘴堵住了。

　　现在，郑立新与会说中国话的匈牙利文化人他乡遇故知般多喝两杯，直送他们上了电车才分手，酒量颇好的他大中午喝酒也有些发晕犯困，在和煦的风中忽感身上空空的，才想起放着一半货的地质包落在明溪饭店了，腰间只绑着装钱和证件的黑色腰包。腰包还在，心里的底气就在，郑立新想着地质包丽琪姐一定帮着收了，干脆下午放自己一回假，且逛逛这风和日丽的多瑙河风光。嘿，这日子实在过得太匆忙憋闷啊！于是，郑立新寻路悠闲地慢慢往链子桥而去。说实话，那几个石狮子他还没认真看过呢。

　　几乎每个晚上，郑立新把自己粗壮的身躯放倒在出租屋的床上都要进行一番自我反省和挣扎，对自己一时冲动的胆大妄为心生悔意，多想回王坊山头地质大院过那种吆五喝六无拘无束的日子。是啊，王坊山头的那班弟兄谁会相信他们的老大在布达佩斯被警察撵得像兔子一般到处跑呢？偶尔与家里通电话，父亲就会重复一番叮嘱的话，然后小心翼翼地绕到生意赚钱如何上，这让思家心切的郑立新明白他如果混不出个人五人六来，是无颜见江东父老了。其实，那天明溪饭店开业，与余知天见过一面的郑立新虽知他说的话有道理，但又觉得吴秀仙那么对瘦猴有些小题大做。自明溪驿关闭，原本投奔李秋实才来到布达佩斯的郑立新觉得自己成了无根浮萍，对自己的未来没了多少信心，担心迟早要被多瑙河的波浪淹没。是啊，瘦猴说得有些偏激，可也有一些道理。生存第一位，文化在这里当不得饭吃。李秋实是文化人，失败了；陈铭科是文化人，只在四虎市场巴比隆天天早出晚归。吴秀仙不是文化人，可人家把公司开起来了。余老师异想天开要在匈牙利办一张中国报纸，忙得顾头不顾尾的中国人会有闲心看报？匈牙利人会理你一张中国报纸？所以，郑立新对还在四川饭店洗盘子的余老师很有些不以为然，混得还不如我郑立新呢，我多少还是个生意人。生意人？转念一想，唉，我郑立新也不是做生意的料。在明溪饭店开业宴上，与郑立新坐一起的吴秀仙借机劝他要像陈铭科一样勤快点，攒足钱也在四虎市场租个巴比隆，生意才算真正做起来。其实，这是吴秀仙听说郑立新去过"小窗口"，想着李秋实临回国时特意交代他们几个照看下郑立新，于是她这么以老大姐和过来人的身份说道大个子。郑立新当然明白吴秀仙的好意，但要像陈铭科一般，他的心就开始焦躁起来，他真没有这么个耐心啊！那么，他想做什么？不知道，郑立新不知道想做什么，一切一切都是阴错阳差，他才成了布达佩斯的地摊商。现在，郑立新顺着多瑙河岸往双狮桥走，仰望那些红嘴海鸥忽儿下坠贴着多瑙河绿色的波浪，忽儿如箭般直插云霄，郑立新没来由地羡慕起这些自由飞翔的鸟。当他顺着海鸥的身影看到双狮桥横跨多瑙河的巍巍身躯时，这群似乎有意在牵引这个彷徨无助中国人脚步的美丽鸟儿，鸣叫着在高高的铁链上缠绵一会后方跳水般下坠，翅膀贴着多瑙河蓝色的波浪消失在远方。此时，已来到双狮桥头的郑立新暗中骂了自己一句，且把乱七八糟的心情放在一边，向两只石狮子走去。

第一次看到这座在许多中国人眼中有两个名字的桥，得知这条连接布达与佩斯，横跨多瑙河的桥是匈牙利这座古都的地标，郑立新就觉得李秋实说得有理，还是称它链子桥比较好。这是李秋实说的。雄狮，这是西方人对古老中国的称呼，拿破仑就曾警告西方不要惊醒"中国睡狮"，中国人也一直视狮子为瑞兽。现在，郑立新走上链子桥先看左边那只狮子完好无损，就转过来看右边这只石狮子。没来由的，今天他就很想看看这只石狮子当年被"二战"的炮弹炸出的伤口，或许这样才能让他在这座现在让他几乎要失去信心的城市找到心理平衡。当然，郑立新很容易就看到"二战"在布达佩斯地标留下的伤口。他摸了摸，看着不少在链子桥上游玩的人，忽觉自己在风景秀丽的链子桥上可能是最无聊的一位游客时，远处依着链子桥栏观风景的一个人突然叫道："你……你是立新兄弟？"

猛然间在布达佩斯听到有人称呼自己的名字，郑立新惊了一下。再一打眼，初始还以为这个身形瘦削，只比瘦猴略高些的人是瘦猴，但细观下就愣住了。

"啊呀，你真是明溪兄弟郑立新啊！"来人夸张地叫着，跑到郑立新面前，忽滑稽地举手做了个敬礼的手势，瞪圆眼睛说，"国际列车，俄罗斯警察，明溪英雄！立新兄弟，哥们，我是北京的荣建设啊！"

在最初一愣后，惊讶之中的郑立新在对方标准的北京口音中，已认出这个北京至莫斯科国际列车同一包厢的北京倒爷。意外重逢。北京倒爷和明溪王坊山头老大在链子桥或双狮桥上他乡遇故知，激动不已地拥抱在一起。

11

这是两个来自五湖四海，为了发财这个共同目标走出国门的中国人意外重逢，但对于正处于彷徨迷惘之中的郑立新却是一个致命的开端。因为荣建设的出现，他的布达佩斯生活真正开始走腔走板，直到2009年江小燕出现才回到正轨。

这晚上，北京倒爷荣建设跟着郑立新来到他租住的房子。荣建设刚到布达佩斯6天，凑合着与一个北京哥们挤一张床铺。工作还没有着落的荣建设有些羡慕郑立新这个价廉物美的出租屋，但听说郑立新来布达佩斯这么些日子一直老实实地摆摊做生意，就不相信地瞪大一双绿豆眼，夸张地说："这还是让俄罗斯警察敬礼的明溪英雄吗？啧，兄弟，被警察撵得像兔子样的日子哪是我们兄弟该受的？俗话说，人无横财不富，马无夜草不肥。老哥也是在莫斯科把这个理悟出来了，唉，成天累死累活的，不就为糊一张嘴。"

在国际列车上郑立新并不太喜欢北京倒爷对江小燕的油嘴滑舌，但现在看到他，一直时常在脑海里闪现的江小燕抑不住冒出来。对荣建设突然出现心存疑虑，可一向并不爱探人隐私的郑立新没有问对方，倒是拐弯抹角地问他有没有江小燕的消息。

听问，正眉飞色舞地感叹人生，教导明溪英雄人生道理的北京倒爷忽像霜打的茄子低下头，待抬起来时已眼含热泪，一声长叹："唉，立新兄弟，江西妹子仁义啊！若不是她出手相助，哥这100多斤可就摆在莫斯科了！"

没想到一声问竟引出北京倒爷一声长叹和一个颇为惊心动魄的故事。当本就饶舌的荣建设打开话匣子，听得身上起一层鸡皮疙瘩的郑立新忘了给荣建设空杯里添酒。

原来，荣建设这回到布达佩斯是逃命来的。就说这北京倒爷在莫斯科与郑立新分手后，是跟着北京大院哥们赚足了钱，北京莫斯科地又来回倒腾三趟后就跟着北京大院哥们正式在莫斯科落脚。北京大院哥们有路数，做生意又有一些门道，不像许多人只顾眼前的利益小打小闹，他通过北京关系倒腾的都是大买卖，一笔笔下来，让跟着他混的荣建设都盆满钵满，更不用说北京大院哥们了。然而，做大生意就必须四面打点，难免走偏门和野路子，黑白两道都得吃得开，好处当然不能只入自己的腰包。只是这生意做大了，人心的贪欲也就大了，就思谋着若这钱全落入自己口袋有何不可？这么想着，北京大院哥们心里就有想法了。就说这最大的一笔生意，由北京大院哥们把一大批货组织到俄罗斯，俄罗斯方面也有合作伙伴关照。按说这利润丰厚的生意理所当然让北京哥们的财富再上一个台阶，但是按老规矩给这班子"地头蛇"的四成利却让他打起了鼓，思想自己如今在莫斯科也算是有头有脸的人物，场面上也镇得住，何必再拿这么一大笔钱喂"地头蛇"呢？于是，他与荣建设一番密谋，决定把这利对"地头蛇"瞒上那么五成，像打发乞丐一般把对方打发了。

初始几天，北京大院哥们心里多少有些打鼓，拉着最铁的哥们荣建设深居简出，拉长耳朵听动静，后来转念一想这么些日子下来，大家各自遵守道上的规矩，只是通过牵线人互通信息，自己与"地头蛇"从未谋面，谅对方就是有话要说也找不到主。于是，北京大院哥们把公司改名称还搬了位置，反正只是个倒买倒卖的公司，搬起来也不费事，顺带连住的地方也搬了。这么一折腾，半个多月过去，如北京大院哥们所料，"地头蛇"那边没有任何动静。心中一块石头落了地，北京大院哥们就思谋着用这笔巨款开个正儿八经的公司。就这样，暗中高兴终于完成原始资本积累，准备在莫斯科大干一场的北京大院哥们这天趁着天气转暖，阳光灿烂，拉着铁哥们一起到莫斯科红场看风景。而就在两人严格遵守交通规则走在人行道上，北京大院哥们豪情满怀地伸手比着从《列宁在十月》里学到的列宁大手一挥的手势，在克里姆林宫巍峨的身躯前，一辆黑色的轿车突然如一阵风般冲过来，不由分说地将北京大院哥们的"列宁手势"撞得变了形，连同他散架的身体。

北京倒爷眼见着北京大院哥们瞬间支离破碎的身体，一霎时，瞥见了一闪而过的黑色轿车里那位竖起衣领扣着帽子面目不详的司机冷酷的目光。荣建设惊叫着开始奔逃，尽管黑色轿车屁股冒着青烟已远去。这一天，很多到莫斯科红场游玩的游客都看到这么一幕场景：一个矮瘦的中国人在灿烂的阳光下，以克里姆林宫为背景奔跑，狂喊着："杀人啦，杀人啦，黑社会杀人了！"

这是一起找不到肇事者的意外车祸，黑色轿车居然没有车牌号。俄罗斯警察对已有些神经兮兮的荣建设意味深长地说："中国人，你自己在街上走路小心些！"

这当然不是一起车祸，而是"地头蛇"对北京大院哥们失信的回报。树倒猢狲散，一班子昔日跟着北京大院哥们蹭吃蹭喝的中国人、俄罗斯人做鸟兽散，与北京大院哥们同居的俄罗斯女人将公司的钱把持住，荣建设像一条丧家之犬被赶出家门。同时，他还面临着生命危险，因为他是车祸目击证人。果然，随后几天，不时有形迹可疑的人在他住处神出鬼没地出现。这笔利润丰厚的大生意让荣建设把所有赚来的钱都折进去了，鬼使神差又听北京哥们的话准备将这钱入股新公司，现在所有的钱都在账上，况且可以肯定，"地头蛇"肯定不会对这笔钱善罢甘休。荣建设痛心疾首之下没心思与那位"莫斯科嫂子"计较，保命才是至理啊。在家里躲了3天，荣建设总算瞅准一个机会逃出来，他想到这个时候或许只有江小燕才不会见死不救，此前那些酒肉朋友唯恐躲他不及呢。身无分文的荣建设回不去了，此时北京大院哥们遇害的消息一定早传到了北京大院，债主们会把他吃了。正是这样，在江小燕住处又躲了两天，江小燕求她舅舅帮忙，好不容易才帮荣建设登上莫斯科开往布达佩斯的火车。

一个让人胆战心惊的故事说完，又是一声长叹，荣建设对听得发呆的郑立新指指空杯说："满上满上。兄弟，你就祝贺荣哥死里逃生吧！"待郑立新倒上酒，一口喝干，他伸手比画了一个"列宁手势"，说，"就是这手势，列宁的，著名啊。就这样说着话，一眨眼，哥们的'列宁手势'被撞得七零八落了。惨啊，好些日子我就一直想自己也被撞成那个样子，我就觉得钱真不是个东西。唉，与一条命相比，钱算个屁！立新兄弟，江西妹子仁义啊。哥真是走投无路了，就想着国际列车上一面之缘的江小燕，没承想人家二话不说就收留咱。唉，如果没有他舅舅帮忙，我这100多斤就摆在莫斯科了！"忽又眨巴着一双小眼，诡笑说，"嘿嘿，立新兄弟，你当初没听她话留在莫斯科太可惜了。哥是过来人，在火车上就看出这妹子对你有情。对了，江小燕送我上车时还交代我见到你给你递话呢，说是让你过莫斯科时一定要去看她。"

"她……真是这么说的？"一直想打听江小燕消息的郑立新听到江西姑娘的名字，眼睛一亮，迟疑说，"她在莫斯科过得还好吧？"

"那还有错，人家有舅舅罩着。实话说吧，我那北京大院哥们做生意是野路子，来钱快，可也不地道。您看，想黑吃黑把命搭上了。江小燕舅舅那可不一样，正规的国际公司，在'一只蚂蚁'里可是有头有脸的人物。我看江小燕那打扮做派，可不是当初国际列车上生瓜蛋子般的江西妹子了。兄弟，您哪，若是留在莫斯科，十有八九成她舅舅的外甥女婿，那可就一步登天了。"

听江小燕惦记自己，郑立新暗中涌过一阵暖流，但听了荣建设话，又打心眼里看不起这个落魄的北京倒爷。是啊，北京倒爷怎么能理解明溪王坊山头老大的心呢。格局！他郑立新不能做李秋实所说的那种大格局的人，但也不能把自己的格局就拴在一个女人裤腰上。不错，他没有吴秀仙、陈铭科、冯丽琪那样做生意的才干，也不可能像李秋实、王兴发、赵剑武那样的大格局，但他一个男子汉怎能靠一个女人的庇护打天下呢？那要让他看不起自己了。就是现在，在布达佩斯混得差强人意，郑立新也绝不会通过江小燕去投靠她舅舅。因此，郑立新冷了脸起身到卫生间撒尿去了。

自知失言的荣建设待郑立新重新坐下来，撇嘴一笑说："好好，我知道立新兄弟是中国英雄，不提这个。"又神秘地说，"不过，看你这摆摊也挺累，眼下，我倒是有一条不费力气的赚钱路数。立新兄弟，你是单位领工资出来的，嘿嘿，这地方可是能每天领到工资哦。"

"领工资？"郑立新不相信来布达佩斯没几天的北京倒爷的话。

"你不信不奇怪，没亲眼见识前，我也不信呢。我这也是北京哥们指点的。这哥们够意思，当初在莫斯科我就招待他吃了一餐饭，这回到匈牙利找他，二话没说，我这些天就是落脚他那里呢。"荣建设称赞了一番人间还有真情在，并不是所有人都是无情无义后，就声情并茂地把轻松赚钱的路数说道了一通。

荣建设所说的"领工资"地方就是布达佩斯著名的帝国赌场，位于佩斯繁华的闹市区，与步行街相邻。一座巴洛克风格的古色古香的建筑，门面并不大，但大门上茶色的玻璃上方挂着CASINO的招牌，即使不懂英文的人也识得这个字的意思，布达佩斯场面上混的人都知道这个赌场的名头。赌场门脸不大，里头却不小，各式赌台齐全，以轮盘赌和二十一点最多，也有曲径通幽私密之处供大赌客消遣。赌场装潢并不奢华，但讲究舒适。暗绿色的地毯，柔和的灯光，随处可见的软皮沙发，墙上古色古香的装饰画，以及手拿托盘、身着超短裙为赌客递送饮料的女招待。让人一进赌场，就有一种宾至如归的感觉，令揣着发财梦而来的赌徒如入世外桃源。

若说世外桃源，最吸引人的是在帝国赌场什么也不要做，就能领一份"工资"。进入赌场的人在进门处可领到两块价值5马克的特殊令牌。令牌只能用来下注，不能直接兑换现金，押注赢的钱才可以兑换。你可把这两块令牌分别押在轮盘赌的红黑两色或奇偶两组或上下两区（1－18 和 19－36），赔率 1：1。结果必是一赢一输，除非庄家黑手打 0，全部没收。这种概率不高，赌客赢面很大。输了的牌被快速收走，赢的得到一块可兑换的 5 马克令牌。于是，"工资"到手了。就这样，每天 5 马克，一个月下来就是可观的 150 马克。即使倒霉撞上几次 0，也有 100 上下，不费吹灰之力，拿到相当于国内一个月的工资。

这是什么规矩？难道是赌场老板做慈善？天下没有免费的午餐，大家都知道这个天理。这其实是老板招引顾客的一个商业手段，没想到碰上聪明的中国人。直到被钻了一段空子后，这个远不如中国人聪明的赌场老板才取消这项"福利"，别有用心者再也不能"领工资"了。

郑立新听荣建设说的居然是这么"领工资"，拉下脸说："我到布达佩斯可不是来赌博的，这样的'工资'我是不会去领的！"

说得兴致盎然，正想进一步介绍自己这些天"领工资"感受的北京倒爷一时有些无趣。接下来的气氛冷了下来，最后，两位国际列车上认识的朋友的重逢以冷场收场。荣建设喝干杯中残酒，在郑立新室友刚回来时知趣地告辞。临了，北京倒爷还是对送出门的郑立新再次热情相邀："立新兄弟，若想通了就来找我。不瞒兄弟说，这白天啊，我除了睡觉就是逛大街，晚上就到帝国赌场领工资。嘿嘿，换了个地，我这运气也回来了，哥这么些天账上都有几千美元了，日子滋润着呢，啧。"

12

荣建设最后的话，实实在在落在对摆摊做生意没有兴趣的郑立新心坎上。国内按时从地质队财务那里领工资的郑立新，对这不用辛苦就能领到的"工资"颇感好奇。这晚上，郑立新梦中就一直回放着在地质队领工资的情形，忽而那发工资的小出纳变成了江小燕，她把一张张钞票数给他，还笑着说："你傻啊，有工资不领？"忽又变了脸说，"你傻啊，那种工资不能领！"梦中两个江小燕的话就让他这么纠结着醒了过来。已是凌晨时分，半扇窗户透过来的微弱光线打在郑立新脸上，略微在心中挣扎了一下，他就在刷牙时用力吐了一口唾沫，在心中骂了自己一句，背起地质包，出门摆摊去了。是啊，郑立新在明溪饭店吃饭时已接受了冯丽琪的批评，决心好好摆摊赚钱，将来也像陈铭科一样在四虎市场租一个巴比隆，过上明溪人在布达佩斯都向往的幸福生活。

陈铭科几次劝郑立新在四虎市场租一个摊位做生意，这样总比四处"练摊"好得多，但郑立新在四虎市场摆几天摊就不干了。一是嫌里头的摊位费高；二是撒泡尿 50 福林让他肉疼，最重要的是没有自由，得早早抢摊。郑立新就喜欢随意摆摊的自由，尽管省下摊位费和撒尿费也没多存下钱来，还得随时防着全副武装的警察。郑立新最烦匈牙利警察的全副武装，身上的零碎太多，搞得每个人都是阶级敌人般，却只能吓唬老实人。现在的他就不怕，凭着不比警察逊色的人高马大，警察追这大个子时没占什么便宜。再者，外国人也明白"穷寇勿追"的道理，所以，每次一起摆摊的倒霉蛋总是那些身材瘦小的摊主。是个人都爱捏软柿子，这是放之四海皆准的天理，早玩腻猫捉老鼠游戏的已成国际倒爷横行之地的布达佩斯警察也不能免俗。就这么着，摸准警察脾气的郑立新四处打游击摆摊倒是如鱼得水，生意做得差强人意，可也从匈牙利人民手里赚到了不少福林，有些许原始资本积累了，但是很慢。荣建设才来布达佩斯几天，凭"领工资"就有了几千美元，这个神话怎么就那么不真实呢？这些日子一直在牛高地火车站附近一条过街地下通道顺风顺水摆摊的郑立新，这天早上照样出摊时，就有些心不在焉地思谋着荣建设所说的"领工资"究竟是怎么回事，一不小心，居然被一位吉卜赛女人揣走了一个胸罩。

现在的郑立新已不是国际列车上背着表姐准备的胸罩不敢叫卖的生瓜蛋子了，他现在批发胸罩来卖时可以用手比画着加上三两句匈牙利语，脸不红心不跳地向女顾客介绍这款胸罩如何舒适又显性感，幽默形象的动作还真让不少外国女人光顾中国大个的生意。当然，自明溪饭店开业后郑立新多半选择在这条地下通道摆摊，自是为了方便中午品尝冯丽琪亲手做的客秋包。每天中午一份客秋包，是郑立新雷打不动的午餐。一周一结账，周末结账时顺便在明溪饭店打打牙祭，偶尔与相识的明溪老乡一起喝喝小酒，晚上再回到温暖的地下室，数着从露出一半的天窗走过的行人脚步，日子也就这么混了下来。明溪老乡？半个明溪人的郑立新现在最渴望看到明溪人，大家也早接纳这个不会讲明溪话的曾经的地质队员。慢慢地，郑立新在明溪饭店重新找到家的感觉，相信大家也一样，明溪饭店正在逐渐取代原先的明溪驿。按照陈铭科冯丽琪原先所预料，人们越来越喜欢有事到明溪饭店商议，同时品尝地道的明溪风味。正是内心这么一种想法，这一段日子，郑立新摆摊基本上围绕着牛高地火车站周边的地下通道、地铁口和公交站点等人群扎堆的地方。这天，被荣建设忽悠一通后一夜睡不踏实的郑立新有些昏头昏脑，照例选择牛高地火车站广场边一条地下通道摆摊，生意居然出奇的好，一个上午把盘来的货卖得差不多了，随后他就把摊在塑料布上的货往地质包里一塞，到明溪饭店用餐。服务生见郑立新来了，让他免排队直接进店。郑立新在固定的位置坐下，正在前台收钱的冯丽琪交代领班一句后径直走过来，看他狼吞虎咽地吃着热气腾腾的客秋包，轻笑道："不用着急，又不收你占桌费。"

"那可不行，我不能耽搁丽琪姐做生意。把肚子填饱，腾出空位。嘿，我早说不要给我留位子，随便蹲哪个角落就行了，能天天吃到丽琪姐包的客秋包，我也就知足了，这是国内都没有的待遇呢。"郑立新边往嘴里塞客秋包，边"嘿嘿"笑了。听冯丽琪笑着嗔骂他一声"就是嘴甜"转身要走，忽问："听说铭科兄要买下个巴比隆是不是真的？可了不得，在四虎市场能买下巴比隆，你们一拨来匈牙利的明溪人也没有几个。"

冯丽琪眉开眼笑地点点头："是这么想的。立新兄弟，你将来也可以买。你看在布达佩斯的明溪老乡大多混得不错，来吃饭时听他们互通各种消息，我就觉得只要肯吃苦，老老实实做生意，生意总会越做越大的。前些天，又有几个新来的明溪人到我这打探怎么做生意呢，我就告诉他们从'练摊'开始，别一口想吃成个胖子。"

郑立新听得出冯丽琪这是在敲打他，嘴里含含糊糊应着，心中却不以为然。为陈铭科高兴的同时，郑立新看到了自己的原地踏步，心里多少有些失落。然而，对于未来，他还真没有什么打算，陈铭科那路子他学不来，也没有吴秀仙拿国内的积累到布达佩斯开公司的实力，更没有李秋实、王兴发、赵剑武那样气吞山河的大格局。那么，他的未来在哪里？不知道。他只能走一步看一步，先把自己顾上，再寄钱回家还上出国借的钱。是啊，他现在最直接的想法是有经济实力就搬离那个半地下室，租一间天天可看到阳光的公寓。郑立新就这么胡乱把客秋包塞进肚子，与在前台后厨忙着支应的冯丽琪打声招呼，背上已没有多少货物的地质包回到地下通道，见原先的那个好位置已被人占去，就在离通道口较近的最危险的地方铺开塑料布。何为最危险？离通道口两端越近的地方越危险，一般情况下，郑立新那大个子往好位置一站，方脸一沉，昔日王坊山头老大的气势就让别的摊主心生畏惧而腾出地方，今天没故伎重演，是因为冯丽琪那几句"良言"让他有些"苦口"，再加上荣建设的"领工资"一直缠绕心中，就有些无心无绪起来。其实，现在的布达佩斯市民已没有当初那么实诚了，不少老头老太也学会与中国商贩讨价还价。这天下午出摊没多久，郑立新打发完一位匈牙利老头死缠烂打地讨价还价正有些不耐烦，随着一声尖利的哨声，通道口出现两个全副武装警察高大的身影。一直拉长耳朵的郑立新一见警察露脸，轻车熟路地瞬间背上地质包，准备卷起塑料布往反方向逃窜。不料想，刚蹲在他摊位前选货物的一位脸上长满青春痘的匈牙利大妈拎着那个粉红色胸罩不放，郑立新情急之下满足对方还价要求，匈牙利大妈磨蹭半天却从钱包里掏不出钱来。老革命碰到新问题，见警察已吆喝着快步跑来，因小失大的郑立新一时乱了方寸，见不是个事，只能丢下塑料布上的货物，背起地质包落荒而逃。那个大妈用匈牙利话叫着给钱，郑立新恨恨骂了声娘，撒开大步，顺着早瞧准的线路顺利撤离。大个子郑立新真跑起来就后来居上把一同逃窜的商贩挤在身后，一位小个子越南人被他高大的身躯一挤，跌靠在地下通道墙壁上，待他爬起来，已被警察老鹰抓小鸡般拧着胳膊。郑立新百忙中回头暗道一声"对不住"。人高马大，郑立新在与警察的追逐和同行间的逃窜中从未失手，而警察一般只要抓住一个替罪羊也就鸣金收兵了。其实，警察是为了应付公务，并不是真对这班来匈牙利的国际商贩赶尽杀绝，有个放水养鱼的意思。

这一次与警察玩的猫与老鼠游戏，被匈牙利青春痘大妈耍一把的郑立新损失不小，把今天赚的钱都搭进去了。待警报解除，大家再回地下通道重新开张，望着不知踪影的塑料布和货物，郑立新只能苦笑着打道加府，对显然有意趁火打劫的匈牙利青春痘大妈骂一声娘。骂完有些解气，心中的沮丧却挥之不去。此时已是黄昏天光，背着空空的地质包顺着布达佩斯绿树成荫的街道百般无聊地往家走，决计用这种方式打发剩下的垃圾时间，再回出租屋收拾被警察追逐得七零八落的心情，不知不觉地，一双脚竟带他走到荣建设暂时与北京哥们的寄居处。猛然醒转来，郑立新好是被自己老马识途般的脚吓了一跳，转身想走，但心中那似已生了根的好奇和向往依然拖着他的脚往前走。

13

荣建设似乎对郑立新的到来并不感到奇怪，与他同住的北京哥们不在，他正西装革履地打扮清楚，准备到帝国赌场"领工资"。二话不说，荣建设让郑立新把地质包扔下，简单寒暄几句就直奔主题，上下打量一番后摇头说："这不行，你这牛仔裤、夹克怎么看就是个地摊倒爷，这样子连帝国赌场的门也进不去。有了，我哥们和你身量差不多。"他抹了一把油光发亮得苍蝇站上去也得摔倒的一律往后梳得齐整的头发，进卧室拎出一套西装。

这套黑灰色西装居然像给郑立新量身定做一般合适，配上肯定从地摊上贩来的以假乱真的金利来领带，找来厨房的抹布把灰头土脸的皮鞋擦得锃亮，再用发胶将郑立新乱蓬蓬的头发固定成一个大背头，抹上一点说不出什么味道的油，转眼间，昔日王坊山头老大就人模狗样的像是一个挥金如土的头面人物了。郑立新像木偶般老实地让北京倒爷倒腾，一切就绪后站到镜子前，见镜中那个第一次头发齐整整往后倒，亮出宽大前额的郑立新，忽让他觉得是那么恶心，怎么看都像电影里准备叛变的汉奸或者上海大世界吃软饭的小白脸。郑立新当然料不到，荣建设为他整出的发型，此后成了他行走于布达佩斯的标配。因为荣建设讲的一句话：男人混得好，头发向后倒。由此迷上赌场的郑立新记住了。

财神，比做生意更要紧的是有财神相伴，满面春风，印堂发亮，这财运想跑都跑不掉。一半出于好奇，一半出于堤内损失堤外补的想法，郑立新第一次西装革履地跟在荣建设身后到帝国赌场"领工资"时，是布达佩斯这个春风沉醉的傍晚。两个站在帝国赌场大门边的门卫见到两个成功人士忙双脚并立，先是行尊敬得让郑立新快挪不动步的注目礼，然后做了个请的手势，帮他们开了门。一切如荣建设一路上的讲述，郑立新恨不得将大个子缩得人们看不见，心中忐忑不安地跟在荣建设身后走进帝国赌场，在一种特殊的声浪扑面而来时，一块价值 5 马克的令牌也到了他的手上。郑立新觉得这令牌似有些烫手，不知是揣在口袋里还是拿在手上。荣建设小声警告郑立新把腰板挺起来："你看自己塌腰的样子，活像是一个小偷！"他指着那些围着赌具兴奋不已的人说，"喏，你看那个戴眼镜的大叔，别看他人五人六的样子，说不准房租都快交不起；那个口红涂得像吃了猪血一样女人，没准就是卖肉的，到这里碰碰运气。这里不少人和我们一样都是来'领工资'的，谁也没比谁高到哪里。这赌场大厅里的角色都差不多，真正的大角色是看不到的，在小包间里有专人侍候着呢。"荣建设说到这里，不无羡慕地"啧啧"两声，拉着挺直腰板的郑立新直奔轮盘赌。

此时的荣建设两眼放光，当他将 5 马克令牌压上去，转眼就把"工资"赚到手。一时间，他也顾不得郑立新了，从侍者手里接过两杯香槟，一杯递给郑立新，自己端了一杯，向激动地与他打招呼，看起来手气相当不错的北京哥们走去。郑立新挤在人群里被兴奋的人们晃来晃去，手上已是攥得快出水的令牌始终没有押出去。眼有些晕了，转瞬之间的输赢，在庄家冷漠机械的动作和话语间，有人欣喜若狂，有人捶胸顿足，昔日王坊山头的老大什么时候见过这种阵势？荣建设呢？此时荣建设早已被人浪淹没了。边上一位挤进来的人看郑立新手足无措的样子，鄙夷地说："兄弟，新来的吧？押啊，不然让出位置来，后面很多人等着呢！"是这个长了一张马脸的人略带嘲讽的话激起郑立新的血性，手一哆嗦，他把刚领到的"工资"押在了 1 到 36 中区。我的妈啊，13 到 24！终于，那个要人命的小球像中了风的老头一样晃晃悠悠颤巍巍地掉进郑立机期望的小格子里。呼啦一声，庄家伸长的杆子把一堆筹码推到郑立新面前。郑立新蒙了，马脸却羡慕地叫道："兄弟，你赢了啊！啊呀，哥就跟着你了，哥晚上能不能进老婆被窝可就全靠你了！"估计是这么些日子没什么进账被老婆挂免战牌正心里窝着火，马脸一不小心把夫妻床上那点事抖搂出来。赢了？真赢了！1 赔 2，转眼间，郑立新刚到手的"工资"翻了 3 倍。

初战告捷，在马脸的吹捧下，觉得自己财运亨通的王坊山头老大的血性被激发出来，第二把，干脆把到手的筹码还是一股脑儿押在 1 到 36 中区。马脸有些惊讶地侧脸看郑立新咬着牙的脸，略一犹豫，也如法炮制。哇，又是一个

1 赔 2！转眼间，郑立新面前筹码垒成一座让他感到不可思议的小山。

"兄弟，兄弟，你是我的财神啊！"在马脸夸张地搂回赢的筹码时，边上的人也都把羡慕的目光投向郑立新。接下来的事情就像是中了魔，郑立新指哪打哪，大家也跟着这个大个子，庄家赔得脸都绿了。如果不是最后一把郑立新折进去不少筹码，听到热闹声返回来的荣建设把郑立新拉出来，后面结局真很难说。荣建设拉着郑立新去兑换现钱，小声警告他："见好就收！立新啊兄弟，接下来输赢就难说了。"一边又羡慕不已地用贪婪的目光扫射着神情有些恍惚的郑立新手上的筹码，表功说，"怎么样，哥没骗你吧，有'工资'领还赢了这一斗。立新兄弟，看来这一行你比哥顺手啊！"

空手套白狼！用从帝国赌场领的"工资"竟然一个晚上赢了 150 美元！这是什么发财速度？一天，两天，三天……天啊，不要太夸张！郑立新是在荣建设搀扶下才走出帝国赌场的，两腿发软，直走出一箭之地才惭愧不已地止住浑身不由自主地战栗。这是一种从未有过的人生体验，获取飞来横财居然会让人站不稳，身心都虚飘。当然，后来郑立新再到帝国赌场"领工资"就再也不会踩空了，只是沮丧不甘失望兴奋交织之下，他没有意识到人生已不知不觉走腔走板，而这样的日子竟浑浑噩噩地在布达佩斯过了 17 年，直到江小燕出现。

现在，今晚手气挺背，只是领到一份"工资"的荣建设提议找个地方庆祝立新兄弟旗开得胜，有个让郑立新感谢他这个领路人的意思人。他说："哥们，别介啊，就这样回去，冷锅冷灶的，哥再带你去开开眼。"郑立新当然不是小气人，加上还处于亢奋的状态，二话不说跟着荣建设去庆祝了，没想到荣哥带他来的竟然是一家脱衣舞厅。其实，自从跟着瘦猴到一次"小窗口"，郑立新就没去过，现在竟到这种地方来，有些后悔不该爽快答应由他买单听荣建设安排。然而，重朋友义气的郑立新不能把说出的话收回，只能硬着头皮陪北京倒爷兴高采烈了。

此时整个舞厅正随着台上一位身材玲珑的金发舞女掀起一波一波疯狂，时而节奏强劲时而让人萎靡的音乐声里，金发舞女扭动着性感的身子做着各种挑逗性的动作，边慢条斯理地脱着一件件似乎永远没有尽头的五彩布片。荣建设要了两杯苏打水，跟着大家一起疯狂地吆喝着，这些观众的眼睛早已帮金发舞女的身上的零碎都剥去了。疯狂，弥漫着色欲的舞厅里是一双双被欲望点燃的眼睛。一般而言，经过精心设计的舞女身上的遮羞布全部掀去，有一个欲擒故纵的让观众等得心焦的过程，目的当然是慢慢地掏出观众口袋里的钱，不到午夜时分，这个舞台上的尤物就不会"真相大白"。又一次，"小窗口"那种让人血脉偾张的感觉像一条毒蛇缠绕着郑立新，身体不争气地随着秀色可餐的金发舞女的扭动本能地燥热骚动不安，不知不觉眼睛有些发直，心底里那一点后悔和抵抗也伴随着吆喝消失。直到无意间瞥见北京倒爷发红的眼睛里射过来的"不过也是如此"的语言，忽然浮现出江小燕鄙夷的目光，一时间让郑立新从头到脚如被泼一瓢冰水，浑身一激灵，恨恨地用力掐了一下自己挥舞的手，恍然醒悟，不由分说拉着荣建设中途退场。走出脱衣舞厅门口，郑立新朝门内用力吐了一口唾沫，骂道："脏，这地方真脏！"

意犹未尽的荣建设愣了半晌，尴尬地一笑："嘿，没想到立新兄弟是正人君子……"还要说的话，就用嘴角边漾起的一丛含义不明的笑省略了。

冲着荣建设带自己赢了这么多钱，郑立新把北京倒爷笑中的讥讽之味忽略了。正人君子？笑话！郑立新从来就没把自己当正人君子。是啊，王坊山头老大怎么可能是正人君子？但郑立新就见不得一个大男人过这种摸不着边的瘾，一个男人顶天立地，要不然就守身如玉，要不然就像有些人一样也找个"傍肩"，对付一下生理需求。然而，打架出手狠的郑立新一想到江西妹子在莫斯科火车站分别时那幽怨的目光，就打消了这些肮脏的念头。当然，如果像陈铭科和冯丽琪一样的"傍肩"又不一样了。

这晚上，从小时候赌水果糖到人生中第一次赌博大赢而归的郑立新睡不安枕，又梦到江小燕用那种幽怨的目光看他，还多了一丝鄙视的味道。后来，他被这目光吓醒了。

卷
伍

1

布达佩斯的太阳照常升起，太阳还是那个太阳，但经历帝国赌场的郑立新却不是此前那个郑立新了。不错，在帝国赌场赢钱实在太爽了，这种奇特的感觉从未体验过，且慢，似乎隐约又有那么一丝相熟，忽然就想及埋藏在记忆深处小时候赢小伙伴水果糖的感觉。这让他吓了一跳，在溯本追源中窥视到一个弥天大谎。是啊，看着眼前堆起来的筹码，纯粹的空手套白狼，郑立新的双腿就激动得有些发软。现在，看着布达佩斯照常升起太阳，想及得继续与警察玩着猫抓老鼠的游戏，郑立新浑身上下就有些不得劲，他一遍遍数着昨晚"领工资"所滋生的"成果"，躺在床上就是不想动。就这样，第二天无心摆摊的郑立新无所事事地在街上闲逛，顺着美丽的多瑙河畔看红嘴海鸥不知疲倦地游弋，各式的轮船把河面掀起一丛丛波浪，走到地铁口恰碰上警察在追赶一位个头小小却跑得挺快的小姑娘。从小姑娘黝黑的肤色判断应当是越南人，且与郑立新一样也是四处摆摊破坏布达佩斯公共环境的老手，个头高大的警察竟没占到一点便宜，小姑娘边跑还边吹着尖锐的口哨，笑吟吟地与郑立新擦肩而过。郑立新在警察到来时有意来了个左闪右躲，生生把他的脚步拦住了。警察气恼地把这个大个子拉到一边，无奈地对着远去的越南小姑娘挥着警棍。郑立新两手插在口袋里，对匈牙利警察的背影做了个鬼脸。无意间发挥国际友谊精神帮了越南小姑娘一把，郑立新仰头望了望高挂在布达佩斯空中的灿烂太阳，又做了个鬼脸。且慢，这廉价的快乐怎么那么短暂呢？郑立新这才发现此时自己已走在通往帝国赌场的路上。

荣建设似打开了潘多拉盒子，放出了一个魔咒，从这天开始而一发不可收拾，郑立新成了帝国赌场的常客，摆摊则三天打鱼两天晒网，已不是他的主业了。这样的状态，生意自然也做不好，人在摆摊做生意，一颗心却惦念着帝国赌场的那份"工资"，"领工资"就像一个诱饵，真正诱人的是由"工资"带来的丰厚回报。就这么来来去去地在赌场流连，第一天的好运只是偶尔上演，绝大多数时候"工资"没领到，还倒贴进当天摆摊做生意的收入。当然，郑立新在为自己建立这种新常态前也给自己立了一个规矩，如果前一天在赌场不仅没领到"工资"，还把摆摊的收入都搭进去了，那么，第二天就必须狠下心来做生意，以求筹集到东山再起的资本；如果前一天大获全胜，那么，他就好好地犒劳自己放一天假，把做生意的家什刀枪入库，揣着马放南山的胜利者心情领略匈牙利古都的大好河山，以利于晚上在帝国赌场"领工资"后大战一场。当然还有一个最重要的规矩，为了避免输个精光，郑立新给自己画了一条红线，在银行开了个赌博专用的现金账户，里面放了1000美元，算是赌本。无论如何，不能超越这条红线，若哪天超越了这条线，他就老老实实地只到帝国赌场"领工资"，工资没了就收手。

如果郑立新都是这么理智地守住自己的红线，那么，帝国赌场估计多几个这样的赌客就得关张了。然而，当郑立新守着红线天天到帝国赌场"领工资"两个多月后，经过这么一番惊心动魄的折腾，他专用的赌博账户资金居然奇迹般地翻了两倍多。这个晚上，郑立新翻来覆去地审视手里这张充满魔力的银行存折时，心里一个声音很强烈地一直在暗示他必须大干一场，彻底地改变地摊客的形象。在激烈的思想斗争中，他抬头看到明天日历上那大大的"6"，一时就笑了。星期六，又是6日，这不是老天让他郑立新"六六大顺"嘛。

这时候，似乎来布达佩斯就是为了给郑立新指引一条快速致富之路的荣建设已和北京哥们离开匈牙利，奔赴一个不能告知郑立新的去处。郑立新当然明白，荣建设和北京哥们多半与王兴发赵剑武一样选择了"偷渡"。临走前，北京倒爷见郑立新已天天到帝国赌场"领工资"，居然良心发现劝郑立新还是好好做生意才是正道。对于荣建设这个有些出尔反尔的忠告，郑立新不以为然。他不是傻瓜，赌场无赢家的道理他还是懂的，守住银行账户的那条红线，任尔东南西北风，却没有意识到已拖欠房东两个月房租了。后来的事实证明，所谓"六六大顺"在无情的赌场根本靠不住，这天是郑立新人生中最灰暗的一天，按惯例将领到的工资作为一个起头扔在轮盘赌上也顺利地开了个好头，马上来了个1赔2，然后，这份"工资"连同赢来的钱再砸进去，瞬间就被庄家笑纳了。由此开始，不到两个小时，郑立新的赌博专用账户这两个多月的积累就被赌场的血盆大口吞没了。转眼就这么逼到了红线，依以前惯例到红线就忍痛收手，但认准"六六大顺"日子的郑立新仅是内心挣扎了一会，一咬牙就突破了自己定下的规矩，迈过一直坚守下来的红线。就这样，这晚，失去理智的郑立新不仅把账户的钱全押上，而且还把包里准备交房租和进货的生意本钱全投了进去，就像一滴水消失在赌海之中，无声无息。

郑立新也无声无息地在出租屋里躺了一整天，身无分文的穷光蛋，还欠着房东两个月房租和水费电费，比刚到布达佩斯时还穷。整整一天，他就这么躺在床上，不吃不喝，像一具行尸走肉，直到陈铭科推门寻来。陈铭科一见面如死灰的郑立新，一声惊叫："立新兄弟，出什么事了?"

这些日子，陈铭科正盘算买下四虎市场一直租赁的那个巴比隆，与市场管理者僵持不下。冯丽琪自明溪饭店开业就被拴在店里，为了省钱，老板采买一肩挑，有时还充当服务生，郑立新不像原先天天中午到明溪饭店报到也没引起她在意。直到这天，吴秀仙带几个匈牙利朋友到明溪饭店吃饭，有些担心地告诉冯丽琪，有人说郑立新跟着一个什么北京朋友天天出入帝国赌场。冯丽琪并不以为意，她听郑立新提过那个在国际列车上认识的北京倒爷，还说到可以在帝国赌场不用上班"领工资"。当时冯丽琪不太相信这种天上掉馅饼的事，还以小大姐的口气警告郑立新不要沾赌，郑立新举手表示只是觉得好奇去"领工资"，他早给自己定下两条规矩，又画了一条红线。郑立新没说什么规矩红线，冯丽琪忙着招呼顾客也没追问，但她相信以郑立新的定力不会沉迷进去。连续三天没见到郑立新影子，冯丽琪问来明溪饭店用餐，经常与郑立新一起在牛高地火车站边地下通道摆摊的一位明溪老乡，才知郑立新已三天没有出摊了。这天晚上陈铭科终于谈妥巴比隆出售的事，兴高采烈地提早来明溪饭店，有个与冯丽琪一起早点回家庆祝的意思。听冯丽琪担心地提及郑立新，也听明溪乡亲说那个地质队来的大个子天天到赌场"领工资"，陈铭科就有些担心，想着若见到郑立新要好好劝劝他。恰此时，郑立新出租屋的房东不知通过什么渠道居然把电话打到明溪饭店找陈铭科，说是郑立新已两个月没交房租水电费，电话也不接，晚上找到出租房去也没见到人，只听同屋的人说他天天深夜才回来。房东很生气地说："陈先生，如果郑先生再不交房租，我就得叫警察来和他说话了。"

两个月没交房租水电，若是让房东告到警察局可是非同小可，闹不好郑立新的延迟签证就办不下来了。顿感事态严重的陈铭科顾不得庆祝，当即就去找郑立新。现在，在陈铭科的严厉逼问下，郑立新才有气无力地把事情原委说了个清楚。一时间，陈铭科无言以对，良久方一声长叹："立新啊，你怎么能去赌博呢？我听人说你到帝国赌场'领工资'就有些担心，没想到你还真赌上了。什么'领工资'，那就是赌场看准一些人爱占小便宜精心设的诱饵。不用上班，老板给你开工资，天底下哪有这样的好事啊？你醒醒吧。哼，北京倒爷把你引上这条道，那就是个混蛋。"

"你骂吧，骂吧，铭科兄，我郑立新没脸见人了。"

"没脸见人可也得活人啊。起来！看你这副人不人鬼不鬼的样子，李哥若看到非把你骂个狗血淋头。"陈铭科说道了几句，见郑立新有气无力地进卫生间洗漱，就到厨房找到一个西红柿和一个鸡蛋，煮了一碗面条。待郑立新狼吞虎咽地扒拉进肚后，他把一个装着钱的信封放在桌子上说："房东的电话都打到明溪饭店了，明天先把欠的钱交了。若房东真把你告到警察局，神仙也救不了你！"

"这老头这么不给面子。"郑立新抹一下嘴巴，捏拳往桌上一敲。

"面子？立新兄弟，两个月房租水电！找你人影也碰不上，房东如果不是看我的面子，早把你的被子扔大街上了。"看到郑立新一瞬间表现出的王坊山头老大的无赖样，陈铭科火就冒上来了，拍着桌子说，"这是匈牙利，你以为还是在你的地质队啊？"

"我给你们丢脸了，钱……我会尽快还的……"郑立新自知理亏，身躯似乎矮了一截，不敢直视陈铭科的眼睛。其实郑立新虽感激陈铭科对自己的帮助，但骨子里并不认同中学英语老师的为人之道，特别是与冯丽琪的关系，若是他郑立新，早就双双回国把冯丽琪的男人按在离婚书上签字了，陈铭科这么磨磨叽叽的样子让他很是不爽。现在走投无路之下陈铭科雪中送炭，面对他义正词严的训斥，郑立新发现个头并不强壮的中学老师其实挺男子汉。

"说这个做什么，钱没关系的。我和丽琪都希望你不要再到帝国赌场'领工资'，那是一块会卡脖子的肉，咽不下去。这样吧，还是到四虎市场出摊，总是打游击，生意做不大的。我刚买下一个巴比隆，今后生意也可以更照应得到。"见大个子垂头丧气的样子，陈铭科缓和语气说，"立新，李哥来信说他已在福州重新开始，发展不错。你看李哥跌了这么大的跟斗，这么短时间就爬起来了，你拐了这么个弯也没什么，就当第一天来匈牙利了。李哥在信中还问你的情况，他这么关心你，就是看你这个人讲朋友义气。明白吗？"

2

郑立新当然明白。不错，就当是拐了个弯，往前的路还很宽敞。

郑立新决心洗心革面，第二天果然借陈铭科给的钱回四虎市场租了个台面，认认真真做起生意来。有陈铭科的帮助，也就 1 个多月，郑立新就把欠的钱全还上了，生活重新步入正轨。浪子回头金不换，何况昔日王坊山头老大还算不上浪子，仅仅是走了一段弯路。前一段时间四处摆摊无形中也历练出郑立新经商的敏锐性，对市场加深了了解，比方说，对进什么货和进多少货更心中有数。原来成天提心吊胆地担心警察光临，在进货上只是选择更容易快速出手的小件商品，利润较低，现在有了固定摊位，进货品种有了更多的选择，再者四虎市场的人流量非一条地下通道可比，慢慢地，郑立新的腰包又鼓了起来，银行账户上的存款恢复了以前的数字。然而，在心疼撒一泡尿得支付 50 福林，尽量少喝水勤憋尿，收摊回到出租房先牛饮一大杯凉白开，一夜数着到卫生间撒尿节省了 50 福林又 50 福林，稍有尿意就报复式地到卫生间抖几下，将被讨价还价的顾客弄得身心疲惫的躯体四仰八叉地放倒，渐渐地，郑立新对这样早出晚归的生活又有些不耐烦起来。他思想起李秋实所说的人生格局，依然找不到自己的路子在哪里，他既不想像陈铭科那样有一天买下个巴比隆，也不想像瘦猴那样混日子，夜深人静之时就想起王坊山头的地质队。现在凌笙已与闽西地质队一起迁到三明，但那班弟兄还在，他所在的地质二钻还在，想及那呼风唤雨的日子，王坊山头老大竟有些后悔来匈牙利。是啊，好死不如赖活着，当初就是被发配到野外分队，好赖有一份工资领嘛，无忧无虑的，走在王坊山头，晃着高大的身板，谁见了都畏惧三分。领工资？且慢，帝国赌场"领工资"的感觉还真有些爽，赢钱的感觉更爽。这么着，百般无聊中，那个似乎已消失在四虎市场的心魔又悄然在郑立新心底探头探脑。也就在回到四虎市场 2 个月的这天，晚上收摊回出租屋路上遇到以前在地下通道摆摊相识的一位山东大汉。这位山东大汉与郑立新一样高大，只是他一只脚有些毛病，遇警察来追，步幅虽大但频率小，有一回差点被警察追上，郑立新回身扯山东同胞一把才逃离匈牙利警察的魔爪。山东大汉好是感激，自称是水浒梁山泊处的齐鲁子弟，若有朝一日发达了，一定要与郑兄弟大碗喝酒大块吃肉。然而，山东大汉很快就从地下通道消失了，听说是去匈牙利另外一个城市，跟着一位发展不错的山东大哥做生意。这天，山东大汉是到布达佩斯进货。两大个热烈拥抱之后，西装革履，看起来混得不错的山东大汉也不提大碗喝酒大块吃肉的承诺，拥抱完就一副忙得脚不沾地的样子说他得赶紧去办事，让郑立新有空找他喝酒。在转身而去时，山东大汉忽想起什么，神秘兮兮地说："你知道那个走路肩膀斜一边的矮子吧？听说前些天可是发了一笔横财，正四处看门面要开店呢。兄弟，你知道他在哪发财的？卡西洛。卡西洛听说过吗？嘿嘿，就是赌场！他在那赢了一大笔钱，现在人五人六地发达了。"

这个"斜肩"郑立新并不熟，甚至没说过话，只是在牛高地火车站地下通道一起摆摊见过几次，但这个矮子斜着肩膀走路的样子给他留下了深刻的印象。郑立新不知道山东大汉为什么临分别时说这个故事给他听是什么意思，但原本就探头探脑的心魔被山东大汉适时的勾引，不知不觉在心中开始泛滥起来，以至于让郑立新面对赌博这个心魔再也无力回天，束手就范。就这样，这个晚上从四虎市场收摊后，揣着腰包里的钱，思想激烈斗争一天的郑立新被不听话的脚将躯体带进了卡西洛。

CASINO——卡西洛，这是帝国赌场的英文名字。对啊，换个名字或许手气也就换了。郑立新在心里把帝国赌场换成它的英文名字，决定"转战"卡西洛，期盼东山再起。虽然对赌场早已轻车熟路，但瞒着陈铭科和冯丽琪这对一直关心他的"傍肩"重回赌场，郑立新心里还是有些心虚，直到卡西洛门口还迟疑不决。他犹豫着往里探头，门内站着的一位美丽金发少女竟对他笑脸相迎，弯腰做了个请的手势。这让郑立新有些受宠若惊，整整当时为帝国赌场专门订制的一套黑灰色西装，昂首挺胸地在金发少女恭敬的注目视下，像一位准备来此一掷千金的成功人士一样走进了卡西洛。当喧闹扑面而来，离开帝国赌场两个月整的郑立新只是略微顿了顿，就适应了赌场特殊的似弥漫着金钱欲望的环境。展眼一望，整个赌场是密密麻麻的赌客，男人西装革履，女人穿着亮丽，个个都像是腰缠万贯的款爷，每人的眼里都毫不掩饰地迸射出对金钱的贪婪和渴望。回到这熟悉的环境，郑立新一时精神大振，全身心的细胞都活跃起来，马上进入临战状态。不急，他不是一位新手，得有一种成功人士的样子。于是，郑立新招手要了一杯咖啡端着，胸有成竹地时不时抿一口，先把卡西洛大厅的各种赌博方式视察一番，最终决定还是从"转盘"开始。转盘转啊转，就能把他在帝国赌场丢掉的运气转回来了。风水轮流转，属于他郑立新风水就从卡西洛，从今晚转回来吧。

郑立新把自己的第一个筹码压在了转盘上，竟然出师大捷，不仅是出师大捷，我的天啊，郑立新在帝国赌场丢掉的运气转回来了。果然，虽是同一个赌场，但给它换了个名字，手气也换了。这个晚上，当半夜2点钟，几乎有些赌红眼的郑立新见好就收走出卡西洛，腰包里竟揣着赢到的4000美金。这是什么概念？这得他在四虎市场起早贪黑摆多少天摊啊！走出卡西洛，布达佩斯深夜的晚风微微有了凉意，郑立新的心却是热的，就像揣着一团火，这团火把他之前所有的彷徨都烧没了。当门内的金发少女微笑着为他送行时，郑立新晃了晃身子，将 10 美金塞进金发少女伸手相送的手里。一时间，金发少女的笑更迷人。哇，这种感觉实在是爽！这晚上，郑立新在出租屋里把自己放倒在床上，扎扎实实睡了一个安稳觉。当然，郑立新不是个不可救药的人，他已经想好了，必须认真吸取帝国赌场的教训，严格坚守银行账户的那条红线。再一个，得守住生活的根本，四虎市场的摊还得摆下去。郑立新认为自己这不是赌博，而是一种可以获得财富的业余生活。大赌伤身，小赌怡情。郑立新后来是这么为自己规划的从四虎市场到卡西洛的人生轨迹辩护的，面对陈铭科和冯丽琪以及吴秀仙的规劝时。

此后，郑立新在布达佩斯的生活轨迹复杂而简单，他的人生一直在四虎市场和卡西洛之间徘徊。不错，郑立新一直坚守着心中的红线，是一个颇有理智的赌棍，但他在四虎市场赚来的钱几乎都填进了卡西洛那无形的血盆大口，直到 2009 年江小燕出现，十几年没有任何资本积累的他，才被江西妹子拉出卡西洛这无底的深涯，终于有了新的开始。

3

在郑立新无法抵挡赌博的心魔一头栽进卡西洛时，吴秀仙用丈夫刘玉源和自己名字开的玉仙国际贸易有限公司已完成了第一笔生意，并赚到了第一桶金，在强手如林的布达佩斯商界打出响亮的第一枪。

自从在冯丽琪意外帮助她以较低价格租下布达佩斯青年画家的房子开始筹划成立公司，各种各样的手续就让吴秀仙几乎跑断了腿，因此，虽然两人都在牛高地火车站周边，离得并不远，居然没有时间好好坐下来聊聊。偶尔，吴秀仙到明溪饭店吃饭也是匆匆忙忙，脚不沾地的样子。就这天午饭口过后没几个客人，冯丽琪正在后厨与胖子商量事，几天未露面的吴秀仙突然来了，说是还没吃饭快饿死了。冯丽琪让胖子去休息，自个煮了一碗客秋包端上来。风卷残云地把一碗客秋包送进肚子里，不待冯丽琪问及公司的事情，吴秀仙先笑起来说，"丽琪，我给大胡子打电话时他还问起清纯少女呢。"见冯丽琪的脸不知不觉红了，不等对方回话，又轻声一叹，"唉，我看这大胡子是真的欣赏你啊！丽琪，你别误会，是那种对美的欣赏。咦，我就奇怪了，怎么外国人看中国女人眼光就是不一样呢？不瞒你说，大胡子开初问那个清纯美丽的中国少女去哪里了，我都不敢说你也在牛高地火车站广场开明溪饭店，怕他找上门来。我看大胡子是喜欢上你了，担心铭科吃醋。唉，和你一比，我就是老菜帮了。大胡子还说想再给你画画呢，后来他要离开布达佩斯，我就告诉了他。听铭科说，郑立新还差点和人家闹误会打起来，大个子是个重义气人的，对你这姐倒是掏心掏肺的。"

冯丽琪被吴秀仙的玩笑话逗笑了，说："立新就是容易冲动。人家大胡子有女朋友的，也是个画画的，那天都带来饭店了。"

"唉，听说大个子到帝国赌场赌博了？这可不行，都是明溪老乡，又是李哥交代的兄弟，可不能让他走上邪路。"

冯丽琪简要地把郑立新的事情说了一下，道："现在好了，被铭科拉到四虎市场摆摊呢。唉，秀仙姐，这赌场也不知有多少人进去过，可你听谁说从赌场发财了。"

吴秀仙说："改天我碰到大个子也得好好说道说道。虽说布达佩斯的中国人鱼龙混杂，成龙成虫，都是各人的选择造化，但立新是李哥交代给我们的朋友，我们还是得尽力拉一把。你和铭科做得对。"

如果说冯丽琪的坚强表现在经历了生活磨难依然性格爽朗，以至于被大胡子错认为清纯少女，那么，从小在生意场上摸爬滚打的吴秀仙的坚强则深藏在稳重的外表里。现在，尽管心中早做好准备，一旦进入运行的轨道，吴秀仙还是没想到有这么多七七八八的枝节，有时让人不知从哪发力，好在她这些日子四处摆摊考察市场过程中积攒的人脉发挥了作用，公司成立总算胜利在望了。然而，今天一个上午在匈牙利商务部办手续差点让她失去了耐心，那个脸上长满疙瘩的 50 多岁的女人居然以一个微不足道的理由拒绝了她。这实在是一个鸡蛋里挑骨头的理由！吴秀仙软磨硬磨，尽量以平和的语气用自己并不标准的半吊子匈牙利语陈述理由，恳求对方高抬贵手。然而，这个官员的心就像她脸上疙瘩一样坑坑洼洼，仍用不容商量的语气摆手说"不"，说的还是国际通用的是个人都听得懂的英语：NO！吴秀仙着急啊，恨不得伸手帮这个"马列太太"把脸上的疙瘩揉平了。

"马列太太"！吴秀仙心底里就这么称呼这个脸上长满疙瘩的女人。在明溪时她就碰到过这样不进油盐的官员，表面上讲原则，实际上却以微不足道的完全没有必要的并不影响原则的事刁难对方，内心其实是为了满足权力欲。那是她到教育局为女儿办转学的事，一应手续俱全，完全合理合法，可那位脸上虽没像匈牙利商务部这个老妇女长着疙瘩的股长，却坚持她在写名字时有一个笔画太长了，看起来不像是她女儿名字，非得吴秀仙把一切推倒重来。那时更年轻的吴秀仙与那位瘦得全身挂不上二两肉的股长大吵了一场，最终还是老老实实地从头再来，把写字的笔画规范在对方认可的范围内。气愤不已的她后来看到电影里这般人物，就引用了电影里的戏言，称这个股长为"马列太太"。后来在生意场见多了此类可说是"打着红旗反红旗"，其实是视人民群众疾苦不顾，只为了满足高高在上权力欲的假"马列主义者"，吴秀仙的性子才慢慢磨成了如今的沉稳干练，尽管心里沸得像开锅的水，表面上还能风平浪静地与对方和颜悦色。

吴秀仙没想到在资本主义国家也会碰上"马列太太"，就因为她写的数字"3"有点像"5"，怎么解释都不行。当场用笔改正，"马列太太"脸上的疙瘩依然僵硬在那里，一点不为这个满头大汗的中国人诚恳的表白所动。然而，吴秀仙不能生气，更不能与对方拍桌子，在明溪不能这么对中国的"马列太太"，更不用说在人生地不熟的匈牙利，她只能按下已是沸腾的心事，拖着沉重的步子回头。但是，吴秀仙真是等不起了，因为国内已将生意归整为20多万现金的丈夫等不起。时间就是金钱，瞅准商机的吴秀仙早已与丈夫商定，她在布达佩斯筹办公司的同时，男人已在国内把原来的生意变现，并进行货品的筹集。一切都挺顺利，没想到最后的时刻，因为自己一个习惯性的书写方式，让匈牙利"马列太太"视"3"为"5"，进展就停顿了。当然，也可以像当初碰到教育局那个"马列太太"一样推倒重来，但这得耽误最少一个星期，而在瞬息万变的市场，货物价格会起什么变化和商品的流通会起什么变化，谁也无法预料。心里着急似火，吴秀仙磨了一个上午也没让"马列太太"脸上的疙瘩舒展，只能笑着先撤。什么办法？没有办法！在国内早被各种假"马列"磨炼出性子的吴秀仙面前只有两条路：一是从头再来，耽搁一个星期或更长的时间；

二是下午再去碰碰运气。

　　然而，那个匈牙利"马列太太"见到下午再去碰运气的吴秀仙，脸上的疙瘩几乎蹦出来，用斩钉截铁的语气再次用英语说了"不"！并挥手做了个"不要打扰她工作"的手势。没有碰到运气的吴秀仙彻底绝望了，想着已奔赴在广东、河北等地筹划着货源的丈夫，仰望着匈牙利商务部庄严的大门，吴秀仙只能恨恨长叹：万事俱备，只欠东风。

　　原本以她的打算还没有这么快实施开公司的计划，性格沉稳的她决定吸取明溪驿关门的教训，第一笔生意一定要做到万无一失，国内的货源必须由丈夫全部经手，确保不会发生李秋实一样被合作伙伴背后捅刀的惨案。然而，是陈铭科和冯丽琪的建议让她把这个计划提前了。事实上，这么一段时间来，在摆摊考察市场有意积累人脉过程中，吴秀仙的沉稳和勤劳逐渐得到一些批发商的认可，拥有了大批忠实的客户，有的批发商甚至将钥匙给她，让她自己去仓库赊账提货，待资金回笼后再结货款。这样的待遇，对别的摆摊零售者是没有的。这当然得益于吴秀仙从小历练出来的笑待四方的生意经，更取决于她沉稳干练的性格，让人信得过。

　　吴秀仙对得起对方给自己的信任。那天，她按此前不成文的约定，给一家赊账的浙江批发商送货款，正赶上一场暴雨，路上还碰上交通事故，按理说迟一天结账也没什么，但吴秀仙硬是在连末班车也没有的情况下，冒雨走了十几里路，将货款交到对方手上。就那天，这位浙江商人看着淋得落汤鸡般的吴秀仙从包里掏出用塑料袋包得严实的货款，一时间竟惊讶得说不出话。吴秀仙抱歉地说："本来下班之前就要结账的，路上耽搁了，真是太对不起了，这么晚还来打扰你们。"浙江商人眼圈都红了，用大哥的语气责备她："迟一天早一天有什么关系啊？这么冒雨来，你这个妹子就是太死心眼！"此后，浙江商人就对这个明溪女人另眼相看，一大半是赞赏吴秀仙做事的干练，更欣赏这个美丽女人的睿智和格局。吴秀仙当然知晓浙江商人的心思，但她来匈牙利是要做一番事业的，并不想与任何人成为"傍肩"，尽管浙江商人的经济实力和帅气外表也曾令她寂寞无助时心动过。因此，在浙江商人并没有藏头露尾的言语中她只能装傻，好在失望之余对方更加敬重这个洁身自好的女人，生意往来还是照常做着。吴秀仙把对方的好记在心上，后来，她的生意做大，当浙江商人遇到困难时，正是她知恩图报伸出援手，帮他渡过了难关。当时，死里逃生的浙江商人凝视着吴秀仙，深深一叹："唉，我这辈子最遗憾的就是没找一个像你这样的女人！"吴秀仙报以温情的一笑。这一笑，把什么话都说了。

吴秀仙就是这样"死心眼"。做人做事，都一样。生意从明溪做到匈牙利，她一直"死心眼"地对待生意上的每个环节，无形中一天天给她积聚着人脉。陈铭科建议她客源如此广泛，人脉广，口碑好，还是应当从国内自己发货来批发，尽快把公司成立起来。就这样，吴秀仙思考再三，听从陈铭科建议把开公司的计划提前，这才开始租房子。经过一番思考，注册一个什么样的公司，公司起什么名，必须办什么手续，又通过什么渠道与国内的厂商合作、营销什么货，吴秀仙早已胸有成竹，现在公司即将呼之欲出之时，却在一个不起眼的"3"上，让匈牙利"马列太太"从鸡蛋里挑到了骨头！唉，人算不如天算，看来也只能从头再来！再次没有抚平"马列太太"心中疙瘩的吴秀仙想着赶紧联系上丈夫，告知他这里的情况，放缓筹集货源的步伐。吴秀仙心里恨恨地揣着已是开了锅的着急，准备到公用电话亭打电话，走得急的她，低头险些与人撞个满怀。着急忙慌一肚子火的吴秀仙正要责难对方，抬头略一迟疑却愣住了。这位走得满头大汗，身上挂着各种标配零件的大块头警察也愣了下，随即就咧开大嘴笑道："明溪女！好久不见。"

吴秀仙也笑了，做了个抹嘴唇的手势说："八字胡，好久不见。"

真是好久不见，居然"八字胡"警察从克斯克米调到了布达佩斯。从最初与警察的斗智斗勇，到后来"八字胡"警察下班换上便衣光顾吴秀仙的生意，吴秀仙心照不宣几乎不赚钱地卖给对方货物。"八字胡"每次抹着趴在唇上的八字胡满意而归，总是礼貌地用半吊子汉语与"明溪女"再见。这是发生在匈牙利的"猫与老鼠"游戏中另类警察与商贩的故事，显然，大块头"八字胡"是一个善良的人，在完成警察的本职工作后很同情这位到异国他乡独自打拼的中国女人，彼此并不多言谈中得知吴秀仙来自中国明溪，也就称她为"明溪女"。明溪女，这是一个匈牙利警察对勤劳肯干能吃苦的明溪女性尊称，吴秀仙乐于代表明溪女性接受这个称呼。现在，她对克斯克米的警察出现在布达佩斯的商务部大门口略感有些奇怪，但急着打电话的吴秀仙没空与对方叙旧，点了点头，准备礼貌地告别。不料想，大块头"八字胡"是个细心的男人，他瞄了瞄吴秀仙阴沉的脸色，抬脚要走，又返身询问："明溪女，你的……原来你到布达佩斯了。你的……是不是遇到什么难事？"

"八字胡"半吊子的汉语听起来有些吃力，吴秀仙想了下才完全明白对方的意思。她不忍拂对方的关心，用匈牙利语简述自己正筹划着开公司的事后，轻声一叹，"唉，都怪我从小读书没写好这个'3'字，没办法，只好从头再来了。"

"八字胡"先是伸出拇指称赞吴秀仙匈牙利语比他说汉语好得多，习惯地用手指理了理老老实实趴在唇上的八字胡，诡秘一笑说："明溪女，我最近刚好向一个中国人学了一句成语，叫什么'踏破铁鞋无觅处，得来全不费工夫'，你从克斯米克到布达佩斯，我也从克斯米克到了布达佩斯。嘿嘿，走，你跟我来。"

看来"八字胡"还是个热爱中国文化的警察，居然都会说这么难的成语。但吴秀仙没空听"八字胡"表现他学汉语的成果，看着并没有任何深交的"八字胡"迟疑着，直到已走上台阶的他冲着自己诡秘地一笑，她才抱着"死马当活马医"的态度再次迈进匈牙利商务部大门。是啊，她实在是不想再看匈牙利"马列太太"脸上的疙瘩，让人以为中国女人就这么没脸没皮。就这么心里打着鼓，吴秀仙跟着"八字胡"重新来到这间让她伤心的屋子前。

"八字胡"让"明溪女"站在门口，自己迈着大步走进屋子，先高声地用匈牙利语打招呼后与"马列太太"拥抱，然后指指站在门口的吴秀仙，压低声语速很快地与对方说着什么。因为双方说话语速太快，似乎还多了一种什么特别的口音，吴秀仙一句也没听懂，但她见"马列太太"做着摊手摆手摇头微笑的动作间，脸上的疙瘩却不知不觉地舒展开来，善于察言观色的吴秀仙心不由"怦怦"跳起来。直到"八字胡"又给了"马列太太"一个贴面的吻，向她招手，吴秀仙的双腿忽地有些发软了。

听着钢印重重地印在材料上的声音，吴秀仙还没明白这一切怎么就转眼间发生了逆转，一向脑子灵光的她有些发傻，跟着"八字胡"走出屋子时，竟忘了向匈牙利"马列太太"礼貌地表示感谢，倒是对方用有些大惑不解的目光向吴秀仙行了个友善的告别礼。来到走廊里，"八字胡"依旧诡秘一笑说："明溪女，你明白吧？这个办事的大妈是我一位同事的母亲。我们关系很好。你的明白？"

当然明白！这是善良的"八字胡"把一个馅饼当头砸在吴秀仙头上。原来这位匈牙利"马列太太"不是不食人间烟火，匈牙利也讲究朝中有人好办事，这个道理放之四海皆准啊。只是并没有交情的"八字胡"这么帮自己，让吴秀仙一时感激得不知说什么好，觉得用什么话来感谢都抵不上这来自国际友人的无私帮助。她忙把公司的地址和电话写给"八字胡"，"你一定到公司来坐坐。我一位女伴在附近开了家地道的中国餐馆，专煮明溪菜，你带朋友一起来，我请你尝尝。"

"你……女伴？明溪女？""八字胡"爽快地应承了。

4

没有想到，一个看起来无法解开的死结竟这么无意间轻轻松松解开了。

在这天黄昏的天色中，走出商务部的吴秀仙在公用电话亭给国内焦急等待的丈夫挂电话，只说了三个字"办好了"，就说不下去了。电话那头的丈夫听出女人话中的哭腔，着急地喊道，"办好了？太好了！怎么，发生什么事了？秀仙，到底发生什么事了？"吴秀仙忽地在电话里对丈夫发火，"办好了，就是办好了，没有为什……么……"她哽咽着说不下去，还有满腔的委屈想向电话那头的丈夫发泄。在丈夫的沉默中，她才慢慢地止住了哽咽。男人松了口气，"秀仙，我知道你很难。好了，一切都会好起来。等我到了布达佩斯，你就可以好好休息一阵了。"

丈夫的理解和体贴让吴秀仙满腹委屈再次涌上来，但她竭力克制着情绪，掏出手绢擦去眼角的泪水，开始有条不紊地与丈夫商讨起生意的细节。放下电话，吴秀仙才放任泪水像一条静静的小河般在脸上流淌，直到电话亭外有人敲门催促。是啊，吴秀仙不能不委屈，一个独自在异国他乡打拼的女人所承受的难有谁知道？还有一个母亲思念子女那种内心的煎熬。这种女性内心深处的情感，她除了与同病相怜的冯丽琪倾吐外，只能深深地埋在心底。更何况作为大姐，在婚姻不幸的冯丽琪面前，有时候还得反过来开导她对女儿的牵挂。其实，对于吴秀仙、冯丽琪这样独闯欧洲的明溪女性来说，除了要具备男人一样吃苦耐劳的精神，勤奋打拼外，还要当好生命中更重要的角色：妻子和母亲。吴秀仙认为自己不是个合格的母亲，亏欠最多的就是两个孩子。当年为了给孩子们更好的生活，她开店做生意，丈夫开车跑运输，两个人天天早出晚归，孩子的教育一点都顾不上，后来生意有了起色，在县城盖了房子，把孩子都接到身边，却依然没有时间关心他们，两个孩子几乎都是婆婆带大，她可以感觉到孩子感情上与她这个妈妈总隔着一层什么。有时候她也想把店关了，让丈夫一人跑车也能支撑整个家，然而，心底里的那种不甘又总是冒出来。她真是穷怕了，不希望将来孩子也过她以前那样的日子，她这个母亲必须给孩子更好的生活，于是就没日没夜地忙着生意。其实，在出国时让她最不舍的是两个孩子，10岁的儿子正是调皮得没边需要人管的时候，年纪一天天增长的婆婆有些管不动了，只有5岁的女儿还在上幼儿园，公公每天负责接送。而把两个孩子扔给公公婆婆，也只能管管他们的生活，至于教育就管不上了。正是这些牵挂让她放不下心，公公婆婆尤其不满意她放下明溪经营不错的店面跑到遥远的未知的国外。然而，也是为了给孩子一个更好的未来，她不顾公婆的反对，说服迟疑的丈夫，自己先闯匈牙利探路。是啊，与一穷二白来闯欧洲的绝大多数明溪人不同，吴秀仙是有备而来，但思今儿女的慈母情怀自踏上匈牙利土地就如发酵的酒越来越浓。特别是初到布达佩斯那段日子，白天四处摆摊为生意奔波把一切都忘了，晚上一个人面对沉沉的黑夜，思念就像有无数只手揪着她一个母亲的心。不知有多少次她按捺下打电话的念头，更何况听到电话那头儿子女儿的声音，放下电话反而更加揪心，于是，她只能在黑夜里慢慢地咀嚼一个母亲的失落和忧伤。就在那个险些遭越南人强奸的夜晚，她委屈无助地对着全世界同一个月亮泪流满面。现在，好了，终于要开始了，想及这中间的酸甜苦辣，吴秀仙面对丈夫怎能不哽咽难言呢。

其实并没有多少时间让吴秀仙沉浸在委屈和对儿女的思念中，公司的成立也意味着一副更重的担子必须先由在匈牙利的她担起来，或许只能等到丈夫来布达佩斯与她会合后，她才能真正松口气。明溪女，再次听到"八字胡"对她这特别的称呼，吴秀仙心里真是五味杂陈，但她愿意听到一个异国警察对明溪女性这样称呼，这是一个包含了诸多意味的含义深刻的尊称。

就这样，经历一番有惊无险波折的"玉仙国际贸易有限公司"，在离牛高地火车站不远的一条不起眼巷子里挂牌成立了。与此同时，按照吴秀仙对匈牙利和主要针对布达佩斯市场细致的考察确定了营销商品的类型，一切就绪，"明溪女"吴秀仙驾驶的这列"国际商贸列车"正式启程。那晚打完电话后，在明溪严阵以待的刘玉源携着盘出店面筹措的 25 万人民币奔赴货源地，从广东东莞和河北石家庄、保定、荣城等事先早已签订合作意向的厂家订购牛仔裤系列产品，为节省成本，通过集装箱海运方式运抵布达佩斯。

25 万！这是夫妻二人多年打拼省吃俭用的全部积蓄，是他们的身家性命。想及当初李秋实、王兴发、赵剑武的经验教训，吴秀仙几乎全程电话指挥丈夫，从广东到河北，国际长途电话费比她来布达佩斯这么久用得还多，一次次叮嘱男人一定要亲眼见货物出海关装船。是啊，丈夫是个实诚人，以前家里的生意很少插手，他只是专心早出晚归地开货车，甚至一些货源都是吴秀仙联系的，他只要握好手中的方向盘就行了。事实上，在这个家吴秀仙是当仁不让的掌舵手，生意的航船往哪开，一般而言在夫妻商量之后都是由吴秀仙一锤定音。不服不行，天生适合做生意的吴秀仙有一种女人敏锐的直觉，从最初明溪县城摆摊到后来开店做生意从未失算过。刘玉源很是佩服自己的妻子，甘当助手，有个妇唱夫随的意思。或许公公婆婆对这个能干主事的儿媳不太满意，埋怨她没空管儿女是一个原因，真正的原因在此。但这是没有办法的，厚道肯干的刘玉源没有妻子那种敏锐的商业嗅觉，当胡志明在沙溪乡掀起的"地震"波及整个明溪县时，凭着这种嗅觉，早觉得明溪市场太小正想着转战哪里发展的吴秀仙看到其中不可比拟的商机。功夫不负有心人，吴秀仙不辞辛劳摆摊考察市场，终于在公司刚成立就收到了丰厚的回报。由于产品对路，品质优良，货真价实，加之此前事先由吴秀仙通过这些日子积累的人脉散布出去消息，与不少批发商已商定初步合作意向，刚开张的玉仙国际贸易有限公司运抵的第一个货柜一进入布达佩斯就被抢购一空，高额的利润和产品适销让公司赚到了第一桶金。吴秀仙决定暂时推迟丈夫来匈牙利，让他借着这股东风趁市场还热着时，再组织一批货发匈牙利，给公司的开业再添一把火。是啊，虽然很想丈夫能马上来布达佩斯替自己担肩上的重担，胆大心细的吴秀仙还是记着明溪驿的教训，嘱咐丈夫在国内再发两批货后才可放心脱手给经办人，以免重蹈明溪驿的覆辙。

终于可以长舒口气了。这天晚上，趁着丈夫在国内筹措第二批货柜，吴秀仙已打点好分布匈牙利各批发商的空档，小范围在明溪饭店请一桌酒。原本最尊贵的客人有三位：一位是给她雪中送炭解燃眉之急，抚平匈牙利"马列太太"脸上疙瘩的匈牙利警察"八字胡"，现在知道"八字胡"名叫麦塔，与他铁塔般的身躯很配；第二位是房东"大胡子"，欣赏中国"清纯少女"冯丽琪的布达佩斯青年画家，现在知道他名叫格鲁吉；还有一位是吴秀仙从批发货物摆摊就建立朋友般关系的浙江商人徐老板。说到这位徐老板，正是当初吴秀仙雨夜步行送货款之举深深打动了他，这位在布达佩斯有两家批发货品店的浙江老板，在玉仙贸易有限公司第一批生意中起到了举足轻重的作用。一个来到匈牙利不长时间的女子竟不声不响，如平地惊雷般成立一家国际贸易公司，且出手就是这么大手笔，这让浙江老板敬佩之余，冲着吴秀仙"死心眼"的经商之道和人品，不仅从她这里进了一大批货，而且还给她联络了在匈牙利另外两个城市从事服装批发的两位浙江老乡。当然，这些小批发商品店没有实力从国内直接进货，玉仙国际贸易有限公司价廉物美的牛仔裤也是打动他们的原因之一。令人遗憾的是徐老板临时有事不能来，本来刚好休假回来的"大胡子"，到出租房看吴秀仙，赞叹中国女人不简单，很高兴马上能看到"清纯少女"。不料想，他接到电话说叔叔突然身体不适，只好让吴秀仙代他把油画送给"清纯少女"，原作已被一家画廊高价买走。因此，这晚的酒宴除了陈铭科、冯丽琪，还有此时已到四虎市场租台子做生意，貌似浪子回头的郑立新。为何说"貌似"？是因为郑立新白天在四虎市场出摊，晚上则时不时出入卡西洛，算不上真正的浪子回头。

一干人到齐，在小包间里先欣赏"大胡子"给冯丽琪画的画像，称赞格鲁吉把冯丽琪骨子里的气质都画出来了。吴秀仙开玩笑说："格鲁吉的一双眼睛真是厉害，这还是我们眼中的冯丽琪吗?"一边斜陈铭科一眼，"铭科，当心喽，这可是个劲敌呢!"

陈铭科扶了扶眼镜，凑近欣赏架在凳子上的画像，憨笑道:"丽琪都和我说了，人家格鲁吉早有意中人喽。嘿嘿，这'清纯少女'我收藏了。丽琪，你开个价?"他用意味深长的眼光看着在一边与"八字胡"用匈牙利语寒暄的冯丽琪。

这还是自己吗?"大胡子"画的是另一个中国清纯少女吧! 女为悦己者容，没想到一个匈牙利人竟看到了自己骨头里，这让冯丽琪多少有些自傲的同时又心生一丝惆怅，因为就是陈铭科也没有把自己看得那么深啊! 听着很少开玩笑的吴秀仙语义双关的话，与刚认识的匈牙利警察说着客套话的冯丽琪不知如何面对，斜陈铭科一眼道:"多少钱? 多少钱也不卖!"借故要出去交代后厨，她拿着画像走出了包间。

匈牙利警察不知道中国人话语中有那么多花花肠子，用生硬的中国话问吴秀仙:"明溪女，那个女老板生气了?"

吴秀仙一愣，说:"没有，没有，麦塔，她是高兴呢!"

麦塔还是不明白看起来挺高兴的女老板，为什么拿了画像拂袖而去。

菜一道道上来，都是地道明溪菜，主食自然是冯丽琪亲手包的客秋包。直到这时候，一脸沮丧的郑立新才匆匆赶到，一坐下，也不待陈铭科介绍在桌唯一一位陌生人，先就自倒酒罚了三杯。麦塔是个耿直的汉子，见进来的大个子独自饮酒，自告奋勇地陪他一杯。一时间，两个大个子用夹杂着匈牙利语的汉语热情交谈起来，倒让做东的吴秀仙插不上嘴了。直等到冯丽琪亲自到后厨端来热气腾腾的目鱼笋，吴秀仙先帮"八字胡"夹了笋，介绍这道菜的用料后，在"八字胡"嚼着笋干连连点头后，她举杯庄重地谢他的雪中送炭之举，"麦塔先生，如果不是您出手相助，我的公司今天还可能是个空中楼阁呢，落不到布达佩斯的土地上，这杯酒谢谢您。麦塔先生，你是我接触的最正直善良的匈牙利人!"说话无意中勾起来到匈牙利后所经历的辛酸，这个坚强的女人眼圈竟有些红了。

麦塔忙端酒站起来，学着在座几个中国人的习惯满饮一杯，还亮了杯底，摇头摆手说："吴，明溪女，我佩服！在地下通道，嘿嘿，你的勇敢、机智！打游击，中国人，明溪女，不简单！"

"地下通道？是的，地下通道，我们不打不相识。"吴秀仙轻吁口气，"中国匈牙利友好，警察对中国人友好。"她又端起一杯酒说，"麦塔，我能问你一个问题吗？如果你们警察在地下通道两边一堵，我们一个也跑不了，为什么不这样做？"

吴秀仙这个问题让所有人都竖起了耳朵。是啊，老鼠永远也玩不过猫，全副武装的匈牙利警察为什么不两头堵，来个一网打尽，而是与外国商贩们玩这种打游击的游戏呢？虽然大家心中都有不同的答案，但还真想听一个匈牙利警察怎么说。但是，端着酒站起来的麦塔看着大家期待的眼神，一口将酒喝干，诡秘一笑："一切尽在酒中！"

5

智慧而善良的匈牙利警察把刚从郑立新敬他酒时学来的话用在此处，一下子让充满期待的中国人愣住了，忽而举杯为这意味深长的回答喝彩。酒量大得惊人，被郑立新灌了大半个晚上的"八字胡"有事先撤，走时还精神抖擞地向大家敬了个礼。吴秀仙送到门口，看对方走路稳健，方放心地回到包间。没了外国人，大家说话更加随意。已是六分酒意的郑立新意犹未尽，让赚到第一桶金的秀仙姐再开酒。心情格外轻松的吴秀仙也就不顾冯丽琪的反对又开了一瓶白酒，在陈铭科让她介绍下生意经时，感慨地说："好，今天大家都有空，正好一起说道说道生意上的一些门道，我……"

郑立新自"八字胡"走后只闷声不响地低头喝酒吃菜，这时就站起来说去上洗手间，似乎有意不想听吴秀仙说什么生意经。见吴秀仙有些不解的尴尬的样子，冯丽琪用筷子敲敲正伸筷夹菜的陈铭科的筷子，努努嘴。陈铭科轻声一叹，把郑立新现在虽到四虎市场摆摊，可隔三岔五还是往卡西洛跑的事说了，他们劝了几次也劝不住，现在都懒得再劝了。陈铭科对一脸惊讶的吴秀仙说："我是没办法了，李哥如果在这里或许能管住他。唉，好在他倒是每天都到四虎市场摆摊，生意做着，那边赌着，左手进右手出。我和他长谈过，他说再不会像在帝国赌场那样把本都折进去，会守住最后的红线。"

"守住红线有什么用？赚的钱都送到卡西洛了！以前我说话还管点用，可现在他着了赌魔就不中了。还嬉皮笑脸地和我说什么小赌怡情。"冯丽琪无可奈何地接嘴，"今天他比铭科早收摊还迟来，你看他那脸色，我不用问都知道一准是把这几天在四虎市场赚的钱和赌场赢的钱都砸进去了。这么反反复复，就是摆一辈子摊，也还是个穷光蛋！"

知郑立新出入帝国赌场的吴秀仙以为他现在改邪归正了，现在听陈铭科和冯丽琪这番话颇有些震惊，想了想说："待会我说说他，不管有用没用，都是明溪乡亲，又是秋实的朋友，总要做到仁至义尽方好。"

"不说这个了，今天高兴，我和丽琪一起再祝玉仙国际贸易有限公司一杯。"陈铭科与冯丽琪一起举杯说，"秀仙姐，原本我对你一到匈牙利就四处摆摊不太理解，对你所说的考察市场不以为然，现在我才明白了。秀仙姐，你这就是大格局，做事的格局就是比我陈铭科大。不像我，一头扎进四虎市场就出不来了，像李哥批评我一样，格局太小。我佩服你！"

吴秀仙摇头说："李哥的话也不全对，猪往前拱，鸡往后刨，各有各的路数。格局的大小原不能这么简单定论。铭科，你这样踏踏实实一步一个脚印地做着，风险更小。我们虽不是一路人，可在人生的格局里还真难说谁大谁小呢。"

冯丽琪说："秀仙姐，我总觉得你和李哥他们做事格局都大得很，可这大里又有不同。有什么不同，我却说不上来。"

或是冯丽琪的话勾起吴秀仙一直潜藏心底的想法，借着几分酒意忽有不吐不快之感。她把耷拉到额前的一揪头发往后理理，说："你们知道浙江徐老板怎么说我吗？"停下话，看看陈铭科和冯丽琪盯着她的眼睛，一笑说，"嘿嘿，徐老板说我是他见过的最'死心眼'的女人。对，死心眼，我们做生意就得死心眼！你们两个人不都有这么一股死心眼的劲嘛！这是对的。铭科、丽琪，商人必须了解市场行销的趋势，这一点更是做批发生意成败的关键。开公司做批发不比零售，不行销的货物砸在手上也只是十件八件的，那可是性命交关。这么长时间我四处摆摊，就是凭女性对服装的直觉进行预测和判断我的第一笔服装生意要做什么，确定每年甚至某一个阶段可能流行的爆款服装。不仅是对今年，还得对前两年流行的服装趋势也进行了解，从而增加对未来服装走向的预判力。比方说前年最流行的款式是皮衣，整个布达佩斯满大街都是白色大毛领，去年却是流行彩色。因此，我们应当预料到每年服装流行的款式与色彩搭配都会有变化，做批发生意更需要提前预判这种变化。这就需要有独到的眼光，以及深入市场调查分析后得出准确的结论。说实话，我这些年四处摆摊，赚钱糊口是其次，做的就是这方面的事。这次玉仙国际贸易有限公司进这么多个货柜，把牛仔服装推到匈牙利市场，就是从前年去年服装流行的趋势和对今年服装趋势走向判断做出的。嘿，下这个决心时还真是捏了把汗啊，我家老头子电话里一遍遍追问我是不是从匈牙利官方那里得到什么内部消息。嘿，那老头子就懂得开车。为了让他放心，我就说是帮助我办下公司手续的麦塔从商务部内部得到的消息，他也就信了。这个老头子，还以为是当初我们国内的计划经济吃大锅饭时代，按照计划生产啊。哈哈，他若是知道这都是我自己经过这么久市场调查和对前两年服装市场了解所做的预判，他一准就把 25 万块钱抓着不撒手了。哈哈。"

听了吴秀仙这一大段生意经，冯丽琪说："秀仙姐，你真是太厉害了！你这些牛仔裤一到匈牙利就被人订购一空。你说徐老板介绍的那个商家不远千里专程来布达佩斯采购这批货，若不是我们近水楼台，都抢不到货了。嘻嘻，反正我们以后就来个批零合作，玉仙国际贸易有限公司进什么货都要第一个想着我们啊。"

陈铭科也感叹说："秀仙姐，现在满大街上看那么多匈牙利人穿着从中国进的牛仔裤，忽觉得我们不只是来匈牙利赚钱的商人，还是给匈牙利人送来美和时尚的国际友人呢！"

"铭科真是个文化人。哈哈，这话让秀仙姐也觉得伟大起来喽。"吴秀仙爽朗地笑起来，又正色道，"铭科，你知道我文化不高，公司有些抄抄写写的事一时也没找到合适的人，还得请你帮大姐一把。"

陈铭科当仁不让地点头应承时，上洗手间的郑立新居然与厨师胖子一起回来了。他一屁股坐到凳子上，让胖子给冯老板敬酒感谢冯丽琪的知遇之恩，

"胖子，我知道你在明溪算是富二代，不差钱。可是丽琪姐让你在异国他乡实现了厨师梦，这个知遇之恩你得领。胖子，你说是不是？"

酒劲显然上来了，郑立新说话已有些大舌头。冯丽琪轻笑着骂了郑立新一句。

胖子自从到明溪饭店干上他最喜欢的厨师工作，一个人就变了个样，不再像在明溪驿时那般说话油腔滑调，老拿冯丽琪与陈铭科的关系开玩笑，而是对冯丽琪一口一个老板，冯丽琪让他改口都不成。胖子的厨艺确实正宗，与他相比，冯丽琪煮的明溪菜和客家菜只能算是业余水平。有时候，冯丽琪挺过意不去，承诺生意更好时会给胖子涨薪水，可胖子并不以为意。真正深入接触方知道外表油嘴滑舌的胖子是个实诚人，或许是从小家境富裕，他对钱财看得很淡。更让人吃惊的是一个人对厨艺会如此痴迷，平常看起来胖乎乎有几分傻相的他，一进入后厨就像个指挥千军万马的将军，把后厨管得井井有条，抄起炒勺，那专注神态和利索动作尤其让人感叹。至此，冯丽琪方真正理解胖子仅仅因父亲不让他当厨师而赌气到匈牙利，这个说起来似天方夜谭的理由。

胖子听郑立新话，果然不顾陈铭科阻止，双手端杯敬酒，谢冯丽琪知遇之恩，又祝吴秀仙开业大吉，方笑吟吟地说要回后厨煮一碗醒酒汤给大家润润口。

看变了个人般的胖子转身而去，吴秀仙见已有七分酒意的郑立新拉着陈铭科要干杯，不由摇头一叹。她不顾冯丽琪使眼色，拉下脸来，以大姐的身份说了郑立新一通。

如果说郑立新服冯丽琪掺杂了江西姑娘江小燕的身影，那么，对言语不多但做事雷厉风行的吴秀仙则是从骨子里敬畏。实际上，从进门开始郑立新心里就有些发虚，之前还央求陈铭科不要把他到卡西洛的事情告诉吴秀仙。现在，听得吴秀仙不客气地说道，他用有些冷的目光盯了陈铭科一眼，再次为自己辩白，说的当然就是对冯丽琪陈铭科说过很多遍的理由。他借酒遮脸解释一通后，嬉笑着说，"小赌怡情，小赌怡情。秀仙姐放心，我不会再犯帝国赌场那样的错误了，一定会守住最后的红线。我保证……我保证！"边说边起身，信誓旦旦地拍胸脯保证起来。

一个虎背熊腰的大个子站在自己面前像小孩子般认错保证，吴秀仙又好气又好笑，竟不知如何应答。此时，饭店已到了打烊时间，冯丽琪向吴秀仙做了个无奈的手势，伸手扶了一把险些没坐到凳子上的郑立新，招来一个离郑立新住处不远的服务生，轻声交代顺路把他送回家。待闹着还要和陈铭科干酒的郑立新被冯丽琪好说歹说劝走，陈铭科一叹说："唉，立新兄弟是怨我言而无信了。其实他很要面子，尤其在女人面前。"

"别管他，就得秀仙姐敲打敲打，没准还有些用。"冯丽琪忽问，"秀仙姐，你一个人支撑着公司太累了。刘大哥什么时候来匈牙利？你们夫妻可以团聚了。"

"是啊，可以团聚了。"吴秀仙轻声说着，又摇摇头道，"暂时还不行，他还得在国内待一段时间，得等国内的货源组织一切都稳定后再来。不瞒你们说，生意场上见利忘义的人从来不会少，我是怕明溪驿的事重演啊。"

这一说，三个人都沉默下来。是啊，听说已回国的李秋实在福州帮一位香港老板做事，不知他是怎么缓过这个劲来；离开匈牙利的王兴发和赵剑武则自送别晚宴后就没有任何消息，充满凶险的"偷渡"之路他们顺利蹚过去了吗？他们能顺利站稳脚跟吗？在匈牙利折戟沉沙的淘金梦，真能在另一个国度重新启航？

6

吴秀仙庆祝玉仙国际贸易有限公司第一笔生意顺利成功，在明溪饭店举杯庆贺之时，远在几千里之外意大利的赵剑武正身心疲惫地与到意大利后认识的另一个明溪人肖守仁，行走在佛罗伦萨灯火璀璨的大街上。

当年，赵剑武辗转艰难地踏上亚平宁半岛那天，与要投奔的赵哥顺利通上电话，等待他来接时，心中多少有些打鼓，生怕电话中语气远没有他想象中热情的赵哥会走错路或不出现。那么，在举目无亲的意大利他就会像一个无主包裹般被这个世界抛弃了，永远没有人来认领。这时候，他忽想起当初在布达佩斯火车站代李秋实接郑立新时，那个大个子孤零零站在火车站广场一角，眼里那种惶惑无助的表情，有些内疚当时自己因明溪驿即将关闭心情不好而态度冷淡生硬。

整整等了一个多小时，开着一辆八成新菲亚特小车的赵哥才风尘仆仆出现在赵剑武面前。赵哥没有拒绝从匈牙利而来的中国同姓兄弟的热烈拥抱，但几句客气话让赵剑武感受到彼此间那种看不见的距离。当然，赵剑武没有在意，沉浸在他乡遇故知和赵哥言而有信的喜悦之中。好啊，总算真正在意大利落脚了。有了赵哥安排好住处又能帮着找到工作，后面的事情就是靠自己努力了，一切从头再来，没什么了不起。现在好了，赵哥开车载着自己行走在意大利的马路上，这一切怎么就那么有些不真实呢！一来意大利就坐上赵哥开的小车，看起来赵哥混得不错，这辆八成新的菲亚特得不少钱吧？坐在副驾驶位上的赵剑武好奇地抬头四处观望这辆从未见过的意大利小车，摸摸这摸摸那，像是一个没有见过世面的乡巴佬。赵哥含含糊糊地应答着赵剑武好奇的询问，忽对面前堵上的车流恨恨骂道："堵车，一天到晚堵车。还是国内好，没这么多车。"

赵剑武没有听到赵哥的骂声，因为他在极短的时间内居然睡过去了，坐在赵哥开的意大利小车上。直到赵哥急刹车，他才恍醒过来。此刻，展现在他面前的是一条不同于方才熙熙攘攘车流的大街，而是一条偏僻冷清的小巷，菲亚特停在一幢破旧的建筑前。赵哥对睁大眼睛茫然四顾的赵剑武说："到了，下车。"

"到了？咦，赵哥原来住在这里。"赵剑武边打开车门下车，边唠叨着说，"清静是清静些，只是会不会上班不太方便？"

"我没住在这里，这是我给你找的住处。喏，从这个台阶下去有个地下室。"

"我……们不……一起住？"

赵哥边帮有些茫然的赵剑武把简单的行李拎出车，又打开后备厢拎出一个鼓鼓的帆布袋，自顾解释说："剑武兄弟，你没法和我住在一起。不用说，这一路上把钱都花光了吧？我住那地比较贵。考虑到你的经济状况就给你租了这间地下室，比较便宜，就是交通不太方便，得穿过这条街和两条巷到对过的街才有公车。没办法的，你刚来，只能这样，以后条件好了再搬吧。"

赵剑武还是没明白怎么就不能和赵哥挤一挤，一时间有些发愣。

赵哥则把帆布袋放到赵剑武脚旁，进一步补充说："来租房时我看了一下，房东准备的铺盖比较简陋，就特意给你置办了一套新被褥。对了，房租我已预交了一个月，你安心住着，等你赚到钱，连同被褥的钱一块算。不急，不急啊。就这样啊，你看我还得赶回去加个班，资本家啊，狠着呢。你看如何，剑武兄弟？"

如何？赵剑武彻底懵了，不知道赵兄的"如何"是什么意思。咦，赵兄就像扔一个包裹一样，把他扔在这陌生的意大利天空下不管了？不住在一起？帮忙找的工作呢？还有……还有……赵哥不为不远万里投奔而来的兄弟接个风洗个尘？发蒙的赵剑武听赵哥详细交代的话后愣在那里，用疑问恳切的目光看着似乎忙得脚不沾地马上就会驾车消失的赵哥。但是，堂堂七尺男儿，尽管意外得回不过神来，意识到问题严重的明溪汉子仍说不出求人的话。是啊，热烈拥抱后的接风洗尘，兄弟把盏互诉别后衷肠，挤一被窝彻夜长谈，然后带着他到早定好的工厂上班，这是赵剑武预想中与赵哥相见的程序。因为，在布达佩斯赵哥走投无路被赵剑武收留在明溪驿时，他就是这么感激地表示要报恩。特别是临别的践行酒宴，赵哥吃着川菜，辣得合不拢嘴时胸脯也是拍得山响，后来在信中又进一步承诺保证，但现在……好像这后面的程序都要免了。赵剑武不由有些着急，但他开不了用兄弟情谊提醒对方的口。好在赵哥并没有得健忘症，在一切都忙完后，没忘了把地下室的钥匙交到赵剑武手上，又递上一根味道呛人的意大利香烟，热情地先给发愣无语的赵剑武点上后才给自己点。他深吸一口烟，看赵剑武手指捏着烟没吸，就长长叹一口气，皱着眉头说："哎呀，兄弟啊，哥对不住你啊。你现在什么技术也没有，哥一时没给你找到合适的工作。这样啊，这里有一张中国人印的招工广告，上头都有电话号码和地址，可以去看看。嘿嘿，意大利和匈牙利差不多，在这里的中国人不少，兄弟不要着急。剑武兄弟，喏，先这样吧，我这里还有几个零钱，没找到工作前你先简单对付一下，等有工作了，一并还我吧。唉，兄弟啊，哥还得赶去上班，时间耽搁不起。你先休息休息，喘口气。对了，碰到警察绕着走些。不过，也不用太担心，你只要不上街惹事，警察一般也不爱搭理你。嘿嘿，意大利的老板需要劳工，缺着人手呢，警察也就睁一只眼闭一只眼，只要你安分守法做活。好了，先这样啊，改天再请兄弟喝酒，意大利酒，还有比萨……电话还那个，你知道的……"说了一大通，赵哥似乎没在意赵剑武兄弟是否有回应，转身而去时想来个热烈的告别拥抱，看对方收着双手，没有一点配合拥抱的意思，他的双手在空中僵了下，收了回去。

赵剑武一手捏着赵哥算是替他接风洗尘的意大利烟，一手抓着赵哥这张似乎决定他未来命运、印着中意两国文字的招工小广告，又摸着赵哥塞到口袋里的几张意大利里拉，在赵哥开着菲亚特屁股冒烟扬长而去时头脑有些空白。直到菲亚特真的像空气一样消失在眼前，愣了半晌，赵剑武才恍醒过来大骂："白眼狼！"失望和屈辱交织的赵剑武狠狠地把没抽一口的意大利烟扔在地下，又重重地踏上一只脚，用力将它碾碎了，就像碾碎他与赵哥在匈牙利建立而在意大利却意外变质的兄弟情谊。末了，他重重地吐了一口唾沫，说："呸！老子就是饿死在意大利，也不想再看到你这样的人渣！"骂过之后的赵剑武稍微清醒过来，在路过的一对意大利年轻情侣夸张惊诧的表情中，他明白自己像一包垃圾被赵哥无情地抛弃了，就如同他扔在布达佩斯明溪驿的那些"废品"。

其实，赵剑武之所以选择意大利，是因为他相信已在意大利的赵哥可以给他提供落脚和起航的力量。这个赵哥并非明溪人，他是赵剑武在布达佩斯安德拉什大街的英雄广场"练摊"时认识的一位莆田人。偶然机缘，觉得对方与他有相似经历，都是福建来的，恰巧又姓赵，几百年前是一家，一来二去，就对年长两岁的他以"赵哥"相称。有一回赵哥被警察抓住，血本无归，是赵剑武将他带到明溪驿住了 6 天。那些日子，两人处得像亲兄弟一样，加上身材个头都差不多，不少人都把他们当亲兄弟。就这么着，这两个赵姓兄弟，就差没有换帖子了。后来赵哥接到他表哥邀请前往意大利发展，临行时赵剑武还为他在四川饭店践行，赵哥感激之余信誓旦旦地对赵剑武拍胸脯表示，有朝一日若是赵剑武到意大利，他一定像迎接亲人一样相待，一切都包在他身上。当时两人都觉得这是酒后的戏言，因为生长在恒发贸易有限公司身上的脓包还没有破，赵剑武的前景一片光明呢。没有想到几个月后明溪驿就关门了，不甘心与李秋实一起逃回国内的赵剑武试着给意大利的赵哥去了信，赵哥回信让他尽管去，一切他都会安排。

然而，现在他赵剑武意大利的生活将如何开始？一种举目无亲的惶惑感瞬间向毫无准备的明溪汉子袭来。人穷志短，赵剑武现在才体会到这个成语的真正含义，思量着包里估计只能勉强维持一个星期生活的几块碎银子，走进出租屋时，他在口袋里将赵哥施舍的意大利毛票捏成一团，又慢慢展开，有些恶狠狠地将它与自己的零钱放在一起。他眼里泛着水雾却清晰地记住了这些意大利里拉的数目，并想象着有一天将它团成一团掷在赵哥脸上的场景。

7

想象很有力，现实却很疲软。这个晚上，躺在地下室有些潮湿的床上，黑暗中瞪大眼睛的赵剑武在惶惑不安一阵阵袭来时，不得不对自己没找到工作之前的生活进行了细致谋划。这几个碎银子得好钢用在刀刃上，打电话、坐车都是必需的，且必须留足，那么，唯一能做的就是从嘴巴上省。这么想着，赵剑武忙把正往嘴巴里塞的半个面包命令自己的手虎口夺食。不能再吃了！这是明天的早餐，必须为明天的奔波准备充足的体力。尽管只半饱的胃还在抗议，但赵剑武狠狠心命令自己进入睡眠状态，这是对不争气的胃置之不理最好的办法。

从第二天开始，赵剑武就拿着赵哥提供的这张招工小广告按图索骥寻去，或打电话或上门应聘。语言不通是他找工作最大的障碍，在布达佩斯学的那些匈牙利语到了这里还得从头开始，好在很多意大利商家看中日渐增多的中国人力市场，招工广告上印上了中文。当然，从明溪乡下出来的赵剑武倒不怵城市的街道，在布达佩斯历练出的本领在佛罗伦萨发挥了作用，额头上长着一双眼睛，鼻子底下有张嘴，借着一张地下室前租客留下的佛罗伦萨地图上面居然标明的一些中文名，尽管也碰上一些曲折，但他还是费尽气力找到小广告上所标明的工厂，只是三天跑下来，居然无功而返。到了第四天，赵剑武已不敢先打电话了，而是决定去剩下的几个厂上门应聘，到了傍晚时分，还是一无所获。怎么办？赵剑武摸着口袋所剩无几的银两心一阵阵发慌，如果不能尽快找到工作，吃饭马上就面临着问题。工作在哪里？这么一个大城市会没有一个属于他赵剑武的工作？但现实就是这么严酷，每寻问过一家工厂就打一个钩，现在整张小广告都打满钩。黄昏的天色如水般在异国天空上漫涨，奔忙一天的赵剑武不想回到冷清清的地下室，这时候他很希望淹没在这座意大利著名的城市里，这样他就不用思想也不用为生存发愁，跟着车水马龙的人流往前走，走到哪里算哪里。且慢，真能走远吗？显然不行，奔忙一天只是在早晨时塞进一个面包的胃早已在抗议，咕噜尖叫的声音令一条街的喧嚣都无法掩饰。赵剑武走不动了，在一家食品店前，他的脚步被饥饿紧紧咬住了。他有些发狠地将裤子的皮带紧了一个扣，饥饿的感觉被击退了一些。这时候，他才理智地根据自己口袋里已攥出水来的银两，为自己未来的生活再次进行细致的谋划。未来的生活，这么想着，赵剑武不由苦笑一下，现在对他来说，他的未来是尽量争取更多时间在找到工作之前不至于饿死！因此，在扣除必需的交通费和电话费后，如何分配口袋里有限的生活资金至关重要，而眼前这个食品店琳琅满目的食品显然不能进入他的预算。咦，不对啊，怎么面包图案下面居然划着减价的标示呢？价格不到原来的一半。什么原因？别管什么原因，只要面包减价是事实，那么，就符合他现在的预算。赵剑武的眼睛亮起来，暗暗骂了还在吵闹的肚子一句，对着店外的玻璃整整凌乱的头发，让自己看上去起码不是个十足倒霉蛋的样子后，走进了食品店。迎客的居然是一位黄种年轻人，是中国人还是日本人？赵剑武不敢询问，只是用夹杂着汉语的手势表达自己对减价面包的需求。苍天有眼，没想到这个年轻人居然是中国同胞。年轻人听着赵剑武的汉语当即热情地笑起来，用汉语回答赵剑武的问话。

这是赵剑武到意大利后第二次碰到一个可以顺利对话的人类，听着对方说出熟悉的母语，他的泪就不争气地在眼眶里打转。在年轻中国人帮助下为自己未来三天买下能够维持生命的廉价打折面包后，年轻人还把赵剑武送到门外。感受着比赵哥还热乎的中国同胞情，赵剑武在肚子里打了一阵官司，还是把自己找工作的困难向小老乡简单地倾诉了一下。没想到，年轻人看了赵剑武手上的招工小广告，惊讶地说："大哥，这张小广告早过期了，说不准是你那兄弟从哪个地方捡来的呢。"如晴天一个霹雳，赵剑武险些在意大利的黄昏天色下没有站稳。

年轻人看赵剑武咬着牙的脸上滞重的脸色，安慰他说："大哥，刚才看你的样子，我就知道你刚来意大利，还没找到工作，我当初刚来时也是这个样子。你也别怨你那位兄弟，我估计他混得也不怎么样，那菲亚特没准是借来显摆的，在意大利这样的中国人我见得多了。"年轻人一副少年老成的样子，忽想起什么说，"昨天我偶然路过一条街，倒是看到一张新贴的招工广告，当时也没在意，好像是一家我们中国人开办的什么工厂在招人。具体在哪条街我也弄不明白。嘿，大哥，不好意思，我也才来意大利一个多月，佛罗伦萨太大了，根本没弄明白呢。"

又是晴天一个霹雳，但这个霹雳给赵剑武霹出一阵光亮，忙问："小兄弟，你总该记得在佛罗伦萨哪个区吧？东西南北，哪个？"

"好像……好像是西边吧，一条不大的街。"

西边，佛罗伦萨的西边好大，一条不大的街也挺多。但是，年轻中国同胞提供的这条线索让赵剑武这个夜晚在地下室总算睡了一个安稳觉，为了庆祝买到廉价面包和知悉招工信息这双喜临门，到意大利这些天，他第一次让一直没有满足的胃得到了廉价的满足。第二天，赵剑武寻着这一线光亮，围着西区开始寻找。如同大海捞针，每一个门店，每一条西区的街道都寻摸过去，整整一天，同样一无所获。第三天，他开始怀疑年轻中国人的记忆有误，准备放弃这个信息，转移到别的区域打听招工信息。通过这几天找工作，赵剑武从食品店偶得年轻中国人帮助受到启发，凡是在碰到面善的黄种人都上前热情地用"你好，我是中国人"和对方打招呼。居然也有不少收获，碰上若干个中国人，也提供了一些招工方面的信息，虽然有些经过验证是无效信息，但希望明显增多。当然也碰上过日本人和韩国人，面目僵硬地昂首而去，居然也有一个会说半吊子中国话的韩国人，颇为热情地浪费赵剑武的时间夸赞中国，让他很礼貌地着急。但是，就像人家说你的家很漂亮，你能不表示谢谢嘛。

赵剑武不能不着急，因为他储存的廉价面包数量在一天天递减。每天晚上回到地下室，在清点面包数量时心情都格外沉重，不顾胃的反对，在身体不需要奔波只是睡觉的时候象征性地塞点面包屑，让它陪伴一大杯一大杯凉白开。很显然，如果不能在今后三天内找到工作，他将面临饿肚子的危险，或者只能用手中仅存的硬币给赵哥打那个他这辈子都不想再打的电话。想及这些，赵剑武高傲的心在滴血。这个时候，布达佩斯那个曾经温情无限的明溪驿就会在脑子里闪现，或许他不该来意大利，而应当与李秋实一起回国。是啊，即使面对亲人的眼泪和责骂，当然还有债主的逼债，也比他即将向赵哥那副嘴脸低头强上百倍。这个晚上，赵剑武是在睡梦中被自己委屈的泪水惊醒的，当他伸手摸到湿透的被脚，确信自己在睡梦中软弱地流下男儿泪时，不由恨恨地对着黑暗大骂一声："你这个怂包！"

赵剑武是在骂自己梦中失去男儿底线的软弱，还是在骂赵哥的忘恩负义或命运的不公？总之，骂过后，第二天他又装着精神抖擞行走在佛罗伦萨灿烂的天空下。这是得到食品店年轻中国人招工信息后第三天，赵剑武的袋子里装着一大瓶水和最后两块面包，这是未来两天的伙食，他的想法是最后一搏，在没有找到工作之前，这两块面包是他所有的伙食，饿死也不回地下室。或是有了这种背水一战的气魄，临近中午时分，已是饥肠辘辘往肚子里灌了几回水陪进一点面包碎的赵剑武，终于在这条小街看到一条招工信息，居然只用汉字写着："本厂专业生产各式牛仔裤，现因业务扩大需要，急招身强体壮的年轻男性工人，华人优先。"华人优先？那么，这个工厂的老板多半是中国人了，身强体壮的年轻男性，这不就为他赵剑武量身定做的嘛！果然，食品店年轻中国人没有鬼画符，他提供的信息是真的！只是这条招工信息已过了好些天，不知道工厂是不是已招满了。眼睛一亮后又心中一跳，赵剑武急急地按这条招工信息的地址寻去。绕过一条大街转入一条相对人员较少的街巷，就见一家门面并不显眼的厂，门楣上赫然挂着中意两种文字写的厂名：胜利制衣厂。看到这个厂名，赵剑武这么些天来的沮丧似乎也被这两个响亮的汉字击退了。胜利，这两个字好！起这样厂名的老板看来性格也是勇往直前，倒是与他赵剑武不服输的劲头合拍。这是个好兆头。赵剑武急忙收拾了表情，挺起胸膛，向站在门口的一位中年男人说明来意。

看起来像门卫也像保安的中年男人用不无同情的目光扫赵剑武一眼，淡淡地说："招满了。你到别的地方看看吧。"

赵剑武双腿悄悄一软，努力挺直身板："我看是要招不少工人啊？我身体好，能吃苦。大哥，你帮我和老板说说，我工钱要不高。或者先试用一下，我一定干得比别人更好。"为了证明的自己年轻有力，说着话，他还拍了拍自己结实的胸膛。

"你来迟了一步，昨天就招满了。老板哪有空见你。"中年男人有些不耐烦了。

这时候，让赵剑武双腿重新灌注力量的是胜利制衣厂的老板游胜利。后来，赵剑武才知道这家制衣厂是用老板的名字命名的，游老板是为了胜利而勇往直前的浙江人，与赵剑武也果然对上脾气。显然，正走到工厂大门的游胜利被一脸英气、身材壮实的赵剑武打动了。他上下打量了赵剑武一眼，当即招呼门卫老王带赵剑武进去办手续。末了，临出门时还回头对因意外惊喜有些不知所措的赵剑武说："没有别的事，就马上上班吧。"边走着边骂道，"唉，这些意大利鬼佬每次要货都要得这么急，赶去投胎啊！"

赵剑武目送游老板自言自语地走出工厂，直到老王用意外的语气提醒他："今天太阳是从哪里升起？这只铁公鸡居然超额招工人。哪次招人不是要了他的命一样，能少一个是一个，恨不得大家都长三只手，一人顶俩替他赚钱。年轻人，进来吧，这就开始上班吧。"

"上班，上班，上班，我可以马上上班。"赵剑武有些语无伦次地应答着，急迫地扑向他来意大利后找到的第一份工作，就像失散多年的孩子见到亲人般竟有些分不清东南西北。这时候，是肚子里一声严重的咕噜叫让他从惊喜中镇静下来。是啊，别太失了分寸，好赖在匈牙利当过一回老板，得端起一些架子不是。奇怪，怎么眼前有一些模糊啊？赵剑武背过身去，挥袖悄悄抹去即将夺眶而出的百感交集的泪花。可以有节制地庆祝一下了，赵剑武在跟着老王走进工厂时，掏出准备当两天伙食的面包，三下五除二塞进肚子里，在胃得到满足的同时，他暗暗给自己喊着口号：胜利，胜利！

赵剑武信心满怀地走进充满刺鼻气味的车间。

8

这是一个经过艰辛寻找终于在意大利启程的崭新开始，也是一个艰难的开始。

许多年后，功成名就的赵剑武如约与李秋实、王兴发于 2015 年重返布达佩斯，在各自讲述发展的艰难困苦时，赵剑武依然清晰地记得他跟在门卫老王身后走在胜利制衣厂里的情形。那天，悬挂在佛罗伦萨天空的那轮必定也照耀着中国明溪的太阳格外灿烂，那些天第一次填满廉价面包的胃很是满足，以至于在以后所有的日子他一直都无法忘记这种面包的味道。后来，在开工厂的同时他不顾妻子的反对执意投资一个意大利人开的面包店，不求利润和回报，唯一的要求就是店里每个星期都必须推出打折面包。他对李秋实和王兴发认真地说："那是我吃过的世界上最好的面包！"两位兄长都辛酸而理解地笑了。

　　当然，这个阳光灿烂的日子，终于在这家专门生产牛仔裤的胜利制衣厂找到在意大利立足之地的赵剑武，打着因吃了打折面包制造的廉价饱嗝走进车间时，并没有时间咀嚼意外到手的胜利，而是在老王将他交给一位师傅时马上投入工作。工作其实并没有多少技术含量，只要老工人稍加指点，半天工夫也就能基本掌握了。赵剑武所在的这个车间从事的工作是刷牛仔裤，将每条做好的牛仔裤用一种特制的药水靠手工进行刷白。药水是用药剂由专门的师傅掺水按一定比例调制而成，有一种说不出来的略带刺激性的药味，整个车间都弥漫着这么一种若有若无的药味。一开始，赵剑武不太适应这种气味，忍不住连连打了好几个喷嚏。显然，对新人加入大家已司空见惯，就近几个正动作麻利紧张工作的工人只是抬头看了一眼赵剑武。赵剑武很快发现，车间里除了少量的意大利人，大部分都是黄种人。当然，没开口说话，谁也不知道这些黄种人中有没有日本人和韩国人。这位第三天就从工厂里消失的，据说到意大利另一个城市另谋高就的师傅，除必不可少的工作交流，与赵剑武工作之外没说过三句话，他尽职尽责地告诉赵剑武如何刷牛仔裤。刷牛仔裤并没有多少技术含量，第一天，赵剑武就完全掌握了工作方法，除动作没那些老工人灵活快速，以他现在的速度暂时管住一张要求并不高的嘴显然不是问题。于是，在车间这种特殊的气味中，因寻觅工作无着产生即将饿死在亚平宁恐慌的赵剑武长长吁了口气，适应之后，竟觉得这种药水的气味是那么好闻，因为它让他再也不用为日渐减少的廉价面包发愁了。

　　游胜利显然是一个很会精打细算的老板，被他雇用的中国同胞送他一个极具中国特色的"铁公鸡"绰号，恰如其分。在一个车间里干活的中国人并没有多少时间聊家长里短，工作中短暂的休息时间，大家除了喝水、上厕所，就是抓紧时间靠在哪个角落摊开放倒的身体。虽然刷牛仔裤的工作劳动量不大，但是每天十六七个小时的工作时间，却足以让再强壮的身体也产生懈怠和疲劳。然而，赵剑武不懈怠，也不敢疲劳，除了回到出租屋抓紧每一秒钟睡觉恢复体力，他恨不得连做梦的时间也省下来。在工厂里他有时间就到别的车间转悠，不是瞎转悠，而是在观察整个牛仔裤生产的完整流程。他赵剑武是什么人？曾经是匈牙利一家跨国公司的老板，从踏进胜利制衣厂那一刻起，解决温饱问题之后，他就萌生什么时候也开一家工厂的野心了。

这天，赵剑武利用短暂的休息时间又拐到牛仔裤制作车间，热情地和早已相熟的一个缝纫师傅打招呼，闲谈中装着无意识地好奇地问东问西时，不知道身后站着对他早已产生好奇心的胜利制衣厂老板。实际上，进入胜利制衣厂二十来天，已初步了解整个牛仔裤生产过程的赵剑武对游老板"铁公鸡"绰号却有新的认识，因为他看到的是一个管理得井井有条的工厂，从每一个车间每一道生产工序，都可以看到游胜利老板的精打细算，所雇用的工人也绝没有哪个人浮于事，每个人的能力都被调动到极致。这是什么？这可是一个精明的会做生意、会管理企业的老板。而不是人们所说的一毛不拔的"铁公鸡"。花该花的钱，不该花的一毛不拔，这样的"铁公鸡"，正是赵剑武当初与王兴发李秋实一起聊到的现代企业管理。于是，赵剑武暗暗佩服中，对当初挽救他于即将饿肚子的游胜利更多了一种尊重。当然，是后来深入接触，他才知道外表给人"一毛不拔"印象的这位浙江义乌人是位性格豪爽与他赵剑武性情相投的汉子。现在，听到"铁公鸡"在身后不咸不淡的"年轻人，你的岗位在这里吗"的话时，神情专注的赵剑武被吓了一跳。人在屋檐下不得不低头，饭碗还没端稳的赵剑武可不想给老板留下游手好闲的印象。然而，他想向游老板解释几句，却一时间找不到合适的话。

游老板见赵剑武着急的样子，意味深长地笑了。他挥手打断赵剑武在肚子里转圈没说出的话，招呼他一起走出车间后，盯着对方的眼睛说："我们浙江人讲究看人是'出水才看两腿泥'，年轻人，我看出来了，你到意大利不是来打工的，想当老板是不是？"

赵剑武略一沉吟，干脆回视着游老板亮亮的眼睛："哪个打工的不想当老板？"

游胜利点点头："我记得你姓赵，是福建明溪人。"在对方略感惊讶时，他又抬手往下一压，"你不用告诉我怎么来的，每个到我工厂来的人都有自己的故事。你来这 20 多天，我注意到你与别的工人不一样。你很肯干，话不多，总是第一个到工厂，又最后一个走，干起活来也很灵巧，可你完成的工作量却不是最高的。我知道，你是把一些时间都用在考察我这座工厂上了。年轻人，我说得对不对？"

赵剑武不得不佩服游胜利的观察力和记忆力。这 20 多天并没有几次与游老板面对面相遇，更不用说像这样单独说话，但游老板把他的一切都看在眼里记在心里，这真是一只明察秋毫的"铁公鸡"！想到这些，赵剑武感到危险的临近，立足未稳刚解决温饱的他可不想被一位老板视作未来的对手，若不然又得流落大街为一日三餐发愁。因此，他老实地承认老板对自己的判断后，解释说："游老板，我就是闲不住，随便到处看看，哪敢说考察工厂。游老板，我得回车间干活了。"他急于摆脱这个随时会爆发危险的对话。

游老板却笑说："赵先生，你别紧张，我是说，如果给你机会当老板，你也不敢当吗？这可不是你的真心话喽。"他示意赵剑武走，又冲着他的背影补充道，"我们浙江人可个个都想当老板。"

游老板扔下似乎隐含了诸多潜台词的话，让回到车间刷牛仔裤的赵剑武走神了。直到一年后，游胜利在工厂规模扩大后，从众多承包者中选择并没有多少资金的赵剑武，一年前埋下伏笔方呈现在赵剑武面前，他才理解了游老板这天话中的潜台词。

事实上，自来到胜利制衣厂，头脑灵活又能吃苦耐劳、勤奋好学的赵剑武凭借着打小练武的强壮身坯，很快适应了每天十六七个小时单调而漫长的工作。后来赵剑武成为工厂老板后，很感激这一段时间的磨炼，因为简单而冗长的牛仔裤刷洗工作无形中打磨着他本来急躁的性格，让他一个人从里到外在强悍爽直之下变得更加沉稳起来。在 2015 年当年明溪驿的三位股东重聚布达佩斯时，李秋实评价历经坎坷后赵剑武的性格倒有些像一贯沉稳的王兴发了。正是这样，到意大利举目无亲无着无落的生存危机，强按着赵剑武耐住性子没完没了地重复刷牛仔裤这乏味的工作，并把这药水的气味想象成面包的香味，一天又一天，他性格中急躁的一面就这样被现实打磨掉了。后来，赵剑武看到有人穿做旧的牛仔裤就会产生一种过敏般的反应，就会连续不断地打六七个喷嚏，并且非常霸道地不许女儿和妻子穿牛仔裤。是啊，他总是觉得每一条做旧的牛仔裤似乎都是他当年亲手刷洗出来的，让他无形中感到一种紧迫感。其实，从进入胜利制衣厂第二天起，他就怀揣着一种强烈信念：胜利，胜利，要想有真正属于自己的胜利，就必须掌握牛仔裤生产所有的技术，创办属于自己的工厂。因此，每天从出租屋到胜利制衣厂，两点一线，是赵剑武意大利生活的全部，什么佛罗伦萨古城的风景在他眼里都是过眼云烟，甚至每天从阿诺河边路过居然没空搭理河两岸秀丽的风光。一进入胜利制衣厂大门，他全身的神经就进入临战状态，似乎他不是来这里打工的工人，而是胜利制衣厂的老板，迟半步就会决定工厂的兴亡。于是，起早贪黑，勤勤恳恳，是名叫赵剑武的牛仔裤洗刷车间工人的标签。车间里所有的脏活累活他都抢着干，重要的是赵剑武豪爽的性格中还有一种天生的号召力，他还善良而乐于助人。偶尔，车间的某位工友身体不适，无法按时完成工作量，那么，这时候挺身而出把自己刷洗的牛仔裤数量，加上对方工作量上的人，必定是明溪人赵剑武。有时候，他路过面包店就会多买一些面包带给车间的同事吃。都是中国人，都知道中国有一个四处做好事不留名的雷锋，于是，私底下就有人称赵剑武是雷锋，前面还冠以地域名——明溪。

赵剑武当然不敢承接同胞善意给的"明溪雷锋"，他并没有资格当无私奉献的雷锋，只不过天性使然援手于需要帮助的同胞。他的生活开支必须从刷洗每一条牛仔裤里来，尽管他从不穿这洗得发白的牛仔裤。其实，为了以防万一，他一直屈辱地收藏着赵哥给的电话，防备流落街头时不争气地拨打这个在意大利他唯一可以获得帮助的电话，尽管拨打这个电话意味着他赵剑武得低下高傲的头，粉碎宝贵的自尊。是啊，什么叫秦琼卖马？什么叫杨志卖刀？一文钱难倒英雄汉，何况这个英雄在举目无亲的意大利。现在，他有资格把赵哥给的电话扔到垃圾桶里了。就在拿到第一个月工资那天，赵剑武第一时间给赵哥打电话，还给他房租以及被褥和提供的生活费。赵哥很快就开着那辆菲亚特来了，打着"哈哈"祝贺赵氏兄弟找到工作，一点不客气地接过意大利钱后还不忘数了数。满意地将钱揣入口袋后，他忽然像当年在匈牙利一样豪爽地提出补上给赵剑武的接风酒，请他品尝正宗的意大利空心粉或者比萨。赵剑武当着他的面将他给的电话轻飘飘地扔进垃圾桶后，微笑着说："赵哥，意大利正宗的空心粉和比萨我早就吃过了，我觉得还是我们明溪的客秋包好吃。赵先生，我们好像不认识吧？再说我身上的尘早就被前些天下的雨洗掉了。"

赵剑武是一个知恩图报的人，想着赵哥毕竟给他到意大利提供了最初的帮助，还是和颜悦色地与赵哥告别，在他尴尬的笑声中将他从记忆里轻轻抹去了。若干年后，已是功成名就的赵剑武在一个华人聚会的场合遇到此时穷困潦倒给人当跟班的赵哥，在对方谄媚的笑容里还真的想了好久，才从抹去的记忆里回忆起来，却像躲苍蝇一般躲开了对方。赵剑武明白自己远远不可能达到雷锋那样的境界，因为他是一个俗人。现在，这个俗人在连轴转着干到第二个满月这天，已被车间中国同胞戏称为"明溪雷锋"，与老板"铁公鸡"绰号并驾齐驱的他，在越来越炎热的佛罗伦萨天气下意外地一阵眩晕，像个真正的革命者一样，不计较个人荣辱地累倒在工作岗位上。

铁塔般壮实的汉子突然晕倒，让整个车间陷入一阵骚乱。大家七手八脚把牙关紧咬的"明溪雷锋"抬进车间一头的休息室。这时候，一位年轻人挤进人群，大声叫道："大家让开让开，别围成一堆，让他呼吸不到新鲜空气。"

这位身材适中，长着一双看起来特别明亮眼睛的年轻人，是来制衣厂做勤杂工才三天的新工人。在大家惊讶地看着他时，他脸一红，解释说："我当过医生。"

原来如此，这个说话时不时会红脸、眼睛亮亮的、与人交往似乎有些羞涩的年轻人竟然是医生。不由分说，在大家疑惑地闪开时，年轻医生早趴在此时躺在长凳上的赵剑武身上，先是翻看对方的眼睛，又伸三指搭在手腕上，只一小会，他就用肯定的语气说："没事，没事，这位先生只是中暑了，加上车间的空气不好造成的。"

在大家半信半疑中，自称医生的年轻人跑到杂物间取来他随身背着的一个黄色书包。打开书包，大家眼前一亮，他居然掏出了一个铝盒子，盒子里赫然躺着大家都熟悉的只有在中国才能看到的一根根银针。待他轻车熟路地分别在赵剑武脸上扎了两针，又轻揉着一个穴位，工友帮着年轻医生灌进一口水后，赵剑武如大梦初醒般睁开双眼。这个不起眼的勤杂工竟然是一个医术高明的医生。大家随着赵剑武一起长吁口气，对脸上洋溢出舒心微笑的年轻人投去信服的目光。这时候，刚出货回来的游胜利匆匆赶到，见到已坐在凳子上喝水的赵剑武，当即训斥道："赵剑武，你不要命了！身体不舒服还拼命干活！现在，赶快给我回家休息！还有你，你叫什么名字？"他指着站在一边用畏惧眼神看着他的勤杂工，严厉地问道。刚来工厂上班三天的年轻医生，老板还叫不出名字。

"他是医生。老板，就是他刚才救了赵剑武。"

"你是医生？"游胜利狐疑地看着勤杂工。

"我叫肖守仁，从福建明溪来的。医术……懂一些……"肖守仁小心地选择着措辞，脸色微红，谦虚地回答老板的问话。

"懂一点？乱弹琴！懂一点就敢扎针？是在国内干过几天村医吧！"

似乎因被轻视更涨红脸的肖守仁想说话为自己辩解，却被忽地站起来的赵剑武抓住了胳膊，叫道："你是明溪人！真的是明溪人？我也是明溪人！"听到"明溪"两个字，赵剑武兴奋得有些语无伦次。

其实，是因为佛罗伦萨的天气越来越闷热，昨天下工到出租屋，自恃身体强壮的赵剑武在出了一身大汗后就立刻洗了个冷水澡，睡到半夜就觉得身上发烫，显是受凉了，早上起来全身酸软、头痛无力。眼见着自己要生病了，而现在他刚在意大利站稳脚跟，又是胜利制衣厂出货的关键时期，不说"铁公鸡"给大家增加了加班费，再者他也生病不起。这么想着，赵剑武倔脾气上来，干脆来个以毒攻毒，给疼痛着的脑袋洗个冷水头，再灌下一大杯开水。这么冷热内外夹攻，说来也怪，果然缓解了。当然这只是表面现象，暂时骗过了身体的感知。当凭着强壮身坯的"明溪雷锋"顶到午后，在车间里的气温几乎到达40℃时，本就感冒受凉的身体终于顶不住中暑了。现在，他伸手握住同样惊喜异常的肖守仁的手，因起得猛，头又有些晕了，只能坐回凳子上。

"胡闹！我们胜利制衣厂可不想担不顾劳工死活的恶名。"游胜利斥责着赵剑武，又指指摊开双手更加不知所措的肖守仁，依旧用不信任的目光看着他，"刚才真是你把赵剑武救醒的？没想到我这个小小的制衣厂还藏龙卧虎。可惜意大利人不喜欢中医，你是个医生？"

"是……吧，我……学的是中医……我……只是想……"肖守仁像做错事的孩子，想说什么又把话咽了回去。

游胜利并无意究根问底，再次询问赵剑武身体并不无碍后，他先让工人们都回到车间干活，又交代肖守仁把赵剑武送回家休息，反正离下班也就一个多小时时间，不扣他们的工钱。老板和颜悦色的温情话语让肖守仁有些意外地表示感谢，赵剑武却拒绝了对方的关心，声称休息一下自己回去就好了，拉下的工作量明天他一定补上。游胜利看看赵剑武，再看看肖守仁，似无可奈何地说："也好，也好。你们明溪人是不是都这么死性子？"边说着边摇着头离去了。

待老板离去，休息室只剩下两个明溪老乡时，他乡遇故知的赵剑武像见到久别重逢的亲人一样，拉着性格内向、与人打交道有些羞涩的肖守仁兴奋地聊起家常来。来胜利制衣厂才3天的肖守仁也没料到居然会碰到明溪老乡，自然也亲热得不行，眼里早含上了含义复杂的泪花。三言两语间，两个老乡也就把彼此的来历简单地互相做了交流。亲不亲故乡人，没必要藏着掖着。

9

肖守仁1962年生于明溪盖洋，比赵剑武大了整整5岁，但因性格内向温顺和羞涩使然，又脸庞白净，长了一张娃娃脸，外表看起来倒没赵剑武老沉，而他的医术，一半来自爷爷的口传身授，另一半来自后天的学习。肖守仁的爷爷并非明溪本地人，而是江西南城人，读过几年私塾的他15岁拜师学习中医，偶然机缘来盖洋后在此落地生根。把医术从江西带来的爷爷给整个盖洋带来了福音，在"柳里三溪"不知积下了多少功德。中华人民共和国成立后，肖守仁的爷爷进入盖洋防保站工作，算是成为吃国家粮的公家医生，后来在"文革"中被划为"四类分子"的爷爷，依然成天背着一个印有"红十字"的药箱走村串户为人看病。让肖守仁印象最为深刻是，有一个晚上，一位病人远道来求医，爷爷在昏暗的煤油灯下有条不紊地帮病人针灸拔火罐，当病人进门时紧锁的眉头终于舒展开来，爷爷脸上也露出欣慰的笑容。然而，爷爷拒绝了对方递过来的微薄报酬，并一脸严肃地说："走吧，走吧，千万要记住，不可对外面说是找我把病看好的。"病人千恩万谢又不解地离去。在爷爷到厨房煮银针时，忍不住好奇的肖守仁悄悄问母亲："爷爷怎么不让人说是他看好的病呢？"母亲叹口气道："唉，孩子，你什么都别问，也别去问你爷爷，更不要告诉外人。你别听外面一些不懂事的孩子瞎说，你爷爷可不是什么坏人，他是因为在老家成分高而受了累。反正你记住了，你爷爷是世界上最好的人，等你长大了，自然就明白了。"年少的肖守仁当然不明白。他不明白一天到晚背着小药箱替人看病的爷爷，怎么成了小伙伴们嘲笑的"四类分子"；他不明白爷爷为什么不让父亲学习医术，但他明白爷爷能让到家里来的愁眉苦脸的陌生人，离开时总是眉头舒展而千恩万谢。也就是这个晚上，年少肖守仁对爷爷手上那神奇的银针产生了浓厚的兴趣，每次爷爷用药槽碾从山上采来的草药和制作药丸，他总是瞪大眼睛一动不动地盯着看。这天，肖守仁终于按捺不住好奇心，悄悄打开那个神秘的银白色铝盒，轻轻捏起一根银针，放到眼前察看。然而，他怎么也没有弄明白，这根针和妈妈缝衣服的针一样闪亮，但它在爷爷手上怎么就有那么神奇的魔力。正当他咬咬牙想试着往自己腿上扎时，被下地回家的父亲发现了。一时间，父亲一声怒吼，无情的大巴掌打在肖守仁屁股上。闻声赶来的爷爷从儿子"魔爪"下救了差点闯祸的孙子，眼里含满心疼的泪。在和风细雨地告诉孙子这银针乱扎不能治病还会让人生病后，他长长一叹说："唉，也许我不让你父亲学医是错了。"他挥手让儿子离去，将孙子抱到腿上，用喜忧参半的眼神看着眼里还含着委屈泪花的肖守仁，说道："守仁，你对爷爷看病感兴趣？你长大想做医生？那好，你想当医生就从现在开始好好读书，当医生得有文化。还有啊，给人看病，人命关天，一丝一毫都马虎不得。从今天起，你得克服马马虎虎的缺点，只有胆大心细，才能成为一位好医生。"肖守仁听懂爷爷语重心长的话。从这天开始，原本一天到晚跟着小伙伴疯的肖守仁变得沉静了，读书做事不用父母亲催促。慢慢地，原本粗枝大叶的性格经长时间历练也改变了，又因为内敛和长期钻研于医术形成内向得与人交往有几分羞涩的性格。只有在给病人看病时，内心积蓄的果敢和胆大心细才显露出来，与平素的内向羞涩判若两人。比如他今天义无反顾地以勤杂工身份给赵剑武扎针。

肖守仁一直感到遗憾的是，因"四类分子"带来的精神压力，天天给他人救死扶伤的爷爷竟在1976年戴着"四类分子"帽子离开年仅14岁的孙子，直到两年后才迎来平反的文件。这天，肖守仁跟着父母一起到爷爷的坟前含泪宣读这份来迟的平反昭雪文件。这是爷爷的遗憾，对于肖守仁来说最大的遗憾是再没有机会完整地传承爷爷的医术，爷爷许多药方和独特的医术还没来得及传给他，就遗失在那个动乱的时代里无处寻觅。幸运的是，爷爷的口传身授给肖守仁打下扎实的中医底子，还有对中医的热爱。从明溪二中高中毕业的肖守仁没有忘记当年爷爷决定教他学医时语重心长的教导，抓紧一切机会向民间医师们求教，最终通过函授和自学考取了难能可贵的中医行医资格。这是一个改变命运的资格，这意味着肖守仁终于可以继承爷爷衣钵成为一名医生了。成为医生是第一步，但要成为爷爷那样的名医，让迈进医术大门的肖守仁意识到能力的不足，他不想象赤脚医生般只会扎针看小病，他想成为另一个爷爷。没有放弃学习，也从来没有停止对爷爷当年医方的寻觅，天可怜见，抑或是爷爷冥冥之中的庇护，这么多年下来，竟让肖守仁从爷爷以前看病的病例和病人有限的回忆中，再结合自己对古老医书的钻研，寻回爷爷当年独创的几味秘方，经临床试验取得让他惊喜的效果。就这样，虽然已受聘在明溪国营煤矿医务室工作，当上像爷爷一样吃公家饭的医生，但肖守仁还是选择到北方一家中医专科学校进修中医理论。三年学成归来，进入县中医院师从著名医师的肖守仁，经过一番筹措，创建了"肖守仁中医诊所"。诊所开业前一天，肖守仁特意备办了三牲和香烛纸炮，隆重地到爷爷的坟头告知他这个消息："爷爷，我一直记住你当年让我学医时说的那些话。现在，你看你孙子的吧！"

肖守仁中医诊所的医术和医德短时间内得到了明溪人认可。然而，在给病人望、闻、问、切之时，肖守仁总有一丝不满足，特别是沙溪的胡志明在整个明溪上空扔出那颗"炸弹"之后，他的心也开始蠢蠢欲动。当然只是骚动，如同所有被这"炸弹"和随后不断传来的明溪人奔赴东欧，搅得再也无法安稳地在明溪街上迈八字步走路的人一样。在这个人心骚动的春天，一位在意大利打工的明溪人到肖守仁中医诊所看病，诉说在意大利的中国人由于大多没有居留证，加上语言不通，一旦生病，看病就成了大难题，许多人只好挨着。说者无意，听者有心，当时专心给病人扎针的肖守仁随口应答后，这个晚上却失眠了。在意大利的中国人看病难不就是缺中国医生吗？如果能把中医诊所开到意大利，既能为中国人看病提供方便，还能把这十几年所学的中医知识传播到海外。且慢，西方人推崇西医，意大利人能接受中医吗？这让思绪沉浸在黑暗中的肖守仁心生了迟疑。

肖守仁迟缓了出国的脚步，但一年多来明溪人出国的脚步却从未停止，不断传来了谁谁又到了匈牙利，谁谁寄回一大笔钱在老家起了一座新楼。当然，最直接的还是不断从沙溪这个胡志明扔"炸弹"的地方传来的各种消息。最终，肖守仁说服家人也说服了自己，决定把肖守仁中医诊所开到亚平宁半岛上。对，出国发展祖国的中医事业。肖守仁给了自己一个最激动人心的理由。的确，赚钱并不是唯一的目的，他在明溪同样可以用医术赚钱，但现在有了这么一个崇高的目标，肖守仁就觉得没有理由停下迈向意大利的脚步了。就这样，肖守仁通过亲友的帮助取得南斯拉夫的签证，辗转踏上亚平宁半岛这块古老的土地。

10

在浙江人游胜利开的胜利制衣厂休息室里，赵剑武毫不掩饰地把自己在匈牙利生意失败不得不转战意大利的经历，竹筒倒豆子般全告诉明溪老乡后，肖守仁也把自己的经历向赵剑武说了个详细。当然是异国他乡举目无亲的缘由，在弥漫着刷洗车间飘来特殊气味的休息室里，两个明溪人不顾场合氛围，进行了热烈的相互倾诉，彼此唏嘘不已。肖守仁激动地以一个高大上的来意大利的远大理想结束简洁的叙述时，赵剑武恍然说："我说看到你第一眼怎么就觉得在哪里见过呢！原来你是肖守仁中医诊所的肖医生。我陪母亲去你诊所看过病。我要带她去县医院，她非要去你那看中医。好啊，你若真把中医诊所开到意大利，你爷爷不知有多高兴，夸你这孙子有出息呢！"

"唉，我到了意大利才知道，在国内把事情想得太简单了。若不是有朋友介绍，别说开诊所，我都得流落街头了。"肖守仁的脸色黯淡下来。他从包里掏出那个装着银针的盒子，对赵剑武说，"剑武，我比你大，就叫你剑武吧。你知道吗？这盒银针是爷爷留给我的唯一遗物，其他东西在爷爷过世后，胆小的父亲生怕留下'四类分子'的东西惹事，把爷爷的东西都处理了，仅有的几本医书和一些药方也烧了。这盒银针是我求父亲留下来的，从我跟爷爷学医第一天开始，爷爷就把它传给我了。这出国的一路上，为了轻装上阵，我把国内带来的几本医书扔了，就这银针一直舍不得，因为这是爷爷传给我的，扔了，也就把这医脉断了。你说是不是？"

"医脉？肖大哥，你说得太好了，我们中国人不论走到哪里都不能把与故乡的血脉断了。"赵剑武说着又咧嘴自嘲道，"说这话，好像我是一个大领导一样。嘿嘿。"大5岁的肖守仁细皮嫩肉的，比自己还显年轻，就又爽朗一笑，开玩笑说，"我还是不叫你肖大哥了，会把外人搞糊涂了，还是叫你肖医生。嘿嘿，别的我不敢说，就冲你扎了两针，按了这么几下，胀胀的脑子就清醒了，我敢说你的中医诊所迟早能在意大利生根开花结果。还有啊，嘿嘿，肖医生，你有什么保养的秘方私下让我得知下，怎么着才能保养得这么细皮嫩肉的。你看我，比你小5岁，可满脸的沧桑，看起来倒像是你大哥呢。哈哈。"

肖守仁脸一红，尴尬一笑："剑武兄弟真会说笑话。"

这个晚上，为感谢肖医生的相救之恩，也为了庆祝偶然的乡亲相见，赵剑武硬拉着肖守仁进入一家酒店，颇为奢侈地点了意大利空心粉，当然还有六成熟的牛排和两杯意大利红酒。这可是破天荒。这家离胜利制衣厂不远，每天上班赵剑武都会路过的装饰颇为考究的酒店，他从不敢奢望把脚步迈进去，今天他决定奖励自己一回。是啊，自从明溪驿倒闭，一路而来，过的日子实在太憋屈了，尽管这一顿饭不知要抵他刷多少天的牛仔裤。肖守仁止不住赵剑武豪情满怀不顾现在消费水平的请客，只能小心翼翼地吃着牛排和空心粉，恨不得把盘子里的汤汁都吸干净。赵剑武却大刀阔斧地抱着吃了这一顿明天不过的决心，用餐刀切着还滴着血的牛排，表情有些恶狠狠的。显然，他的这个样子让餐厅那位黄种人面孔的服务小姐忍不住捂嘴浅笑。拿不准对方是日本人韩国人还是中国人，只是从对方那圆润饱满的瓜子脸和细腻白皙的肤色，赵剑武武断地认为这服务小姐是韩国人。见对方轻笑，他招手用蹩脚的英语说："Go，Go。"

肖守仁小声纠正："那是去，来的英语是……"

自知表情不妥的服务小姐收住笑，走到桌前，用英语说了"抱歉"，随后却用汉语问："两位先生还需要什么?"

居然是中国同胞！赵剑武为自己判断的失误有些不好意思，在对方像小鹿般清纯的目光注视下，居然有些慌乱地忘了叫她过来的目的，脱口而出："原来你也是中国人。哪里的?"

顾客如此直截了当地询问与工作无关的问题，让这位中国姑娘有些意外，愣了一下，方礼貌地弯腰回答说："阿拉是上海人。先生没什么事，我先招呼别的客人了。"

"上海阿拉?"在对方轻柔的话语中，看着美丽的上海姑娘转身离去袅袅婷婷的背影，赵剑武在异国他乡为异性第一次走神了。

善于察言观色的中医肖守仁发现了赵剑武的走神，若干年后还笑当时赵剑武傻得可爱的表情。赵剑武当然不知道他无意中的一声招呼，这位叫陆艳的上海姑娘也不知道她一个无意中的捂嘴浅笑，两人间竟开始一段浪漫的亚平宁情感之旅。这个晚上，赵剑武躺在出租屋里，刚入肚的意大利牛排和空心粉的味道已很淡然，脑子里倒掩映不住地浮现上海姑娘秀丽端庄的面庞和婀娜的身材。赵剑武当然不知道，情窦初开的上海姑娘也记住了这个用蹩脚英语招呼她的中国先生，两条剑眉搭在英武的面庞上，脸上挂着随时准备冲锋陷阵的刚毅表情，来去的脚步总是匆匆忙忙。其实，她早就认出这个每天都要从酒店前走个来回的黄种人，仅凭女人的直觉确定他一定是中国人。当赵剑武带着肖守仁昂首挺胸地走进酒店，上海姑娘惊讶之余赶忙上前招待这位稀客。百忙中，她留意到赵剑武咬牙切齿对付牛排的表情，忍不住捂嘴轻笑，这个男人刚毅的外表里倒有几分可爱的率真。

1

后来的事实证明，这一天赵剑武恰如其分无伤大雅地中暑引出中医肖守仁，注定是他人生中一个不同寻常的开始。

不错，这天对赵剑武、肖守仁以及陆艳都相当重要，他们都将在意大利因偶然相识开始新的人生，最重要的当然是两位明溪人在异国他乡成为患难与共的朋友。从这天开始，经验、技术和为人处世都更强的赵剑武处处以老师傅关照肖守仁，先是帮他向游老板说情，将肖守仁从勤杂工转到刷洗车间，条件是肖守仁业余担任胜利制衣厂的厂医。这只是赵剑武借用国内工厂的说法，胜利制衣厂当然不会设什么工厂医务室，所谓厂医，也就是为了防止再出现赵剑武这种中暑晕倒的情况，让肖守仁时不时地到几个车间转转，发现有工人身体不适及时报告老板进行处理，为此支付他一点微薄的酬劳。从勤杂工到车间工人，工资收入有了大跨越，再加上微薄的"厂医"补贴，肖守仁觉得来到意大利这些日子，现在才算是真正安定下来。拿到第一个月工资的晚上，肖守仁很欣喜地看着到手的花花绿绿的，换算成人民币远高于当初他在县医院工资的收入，投桃报李，依样拉着赵剑武到意大利酒店享用意大利比萨、牛排、红酒。这回，赵剑武知道了脸庞白净圆润得像韩国人的上海姑娘名叫陆艳，便约她下班后一起看看阿诺河两岸的风光。陆艳浅浅一笑，不置可否地，转身招呼客人去了。

赵剑武与上海姑娘迈出了重要的一步。

实际上，陆艳是从上海到意大利留学的学生，学的是工商酒店管理，正在这家酒店实习，且在同来的三个实习生中老板只与她签订了工作意向。这天傍晚下工后，赵剑武原本约好与陆艳一起逛逛米开朗琪罗广场，因陆艳说她到意大利这么久还没看过广场安放着的米开朗琪罗著名雕像《大卫》，她可是个爱好绘画、诗歌的文艺女青年。不料想，临下班时酒店来了重要客人，欣赏陆艳工作能力的老板要求上海姑娘接待这位到过上海、有东方情结的客户。于是，本不想当电灯泡的肖守仁自告奋勇陪赵剑武一起先去看《大卫》。

米开朗琪罗广场位于佛罗伦萨市东南的阿诺河对岸的一座小山上，是眺望佛罗伦萨整座城市的最佳点，广场中央安放着《大卫》高大的雕像。正是黄昏时分，颇感失望的赵剑武无心无绪地走在米开朗琪罗广场上，怎么看都觉得这个大卫并不怎么样，如果以中国男人的体魄塑个雕像不会比他差。初中毕业辍学的赵剑武没什么文艺细胞，但他在街头摆摊时与一个摆摊卖石膏雕像的文艺小伙做过一阵子邻居，知道有大卫这一号。那摊主经常把断了胳膊的维纳斯与大卫摆在一起，赵剑武一直就觉得那些买外国石膏像的人挺能装的，很是不以为然。然而，现在他遇上了文艺女青年要看大卫，就不得不恶补一下有关知识了，好在有曾经爱过一阵子文艺的中医肖守仁在一旁点拨。现在，颇感失望的赵剑武和肖守仁来到《大卫》雄伟的雕像前，看着比国内地摊上不知放大多少倍的真人"大卫"，赵剑武一直隐藏在的心底的担心终于抑不住冒出来。是啊，爱上陆艳的那一刻他没想到对方居然是一个留学的大学生。如果提前知道，估计他得考虑考虑要不要爱上，但现在已没有办法了，只能硬着头皮死活把自己往文艺青年路子上拉。于是，仰望得脖子有些酸后，赵剑武把自己的忧虑向肖医生求教。当即，肖守仁就笑了，认真地说："剑武，你是真的爱上这个上海姑娘了。其实，你什么也不要做，你就做你自己就行了。我想，陆艳看中的就是你的率真，你若是这么一装，倒不真实了。"

"真是这样？我怎么就那么不自信呢？"

"爱得太深就会患得患失，甚至怀疑自己，这是正常的。有时就会忘了，对方爱上的就是那个真实的你。"

"肖医生，我怎么这会儿觉得你不是医生，而是心灵导师！"赵剑武释然了。这一刻，他突然涌上用打小练武的身坯与大卫比比肌肉的冲动。当然，他什么也没做，只是紧了紧全身的肌肉，决定不再装什么文艺范。我赵剑武就是一个敢爱敢恨的中国初中生，两手空空偷偷登陆亚平宁半岛，我还要在这里成家立业、开枝散叶呢！现在，赵剑武站在广场上眺望佛罗伦萨老城区玫瑰色的老房子和花之圣母大教堂圆顶，那并没有多少诗情画意的心里涌动着一种别样的感觉。已洞察他内心的肖守仁轻声说："剑武，看到百花大教堂的圆顶了吧？那是佛罗伦萨的地标！号称古代欧洲的三大穹顶，共花了 14 年时间才完成，是第一座文艺复兴式圆顶。唉，佛罗伦萨是座古城，以后你陪着你的文艺女青年好好逛逛，一定会有不少收获。"

已恶补过相关知识的赵剑武虽已知身处的这座意大利都市历史渊源，但现在从肖守仁嘴里听到眼前所见的文化与历史，内心深处还是不由得感到震撼。感叹间，赵剑武想再回头看看暮色逐渐笼罩下来的大卫雕像，突然，广场上熙熙攘攘的人群一阵骚动，只见人流散处，两名全副武装的意大利警察正在追赶一位衣裳褴褛的黑人，朝着他们的方向跑来。当黑人迈开大步从他们身边逃窜，警察几乎与他们擦肩而过时，几乎条件反射，赵剑武和肖守仁快速闪到一边，垂头肃立，全身绷紧。若不是赵剑武伸手拉住，肖守仁就要拔腿逃跑了。百忙中，其中一位警察用奇怪的眼神看一眼这两位东方人，略微迟缓下脚步，继续追击。终于，在大卫雕像前，不知闯什么祸的黑人像小鸡仔一般被两个强壮的警察扭着胳膊押走了，一路上还在大声地骂着什么。直到这时，脸色苍白的肖守仁长吁口气，不好意思地松开同样紧张的赵剑武的手。

再无心观赏米开朗琪罗广场的夜景，惦记着加班接待有东方情结客人的上海姑娘，赵剑武与惊魂未定的肖守仁往山下走。走了一段路，肖守仁不好意思地说："剑武，我现在真成惊弓之鸟了，见到警察就躲着走。唉，你不知道，我那些日子是怎么过来的，九死一生啊。不知你怎样？反正我现在一做噩梦，必定是在路上。在梦里我总是没命地跑啊跑啊，跑得上不来气，常常就这么被憋醒。唉，你先走吧，我得喘口气。"

赵剑武刚到意大利的日子，也时常在梦中走在没有尽头的路上，肩上总背着一个重重的麻袋，步履艰难。后来他强迫自己入睡前想一些美好的事情，比方说想想如今远高于国内的收入，现在入睡前就想想上海姑娘那饱满圆润的美丽面庞，这个噩梦就成功地被他赶走了。现在，听惊魂未定的肖守仁说话，要回酒店接上海姑娘下班的赵剑武无声地握了握明溪老乡的手，临走又作势抬头看看佛罗伦萨美丽的夜空，故作轻松地说："肖医生，我现在没空做噩梦呢，梦里都想着怎么赚越来越多的钱，什么时候能当上老板。"

肖守仁看着赵剑武大步流星远去的背影无声地苦苦一笑。是啊，弘扬祖国的中医事业是冠冕堂皇的宣言，想凭借着传至爷爷的中医技术在国外打开一片天地是他最美好的憧憬。然而，现在他每天揣着爷爷传给他的银针，却只能在车间里刷着没完没了的牛仔裤，属于他的中医诊所似摸不着的空中楼阁。一直在鼓励自己不能丧失信心的他，面对生活的无奈，也只能以苦笑应对。方才在米开朗琪罗广场涌上的文艺细胞和随之引发的豪情，也因为警察追赶黑人的插曲，瞬间像肥皂泡般破裂了。终于喘匀呼吸的中国医生返回与朋友一同居住的出租屋时心情格外灰暗。

2

事实上，明溪中医肖守仁的意大利之旅几经波折，险情迭出。他从南斯拉夫转道匈牙利再到亚平宁半岛，历时艰难漫长的 2 个多月时间，可谓九死一生，演绎的是一段他这辈子都不想回首的生死旅程。在那个终生难忘的清晨，关闭明溪肖守仁中医诊所的肖守仁怀着忐忑不安的心情登上福州开往北京的特快列车，5 天后又从首都国际机场飞到南斯拉夫的首都贝尔格莱德。一切看起来都很顺利，这是揣着机票堂而皇之地落地，然而，在这个著名的瓦尔特保卫萨拉热窝的友邻国家，持合法身份进入的中国医生并没有得到"瓦尔特"后辈们的保护，相反，刚住进旅馆第一天，噩梦就光临这些怀揣梦想的中国人身上。这个晚上，睡梦中的肖守仁被一阵粗暴有力的敲门声惊醒了，同屋的中国人以为是旅馆夜半查房，而开门处那几个凶神恶煞般的汉子是南斯拉夫便衣警察，直到他们从身上拔出闪着寒光的利刃，才明白对方是身份不明的坏人。坏人！对，当时并不知道这是一伙有组织的黑社会，开门时颇为警觉的肖守仁一打眼就感到不像是国内警察夜半查房，判断来者不善，用小时候看电影评判人物的标准确定对方不是好人，极可能是坏人。于是，他趁着屋里乱成一团时将装钱的小包塞到床垫底下。利刃指到鼻尖下，"坏人"将肖守仁的大包翻了个底朝天，那些零钱和一些随身带的活络油、龙虎牌万金油等，都被对方不客气地笑纳了。这个胳膊着长满黑黑长毛的"坏人"打开银白色的盒子，看到里头躺着的银针似乎有些迟疑。肖守仁壮起胆子说："是治病用的针，不值钱，不是金的也不是银的。"

另一个听得懂汉语的"坏人"凑过来一看，对同伙摇了摇头，比画了一番，这个"坏人"将银针盒扔给肖守仁。当肖守仁将撒落一床的银针急急捡入盒子里后，这伙满载而归的"坏人"离去了。当然，他们丢掉的还有他从国内带来的几本医书。直到"坏人"走后，不知躲到哪里的旅馆老板才报了警。与当年的"瓦尔特"一样身材魁梧的警察进行了一番调查，告诉这些痛哭流涕的中国公民遭遇的是一伙有组织的黑社会，暂时也搞不懂他们的来龙去脉，一切都有待于进一步调查。警察显然在用外交辞令应付被黑社会敲诈的中国公民。在损失惨重的同行人谩骂警察与黑社会蛇鼠一窝时，肖守仁暗暗庆幸自己及时警觉，"窝藏"了大部分现金。

然而，令肖守仁没想到这只是一系列噩梦的开始。五天后，他们在斯洛文尼亚边境又惨遭洗劫。此时，肖守仁除了贴身与银针放着的少许零钱，几乎一贫如洗。与同行者一样，南斯拉夫、匈牙利和斯洛文尼亚都不是肖守仁的归宿，持合法签证抵达南斯拉夫后，没有人想在这里发展，必定会选择转往发达国家。

斯洛文尼亚劫匪不客气地把大家行李里的好东西揣到自个口袋里，一一搜身时，肖守仁内衣口袋的银盒子转移了对方的注意力，保存下最后一点口粮钱。显然，这位满脸横肉的劫匪更了解中国国情，甚至极可能接受过中医治疗，一下就明白银针做何用途。他用带着浓重东北腔的中国话问肖守仁："你是个医生，会看病？"

肖守仁惊骇地盯着对方满脸横肉的脸，不知所以地点点头，又犹疑地指指对方捏着的银针："我是中医，这个是针灸用的，治病……用……"

满脸横肉的劫匪二话不说，招手叫来一位看上去也就十七八岁，腿一拐一拐的年轻劫匪，让肖守仁给他扎针，说他的大腿扭伤了。他凶神恶煞地指指年轻劫匪，又拿刀比画一下，冷冷地说："你给他治好。治不好，你们统统完蛋！"

世界上哪有这样的灵丹妙药！大家都用惊骇的眼神求救般看着肖守仁，因为这些亡命之徒可真的什么事都做得出来。肖守仁浑身不由自主地颤抖，但看到大家这种绝望的表情，只能硬着头皮先卷起年轻劫匪的裤管察看伤情。还好，还好，是刚刚造成的急性扭伤，问题不大。于是，心中有数的肖守仁强迫自己暗念着：你是医生，你是医生！他是病人，他只是个病人！十几年的临床经验早已练就肖守仁面对病人时心怀一颗冷静的心。"不以物喜，不以己悲。"这是当年爷爷传授医术时对孙子的要求。只有保持一颗平常心，医生的目光才不会因情绪的影响产生误判。特别在把脉的时候，医生得有一种置身事外的冷酷。现在这一招果然奏效，心中升腾而起的医生救死扶伤的神圣感终于止住肖守仁的紧张，慎重起见，他还是给已坐在一块大石头上的年轻劫匪把脉。把好脉，肖守仁心中确定了扎针的力度和穴位，开始准确地在对方腿上施针。

这是最奇特的临床治疗。一群持着利刃的劫匪略含惊奇地看着中医在同伴身上产生的奇效。此时的肖守仁完全进入医生的境界，他果断地施针，准确有力地按揉，施针；再施针，再按揉。特殊的救治终于结束，当他起身示意对方站起来时，满脸横肉的劫匪狐疑地问："中国人，不要吃药，这就可以了？"不待肖守仁回答，年轻的劫匪已站起来试探性地伸腿，接着跺脚，随即脸上露出开心的笑容，当着大家的面迈开步子。神奇，真是太神奇了！中医太神奇了！他笑着用俄罗斯语表达着惊奇，满脸横肉的劫匪冷着的脸表情缓和了，向肖守仁伸出了大拇指。来自坏人的夸奖，让肖守仁长舒口气。

盗亦有道，说话算数，年轻的劫匪在唿哨声中撤离时忽跑回来，扔给肖守仁一个大面包和一副皮手套，又对中国医生鞠了一躬。看来这个年轻人还良心未泯，可惜了啊，年轻轻不走正道。肖守仁叹息着，抚摸着柔软的皮手套，将大面包掰成几块，分给刚从死亡线上闯过来的脸色凄惶的中国同胞。

3

12 月 25 日，一年一度圣诞节，整个欧洲都在欢度节日。这天，肖守仁疲惫不堪又万分欣喜地抵达意大利首都罗马，当年斯巴达克斯曾经勇武角斗的地方。刚经历的噩梦必须遗忘，惊魂未定的他想急切投入美丽的意大利怀抱，像斯巴达克斯一样挥剑向命运角斗，心中涌现出"大难不死，必有后福"的中国古语。然而，意想不到的灾难再次降临到他身上。刚刚踏上罗马，尚来不及轻松地呼吸罗马的空气，更不用说去角斗场探访一下斯巴达克斯留在残垣断壁上的印迹，肖守仁和他的同伴们就被强行带到一个破旧废弃的汽车修理厂。

这是怎么回事？不是警察的羁押，那是意大利黑手党所为？直到后来肖守仁也没弄明白对方究竟是臭名昭著的意大利黑手党，还是别的什么党。总之，历尽千辛万苦的肖守仁意识到被绑架关押后，刚刚燃起的希望瞬间被掐灭了，一种说不出痛点通向已是伤痕累累的心袭来。不由人不惊慌失措，这个关押场所并不是警察的监狱，也没有穿警察制服的人出现，凶神恶煞的看守对这些被关押者恶声恶气地训斥着。度过最初的惊恐之后，肖守仁不得不再次面对天降的灾难，用他中医惯用的察言观色观察环境后，决定先老实地接受看守的调配，关进一间大屋子里。显然是一个临时关押地，20 多个已被折腾得无法衣冠齐整的男女混杂于一室，一溜长长地铺上连枕头和被褥也没有，只是零乱地摊着十几张薄薄的毯子。一定是对方有意打散，同屋没有一个一路同来的人，也不全是中国人，还有说不清楚来历的外国人，大家心怀叵测地用怀疑防备的目光审视对方。言多必失！求生的本能让肖守仁想及中国古人的名言，不与任何一个试图向他询问的人说话。

没有任何人前来讯问，把肖守仁带到这间修理厂的人似乎将他遗忘了。当夜晚降临，肖守仁蹲在屋子一角，一种无助伴着冷意在血管里流动，觉得自己或许再也见不到第二天亚平宁的阳光了。然而，整个意大利正在随时光临寒舍的圣诞老人带动下，进入一年一度的狂欢之中，节日欢庆声隐约传进这个像坟墓一般的废旧汽车修理厂，像银针一般深深地没入肖守仁身上的每一个穴位，无助和无奈像一条毒蛇噬食着中国医生即将迎来的胜利。而最可怕的就是被人遗忘，第二天如此，第三天也是如此，第四天、第五天还是如此。当这群同病相怜的外国人开始慢慢消除彼此的戒心，在黑夜的寒冷中几个人靠一条薄薄的毛毯抱团取暖时，肖守仁开始怀念明溪县城那个给病人带去希望的诊所了，怀疑手上的银针是否还有机会扎到意大利人穴位上。因为，这些说不清来由的意大利坏人的绑架，扎到了他的死穴。

夜晚的寒冷可以抱团取暖来抵挡，饥饿则让同屋子的人都变成了狼。绑架者继续采取遗忘的方式对待被绑架者，只供给少得可怜的食物，有时一天只供应一餐，有时两天才给他们吃一顿。食物是每个人分一块少得可怜的只能维持生命的面包，最丰盛的算是圣诞节这天端进屋里的那一大盆意大利面条，算是给大家过节，却不知是有意还是忘了，居然没有提供餐具。没有办法，因饥饿而丧失尊严的人只好凑到大盆前伸手扒拉着吃。肖守仁看着一双双脏手直接从盆里抓面条，恶心得想吐，根本不想吃。然而，他显然失算了，第二天一个白天居然没有食物提供，直到晚上才给每个人分发一小块已变味的廉价面包。已饿得头晕眼花的肖守仁忍住恶心，几口将面包吞进肚子里，身上的力气慢慢在胃得到安抚下，从血脉里回来一些时，眼泪就不争气地落在地铺上。后来，对方再偶尔发善心端来的一盆清汤寡水的意大利面条时，已被饥饿将尊严彻底缴械的肖守仁学会和大家一样像一条狗般冲到盆前，伸出一双几天没洗的脏手捞面条吃，被抓烂的面条吞进肚子里，汤汤水水则滴落在前襟，伴着控制不住涌出的泪水。

整整20天，肖守仁和同屋的人莫名其妙地经受了这种非人待遇，没有水刷牙洗脸，没法更换衣服，更不用说洗澡。虽是严冬，但20多个人散发的各种气味，还是使整个屋子弥漫着一种出不出来的臭味，让一向有洁癖的中国医生如坠人间地狱，实在难以忍受。终于，他忘了"言多必失"，也忘了"枪打出头鸟"的中国古训，率先朝屋外的看守发出吼叫："放我们出去！凭什么关住我们！我们要洗澡，我们要吃饭！"

就像一锅本就沸腾的水被严严实实地盖住，需要的只是一个小小的出气孔。肖守仁的怒吼捅出了这个出气口，似一根导火索，引发20多个人憋了20天的怒气，随着他的吼声，所有人都用各自几近丧失理智的谩骂扑向凶神恶煞的看守，有人还愤怒地踹门和拉动窗栓。绑架者没料到这些早已被他们治得服服帖帖的犯人会闹事，起初他们想用高声恐吓镇压这暴发的怒火，但他们的训斥反而让这群豁出去的人更不管不顾地疯狂起来。终于，他们再也不能漠视"人犯"的诉求，在大家顽强抗争和外面不知从什么渠道得到消息的一些亲友交涉下，于1月15日，不得不释放这群被以莫须有罪名关押的人。

废旧修理厂大门打开，大家像惊弓之鸟瞬间消失在意大利天空下，唯恐稍慢一步再也走不了。神色仓皇、衣裳褴褛的肖守仁没有跑，他背着唯一的装着行李的包，披头散发一步步走出破旧的汽车修理厂大门，对瞪眼瞧着他的看守们熟视无睹，心中一团冰冷，只有揣在胸口内衣口袋的那一盒银针被暖得热乎乎的。这是他的命，是他在意大利的立足之本。不错，当站在大门回望身后关押他的"牢房"，他没有感受到寒风里亚平宁半岛亮得灼人眼目的阳光的温暖，暗暗发誓一定要用手中的银针找回一个中国医生的尊严。

得知消息的朋友已在汽车修配厂大门外接他，看肖守仁如乞丐般的样子，千言万语尽在有力地拥抱中。肖守仁没有接受朋友到他家暂时安顿下来，好好休整下，再筹划未来的好意，并拒绝了要他留在罗马发展的建议。无奈之下，感同身受的朋友给肖守仁在佛罗伦萨介绍了住处和工作。就这样，肖守仁当天就搭上罗马开往佛罗伦萨的火车。坐在火车上，肖守仁内心是苍凉而无所畏惧的。是啊，喝了罗马"汽车修配厂"这味药，他肖守仁在意大利什么苦都吃得下了。然而，让肖守仁没想到的是，要找回一个中国人、一个中医的尊严，喊喊口号容易，做起来却是那么困难。直到历经曲折，在他几乎丧失信心的时候，才意外地从意大利海滩艰难出发。

肖守仁就这样在佛罗伦萨迈出意大利的第一步，在朋友介绍的一家皮革加工厂做工。他心里憋了一股劲，但还没从罗马"汽车修配厂"氛围里完全走出来，皮革工厂的围墙和嘈杂声，包括工厂里四处飘散的、无处不在的皮革气味，恍惚间让他产生还被关押的错觉。他强迫自己忘记再忘记，但神思恍惚还是极大影响了他的工作进度。更让他难以适应的是皮革工厂的上班时间，从早上 9 点一直干到当天晚上下半夜。这种超长的工作时间，在国内没有体验过，加上经历"偷渡"和罗马"汽车修配厂"磨难的身体尚未完全恢复过来，干到第三天，他就累坐在工作岗位上。从肖守仁到工厂第一天，面目凶悍的车间工头就用挑剔的眼光注视这位神色凄惶的小白脸，见对方瘫坐在地，当即凶神恶煞地冲过来，吼道："起来，起来，像你这样干活，工厂养你来吃干饭的啊！"也是中国人，对待中国同胞这样的态度，让一直悄悄关照肖守仁的一位中年工人看不下去了，出来赔笑着替他解释："他这是刚到意大利不适应。嘿嘿，他的活我们帮扯一把也就过了，您高抬一眼，高抬一眼。"

"我高抬一眼，老板不会对我高抬一眼。"车间工头用不屑的语气说，"都是国内吃大锅饭惯出的毛病！干不了就不要干，回国去捧铁饭碗多好。"

工头不屑的目光让肖守仁心中升起一股屈辱，不知哪来的一股劲，他忽地撑着身体站起来，不看工头也不说话，埋头咬牙继续做事。但是，时间如此漫长的工作显然不适应身体未到最佳状态的肖守仁，在工头严厉注视下，他表现得更加笨手笨脚。第六天，工头招呼正在岗位上埋头干活的肖守仁，说是老板有请。看工头那幸灾乐祸的目光，心中已有些预备的肖守仁听到老板让他结算这几天工钱结束工作时，多少还是有些发蒙。

见肖守仁手足无措的样子，这位会讲几句中文的意大利老板摊开双手，无奈地说："中国肖，我们工厂就是这样。进度！我们需要每个人都是一架高速运作的机器，你干不了这个活。换一个，会更好。明白？"这位心地还算善良的意大利老板或许是看肖守仁朋友的面子，不仅给他结算了高于普通工人一周的工资，还给他指点了一家正在招工的工厂地址。

4

忐忑不安的肖守仁，就这样丢掉到意大利找到的第一个饭碗。他捏着赚到手的花花绿绿的意大利里拉，向好心的意大利老板鞠躬表示感谢，随后在亚平宁半岛冬日寒风中，如一只落单的找不到巢的鸟，恓恓惶惶地急切寻找另一个能容身的巢穴。无家可归的惶恐强烈地笼罩着走在佛罗伦萨大街上的中国医生，只有随身揣着的银针给他踏实的感觉。穿行在熙熙攘攘的人群中，他是多么希望眼前突然有人在他面前晕倒，然后他这个中国医生上前施针，神奇地将人救醒，让人们从此知道中国肖医生。这样的想法有些阴暗，更有违爷爷当初带他进入医门时的教诲，因为爷爷说他最大的愿望就是开的诊所可以关门，切不可希望诊所的生意欣欣向荣。当时，年少的肖守仁就觉得爷爷这个愿望有些自相矛盾，开诊所就是做生意，开门做生意，哪有希望生意不兴隆的呢？直到后来，他在明溪开出肖守仁中医诊所，看过太多病人和亲属那种悲痛，才理解爷爷"医者仁心"的愿望所在及给自己取名守仁的寓意。想及这些，肖守仁不由为自己心中瞬间升起的罪恶感而吃惊，低头不敢看似乎已洞察他内心这种阴暗企图的行人。

天无绝人之路。善良的皮革工厂意大利老板果然给丢掉饭碗的中国张指点迷津，肖守仁仅惶惶不安了一天，就顺利地找到第二份工作，在一家服装厂踩缝纫机车垫肩。这份工作相对轻松些，更重要的是肖守仁在家里也踩过缝纫机，还是母亲手把手教会的。工作有了着落，生活暂时安定下来，然而，还来不及构想他的中医诊所在意大利应当是什么样子，干了一个多月，工作又丢了。这回是老板的问题，管理不善，工厂效益不佳，裁工人，新工人肖守仁赫然在名单之内。这意大利的饭碗真是泥做的，不，应当说是纸糊的，一阵风刮来就破了。找到饭碗又丢掉饭碗，成了怀揣中医梦想的肖守仁家常便饭，如此不断地换厂打工，居然5个月内换了6家工厂，平均一个月换一次还多。这期间，他做过皮包、棉毛衫、布衣，最让肖守仁啼笑皆非的是居然斗胆在一个老板家里煮过饭，尽管拿的是最低工资，每月6万里拉，相当于2200元人民币。这个算是能忍受的老板在一个月后，还是把总是将菜炒焦饭煮煳的中国厨师辞退了，原本这个意大利老板突发奇想品尝下中国菜，胃口却被一个冒牌的中国厨师败坏了。辞退那天，这位意大利老人用狐疑的目光看着肖守仁，问道："肖，你真的是中国厨师？怎么煮的中国菜和我在中国吃的不一样？"于是，肖守仁老老实实地承认自己并不是中国厨师，而是一名中国医生。

"天啊，中医？我竟让一个中医给我煮饭！"这位上当的意大利老人很生气。

意大利老板不能不生气，因为肖守仁自告奋勇应聘时声称是国内一家五星级酒店的厨师。当然，肖守仁并不想骗意大利老板，只是太频繁丢失饭碗让他始终处于一种吃了上顿没下顿的焦虑之中。一位有经验的中国同胞这么告诫他：对任何老板的要求你都不要说不行或不会，都要说行和会，否则，在意大利只有饿死！就这么阴错阳差，又丢了一份工作，五天时间没有找到下家，曾在一家工厂一同做工的一位山东人告诉他，有一个意大利老板想找中国厨师的消息。肖守仁不敢应聘。山东人鼓励他说："你在家里煮过饭没？意大利人哪懂得什么真正的中国菜，按照你老家的菜煮给他吃就对了。"病急乱投医，有了山东人的鼓励，在家里偶尔凑合着煮过菜的肖守仁摇身变为中国五星级酒店的厨师，起初凑合着煮了些明溪菜，什么木鱼笋，什么客秋包，凑合着哄骗过去。然而，随着时间的推移，意大利老板不知从哪找来几道中国五星级酒店的菜谱，让五星级厨师肖守仁依样制作出来，这么着，冒牌的中国厨师露了馅。

医者仁心的肖守仁自从医就没骗过病人，只能脸呈愧色地真诚地向意大利老板道歉。重新走在佛罗伦萨大街上，一次次承受习惯性失业的肖守仁内心几乎崩溃了，意大利老人那失望伤心的目光如银针扎在他穴位上，在意大利弘扬中医事业的梦想也变得千疮百孔。饥寒起盗心，医生竟然成了骗子。这让肖守仁感到一阵惶惑和恐惧，后悔当初不该听山东人怂恿，离开意大利老板家时拿出那盒银针，是想以一个医生身份弥补错误，因为他发现这位 65 岁意大利老人的手夹菜时有些发抖，也许扎针能缓解病情。不出人预料地，意大利老人拒绝了这个"骗子"。这让肖守仁心里一直揣着愧疚和遗憾，直到后来他的肖守仁中医诊所在意大利扎了根，深入人心，他才找到机会上门为这位老人施针开中药调理，缓解了他的病情，算是弥补当初的遗憾。

又一次失业的肖守仁心灰意冷，对找下一个饭碗都失去了兴趣，就在他无心无绪漫无目的地走街串巷闲逛时，偶然看到中意两国文字写的"胜利制衣厂"的招牌。这时候，在失意与自责交织的重要节点，正是"胜利"两个字，让他决定到工厂做勤杂工，赚这份微薄的薪水，因为他实在太需要"胜利"了。哪怕是别人的胜利，一个厂名，也能给他一种心理上的"胜利"。

过程艰辛漫长，梦中闪回却只是短短的一段车程。现在，怀着灰暗心绪离开米开朗琪罗广场的肖守仁坐上一辆返回出租屋的公交车，没想到靠坐在最后面位置上的他竟迷迷糊糊睡了过去，且在梦中将来意大利的所有艰难困苦，在大庭广众之下快速重播了一遍，所幸没有一个观众能进入他的梦境。这时，是公交车为躲避一辆突然变道的小车急刹车将他从噩梦中拉回。肖守仁忙睁眼往窗外一看，阿尔诺河两岸早已是万家灯火，才发现自己坐过了站，立刻急摸包里装着银针的盒子还踏实地按在腿上，方轻轻吐出一口长气。

阿尔诺河的冷风挤进车窗，袭向这个心怀远大理想，此刻内心迷茫的中国明溪人。

5

转眼间，肖守仁与赵剑武这两个明溪人在胜利制衣厂相识已整整一年了。现在，时令迈进了6月，佛罗伦萨的天气一天天热起来。

地处亚平宁半岛中部的这座城市，是欧洲文艺复兴运动发祥地和举世闻名的文化旅游胜地，1865年至1871年曾作为意大利王国统一后的临时首都，整个城区位于阿尔诺河谷的一马平川上，四周则丘陵环抱，阿尔诺河从中穿过。这种独特的地理环境，形成了佛罗伦萨亚热带湿润气候，夏季缺少盛风，从6月到8月，气温明显超过托斯卡纳大区的沿海地带，最高气温可达40℃，少量的对流雨对高温无济于事。相反，由于逆温现象，佛罗伦萨的冬季阴冷而潮湿，最低气温常降至冰点以下，且降水主要集中在冬季。于是，这座此前曾由中国诗人徐志摩首译为"翡冷翠"的文化古城，在多了几分诗意的同时，夏天潮湿闷热的气候也让两个明溪人很不适应，整个白天一身汗湿湿的，晚上则难以入眠。

意大利的夏天来了，赵剑武的心随着与上海姑娘陆艳的感情也一天天热起来。阳光下的蓝天白云，街道两边色彩鲜艳的墙壁，深红色的屋顶，这些佛罗伦萨标志性的色彩，在坠入爱河的明溪小伙眼里是那么赏心悦目。当然，与他心情形成鲜明对比的是肖守仁，他那颗失意的心在夏天仍如一锅冷水，始终找不到他所需要的火种把它烧沸。情场得意的赵剑武当然知道要治愈肖守仁内心的忧郁和冷意，不能靠佛罗伦萨闷热的夏天，得对症下药。因此，一同在牛仔裤水洗车间的赵剑武借一切机会向工友们宣传肖守仁精湛的医术。渐渐地，整个胜利制衣厂都知道有一个中医肖守仁，逢头疼脑热，在活闲下来时，都爱找肖中医扎几针。这引起了游胜利的关注，他惋惜一个中医为什么头脑发热跑到西医横行的意大利来的同时，警告肖守仁不得在工厂里行医，否则要承担一切后果。没开诊所，没有取得行医营业执照，肖守仁当然不敢给人开药，就只是简单的针灸。赵剑武则时不时给明溪老乡打气，这几乎成了老生常谈。其实，如果不是上海姑娘充满爱意的目光鼓励，赵剑武也早就心烦刷着总也刷不完的牛仔裤，赚有数的打工钱，永远也无法出人头地，于是，每个月发工资除了必需的伙食费和房租，就是有些心凉地一步步完成自己的原始资本积累。就这么着，两个明溪老乡暂且忍住无所不在的药水气味，按下满腔的梦想，一边老老实实地刷牛仔裤，一边相互鼓励。赵剑武鼓励肖守仁积累了资金，就可以开出自己的中医诊所；肖守仁则鼓励赵剑武总有一天会有自己的制衣厂。就这样，两个怀揣着不同梦想的明溪人努力工作着，期待机会降临。

这天，游胜利召集赵剑武与几个车间的工头谈工厂的生产。游胜利现在很信任赵剑武，已委任他担任水洗车间的工头。谈完工作，闲聊中就听游胜利说意大利人很会生活，不像我们中国人只懂得干活。说者无意，听者有心，赵剑武脑子一激灵，当即跑回车间，将正皱着眉头刷洗牛仔裤的肖守仁拉出门外，故作神秘地说："肖医生，如果现在有个机会让你展示中医的技艺，你敢不敢干？"

"剑武，没中暑吧？怎么说起胡话来。"肖守仁抹了一把白净的脸，一声叹，"唉，我现在哪有钱开诊所？再说意大利人信不信中医还不得知呢。我现在都后悔当初太冲动了。"

赵剑武眼睛亮亮地说："肖医生，凭我打小做生意的商业嗅觉。你信不信？这就是个让你积累资金开诊所最好的机会！你说得没错，靠天天刷这几条牛仔裤是很难开你的诊所。"接着，他对半信半疑的明溪老乡转述为什么游胜利赞叹意大利人懂生活。原来，很多意大利人有一个这样的生活习惯，每年6月到9月都要到海边度假，于是，就有不少嗅觉敏锐的商人捕捉到其中的商机，到海滩滩上"卖散"。何谓"卖散"？就是中国人所理解的流动散卖小商品和其他零散轻便的生意。"卖散"的生意灵活轻便，季节性很强，但利润颇高，因为懂得生活的意大利人度假时心情和钱包都放得很松，只要掐到他的点，支付起意大利里拉来是很爽快的。于是乎，就有不少"二把刀"的中国人到海滩做这些老外的生意，号称在国内是中医推拿高手，其实就是有一把子力气，敢按敢摸，将这些想舒展筋骨的意大利人按舒服了，花花绿绿的里拉也就到手了。现在，赵剑武兴奋地盯着眼睛已有些亮起来的肖守仁道："肖医生，你可是明溪肖守仁中医诊所有营业执照的中医，学过正宗的中医推拿。嘿嘿，你这么正宗的中医推拿到海滩上出手这么一推，估计那些冒牌的中医都得望风而逃。不要太夸张哦，到时候就怕那些意大利人都找你肖医生哦。就是……就是我担心……"兴奋之中，他把从上海姑娘陆艳那里学来的上海腔都露出来了。

肖守仁被明溪老乡描绘的情景打动了，急问故意卖关子的赵剑武："担心什么？担心什么？剑武，你是担心我的中医推拿不地道吗？"

赵剑武笑说："嘿嘿，我是担心若碰上女顾客，那些意大利女郎身材个个玲珑剔透，若是按出感情来，对国内的嫂子可是不好交代啊。"

肖守仁脸红了："剑武兄弟真爱开玩笑，嘿嘿。"

就这么决定了，赵剑武自告奋勇充当助手，到意大利海边的沙滩上助推中国医生肖守仁一把，而他们认为最大的问题居然被游胜利一个轻飘飘的手势挥散了。其实是这样，两位好不容易在胜利制衣厂找到落脚点的明溪人很在意在这里得到"胜利"，开启他们在意大利工作第一站。那么，如果离开制衣厂到海滩上"卖散"三个月，显然很难再回来刷牛仔裤了。这一点对于赵剑武来说尤其遗憾，因为边刷牛仔裤边考察已是把握了工厂所有环节的他心中越来越丰满的构想，就是有一天开一家胜利制衣厂。不，比胜利制衣厂更大的制衣厂，让意大利人都穿上他制作的服装。他的想法是争取得到游胜利的准假，帮助肖守仁的中医推拿在意大利海滩打出名头就返回。然而，胜利制衣厂不是中国的国有企业，十有八九不会给明溪人留下再回来刷牛仔裤的机会。至于肖守仁则开弓没有回头箭，不论他的中医事业能否从意大利海滩上启程，3个月后能不能开起诊所，都不太指望重新回到胜利制衣厂。当然，如果赵剑武能稳住这个好不容易得来的职位，肖守仁的回来也就多了许多胜算。因此，迟疑再三，赵剑武还是厚着脸皮如一名国有企业的工人一般向领导请假，将心中打算向游老板做了汇报。没想到，游胜利居然比国有企业的领导还好说话，大手一挥，就准了赵剑武一个月的长假，他轻飘飘的一句话"剑武，我是看中你的能力和人品才破了这个先例"，把两个明溪人内心的纠结吹散了。

如果不是隔着一张桌子，激动的赵剑武必定会给游胜利来个男人式的拥抱。

6

6月6日，一个精心选择的大顺之日，没有后顾之忧的赵剑武与上海姑娘陆艳长长地吻别之后，与中国医生肖守仁来到威尼斯以东与奥地利附近的海边，用打工积蓄的钱先租下一套房子，开启将持续3个月的中医推拿"卖散"。作为助手，更有商业眼光的赵剑武选择了这片名为 legnano sabia toro 的海滩，也不管它的意大利名，一站在海滩上，赵剑武当即就给这片美丽的海滩起了个令肖守仁拍手叫好的名字：胜利海滩。对，胜利海滩，这是两个明溪人不为人知的秘密，一个承载了他们内心梦想的海滩，从胜利制衣厂到胜利海滩，两个明溪人将在意大利从胜利走向胜利。后来，在意大利各自开拓了引以为傲事业的两个明溪人，每年都会带着家人到胜利海滩度过一段难忘的幸福时光，顺便给家人讲述这个中国名字的由来和他们第一个夏天的胜利。

一切准备停当，第二天6月9日即将在海滩上开启正宗中医推拿前的晚上，心中忐忑不安的肖守仁，与外表信心满满内心同样虚得如同海沙的赵剑武，在海滩上深一脚浅一脚地走着，让意大利稍有凉意的海水伴着细沙淹没他们双脚，海浪扑打沙滩的声响节奏明快而固执，让两个明溪人的心也在汹涌澎湃。深夜的海滩依然有众多游客走动，一顶顶帐篷就像是沙滩上生长出的蘑菇，在月色和五彩灯光映照下格外婀娜多姿。远处，一对正在拥抱热吻的青年男女如两条交缠的蛇一般扭动着身躯，淹没在彼此激情中。一直无声地任海水亲吻着赤足的肖守仁和赵剑武停住，他们同时将目光投向远处黑暗中面目不详的长长的海滩，海水带着潮湿腥味的气息笼罩着他们的身心。九号海滩，这是他们经过两天观察选择的最佳地点，一段较为平坦的沙滩，现在他们就站在这里。肖守仁转了两圈，不无担心地说："剑武，我心里还是没底，不知这些意大利人会不会相信中医推拿。"

赵剑武指了指远处海平面上若隐若现的航标灯说："肖医生，你知道我第一次看到海和海上的航标灯是在哪里？是厦门。当时我真是激动啊，山区人第一次看到海，才知道我们明溪的河实在太可怜了。那是当时的感受，后来经历的事多了，就明白了一个道理，海有海的伟大，河有河的量，就是一条小溪也有溪的骄傲。它们让人尊敬的不在于是海是河还是溪，而在于他们在各自的位置是否有各自的格局。"

"剑武，看不出来你还是一位思想家。"肖守仁惊奇地说。

赵剑武呵呵笑道："实话说，这话不是我说的，而是我的兄长李秋实说的，他总是用格局的大小衡量人和事物。"

"就是你所说的匈牙利明溪驿的李秋实？"肖守仁说。

"对。"赵剑武凝望着航标灯，点点头，"格局！看得出肖医生是个有格局的人。嘿嘿，按秋实兄的话，只要有格局就是一条山涧小溪，也能喧响出不亚于大海波涛般美妙的音律。等着吧，肖守仁中医诊所明天就在这九号海滩开张哦。"

这一夜，枕着隐约传来的海浪声，两个各怀心思的明溪人都没有睡踏实，太阳一跳出海平面，他们就不约而同地跳下床来。两人互相看着对方同样的动作，忽然就笑了。很快，6月9日这块被赵剑武命名为胜利海滩的意大利海滩就洒满了热辣辣的太阳，趁着游客高峰期还没到，赵剑武和肖守仁有条不紊地把中医"卖散"的摊点支起来，在预先选定九号平坦之处，先是摊开洁白的浴巾，接着在一旁插上一块事先用中意两国文字做好的广告牌。这块广告牌可是赵剑武与肖守仁经过几番探讨确定的内容，左边贴着一张用毛笔写的中医推拿能治疗的相关病症，配上简洁的图画；右边贴上一张相应大小的彩色人体经络图。这一切都是甘当助手的赵剑武手脚麻利布置的，布置停当，他还围着这个简陋而显得热闹的中医推拿"卖散"摊位转了两圈。在赵剑武转圈时，已有几个意大利男女好奇地观看摊位，对着广告比比画画。此时肖守仁则换上了一套赵剑武在佛罗伦萨不知找了多少家店铺才买到的中式服装，再脚踏一双千层底的黑布白底布鞋，手拿着一把黑色纸扇，虽然清秀的脸上在几个好奇的意大利人比画中习惯性地浮上一层红晕，稍有几分羞涩的样子，但一打眼已俨然是一位浑身上下透着中国味的中医了。唯一缺憾就是年龄小了点，若是银发烁烁，白须飘飘，定会让人更增几分信任感。或是为了弥补这个缺憾，坐在白色浴巾边一把小折叠凳上的肖守仁，特意将装着银针的铝盒放在腿上，尽量克制内心忐忑，装着很老沉的样子，向好奇地上前观看的意大利游客微笑地点头致意。

肖守仁这个样子让赵剑武很满意，这是他为肖医生设计的中医形象。按他的意思，原本为了弥补肖守仁太年轻的缺点，还要给他配一副眼镜，但戴上眼镜的肖守仁怎么看都像是民国时期中学老师而不像中医才作罢。现在，看肖守仁正襟危坐的样子，第三遍视察完中医推拿"卖散"摊位的赵剑武很满意自己设计的作品，轻声对明溪老乡说："肖医生，别太紧张。你这个样子，正宗的中医倒会被人看成冒牌货。放松，放松，就像你在明溪诊所给人看病一样，顾客都是冲你肖医生名头来的。记住，从胜利走向胜利！"

肖守仁抹去额头上的汗，转头看看海滩上游客渐渐多起来了，小声说："剑武，实在太热了，这套中式衣服能不能脱掉？我们是不是太装了点？"

"不行，不行，这是开张生意，就是要正式点，得装着点，端着点。等名头打响了，肖医生赤膊上阵，也没人怀疑你是正宗中医推拿了。唉，来了，来了，第一个顾客来了，那个大胡子意大利人朝我们这走来了。别紧张，胜利！"赵剑武向肖守仁做了个胜利的手势。

然而，大胡子意大利老人只是围着中医"卖散"摊转了一圈，看了看挺直身板，憋出一头汗的中国医生一眼，嘴里嘟囔着什么走了。赵剑武笑着向好奇地张望过来的游客微笑点头致意，回身向肖守仁做了个少安毋躁的手势。

没有一个游客躺到虚席以待的白色浴巾上，倒是有不少人好奇地盯着广告牌看半天，相互间打着不解的手势，找地方晒太阳去了。时间慢慢地在两个明溪人心中显出漫长的重量，大海的涛声在 6 月阳光下特别有质感，但胜利海滩还没有给他们制造第一个胜利。不知不觉中，一直坐那装老沉的肖守仁中式衣服已有些汗湿了，手表上的指针指向上午 9 点钟。这时候，胜利海滩的游客进入高峰期，推拿摊位围聚过来的游客也越来越多，他们大多还是好奇地参观中医人体经络图和广告上的宣传内容，看完就走，依然没有一个人躺到白色浴巾上，让中国医生按一按。有些沉不住气的肖守仁坐不安凳，身子扭来扭去，不停地抹着不知是因为热还是紧张而渗出额头的汗，那盒银针也放回了包里。

　　见不是事，在又一拨游客好奇地围拢上来时，赵剑武灵机一动，索性拿出当年在明溪街头摆摊卖东西的架势，拉开嗓门招揽起生意。他大声吆喝着："来了，来了，各位意大利朋友过来瞧一瞧看一看哪，正宗的中医推拿，肖守仁医生祖传中国明溪中医世家，家学渊博，又到中医学院深造，理论实践结合，别看他年纪小，却已是一代名医，现在他决意将中医医术造福意大利朋友。来了，来了，瞧瞧看看，千万不要错过。中医推拿打通人体经脉，有病治病，没病养生，强身健体。"这一年下来，与上海姑娘感情飞速发展的同时，赵剑武在她命令下也基本上学会日常生活需要的意大利语，来胜利海滩之前，他还让陆艳翻译了这一套生意切口，没想到还真用上了。

　　果然，赵剑武这么大嗓门一招呼，就有不少人围上来，好奇地对着年轻中医和广告指指点点，有些跃跃欲试的样子。

　　赵剑武见还差些火候，肖守仁脸红红的只是站在那里向游客抱拳致意，样子极是紧张。于是，急切间，赵剑武向围拢来的人略一抱拳，说："中医和武术自古一脉相承，在下打小学过几招，现在就给大家表演一段中国功夫！热热场子。"说罢，在围观的游客尚不知所以之时，他在这平坦的胜利海滩九号区域抱拳略起个式，有板有眼地拉开架式，打了一套从小研习的南拳。这套南拳可是赵剑武的童子功，功底扎实，行拳虎虎生风，脚下生根，随着他发出低沉有力的吼声，一时间，有更多的游客围拢上来。见已到火候，赵剑武一个亮相收住拳，在游客的鼓掌声中脱去短袖，只留一条游泳短裤，露出一身腱子肉，说："刚才大家看了中国功夫，现在请肖医生再给大家表演正宗的中医推拿。"说话，他躺到了白色浴巾上。

　　此时方明白赵剑武用意的肖守仁忙向围观游客抱拳点头，脸上早脱去羞涩之味，先是慢条斯理地撸着袖子，深吸口气，一时间双眼如炬，一股气往丹田而去，紧接着一双灵巧有力的手在赵剑武身上游走，按经脉走向开始正宗的中医推拿。推拿着，到关键处，肖守仁不失时机地向游客进行现身说法，在大家频频点头之时，一套全身的中医推拿已结束。赵剑武一跃而起，扭腰踢腿，伸展筋骨，大呼通体舒泰。肖守仁呢，则含笑袖手站一边，脸不红气不喘，热情地回答已被鼓动起来的游客们有关中医推拿的问题。就在中国医生向大家普及中医推拿常识之时，一位与赵剑武年龄相近的强壮青年撑着腰，推开还在询问的人群，叫道："让开让开，我刚好腰扭伤了，走路都有些困难，中国医生，你帮我推拿推拿。"不由分说，"扑通"一声躺到白色浴巾上。

这是中医推拿"卖散"的第一位顾客。两个明溪人兴奋地对视一眼。赵剑武忙帮着扎场子，让挤过来都想看中医推拿的人往后退，给中国医生留足空间。肖守仁则迅速地在顾客腰部涂上活络油，待涂均匀后，依样深吸口气，用娴熟的手法对这位意大利青年实施揉、滚、推、拿等放松的按摩。如此持续约20分钟，活络油的药性已完全渗入扭伤的腰部，他马上示意对方侧卧，开始左右两边的侧扳手法，只听得"啪啪"两声，第一个客人的腰伤推拿结束了。肖守仁轻轻舒口气说："先生，你站起来试试。"

试试？意大利青年有些疑惑地慢慢起身，试探性地扭动一下刚刚受伤的腰肢，脸上随即漾出惊奇兴奋的笑容。略停了停，他向一起来的同伴点头大呼："OK！中国医生！中医推拿太神奇了！"说着，他张开双臂给猝不及防的中国医生来了一个熊抱。因为兴奋和意外，突然缓解身体疼痛的意大利青年哈哈大笑着扭动身体，并做着弯腰起立的动作，样子有些滑稽可爱。

这就是正宗的中医推拿。太神奇了，转眼间就把急性腰伤治好了。眼见为实，耳听为虚。中国老祖宗这句话对外国人依然有效。如果说赵剑武表演的中国功夫为中医推拿热场，随后的现身说法是普及中医推拿知识，那么，意大利青年恰到好处的腰伤治愈则彻底打消了人们的怀疑。当治好腰伤的意大利青年感激地付钱给帮手赵剑武时，他一同来的那位伙伴不再迟疑，也"扑通"一声躺到白色浴巾上，声称要感受下中医推拿的神奇，因为刚才中国医生说中医推拿不仅治病还能调理全身经脉。

7

这是一个令人兴奋而意外的美丽开始，在意大利这块被两个明溪人命名为胜利的海滩上。两个小时内，就有 12 个客人体验了中医推拿，当他们喜形于色地对中国医生竖起大拇指满意而走时，肖守仁早已汗流浃背。第一拨客人有像第一位意大利青年一样有伤的，或脖子痛，或背痛，或脚扭伤，还有出于好奇体验中医推拿的人，只是为了保养身体。此时，两个明溪人早一扫刚开张几个小时门可罗雀的沮丧，谁也没想到"卖散"中医推拿会如此顺利。坐在折叠凳上喘口气的肖守仁用感激的目光看着兴奋的赵剑武："剑武，谢谢你出的主意，如果没有你热场和亲身示范，恐怕……"

"没有恐怕，只有一定的胜利！这是我们的胜利海滩！"赵剑武打断肖守仁的话，"说实话，从出这个主意到真把摊位支起来，我心里还没什么底。现在很有底了，看看这些意大利人的高兴劲，你这中国医生可是在搭建中意两国友谊的桥梁呢。咦，当年有一个什么意大利人到过中国还写了书，肖医生，你说是不是他写的书起了作用，让这些老外一下子接受中医推拿呢？"

"马可·波罗，一个旅行家。"肖守仁说，"剑武，胜利海滩，会有我们的胜利！"

"中国文化的胜利！"赵剑武脑子里闪过李秋实初到匈牙利，对匈牙利人接受中国人时说过的一句话。

并没有太多时间休息，连续给两位客人做完推拿后，赵剑武和肖守仁分头到那些星罗棋布于海滩上的遮阳伞下招呼顾客。待肖守仁回到摊位上时，没想到白色浴巾上竟躺着一位曲线丰满的美丽意大利金发女郎，站在一边的赵剑武正与她同来的另一位同样身材玲珑的黑发意大利女孩边比画着边聊着什么。一见肖守仁，赵剑武兴奋地叫道："肖医生，快来，这位金发女孩刚才游泳时腰扭伤了，快帮她推拿推拿，我可是好不容易把她带来的。"肖守仁一看这两位意大利女孩都穿着只遮着三点的游泳衣，躺在浴巾上的金发女郎丰满的乳房从乳罩两边遮掩不住地溢出来。一时间，肖守仁脸腾地红了，轻声迟疑说，"剑武，这……我……"

赵剑武笑说："哈哈，你还是个医生呢，难道明溪的肖守仁中医诊所不给女人看病？和你说吧，我见这金发女孩正躺在一边揉腰呻吟，就知道她和第一个顾客是一样的毛病，好说歹说才把她招来了。刚才来的顾客都是男性，这可是个机会。"

躺在浴巾上的金发女孩坐起来，与同伴轻声耳语几句，指指一脸羞涩的肖守仁，疑惑地问赵剑武："他是中国医生？会按摩？"

"是推拿，中医推拿，与你们西医的按摩不一样。"赵剑武忙解释说。

金发女郎再次看看肖守仁，忽对这位长相清秀、脸色发红的中国医生产生怀疑，摇摇头，准备站起来。意大利女孩怀疑的目光伤害了肖守仁的职业自尊心，就在她准备起身时，长吸一口气，以命令的语气用意大利语说："躺好，不要动！"不由分说，他开始在不知所以地重新躺回白色浴巾的金发女郎腰部涂活络油，紧接着手法娴熟地实施推拿。这对于中国医生来说是一个考验，妙龄少女的气息撩拨着肖守仁敏锐的感官，从跟爷爷学医，后来又到医专学习，人体在医生的眼里早已不神秘，何况他是一个有妇之夫。然而，这有别于中国女性的丰满曲线一开始还是让肖守仁有些走神，自出国后就没碰过女人的身体也有一种微微的冲动和异样的感觉，在金发女郎忽闪忽闪的长睫毛下亮得灼人的目光中。这时，感觉到金发女郎的腰伤似乎比第一个顾客严重得多，必须伴以施针才能奏效。伸手触碰到胸前的银针盒，霎时，爷爷的目光从记忆深处浮现出来，深邃而严厉。肖守仁猛然警醒，深吸口气，气沉丹田，瞬间，身上有些乱的血脉缓缓归于各处。当白色的银针轻轻探入金发女郎腰部穴位时，肖守仁脸上的表情庄重而自信。

黑发女郎惊讶地轻声惊呼。

赵剑武指指挂在一边的人体经络图，向黑发女郎介绍："别担心，这是中国的针灸。你的同伴腰扭伤比较厉害，推拿加上针灸更有效。放心，等下你朋友就可以正常走路了。"

伏在浴巾上的金发女郎听到赵剑武与同伴的对话，有些好奇地想看看针灸是怎么回事，却得到中国医生一声严厉的警告："躺好，别动！"于是，她只能顺从地接受治疗。

这时候，中国医生的针灸吸引了一些游客好奇的围观，在赵剑武把从肖守仁那里临时抱佛脚贩卖来的中医知识尽量选择准确词汇，用意大利语向顾客普及时，金发女郎的针灸和推拿也已结束。如同第一位顾客一样，她先是半信半疑地站起来小心地扭了扭腰，脸上当即漾开舒心的笑容，接着就搂着同伴跳起来，叫道："天啊，中医太神奇了！我又可以下海游泳了。太好了，太好了！"

然而，中国医生却板着脸警告她针灸后不可马上游泳，最好明天再下海。于是，颇有些失望的金发女郎摊开双手做了个遗憾的手势，"中国医生，我能看看你刚才用什么东西扎我身上？你用麻药了吗？怎么我感觉不到疼痛呢？要不，就是对我施了什么魔法。"说着，她向脸不知为何又有些发红的中国人眨了眨眼睛。

"针灸。这是中国一种古老的医术。"肖守仁将银针拿给对方看过后收入银盒里，脑子里又闪过爷爷慈祥而严厉的眼神，暗道一声惭愧，庄重地说，"这是爷爷传给我的。"

"天啊，你爷爷的银针。中国人，你太可爱了。"金发女郎夸张地叫着，"中国医生，我爱你！"在肖守仁没反应过来时，扑上来搂着他，将一个红红的唇印盖在明溪人脸上。

两个美丽的意大利女郎嘻嘻笑着跑走了，两个明溪人则愣在当地，面对外国异性奔放的热情。良久，赵剑武开玩笑地警告肖守仁："肖医生，外国女孩说爱的意思可与中国女孩不一样啊。嘿嘿，说真的，她们的美丽真想让人犯罪。"

一脸坏笑的赵剑武，让肖守仁的脸又红了一回。不错，这是肖守仁第一次也是最后一次面对女性病人极不职业的走神。这是第一天，一个崭新的不错开始，在胜利海滩，肖守仁迎来到意大利后最开心的一天。让两个明溪人没有预料到的是中医推拿"卖散"会如此顺利，在这片美丽的意大利海滩，阳光、白云、海浪和大海上吹来的潮湿的风，给肖守仁的生活带来意想不到的美妙滋味。从第一天开始，傍晚收摊，生活得无比畅快的两个明溪人都会哼着那首耳熟能详的歌曲《外婆的澎湖湾》，满载而归。当然，肖医生把歌词里的澎湖湾改成了胜利海滩，一个属于两个明溪人的海滩。

赵剑武喜欢这样的生活，每天面对一望无际的大海，蓝天下的阳光铺洒在灼人眼的绵延而去的海滩，还有悠闲地让生活停止在这片美景里的懂得享受生活的意大利人。当然不只是意大利人，仅仅开张 10 天，他们支起的中医推拿摊点就接待了除意大利外的德国、法国、瑞士、奥地利、荷兰等十几个欧洲国家的顾客，几乎成了一个国际推拿所。这些来此度假放松心情的欧洲人很懂得生活,对于新奇的事情也乐于接受和尝试,或许是美景消除了人们工作中产生的疲劳,与环境对人性的滋养有关,他们在接受中医推拿感觉通体舒泰之后都会毫不犹豫地掏腰包,有时还额外付小费,慷慨而彬彬有礼。借着这个机会,肖守仁不失时机地在为顾客推拿过程中,有意识地向他们介绍博大精深的中医知识,顺带普及中华文化。也就是在与肖守仁朝夕相处的过程中,小时候没认真读书的赵剑武精神上也经受了一次洗礼,两人由此成为相交终生的挚友。

8

现在,两个明溪人每天都在胜利海滩迎接到意大利后难得的胜利。天天胜利,生意越来越好,随着肖守仁正宗中医推拿名声的传扬,到这片海滩度假的人都乐于来推拿放松身体,已有了不少回头客。有的人隔一天就来一趟,似乎已上了瘾。有时候人太多,赵剑武这个虚心学习的徒弟不得不与师傅一起赤膊上阵,先帮着做简单的涂活络油和推拿。因此,以现在的客流量,没有助手,肖守仁一个人根本忙不过来,随着游老板一个月假的临近,再找一个助手就成了迫在眉睫的事情。赵剑武的想法是打电话给游老板延长假期,干脆陪肖守仁干完 3 个月再回胜利制衣厂,若不准假就只能回头再找工作。然而,这个想法被肖守仁否决了,他知道赵剑武有自己的意大利梦,不能因为他未来的中医诊所而耽误对方。就在两人争执不下,进退两难之际,假期的第 20 天,游胜利一个电话却追到胜利海滩,他用不容商量的语气让赵剑武提前结束假期,马上回胜利制衣厂,因为有一个很重要的事等着他。游胜利对疑问重重的赵剑武也不说是什么事,只是再次强调:“赵先生,我是看中你这个人。明天就回佛罗伦萨,错过了,你可能会后悔一辈子!”

什么情况?赵剑武放下电话和肖守仁猜测半天,也没弄明白游胜利为何不直说而卖这个关子。当然,他不知道这是游胜利背着另两个股东打的电话,遵守约定而不好说太明白。肖守仁坚决主张赵剑武马上回佛罗伦萨,末了,毕竟面对每天滚滚而来的意大利里拉心有一不甘,不无遗憾地说:“现在这些外国人已接受了中医推拿,体会到其中的好处,生意是没有问题了。唉,也是,一口吃不成胖子,生意大家做。我昨天看那个河南人自己瞎搞的什么按摩都要收摊了，他哪是什么中医。他来找我分些客人介绍给他时被我探出来，出国前他就是个杀猪的，临时抱佛脚，他那推拿还不如剑武你呢。也好，也好，反正按摩也按不死人，正好我把生意分些给他。只是中医推拿这个牌子要毁在这些二把刀手上了。可惜啊！"是真正感到可惜，肖守仁看了河南人支的中医推拿摊，若不是看着都是中国人，真想冲上去把他那假冒伪劣的牌子砸了。这么想着，肖守仁尽快在意大利开出正宗中医诊所的愿望更迫切了，因为只有这样，才能让假中医们无处招摇。显然，苦干这一个夏天，照这个赚钱速度，开办中医诊所的启动资金不用愁了。

赵剑武当然明白这一切，更听出肖守仁语气中的憾意。正如对方所说，游老板把电话追到胜利海滩是冲着赵剑武这个人才，放弃这机会又心有不甘。进退两难中，赵剑武忽想陆艳在酒店工作，接触的人多，能不能让她介绍个刚到意大利的中国人来当助手呢？想到就做，赵剑武也不与肖守仁商量，晚上就打电话给陆艳。这是两位恋人分别 20 天后第一次通话，按照原先约定，这一个月不打电话，省下里拉，把话积蓄到见面时再说。现在，离假期结束还有 10 天，突然听到恋人的声音，值夜班的陆艳吃惊而兴奋，一连声询问赵剑武，生意做得怎样？身体如何？适不适应海边的气候环境？听着恋人关切的话语，赵剑武很是感动，但电话费对他来说很贵，没时间浪费在柔情蜜意中，只是简单地回答恋人的话后，三言两语地道明打电话的用意。电话那头的陆艳显然有些失望，拉长声调嗔怪说："我就说你怎么会半夜三更打电话给我。哼，该不是看到那么多美丽的意大利女孩就把我忘了吧?"

知道是上海姑娘有意使小性子，赵剑武心里还是因女人微带酸味的话心中涌上一股暖意，忙保证几句后认真地说："陆艳，我实在不想放弃游老板说的事，估计这对我来说是个机会，只是……只是我又不能不帮肖医生。这么说吧，到胜利海滩支起中医推拿的摊子，我才明白这不只是一个中医'卖散'，更是中国文化的'卖散'。陆艳，你不知道，肖医生真是一个有抱负的人，我现在相信他说要到意大利弘扬中医事业的话不是大话，而是实实在在的心声。他对中国文化懂得那么多，推拿时总是不失时机地向这些外国佬推销中医和中国文化，我……"

　　陆艳听赵剑武急了，就在电话那头忍不住轻笑说："傻瓜，好赖话都听不出来，我还信不过你！你一直说自己是大老粗，真是近朱者赤近墨者黑，这才几天啊，跟着肖医生就成文化人了。"收住笑，她当即就介绍了一个刚到意大利的上海老乡，赶巧的这个上海人下乡当知青时还做过生产队的赤脚医生。

　　真是瞌睡有人送枕头。赵剑武在电话里狠狠地吻了上海姑娘一下，在她还没反应过来时兴奋地挂了电话，跑回住处忙把消息告诉了肖守仁。肖守仁正疑惑累一天的赵剑武不休息跑哪去了，不会是被白天来推拿时一个身材让人喷血的意大利女孩临走时情意绵绵的目光勾走吧？现在听得这个消息，他一时感动地盯着咧嘴开心笑着的赵剑武，一字一句地说："剑武，若有一天我真能把祖国的中医事业在意大利弘扬开来，你功不可没！"

　　赵剑武被肖守仁认真的语气和如此高大上的话镇住了，想说什么，却一时找不到话，只是搓着双手，笑了。

　　第二天赵剑武回佛罗伦萨，而那位当过赤脚医生的上海知青代替他来到胜利海滩。有了这个得力助手，肖守仁的中医推拿继续在胜利海滩上不断取得胜利。整整3个月，炎热的夏季和热情似火的海滩将肖守仁变黑了，也让他原本无着无落的心踏实了。有时候，一大早起来面对着蔚蓝色的无边无际海水和金黄色海滩，朝着那轮从海平面缓缓升起的朝阳，肖守仁竟有恍若隔世之感，虽然那些屈辱还会在不知不觉中，偶尔如无处不在的可恶蚊子般偷袭他一下，但中医在胜利海滩赢来一个又一个胜利，还是让他对命运的安排心存一份感激。很快，3个月繁忙而充实的胜利海滩中医"卖散"，随着9月一场不期而至的秋雨降临这片美丽的海滩，度假的人群也如候鸟般迁徙各地，短短几天时间，天气骤然阴冷下来的海滩显出了人去楼空的冷寂。肖守仁是最后一批撤离海滩的，这个晚上，他像是海滩守护者，最后一次巡视自己的领地。对，属于他和赵剑武这两个明溪人的领地。后来，当肖守仁接待国内朋友时有机会就要把他们带到这片海滩，并讲述它被命名为胜利海滩的故事。慢慢地，他竟将海滩原来的意大利名忘了，只记得自从两个明溪人来到，它的名字就改了。当然，肖守仁在这片意大利海滩收获的不仅仅是胜利，还有对意大利这个国家最初的融入。

事实上，在给这些意大利人实施中医推拿，治愈他们的病痛和调理身体时，肖守仁不失时机地普及中医知识和中华文化，又有机会广泛地了解意大利人的一些生活习惯，原来感到很陌生的意大利人在他眼里渐渐立体起来。这一点尤其重要，到异国后自己成了别人眼中的外国人，而一个外国人如何与这个国家的社会环境和生活环境融为一体，首先是要学会如何与这个国家的人和睦相处。和气生财，这是中国老祖宗的古训，对于开门做生意的特殊的中医来说更重要。正是这种有意识地以谦逊的态度与每个来推拿的意大利人交流学习，无形中为肖守仁后来顺利在意大利行医奠定了良好的基础。他这种包容谦逊的态度得到了意大利人认可，为此还有了一个对他来说非常重要的意外收获。当然，当时肖守仁并没有意识到，后来才发觉冥冥之中这个貌似随意的胜利，竟决定了他在意大利的中医事业。

是 8 月中旬的一天，在为一位他已司空见惯的顾客针灸推拿治疗腰部急性扭伤时，习惯边推拿边向这位对中国文化很感兴趣，曾去过北京的 60 多岁意大利老人讲起故乡明溪，肖守仁说及"医者仁心"理念时提及了惠利夫人。老人对惠利夫人用草药给士兵治病的传说很感兴趣，询问肖守仁是不是也能用山上的草给人治病。在得到肖守仁肯定答复后，他向中国明溪人发出邀请，请他到恩波里市开中医诊所。

原来，这个老人是距佛罗伦萨只有 30 多公里的小城恩波里人。他对肖守仁说，他在恩波里认识不少对中国文化感兴趣的中老年人，大家一定能接受你们的中医。

这真是个意外的收获。肖守仁没去过恩波里，而按他的想法，要把中医事业在意大利弘扬光大，首选是佛罗伦萨这样的大城市。他没有马上应承下来，因为尽管心里有这个想法，但考虑到手上的资金问题。他是个行事稳妥的人，没十拿九稳，不会轻易承诺，何况对这个敬仰中国文化的老人。因此，在邀请老人以后有机会一定去明溪看看夫人庙后，答应认真考虑老人的建议。他留下了这位与意大利足球明星巴乔同名的善良老人的联络电话和地址。

工作是辛苦的，心情却无比快乐，胜利海滩的中医"卖散"无形中为肖守仁积累了宝贵的意大利人脉，也为他下一步开办中医诊所提供了一定的资金。

虽然这桶金还不够丰厚，但对原本为一日三餐奔波的中国医生来说，足以让他的信心和梦想开始启航了。现在，肖守仁倾听着大海不知疲倦的涛声，在属于他的这片胜利海滩走了许久，9 月秋风挟着从大海深处而来的凉意，却浇不冷他心里揣着的热乎乎的梦想……

9

这个时候，赵剑武心里也揣着热乎乎的梦想，这梦想在 7 月 6 日这天，从胜利制衣厂老板手上接过签订的车间承包合同，就劈波斩浪地伴着火热的夏天起航了。

事实上，6 月 28 日那天赵剑武迫不及待地返回佛罗伦萨的胜利制衣厂，感觉没有能力接过游老板递到手上机会的赵剑武的心，在高温天气下忽感到一阵冰凉袭来。原来，游胜利所说的事是让赵剑武承包他最为熟悉的水洗车间，前提是提供一笔对赵剑武来说无异于天文数字的资金。之所以要把车间承包出去，是工厂的资金链出现问题，几个股东商量后各自提出人选出面承包，目的是想把主动权握到自个手里。当然，最终人选决定权在占有 60％股份的游胜利手上。按董事会规定，如果游胜利提出的人选不能在规定时间内上交资金，则视为自动弃权。赵剑武哪里去找这一笔资金，尽管游老板提出代他垫付一部分，可谓仁至义尽。游老板看着有些垂头丧气的赵剑武说："赵先生，打你一进入胜利制衣厂，我就看中你这个人才，人行得正。现在机会摆在你面前，我也是竭尽全力了。三天，只有三天时间，找找你在意大利熟悉的老乡，想想办法。唉，若不是遇到资金困难，股东们哪舍得把车间承包给别人哦。"

当然知道这是个千载难逢的机会。原本他以为游胜利要给自己升职，没想到却是要推自己当老板。这机会太大了，赵剑武根本没任何思想准备，尽管从一踏进胜利制衣厂心中就无数次憧憬过，但也来得太快了些，他还没有完成基本的资本积累呢。三天，三天，嘴里这么念叨着走出胜利制衣厂大门，赵剑武心中暗暗把在意大利认识的中国人从脑子里过了一遍，赵哥的名字忽然冒出来，恍然间让赵剑武自己都吓了一跳，忙把他死死按在记忆垃圾里，因为这辈子他都不想再看到这个把他扔在地下室的所谓赵氏兄弟了！那么，赶快打电话让国内的兄弟姐妹筹钱？不说很难筹到这么一笔数目不菲的钱，时间上也来不及。那么……那么……只能让眼前这个机会落到别人头上了。就在赵剑武漫无头绪地心中暗得几乎摸不着道地走出胜利制衣厂大门时，迎面却碰上下班跑来听消息的陆艳。一袭紫色连衣裙的上海姑娘亭亭玉立的样子，与垂头丧气的明溪小伙形成鲜明的对比。当她急切地听完男友简洁的介绍，表情似乎并不吃惊，因此前她已从工厂认识的中国人那里听到一些风声。她想了想，忽就笑了，嗔怪地瞪男人一眼："哟，你还是不是那个说起未来总把胸脯拍得山响的明溪人了？还记得你……那晚上说过什么？"

看陆艳轻咬着鲜红嘴唇羞涩的表情，赵剑武努力振作精神说："记得！这辈子我都记得！我们明溪男人向来说话是一口吐沫一个钉。只是……太快了，我得……"

是啊，当然记得。一个铮铮铁骨的男人怎么会轻易忘了对心爱女人的承诺。

其实，自从那天与肖守仁第一次到酒店认识了这个上海姑娘，赵剑武那颗驿动的心就再也按捺不住，他当然没有钱到酒店里吃饭来拉近与上陆艳的距离，只能第二天眼巴巴地装着偶然巧遇的样子在酒店外等上海姑娘。一次巧遇，两次巧遇，性格一向率直的赵剑武却没有勇气向上海姑娘下"战书"。不错，从小到大行走江湖，赵剑武碰到过不少长相出众也对他有意的姑娘，奇怪的是竟然没有一个让他心动。这真是很奇怪，打小四处做工、摆摊的赵剑武却特别在意女孩的内在气质。对，这个词是认识李秋实后从他嘴里听到的，赵剑武也才明白这内在气质是从骨子里透出来的，背后得有那种叫文化的东西支撑着。李秋实这么一解释，赵剑武明白或许这辈子他都不可能找到这样的姑娘，他一个初中毕业生，四处讨生活，能碰到的，人家也能看上他的，不就是和他差不离的姑娘嘛。知道他内心这个想法，王兴发特别不以为然，还以大哥的身份不客气批评他要面对现实，文化的东西当不得吃喝，长相过得去，能把日子过到一块才是夫妻。在明溪驿里，赵剑武敬重年纪最大的王哥，对他这话却耿耿于怀，心中暗暗发誓就要找一个有内在气质的女孩。于是，这么宁缺毋滥地拖着，直到在酒店遇到这个从内到外散发着合乎他想象的气质女孩，心仪中竟不知如何表达。虽然，早在与李哥、王哥说及男女婚恋时，他曾大大咧咧地说只要看中哪个女孩，决不磨磨叽叽，直接上去，像古代两军交战一般"下战书"，要么大胜而归，要么鸣金收兵。然而，现在面对这个上海姑娘，眉目间若有若无的情愫，忽患得患失起来的赵剑武哪敢"下战书"，生怕不了解敌情贸然出手撞得头破血流，失败提前到来。

令赵剑武没想到的是，外表柔弱的上海姑娘却内心无比果敢，他那一次次用心良苦的"巧遇"式搭讪，早被并不讨厌性情率真明溪小伙的她看在眼里。在又一次"巧遇"时她不待对方搭讪，直截了当地问："我是叫你赵先生、赵剑武还是剑武？我想一想，还是叫剑武比较亲切。剑武，你是不是想追我？"

赵剑武愣住了，看着对方似笑非笑的表情和如水一般纯净的眼睛，窥探到那个其实自己很不满意的扭扭捏捏不像汉子的男人。于是，他用力拍了一下自己的脑袋，尴尬一笑，也直截了当地大声说："是，我喜欢你，我一直假装巧遇来追你……嘿，这个样子我自己都讨厌了。我……"

"小声点，你想让整个佛罗伦萨都听到啊！"看着因赵剑武大声说话投射过来的异国目光，刚才还像扔炸弹一般把明溪小伙炸晕的上海姑娘却脸红了，嗔道，"那好吧，我看你这人也不讨厌。从今天起，我同意你追我了。现在，我命令你护送我回家。"

赵剑武求之不得。就是这么一种特别的开始，赵剑武与陆艳拉开了恋爱的序幕。当然，事情并没有马上逼近结果，每次都是遗憾地送到楼下，直到那天得到姑娘的邀请才登堂入室。由此在陆艳的单身公寓里，他们的感情有了一个更高层次的开始，但这个过程对于急性子的赵剑武来说有些漫长。

上海姑娘并不讨厌浓眉大眼性情直率的明溪小伙，她接受了这种来自中国人的爱意，却机警地保持一种若即若离的距离。陆艳的这种态度让赵剑武很是苦恼，求教大他 5 岁的中国医生肖守仁。然而，肖守仁并不看好他们的感情，理由是两人差距悬殊，赵剑武初中毕业，陆艳大学毕业，还是个文艺青年，满脑子花花绿绿的想法，经常要求赵剑武把恋爱内容安排为观赏佛罗伦萨的文化古建。因此，以肖守仁的观点，上海姑娘只是一时间被赵剑武直率风趣英俊的外表迷惑，随着交往的加深，这种文化差距就会成为横亘在两人间一道很难逾越的鸿沟。肖守仁如此理智而直接的分析，让赵剑武的心凉了半截，但凉了后偏就不信这个邪："初中生怎么了，大学生又怎么了？要做一番事业靠的是脑子，又不是靠学历？刘备没诸葛亮有文化，他当了皇帝；宋江文不及吴用，武不及李逵，可他统领了一百单八将。我非得在意大利打拼出一番事业，让那什么鸿沟见鬼去！"一着急，赵剑武调动自己有限的历史知识，把刘备和宋江都抬出来了。说归说，在与上海姑娘陆艳交往中，自信与自卑交织下，有时候在落落大方的陆艳面前，赵剑武倒真有些纠结，比方说在陪她欣赏佛罗伦萨那么多展示意大利历史文化的博物馆时。心思缜密的陆艳当然看出赵剑武陪自己欣赏文化艺术时内心的自卑感，只是赵剑武不知道她这么做恰恰就是为了拉近两人的距离。事实也是如此，正是因为这种纠结，促动赵剑武开始恶补有关的知识，到后来李秋实来意大利，他已经能充当导游，如数家珍地介绍佛罗伦萨悠久的艺术文化了。现在与陆艳恋爱，赵剑武更加了解陆艳的情趣之后，有一段日子居然患得患失起来，怀疑自己的选择或许太过鲁莽。让他没想到的是，交往10个月后，这天晚上，例行将陆艳送到那幢单身公寓楼下告别时，上海姑娘却意味深长地瞟了他一眼："你想不想上去喝杯茶？"

这是一杯时间恰到好处的茶，这杯茶结束了赵剑武内心的纠结。第一次登堂入室，赵剑武兴奋得有些不知所以，对这杯来之不易的茶相当期待。当他坐在沙发上感受着闺房那种特别的让他不安而骚动的气味，老老实实地等待时，陆艳又怨又恨地盯着他说："你真的只想喝茶？"赵剑武一时间茅塞顿开，所有患得患失在这一刻都抛到九霄云外，在陆艳的怂恿下，果敢地在这间溢满浓情蜜意的单身公寓里制造了一地狼藉。这是两个中国青年男女在异国他乡偶遇相恋后激情四溢的一个夜晚，当又一次爆发的激情退去，陆艳用纤纤秀指掐了赵剑武厚实的肩膀一下，娇嗔道："你要把我吃了呀？你的样子不要太狠……"赵剑武抓住了女人嫩藕般的手腕，用一个吻将她后面的话吃掉了。他颇有些内疚地凝视着对方的眼睛说："陆艳，太委屈你。我现在还是个穷光蛋，什么都不能给你。你相信我赵剑武一定会让你过上好日子，不是住我现在的地下室也不是这小小的公寓，而是别墅，大别墅！你相信我吗？"

"我相信。"陆艳用手指抹去赵剑武额上的汗，娇声道，"我的傻小子，我是图你这个吗？若要找白马王子，我陆艳从上海到佛罗伦萨从来不缺。我呀，是图你……"忽地一笑，欲言又止。

"图我什么？"

"不告诉你，到时候你就明白了。现在你吃了定心丸，不怕我跟意大利帅小伙跑了吧？"陆艳凝望着明溪小伙的眼睛，认真地说，"剑武，你别看我从小在大上海的弄堂长大，接受的又是西式教育，可我是个传统的女孩。你……可别负我……"

赵剑武伸出有力的双臂，一把将女人揽入怀中……

现在，陆艳提及那个让双方心心相印又许下了承诺的激情之夜，赵剑武面对突然降临的机会，不甘与遗憾写满脸上。陆艳上前轻轻挽住男人结实的臂膀，心疼地看着黑了瘦了的男人说："赚那些意大利人的钱一定很辛苦，现在你先回去好好休息下，我要上班呢。晚上你到酒店来，我要带你见一个人。"她扔下愣在当地的赵剑武径直上班去了。

一对年轻恋人久别重逢没有温存，陆艳倒扔下一个谜转身而去，赵剑武心田又起波澜。直到晚上如约来到酒店，见到似已沉到记忆深处的北京女人，一段尘封的故事方解开了这个谜。

这是到意大利后再次与北京女人相见。现在，那个被赵剑武背着穿越边境线的北京女人就含泪微笑地坐在陆艳身边。她向赵剑武伸出手，百感交集地说："赵先生，好久不见。"

不是好久不见，而是没想到此生还会再见。当赵剑武被陆艳轻扯衣袖愣愣地坐在北京女人对面，即使在听到陆艳轻声细语地解开谜团，清晰地听到北京女人居然是陆艳的姑姑时，依然没能把这两个原本风马牛不相及的人和故事联系起来。确实，这种只有在电影里出现在巧合，让赵剑武的想象力不够用了。

10

这是一个颇为复杂而绵长的故事。去除其中的枝枝节节，顺着故事的脉络简单梳理后可知，这位与赵剑武同行、差点死在边境线上的北京女人是陆艳最小的姑姑，名叫陆伊莉。陆伊莉上面共有 3 个哥哥和 1 个姐姐，因陆家父母过世得早，陆伊莉可说是大哥大嫂一手拉扯大，与大哥的女儿陆艳感情最深，长得年轻秀丽的姑姑与侄女在一起，外人猛一看还以为是一对姐妹。当年，陆伊莉从上海一家专科学校毕业后不甘在哥姐庇护下生活，性格中富有冒险精神的她独闯北京成了一名北漂，风风火火的也算是打出一片自己的天地，并与一位北京青年成了家。原本以为生活就此顺风顺水过下去，夫唱妇随，只差上天送给他们一个孩子了。然而，一场意外的车祸不仅夺去丈夫和公婆的生命，也毁了她这个家。处理完丈夫和公婆的后事，有两年时间，她的生活过得一塌糊涂，她不想回上海接受亲人怜悯的目光，也不想留在北京睹物思人，一时间又找不到生活的方向。不知有多少次，守着空荡荡的房子，万念俱灰、几乎丧失了生的勇气，是偶然的一个机缘让她离开北京这伤心之地，闯荡亚平宁。此时，侄女陆艳已到了意大利。为节省开支，陆伊莉经一个在俄罗斯和匈牙利做生意的北京倒爷牵线，选择转道匈牙利的途径，凑巧与同往意大利的赵剑武同行。后来因脚脖受伤无法行走，如果不是赵剑武背着她走完最后一段行程，她到不了意大利。临分手各奔前程时，感激万分的她千言万语汇成一句话："赵先生，你还没告诉我是哪里人？叫什么名字呢？"当时，赵剑武淡然地回了四个字：福建明溪。

就这样，陆伊莉在九死一生中得到素不相识的赵剑武帮助来到意大利，经陆艳的一位朋友介绍总算找到一份收入还不错的工作，又机缘巧合嫁给一位丧妻的意大利男人。生活安定下来，陆伊莉时常夜里还会做噩梦，梦中一直被一个素不相识的男人背着没命地狂奔。惊魂未定中，她脑子里就会浮现出明溪小伙强壮刚毅的身影，萌生找到救命恩人的想法。于是，她向每一个认识的中国人打听姓赵的明溪人，很后悔当时没问清小伙的名字。明溪人赵先生成了她心中一个念想和牵挂，没有料想到，踏破铁鞋无觅处，得来全不费工夫。这天，她从罗马到佛罗伦萨看望侄女住在酒店，听说侄女相中了一个中国男孩，就悄悄地给她把把眼，这一看真是吓了一跳。待赵剑武走后，她把侄女叫到房间，认真地说："这个小伙子姓赵，福建明溪县人，是不是？"

"姑姑，你也太厉害了？我的新姑丈是黑手党的人？"

"你告诉我他叫什么名字？"陆伊莉竭力按捺住内心的激动，听侄女疑惑不解地说出明溪小伙名字后，她眼里已溢满激动的泪水，"他就是我的救命恩人啊！陆艳，没有赵先生，你姑姑早死在边境线上。好眼光，我的好侄女，这样的男人打着灯笼也难找啊！"

陆伊莉没有出面与救命恩人相认，她还有更长远的打算。既然找到恩人，反而不急了，等到他与侄女水到渠成那天，她再以姑姑的身份感谢恩人。如此，让这对恋人的感情没有掺杂别的成分，年轻时性格我行我素的陆伊莉，并不想让侄女替自己报恩。然而，正是有了姑姑的支持，才有了陆艳主动向制造"巧遇"而不敢"下战书"的赵剑武抛绣球。如果说这是前世的缘，那么，没有赵剑武的善良、义气打底，也未必成就一段异国恋。其实后来是陆艳要给自己和赵剑武更多的时间，等双方各自事业都打下一定基础，各方面条件成熟些再走进婚姻的殿堂。然而，在得知赵剑武面临的机会和困境时，只是稍一迟疑，陆艳就决定向姑姑寻求帮助了，因为目前只有姑姑有能力帮。

听着北京女人轻描淡写地讲述着自己坎坷的经历，赵剑武才明白这么一个年纪的女人为何选择出国。不知不觉中，他握住含泪而笑的陆艳递过来的手。北京女人掏出手帕，轻轻擦去眼里的泪花，不好意思地笑笑："让你们两个小青年见笑了。"在陆艳伸手轻轻拍打自己后背时，她凝视着显然还没从如此奇遇中回过神来的赵剑武说："赵先生，我还是先这么叫你赵先生，这让我会一直记住来意大利的路上曾得到过善良的人无私地帮助，我要当着侄女的面感谢您的救命之恩。没有你，我到不了意大利，也就不可能有今天的生活。可以说，我今天的好日子都是赵先生的善良成就的。请您接受我的道谢。"说着，陆伊莉起身向隔桌而坐的赵剑武深深鞠了一躬。

事发突然，赵剑武忙起身摆手，有些手足无措，不知说什么好，险些把面前的咖啡打翻。

陆艳看男友窘态，忙拉着激动的姑姑坐下，长舒口气说："这样好，历史性的见面结束，该言归正传了。姑姑，把你的底牌亮出来吧，看看你怎么涌泉报赵先生的滴水之恩吧。"

陆伊利轻轻拍了一下陆艳的手背，说："从小与姑姑就这么没大没小的，女生外向，真是不假哦。"在侄女调皮地向一脸茫然的赵剑武眨眼间，她从包里掏出一张支票，"赵先生……哦，现在我叫你剑武吧。听陆艳说了你的事情，这对你来说是一个不容错过的机会。也是凑巧，虽然我现在嫁的这个意大利人是个银行职员，对我也很好，可一时也拿不出一大笔钱，这是我卖北京房子的钱，放我手上也是闲着。正好，你拿去应个急。"

赵剑武扫一眼支票上的数额，愣了下，忙摆手拒绝说："陆大姐，这可是你的家底！这钱太重了！我……"

"还叫我大姐？"陆伊莉不容推托地说，"以后你和陆艳一样叫我姑姑吧。记住，这钱是借给你，不是送也不是投资。剑武，你是没有信心以后还我钱吗？"

陆艳见赵剑武还在迟疑，有些发急了，用手肘捅捅他说："听到了吗？以后叫姑姑。剑武，这是姑姑借给你的，不是报恩，是借给她侄女男朋友的。不是送给你的，你不要太想好事哦。"

陆伊莉对赵剑武点点头，轻轻一叹说："唉，我这条命与这些钱比起来微不足道，这是缘分。剑武，原来我不信命，所以才不听哥姐的劝阻，从大上海漂到了北京。现在我是越来越相信了，一切都是缘，上天让你帮助我度过人生中最黑暗的时刻，上天让你认识我侄女，又让侄女把你带到我面前，这是上天让我有机会报答你的救命之恩。就那天，我在这酒店，第一次看到你，我就一直等待着，高兴我有机会回报此生的恩人了。我这么说，剑武，你不会怪姑姑是个迷信的人吧？"

缘分？命？赵剑武不信命，但相信缘分。他明白眼前这个曾经背着穿越边境线的北京女人是他此生的姑姑，同时也明白他可以伸手抓住游胜利递过来的机会，从胜利制衣厂里开始属于他赵剑武的胜利了。一时间，赵剑武右手有些颤抖接过陆伊莉从桌上拿起来微笑着递到眼前的支票，浓缩在支票上的钱重量很轻，但其中的情义很重，左手则握住了上海姑娘递过来手。赵剑武望着陆伊莉，一字一句地说："姑姑，请相信你不会看错人！"

"我们是患难之交，姑姑不会看错人。"陆伊莉说。

就这样，赵剑武承包了胜利制衣厂一个车间，在意大利开始起步。三年后，他利用从承包车间赚到的第一桶金，后创办了自己的小型服装加工厂，直至开创了一个赵剑武的商业王国：牛仔裤加工厂、饭店、牛仔裤水洗厂、牛仔裤设计加工公司，直至自主品牌，用自己名字和陆艳名字起名的剑艳服装公司。

11

在赵剑武承包车间仅两个多月，这个车间就成为胜利制衣厂最红火的车间。生意蒸蒸日上之时，9 月 6 日早上，结束三个月海滩中医推拿"卖散"的肖守仁满载而归，回到佛罗伦萨。肖守仁现在当然不用担心失业了，赵剑武的水洗车间永远给他留着位置。肖医生对赵剑武在短时间内就把车间整出这么一番新气象咋舌不已，连声赞叹他是天生的生意人。这个晚上，赵剑武在陆艳工作的酒店为返回佛罗伦萨的肖守仁接风洗尘，点了庆祝他们相识后第一次在这里吃饭时的意大利牛排、空心粉和比萨，当然少不了红酒，正上班的陆艳只是过来略做道贺就忙去了。两人说了分别后彼此的经历，肖守仁深感一切冥冥之中自有天定："剑武，若非你当时不顾生死帮助了素不相识的北京女人，也不会有这姑侄俩的雪中送炭了。唉，可见好人必有好报。"说着似想起自己的经历，他的脸色略暗了暗，提及那个与意大利足球明星同名的巴乔老人邀他去恩波里开中医诊所的事。

"去，怎么不去？我的天啊！肖医生，你还回我的车间刷什么牛仔裤。开中医诊所，把祖国的中医事业在意大利发扬光大，这才是天大的事！与你弘扬中华文化比起来，我这生意可就不敢相提并论了。"赵剑武大声嚷着，催促肖守仁明天就去恩波里。

肖守仁却苦笑说："剑武，我都向巴乔打听过了，即使他把房子很便宜租给我开诊所，盘算下来也需要一笔不菲的资金。这 3 个月我是有了点家底，一下子全扔进去，万一……我可一夜回到旧社会了。"实际上，自从听到巴乔热心的建议，肖守仁的心早就萌动了，只是开诊所除了资金，更重要的还有客源。虽说爷爷的理念是医者仁心，希望没有一个病人找他看病，但开诊所就是开门做生意，就得生意兴隆，而从目前他在胜利海滩 3 个月接触的意大利人得到的信息看，搞中医推拿是一回事，真正开中医诊所又是另一回事。毕竟要把黑乎乎的汤药灌进吃惯西药的意大利人的肚子里还得有个过程，中医诊所能否挺过这个过程，他心里还真没有底。

一起在胜利海滩"卖散"过中医推拿，赵剑武对于中医在西医横行的意大利打开局面，当然也清楚并非一朝一夕之事，但他是从小闯荡江湖的人，不像肖守仁多少有文化人瞻前顾后的毛病。见肖守仁皱着眉头的样子，他将一大口比萨吞进肚子里，不以为然地说："没有万一！万一又怎么了？还有我这车间等着你呢，饿不死你。再怎么说也比你刚到意大利时举目无亲好得多吧。去，明天就去恩波里找那个老头。我说肖医生啊，你还说我是好人有好报，我看你更是好人有好报，你尽心治好了人家的腰伤，人家马上就回报你了。这是千载难逢的好机会啊，别等人家变卦了，黄花菜可就凉了！"

肖守仁还是举棋不定，举杯与赵剑武碰了下，岔开话题："这意大利红酒喝着总不如我们明溪家酿米酒。唉，那味道，我奶奶和母亲可都是酿酒高手呢。"

赵剑武摇头说："肖医生，你再好好想想，真的不要错过这机会。"

肖守仁当然要好好想想，虽然他是个行事稳妥的人，但一旦事情触及他热爱的中医，他也会在权衡利弊后不管不顾地去做，比方说关了已有声名的明溪中医诊所，选择来到亚平宁半岛，思想里就是把中医弘扬到意大利。这也是他性格中的一面，认准的事情就一根筋做到底，不回头。当然是这个洗尘宴上小他5岁的赵剑武一番恨铁不成钢的话，最终触动了肖守仁的一根筋：对，本来只是穿上了一双拖鞋，输了，就还像刚到意大利时一样光着脚，不也一步步走到今天？大不了再光脚就是了。经过一番冥思苦想，在赵剑武承包的车间无心无绪地刷洗一个星期牛仔裤后，傍晚收工，他就把工作服扔到车间休息室里，对赵剑武说："我辞工，老子要去开诊所，再也不闻这劳什子气味了！"

这些天赵剑武没再找肖守仁提开诊所的事，见面也是说些不咸不淡的话，其实他心里挺为兄弟着急，怕那个巴乔把"球"传给别人，肖守仁错过这么好的"射门"机会。他几次都想推肖守仁一把，是陆艳告诫他说，像肖守仁这种性格的人其实骨子里有一股倔劲，决断时会瞻前顾后，可也认死理，因此，事情还得他自己决定后才能不回头，最好的办法就是让它冷却下来。女友这一番精到的分析，让赵剑武对女友刮目相看，陆艳就说她在大学科目里主修的就是心理学。果然，陆艳分析得不错，见肖守仁有些发狠地把工作服扔在凳子上，赵剑武当即开怀大笑："哈哈哈，肖医生，守仁大哥，这就对了！去，去，明天就去，我准你几天假都行，反正我这车间你随时要来随时要走都行，我们可都是明溪人。从胜利走向胜利，我看干脆你的中医诊所就叫胜利中医诊所好了，那可是从胜利海滩起步的哦。"

肖守仁就这样来到距佛罗伦萨只有 30 公里之遥的恩波里市，万分感谢地接受了善良的热爱中国文化的意大利老人巴乔的帮助，以极低的价格租下他家的一间房子，开出这座城市第一家中医诊所，挂上用中意两国文字书写的"肖守仁中医诊所"招牌。他当然没有用"胜利"这个名字，只是像他们命名的胜利海滩一样，把"胜利"这两个字暗暗珍藏在心里，在秋意渐浓的亚平宁半岛上。挂牌营业这天，赵剑武带着陆艳到恩波里为明溪老乡捧场，他送给肖守仁的礼物是一个大红包，红包里装着的是他在胜利海滩充当助手时分得的工资和外加的奖金。

肖守仁中医诊所陈设很简单，最显目的是那张在胜利海滩已使用了 3 个月、不少地方破损的人体经络图，图下方有两个明溪人给这片意大利著名的海滩上命名时，赵剑武突发奇想写下的一行小小的汉字：从胜利海滩走向胜利。后来，肖守仁的中医诊所在恩波里市声名鹊起，继而走向亚平宁半岛，来诊所就诊的病人总会奇怪地问这行小字什么意思。经肖守仁解释，胜利海滩和中医推拿"卖散"的故事就口口相传开了。现在，看着这行书写并不工整的汉字，赵剑武和肖守仁心照不宣地相视而笑。

12

然而，从胜利海滩走向胜利最初看来只是个美好的愿望，过程却相当艰难。作为在恩波里开中医诊所，第一个吃螃蟹的中国人，肖守仁起初定位主要为华人提供医疗服务，希望通过中国同胞的以身示范，逐渐影响看惯西医的恩波里人接受中医。果然，前来中医诊所就诊的中国同胞在口口相传中逐渐多起来，但只有少数意大利人前来寻求中医的帮助。尽管热心的巴乔利用他的人脉为中国医生招揽生意，陆续有一些中老年意大利人走进肖守仁中医诊所，但在西医奉行的欧洲，中医的影响力微不足道，人们对用草熬药还是心存疑虑。就在肖守仁中医诊所难以为继之时，乔安娜女教授给了中国医生一个露脸的机会。

事情的起因是这位 45 岁的女教授长期患眩晕症，经西医诊断为美尼尔氏综合征，数年治疗仍间断性反复发作，这一段时间发作频率更加频繁，症状明显加重，熬夜或休息不好就会引发。这个晚上，女教授忙着批改学生的博士论文到深夜，起身倒水喝时忽觉头晕目眩，天旋地转。情急之下，她挣扎着打电话向老朋友巴乔求助。此时已是子夜 1 点半钟，巴乔接了电话，却开玩笑说："乔安娜教授，你这是老毛病了，怎么不打电话给恩波里市立医院，反而打电话给我呢？"

"巴乔大哥，你别取笑我了，我是实在没有办法了。我只想问问你，租你家房子的中国医生还有没有开诊所？"

"乔安娜，我和你早说过了，你不相信中医，你关心人家诊所干什么。"

此前巴乔曾多次介绍乔安娜找中国医生看看，可她总是不屑地拒绝了。

"老巴乔，你是要像巴乔一样盘带着球戏弄对手吗？"乔安娜颓然坐靠在沙发上，有气无力地说，"我……求求你，我头晕得厉害，天要塌了啊……你现在就来接我去你那什么中医诊所。我信了……我信了……我想让中国医生用那什么银针扎扎我这该死的脑袋。你听到了？巴乔大哥。"

巴乔不敢再和乔安娜开玩笑了，当即叫醒已入睡的肖守仁，亲自开车一起把乔安娜接到肖守仁中医诊所。到了诊所，女教授情绪稍微稳定了些，但自见到中国人就一直拿不信任目光无奈地盯着的乔安娜，环视诊所里简单的设备，又有些烦躁起来。她捂着脑袋，用意大利语有气无力、疑惑不解地问巴乔："巴乔大哥，这就是你一直向我推荐的中医？没有 X 光机，不能透视，他怎么看出我脑袋里有什么病？"

站在一边陪着的巴乔拍拍乔安娜另一只烦躁地挥舞的手，安慰她说："相信我，乔安娜，这就是中医的神奇之处。这一段时间恩波里有不少中国人和意大利人都来中医诊所看过病，大家都认识到肖医生医术精湛。对了，肖医生的医术可是祖传，名医！一个治好不知多少病人的中国名医。OK，现在，你好好的把手放下来，肖医生要给你摸脉了。"

经巴乔一番安慰，乔安娜安静下来，问："摸脉？是中国透视吗？"

"不是中国透视。我们中医讲究望、闻、问、切，摸脉就是'切'。"肖守仁向巴乔感激一笑后，俯身对躺在医疗床上神情有些紧张的女教授说，"刚才一路上我已问清了你的病，你现在还头晕得厉害，少说话。"

中国医生胸有成竹的表情，让女教授的神情放松下来。

"那好，乔安娜教授，让我来形容一下你刚才发病时的感受。你伏案批改博士论文，突然间旧病发作，这种感觉就像是……"肖守仁为了把病情的描述更形象，谨慎地选择着措辞，因为他敏锐地意识到能否治愈好乔安娜教授的旧疾，或许对他的中医诊所在恩波里发展将起到重要的作用。现在面对对西医产生怀疑来寻求中医的乔安娜，其实得用中国一句话"病急乱投医"来形容，并非她真的相信了中医。因此，取得病人的信任对于后续的治疗至关重要，除了身体的机能，肖守仁向来坚信心理因素将在整个中医诊疗中起潜移默化的效果。这么想着，肖守仁并不急着给对方摸脉，而是用轻缓的语气说："我来形容一下，不知对不对。你头晕的感觉一定就像是整座房屋旋转要倒塌般，头重得好像千钧之力压着，抬不起来。同时，还伴随着似乎有一双无形大手压着你的胸口，闷得让你透不过气来。嗯，请伸出舌头。"肖守仁看了乔安娜教授的舌头后，又说："果然是这样。口苦，舌淡苔厚，舌边稍红，身冒冷汗。"

肖守仁这一席话切中了乔安娜教授的心理，她的脸上的表情越来越放松了。见已打开对方的心结，肖守仁这才给对方把脉。

乔安娜疑惑地问对这一切已司空见惯的巴乔："他这……是要中国透视？"

巴乔笑着摇头，想了想，又点头说："对，乔安娜，这是神奇的中国透视，不用 X 光机。"

听着两个意大利人对话，肖守仁被巴乔幽默的话逗笑了，凝神感受半晌后轻舒口气，沉稳地对期待地看着他的女教授说出一段专业术语。当然，肖守仁这一通专业术语，两个意大利人都听不明白，而他也不需要他们听明白，只是想用这种方式间接地表达中医的深奥和灵妙之处。接着，他板着的脸绽开一丛微笑，说："乔安娜教授，不必担心，我先给你针灸，再结合药物，治一个疗程后再适时调整。相信不用太久，你的病症就会缓解直至彻底消除。"

"这是真的？"乔安娜瞪大眼睛。或是因为惊奇，脑袋的晕眩感也缓和了。

其实，通过一路上了解病情和诊脉，肖守仁内心已有了成熟的治疗方案：病症虚实交杂，痰火相搏，正是当初爷爷教给肖守仁的几个偏方中的一个。针对乔安娜教授的顽症施针一周后病情就有了好转，两周后症状减半，三周后全部症状消除，病人只感觉乏力。于是，肖守仁再对她施针一周进行巩固而痊愈。这一天，病已完全好的乔安娜非得让老巴乔请肖守仁到她寓所用餐以示感谢，她亲自下厨做了几道地道的意大利菜，席间忍不住提出要求："肖医生，我知道我的要求很不礼貌，但是……但是我真的想看看你的手指与我们意大利人有什么不同？中国透视实在太神奇了！"

肖守仁习惯性地脸红了，此时的他不像是一个面对病人冷静得如同一块石头的医生，而像是一个羞涩的小男孩。他无法拒绝乔安娜教授的好奇心，在女教授翻来覆去地细看他与意大利人没什么不同的手指时，不失时机地说："乔教授，中国文化博大精深，中医只是其中小小的一部分，通过脉相来判断人体五脏六腑的病症，是中国医生几千年传承下来的。"

乔安娜像个小女孩般发出惊叹，对巴乔说："巴乔先生，你把肖医生带到恩波里，是为我们意大利人做了一件大好事。你说得不错，我要让我认识的人都知道肖医生的中医！"

这是一个重要的开始。乔安娜此后成了肖守仁中医诊所的义务宣传员，她的现身说法让肖守仁终于在恩波里初步取得了意大利人信任，而她介绍的高中女生则让肖守仁在恩波里医界站稳了脚跟。这个名叫美亚的高二女学生腹泻半年，久治不愈，服用了不少抗菌药也无效。当乔安娜从她母亲那知道这个情况后，现身说法让她母亲带美亚来肖守仁中医诊所。这天，一脸愁苦的母亲领着一脸愁苦的女儿走进了中医诊所。羞怯的女生在一边好奇地观看挂在墙上的人体经络图，母亲则心疼地压低声对肖守仁说："肖医生，救救我的女儿。有半年多了，美亚每逢考试或精神紧张就会腹痛，须立刻上厕所。这种症状有时一天多达六七次，已是影响她学习了，上课也无心听讲，脾气越来越坏，成天懒洋洋的。我都愁死了，这样下去可怎么得了。"说着，她含泪回头看似乎被人体经络图吸引住的女儿。

肖守仁心里琢磨着美亚母亲的话，小声安慰她："别着急，先把脉。"他让美亚坐下来，依例望闻问切。不一会儿，已是心中有数，根据诊脉情况，肖守仁制订了有针对性的方案。果然，10 天后美亚的病状全消。最后一天，他嘱咐这对脸上愁苦全消感激不尽的母女，接下来只要注意饮食，保健脾胃，应当不会再患病。这时，从来到肖守仁中医诊所就对人体经络图感兴趣的美亚，好奇地听肖医生简要解释人体经络的中医理论后，又问那下面一行中国字写的是什么。肖守仁笑道："那是我一个朋友写的，是'从胜利海滩走向胜利'。"

"胜利海滩？是中国的海滩？"美亚问。

肖守仁愣了下，说："一个被两个中国明溪人命名的意大利海滩。"肖守仁这么说时语气无比自豪。然而，相比于强大的西医，中医来到欧洲，就像是水土不服的穿着古代盔甲的中国武士，在欧洲人眼里总有那么一种神秘感和不合时宜，总算是打开局面的肖守仁中医诊所在恩波里医学界实在微不足道，尽管陆陆续续有意大利人走进神秘的肖守仁中医诊所，中国医生不断地制造着中国奇迹，但文化的差异还是一时间很难让中医深入人心，与肖守仁的期望值相差甚远。一方面，为了招揽病人，采取薄利的办法；另一方面，要维持诊所正常运转所需的开销不减，诊所的收入只能勉强维持在很低的水平。还有一个重要的原因，一直没有解决的永久居住问题，很大程度上影响了肖守仁在人们眼中的信誉度。没有办法，又一年的意大利人传统度假时间到来，肖守仁只能狠狠心把恩波里的肖守仁中医诊所关门，带着助手回到胜利海滩，重操中医推拿"卖散"旧业。毕竟胜利海滩的中医推拿见效快且生意兴隆，能赚取更多的利润，以此来维持中医诊所的正常运转。

让肖守仁没有想到的是，6 月至 8 月到胜利海滩，9 月收拾家什随度假结束的人离开胜利海滩，肖守仁中医诊所这种季节性关门，竟然持续了整整 4年。后来，随着前来就诊的病人渐增，生活趋于稳定，他才结束了候鸟式的海滩中医推拿"卖散"，安安心心地坐堂肖守仁中医诊所。

恩波里离佛罗伦萨 30 公里车程，一抬腿也就到了。然而，肖守仁的中医诊所正艰难起步，赵剑武要打理承包的车间还筹划着办工厂，大家都忙得不可开交，两个明溪老乡竟难得见上一面，倒是经常打电话。这天，借着到恩波里送货的机会，赵剑武来到肖守仁中医诊所。两个明溪老乡有一个月没见面了，彼此说着各自的生意，感叹中国人在外国讨生活不易。赵剑武不知怎的就提及李秋实和王兴发，望着墙上人体经络图下方那行自己写的小字，长长一叹："唉，前些天我给布达佩斯经营明溪饭店的冯丽琪打电话，才从她那里知道两位兄长的消息，说是王哥和我一起到意大利，没停留就和朋友一起走了，现在人在巴西，李哥则又到了南非。唉，不知道他们的生意做得怎么样了？守仁大哥，你不知道，我们三人是逃离布达佩斯的，我真怀念与两位兄长相处的日子，他们都是有大格局的人，做人大气。唉，现在我在意大利一个人打拼，更觉得兄弟重要啊。"

"剑武，有机会真想认识王哥、李哥以及匈牙利的那些朋友。"肖守仁说，"虽然我没在匈牙利待过，可我听你说的那些事，就觉得你们真是了不起。明溪驿，这就是大格局。剑武，我特别欣赏李哥用格局大小来评判一个人做人做事，我也希望我这小小的诊所能让恩波里，不，让意大利人都知道中医文化的博大精深呢！"

"从胜利海滩走向胜利！"赵剑武目光炯炯有神，似自言自语地念着。他转身看着肖守仁，说："等你以后成意大利名医了，这张经络图我可要收藏喽。"

肖守仁笑道："那可不行，这是肖守仁中医诊所的镇所之宝，何况上面还有未来企业家的题词呢。哈哈。"

13

赵剑武承包了胜利制衣厂刷洗车间，迈开在意大利创业第一步，肖守仁在恩波里开出中医诊所向梦想迈出坚实步伐之时，曾经在匈牙利打造了明溪驿，后来被明溪人称为"三剑客"之一的李秋实，也从中国的福州来到南非的约翰内斯堡。

在明溪家中像一只蚕般蛰伏三个月没出门的李秋实终于走出家门，带着香港朋友寄来的信和500元路费来到福州，帮对方办劳务。当然，决意从福州第二次出发的李秋实不知道香港朋友其实从事的是一项行走在"灰色地带"的生意。工作不繁重也不复杂，按各自分工把事情做好，这对于闯荡过匈牙利的李秋实来说并不难。李秋实很快适应了劳务公司的工作，一个人在福州，空闲时就有更多时间思考自己的未来了。人虽然离开了匈牙利，但他的两只耳朵一直在通过各种渠道接收着来自布达佩斯的消息，知道陈铭科和冯丽琪的明溪饭店开张，吴秀仙的玉仙国际贸易有限公司成立，赵剑武和王兴发到了新的国度闯荡。这个晚上，一个人百般无聊中正在公司加班的李秋实突然接到陈铭科从明溪饭店打来的电话。陈铭科在电话里兴奋地告诉他饭店的生意不错，又不无伤感地说："李哥，你不知道明溪驿关闭大家都很难过，现在明溪饭店成了布达佩斯明溪老乡的一个聚会地点，大家来这里不只是来吃明溪菜，更重要的是能叙叙乡情。当时余老师说的文化情结，真是太对了。李哥，你不要灰心，事情会慢慢好起来的，你是有大格局的人。嘿嘿，丽琪就时常批评我格局太小，只会经营巴比隆。"

陈铭科的话让李秋实感到很是惭愧，他现在一个打工仔赚着这有数的钱，还谈得上什么大格局。于是，李秋实为明溪老乡在匈牙利取得的成绩欣慰的同时，有意把话题岔开，问起了郑立新。一提起郑立新，陈铭科的语调就低下来，叹口气说："唉，郑立新现在生意也算是做得不错，可就是管不住自己，赚的几个钱都扔到卡西洛了。有时间你得好好写封信说说他，也许你的话他还能听得进去。我们也劝过，他口头上答应，可一转身又去卡西洛了。真是没办法，我们对不起李哥的托付啊！"

在陈铭科的叹息声中，放下电话的李秋实还真为郑立新感到痛惜，忙展开纸给他写封信，可提笔写下"立新兄弟"四个字后脑子里却一片茫然，竟不知从何提起。是啊，他现在的处境还不如郑立新呢，有什么资格教训别人呢。这么想着，积存心中这么多天的闷气再也按捺不下，随手把纸揉成一团扔进废纸篓里，转身出门。公司所在地离西湖不远，走几步也就到了西湖边。平日里，李秋实茶余饭后没少到西湖散步，可这晚走在夜深人静已稀有游人的西湖边，6月本就闷热的天气让一腔闷气的他更觉憋闷，尽管从湖面上掠过来的风多少带着些凉意，李秋实心里却揣着一团无处发泄的心火。实际上，从到福州的第一天起，办着一个个出走南非的劳务，看这些人欢天喜地地揣着满腔憧憬出国，李秋实的心就一刻也没停止过驿动，总有一个声音在催促他：出去，出去，出去！出去，再次出国！然而，匈牙利的折戟而逃又让此时负债累累的李秋实心有余悸，因为不仅是他，关爱他的父母妻子亲人都无法承受他再一次失败了。谨慎，再谨慎！这是与"出走"同样强烈的另一种声音。然而，现在走在西湖边依然不减的炎热里，陈铭科的电话似一把利剑在斩着他内心的纠结。漫无头绪地围着西湖走了整整一圈，倒映在西湖水的天空已露出鱼肚白之时，李秋实终于下定了决心。一大早，他推开了老板的办公室："我要去南非。"

前天刚从香港回来的侯老板似乎并不奇怪李秋实激动的表情，说："我知道你迟早要再出去。也好，去南非看看。秋实，我认识一个在南非做腰果生意的台湾人，你就去他那里帮着打理打理。不要着急，生意要慢慢地做，一口吃不成胖子。一切都会好起来的，秋实。"

其实在这里帮香港老板打理生意收入挺不错，老板不视他为打工仔，而是将他当作合伙人，给的报酬相当丰厚。现在听老板这么通情达理的话，李秋实反而有些犹豫不决，心中揣了许久的疑团更浓了。侯老板揣摩到李秋实的心思，给他倒上一杯茶，说："秋实，我知道你一直很疑惑，我们以前的交往并不深，为什么接到你的信给你寄钱，还让你到福州帮我打理生意？你以前提过，我用'缘分'两个字回答你。现在你要去南非了，我相信我们的缘分还有机会再续，那么，我就给你解开这个疑团。什么也不为，就为了那年你在月峰寺罗汉公面前说的那两个字：格局。"

香港侯老板的话，掀开了李秋实与他有过的一段短暂的共同记忆。

其实，李秋实与侯老板只有短短一天的相处之缘，当时的侯老板还不是香港人，而是福州市医药公司一个不起眼的业务员，名叫侯建成。这天他到明溪医药公司公干，因为他不是什么大级别的领导，公司领导在他业务办完后想利用一天时间看看明溪的风景时，就顺手把他丢给对明溪历史文化颇为熟悉的业余诗人李秋实，让他带着侯业务员随便转转。李秋实接受这个领导不爱陪的任务后，就骑着他那辆二手的红色嘉陵车带着侯业务员先到了滴水岩和显应庙。一路交谈中，李秋实才发现侯业务员也是个业余文学爱好者，还有游记散文在省报副刊发表过。上过省报副刊，这可不得了！明溪一班子文人中上也就地质队的诗人凌笙登过那么几首小诗。于是，侯业务员在业余诗人李秋实眼里变成了侯老师。侯老师擅长写游记散文，利用跑业务的机会，每到一地就要寻访当地的名胜古迹，后来回福州果然写了一篇有关滴水岩的游记在省报副刊登出，而写月峰寺罗汉公的文章或因宗教色彩一直没刊登。那天，似对上暗号的侯老师与李秋实相谈甚欢，他们打着火把在一村民引路下从滴水岩溶洞钻出来后，见侯建成意犹未尽，李秋实想起了月峰寺，于是，又载着他去月峰寺。山路十八弯，到月峰寺时已是傍晚时分，李秋实见侯建成看着破旧月峰寺疑惑的眼神忙介绍起罗汉公的传说，在侯建成舒展开的表情中又提及自己打小最敬佩罗汉公，在他眼里这就不是一尊神，而是一个实实在在的人。当时的月峰寺经"十年动乱"折腾已呈一派破败景象，当地人正筹划修缮之中，倒是罗汉公历经坎坷安然无恙地尊坐月峰寺，让李秋实乃至所有明溪人长松口气。事先，侯建成很虔诚地买了香烛纸炮，听李秋实讲述完罗汉公传说，一时间，他整肃脸面程序熟练地祭拜起罗汉公。李秋实没想到侯建成对罗汉公有兴趣，一起祭拜过后，就感叹地说："侯老师，我敬罗汉公与别人敬他不同，我不是敬他这尊神，而是敬他为人时的罗汉公。一个人身处那么恶劣的环境能忍辱负重，必定内心有一个能装得下整个天下的大格局。唉，我是做不到罗汉公那样，只是时常提醒自己遇事不能小肚鸡肠，把人生的格局越走越小了。"

李秋实这番话让侯建成很是意外和惊奇。他很认真地看着李秋实说："你真这么认为？那可是难得。秋实，听你说了罗汉公的故事，我也和你一样敬佩给人当长工时的罗汉公。是啊，一个七尺男儿得有人生的大格局，未来的路方能越走越宽。"

这么一番对话，李秋实与侯建成从心理上拉近了些，感觉有些投缘。这晚上，李秋实没带侯建成到食堂吃饭，而是自掏腰包请他到一家小店品尝地道的明溪风味菜，两人互留了通信地址。此后，两人虽未再见面，但一年会通那么几封信，聊聊文学和人生。君子之交淡如水，李秋实和侯建成都是散淡的性格，各忙各事，联系并不频繁，后来侯建成辞职去香港继承无儿无女的叔叔的产业，成为香港人之前，他给李秋实留下香港的地址。对方身份从普通的业务员变成富翁，李秋实觉得不好再高攀了，竟从未给他写过信。这一次，走投无路的李秋实也是病急乱投医，天女散花般给通讯录上的朋友全都去信求助，根本没想到唯一回信帮助他的，竟是久未联系的侯建成。

来到福州与侯建成第一次见面，面对比自己大了十来岁的老板，李秋实习惯地脱口而出："侯老师……"随后就哽咽着说不下去了。

侯建成用力握住李秋实的手，故意用轻描淡写的语气说："没关系啦，没关系啦，世上没有常胜将军，做生意有亏有赚，总是这样的啦。没关系，你那点钱，涮涮水了，好好跟我做，很快就赚回来的啦。"

已是满口香港腔的侯建成当然也不写散文了，偶尔从嘴里说出的话还有当年业余文学爱好者的遗味。一开始，李秋实还习惯叫他侯老师，后来觉得公司里的人很奇怪的样子，自觉得不妥，他才改口叫侯老板。为此，侯建成还很遗憾地批评李秋实为什么不叫他老师，说他可是很享受这个称谓的了。

现在，侯建成盯着对方的眼睛，加重语气，对有些疑惑的李秋实说："秋实，在月峰寺听你说那番话时我就认准了你，认定你将来会成就一番事业。嘿嘿，还是那话了，没有常胜将军也没有常败将军的啦，只要你心中的格局没有变，这世界在你心里就有多大喽。"又有些遗憾地说，"我不是什么老师，不过是省报上登了几篇豆腐块的东西了，只是我还真想听你再叫我一声侯老师呢。不得了啦，现在成天地数黑论黄，浑身的铜臭，我都不敢回头看当年那个激扬文字的自己哦。"

李秋实认认真真地朝侯建成叫了一声"侯老师"，对这个雪中送炭把他从火坑中捞出来的恩人恭敬地鞠了一躬，以学生的身份。与侯建成相处这段时间，经历匈牙利失败的他从这个精干的商人身上学到了太多太多做生意的路数和人生的道理，现在才算是真正明白如何一步步开创自己人生的格局了。就是这样，拿着侯建成帮忙办的合法签证来到南非约翰内斯堡这个汇聚了各色人种的大都市。而他选择来到南非，也是听说有几个他认识的明溪人在这里发展得不错。

14

如同中国上海一样，约翰内斯堡不是首都，却是南非第一大城市，是这个国家的经济、政治、文化的中心。约翰内斯堡于 1886 年建成，原只是一个探矿站，随着金矿的发现和开采而发展为城市，地下是世界最大的金矿区，名副其实的"黄金之城"。在恩古尼语中，约翰内斯堡被称作"伊高比"，意思是"黄金"。更让人舒爽的是这里的气候，夏季 24.7℃左右，冬季 18℃左右，可谓是不冷不热。

　　或许并未到过南非的侯建成也不了解真实的情况，李秋实一到约翰内斯堡，在大都市繁华气息扑面而来之时，就感受到这里紧张的治安气氛。侯建成介绍的铁哥们——台湾人刘惠民老板没有食言，他亲自开车把李秋实接到住处。一路上，透过车窗，李秋实近距离感受到一场"猫捉老鼠"的游戏，两名白人警察在公路边的人行道上追击一名身体强壮得肌肉都要爆出的黑人青年，他手上拿着的估计是抢来的一个女性粉红色小坤包。警察追小偷，这是国内也会上演的桥段，正赶上前方堵车，李秋实有幸目睹了这场活报剧。让他感到意外的是，在小偷明显把两位警察拉开一段距离之时，李秋实听到几声剧烈的枪声，随之，那小偷像一朵向日葵被人拦腰斩断，身体颤了颤，扑倒在已离开人行道的台阶上。李秋实结结实实被这枪声和眼前发生的一切吓了一跳，枪响时还下意识地抱住了头。哎呀，开枪了，警察竟然朝小偷开枪了！这小偷是不是死了？趴在台阶上一动不动？正在李秋实这么惊骇地猜测时，堵住的车流重新流动起来。一直在专注开车，刚才只是轻描淡写地扫一眼窗外警察追小偷剧情的刘惠民，瞥大陆人一眼："这些小偷实在可恶，稍不注意就抢东西。"

　　"他死了吗？被警察打死了？警察怎么能对一个小偷小摸的人开枪呢？"

　　刘惠民见怪不怪地斜一眼坐在副驾上的李秋实："李先生，以后走在街上碰到这种事可千万不要像你们大陆那样什么见义勇为哦，防着、躲着。"

　　那个小偷显然被警察当场击毙了。目睹这一幕的李秋实无比震惊，而台湾老板刘惠民的见怪不怪也让他同样感到困惑，直到对方将一把手枪递到他的手上。经历过匈牙利商场风云的李秋实也是个见过大场面的人，更何况他天生处变不惊的性格，然而，面对递到眼前锃亮的手枪，他扎扎实实被吓到了。他的手像被烫着般缩回来，失态地叫道："枪？拿枪给我做什么？"接着似恍醒过来，退后一步，长吸口气，瞪眼望着对方说，"刘老板，侯老板介绍我来南非是与你做腰果生意的，可不是来当保镖。再说……我也没这能耐，干不了保镖这活。"

刘惠民一愣，随即笑道："李先生，好吧，你是侯建成大哥介绍来的，我也把你当兄弟，叫你秋实吧。"他把枪轻轻放在桌面上，顿了顿说："秋实，这是给你的佩枪，合法的，我给你办了持枪证。佩把枪是壮胆，也是为了防身。"想了想，又问仍没回过神来，愣愣地看着桌上手枪的李秋实，"你在大陆有没有当过民兵？"

李秋实当然没有机会当民兵，他的父亲当过，一位堂伯还曾是大队民兵连的连长，可到了李秋实能扛枪时民兵就解散了。毕竟经历过风雨，很快缓过劲来的李秋实称自己没有当过民兵后，仍不想动桌上的手枪。是啊，这太让他意外了。做生意的老板似乎成了黑社会老大，居然一见面就给了他一把手枪。于是，李秋实当即拒绝了刘惠民的礼物。然而，仅仅两天，他就将这把枪放在自己背着的牛仔布马桶袋里，这样走在街上胆才壮起来。

不错，约翰内斯堡的治安比较乱，作为很可能会被认作有钱人的华人，真有必要用一把装满子弹的枪来壮胆，尽管这枪或许永远也不会开火。没想到这是第一个必须学会的技能：瞄准，打枪。不是舞台上的道具，而是可以要人命的真枪。第三天，在公司简陋的办公室里，李秋实在台湾同胞刘惠民手把手教导下很快学会了开枪。刘惠民给李秋实准备的是一支左轮手枪，它有一个风靡全世界的称号：勃朗宁。它原本专为女性所设计，后来因为射击精准、携带方便而成为很多间谍的首选武器。没参军这辈子还有机会佩枪，且是一把闻名世界的勃朗宁手枪，男儿血性的本能让李秋实很快爱上这把佩枪。他遵从刘惠民的吩咐，出门必将枪放在牛仔桶包里，原本放在衣服内口袋里，嫌重也太惹眼。按规定，有合法持枪证的人可以每周购买 6 颗子弹，每发子弹 2 角美元，相对收入而言微不足道。

有配枪的李秋实走在街上有时触到冰冷坚硬的枪，时常会产生自己是特工的感觉。他按照刘惠民的吩咐，有意将枪从包里显露出来。不知是不是这个原因，在南非的日子里他并没有受到过任何不法侵犯。可以买子弹，于是，打猎就成了刘惠民带李秋实到郊外放松的一个节目。踏着地底下可能蕴藏着黄金的土地，他们寻找可以射击的猎物，偶尔居然也有收获。这天，李秋实第一次开枪就击中了一只野兔的大腿，在他为自己亲自扳动扳机射出的子弹造就血淋淋后果惊骇之时，刘惠民对着拐脚往草丛里跑的猎物射出了致命的一枪。这晚上，红烧的一大锅野兔肉，李秋实吃了一口就跑到卫生间吐出来，因为他闻到一股陌生得让他感到惊颤的硝烟味。

勃朗宁已真枪实弹试过，没想到这天要到约翰内斯堡乡下办货时又领到刘惠民配备的一支长枪。李秋实不想弄明白这把长枪是什么型号，只是终于习惯勃朗宁手枪的他再次被这把长枪震惊了。

刘惠民看着他夸张的表情，解释说："你们要去的地方比较偏僻，荒郊野外的，如遇到紧急情况，长枪比短枪威力大些，对不法之徒也是个无声的威慑。"

李秋实对刘惠民的话很不以为然，心中又有些忐忑不安：都说商场如战场，可商场毕竟不是一枪见血的战场。难道他们真的是上战场？李秋实虽惶惑不已，但还是接过刘老板为开展业务配给他的设备——长枪。当然没有用上，长枪一枪没发，勃朗宁羞涩地躺在他的桶包里。治安状况如此，生意还要做，这让李秋实时时有刀口上舔血的感觉，那些花花绿绿的南非钱币在手上数着，总闻到那么一股若有若无的硝烟味。

刘惠民的腰果生意做得很顺畅，特别是曾在匈牙利做过大生意，对国外和大陆都了解的明溪人李秋实来到公司后，出于侯建成的情谊，他真心实意地帮助刘惠民开拓商道，发货中国大陆的腰果生意一时间有风生水起之势。当然，刘惠民并没有一般台湾老板普遍的小气，他待公司员工很宽厚，所付给的工资在整个约翰内斯堡商界排在前位，而这也正是李秋实能在约翰内斯堡待了足足9个月的主要理由，如果不是经历了那场枪战。

1

李秋实一到约翰内斯堡，在跟刘惠民参加一次商家间小聚会时偶然与明溪老乡赖土生相遇。其实王坊农民赖土生在明溪时就与李秋实相识。有一次，李秋实到地质队与郑立新、凌笙一起喝酒时与赖土生相熟的。当时，赖土生带来母亲家酿的酒给大家品尝，酒量颇好的郑立新意犹未尽，还讥笑赖土生小气，才带了那么一点。也就是一起喝过两三次酒，因对方那种小家子气的样子，李秋实并没有与他朋友相交。没想到来约翰内斯堡的这班子明溪人中，还就算赖土生混得不错，居然在一条大街上开了家批零兼营的小超市，专门销售从中国发来的衣服、鞋帽等日用百货，短短时间就积累了不少财富，开着一辆小车，俨然已是一位小富翁了。

然而，出国前王坊农民赖土生并没多少经济基础，咬紧牙关好不容易凑足钱，颇费周折地来到这举目无亲的世界。一到这里，他们就和李秋实刚来时一样傻眼了。风景优美，气候宜人，可就是生存环境堪忧。再一个是语言不通，极少碰到做生意的中国同胞。就这样，刚到南非时举目无亲的赖土生连死的心都有，只能硬着头皮上街厚着脸皮求工，饿了两天，总算找到第一份工作，是在一家超市搞卫生，正好搞卫生的人脚扭伤了。像"聋子""瞎子"的赖土生干这份廉价的只够付房租和温饱的工作足足干了 3 个多月，后来才转到一家货场当搬运工，工资高了些，凭一把子力气算是改善了生活环境。也正是 3 个月的超市搞卫生，文化不高但有着农民式狡猾的赖土生暗中把超市经营的门道摸了个八九不离十，为他后来开超市积累了经验。再后来，他边卖力气边学习语言，一年半的苦日子熬了下来。脑子灵活的他平素没事就到市场里瞎逛，发现中国货在南非很受欢迎，就凭着省吃俭用积累的一点资金，开始摆摊做生意，直至直接由国内的亲戚组织货源发货，开起批零兼营的超市。

这时候，在黑人为主的约翰内斯堡，大部分财富集中在上层社会的白人手里，大多数黑人仍在贫困线上挣扎。然而，一向勤奋，血脉里流淌着耕读传家、勤俭持家传统的中国人，经过一番吃苦耐劳，绝大多数来南非的中国人都能过上富裕的生活，很快进入白人的阶层。当然，这是指经济方面，不是政治。如此，某些懒于耕作的黑人游手好闲间难免"饥寒起盗心"，大天白日的大街上抢劫、偷盗事件时有发生，受害者自然是有钱的白人和正在有钱起来的来自中国的黄种人。特别是偷盗，如果有这样的黑人进入你开的商店，那你可得打起十二万分精神，稍不留神，对方就会把东西放入他们的包里。被你发现了，他会笑嘻嘻地拿出来还给你，一点也不脸红，倒有一种学艺不精的怅然若失表情。他们没有一点羞耻感，反而向你做鬼脸，让你哭笑不得。一而再，再而三，店主难免有精神松懈时，待对方离开商店就总有东西自己长脚跑走了。于是，只能打掉牙齿往肚里咽，自认倒霉。

就是这么一种生意环境，赖土生开超市前有个一起摆摊做生意认识的朋友要帮他买枪，被他拒绝了。是啊，他赖土生来南非是求财不是搞黑社会，枪弹不长眼，他从来没想过要对一个小偷和抢劫犯开枪。然而，超市仅开业三天，第三天夜里他正想打烊盘点，看上去像是一对父子的劫匪径直走进超市，他们笑笑的样子让赖土生还以为是来购物的。青年却从口袋里掏出了一支手枪，指着赖土生："抢劫！中国人，把柜台里的现金全部装到这个袋子里！"边说边将一个脏兮兮的黑色布袋扔在收银台上。

一开始赖土生没有反应过，直到对方把黑洞洞的枪口指到鼻子下，对他笑嘻嘻地做了个掏钱的手势，才明白一直传说中的持枪抢劫发生在自个身上了。哇，一时间，王坊农民赖土生浑身筛糠般颤抖起来，眼睛瞪着黑洞洞的枪口，哪还有力气拉收银台的抽屉。

这时候，老人已从货架上拿了一包饼干正狼吞虎咽地吃着。他走过来，顺手端起赖土生放在台上的水杯猛喝一大口，待饼干渣都吞下去后，才咧开大嘴和善地笑了。他抬手让青年把枪放下，示意他进去找货，又指指袋子，对赖土生说："不要害怕，我们要钱不要命。嘿嘿，听话，把所有的钱都装在这个口袋里。不要小气，明天后天你还会赚钱，你只是……发扬一下国际友谊精神，帮帮我们父子俩。嗯，我们只是想离开这个鬼地方，需要路费、食物。见鬼去吧，约翰内斯堡！黄金之城，我们都要饿死了，黄金都在富人手上！"老人看起来还有些文化，懂得国际友谊精神。说完，他笑笑地拍拍赖土生依然颤抖的肩膀，又端起水杯喝干了水，像朋友一样问赖土生，"中国人，还有水吗？你这饼干好吃，就是太干。"

果然是一对父子。父亲的一番话取得了赖土生的信任，保住命的他几乎有些手忙脚乱地给对方倒水，又神经质地把钱往布袋里装。无意间他看到布袋上居然绣着两个银白色的字：中国。

就这样，这对父子劫匪拿着不知从哪个中国人那偷或抢来的布袋，装走了赖土生刚开张三天的超市所有的钱，包括他为了安全放在座位底下一个纸盒里的来南非赚的所有的钱。因为那个白人房东成天疑神疑鬼，赖土生发现他不在家时有人进屋的痕迹，也因为明天准备进一批货，他就把原本存在银行的钱都提前取出来，为安全起见放在收银台下一个破破烂烂的纸盒里，用塑料纸包着。这就是一个农民犯的一个低级错误，也是吓得六神无主的他把收银台里的钱往袋子里装时，心虚地瞄了桌子底下几眼。正是这几眼，让智商显然不低也见过一些场面的老人心领神会，他让儿子拿枪逼着赖土生靠后，自己蹲下身从破纸箱里先是掏出了一堆废纸，然后才掏出了用塑料袋包着的钱。

这是一个惨痛的教训，赖土生在南非辛辛苦苦两年积累的财富几乎尽数奉送给这对即将离开约翰内斯堡的劫匪父子，还不包括他们背走的两大袋食品。损失惨重！差点让赖土生的小超市倒闭。此后，赖土生的超市营业时间再也不敢太晚，且总要保证店里有两人以上。当然，最重要的是被抢劫的第二天他就去办了持枪证，配了一把防身的手枪。不知是不是有了枪，此后他的超市再未被抢劫。

现在，刚落脚就萌生退意的李秋实碰到赖土生，又由此认识了更多早几年到南非打拼的明溪人，才下了留下来的决心。是啊，看赖土生和几个先来两三年的明溪人所做的生意，也就是他李秋实当时在匈牙利玩过的，没什么新意，他就不信凭自己的本事还做不过他们。说实话，初识赖土生，李秋实不太看得起这个说话有些娘娘腔的王坊农民。都说人生有三喜：金榜题名时、洞房花烛夜和他乡遇故知。在异国大都市里居然遇到曾经认识的明溪老乡，李秋实看着说话行事依然娘娘腔的赖土生却感到很是亲切，互相认出来后，他冲上去与对方抱了个满怀。赖土生脸红红地摊着兰花指，不好意思地说："你看这怎么说的，你看这怎么说的……"

2

李秋实偶遇赖土生后，通过他又认识了另外一些明溪老乡。中学读书时就怵英语的李秋实当初也是因此才考了中专，突然来到一个说英语的国度很是头疼，现在有了这班明溪老乡，闲时可以有人说说家乡话，这让他一直无法安定的心平静下来。心定了，他也就有心情考虑自己在南非的未来了，于是他暗暗决定先跟刘惠民做腰果生意，等有一定资金，时机成熟就自个单干。他想好，也开个像赖土生那样批零兼营的小超市，不再像匈牙利那样想一口吃成个胖子，慢慢来，先开店再开公司。如此，在约翰内斯堡治安不稳定的状况下，李秋实怀揣着装满子弹的勃朗宁帮着刘惠民做生意的同时有意识考察市场，为自己将来开店做长久的打算。确实，在懒人成堆的约翰内斯堡他看到了凭勤劳发财致富，甩掉债务帽子的机会。是啊，尽管他一再告诫自己不要急，外表一点也让人看不出是个身背巨债之人，给国内亲人的信里也从来报喜不报忧，像父亲所说"像鸟一样换个山头找吃"，但一种无形的压力还是时常让他喘不过气来。如果不是这个傍晚亲历了这场险些要他命的枪战，他或许真的把根扎在南非了。

这天，李秋实与刘惠民正走在大街上，刚把一批货款存进银行的刘惠民心情愉快，额外给做成生意的功臣李秋实一笔不小的奖金，让李秋实感谢这个台湾老板果真不小气之时，忽听到远处传来一声枪响。几个月下来对枪响已司空见惯的李秋实和刘惠民起初不以为意，直到见到大街上熙熙攘攘的人群四散奔逃，接着又是两声枪响逼近过来，悠闲走着的他们才觉事情不妙，忙转身探看，见已被人群腾出空地的百米外两个全副武装的白人警察正在追击两个年轻黑人，其中一个手上舞着一把寒光闪闪的短刀，正朝他们的方向狂奔，边跑边狂喊着什么。显然，白人警察被对方狂妄的侮辱性的话激怒了，连连朝天开枪，边喝令街上的人蹲下。

在人们纷纷往街两边躲避或蹲下之时，两个白人警察已被矫健的黑人拉得越来越远，眼看黑人就要跑过街角了。这时，再次警告行人"蹲下"的白人警察不再鸣枪示警，而是朝着黑人的脚开枪。哇，这可是热闹的大街上！警察的枪法若有闪失？这时候，黑人离李秋实和刘惠民也就四十几米的距离，他张开大嘴露出显目的白牙那张牙舞爪的样子让李秋实心里一惊。不由分说，他拉起闪到一边要掏枪自卫的刘惠民猛跑几步，冲向几十米外赖土生的超市。

此时，人群早已炸开了锅，大家互相推搡着四处乱窜，一时间，他们竟然被人流挟裹着迈不开脚步。哇，这是什么警察，在闹市居然敢开枪？这一定是追赶不上的警察被挥刀的青年黑人不时回头挑衅的样子气得失去了理智。总之，枪法挺糟糕的白人警察有意识压下枪口朝着黑人的脚开枪，除了让两个青年黑人像跳舞一样跺脚惊叫外没有取得任何效果。显然，这两个不知何因开罪警察的青年黑人不要命了，似乎决意要玩一场"老鼠戏猫"游戏，很满意自个把行人吓得鼠窜的效果。就这样，两个黑人青年聪明地跑着"S路"，白人警察的枪弹击打得地板火星四溅。于是，惊叫的人更是混乱得如一锅滚沸的粥。

这是什么情况？李秋实不管什么情况，他只知道现在躲到超市里最安全。于是，被人流阻挡脚步的李秋实只能不道义地使力把挡在面前的一位中年白人用肩膀往旁边一扛，就这样，硬生生凭着力气拉着已吓得不辨方向的刘惠民挤开一条通道冲向超市。这时候，两个黑人青年离他们也就是三十多米了。

这是什么情况？不管什么情况，机警的赖土生听到第一声枪响就关闭超市的玻璃门，正在超市里购物的六七个顾客和员工们都挤到玻璃门后看热闹。是的，只要不是城门失火殃及池鱼，所有好奇的鱼都想看看无关自己的这把火烧得如何？曾经的王坊农民现在的超市老板赖土生也是这么个心理，更何况此时他手里已握着从柜台下取出的一支长枪，心中有底。对，为保护超市他配备了一支长枪和一把短枪，短枪随身带，长枪则放在超市收银台下一个隐秘的长抽屉里，以备不时之需。现在，手持长枪壮胆但手在颤的赖土生看到李秋实拉着刘惠民奔跑而来，赶紧招呼员工开门。也就在这时候，已逃到离超市直线距离不过二十来米的两个黑人在白人警察很糟糕的枪法逼迫下，无头苍蝇一般夺路狂奔，慌不择路下竟径直向超市跑来，有个借此暂避锋芒的意思。

"开枪，开枪，快开枪！"看到黑人朝着超市跑来，挤在门口看风景的人们吓得往后退，异口同声地招呼一直持枪严阵以待的赖土生开枪。只有十来米了，赖土生听着众人招呼声，可就是手发颤着拉不动枪栓。自从买来这把长枪，它就像烧火棍一样躺在长抽屉里从未装过子弹，就刚才，还是一位员工帮着他把似乎都有些生锈的子弹装到枪膛里。开枪？朝谁开枪？在大家往后退后，猛然成为领头羊站在门前的赖土生浑身不由自主地颤动起来，使力地拉着枪栓，可就是不见动静。

这时候，或许已不想与警察玩游戏的两个黑人青年是想到超市里得到庇护或者把这些人劫为质，当然还能得到武器，可以与警察继续玩"老鼠逗猫"游戏。总之，不管对方怎么想，这两个黑人青年冲着超市跑来，手持长枪的赖土生关键时刻却拉稀了。此时，跑得上气不接下气的李秋实和刘惠民还在赖土生身后喘着粗气，他近距离看到赖土生持枪颤抖的手和黑人边跑边狂叫的样子。于是，李秋实一咬牙，在众人高八度的惊叫声里，他一把抢过赖土生手上的长枪，将他拉到一边，一使力，"哗啦"一声拉响枪栓，子弹推上了膛。也就是这一瞬间，一声沉闷的枪响，李秋实面前的超市玻璃门忽然爆裂开来，四处飞溅的玻璃碴有几粒硬生生砸到他脸上，但那一刻他并没有感觉，事后才发觉脸上砸出了血。此时的李秋实没空感觉，随着玻璃门在他面前稀里哗啦被子弹击碎，他猛然直接面对着近在咫尺的黑人青年，无遮无挡中，他清晰地看到了五六米外那个跑得气喘吁吁的青年黑人黑得发亮的狰狞的脸。夺过赖土生手上的长枪也拉上了枪栓，却根本没准备开枪的李秋实呆住了，手上的长枪滑稽地指着对方；青年黑人也呆住了，像一列狂奔的野马硬生生刹住脚步，喘气中似在打着响鼻。李秋实手上的长枪和瞪圆的双眼让黑人青年意识到对方来者不善，于是，在身后白人警察又一声枪响后，黑人青年向李秋实挥舞了一下寒光闪闪的短刀，扭转身向前方逃命而去。李秋实长松一口气，长枪在他手上像烧火棍一般耷拉下来。这时候，他身后响起了枪声，紧接着他看到转身而逃的黑人青年胳膊上爆裂出了一朵灿烂的不规则的红花，回头就见刘惠民的勃朗宁枪口还在冒着青烟。哇，刘惠民开枪打伤黑人青年了！一闪念间，一发由白人警察射出的子弹擦着李秋实的头皮飞过，声音很响地砸进超市货柜上，震倒了一地的货物。一开始并没有感觉，直到头皮火辣辣的感觉传导开来，李秋实浑身一颤，手上的长枪失落在地。怎么回事？警察怎么朝他开枪了？不对，警察是朝黑人青年开枪的，只是他的枪法太糟了，远远偏离了预定的目标。这么一想，李秋实双腿一时有些不争气地发软，伸手撑住身边的收银台才勉力支撑住身体。

"李先生，李先生，你没事吧？"刘惠民关切的询问似乎隔了很远很远，李秋实想回答刘惠民，嘴张了张，却什么话也说不出来。这是李秋实第一次与死亡擦肩而过，许多年后，他向人们回忆这一幕时想及那颗擦着头皮而过的子弹，还会不由自主地感到头皮一阵发麻，如果子弹往下一毫米，那么……人生没有如果，穿越一次生死的李秋实就在那一刻突然看到大街上犹在四散奔逃的人群里闪过一个似曾相识的面孔，也就是一眨眼，这人就被人流挟裹而去，转瞬间消失在他的视线里。那个被刘惠民打伤胳膊的黑人青年像漏了气的皮球，脚步越来越迟缓，忽地，在一声枪响中往前一扑，扭动了一下身体，一动也不动了。黑人青年死了？他又怎么会出现在南非？他不是说要去巴西吗？而正是这个似曾相识的面孔让李秋实霎时回过神来，扭头瞪了刘惠民一眼。刘惠民读懂了李秋实眼里的内容，烫手般撒了手中枪，在勃朗宁落地时语无伦次地为自己辩解："我……我是看他要冲进超市……我……他手里有刀……我……我不是故意……"原来教李秋实打枪并说过打死黑人像踩死一只蚂蚁一样之类狠话，无意间配合白人警察当了一回帮凶的台湾老板其实是个银样镴枪头。李秋实抹了一把不知何时汗湿的脸，其实是玻璃碴砸破脸流出的血，抓住刘惠民神经质挥舞着的手摇了摇，一笑间，猛然想起什么，从没了玻璃的超市大门冲到街上，朝那个似曾相识面孔消失的方向追去。但他只跑了几步，就被眼前的一幕景象震住了。那个方才还挥着短刀与他面对面的黑人倒在血泊中，扭曲的身体像是一条被热锅油炸过的泥鳅，蜷曲着，黑脸上的肌肉交缠在一起显示了一种极度的痛苦。在白人警察严厉地警告惊魂初定又好奇地围拢上来的人们退后之时，李秋实的心中掠过一阵战栗，原来人的生命这么脆弱。一粒小小的子弹就把一条活蹦乱跳的生命变成了行尸走肉。其实这样的感慨仅是从心头一掠而过，李秋实没空探究这位黑人青年此前究竟发生了什么，他拨开刚才四散奔逃现在聚拢来看稀奇的人，继续朝前追。不错，那个一闪而过的面孔或许就是曾经与他在匈牙利并肩战斗过的王兴发！巴西？南非？闯荡世界的明溪人居无定所，为什么王兴发就不能在约翰内斯堡出现？李秋实睁大眼睛瞪着一个个擦肩而过的面孔，一直朝着他认定的王兴发消失的方向追过了一条街也没有任何结果。李秋实沮丧地往回走，居然与白人警察押解着戴手铐的另一个黑人青年迎头相遇。黑人青年或许认出拿长枪拒绝他们进入超市的李秋实，他瞪圆黑白格外分明的大眼珠子，朝李秋实咧开一排骇人的白牙。

李秋实心中又是一颤。回到原地，现场正在清理，李秋实在一地狼藉的超市只看到招呼员工收拾的赖土生。赖土生告诉李秋实台湾人先走了，一边抱怨自己倒霉，什么超市玻璃门得花钱修，货物也短缺了，一定是哪个不仗义的顾客趁火打劫。李秋实耐心地听明溪老乡诉说着冤屈，见自己也帮不上什么忙，一时无心无绪地略微开导两句离开了。与赖土生告别的一瞬间，和死神擦肩而过的李秋实萌生了退意。

3

现在，深感南非不安定的李秋实内心已打起退堂鼓，原本想效仿赖土生等明溪老乡在南非发展的宏伟构想，也随着那颗擦着头皮而过的子弹烟消云散了。不错，他李秋实立志要闯荡世界，为自己人生格局打拼，但他并不想为此送命。然而，南非显然不是他最好的选择，从配上勃朗宁手枪那天起就一直让李秋实的心生一种滑稽感。一个生意人得配枪才能放心地闯天下，这是什么一种逻辑。生意怎么和杀人的武器产生如此紧密联系！走，必须离开了，只是那些未还的债务还沉重地压在他心头，"像小鸟一样换个山头找吃的"，刚来到南非这个"山头"，才跨出国门就再次打道回府，下一步他该到哪个山头找吃的呢？于是，何去何从再次成为李秋实的两难选择。也是命运使然，就在他去留难定之时，经历生死枪战后的第三天，李秋实接到了侯建成从福州打来的电话。

一直为自己开枪打伤黑人青年，致其丧命于白人警察枪下而心存内疚自责的刘惠民情绪很低落，李秋实向他辞行回中国时，他有些伤感地摊开双手说："李先生，你也看到了，我这个人是刀子嘴豆腐心，煮熟的鸭子——嘴硬。啊呀，我也得回台湾好好缓一缓，生意暂时交给一个朋友打理了。走吧，走吧，李先生是有大志向的人，侯大哥人也很好，跟他会有好前程的了。"

李秋实不知道自己的前程在哪里，他只知道是时候离开南非了。于是，到达南非9个月之后的第二年3月，内心一派迷茫的李秋实回到了出发地福州。到福州才知道侯建成打电话叫他回来，原来是他在香港的公司出了不小的状况，他必须有一段时间尽心处理，况且还有许多未知数，这种情况下他又不想放弃福州这利润颇高的业务。于是，在福州的公司交给别人打理一段时间不满意的情况下，他想到了重情重义的李秋实。这个晚上，侯建成为返回福州的李秋实接风洗尘。一个老板为一个员工接风洗尘，让李秋实内心感动的同时更敬重对方。饭后，都有几分酒意的两人沿着西湖边散步，李秋实接受侯建成的纠正，还是称他侯老师："侯老师，都说锦上添花比不上雪中送炭，你这是又一次给我雪中送炭，我李秋实如果不做出一番事情来，就真的对不起侯老师的信任了。"

侯建成说："秋实，你不要心存对我的感激。那年你带我到月峰寺，让我知道了罗汉公，就感到罗汉公能成神是他的忍辱负重追求大格局所致，更是他心存的善念所得。你想想啊，若是他对女主人以怨报怨，未必就有后来的事情了。你到南非这一段日子，我一个人没事的时候就常常到鼓山转转，心里就越发地透亮了。我想啊，中国传统的儒释教，什么佛啊道啊，归齐了，都是让人向善。老子说，上善若水，可有几人参得这水之善之妙啊。"

　　3 月的西湖犹有一些冷意，一弯新月在水中怕冷似地颤动着。

　　李秋实对侯建成忽然说出这么一番话感到有些奇怪，仔细琢磨似乎又在情理之中。或许是侯建成现在因香港的公司和家里都出了一些状况，感叹人生不易和世事艰难，方有这么一番感叹吧。自己呢？相比事业有成的侯建成，自己还没起步呢，当然没有资格对他的话进行评判。于是，李秋实诚恳地表示一定好好替侯建成打理公司。侯建成打断他的话："我当然相信你了。秋实，你叫我一声侯建成，那么我们就还做回两个文学爱好者了，有话直说。惭愧啊，你的侯老师现在天天数黑论黄，已好久没摸笔了。真是人在江湖身不由己，入了商场不沾铜臭是不行的了。唉，江湖水深啊……"

　　李秋实见侯建成欲言又止，顺着他的话题说："不瞒侯老师，我只要有空就读诗写诗，这都成习惯了。现在心绪不宁，这些诗只是倾诉个人情绪，与家国情怀离得太远，哪敢拿出来示人啊。"

　　"秋实，你这顾虑就错了。没有个体哪来的家国情怀？每一个文学家其实毕生都是在写自己。"侯建成似来了兴趣，招呼李秋实坐在湖边的一条石凳上，盯着他炯炯有神的眼睛说，"你叫我一声老师，我痴长你几岁，多走过一些路，也就闲话两句。明天我就要回香港了，那可是一锅滚烫的水啊。唉，不说这个，不说这个。我是说啊，从认识你开始我知道你内心的格局，后来又看了你写一些诗，现在看来，你经了那么多事可还没有消除内心的文化情怀，不像我。这不容易，相信你很快就会迈过这个坎，有一天啊，你或许还会回到文学上。呵呵，秋实不是个久居人下之人啊。"

　　后来果然被侯建成言中，商界打滚成就一番事业的李秋实回到了其实一直没有离开的文学。让李秋实唯一感到遗憾的是，此时年事已高定居香港的侯建成却患上了海默尔氏综合征，连患难与共的亲人都不认得了。但是，他在李秋实特意送自己出版的诗集到家问候时，居然惊异地在翻看诗集时叫出了李秋实的名字。这是文学创造的奇迹。

　　侯建成把一个搭建好的运转顺畅的平台交给了李秋实。正是改革开放的又一个高潮期，侯建成把公司的生意锁定在专做非洲小国莱索托王国的签证上，一笔生意两万元，利润颇丰。经历了匈牙利和南非两次生意场上历练的李秋实当然不会放过这个大好的机会，借助着这个平台，尽心帮侯建成打理公司生意，公司业务在他的主持下有了一个大飞跃。后来他离开公司之后粗算了之下，经他之手竟然办下 120 多个签证。每办完一个签证，李秋实都要认真打量这张为即将出国而兴奋不已的脸，忍不住公事公办地提醒对方：出国有风险，行事要谨慎。他很清楚，这些人到莱索托王国这个弹丸之地，并非为淘金而去，只不过是以此为跳板，最终目的地就是李秋实曾经历过生死的南非。南非，南非，还是南非！李秋实很想告诉他们在南非自己经历的枪战，那种子弹掠过头皮发麻的感觉，但他什么也没有说。侯建成临走时曾以老板的身份提醒他，商场讲商道，君子爱财取之有道，只要不违反做人的根本，利润永远是经商的第一信条。李秋实记住了，在匈牙利和南非两座外国山头寻过吃食的他何尝不明白，但他就是时不时冒出侯建成偶尔批评他的文人气。正是文人气在商界的不合时宜和内心的文化情怀，最终让李秋实选择离开公司。当然，此时他不仅帮助侯建成渡过了生意和家庭的难关，而且也为自己淘到了人生的第一桶真金。正是这样，李秋实几乎是咬着牙办着一个个把莱索托王国当作跳板的签证，不仅还清天文数字般的 50 万元债务，结束了在匈牙利带来的隐痛，而且还挣到再一次重新出发约 10 万元启动资金。这是一个奇迹！一个在恩人帮助下由李秋实抓住命运之手创造的财富奇迹！终于可以长松口气了，对有知遇之恩的侯建成有了交代，对翘首以盼的父母妻儿和那么多放任他债务的亲朋好友有了交代。那么，他也该为自己下一步重新规划了。

何去何从，再次摆在李秋实面前。

4

就在李秋实思谋着是否接受陈铭科的建议重返匈牙利，从哪跌倒从哪爬起来，甚至他还构想着在布达佩斯重建明溪驿时，1994 年的一天，一位已身居三明市交通局科长职位的朋友老贾到福州开会，顺便来看望李秋实。朋友相见，理当尽地主之谊，李秋实带老贾到一家百年老店品尝地道的福州鱼丸，对方偶然提及市里正筹划"先行工程"，各级都有充足的配套资金。说者无意，听者有心，李秋实当下心中一亮，凭着他敏锐的嗅觉，捕捉到其中的巨大商机。于是，经历这么些风波性格变得越加沉稳的他，装作无意地询问什么叫"先行工程"。老贾喝下李秋实敬的一杯酒，也就把"先行工程"这个新词介绍了个大概。

原来所谓"先行工程"就是公路先行，它是福建省针对国家对福建的发展战略提出的一项事关地方发展和民生的工程。事实上，随着福建省改革开放和经济建设的迅猛发展，解决与之相适应的交通滞后问题越加迫在眉睫，虽然自中华人民共和国成立以来特别是改革开放后，福建全省的交通事业已有很大的发展，政府对全省公路、铁路、机场等建设都采取相应的措施，努力解决"瓶颈"问题，但目前承担主要运输任务的公路仍超负荷运转，特别是当今物资运输已进入集装箱时代，福建大部分公路已无法适应现代化运输的要求。同时，内陆山区的经济发展难以利用沿海口岸来扩大对外开放，其丰富的山区资源得不到合理的利用和加速开发。也就在福建高层为此头疼之时，1992 年邓小平南行深圳像一股春风拂过中华大地，大大地提速了改革开放的步伐，于是，福建省委、省政府适时地全面铺开改革发展交通先行的"先行工程"。1992 年 12 月 12 日，三明市政府颁发了《关于实施"先行工程"加快公路干线建设的决定》，全面推进公路干线建设，交通"先行工程"在所辖的 12 个县（市）区全面铺开。此外，1993 年 1 月，国务院批准三明市列入沿海经济开放区，实行沿海经济开放区的各项政策。恰如锦上添花，三明市抓住这个有利时机，实施"开拓两线，大胆试验，突破交通，外引内联"的发展策略，通过不断改善外商投资软硬环境，形成了一个全方位开放的大格局。

大格局！李秋实认真听着，最后"大格局"三个字让他的心按捺不住怦然一动。

老贾倒背如流地介绍完"先行工程"的大致背景，又补充说："我这回就是到省交通厅开这个会。今年的力度更大，省交通厅已宣布今年的'先行工程'计划安排投资 24 个亿。这可是一个大蛋糕，各地市都盯着，我们的担子更重了。"

"先行工程"也就是修公路，这是李秋实从未接触过的行当，比不得商品流通上的买进卖出，那可得实实在在的真家伙，来不得半点含糊。已嗅到其中巨大商机的李秋实一时心里还没底，脸上表现得风平浪静，其实心中已是翻江倒海。这时，一瓶李渡高粱下肚，酒量颇大的老贾意犹未尽，李秋实决定换个说话方便的地方。于是，品尝完福州老字号的鱼丸，他力邀老贾到住处再坐坐，弄些啤酒冲一冲白酒，他还存放着一些侯建成从香港带来的零嘴，正好下酒。而就在从鱼丸店回住处一路闲聊中，一个伸手可触的大胆想法已成形：成立公司杀进如今必定炙手可热的"先行工程"。于是，回到住处让楼下小卖部扛上来一木头箱啤酒，就着香港零食用啤酒漱口，闲话中装着无意地把已有六分酒意的老贾往"先行工程"的话题引，说着说着，李秋实心中的底气更足了。随即，李秋实盯着老贾的眼睛："贾科，如果我回明溪做'先行工程'，你能不能帮我引引道？"

从"老贾"忽然变成"贾科"，老贾初始有些愣神，待反应过来就指指外头说："刚才你说侯老板是你的老师，待你就像亲兄弟一样，这生意做得好好的，怎么就要换了？"

"是这样，我就是想换个环境，为自己做事。"

见李秋实说得认真，老贾也认真起来："你是学医的，若是承包明溪县医院都靠谱，开公路这行可是复杂多了。秋实，我们是多年的朋友，你们商界有一个什么隔行不取利的说法吧。这可不比你开个公司进货出货，瞧准行市就能赚钱，没什么专业要求。做'先行工程'可要硬邦邦的机械，投资大不说，还有诸多风险。"

老贾怀疑的口气反而让李秋实更坚定了心，笑笑说："没什么能难倒我李秋实的，我以前是医药公司的公家人，现在不变成自个刨食的个体户了？不瞒你说，老贾，我现在手上就攥着一些资金，正想着从哪里找食呢。"

老贾也是明溪人，大李秋实十来岁，原来在明溪县政府工作时与李秋实相交成友，逢年过节回明溪，李秋实总要召集老贾昔日的几个好友坐坐，并不因老贾调到三明后只在一个部门任个无职无权的闲职而人走茶凉。现在，老贾见李秋实说得认真，放下酒杯，认真思考了一下，对李秋实说："我是可以帮你引入，但路还得靠你自己走。秋实，你知道我做事从来公私分明，你成立公司买设备什么的，我都可以帮你介绍认识的人，可那公路的标段却得你自己去争取。还有一点，'先行工程'事关百年大计，你可不能为了利益而偷工减料。丑话说在头里，若是出了什么岔子，到时候我老贾可不认得你李秋实！"

李秋实敬重的就是老贾这一点，才会有这么个忘年交。于是，他冲着老贾认真地点了点头。

果然，老贾言而有信，在李秋实成立公司和购买机械设备上介绍了一些关系，但都是通过正当的渠道明买明卖，直让对方感叹老贾为人的迂腐。后来，老贾以交通局科长的身份下来验收李秋实承包开通的路段时特别一丝不苟，公事公办，连李秋实递过去的一支烟也不肯抽。李秋实自然不敢有一丝一毫怠慢，认认真真地修路，钱也实打实赚在明处。当然，同行里没有人相信李秋实与三明市交通局贾科长之间的关系，如小葱拌豆腐般一清二白。而对于人们的怀疑李秋实从来不多做解释，罗汉公身处逆境倘能忍辱负重，他借着"先行工程"东风赚着白花花的银子，还有什么不能承受的呢！清者自清，浊者自浊。

现在真要离开公司了，李秋实忽有些不舍，这是他淘到人生中第一桶金的地方，与侯建成的分别也颇有些为难。香港回来的侯建成赞赏他瞄准"先行工程"商机后，笑着挥挥手说："缘聚缘散，天下没有不散的筵席啦。"

李秋实与恩人、师长来了个男人式的拥抱，珍藏着当初侯建成写给他的信回到明溪。他这次回来内心非常踏实，与当时揣着侯建成的信和 500 元路费离开的心情完全相反。也是为了这踏实感，他像个土财主一样用破旧的编织袋装着捆扎结实的沉甸甸的人民币直接返回李坑老家。这是他现在手上节余的全部家当——98000 元的资金，他将用这笔启动资金与合作伙伴一起撬动即将杀入"先行工程"的聚仁工程机械有限公司。

到达明溪县城已是午后时光，李秋实没有回家，而是在一家小店吃了一碗热乎乎的客秋包后，径出明溪县城，寻小路回李坑。这个离县城有六七里的隶属余坊乡的小山村是他从小生长的地方，如今兄弟姐妹和李秋实都像父亲所说到外面的山头找食，家里只有身体健朗、勤于农耕的父母。路是熟悉得不能再熟悉的山间小道，当年李秋实到明溪一中上学，每个星期总要走上那么几个来回，上坡下坡平路，哪个地方有个坎，哪个地方有条溪，熟悉得就像自己身上哪个地方长了颗痣般。就是这么一条崎岖的羊肠小道，从小学到中学一路读书把自己读出了另一个天地，也把自己带出了山村外的世界。那时候人小，路也就显得特别漫长和陡峭，特别是那条楼梯岭，每次上学路过都让他望而生畏。如楼梯一般陡峭的岭让李秋实记不清摔过多少跤，最难忘的是一个星期六下午，正读高一的李秋实因物理老师拖课回家晚了，到楼梯岭时天已全暗了，幸好月明星稀，倘能借着月光深一脚浅一脚地走。快下到岭尾时忽一跤摔倒，连人带书包一同滑进路边的小溪，使尽力气爬上来，脚扭伤走不得道的李秋实望着被溪水浸湿的书，忍不住轻声哭泣起来。远处忽地传来一声来历不明的兽叫声，一时间让本就因黑暗而生的恐惧瞬间滋长。正当李秋实感到一种从未有过的绝望之时，一丛松明火光伴随着父亲熟悉的呼喊出现在岭下。这天，是李秋实长大后唯一一次趴在父亲背上回家的，父亲沉稳的安慰和他身上飘来的汗味一直在李秋实的心头萦绕着，他永远记住那一刻父爱的深沉和宽厚。

　　现在走在午后阳光明媚的楼梯岭上，李秋实回想起十几年前这一幕，眼睛不由有些潮湿了。楼梯岭，不知是谁起的这个别样的名字。人生何尝不是如此，只有爬上楼梯才能看到远处的风景。现在他李秋实爬上一条楼梯了，显然他的面前又有了一条新的楼梯，而以后只要往前走，就不断有不一样的楼梯需要爬。李秋实站在楼梯岭上就看到那棵不知生长了多少时日的苍老的鸡爪梨，依旧在春天里郁郁葱葱，乡人会用形似鸡爪果实里的籽来解酒。性格豪爽，虽海量，但难免酒场偶尔失手，李秋实就捡了不少这鸡爪梨的籽来解酒。晕晕乎乎中从来也不知它究竟能解掉多少酒，倒是他一个中学同学说过这样的话：酒不是拿来解的。王兴发很赞成。

　　似一道闪电晴空霹雳，在鸡爪梨下想及往事的李秋实脑子里猛然闪过一个熟悉的身影，一时想：那个人真的是王哥吗？

5

　　2015年，当李秋实与王兴发在布达佩斯相见，提及南非约翰内斯堡那场让他刻骨铭心的枪战，方确定那个在四散奔逃人群里闪过的身影并非王兴发。慌乱中，李秋实的眼睛欺骗了他。

　　事实上，王兴发与赵剑武一同离开布达佩斯，却顺利地比赵剑武提前三天登陆亚平宁半岛。然而，到达意大利后事先就与朋友联系好的他，仅在意大利停留一天就离开了，后来辗转许多国家才落脚巴西，并在朋友帮助下有了一个新的开始。

两手空空，决意换个地方东山再起的王兴发来到巴西圣保罗的第一个落脚点，是朋友介绍的一位台湾老板的配件房。暂时解决了衣食问题，不至于流落街头饿死的王兴发很快就无法在小小的配件房窝着了，是啊，他从匈牙利费尽心机辗转来到巴西，不只是为了谋一口饭吃，明溪驿的关门是他内心永远的痛，而这痛一直就伴随着他，唯一能抚平伤痛的就是东山再起。于是，王兴发开始早出晚归地寻找创业机会，几乎走遍圣保罗的大街小巷，就为了寻找商机。偶然随台湾老板给一位客户送货，这位客户是一个家具厂的老板，王兴发听到客户与台湾老板愁眉不展地提起缺少上好的木材，而亚马孙流域是天然的木材宝库，可惜那里大多是印第安人的领地，没人敢到那做生意。说者无意，听者有心，从小生长于盖洋镇乡村的王兴发，小时候上山砍柴，长大了上山伐木，对于山林是再熟悉不过，在明溪能伐得木，这亚马孙的木头就伐不得。印第安人怕什么，现在是文明社会，只要以诚相待，互利互赢，不信印第安人还能把人吃了。无意中窥探到商机，抱着人无我有的想法，第二天，王兴发一个人找到家具厂的老板，言明他可以到亚马孙流域的印第安人地盘伐木。看着这位剃着短寸头、身材敦实的中国人，这位巴西老板同意与王兴发合作时，意味深长地劝道："中国人，你真想好了？亚马孙河可是凶险得很，印第安人……"他摇着头，握住这位眼里迸射着热切目光的中国男人的手。

亚马孙河，这是什么地方？亚马孙河若以马拉尼翁河为源，全长 6299 公里；若是以乌卡亚利河为源，全长 6436 公里，仅次于尼罗河，是世界第二长的河。自偶然听到信息就恶补了相关知识的王兴发，当然清楚亚马孙河流域蕴藏着丰富的自然资源，是一个对勇者而言取之不尽的宝库，也清楚其中无法预料的来自自然界和印第安人的双重危险。但是，王兴发辞去了配件房安稳的工作，在台湾老板不无同情的目光里，一个人单枪匹马闯进了闻名世界的亚马孙热带雨林，决定先考察那里珍贵的木材资源，同时在心底里勾画着经营之道。还好，有在配件房打工省吃俭用积累的一点资金，维持一段生活是不成问题的。稳扎稳打，他尽量克制着因明溪驿倒闭带来的焦灼，凭着多年商海沉浮积累的经验和中国人特有的勤勉和诚恳，与从未接触过的印第安人小心翼翼地打交道，深入山林里与印第安人同吃同住，靠学来的半拉子葡萄牙语，配合着肢体语言，总算与印第安人能勉强交流。渐渐地，印第安人对这个来自遥远东方的中国人放松了最初的戒备，确信他是来帮助他们将珍贵的木材运出亚马孙并换来他们生活必需品的诚实商人。是啊，哪有一个白人会亲自挥着斧头和他们一起砍树呢。就这样，王兴发用极其有限的资金，近乎空手套白狼，从这个印第安部落运出了第一批木材。当他历尽艰辛将木材交到家具厂，看着这个晒得黑不溜秋，脸瘦了一圈，几乎也成一个印第安人的中国同胞，巴西老板还是摇头，却说了六个字："中国人，能成事。"

王兴发在巴西开始艰难地起步，当他在印第安人翘首以待中，将销售完的木材换成各种生活必需品带回这个小小的印第安人部落时，大家围着他又叫又跳，尖锐的口哨声掀动了这片寂静的山林。他得到了贵宾般的礼遇，年过花甲的酋长对中国人竖起了大拇指。

这是一个不错的开始，一直被明溪驿的倒闭压得喘不过气来的王兴发，含泪以中国式的礼节向酋长抱拳致意时长舒了口气。但这只是一个开始，这个印第安部落实在太小了，他们领地所蕴藏的木材资源并不能满足王兴发心中勾画的宏伟设想。王兴发与这个部落的酋长成为朋友后，了解到印第安人各部落之间井水不犯河水，各自在划定的领地里生活，但并不拒绝朋友在各领地间走动。于是，这天看天气很好，王兴发不听酋长朋友的忠告，独自驾车前往另一个印第安人部落。车上带着他早准备好的一些小礼物，不外乎是一些在丛林里生活所需的用品。是啊，他的事业若要做大，不仅需要一个酋长朋友，还需要与亚马孙丛林里的每个印第安人成为朋友，更何况他所要去的这个部落比现在他所处部落的地盘和势力都大得多。原本以为这段时间他对这一片山林已很熟悉了，然而，顺着丛林里如一条烂肠子般曲折前行的路往预定的方向走，在指南针没指错方向的前提下他还是迷路了。眼看天气近暗，丛林里显得特别寂静，远处隐约传来的亚马孙河的波涛声。这个时候，只觉得整个车身一颤，急切之中不辨方向，他竟将车开进了沼泽之中。糟糕！王兴发忙挂倒挡，加大油门想退回原来的路，马达虽怒吼着，但车子退了不到一米就熄火了。沮丧之中，王兴发用力捶打了一下方向盘，喇叭声受委屈地号叫一声，惊掠起周围树上的一群鸟儿，扑扇着翅膀一头扎进已是光线阴暗的森林里。已知晓亚马孙热带雨林凶险的王兴发当即意识到车子抛锚的严重性，看着窗外已是黄昏的天色，他小心地环视四周，确信除了这些遮天蔽日的树和他这个人，还没有什么凶猛的动物出现。于是，他赶快打开车门跳下车，却一脚踩进没过脚踝的泥沼里，再看车子的前轮已陷了一半。凭着往昔陷车的经验，他拿出放在后备厢的柴刀，手忙脚乱地就近砍了些小树枝垫在车轮下，再上车发动车子，然而折腾一阵仍无法将车退出沼泽，反而在车轮不停地打转中，车子越陷越深了。

　　情况更糟了！在亚马孙热带雨林也生活了一段时间，且与印第安部落上山砍树后对这片丛林有一定的了解，王兴发判断他现在所处位置很可能已是另一个部落领地，或是两个部落领地的边界地带，前不着村后不着店，除了等待救援，别无他法。如果他要徒步返回酋长朋友的部落，不仅夜晚有可能迷路，且会遇到预想不到的危险。夜幕降临，丛林里时不时传来各种兽类和鸟类叫声，饶是王兴发从小天不怕地不怕，环顾四周深不可测的丛林，还是放弃再找石头垫轮胎的努力，跳上车，关紧车门。没有选择，眼下，他只能老老实实待在车里，待天亮再徒步回酋长朋友的部落求救，好在他一向行事谨慎，每次外出都会在车上备着足够的水和食物，这是他自定的丛林生存法则。常在河边走哪能不湿鞋，然而，他真没想过有一天还真会湿了鞋。更没想到他会在这辆深陷泥沼的车上度过三天两夜，命悬一线。

　　吃饱喝足的王兴发一开始非常警觉，手上一直攥着一把锋利的柴刀。这把柴刀是他让铁匠按中国明溪的样式特意打的，印第安人的砍伐工具他用不顺手，同样中国样式的还有一把锋利的斧头，放在副驾上。有了这两样利器，虽心存惧怕，又疲又累的王兴发还是迷糊了过去，不知过了多久，猛然醒来，他就看到挂在近处高高树梢上那轮月亮。还好，有月光照耀，多少可以驱散一点内心的恐慌。且慢，哪来这种奇怪的"吱吱"声，心存疑虑的王兴发坐直身体，就看到汽车引擎盖上有花纹的一截树桩，在月色下显得特别美丽。咦，刚才自己找树枝垫车轮时没有扛这么一截树桩放引擎盖上啊，怎么还在蠕动呢？

王兴发瞪大眼睛仔细一看，不由得魂飞魄散。哇，这哪是树桩，分别是一条硕大的蟒蛇！吐着蛇信子的蛇头正朝挡风玻璃伸来。

抑制住一声惊叫，王兴发本能地将柴刀举到眼前。这条足有水桶粗的蟒蛇似乎对丛林里出现的这个铁家伙很好奇，并没有一头撞破玻璃侵犯王兴发的意思，它只是用蛇信子舔了一阵挡风玻璃，就很安稳地给自己找到了落脚点，盘起大半个身子，趴在引擎盖上，显然决意体验一下这个新居所了。

王兴发一动不动，大气也不敢出，柴刀柄已被他攥出汗来，待蟒蛇安稳地落户后，方轻轻地呼出一口长气。一想到要与这条蟒蛇共度漫漫长夜，王兴发止不住身体，筛糠般颤抖。他竭力按捺住手的颤抖，轻轻按下了喇叭，想把蛇吓走。但他失算了，蟒蛇猛然昂起头盯着发出声响的方向，接着有些愤怒地用耷拉在地上的尾巴用力拍打着车厢，猛然间，整辆车都在晃动，眼见着车头往下一顿。完了，车要翻了，若车窗玻璃破了，自己多半会成为这条蟒蛇盘中餐。并非危言耸听，王兴发就曾亲眼见一条蟒蛇吞下一只山羊。好在，看起来它还不太饿，只想享受汽车引擎盖这张特别的床，多半天亮就会走了。王兴发大惊失色中暗悔自己生事，一手握紧柴刀，一手紧抓方向盘，尽力抑制住急促的呼吸，不敢再招惹这个特别的客人。

一夜胆战心惊，在丛林深处传来的各种野兽声中，王兴发与这条蟒蛇共度了第一个夜晚。他一动也不敢动，生怕惹对方生气。为了防止自己睡着时弄出响动，惊动这条蟒蛇，王兴发从后座的包里拿出绳子，将自己牢牢绑在座椅上，连同手上的柴刀。他不知道自己什么时候睡着的，只是听到似乎骤然叫响的鸟鸣声，一激灵，赶忙睁眼，却发现引擎盖上的蟒蛇已不见了，再看从车辆处连接沼泽到丛林的草丛有一条如深沟般的痕迹。果然，这条蛇只是出于好奇借住一晚，并不想把辛劳勤勉的明溪人当盘中餐。望着眼前那条草沟，心惊之余，王兴发不由吐口长气。当他从车窗里环视四周确信没有危险，打开车门下车，思谋着徒步回去求救之时，忽听到就近丛林传来两声猛兽的咆哮声。他赶忙转过身来，朝着传来动静的丛林望去，只听得一阵树枝折断的声响，不一会儿，一只强壮的黑熊赫然出现在他的视线里。

暗暗惊叫一声，王兴发转身上车关门，动作一气呵成。

万幸黑熊对沼泽地里的铁家伙没多大兴趣，只是远远地手舞足蹈地吼叫了几声，转身迈着笨拙的身体走了。

王兴发意识到想徒步走出这片丛林求救，一路上必定危机四伏。就这么坐以待毙，不甘心，这也不是他王兴发的性格。尽管意识到危险，他还是一手持刀一手持斧准备试上一试，然而，仅走出十几米，近处接连传来野兽的叫声，又把他重新赶进车子。那么，除了等待救援，没有别的办法了。不错，如果今天他还没回去，酋长朋友一定会带人顺着车轮印找来。好在，车上有足够的食物和水。王兴发预想得不错，但他忘记了重要的一点，此地已不是他的酋长朋友领地，印第安人各部落之间把领地范围看得至高无上，一个部落绝不能轻易进入另一个部落的领地，否则就会引发械斗。

别无选择，只能等待救援的王兴发与车一起困在这片沼泽里，周围是高耸入云的丛林。后来，他回忆起这次历险仍心有余悸，这是他人生中最漫长的三天两夜。正是这样，第二天整整一个白天，说不清有多少野兽围着这个铁家伙打转，似乎这片丛林已传递出这么一个信息：有个不同寻常的家伙陷在沼泽里，车里似乎有一种叫作人的动物。于是，不断有各种野兽前来探看，围着车子又嗅又撞。王兴发无计可施，除了一动不动地装死，别无他法。

漫长的一天终于过去，夜色再次暗下来，那些失去兴趣的猛兽也回到各自巢穴里，没想到那条蟒蛇却去而复返。看那花花的身子在月光照耀下滑溜溜地爬上汽车，王兴发此时心里萌生的不是害怕，而是绝望。他只能照样将自己用绳子捆在座椅上，生怕睡着时弄出响动，惊怒这条蟒蛇。半睡半醒中一个晚上也不知怎么熬过来的，除了这条似乎与王兴发相安无事的蟒蛇，在这个没有月亮，丛林里浓得像墨般化不开的黑夜里，还不时有各种野兽光临，或许碍于蟒蛇已先期占领了这块领地，它们喘着沉重的呼吸声走了。这条蟒蛇在暗夜中倒成了王兴发的保护神，让他再看它花花的身子时少了几分恐惧。

6

又是一个难熬的晚上，天亮时分迷糊睡去的王兴发是被一阵阵"吱吱"声惊醒的。天空依然阴着，飘起若有若无的细雨，这片被高大丛林包围的沼泽的早晨时光竟如黄昏天色。听到这异常的声响，王兴发警觉地睁开疲惫的眼睛，猛然就被眼前的情景震惊了。这条蟒蛇并没有如前一个晚上天亮就撤离，还盘在汽车引擎盖上，车子的周围则赫然多了不知多少条的蟒蛇，它们身段都没有这条大，而这条似乎是蛇王的蟒蛇正昂头吐着蛇信子，与远道而来的同伴们快乐地打着招呼。这是什么情况？一定是这条蟒蛇招引来的！似乎它要占据汽车这个领地，呼朋唤友一同享用了。转眼间，这些爬上车顶的蟒蛇就将车窗玻璃严严实实地覆盖住了。王兴发一动也不敢动，他似乎听到车窗玻璃正被缠绕的蟒蛇勒碎的声响。完了，看来要成这些蟒蛇的腹中之物了。王兴发抓紧柴刀，惊惧中瞪大双眼，浑身止不住颤抖起来。这时候，他似乎听到丛林深处传来熟悉的印第安人聚集的尖锐口哨声。印第安人！悲喜交集中，王兴发的意识渐渐模糊了……

不知过了多久，王兴发在一阵阵惊奇的叫声中悠悠醒转来，伸手寻找不知丢到哪的柴刀，却被正往他嘴里灌药的印第安人死死地按住了。得救了？是印第安人救了他？一定是酋长朋友……王兴发紧绷的神经一松，再次陷入了昏迷。直到后来，王兴发才知道事情的原委，果真是酋长朋友发觉王兴发两天没回，就委托信使找到这片领地的印第安人部落酋长。酋长带领大批的印第安人寻找到此，发现被蟒蛇围困、危在旦夕的中国人，于是，他们用印第安人特有的方式驱散了蟒蛇，并将汽车从沼泽地里拉出来。

印第安人的药让王兴发再次昏迷并没有多久，就彻底醒了过来。看着眼前十几个印第安人，还有站在他面前的看样子50多岁的酋长，死里逃生的王兴发悲喜交集，不知如何感谢他们的救命之恩。他强撑疲惫的身体，起身以印第安人的礼节表示感谢后，不由分说打开车门，从包里掏出此次准备到这个部落商谈木材砍伐的钱。王兴发语无伦次地用简单的印第安语说着感谢的话，把黑奥分发给不明所以的印第安人。正当他重新掏包拿出最后一沓黑澳准备献给酋长时，猛然听到三声枪响，转身却见酋长挥枪朝他怒吼着。王兴发手一抖，黑澳散落到地上。

这位大部落的酋长个头粗壮，肌肤呈古铜色，毛发黑黄相间，寸须刺拉拉地趴在厚厚的嘴唇上，样子显得格外威猛。印第安人是一个崇尚武力的民族，酋长除了德高望重，还必须是部落里强壮的汉子。此时，酋长一张粗糙的大脸正挂着愤怒，举着枪口还在冒烟的短枪，冲着王兴发吼叫着。

印第安人的性格王兴发是清楚的，处好了可以称兄道弟，一言不合也可以拔刀相向。他不知自己哪个地方得罪了酋长，但终于半猜半听明白酋长的意思后，忙在十几个印第安人并无恶意的嘘声中，将方才丢在地上和他们扔回的黑澳手忙脚乱地捡回包里。形势急转直下，他莫名其妙地成为这个印第安部落的战利品，被两个印第安人一左一右挟持着坐到车子后排座上，由另一个印第安人开着他的车返回部落领地。时不时地，坐在副驾上的酋长还转过头来，用怒火中烧的目光瞪一眼刚出蛇窝又入"虎"口，感觉凶多吉少的中国人。

王兴发就以这么一种特殊的方式，忐忑不安地进入这个原本他带着礼品和黑澳准备商谈木材生意的部落。后来，王兴发才了解到这个部落在亚马孙流域的印第安人中算是比较大的一个，非他此前所交的酋长朋友的部落可比，而更大的领地意味着有更丰富的木材资源。

这是一个世居于亚马孙雨林深处的印第安人部落，作为最尊贵的酋长，他的家在一片茂密的阔叶林中，有 11 位妻子，老老少少共有 30 口人，可以说是部落最大的家庭。而整个部落共有 50 多个印第安人家庭，人口 400 多，散居在这片阔叶林的 60 至 70 平方公里范围内。每个成年男人都有 2 至 3 位妻子，一个家庭有 8 至 10 口人。与亚马孙流域所有印第安部一样，他们种植土豆、玉米、大豆、木薯、甘蔗等，但主要以在亚马孙河捕鱼为主，土豆与玉米是他们主粮。全体族人都穿戴着自产的亚麻与鱼皮兽皮自制而成的衣服，住的是半原始的小木房，过着半原始的生活。部落实行大集体分配制，大家统一劳作、分散捕猎，所有收获都集中到酋长家中，由酋长与他的几位得力副手分配食物及用品。对于分配，酋长有绝对的权威，不许也不敢有人不服。

不论是作为闯进部落的客人，还是他们救援的战利品，王兴发理所当然住在酋长家里。面相粗鄙的酋长将王兴发交给家里人，安排一个小房间让他居住，转身就边吼叫着边处理部落事务去了。

吉凶未卜！王兴发用有限的印第安语言无法完整地表达自己的来意，不由有些后悔没听从既是翻译也是合作者的成河劝告，没等他回来就独闯印第安领地。很显然，酋长还没有把他当作会给部落带来利益的朋友，也没有把他当作敌人，安全应当不是问题，只不知酋长如何打发他这不速之客。让王兴发更懊悔的是被救时不该昏了头，给印第安人分发黑澳。其实，他这一段时间与酋长朋友做生意，多少也了解一些印第安人的习俗，自己急切中分发黑澳之举显然有看不起他们之嫌，就此造成了误会。既来之则安之，饥肠辘辘的王兴发不客气地享用看起来是酋长妻子的女人端上来的烤土豆，还有用树叶包着的一大块烤鹿肉。肚子里有了货，身上的力气和胆识也回来了。忐忑之中，王兴发开始思考何去何从了，此次生意能否谈成事小，为长久计，最重要的是如何消除分发黑澳造成的误会。但是，这些从酋长家进进出出的印第安人的目光委实太让人毛骨悚然，好奇中包含着凶猛，分明把他视为战利品或猎物，更让他头痛的是那些印第安女人，无论老幼，都像男人一样裸着上身，让王兴发的目光无处安放。酋长在时，她们还有所顾忌，只是叽叽喳喳地围着王兴发指指点点，待酋长一走，她们干脆目光直勾勾地盯着缩到屋角的王兴发，有的走过来，说着王兴发听不懂的话，伸手在他身上摸来摸去，不知何意。难道是对他这个异族雄性产生兴趣了？王兴发敢怒不敢言，生怕激怒本就有误会的印第安人。终于，在酋长再回来时，王兴发再也忍不住了，指指退到门外的几个印第安女人，用自己蹩脚的印第安语，配合肢体语言，表达了自己的不满和祈求。

酋长瞪着面红耳赤的王兴发，看一眼挤在门外嬉笑的女人，明白了中国人的意思。他挥起手中的竹杖，冲女人吼叫了几声，这些女人才心有不甘地作鸟兽散。

脱离这些似乎毫无羞耻心的印第安女人魔爪，王兴发向酋长投去感激的目光，忽觉这个面目凶恶的酋长并非不进油盐。于是，他努力选择着有限的印第安词汇，不外是"朋友""砍树"等，配合着肢体语言，向酋长表达他来此的意图。不知是他把意思表达相反了，还是酋长根本没有听懂，待王兴发说完，他忽然暴怒地用竹杖用力敲着地板，叽里咕噜说了一通，扔下王兴发一个人愣在屋子里，走了。完了，看来凭他几句印第安语解释不清，反而越抹越黑。误会无法消除，酋长没有把他当朋友，那么……当敌人了？哇，这一段时间与印第安人的接触，王兴发可知道在亚马孙热带丛林里，疾恶如仇的印第安人对付敌人有一百种野蛮的法子。一时间，看着酋长摔门而去的背影，王兴发无比沮丧地瘫坐在地。糟糕的是，那几个印第安女人又在门外探头探脑、挤眉弄眼了。没有办法，如此又惊又怕中熬了两天，就在王兴发思谋着"自救"，准备趁酋长不注意寻机逃跑的时候，与他一起在"玛瑙斯"做木材生意的合作伙伴成河前来营救了。

原来，成河回来后听酋长朋友告知王兴发被邻近部落救走不放，合作伙伴兼翻译的他就知王兄惹上麻烦了。因为，印第安各部落间向来是井水不犯河水，决不会为一个生意伙伴翻脸。深知印第安人酋规的成河不敢想象印第安人会如何处置王兴发，倒不是担心王兄的安全，而是怕他坠入在外人看来匪夷所思的麻烦。所虑不错，当精通印第安语的成河与酋长一番态度诚恳的沟通后，一会儿指指王兴发，一会儿指指自己，一会儿向酋长弯腰鞠躬，总算把王兴发独闯对方领地被营救，反而用黑奥侮辱印第安同胞的误会解释清楚了。

王兴发看着酋长逐渐缓和的脸色，听了成河转头劝慰他的话，一时间，忍不住泪如雨下。正是男儿有泪不轻弹，只因未到惊惧处。

王兴发无语而凝涕，酋长古铜色的脸却笑逐颜开。忽然，他用竹杖点着地板，招手让看样子是他副手的一个中年印第安人过来。酋长说了几句，助手转身而去。没多久，11个印第安女人鱼贯而入，一字排开，站在王兴发和成河面前。酋长笑着对同样不知所以的成河说了几句，成河脸色大变。当他迟疑地将酋长的意图一说，王兴发当即两腿发颤，扫一眼11个女人，不由自主地后退一步，靠在墙上，语无伦次地对成河说："啊，不行，不行，这怎么行！"成河也没了主意，"麻烦，麻烦了！酋长这是把你当最好的朋友了。"

最好的朋友，是这样招待的？不错，听成河一番解释，酋长明白王兴发是为了和他们做木材生意，帮助印第安人过好日子才遇险，就将王兴发当作最好的朋友。后来确实也是如此，在这个酋长的帮助下，王兴发顺利拿下了这个大部落所有珍贵木材的砍伐经销权，淘到了人生中的第一桶金，且直到后来一直与酋长和他的部落保持着良好的朋友关系。但这天，好客的酋长在认中国人为最好朋友后，却决定将自己的11个妻子招来，由好朋友随意挑选其中一个为妻，这是他款待朋友最真诚也最隆重的方式。

王兴发无法接受这样的朋友盛情。朋友妻不可欺，这是中国人的传统信条，怎么可能把朋友的妻子挑来当老婆呢！更何况他家中已有贤妻。最初的震惊后，明白事情原委的王兴发身上男儿的血性上来了，当即让成河翻译，他无法接受酋长的礼物。当成河小心地选择着措辞将王兴发的意思传达给酋长时，酋长古铜色脸上的笑容消失了，不知是有意还是无意，他从身上拔出佩戴的一把锋利短刀，眼睛红红地瞪着王兴发，又向成河用力摇着头。成河见不是事，忙劝慰王兴发："王兄，我就是怕印第安人这些预料不到的麻烦。"他小心扫一眼 11 个面无表情一直等待王兴发挑选的印第安女人，轻声建议，"王兄，你看酋长那样，如果不接受他的礼物，恐怕……"

"恐怕什么？会有杀身之祸？"这也太荒唐了！天底下还有送老婆给朋友的！王兴发真后悔不该独闯印第安人领地。

成河觑一眼一直瞪着他们的酋长，略一思忖说："王兄，我们来个缓兵之计，先接受这个礼物，等我们带着她走出这片热带雨林，再把她原样送还。这么做可解眼下之危，只是想与他们做木材生意就不太可能了。也罢，生意事小，眼下也只能这么做了。"

正是成河的这个建议让原本心意已决的王兴发犹豫了。是啊，他不能放弃印第安部落这个富矿。这是他到巴西后觅到的唯一能让他摆脱明溪驿阴影，东山再起的机会。权衡再三，王兴发面如死灰地对成河说："成老弟，也罢，你就对酋长说……说我感谢他……唉！"一声长叹，王兴发习惯地摸了摸这些日子长长许多的短寸头发，抱头蹲到了墙角。

成河不无同情地把王兴发的意思传达给一直阴着脸摆弄着短刀的酋长。转眼间，酋长的脸又堆上了笑，将短刀插进腰间，捏嘴忽地来了一声尖锐的口哨。哨声未落，十几个手持长矛刀棍的印第安男人闯进来，一下子把整个屋子都挤满了。酋长对中年副手简洁交代了几句，这些手持兵器的印第安男人又如潮水般退出屋子。似乎一切布置停当，颇有成就感的酋长对面如土色的成河说："请你们放心，待会我们部落要为王先生庆祝一下。现在，就请让王先生挑选妻子。"说着，用手指指一直安静地等待挑选的他的 11 个妻子。

是福不是祸，是祸躲不过。不能拂了酋长的美意，也不能违了自己做人的准则，更不能失去酋长这个朋友，只能走一步看一步，到哪个山头唱哪个山头的歌。并没有想到万全之策的王兴发心中主意已定，无可奈何地选了一位女子。当然没有以妻子的标准来选，而是凭着多年商海沉浮阅人无数的经验，他选了一位面相柔顺，眼光不像其他印第安女人直勾勾盯着他，而是躲躲闪闪的女子。这个印第安女子个子较高，肤色较深，20多岁的模样，而从她赤裸的棕色胸部可推断其尚未生育。

事实证明王兴发选择正确，这个名叫伊兰的女子果然性格柔顺而善良，且相当聪慧。王兴发之所以一眼选中她，一是她的两眼时不时地望着酋长，目光幽怨而无助，在王兴发挑选时，她的目光与中国男人一碰就躲开了。二是她尚未生育，将她带出丛林，可免除子女的麻烦。选定伊兰时，一直无所适从的王兴发心中悄然拿定了主意：不以对方为妻，又不伤酋长美意，失去这份可以说是用命换来的朋友。因为，他刚刚起步的事业需要印第安酋长的友情！那么，当务之急是想办法应付酋长正热情叫族人准备的婚礼，如何度过这漫长的新婚之夜。

7

也是后来才知悉，王兴发所选的印第安"妻子"是一个苦命人。她是酋长的第11位妻子，年纪只有20岁。5年前，两个印第安部落为争一片林地发生械斗，伊兰的父母及兄弟姐妹在这场没有赢家的争斗中全部殒命，伊兰外出采野果幸免于难。由于她已没有亲人，按规被部落的酋长收养，成为酋长的私人财富，直到去年才被酋长纳为第11个妻子。在印第安部落，酋长拥有至高无上的权力，伊兰除了顺从，没有别的选择。她懒得与酋长的10个女人争风吃醋，但因年纪最小而受到酋长宠爱，也招致了姐妹们的明枪暗箭。没人知道伊兰内心的痛苦，包括她顺从酋长的意愿被这陌生的黄种人挑选为妻。

现在的王兴发也没有第二条路可走，必须顺从这片丛林的王者，完成这个在他看来匪夷所思的婚礼。经成河与酋长进一步沟通，王兴发才知由于伊兰没有亲人，婚礼可不按当地风俗操办，根据中国人意愿选择结婚的方式，条件是必须在丛林里，马上举行。酋长对王兴发一下选中他最年轻的妻子没有丝毫介意，反而一把将伊兰拉到王兴发面前，表情严厉地对她交代着什么。随后，酋长对成河说："告诉王先生，他与伊兰成婚以后，就是我们这个部落亲戚了，想做木材生意没问题的。只要是我们领地，不论是什么品种的木材，我们都可以半卖半送给他。成先生，告诉他，嘿，他的眼光很厉害，把我的伊兰挑走了。哈哈。"酋长用这么两声爽朗的笑，表达一个男人对另一个男人的欣赏。显然，酋长是有一些见识的，并非顽固不化，一直很文明地称王兴发和成河为先生。

听成河一番喜形于色的翻译，王兴发暗暗坚信自己最终的选择是对的。然而，木材还好好地长在丛林里，眼下如何迈过伊兰这座"火焰山"才是当务之急，只是去哪里借芭蕉扇呢？王兴发为此发愁，成河也替他发愁，但他们都明白：顺从酋长的旨意是此时不二的选择。接下来，就是成河作为翻译在王兴发和酋长间穿针引线，确定王兴发与伊兰婚礼的程序。

首先是解决两位新人的洞房，由酋长负责在离他居所约 100 米的阔叶林建一座茅草新房，作为酋长赠送给王先生的新婚礼物。其次，一切生活用具按中国人的生活习惯，由成河明天驱车前去购买。另外，或许是有意或好意，为了王先生的安全，另外在新房边建一座警卫茅草房，两名印第安小伙日夜轮班值守，保证新郎、新娘的安全。一切安排停当，酋长显示了他至高无上的权威，也体现了印第安人集体精神和超高的工作效率，两个小时后，一座一人多高，3 米见方的新茅草房就建成了。房子四周围上五层芭蕉叶，屋顶则用棕榈树的苞叶覆盖，再加盖编成门片状的茅草片，门也是用芭蕉叶编织而成。购买生活用品还得等到明天，酋长送来应急的床上用品：10 张带毛的兽皮，其中有狐狸皮、马麂皮、海獭皮，更珍贵的是一张硕大的老虎皮，可当被盖。吃喝则暂时在酋长家，等生活用具买来再另起炉灶。王兴发听酋长对他这对新婚夫妇安排的架势，显然是要他在这个部落里生根开花了。一时间，表面上不得不满脸堆笑的王兴发用印第安语感谢酋长关爱，内心却黑得摸不着道了。

然而，夜晚伴随着逃不掉的婚礼还是如时来临了。酋长很看重王兴发这个朋友，除领地边界必要的警卫人员，他要求所有部落成员都来给这对新人捧场。婚礼很热闹，喝着椰果汁和棕榈酒，吃着烤羊腿，围着篝火跳舞的印第安人，很快在酒精的作用下将婚礼推向了高潮。这哪是一场婚礼，分明是部落借着婚礼进行一场狂欢。王兴发作为婚礼的主角却与这样的氛围格格不入，倒是与印第安人打交道更多的成河架不住印第安女人拉扯，喝下几杯棕榈酒，居然忘记正在火上煎烤的朋友，也忘乎所以地加入狂欢的行列。直到转了两圈，手举着一根羊腿回来，吃得满嘴流油的成河见到如坐针毡的王兴发，才略感歉意地说："王兄，眼下形势，也只好先随遇而安……"

王兴发明白成河的意思，只能无心无绪地苦苦一笑。或许是印第安人的风俗，不时有印第安人女人来拉扯新郎跳舞，但都被坐在不远处的酋长喝退了。呆坐着的王兴发一点也没责怪朋友"见色忘友"，表情木然间内心在翻江倒海，事业的诱惑和对即将到来的洞房恐惧，二者一直在交织。成河又被一印第安女人拉去跳舞了，王兴发则愁白了头，仍后悔不该擅闯印第安人领地，差点成蟒蛇腹中食不说，现在又莫名其妙地被"奉妻完婚"。这是什么风俗，竟强迫别人娶自己的妻子。王兴发脸上挤出比哭还难看的笑，回应酋长的举杯祝贺。他真想把自己一醉方休，但不行啊，一旦醉了，岂不更由人摆布了！左右思忖，无路可走，真就这样随波逐流，与伊兰入洞房？思想半天，王兴发心中终于有了一个主意。

正值此时，三声震耳的铜锣声骤然响起，吓得呆坐失神的王兴发从木墩上跳起来，本能地冲出人群，却一跤绊倒，心一黑，索性顺势躺倒在地，紧闭双眼。听到锣声也吓一跳的成河回头见王兴发躺在地上，酋长正摆手着急地指挥着手下往他身上泼着棕榈酒。糟了，一定是王兄要逃跑被看守的印第安人杀了。成河急忙冲过去，拨开围着的人群，冲酋长着急地叫道："别动手，别动手。酋长，王先生等会就入洞房，我来和他说。"

酋长不明所以地看了看成河，继续指挥手下把棕榈酒泼到王兴发脸上。

原来，印第安人的锣声是部落间战争开始或结束时敲，后来演变为惩罚族人，或捕猎到大型动物抬回村时，敲锣通知族人到场欢庆，而锣声次数代表不同的信号。刚才三声锣响，是酋长宣告狂欢庆典结束，要大家送新人入洞房。阴错阳差，正想着装病逃离洞房的王兴发顺势而为，倒是假戏真做。是啊，他确实太累了，先是三天两夜的遇险，现在又碰上"送妻"惊吓，身心俱疲的他这么一倒地，精神一放松，"病"得非常像，意识真的进入半梦半醒状态。显然，王兴发装死还真把酋长骗了，他一边向成河解释着，一边着急地挥手做抢救的手势。转眼间，人群中挤进一位中年印第安女人，手上拿着刺猬般的针，不由分说，对着王兴发的人中连刺三下。一时间，装死的王兴发被这刺猬针扎得杀猪般号叫起来，如果不是几个印第安人按着手脚，他非得跳起来逃跑，不敢再装死了。随后，大家又手忙脚乱地把新郎抬进洞房。这时候，一直在洞房里等候的伊兰害怕地缩到墙角，直到酋长向她怒吼了一句什么，才畏畏缩缩地上来，侍候已躺在老虎皮上的新郎。

虽无辜挨了三针，人中火辣辣地疼，还红肿了起来，但王兴发这突发奇想的装死还是取得了成效。酋长挥手让手下都退出去后，对成河说："王先生刚遇险，一定是体力不支。成先生晚上就和伊兰一起照顾王先生。"又让候在门外的副手准备甘蔗水及山毛榉果汁、竹沥、茅草根等，待王兴发清醒后喝。临了，酋长用竹杖指指伊兰，又叽里呱啦交代了一通，留下两个手持长刀的印第安青年在门外站岗，方心有不甘地走了。

待酋长一走，因人中疼痛头脑更清醒的王兴发见装死奏效，趁伊兰送酋长出门，忙呻吟着坐起来，对还一头雾水的成河挤眉弄眼。成河会意，让低眉顺眼坐在屋角的伊兰先出去一下，按中国风俗他作为新郎的亲属要单独交代一些事情，新娘是不能听的。待伊兰低头应答出屋掩门后，尽管知道她听不懂汉语，成河还是压低声说："王兄，你这葫芦里卖的什么药，把我都搞糊涂了。"

"我现在格外清醒。"王兴发摸着红肿的人中，倒吸一口凉气，"不要了，什么都不要了，我现在只想赶快离开这个鬼地方。等会儿趁伊兰睡去，我们就逃。"

"逃？王兄，你真的甘心？酋长可真把你当朋友了。哈哈，连老婆都送给你了。我看这酋长讲义气，比原来酋长朋友还爽快，他答应的事情一定会兑现。当然，前提是你与伊兰洞房，成为他部落的亲戚。"

"你还有心思取笑兄弟？我可不想当印第安人的上门女婿！"

"对不住，对不住。我知道王兄对嫂子一往情深。"成河笑着表示抱歉，"逃是逃不掉了，这个酋长可不是好糊弄的，你装死混过今晚洞房，可明天后天还能装死吗？他可是在房外留了两个警卫，防着你这一招了。看来，他是铁了心要把妻子送给你。"成河又忍不住要开玩笑，见王兴发脸色沉下来，作势打了一下自己的嘴，"我观察了半天，倒觉得解铃还得系铃人。看样子伊兰是个心善的女子，你和她好好商量商量，或许这扣还有得解。"

"和伊兰商量？"王兴发不解地问。

8

当局者迷，旁观者清。

当初，王兴发来亚马孙河流域的印第安部落做木材生意时，因资金有限，经台湾老板介绍认识在巴西多年且会印第安语的台湾人成河，两人合作到酋长朋友的印第安部落砍树，算起来也有一年多时间了。生意上王兴发拿主意，负责联络沟通则是成河，彼此可谓相知相敬，成河既是合作伙伴还兼翻译。过些天，成河准备回台湾去了，这个印第安部落的木材生意只由王兴发自己经营。成河自然知晓明溪人的雄心，这是一个千载难逢的机会，放弃了，实在可惜。因此，观眼前形势，要做到既不与伊兰入洞房，又与酋长成朋友，为后面的木材生意开启胜利之门，只能做通伊兰的工作。分析了一通，成河真诚地对王兴发说："两全之策，就是得到伊兰谅解和帮助。"又轻笑道，"王兄，你刚才装死的灵机一动真厉害，把酋长骗了，把我也骗了。我看，或许伊兰这个女子看出来了。"

"不会吧？一个印第安女人。"王兴发不太相信成河的话。然而，当成河把伊兰叫进屋，用印第安语与她稍加沟通，就证明其所言不虚。当即，成河诚恳地把王兴发的话翻译给伊兰，不外是王先生很感激酋长把你送他为妻，王先生也很愿意娶。只是他刚经过一场惊吓，体力不支，无法完婚，希望她理解。

伊兰半信半疑地看着王兴发，半晌不吭声，脸上居然泛起一丝娇羞的微笑。显然，她其实也处在忐忑不安中，既然酋长把她送给了中国人，如果新郎不喜欢新娘，回不去的她真不知将来怎么过日子。

王兴发看到伊兰这一丝难得的微笑，感到有戏，信心倍增，忙不迭地把自己筹划于心的打算竹筒倒豆子，一五一十地向伊兰坦白，希望以此打动她的心。王兴发的想法是：其一，让伊兰跟随他去看看外面的世界；其二，由于语言无法交流，将来会影响到他们的家庭生活，建议伊兰学习巴西的官方语言；其三，他身体恢复后，会立即返回部落，与酋长合作木材生意，共同改善整个部落的生活，造福族人。将来大家都会感谢伊兰，也感谢促成这一切的酋长。

这的确是王兴发让伊兰无法拒绝的恳求，在印第安部落里女性地位低下，有这么一个男人这么掏心掏肺地对自己，可说是千载难逢。因此，面对着王兴发期待真诚的目光，听完成河原原本本翻译后，伊兰略一思忖，同意天亮后和酋长表明。伊兰看着喜笑颜开的王兴发，反过来安慰他："酋长是'大好人'，他会同意的。"说话，似已是妻子对丈夫的语气了。

成河向王兴发挤眉弄眼。王兴发看伊兰的神态，心又莫名地揪了起来。

已是凌晨时分，终于搞定伊兰，只待她如何向酋长游说了。也不知酋长是否会同意自己的三条建议，一颗心七上八下，身为"病人"的王兴发占据铺着兽皮的床铺一大半，新娘则缩在床角，成河只能靠在一张躺椅上。看伊兰像一只弱小无助的小猫般，王兴发很是同情这个柔弱无助的女人，被丈夫像商品一样送人，无法决定自己的命运。一时间，他又想，若真把这个印第安女人带出丛林，一定要善待她，让她过上文明社会里一个女人应有的生活。这么想着，他拿起盖在自己身上的老虎皮，轻轻盖在她的身上。也不知何时，王兴发总算睡着了，睡得很沉，听得屋外印第安人的喧闹声，才悠悠醒来，却见老虎皮又盖到自己身上，摊开身体躺在躺椅上的成河睡得像死人一样，嘴角还搭着一条哈喇子，伊兰却不见了。王兴发忙耸身坐起，正想招呼成河，门忽地推开了，伊兰走进屋子里。伊兰看着王兴发，在对方犹疑的目光中点点头，无声地笑了。

王兴发后来一直认为，这是他看到的印第安女人最美的微笑。

奇怪的是，直到吃过午饭离开这个让王兴发终生难忘的印第安部落，酋长居然再也没有露面。如鸟儿急急飞出牢笼的王兴发生怕有什么变故，也不敢多问，跟着酋长的副手和那两位自始至终一直守在洞房外的印第安青年，与成河和伊兰一起急急逃离这个让他胆战心惊的地方。一路上，伊兰始终没有说话，到达离部落村庄10公里外的亚马孙河边，她才转头四顾张望，直到酋长副手与她咬了一会耳朵。迟疑了一下，伊兰走到四处张望的王兴发和成河面前，说："酋长有事不来送了。欢迎你回来与他做木材生意，他会在这里等你。"

原来如此。看来这酋长还真是一个有格局的汉子。王兴发心中一块石头总算落了地。这时候，随着酋长副手一声尖锐的嗯哨声，从丛林里突然跳出了一群印第安人，他们尖叫着，手舞足蹈地将王兴发成河伊兰围在中间。如果不是刚吃了伊兰给的一颗定心丸，王兴发又要被吓得丢了魂。显然，这些边笑边叫边舞，手上也没有拿武器的印第安人是来欢送他们，似乎整个部落的人都来了，除了酋长。一时间，这片宽阔的亚马孙河岸尘土飞扬，印第安人用各种肢体语言表达着欢送朋友之情。不知不觉间，王兴发被这些淳朴而爽直的印第安人感动了。是啊，这就是印第安人，用中国歌里唱的"朋友来了有好酒，豺狼来了有猎枪"。印第安兄弟，我还会回来的，王兴发需要你们，我一定会给你们带来幸福！这时候，有意无意地，王兴发轻轻揽住身体跟着大家吆喝的节奏快乐扭动着的伊兰肩膀。伊兰微愣了下，伸手拉住王兴发垂在腰间的另一只手，握得很紧很紧。未来不可知，走出亚马孙丛林的印第安女人把自己的命运，交给了这个才认识三天的中国男人。

一切都尘埃落定。这一大片木排上立着五座可住人的塑料棚，其中一个棚子里居然安放着王兴发曾陷到沼泽地里，此时已擦拭得干干净净的小车。木排上食物和生活用品一应俱全，足以保证他们在亚马孙河漂流的生活所需。当那两个一直跟随王兴发的印第安人启动木排，转瞬间驶入亚马孙河汹涌的河流中，岸上依然还在以欢快的舞蹈欢送朋友的印第安人渐渐在视线里模糊了，王兴发这才发现伊兰依然紧攥着他的手……闻到和感受着伊兰陌生的印第安女人体味和她的无助依靠，王兴发心中暗暗发誓，一定善待这个被命运卷进他生命中的女人。不错，木排漂流到"玛瑙斯"后，王兴发就将伊兰送到一所私立语言学校的速成班，让她学习官方的巴西语言。这对新人始终没有"洞房"。聪慧善良的伊兰三年学业结束后一直跟着王兴发，无形中成了明溪人与巴西人打交道最好的黏合剂。王兴发带着印第安女人几乎跑遍了巴西，而他的妻子也把伊兰当作最好的妹妹。后来，在王嫂撮合下，伊兰与一位善良勤勉的巴西小伙成婚，两人都在王兴发的公司工作，幸福的伊兰成了两男两女4个孩子的母亲，王兴发承担了4个孩子除巴西政府少数福利外的绝大部分费用。

对于友善相待的酋长和这个让明溪汉子终生难忘的印第安部落，王兴发没有让当年有意不来相送的酋长失望。半年后，经过一番周密筹划，王兴发组织了十几个人的华商商队，再次进入这片亚马孙丛林的印第安部落领地，通过巴西政府有关部门的协作，与部落组建了一家林木开发合作社，合作持续了5年。合作社将这里优质的花梨木加工成板材，海运回中国的浙江宁波。在王兴发淘到来巴西的第一桶金时，这个印第安部落的生活也发生了翻天覆地的变化，部落开办了小学，一条300公里的直通"玛瑙斯"的公路，将原本处于原始生活状态的部落与现代文明连接在一起。

正是这样，传奇般完成原始资本积累的王兴发回到圣保罗，经营更大规模的木材生意，直到后来木材出口更加规范，利润受到很大限制，他才转向经营来自中国的轻工产品，又转而涉足圣保罗房地产。当2014年在巴西举办世界杯和2017年举办夏季奥运会，这两个千载难逢的机会给巴西带来了前所未有的发展机遇，独具商业眼光和经营智慧的王兴发，此时已是巴西执牛耳的华商，他抓住这个机遇，凭借房地产业使自己的公司又上了一个台阶。

这么多年，无论公司业务多么繁忙，王兴发每年都要和伊兰一起长途跋涉，返回亚马孙丛林深处这个今非昔比的印第安部落，看望一年年老去的酋长，像探望一位至亲的长者。而算起来，这么些年他给部落的捐助已高达几百万美元。

当2015年这天，王兴发如约赴匈牙利兑现当年关闭明溪驿的诺言和处理投资的匈塞铁路相关事宜时，因公司业务需要，他没能带上原本要跟他一起到匈牙利看明溪驿的伊兰。但他给大家看了伊兰和她那个幸福的六口之家照片，让所有人都为王兴发九死一生、艰难曲折的经历唏嘘不已。

9

现在，站在楼梯岭上鸡爪梨下的李秋实，当然不知道在巴西的王兴发颇具传奇色彩的生死考验。这一刻，李坑自然村在午后的阳光下平静而安宁，只有村中一如既往流淌的清澈小溪欢快地用"哗哗"笑声迎接风尘仆仆的游子。正在屋里忙乎着的母亲见到李秋实很是吃惊，狐疑的目光上下打量一番后落在他肩上的编织袋上，无声一叹，眼里瞬间冒出泪花。她用颤抖的双手摸着儿子的手说："回来了？回来好，回来好！我们再不乱跑了，回家安安心心的……"并没有告知父母太多自己的事情，还清债务给一直为他牵肠挂肚的父母吃下一颗定心丸后，并不习惯于事先张扬的李秋实选择要给双亲一个惊喜。他喝下了母亲端来的一杯冷热永远是那么合适的茶后，与忙着要给儿子煮点心的母亲吱一声，转身背起编织袋，到田里寻找父亲。他不知道身后的母亲盯着他背上编织袋上的目光有多么担忧，因为母亲误以为他背回的只是一编织袋复合肥。是啊，李秋实用来装钱的正是这么一条复合肥编织袋。李秋实走在田埂上，春天的阳光打在他洋溢着激动的脸上，让他体验到故乡的阳光与外面的太阳真有些与众不同，特别富有质感，特别暖人。直到走到田间的土地庙前放下编织袋，他才暗暗长舒口气。

在土地庙边田里劳作的父亲早看到儿子的到来，但他只抬头扫儿子一眼又埋头耕作，直到听到儿子的呼唤，他才拉长声调回应："回来了。"

父亲语气平淡，就像当年儿子到县城上学回家一样。父亲总是这样，除了当年李秋实从匈牙利回来把自己关了3个月，他才第一次流泪失态地跺脚长叹"我的这个儿子毁了啊"。李秋实早习惯了父亲的平淡，不知不觉中这也在影响着他的性格，于豪爽中保持一种大度的内敛。知子莫若父，尽管父亲不知道儿子突然回来的原因，但从他一口气搬去压在头上的债务大山，他猜测儿子或许要到一个新的山头找食了。父亲踩着田埂走到站在土地庙前的儿子面前时步态沉稳，他把锄头放下来，顺势坐在一块突起的石头上掏出旱烟。

这田间的土地庙很小，小得容不得一个人进入，但它又很大，管着李坑这么多的山田，掌管这一方风调雨顺的土地。一条用卵石铺就的点缀着矮小野草的田间小道连接村道，也把李坑村民与土地庙连接在一起。现在，父亲的平淡让李秋实看到自己浅薄的浮躁，但他今天就是想浅薄一回，像个没有文化的土财主一样大俗一次。于是，他轻吸口气，在父亲往旱烟枪里填烟丝时忙掏出打火机帮着点燃，随后，又从编织袋里提出一个塑料袋，掏出塑料袋里早准备好的香烛纸炮，自顾自虔诚地弯腰给李坑的土地公土地婆点烛，上香，烧纸，鸣炮。一切都做完后，他长吸口气，在吸第二锅烟的父亲略有些诧异的注视下，从编织袋里掏出捆扎结实的一沓沓人民币，整整齐齐地摆放在土地公前的石板上，一共 10 捆，98000 元。这时，父亲终于站起来了，旱烟枪举在空中，忘了放到嘴里。李秋实觉得这一刻自己就像是任性而无知的孩子，在父亲渐渐充满温度的目光中。他说："爸，这是我现在赚到的所有的钱。不多，我都带回来了。都说地里生黄金，我就想让钱在这土地庙接接地气。爸，儿子这几年来漂得太虚了，现在我想接上这根，让自己走踏实些。爸，我……"

父亲的目光是被儿子这一番话点燃的，他将旱烟枪在石头上敲了敲，插进腰带里，挥手打断了儿子的话。他先是一一拿起这八沓钱，又轻轻放下，似怕一不小心它就长进地里了。接着，他看着儿子，含泪道："儿啊，你真是长大了啊！明了啊，爸什么都明了啊……"父亲没有惊讶儿子浅薄的显富之举，也没有责备儿子压不住事，因为他完全明了李秋实这么做的缘由。说着话，他将手重重地按在儿子宽厚的肩膀上。

阳光下田野间的 98000 元人民币散发着钱特有的味道，很俗气又很结实。当然，这不只是财富的味道，更有一个艰辛奋斗者采摘果实的味道。李秋实实在压抑太久了，很需要一种特别的释放，一种似乎只有在李坑土地庙前才适合的释放。他就是要这么任性地当一回土财主，浑身铜臭地浅薄一回，也只有借助孔方兄的力量，他才能甩掉自匈牙利回来后黏在他身上那么多冷漠的目光。当然，还有一个近乎迷信的想法，这笔将启动李秋实"先行工程"的资金，是要动土的，他的公司将惊动四方土地，那么，就让这启动资金先接上明溪的地气，在故乡的土地公前。也就在这天，李秋实暗暗发誓，等将来公司发展了，一定要为李坑修一条通往县城的公路，让父老乡亲都搭上"先行工程"的快车。正是这样，当李秋实捞到了财富的第二桶金，兑现了当初在土地庙前面向李坑土地公的誓言。当然，这是李秋实一个从不与外人道的秘密。这天，心中一直忐忑不安的母亲看着这对笑谈着进门的父子，满是不解地问："你们……捡到钱了？"

10

李秋实这天在故乡李坑当然没有捡到钱，他是以这么一种特殊的方式来启动属于他的"先行工程"，他要亲自开着挖掘机从土里刨出金子。不错，李秋实与朋友合伙的聚仁工程机械有限公司挂牌营业的鞭炮声还未消散，他开着明溪第一台私人挖掘机就出现在归化古老的天空下。这一天，他书写了明溪一页不可复制的历史。

新挖掘机得50多万，李秋实和合伙人显然没有这个能力，他是通过老贾的牵线介绍退而求其次，花十几万购买了一家国有单位旧的挖掘机。这时候，通过招投标的激烈竞争，聚仁机械工程有限公司拿下明溪通往三明的省道316线中明溪城关到翰仙乡的标段。事实上，从明溪通往三明的316省道路小弯多，特别是荆西岭，一上一下盘旋几十道弯，坡陡弯多，很多还是回头弯，历来是司机格外谨慎的地方。有一个真实的笑话，一位从上海来的司机开车过上荆西岭，走到半中间，踩刹车踩得双腿打战，进退不得，只是停下，请当地司机代驾。正是这样，明溪到三明79公里的路程，老司机开班车也得两个多小时。于是，在三明启动全市的"先称工程"时，明溪县委、县政府就把这条卡脖子的316省道列为重中之重，因工程量大且所需资金庞大，几经筹措终于在人们翘首以盼下开工，不少有资质的建筑队都瞄准了这块肥肉。因此，刚刚成立的聚仁机械工程有限公司费了九牛二虎之力才接下了这个工程相对不复杂的标段。当然，与李秋实有过君子协定的老贾也在其中出了一臂之力。在聚仁机械工程有限公司成功拿下这个利润高工程难度较低，但在人们眼里又是连接翰仙乡与县城最显眼的标段后，老贾再次不留情面地敲打李秋实："记住你给我说过的话，好好修路，我的眼里容不下一粒沙子！"

老贾的眼里不容沙子，李秋实的眼里一样不想容一粒沙子，他得漂漂亮亮地把活做好，钱赚在明处。因为这是公司的第一个工程，公司的招牌不容一点粉尘的玷污。然而，公司刚刚起步，一切从零开始，很快，李秋实的8万元启动资金与合伙人投资的资金就用到了各种刀刃上。不错，好钢用在刀刃上，所有的钱都花在不得不花的环节上，能省则省。比方说这台四成新的挖掘机，虽然在国有单位的眼里已是人老珠黄，但在李秋实眼中却是光芒四射的宝贝，是公司最昂贵也是最重要的固定资产，谁来掌管它就成了重中之重。正是工程人才奇缺的时候，打听之下，李秋实连连咋舌，不说很难找到熟练的挖掘机司机，其昂贵的高工资也让资金已捉襟见肘的他望而却步。事实上，公司开创后，除了不得不引入投资者外，李秋实又不得不借贷，转眼间从李坑土地庙前任性显富的土财主成了负债人。左思右想，还在医药公司工作时李秋实曾向开大队中型拖拉机的中学同学学过开中型拖拉机，后来也能摆弄起拖拉机。于是，自信满满的李秋实决定自己当挖掘机司机，省下一笔昂贵的工资。果然，李秋实有摆弄机械的天赋，向国营单位那位老师傅虚心求教了三天，请他喝了三个晚上的酒，居然把这台人老珠黄的挖掘机开回了明溪。

这个晚上，李秋实提着一桶油漆前前后后像伺候宝贝一样将生锈的地方粉刷一遍，散发着油漆味的挖掘机俨然有些珠光宝气起来。妻子看男人兴高采烈地盯着表面上焕然一新的挖掘机，不无忧虑地说："就是旧了些，你刚学会，要开慢一些。"

"我不会着急，不急的。路很长，我会慢慢开的。"李秋实这么宽慰妻子。

确实不能急，他也没有资格急，聚仁工程机械有限公司成立后，原来各自小打小闹的兄弟姐妹都被李秋实招至麾下，因为在他最困难的时候，亲人们没有埋怨他，那么，他现在也不能在追求人生大格局的路上把他们排除在外。正是从这天开始，李秋实像母鸡护小鸡一样把亲朋聚拢在他的周围，李家成了明溪县让人羡慕的一个和谐大家庭，而这也正是父亲对李秋实的期望。现在，聚仁工程机械有限公司在李秋实亲自开着挖掘机的开路下，正一米一米地拓宽夯实明溪通往三明的咽喉要道，而他开挖掘机的技术也越来越顺溜了。不错，这台开起来似乎四处咯吱作响的挖掘机在他的精心伺候下重新焕发了青春，正带着李秋实奔走在康庄大道上。这天，老贾到明溪县出差，顺便到乡下看望父母，路过翰仙，他到正干得热火朝天的工地，见李秋实俨然已是老师傅般的样子，由衷赞叹："秋实，我真没想到你还有这把刷子。不过，你这可是无证驾驶，虽是在你自己的工作面，可也是打擦边球，上面真要管起来可不行的。"

一向公事公办的老贾能这么睁一只眼闭一只眼，是被李秋实的执着打动了。李秋实感激老朋友的忠告，没几天还真弄来了一本证，算是合法地开车上路了。而取得合法开挖掘机资格的第三天，李秋实却经历了人生的又一次生死考验。

　　季节已是进入 7 月苦夏，天气一天比一天热，都说好汉不赚六月钱，但对于整个三明所有从事"先行工程"的各施工单位来说，却正是加紧施工的好时机。漫长的南方雨季几乎拖垮了每个施工队的进度，炎热的夏天正好是大干快上的好时机，对于新成立的聚仁工程机械有限公司而言自然也不例外。李秋实是公司的经理和股份最大的老板，但他身后还盯着另一个投资人的目光，是因为资金实在短缺，原本要单干的李秋实当初才不得不同意这个投资者入股。好在这朋友很讲信义，从不过问公司的业务往来，眼睛只盯着工程的进度，因为能否顺利在预定时间完成第一个工程，不仅事关利润，而且事关公司的信誉。为了自己也为了朋友的信任，李秋实必须在这个 7 月把雨季中拉下的进度追回来，于是，除了起早贪黑奔忙在工地外就是时不时点灯夜战，让自己手上的挖掘机发挥最大的能量。虽然从工地到县城的家并不远，李秋实却已整整半个月没回家了。这天，在水泥厂化验室上班的妻子抽空到工地看望一直放心不下的丈夫，见男人被晒得黑不溜秋的，一身工装上沾着星星点点的泥巴，脸庞整整瘦了圈，一打眼几乎认不出来了。一时间，女人心疼得眼泛泪花，嗔骂道："你这是不要命了啊……"说完又觉这话不吉利，"呸呸呸"地往地上连吐三口口水，二话不说，拉着男人坐到路边的大树下，亲眼看着他把她精心炖的老母鸡汤喝下。

　　李秋实喝着浓香的鸡汤，正想问问妻子最近父母的情况，自从上了工地，他已有一个多月没回老家看望父母了。这时，一个工人却着急忙慌地跑来说刚挖的路上方塌下一大堆土和石头。李秋实问清没砸到人后，顾不得与妻子叙家常，匆匆交代她休息时代他回李坑看看父母就急忙去处理了。正是如此，用脚不沾地来形容李秋实开通的"先行工程"一点也不为过。天气越来越炎热，聚仁工程机械有限公司的员工冒着酷暑，只能不停地喝着绿豆汤奋战，一锹一锹一土箕一土箕地开路。7 月 26 日这天，一大早太阳就高挂在东边山头上，无遮无拦的公路亮晃晃一片，为了保证工程进度，已连续三个夜晚睡在简易工棚里的李秋实搓着双眼走出来，抬头就被初升太阳已有些灼人的热度晃花了眼睛，下意识地伸手在眼前搭了个"凉棚"，待视线恢复过来，第一眼就落在灰头土脸的挖掘机上。

　　自这台四成新挖掘机经李秋实之手焕发第二春，开到工地上，它就担当了最重的开挖任务，每天喘着粗气冒着黑烟，一米一米地推进属于聚仁工程机械有限公司的"先行工程"。它很争气，除了偶尔撒撒脾气，关键时刻从没掉过链子。最任性的就是那次李秋实没日没夜连轴转着干了5天，被累垮的它终于发脾气罢工了，让同样累垮的主人请来修理厂老师傅修了整整一天才作罢。平素里偶尔一点小毛病，经李秋实之手七摸八捣鼓居然重新上岗。这真是一个奇迹！这台四成新的挖掘机，在李秋实手上任劳任怨不停地工作。然而，它的年纪确实有些大了，各部位的零件时常都会发出超期服役的抱怨声。同时，它也太累了，陪伴着精心呵护的主人天天太阳下一身泥水。是啊，昨晚奋战到深夜才休息，它身上各个零件的热度似乎还没完全消退，它总觉得身体有某个地方不太舒服，因此，当不知疲倦的主人精神抖擞地走向它时，它很想提醒主人该让它休息休息了。李秋实扫一眼挖掘机时似乎听懂了它的抱怨，但他不能满足它这个要求，不仅不能休息，看来今天白天晚上又得连轴转了。前天因为一个意外的塌方，预定的工程进度又拖了两天，而从知情人老贾那里获得的消息：三明市整个"先行工程"完成后将召开一个隆重的表彰大会，市领导有意将这个时间提前，在省上露露脸，展示一下山区人的改革开放速度，因而原定各标段完成时间可能会提前。当然，加快进度也会有相应的奖励措施。具体是什么奖励措施，老贾没有透露，李秋实猜测有两点：一是在随后的工程标竞争中政策倾斜；二是真金白银。不管哪一种，对于聚仁工程机械有限公司这个"新人"来说，都是个扬名立万的机会。加快，再加快！是当务之急，如果不是舍不得付高工资，他都想请一个司机，来个人停机器不停。形势所逼，没有办法！从灰头土脸的挖掘机上收回目光的李秋实只能这么抱歉地回应挖掘机。其实，这么一段时间与这部机器连成一体的他，已能敏锐地感受到哪个部位不太对劲，他知道这台旧机器得精心维护，即使工作再晚他都不会忘了按时更换机油及检查各主要的部件，这已养成了习惯。"手握方向盘，脚踏生死关。"李秋实记得当初向中学同学学开中型拖拉机时，同学就这么严肃地提醒跃跃欲试的他。所以，每次坐到挖掘机的驾驶室，启动时试试方向盘和刹车已是他养成的习惯，现在有证在手的李秋实已是一位有实战经验的挖掘机司机了。然而，或许是立功心切，急于获得老贾所说的奖励，风卷残云地用过早饭的李秋实这天上车时并没有习惯地试刹车，而是一启动就挂挡加大油门开往工作面。尽管挖掘机心存抱怨，但它已习惯主人这种拼命三郎的工作方法，听话地以百米跑的速度向工作面冲去。

昨夜工作的场面还完整保留下来，新挖的路面凹凸不平，坐在挖掘机驾驶室习惯性的摇晃中，李秋实心中盘算着能否如老贾所说的提前进度，算来算去总感到有些玄，不由心中就有些毛躁起来。也就是这么一走神，猛见挖掘机正向一个大石头冲去，一激灵，李秋实猛打方向避让石头，不料这方向打得太急，车头竟直直向路边的河冲去。见不是路，李秋实急切地猛踩刹车，同时往里打方向盘。然而，或许因天气过于炎热，挖掘机的刹车片变形导致刹车失灵，或许是别的什么原因，李秋实一再踩刹车，挖掘机并没有听话地停住脚步，而是直冲冲地向河里冲去。其实，只那么几秒钟的时间，并来不及让李秋实做更多反应，他的眼前涌上一阵黑暗，心中惊叫一声，挖掘机已如一匹脱缰的野马"嗷嗷"叫着，一头从3米多高的河岸上栽进河中。

天旋地转间，李秋实在驾驶室里像一个陀螺被一种无形的巨大力量旋转了几圈，惊恐之中竟想及南非那颗掠过头皮的子弹。这个时候，已是不辨方向的李秋实绝望中见挖掘机并没有沉没在幽深的河水里，还有一半露出水面，自己也有半个身子在水面上。一阵意外的惊喜中，李秋实抹了一把从头发上往下滴的河水，感到了一种意外的清凉，仰头就看到河岸上有人奔跑的身影。奇怪，怎么这么安静？没有河水流淌的声音，没有人们的呼喊声，他张开嘴喊了一声，居然什么也没听到，所有的声音似乎如海绵吸水般吸走了。这安静让李秋实真正清醒起来，他看到挖掘机驾驶室一边的门严重变形，另一边门不翼而飞。一阵暗喜，他挥手想游出驾驶室，直到这时，他才发现淹没于水中的脚似乎被什么东西夹住了。惊惧中，他徒劳地挥动双手却无法挣脱，而随着一阵轻微的颤动，原本被什么东西半托出水面的挖掘机在缓缓下沉。

李秋实使力想把脚从水里拔出来，用力拍打着双手。但是，他的一切努力都是徒劳的，挖掘机在缓缓地下沉。

依然听不到任何声音，只见两个工人从远处跳到河里，向正在下沉的挖掘机游来。李秋实瞪大眼睛，用力呼喊着："快，快来，挖掘机要沉了，我的脚被夹住了。"耳朵失聪的李秋实没有听到自己的呼喊，但他看到他的呼喊得到了岸上人的呼应，有更多的人在河岸上奔走，自然还有呼叫。然而，挖掘机加快了下沉的速度，已游过来的两个工人显然有些束手无策，不敢靠近这个危险的庞然大物，生怕一同被带进水底。与此同时，水一毫米一毫米地往上淹没着李秋实。水上升的速度一开始很快，淹到李秋实下巴时忽然放慢了，但没有停止，河水一直在像一条阴险的虫往李秋实身上攀缘，一点点的，以让人觉察不到的速度。当从岸边伸下来的一根长竹篙试图递给李秋实时，无意中却捅到驾驶室那扇已变形的门。李秋实只感到挖掘机轻微一颤，然后就以不可抑制的速度往水里滑。当河水猛然浸没李秋实嘴巴时，他只来得及呼喊一声："你们别乱捅，要沉了！"李秋实紧闭双唇，在他心中一暗之间，挖掘机终于停住了下滑的速度。

现在，岸上的人和各抱着一个拖拉机轮胎浮在挖掘机两边的工人都看到这样一副令人震惊的场景：清凉的河水淹没到李秋实鼻孔下，让人琢磨不定的如怪兽般的挖掘机随时都会下沉。危险，李秋实命悬一线！但是，鉴于方才无意中竹篙捅到驾驶室造成挖掘机下沉，现在岸上想递竹篙让李秋实抓住的人只能干着急。不错，或许轻微的晃动，也会让挖掘机失去这水中奇怪的平衡继续下沉，后果不堪设想。

李秋实努力地昂起头，清凉的河水就在他鼻孔下，他能感到自己尽量放轻的呼吸给河水造成的波澜。牵一发动全身，怎么办？不知道怎么办！只差那么一厘米，他用力闭着双唇，努力调匀从鼻孔进出的呼吸。忽然间，在南非从头皮上掠过的那颗子弹穿破时空呼啸而来。对，那是更近的生死之距，而眼下毕竟还有一厘米，比起那颗子弹，河水显然已仁慈多了，命运其实待他李秋实不薄，他没什么好抱怨的，就努力一试，就当南非的那颗子弹往下低那么一丝丝……这么想着，被迫仰望天空却只能看到小半个倾斜的天和大半个是黄色驾驶室的李秋实忽然间释然了。也在这一瞬间，被一种力量屏蔽起来的听觉恢复了，河水声和人们惊慌失措的招呼声扑耳而来。是回来的声音让李秋实身上的气力在渐渐冰冷的血水里奔涌起来，决定奋力一搏，他冲着河里抱着轮胎一直试图靠近挖掘机的两个工人叫道："大家都别动！"说话间，瞅准了一侧驾驶室开的门，一只脚悄悄寻找到一个支点用力一蹬，另一只不知被什么东西夹住的脚使力一拔。随着一阵火辣辣的疼痛，被夹住的脚居然在此前多次尝试之后拔出来了。霎时，李秋实想到会自断尾巴逃生的壁虎。是脚掌拔断了！还是……不管它，反正他现在是自由了。挖掘机颤了颤居然稳住了身子。不敢多做停留，李秋实如一条鱼瞅准驾驶室开的那边门，借脚蹬之力奋力冲出被困了似乎一个世纪那般漫长的"囚笼"。

如同挣脱网的鱼，冲出驾驶室的李秋实被两个等待已久的工人接住。当一个轮胎撑住脱险的李秋实时，那台已淹没一大半的挖掘机浑身颤了颤，整个身体一侧，无可奈何地缓缓滑进水中，搅起一圈圈混乱的漩涡后被河水完全淹没了。

李秋实张开大嘴巴呼吸着无比珍贵的空气，他身边的水不时地涌上让人惊异的红色。当如同兄弟们亲切的挖掘机完全淹没在水中时，只听得人们惊呼着"李总"后，所有的声音和色彩都从他的意识里消失了。

这是一个让人震惊不已的意外事故，捡回一条命的李秋实身体多处擦伤破皮，特别是那只被夹住的脚踝，因他用力挣脱而被剥去了一层皮肉，深深的伤口已触及骨头。昏迷中的李秋实被人们救上岸时，从他身上流出的血染红了半个河面。所幸除了轻微的脑震荡和骇人的皮外伤，没有伤筋动骨，身体并无大碍。

李秋实是黄昏时分才在明溪县医院缓缓苏醒过来的。此时，医院该做的检查都已结束，关心他的亲朋们长松口气，感叹他大难不死必有后福。正巧到明溪县采访的凌笙对已醒过来的好朋友却没有祝贺他"大难不死必有后福"，而是沉着脸认真地说："秋实，你走得太快了，灵魂都跟不上了！"

好好睡一觉的李秋实有些惊讶地看着出现在病床前的凌笙，感激地一笑说："凌笙，我明白你的意思。我何尝不想慢一点，可工地的进度慢不得，整个三明的'先行工程'慢不得，我得……"

凌笙摇头说："秋实，你没有听懂我的话。"

"我又体会到在南非时子弹擦着头皮过去那种发麻的感觉了。"李秋实没有正面回应凌笙的话，感叹道，"凌笙，你知道吗？那一刻，当河水淹没到鼻子下时，我就想到了南非。一厘米，这回是一厘米……当时我就想还有什么最重要的事情没做。真的，可当时什么声音都没有了，这让我很害怕。说真的，凌笙，我真没想过我会那么害怕，比南非时子弹擦着我头皮飞过还害怕，因为没有人听到我在说什么，我也不知道别人说什么。我最害怕的是这个！真的，差之毫厘！我真正体验到这成语的含义了！这就是生命！"

凌笙说："看来，你还有救。"

"都说君子之交淡如水，我们算得上吧！"李秋实疲惫一笑，"凌笙，我看过你发表在《三明日报》副刊和《福建地质矿产报》上的那些诗，我知道你已经把我拉下好长一段距离了，但是……如果说我现在脑子格外清醒，你信不信？我……如果说我还想当诗人，你信不信？"

凌笙说："我信！对于文学，你从来没有离开过。秋实，你或许自己都没有意识到。"

李秋实黯然一叹："只是……不是现在，什么时候？我也不知道，总有一天……"

凌笙向打开水回来的柳娟轻轻一笑，又重重握了握李秋实的手，走了。

是得好好想想了。凌笙走后，李秋实翻阅着凌笙带来的油印自选诗集，正好趁受伤住院这段时间好好理理思绪。凌笙的诗和话让李秋实从匆忙奔走的"先行工程"中清醒过来，此后，公司再也没有因为赶工程进度而发生任何安全事故。

11

转眼三年过去，三明大规模"先行工程"接近尾声。1997 年 12 月，三明市召开了"先行工程表彰大会"，李秋实的公司得到了一张在同行们看来无价的奖状，因为这代表他不仅得到业界的认可，也得到政府有关部门的赞扬，这对公司后来承揽工程起到了是用金钱和关系也达不到的作用。随后，在其他股东退出后，完全属于李秋实的聚仁工程机械有限公司还在陆续地进行乡村公路的开挖，随着一条条通往乡村的公路开通。已在业内打下名头的李秋实也完成了原始资本积累。

说话到了 2000 年 9 月 17 日这天，难得清闲的李秋实在家里翻出已布满灰尘的《裴多菲诗选》，一翻就翻到最为熟悉的《自由与爱情》，读着诗，想及离开布达佩斯前夜的情景，忽有一种隔世之感。正心生感慨着，书桌上的电话机突然响了，竟然是郑立新从布达佩斯打来的。自从家里安装了程控电话，李秋实与国内国际的朋友联络就方便多了，自然而然与匈牙利几个好朋友的联络也多了起来，有时候他们遇到一些难事还会打电话征询李哥的意见。李秋实明白他们并非真的需要他的建议，而是彼此间有一种情谊的念想使然。其实，离开匈牙利多年，不说匈牙利在变，就是中国每天都在变，不过是找个借口聊聊家常，大家都已过了需要掐着秒打电话的阶段。现在，听到郑立新熟悉的大嗓门，李秋实会心地笑了，紧接着他脸上的笑又僵住了。郑立新火急火燎地说，"李哥，你快劝劝陈铭科，这个中学教师是真急了，要和人家拼命！"

"到底发生什么事？"李秋实心里一沉，想不明白温文尔雅的陈铭科能与人拼命。

郑立新没头没脑地说："一句两句我也说不清楚，只是我看他和几个越南人一起嘀咕的好几天了。铭科兄是真急糊涂了，昨天他喝多酒拍桌子的样子好吓人，我和丽琪姐都劝不下了。我想也只有你的话他能听得进去。反正……反正你一定得给他打电话，让他离那班子越南人远点，大家正联络一些明溪老乡一起想办法呢！"

估计郑立新喝了不少酒，李秋实着急地要问更多的事情，他却支吾着说不清楚了。也不管李秋实听没听明白，郑立新又说："李哥，电话费好贵的啊，我不多说了，你就给他打电话。马上就给他打，晚了，就来不及了，要出大事了。对了，李哥，可别说我给你打的电话，丽琪姐不让我和你说，我这是在外头背着他们用公用电话打的。哎呀，这国际长途烧钱啊，李哥，我真得挂了，挂了。别忘了打电话啊。"郑立新到底也没有把事情说清楚，就把电话掐断了。

李秋实拿着话筒愣在当中，终了也没弄明白郑立新打这电话为的是什么，除了知晓一向奉公守法的中学英语老师要和人拼命。一时间，早没有诗意的李秋实把诗集放回书架上，当即就往布达佩斯的明溪饭店拨电话。估摸着这时候已是布达佩斯夜晚12点多，也不知饭店有没有人。陈铭科和冯丽琪新搬了家，那天告知一个新电话号码，李秋实随手写在日历纸上，也不知搁哪了。没想到居然接电话的正是陈铭科，他听李秋实简明扼要地复述完郑立新的电话内容，就用埋怨的语气说："这个大个子！唉，李哥，立新兄弟是想帮我，可他哪帮得到点子上，我还怕他添乱呢。你别听他乱说，我不是要和人拼命，而是现在都不知要找谁拼命。"接着，陈铭科就像给学生上课般，条理清晰言简意赅地向李秋实讲述了事情的大概。

把事情弄明白了，李秋实略微思索下正想说什么，电话那头却传来冯丽琪清脆悦耳的声音："李哥，惊动你了。也没什么，立新兄弟的话有点夸张，可若真让那'吸血鬼'阴谋得逞，在四虎市场经营的商户损失就大了。我们还算是有家底托着，那些刚来的商户就没路可走了。现在整个四虎市场乱糟糟的，从8月底传出消息大家就无心做生意了，都吵成一锅粥了，不管是我们中国人还是越南人和别国的人。李哥，我会拦住铭科的，他是和两个越南朋友商量对策呢。"末了，冯丽琪轻轻一笑，"你放心，他一个手无缚鸡之力的英语老师哪敢跟人家拼命，就是昨天喝多了酒，气不过敲桌子拍胸脯地说几句酒话……"

一切都明白了。李秋实想起那次请回国内办货的吴秀仙丈夫刘玉源吃饭，刘玉源就提及，吴秀仙担心给各路商家日进斗金的四虎市场总有一天会让管理者眼红，让李秋实提醒陈铭科早寻退路。吴秀仙不愧是眼观六路的商界女豪杰，她的担心是对的。因此，此前打电话时提醒过陈铭科的李秋实这会明了具体的情况，略微思考了一下，让冯丽琪把电话给陈铭科后，冷静地说："铭科，我是鞭长莫及啊。我想，首先是四虎市场商户们不能自乱阵脚，那可正中尼利亚下怀。哈哈，没有过不去的火焰山。"用两声故作轻松的笑缓解电话那头陈铭科的情绪后，李秋实接着说，"现在要紧的是大家要团结，毕竟是在人家的地盘上，单枪匹马硬干只会伤着自己。把所有中国商户，特别是明溪商户都联络起来。对，还有越南人。"

陈铭科说："那两个越南朋友就是主动来找我商量怎么办呢！"

"这好啊，不管平日里我们和越南人有什么矛盾，可这个时候一定得团结，两国人要拧成一股绳，就通过你那两个越南朋友把他们中有号召力人请来一块商量。三个臭皮匠顶个诸葛亮。对了，我想起来了，上回听你说余老师的《欧洲时报》在匈牙利新闻界挺有影响力，得把他请来一块商量，若是他的报纸能在舆论上关注此事，匈牙利当局就一定会有压力。"末了，李秋实又多了一嘴，问及郑立新情况。

陈铭科轻叹道："唉，这兄弟是性情中人，肝胆讲义气，空闲时没少来明溪饭店帮忙，还死活不要工钱。可就是那个瘾总断不了，好三天坏三天。唉，李哥，我们是嘴皮子都磨破了，知道他最听丽琪的话，可也没用。他在四虎市场租台子赚的钱都填到卡西洛这无底洞了。"

听了陈铭科说的情况，若是郑立新站在面前，李秋实一定狠狠地踹他一脚。但面对被"赌魔"缠住的郑立新，李秋实除了有些后悔当初引他到匈牙利，也是束手无策，打电话时没少劝过他，可正如陈铭科所说的，好两天就故态复萌，看来"赌魔"的力量让郑立新真的无法抗拒。

然而，在电话那头的李秋实无奈地长叹口气，结束通话后，这些天被四虎市场的事搅得有些乱了方寸的陈铭科，听到李秋实这一番话，像吃了颗定心丸，原本笼罩眼前那一层模糊的雾居然被驱散了。

12

事实上，事情起因正如吴秀仙此前所担心，是四虎市场的管理者眼红商户们日进斗金，已不满足于此前收取的本就高于其他市场管理费，包括从厕所里50福林一泡尿这种极端的方式来榨取商户们的钱。或许布达佩斯政府也没有想到这个由废弃的旧火车站改造而来的四虎市场，居然能云集那么多的国际友人，并且从此淘走那么多的金。随着匈牙利打开国门笑迎四方宾客，每天有数千人涌进四虎市场，几里长的六条商街水泄不通，进出货物居然有上千吨。于是，四虎市场的运营者——蒙尔控股有限公司眼红了，从8月底就放风要对四虎市场改造升级，美其名曰为各国商户提供更优质的服务。其具体做法就是将市场里 1000 多家台子改成巴比隆，或租赁或出售，可以多收数额相当可观的钱。这台子中国人有 103 家，越南人则有 800 多家，其他国家的商户也占了一部分。改成巴比隆后，商户租赁的租金将从每月 6.6 万福林提高到 15 万福林，且与美元汇率挂钩。此外，有些商户在四虎市场空地上支帐篷的货亭一律取缔，改造成台子货亭，租金也和巴比隆一样提高。

蒙尔控股有限公司当然知道此举关系到所有外国商户的切身利益，所以从 8 月中旬开始吹风，直到 9 月初才对外正式宣布，并声称给大家一段时间腾出地方调整生意。此举无异于在一锅煮沸的粥里投进一个大石头，不仅把热粥激荡出锅，甚至连锅底都要砸破了。因此，本就对管理者对四虎市场商户收取各种高额费用不满的商户们，已几次自发聚集到多瑙河畔表示抗议。当然，这是小规模的，不外是几个交往相熟的商户通个气表达一下意见，这微弱的发声盖不过多瑙河的波涛声，蒙尔控股有限公司董事长尼利亚根本不当一回事，据可靠消息，她正命令手下有条不紊推进这项事关所有商户的四虎市场改造升级工程。这个素以管理公司铁腕著称的匈牙利女人非常清楚，平日里四虎市场争斗不断，对于十几个商户没有组织地聚集在多瑙河边抗议，她只当对方在观赏多瑙河风景时来一段特别的抒情罢了。是啊，对付一盘散沙的商户快刀斩乱麻是上策。然而，她没有想到打乱她如意算盘的竟然是一个不起眼的斯斯文文的中学英语老师，在面对谈判代表之一的陈铭科时多少有些吃惊，不可思议地摇头："中国人，中国人，拿破仑说不要惊醒东方的雄狮，有道理有道理。"于是，她向陈铭科为首的谈判代表臣服了。

现在，陈铭科和冯丽琪在四虎市场的生意做得顺风顺水，不仅自个拥有一个早期租赁的巴比隆，还另外发展了两张台子，一个人在四虎市场搞经营，一个人开明溪饭店，这对大家眼中早已同情默许的"傍肩"真有个夫唱妇随的意思。事实上，世上没有不透风的墙，他们的事情自然从各种渠道传到明溪，让冯丽琪感到奇怪的是，男人打电话除了没完没了地以各种名目要钱外，从未提及陈铭科。难道他真的只在乎冯丽琪这台永不枯竭的提款机？这让冯丽琪暗松口气之余心头浮上另一种说不出滋味的痛楚。这期间，冯丽琪回明溪 2 次，原本信心满满的要与丈夫谈条件离婚，她也准备好应对来自男人理所当然的风暴，然而，她只是提了个话头就被男人扯开了。或许这个男人是冯丽琪命中的克星，前世欠下的债今世还。另一方面是冯丽琪看着女儿可怜巴巴的眼神，终于还是下不了离婚的决心。直到第二次回明溪她才听到一些风声，说是村里的一位寡妇与跛脚的理发匠明铺暗盖。原来如此，冯丽琪心中所有的愧疚都消散了。唉，就这样吧，为了女儿，表面上还是维持一个完整的家吧，于是，离婚的事也就这么拖了下来。

当然，冯丽琪用钱来维系与丈夫的关系，陈铭科却不想一直当这个"傍肩"，只是他爱冯丽琪，不忍心让她伤心。于是，就只能还按以前的"君子协定"把共同的生意做好，也只能如此了。陈铭科有时想，就这样吧，在布达佩斯一直这么"傍肩"着，明溪，他反正也不想回去了。但是，尽管彼此小心翼翼地回避明溪那个"吸血鬼"存在，但爱之深痛之深，只要一想到那个毁了冯丽琪和他一辈子幸福的跛脚理发匠——"吸血鬼"，他的气就不打一处来。因此，昨天晚上听到四虎市场的"吸血鬼"马上要动真格，正好前天冯丽琪又给打电话来要钱的男人寄回一笔钱，两个"吸血鬼"给陈铭科制造的郁闷，让他终于忍不住借着酒意发泄出来。

其实，昨晚陈铭科是邀几个明溪老乡在明溪饭店小聚，酒桌上他提及这两天有两个有生意往来的越南朋友来找他，说要一起去向匈牙利人讨公道。想到如果真让"吸血鬼"的坑人的工程开工，那有两张台子的陈铭科可说是损失惨重，虽不至伤筋动骨，但这一整年算是白干了。说着说着，他拍桌而起："你们大家说说，我那两个越南朋友说得对不对？明天我就去找那个'吸血鬼'，当面锣对面鼓地把话挑明。大不了我……和他们拼了……"想及他生活中出现这两个不同的"吸血鬼"，一半是心疼两张台子的钱，一半是对行事爽直的冯丽琪在感情问题上如此优柔寡断有个怒其不争的意思，借着几分酒劲，陈铭科就把酒杯砸到地上。

在后厨与胖子商量明天采买食材的冯丽琪听到动静忙跑出来，把几个情绪也有些激动的明溪老乡劝走后，扶着醉步踉跄的陈铭科到吧台后小房间休息。

一路把桌椅板凳碰得山响的陈铭科，仍不依不饶地嚷着打倒"吸血鬼"。这一幕恰巧被从卡西洛输钱出来、气闷中要到明溪饭店消夜喝两杯酒的郑立新看到。从未见陈铭科这个样子，郑立新输钱的沮丧也消失了，这才有了第二天左思右想之后背着他们给李秋实打的电话。昨天晚上，陈铭科真醉了，他都不知道自己对冯丽琪胡说了什么，一觉在吧台后这个冯丽琪用来中午休息的小房间那张钢丝桌上睡到天亮。醒来只觉头疼得厉害，转脸却见坐在一边的冯丽琪。一时间，陈铭科的头也不疼了，觑女人脸色，小心地问，"丽琪，我昨晚是不是醉得厉……害……"

冯丽琪没有看陈铭科，忽然间，眼里的泪就从脸颊上淌了下来。

这可把陈铭科吓住了，忙上前抱住女人，一连声道歉："丽琪，丽琪，我是真喝醉了。呀，我说了什么现在一点都不记得了……就记得骂'吸血鬼'……我……"

"你说的是哪个'吸血鬼'？"

"当然是尼利亚啊！还能有谁？"一触及这个问题，陈铭科只能故伎重演——装傻。

冯丽琪挣开男人的拥抱，直视他的眼睛，泪眼迷离地说："铭科，我知道我对不住你，回去两次都让你失望了。要不……要不，我们……分开吧……那个'吸血鬼'要吸就让他吸我的血好了，你……我不能让他也吸你的血……"

陈铭科就知道自己酒后胡说什么了。他看着女人眼睛，伸手慢慢抹去她脸上的泪，轻声说："分不开了，这辈子都分不开了！"他重重地将女人搂进怀里，轻轻抚摸着女人后背，直到她像一只温顺的小猫般安静下来。

这是这对令人同情的"傍肩"时不时上演的一幕。没有人知道外面风风火火性格爽直的冯丽琪内心的敏感和脆弱，感情上的患得患失造成她一生的悲剧，当她与陈铭科并没有如大多数人预料的一样，在没有障碍之后有情人终成眷属时，是李秋实一语点中她性格中这个致命的缺陷。她无语而暗悔，但醒悟已迟，那时的陈铭科已无奈地接纳了一位善良美丽的匈牙利姑娘。后来，冯丽琪每到歌厅最喜欢唱的就是刘若英那首《后来》，唱得声情并茂，只有李秋实听懂她唱这首歌时挥之不去的忧伤。

现在，这对又一次跨过感情波澜的"傍肩"，面对他们生活中这两个"吸血鬼"都束手无策之时，是李秋实的电话捅破笼罩在他们眼前的那层迷雾。接完李秋实打来的国际长途，陈铭科与冯丽琪都在琢磨着李秋实建议，当两人终于商妥了一个重要决定之时，见已打烊的饭店玻璃门上现出探头探脑的郑立新。显然，这个大个子打完电话后正"心怀鬼胎"地来探听他们的动静。冯丽琪猛地冲过去拉开门，对转身欲逃的郑立新命令道："大个子，跑什么跑？你改行当侦探了？"

说来也怪，昔日王坊山头老大现在在布达佩斯已是混熟了，三教九流地认识了不少人，说话行事逐渐又有些当年王坊山头老大的气派，仗着光棍一条，在四虎市场与卡西洛之间游走，眼里已没有多少怕的事和人，可就是怵冯丽琪——这个貌似江小燕的柔弱女人。不错，郑立新在布达佩斯混了这么些年当然不会守身如玉，手上也陆续过了几个女人，但连"傍肩"都算不上，顶多是"露水情缘"，冲着彼此的生理需求折腾那么一阵子就各奔东西，谁也不欠谁，其中还好过一个越南女人。然而，大家眼里看上去挺乱的郑立新内心却干净得很，干干净净的一个隐秘角落里放着江西妹子江小燕。前些年偶然听一位由莫斯科转到匈牙利的江西人提及江小燕，说她跟着舅舅混得很风光，也嫁了人，有个郎才女貌的意思。这么着，郑立新也就彻底打消去莫斯科找江小燕的念头。或许正因此，看到貌似江小燕的冯丽琪，郑立新心中那个干净隐秘的角落就会那么抽疼一下，就这么抽疼着，居然怕起冯丽琪来。这当然是郑立新一个不能向外人道的秘密。是啊，他就是不忍心看冯丽琪受委屈，因为冯丽琪已成了江小燕的替身。现在，见冯丽琪又直呼他"大个"，他就知道对方生气了，转过身来，只能用一副嬉皮笑脸的样子来回应。

冯丽琪就见不得郑立新这个样子，恨铁不成钢地骂道："大个，你这个告密者！还不进来，有正事和你商量，给你个将功赎罪的机会。"

见冯丽琪说话不像开玩笑，郑立新也就收了一副嬉皮士的样子，挺起胸膛，走进明溪饭店，认真听英语老师上课。

方才陈铭科和冯丽琪已商量好了，马上分头联络比较有影响力的中国人，以明溪老乡为主，要能扛事的，不要太多，再由他们分头召集人，明天中午在明溪饭店集会，商讨如何对付尼利亚。待陈铭科说完，见郑立新听得认真，冯丽琪又交代说："立新，你现在混的人挺杂，三教九流的都有，也能守住底线。现在正好把你这些人脉用上，联络几个能厘清事的、靠谱的人参加后天的游行，他们的脸面是一个方面的代表，这样我们的示威组成就更全了，相信政府部门也会更有所触动。"

只要一说正事，冯丽琪就不再叫郑立新"大个"，而是称他"立新"，一种大姐姐对小弟弟的语气。冯丽琪这种姐姐对弟弟般亲切信任的语气，每每让混过江湖的郑立新总是意气风发，有个赴汤蹈火的意思，虽然这个姐姐从来不让他赴汤蹈火。于是，被姐姐指责为"告密者"，自知不够仗义的郑立新很珍惜这个"将功赎罪"的机会，在享用了冯丽琪此时已从后厨煮上来的一碗客秋包后，浑身是劲、热血沸腾地连夜联络人去了。

13

一夜无事，刚乔迁新居的陈铭科和冯丽琪又把示威行动各种可能产生的因素都盘算了，才安然入睡。

第二天一早，冯丽琪在明溪饭店大门挂出"内部装修，中午歇业"的牌子，跑前跑后地招呼伙计们准备中午聚会的午餐，几道正宗的明溪菜，客秋包管饱。思谋着饭后要分头行动，怕喝酒误事，冯丽琪的意思是不上酒，但陈铭科坚持每桌还是要上一瓶酒，待大家集体决议出炉时怎么也得举杯同饮，有个喝壮行酒的意思。

陈铭科不停地守在电话机前打电话。让他着急的是打了几个电话到《欧洲导报》编辑部，已到那里做事的瘦猴却说余主编一大早出去采访没有回来，也不知去哪个地方。这让陈铭科着急得不行，如果余老师不能参加这个意义非凡的聚会，那么，李秋实所说的至关重要的舆论力量就得消减，因为他还期盼着余老师利用他在布达佩斯新闻界的影响，联络另一家颇具影响力的华文报纸

《联合报》和其他同行参与。就在陈铭科与冯丽琪商量着要不要叫人去找余老师时，快到中午时分，已有一些联络到的明溪老乡先期来到明溪饭店之时，回到报社的余知天打来了电话。听陈铭科说明原委，电话那头就传来余知天浑厚的嗓音："铭科，太好了，我们可是想到一块了。这些天我听到四虎市场的事情已进行了先期了解，早上我就是到四虎市场周边拍几张照片，正想这件事单靠几个人的力量和中国人都很难办到，还得联络台子占大多数的越南人。但牵头的人不必太多，相信只要有人带头振臂一呼，四虎市场绝大多数商户都会自发加入进来，要紧的是找到有号召力的人参加。这样很好，我马上过去明溪饭店。"

得到余老师的肯定，陈铭科与冯丽琪相视一笑，长舒了口气。

事实上，决意到匈牙利办一张华文报纸，把中国文化与华商心声展现给匈牙利人的余知天，到布达佩斯后度过了一段艰难的日子。就说拿笔的手在四川饭店洗盘子被当时的瘦猴讥笑不说，其中听到的诸如不自量力、异想天开等讥讽之词更是车载斗量，但心中有信念的余知天没有放弃这个梦想，直到1994年，一位华侨慕名找到他，机会终于来到，他这才在匈牙利创办了一份中文报纸《欧洲导报》。这份华文报纸的横空出世震动了匈牙利华侨界，也给布达佩斯新闻界注入一股带着中国文化气息的新鲜血液。《欧洲导报》定位于面向华人群体，从各种不同角度和层面给华人呈现精美的文化大餐，把新闻的触角深入华商这个最主要的群体，报道华商们的故事。与此同时，报纸还为华商提供各种资讯服务，只要市场上需要的就及时呈现在版面上。显然，到匈牙利的绝大多数人并不懂得匈牙利语，即使大家掌握了日常生活匈牙利话后，要到能阅读匈牙利的报纸、书刊还有一段很长的距离，像陈铭科这般具有语言天赋、已能在基本看懂匈牙利文报纸的中国人可谓凤毛麟角。可以说，绝大多数中国人一到匈牙利就成了只会埋头拉车不懂得看路的老黄牛，在文化生活上几近于空白。显然，《欧洲导报》的诞生生逢其时，不仅在华人中搭起了一座沟通彼此的桥梁，而且丰富了他们的文化生活，成了人们生活的指南，自然很快就抓住了华人的心，短时间内就在匈牙利新闻界站住脚，发行量节节上升。

《欧洲导报》发展势头强劲，一年后，余知天把妻子和女儿也接到了布达佩斯。此时，由于曾经志同道合的合作伙伴另谋发展，《欧洲导报》由余知天当仁不让地全盘接收下来，一时间忙得脚不沾地。他负责采编业务，女儿和另一位打字员负责编排，妻子则负责报纸的发行及广告业务。人员少了，报纸的出版周期不能减，依然是每周一期。现在，在业余时间阅读《欧洲导报》和另外在市场需求催生下成立的几家华文报纸，已成了匈牙利华人的需要。然而，随着七八家华文报纸的异军突起，华商新闻和广告这块虽然一直在增长的蛋糕也竞争日趋于激烈，《欧洲导报》的生存经受着严峻的挑战。这么一来，身兼数职的余知天越加忙碌，他必须让自己的腿跑得更加勤，才能把最新鲜的新闻资讯提供给读者，从而分享到更多的广告利润。直到2001年因举家迁往美国，余知天不得不将已出版了300多期的《欧洲导报》转让给他人经营。转让那天，余知天流下了不舍的泪水，感觉就像把一个亲生养大的闺女嫁出去了，以后的命运不由自己掌握。

必须一提的是瘦猴。这个总想走偏门发财致富的明溪人在布达佩斯一直没混出个样子来，明溪饭店开业时还讥讽余知天拿笔的手到四川饭店洗盘子，一直看不起一心要办报的文化人。然而，1998年一场大病让瘦猴像换了个人。这天晚上，他晕倒在多瑙河畔时身边走过不少人都没伸出援手，是余知天到报社编辑版面夜深路过看到只剩一口气的瘦猴，当即将他送往医院救治，后来又利用《欧洲导报》的影响力号召明溪人为经济拮据的瘦猴捐款。尽管经常出入"小窗口"又不干正事的瘦猴人缘太差，却因了余知天的人格魅力和报纸的影响力，很快就为瘦猴筹集了一笔治疗费，将他从死亡线上拉了回来。由此，从鬼门关里走一遭的瘦猴浪子回头，洗心革面，重新做人，认认真真做生意，并对恩人余知天心存感激。当华文报纸增加，《欧洲导报》的广告经营下滑，原先那个雇来的打字员因没涨工资辞职时，头脑其实挺活络，来布达佩斯后学会打字的瘦猴就停了自个的生意，宁愿拿低工资，死活要到《欧洲导报》当这个打字员。同时，他还利用这些年熟悉商界的便利，成了报纸最好的兼职推销员和广告业务员。

忠厚长者余知天当然不会嫌弃此前瘦猴当众对他的羞辱，经济上尽量给瘦猴最高的待遇，私底下则已把他当作《欧洲导报》这个大家庭的一员。正是这样，余知天赶往明溪饭店参加集会时，瘦猴也自告奋勇地一起前来助威。现在，当路上堵车耽搁时间的余知天和瘦猴来到位于牛高地火车站边的明溪饭店时，饭店里已坐满了黄种人。之所以说黄种人，因为里头有中国人也有越南人。这几年从事新闻，随着《欧洲导报》影响力扩大，余知天的这张脸很多人都认得，而成天奔走于商界采访的余知天也认出其中有不少熟面孔。中国人里有上海、北京、福建明溪、江西、浙江等，当然也有生意上颇有影响力的越南人和其他国家的商户。迟来的余知天笑着向大家拱手表示歉意，又感慨地对迎上来的陈铭科小声说："铭科，真没想到你能出头召集这个群英会。不说今天明溪饭店自掏腰包摆这个流水席，你这份公心就让我老余佩服。哈哈，这还是以前我眼里行事谨慎的英语老师吗?"

陈铭科脸红了半边，小声说："余老师说笑了，我只是出头做个东，相比于'吸血鬼'要大吸血，我这几个小钱就微不足道了。刚才大家已商议半天了，明天早上就集体示威请愿。您是长者，又是华文报纸的主编，待会您得站出来说几句，给大家吃颗定心丸，我看有些人心里还摇摆着呢。"

"铭科心中的格局是越来越大了，大得我都要不认得了。"余知天略微思忖下说，"我是要说的，要说的。"一边说，一边与瘦猴一起坐到吴秀仙和郑立新、陈铭科、冯丽琪这桌。

没人动桌上那瓶酒，大家都脸色凝重地边吃着地道的明溪菜边小声议论着，整个饭店里声音嘈杂。余知天和吴秀仙、郑立新笑着拱手打招呼，一坐下，他就注意到对面坐着一个生面孔，正想询问，对方却站起来自我介绍说："我是越南人阮清平，陈老板的朋友。久仰，久仰，早听陈老板说过余先生，我也读过余先生的《欧洲导报》，里头有不少商业信息很有用。"显然，阮清平是个典型的越南人，个子瘦小，皮肤黄黑，瘦削的脸棱角分明，一双锐利而充满热情的眼睛炯炯有神，看上去精力充沛。是习惯了，从事新闻报道多年，作为一名优秀的记者采访时与中医一样讲究个望、闻、问、切，第一眼对于陌生人的样貌和性格有个基本的直观的判断，对于后面的采访顺利开展至关重要。听对方介绍，余知天忙起身致礼。

这时候，坐在一边一身女士西装打扮，显得格外干练清爽的吴秀仙见余知天疑惑的目光扫过来，就俯耳对他说："余大哥，四虎市场原本没我什么事，但事关中国商户的事情我也得先来助助威。你看今天越南人也来了好多，铭科召集大家正是时候。"

1

　　自从创立了玉仙国际贸易有限公司，顺利做成第一笔生意，早有准备的吴秀仙厚积薄发，生意做得风生水起。来到布达佩斯与她团聚的丈夫刘玉源大半时间都在国内负责货源，吴秀仙则主攻匈牙利销售，专门经营服装系列进出口贸易，积累了自己颇有心得的生意经。她常向冯丽琪私底下介绍，作为服装批发商必须要了解市场的行销趋势，通过积累的经验预测和判断每年流行的爆款服装，这是生意成功的关键。比如今年布达佩斯爆款的就是玉仙国际贸易有限公司进的皮衣，流行白色大毛领，去年流行的却是彩色。每年流行的款式与色调搭配都不同，要想站立于商界潮头就需要有独到的眼光，提前预判并深入市场调查分析，最后一锤定音。正是这样，在匈牙利服装行业，吴秀仙积累了丰富的经验，掌握了大量的服装流行信息，因此，玉仙国际贸易有限公司从国内出口到匈牙利的服装产品适销对路，以至于不少外地客户舍近求远地专程来批发。公司的生意越做越大，原先牛高地火车站租的大胡子青年画家的房子已不能满足需要，现在，吴秀仙已斥巨资购下布达佩斯八区唐人一家大酒店边上的一处旺铺，作为玉仙国际贸易有限公司的总店，并且正逐渐将业务向欧洲其他国家发展，现在与她公司长期合作的大小零售商有近 2000 家，仅 T 恤一个品类，每年便可销售近 200 万件，短时间内，吴秀仙已成为匈牙利商界中首屈一指的女强人。她的丈夫刘玉源为人忠厚老实，凡大事两人商量后最终都由妻子拍板，有个妇唱夫随的意思。当然，吴秀仙还有个无法向外人道的生意经，就是由经验而来的女性直觉。这就有些玄乎了，连好姐妹冯丽琪也自愧不如，赞叹秀仙姐天生的生意头脑。为此，余知天曾专访吴秀仙，写过一篇长篇通讯，吴秀仙毫无保留地介绍她经商的经验，然而，就这个直觉是别人想学也学不到的，那是与生俱来的天赋。现在，听得吴秀仙这一番解释，余知天佩服这个明溪女人心思缜密、机敏，他当然知道吴秀仙的生意与四虎市场没多大关系，能坐到这里不只是替朋友助威，更表明一种态度。于是，他当即笑着作势向吴秀仙拱手表示敬佩。

说话间，陈铭科见人已到齐，挥手让大家安静，轻咳两声想说话，又有些紧张地打住，顺手接过冯丽琪递过来的一杯水喝了两口。不料想，喝下去竟是酒，一时愣了下，转头就见冯丽琪微笑注视的眼神，就知道她是有意用酒给他壮胆。不错，除了在国内时给学生上课，自到了匈牙利后就没面对这么多人说过话，更何况他在华人商界也算不上什么大老板，只不过借明溪饭店这个现在已成为明溪人聚会和交流场所的新"明溪驿"地盘，经冯丽琪鼓励才站出来挑这个头。现在他喝了冯丽琪递过来的壮行酒，深吸口气，开始将事先头脑中理清的思绪有条有理地道出来，从事情的起因到自己的打算说了个清楚明白。末了，他清清嗓子高声道："各位朋友兄弟姐妹们，事情的来龙去脉大家都知道了，如果让尼利亚阴谋得逞，大家就得在原本很高的费用上再翻两番，这可都是大家的血汗钱啊！我们能让'吸血鬼'轻轻松松地吸走？不能！但我们现在是在人家的地盘上，刀把子攥在人家手里。怎么办？我们个顶个与她斗肯定斗不过，只有大家团结起来，拧成一股绳，才能把刀把攥到手里。"

陈铭科的话得到了大家强烈的呼应。

阮清平接过陈铭科的话，代表越南人表态："刚才陈先生所想的，也是我们全体越南人想的。来这里之前我已联络了不少在四虎市场摆台子的同胞，大家都赞同与中国人联合，一起向尼利亚请愿。"他的话得到了在座越南人的呼应。出生于中越边境的村庄，曾在中国生活过一段时间的阮清平是个中国通，他想了想，又说，"我记得中国有首歌唱的就是什么团结有力量的，歌名我不记得了，反正就是一根筷子易折一把筷子折不断这么个理。不管以前在座有多少人与我们越南人有过节，今天都把这些放到一边，像陈先生说的那样，大家拧成一股绳，把刀把攥到自己手里。"

阮清平的话再次得到了大家热烈的掌声。瘦猴用力一拍桌子，跳起来说："我刚才听到有人议论示威游行没有用，这不是长他人志气灭自家威风吗？我没什么本事，可最不喜欢逆来顺受。我在这里表个态，虽然我没有在四虎市场做生意，但明天的示威游行算我一个。余主编，你写条横幅，明天我来扛！"

瘦猴的话把大家的情绪彻底调动起来了，相继有不少人起身表态参加明天的示威游行。

一直在认真倾听，并往采访本上记录着大家发言的余知天举着手中的笔，站起来说："大家看到了，我们《欧洲导报》会用这支笔为这次示威请愿造势，公正客观地报道整个过程。"在得到大家应声叫好后，他对坐在桌对面的阮清平点点头，"阮先生都知道我们中国有《团结就是力量》这首歌，好，明天，大家就唱着这首歌向尼利亚讨说法。但是，匈牙利有匈牙利的法律，我们一定不能乱，防止某些别有用心的人利用游行捞个人好处，大家要有组织地请愿游行，选几个代表与蒙尔控股有限公司谈判，申诉全体商户的主张。"

余知天的话让群情激奋的人们都冷静下来，几个平时就颇有号召力和威望的人很快被大家推举出来，他们是陈铭科、阮清平和另一个越南人，中国人中还有吴秀仙的生意合作伙伴，那位从事批发业务的浙江老板，再加上上海、江西的两个老板，一共5个人。原本有人提议余知天也当代表，但他思索了一下，对大家说："各位中国朋友和越南朋友，我仔细考虑过，以我现在的身份不适合当这个代表。新闻要保持客观公正的立场，就必须与新闻事件保持一定的距离，不能充当新闻主角，这样写出来的报道才更有说服力和公信力。"

陈铭科觉得余知天深谋远虑很对，当即对大家说："余老师说得很有道理，就请他联合其他几家华文报纸一起为我们的行动造舆论。另外，还请余老师为我们起草一个通告，明天一早游行示威后，由我们5个代表面呈蒙尔控股有限公司。哈哈，我建议大家私下里可以说，但明天到了公众场合就不要再叫尼利亚'吸血鬼'了，不给她说我们对她人身攻击这个借口。"

陈铭科的话让大家都会心地笑了。于是，5个代表凑在一边你一言我一语地商量起来，才思敏捷的余知天很快起草了后来在《欧洲导报》《联合报》等8家华文报纸全文刊登的《中越商人联合谈判代表团通告》。

在匈牙利商界具有历史性意义的中越商人集会在明溪饭店圆满结束，最后大家才开了桌上的酒，以酒壮行后当即分头联络商户去了。集会发起人陈铭科让阮清平当代表团团长，意在表达中国人尊重越南人的诚意，再一个也是考虑到越南人所占的台子占大多数，明天参加示威游行的越南人更多。阮清平听了陈铭科的解释，为中国人的大度感动，临走时握住他的手说："中国人办事讲义气，交陈先生这个朋友，值！"目送在越南商户中很有号召力的阮清平与十几个越南人匆匆而去，嘈杂的明溪饭店大堂一时间安静下来，余知天看着长舒口气的陈铭科，用赞赏的语气说："你这个群英会召集得好，把中国人和越南人原本乱糟糟的心都拢到一起了。还有让阮清平当代表团团长也很合适，你说得对，我们中国人待朋友就是要以心交心。铭科，真看不出你还有当领导者的天赋。"

被余知天说得脸红起来的陈铭科没说话，一边的冯丽琪却轻笑道："余老师，你可别夸铭科，那天他可是醉得只想和'吸血鬼'拼命，逞匹夫之勇，是李哥把他的心拨亮了。"

吴秀仙看着说话行事极像一对恩爱夫妻的陈铭科和冯丽琪，想到他们依然是不明不白的"傍肩"，内心有些不是滋味。她为有些发窘的陈铭科开脱："铭科也是个文化人呢，他那是一时急糊涂了。方才我看铭科那开场白说得滴水不漏，一下就把大家素乱的想法归拢起来了。余大哥说得不错，原来的中学英语老师的格局是越来越大了。"一边似想起了自己经商的艰难，感叹道，"说来也是啊，把一个人扔到匈牙利这个大熔炉里，只要是一块好铁，终究会炼成钢的。"

直到这时，大家这才发现郑立新这块一直敲打不出成色的生铁疙瘩居然没有露面。陈铭科担心他是不是出了什么事，昨晚他还说要联络几个三教九流的人也参加示威。冯丽琪无奈地叹道："唉，他还能有什么事？八成是跑到卡西洛出不来了。这个赌瘾他是戒不掉了，好在还守着他那什么红线。"

一时间，想及百劝不听的郑立新被赌魔纠缠着，大家都沉默了。余知天沉思说："你看看刚才自告奋勇去几家华文报联络的瘦猴，没有哪个浪子不能回头，是我们没找到打开郑立新这把锁的钥匙啊。我说啊，他没召集人来也好，我们示威游行不是去打打杀杀，而是向尼利亚争取权益，郑立新认识的那些人都是野路子的，还是不参加为好，若是节外生枝闹出别的动静，就给必定会出面维持秩序的警察抓到把柄了。"

余知天这话让陈铭科和冯丽琪都后悔昨夜欠考虑。是啊，郑立新是个唯恐天下不乱的主，这几年在布达佩斯混熟了，多少又有了当年在王坊山头当老大的气象，和越南人都打了几回架。越南人很不喜欢这个中国大个子，他若出现，没准会对中越联合产生不良影响呢。这么拿定了主意，这个晚上，后来郑立新打电话要带人参加游行集会就被冯丽琪不客气地拒绝了。果然，最怵冯丽琪的郑立新没参加游行。其实，这天他并没有到卡西洛，而是和几个朋友一块喝酒喝大了，把明溪饭店集会这事忘了，一觉睡到半下午才酒醒，知道黄花菜都凉了。他怯生生地往明溪饭店打电话探听情况，不料想被冯丽琪劈头盖脸一顿骂，一时心灰意冷，不想看越南人的嘴脸，也就不凑这个热闹，乐得借四虎市场乱糟糟做不得生意的机会，索性把自己那张台子晾几天，找朋友们好好喝喝酒，卡西洛里再玩一玩。

2

9月19日是个艳阳高照的日子，匈牙利正进入一年中最好的季节，连多瑙河的水波都格外妩媚，但对于在四虎市场经营台子的中越商人来说，高照的艳阳也驱散不了他们心中的阴霾。一大早，陆陆续续就有中越商人往事先约定的四虎市场4号区域集结，随着人越来越多，并肩站在人群前面的5位代表商量了一下，由陈铭科宣读《中越商人联合谈判代表团通告》。陈铭科宣读完，翘首以待的几百位中越商人就用一阵震天的呼声响应。随即，瘦猴和另一个与他身材一样精瘦的越南人撑起竹竿，展开由余知天执笔写的横幅："中越人民团结一心争权益！"

　　这红绸布上贴着醒目的黑色毛笔字和像拳头的感叹号，在艳阳下的微风中像是一面旗帜和无声的宣言，瞬间点燃了人们心中的怒火，没有任何过渡，现场就进入了高潮。这时候，有人用扩音器开始喊口号："反对拆台子，反对拆帐篷！""反对涨价，反对租金与美元挂钩！"这口号言简意赅，直捣黄龙，三言两语把大家最关心的诉求表达出来。而这是陈铭科和余知天商定的，由吴秀仙帮忙找来了几个扩音器。现在，随着2个越南人和3个中国人不断地通过扩音器传达大家心声，几百个人跟着喊着同样的口号，现场出现了两个不明所以的警察。

　　两个巡逻经过的匈牙利警察见这突发的阵势有些不知所措，犹豫了一下才上前了解情况。毕竟警察也是人，虽全副武装，平素对外国人吆三喝四，但看到这么多愤怒高举的拳头多少有些畏惧，不敢贸然造次。在阮清平挥手招呼大家安静下来后，陈铭科忙上前给警察解释大家集会不是要闹事，而是向四虎市场的管理者要求自己的权益。没想到他这边正与警察用流利的匈牙利语沟通着，人群中却闪出几个越南人，不由分说地用陈铭科听不懂的越南话，话边说边把原本经陈铭科解释已脸色缓和的警察推搡出大门。陈铭科见两个警察吹着哨子跑走，心想：糟了，这些越南人太冲动了！

　　事实上，最初中越商人在四虎市场4号区域快速集结，发现情况不妙的管理人员出面吆喝大家散开做生意，被大家雷鸣般的奚落声吓得退回去，中越联合谈判代表团所期盼的蒙尔控股有限公司董事长尼利亚却一直没有露面，管理人员除了把公司的大门紧锁，对5位代表要与尼利亚对话的诉求只是摇头说"不"。很显然，尼利亚没出现，让大家的情绪更加激动起来，已有人不顾事先的谈判约定，喊出"打倒吸血鬼尼利亚"的口号。见场面有些失控，没有预料到这种情况的5位代表忙分头挤进人群中安抚大家的情绪。陈铭科对聚拢在一起的明溪老乡说："大家冷静冷静，不要说过激的话，不要有过激的行动，更不要与警察发生冲突。我们是向尼利亚争取权益，不是来闹事。"

　　陈铭科和其他4位代表的努力起了效果，中越商户的情绪平复下来，开始有节奏地应和着扩音器，呼喊代表团预定的诉求。然而，这时候，两个吹着哨子跑走的警察搬来了救兵，在呼啸而来的警笛声中，呼啦啦开来十几辆警灯闪烁的警车，从车上跳下来几十个全副武装的警察，转眼间将几百个人围在中间。这风云突变让高喊着口号的中越商人面面相觑，互相用眼神询问。一时间，大家与拦阻的警察形成对峙，有几个越南人试图冲散警察的包围。

陈铭科见状，忙对此时有些不知所措的阮清平说："阮先生，让你的同胞们不要与警察发生冲突。我们事先就说好的，要集中火力针对尼利亚。我相信尼利亚此时已是方寸大乱，很快她就会坐不住了。我看警察只是围着，并没有动手，也没有掏武器，他们不是来弹压我们聚会，而是生怕我们闹事。快，快，你要劝住你的同胞们。"

阮清平点点头，冲过去拉开那几个嗷嗷叫着与警察已开始推搡的越南人，大声地用越南话向他们说着什么。随后，那些红了眼的越南人往后退了两步，与警察拉开了距离。见阮清平站在越南人前面，朝怒目相向的警察挥手解释着什么，陈铭科长舒口气，但他明白这么对峙下去不是事，冲突随时一触即发。陈铭科急切思忖对策间，转眼看到警察中熟悉的两撇"八字胡"。于是，他脑子一激灵，忙挤到拿着扩音器见这场面也有些发愣的吴秀仙身边，趴着她的耳朵说了一通。吴秀仙用意外而敬佩的目光看了一眼陈铭科，当即把扩音器递给边上的一位明溪人，要他喊话让大家冷静，一边挤过人群走到一直站在警察外围指挥部下的"八字胡"面前。

"八字胡"警察看到吴秀仙出现有些惊讶，用蹩脚的汉语问："明溪女，你的公司又不在四虎市场，你怎么……"

吴秀仙打断"八字胡"的疑问，着急地说："我是中国人，当然要来给中国商人助威。麦塔，我们不是来闹事的，只是来向蒙尔控股有限公司申诉权益。"

"明溪女，你们这样子还不是闹事？这么多人，还推搡警察？""八字胡"挥手指指又开始推搡警察的商户，叫道，"再这么闹下去，我们就要采取严厉措施了！"

自从在申办公司手续时得到"八字胡"警察帮助，吴秀仙就与麦塔成了朋友，随着公司的发展，热心的麦塔还给吴秀仙介绍他在政府部门任职的一些朋友，这对于玉仙国际贸易有限公司起到非常大的推动作用。更让吴秀仙感动的是麦塔的善良和公正，除了接受她偶尔送的一些中国货，作为朋友间的礼尚往来。私底下吴秀仙还是称他为"八字胡"，他则称吴秀仙为"明溪女"。现在，深知麦塔执法公正严明的吴秀仙听他义正词严的话，忙言简意赅地解释了整个集会示威的缘由后，认真地说："麦塔警官，我向你保证，只要警察不围着我们，大家也不会推搡你们。刚才代表团的陈铭科先生让我代表代表团向你和你的同事们声明，我们和警察不是对手，我们的谈判对手是蒙尔控股有限公司。你看，这事态发展下去也不是你们警察所希望的，如果因此流血冲突……"吴秀仙说到这里有意顿了顿，看着脸色缓和下来正摸着两撇八字胡若有所思的麦塔说，"我们代表团也担心人多嘴杂，偏离原来集会示威的初衷，生怕其中有些不良用心的人趁机闹事。这是我们担心的，也是你们警察所担心的，是不是啊？这样啊，就请你们警察帮着维持秩序。麦塔警官，我们是要与尼利亚对话，真的不是要闹事。相信我！"

吴秀仙这一番分析透彻的话打消了"八字胡"心中的疑虑和担心，也是这位女商人的人格魅力使然。麦塔先对身边的一位警察耳语几句，待对方跑走后，忽认真地对吴秀仙说："我接受你的建议。但请你也接受我的建议，明溪女，别再叫我什么麦塔警官。明白？"

吴秀仙一愣，学着男人的样子向他抱拳笑道："明白，八字胡兄弟。"

麦塔还吴秀仙一个抱拳，大声喊着话，向警察同事们跑过去。

正是陈铭科的灵机一动和吴秀仙的解释，"八字胡"警官指挥警察们开始大声吆喝着维持秩序，这边5位代表也分头和大家说明原委，就这样，一触即发的警民冲突被一位"明溪女"打太极般消弭于无形，艳阳下的四虎市场4号区域恢复了秩序。后来，也正是这些不理智的举动让蒙尔控股有限公司抓住把柄，以检查身份为名，对无合法身份的30多个中越商人进行羁押，并以堂而皇之的名义搜查商户的仓库和巴比隆、台子，想借此来瓦解分散大家的注意力。这给中越商人联合谈判代表团造成了很大的麻烦，费了好大的劲，通过不同的渠道，甚至动用大使馆通过外交途径进行斡旋、磋商，与同样介入"四虎市场事件"的布达佩斯政府沟通，才使局势得到有效控制，并朝着有利于中越商人的方向发展。

从9月20日起，匈牙利的8家华文报纸联合一起，为四虎市场中越商人联合代表团出版主题鲜明的快报，同时以特大号的醒目标题报道"四虎市场事件"的来龙去脉。21 日，经余知天提议，代表团召开了新闻发布会。22 日，8家华文报纸从新闻的立场，客观准确迅捷地报道了"中越商人联合谈判代表团"新闻发布会的会议纪要，于是，新闻舆论的造势掀动了整个布达佩斯乃至匈牙利的关注。

然而，谈判的过程却无比艰难，尽管第二次谈判时蒙尔控股有限公司做了些微的让步，但与中越商人的期盼相去甚远，当场就被代表团回绝。一天又一天，到了第三天，对一天天的生意损失，参加示威集会的有些中越商人信心产生了动摇。更要命的是，蒙尔控股有限公司看到其中的一些苗头，在副董事长的亲自指挥下，雇用一些人暗地里使绊子，对无合法身份的 30 多名中越商人实行捕捉，并找借口对仓库和商店进行搜查，试图分散大家"团结的力量"，各个击破。这时候，是代表团的 5 个代表利用自己在商界的威望分别找人谈话才稳住人心。最终，蒙尔控股有限公司暂停改造台子，只是象征性地提高巴比隆和台子的租金，整个市场恢复了往日有条不紊的繁忙景象。代表团见好就收，给了对方一点甜头，保住了大家的重大利益。

3

四虎市场恢复往常繁茂景象的这个晚上，还是由陈铭科做东，在明溪饭店摆了一桌庆功宴，到场的除 4 位中越代表团的谈判代表，还有吴秀仙、余知天和瘦猴。原本请的客人里还有带领警察帮着维持秩序的"八字胡"，然而，他让吴秀仙带话说不便参加。事实上，随后几天，当蒙尔控股有限公司的副董事长暗地里使阴招激怒集会示威的中越商人时，麦塔带领的警察也承受了一种无形的压力，蒙尔控股有限公司打电话到警察局说麦塔不作为。这个时候，麦塔详细地向上司陈述现场执法的情形才得到支持，避免与中越商人的流血冲突。当这个晚上吴秀仙把麦塔为避嫌没有参加庆功宴的缘由说明后，大家都对这位正直善良的匈牙利警察表示了敬佩。庆功宴尽欢而散后，这些天在陈铭科充当代表与尼利亚斗智斗勇之时，为把生意上的损失降到最低，不得不明溪饭店和四虎市场巴比隆两头兼顾，忙得团团转的冯丽琪长松口气，这才发觉这些天竟没有见到郑立新。

　　走在回家路上，已有几分酒意的陈铭科兴奋地向冯丽琪讲述尼利亚无奈地与代表团妥协时像一块臭猪肝般的脸色，听冯丽琪提起郑立新并不以为意，只是用意味深长的眼睛看着女人，附耳轻笑道："嘿嘿，这么个好日子，我们是不是也该隆重庆贺庆贺？"一边伸手轻轻捏了女人丰满腰肢一下。

　　冯丽琪一把打掉男人不安分的手，轻斥道："闹，还有心情闹！铭科，你不觉得奇怪？我在电话里让立新兄弟不要参加集会示威，他就真不来了，这么多天都不露脸。你说大个子是这么听话的老实人吗？别……不会出什么事吧？"

　　"嘿嘿，能出什么事？不管他的，今天这样的好日子不说这扫兴的事。嘿嘿，前面就到家了，跟你说……尼利亚现在看我的眼神都不一样。嘿嘿，我敢说从此她看到明溪人就得思量三分。"陈铭科对女人的话并不以为意，走到街角黑暗处，又一把将女人揽到怀里。

　　这不是那个斯斯文文的中学老师，是被胜利冲昏头脑的谈判代表！是啊，短短的几天像是度过了数年，比他当初刚到匈牙利四处"练摊"还更艰难。代表团的身后是几百个中越商人巨大的利益，5个代表都肩负着巨大的压力。其间，在一些无合法身份的人被暂时扣押，不得不请大使馆通过外交途径斡旋之时，不要说不少中越商人打动摇，就是代表里都有人打退堂鼓。这时候，余知天分析这必定不是尼利亚主张的，而是蒙尔控股有限公司个别人暗地里使阴招。于是，陈铭科自告奋勇当面向尼利亚提出抗议，从而使双方重新回到谈判桌上，就此稳住中越商户的心。中国明溪，尼利亚记住了明溪人。现在这压力都在庆功宴上释放出来了，除了要收拾残局的冯丽琪，大家都喝高了，连一向稳重的吴秀仙都喝醉了，现在的陈铭科豪情万丈。其实，冯丽琪很喜欢陈铭科现在这个状态。若说陈铭科让她内心感到有所不足的，就是少一些如李哥王哥那样的果敢和大格局，因此，见整个"四虎市场事件"里像换了个人一般，有主见有担当，格局突然大了那么多，冯丽琪内心也为自己深爱的男人有此作为斟满浓情蜜意。然而，是听也有几分酒意的瘦猴扶醉了的余知天走时，临了似想起什么附耳对她这么说了郑立新一嘴，她内心的不安就按下葫芦浮起瓢。现在，为郑立新担心的冯丽琪挣脱男人拥抱，拉下脸："灌几口马尿就不知姓什么了！站好，还能不能好好说话？"

　　见女人说得认真，陈铭科酒醒了大半，忙收拾了在血液里奔涌的骚动，用嬉笑遮脸说："能，能。唉，不就是你说这些天都没看到立新兄弟嘛，别担心，多半又到卡西洛扔钱了。反正这些天四虎市场乱糟糟的，也没有多少生意可做。我嘴皮子都磨破了，他不是对你也对天发誓多少回了。嘿，要说这赌就像毒一样都沾不得，一沾上就甩不脱。我看像郑立新这样的人可是不少啊。哎，丽琪，天这么晚了，有话回家再说好不好？"

　　"不好。我们现在就去看看，否则回去我也睡不着。"冯丽琪瞪了嬉皮笑脸的陈铭科一眼，车转身自顾地走了。

　　没有办法，陈铭科拿冯丽琪就是没有办法，只能跟在女人身后往郑立新的出租屋而去。

　　这是一条陈铭科熟悉得不能再熟悉的路，是他初到布达佩斯时的一个落脚点，这么些年他的居住条件一再改善，而把赚的钱都扔到卡西洛的郑立新却原地踏步，所不同的是他把整个出租屋都租下来独住，也算是改善了居住条件。一人吃饱全家不饿，反正当初父母供他出国的钱早已还了，偶尔再节余些钱寄回国，这就够了。他不想发财，也知道发不了财，因为他离不开卡西洛。但他郑立新不是个糊涂蛋，知道常赌无赢家的道理，所以一直都坚守那条红线。嘿嘿，他为此还为自己自豪，试问有几个赌徒能做得到？他知道对不起关心他的明溪老乡，对不起回国了还惦念他的李秋实，更对不起一直把他当弟弟看待的陈铭科和冯丽琪。当然，他也曾挣扎过，最终还是没有逃出来。其实，给李秋实通风报信的郑立新是真怕陈铭科急红了眼和"吸血鬼"拼命，这些天没有出现在众人视野中的郑立新，并不是在关键时刻当了孬种，而是躲在出租屋里，像一只受伤的老鼠在悄悄地疗伤呢。不仅治肉体的伤，更在平复内心的创伤。

　　原来，被冯丽琪责骂而心灰意冷，赌气不参加示威集会的郑立新，索性两耳不闻窗外事，想玩个痛快之时把事情玩大了，在卡西洛不知怎么得罪了布达佩斯黑社会一个小头目，一班子平素称他大哥一起混的人见势不妙作鸟兽散，双手难敌众拳的郑立新就被人收拾了。现在，鼻青脸肿的郑立新这才知道强龙难压地头蛇的真理，心有不甘又无可奈何，就这个样子，哪能走到人前露脸？

只能躲在出租屋里生闷气。当然，他不知道他的这次冲动之举还为后来的杀身之祸埋下了隐患。

当火急火燎地拖着陈铭科深夜敲开紧闭的房门时，一打眼见着郑立新那副垂头丧气，走路一拐一拐的样子，以及对他们突然到来吃惊的表情，冯丽琪就猜了个八九不离十。她当下不客气地责骂："大个，你以为这里是你的王坊山头啊？不知深浅！"

郑立新不敢看冯丽琪的眼睛，躲躲闪闪地说："丽琪姐，不……不是你想的那……"

"不是那样，是哪样？大个子，你那点心思我还不清楚？"冯丽琪不由分说地让郑立新撸起裤管让她看红肿的伤口，眼圈不知不觉有些红了，气不打一处来，"平日里，你带一些酒肉朋友到明溪饭店来吃饭，我们只想着出来闯世界朋友多认识点没坏处，更何况你一直说会守着底线，我们也就信你了，现在看来不是这样……"

郑立新见不得女人难过，见冯丽琪边拿出不知什么时候放在包里的活络油往他还红肿的脚脖涂，忙抢过话说："真没什么，真没什么，这是布达佩斯不是明溪的王坊，我知道的。就是那几个人太霸道，我咽不下这口气。"顿了顿，郑立新一拳砸在桌子上，"这些人关键时刻一个也顶不上，不然老子也不会吃这么大亏，我……"

这时，自进门一直坐在一边，冷眼打量着自己到布达佩斯第一个住所的陈铭科打断郑立新的话："立新兄弟，丽琪说得不错，强龙难压地头蛇，这口气忍了吧。要我说啊，还是把心思多用在做生意上。你看看和你一起来布达佩斯的，有几个人还住这又暗又潮的半地下室？你也知道那些酒肉朋友靠不住，以后就不要和他们来往了。"

郑立新脖子一挺还想辩解什么，冯丽琪用力瞪他一眼，环视屋子乱七八糟的样子，叫道："好好的房间怎么给你住成了狗窝！"一边说，一边手脚麻利地收拾起来。

4

郑立新很享受冯丽琪的责骂。从内心里，他已把这对"傍肩"当作他的哥嫂，而这也正是他能在布达佩斯一天天混下来的理由之一。不知有多少次他想到了回国，然而，那个曾经那么厌恶着逃离的地质队是再也回不去了，更何况地质二钻已搬迁到永安，凌笙也随着闽西队到了三明，王坊山头现在只是一个地质队的留守处，这些，是已落户永安的父亲信中告诉他的。回不去了，夜深人静的时候，龟缩在这个属于他郑立新的出租屋里，他就无数次地想起坐着国际列车出国的情形，想到那个与冯丽琪那么相像的江小燕。他一直很后悔在车上没和江小燕一起拍张照，他见到迟教授包里有一台海鸥牌照相机的。于是，贮藏在记忆中的江小燕形象经时间发酵和他不断地修改，竟越来越与冯丽琪重叠了。或者说，现在郑立新眼里的冯丽琪就是江小燕。当然这个"江小燕"是他的嫂子，只是心理上由江小燕的"爱"，转嫁为对冯丽琪的"怕"来。这是一个郑立新从未与外人提起的秘密。

当陈铭科对这些天不敢见人又急切想知道"四虎市场事件"结果的郑立新，简要把中越两国商户示威集会的过程叙说后，对握着拳头叫好的郑立新再次语重心长地说："立新兄弟，你的事呢，你不说我们也不多问。只是每次我和李哥通电话他总要问起你的情况，大家都很关心你。哥再劝你一次，别再自欺欺人地坚守你那什么红线了。你说这辈子是不会回去了，那就好好做生意，再正经找个女人，这日子才算真正过起来啊。"

似曾相识的老生常谈，郑立新耳朵都听出老茧了。于是，他照例嬉皮笑脸地对陈铭科的劝告抱拳表示感谢："嘿嘿，铭科兄，我可没你那本事。我呢，自由惯了，可不想找个人来受那份罪。没事，没事，你不用担心，我知道自己几斤几两，不会再和人争斗了。听你们的，四虎市场和往常一样了，那我明天就去开张做生意。"

郑立新态度诚恳的样子让陈铭科轻松了口气。这时候，麻利把屋子收拾清楚的冯丽琪拿过桌上一杯水一口喝干后，却用不容置疑的目光盯着嬉皮笑脸的郑立新："立新兄弟，来的路上我就想好了，还没来得及和铭科说。我看这一回'吸血鬼'被中越两国人强按着低了头，可终究人家是抓刀柄的。秀仙姐说得对，这旧火车站改造的四虎市场确是简陋了些，总有一天人家还会找一个正当的理由拆建，我们还是要早做抽身退出的打算，免得到时候手忙脚乱遭受损失。现在'四虎市场事件'刚刚平息，里头乱得很，估计商户和蒙尔控股有限公司以后的冲突也会越来越多，生意更不好做了。这样啊，立新兄弟，反正你在里头租台子做生意也是三天打鱼两天晒网，不如到我明溪饭店来做。现在明溪饭店的生意越来越好，我们已谈妥把别的店面租下来扩大规模。这个时候呢，后厨一直给胖子打下手的那个家伙想单飞，正好你来帮姐的忙怎么样？"

郑立新有些意外和吃惊，迟疑道："这……我也没煮过菜，怕砸了明溪饭店的招牌。"

冯丽琪笑道："你还说没煮过菜？那年为李哥、王哥、赵哥他们践行，你弄那什么拳头椒炒大肠，搞得惊天动地的，把警察都招来了。"

这一说，郑立新就不好意思地摸头"嘿嘿"一笑。

"四虎市场事件"刚刚大获全胜而鸣金收兵，陈铭科还真没想那么远，现在听冯丽琪这么一说道觉得很有些道理。当然，早已心意相通的陈铭科明白冯丽琪要把郑立新招到明溪饭店的真正理由，不外是想把他放在眼皮子底下，再找机会慢慢地断了他通往卡西洛的念想。当即，陈铭科表示赞同："立新兄弟，丽琪这提议你认真考虑下，我们也不强迫你。我这么和你算一下，你在四虎市场做生意也从没真正上过心，时好时坏，倒不如到明溪饭店里学一门正经手艺，收入方面肯定不会比你租台子摆摊少。再一个，你放心，等将来你把胖子的手艺学到手，若想走人自立门户，我们一定不拦你，还会帮你另起炉灶。"

这么一对哥嫂掏心掏肺地把话说到这份上，郑立新一时间眼圈就红了，起身向陈铭科抱拳致谢，又转身向一脸期待的冯丽琪道了声："丽琪姐……"话就说不下去了。这么一个大个子在低矮的出租屋里起身弯腰的样子有些隆重，但他没有当即应承下来，在陈铭科拖着冯丽琪走时，只说让他好好考虑考虑一下时，不敢看冯丽琪失望的目光。

陈铭科和冯丽琪走了，郑立新上卫生间看到镜子里脸上青色未褪的样子，忽然对自己有些生气，因为他让这么掏心掏肺关爱他的铭科兄和丽琪姐失望了。是得好好想想了。在卡西洛门口被现在也没弄不明白来历的几个匈牙利人围住，他把对方打倒最终也被对方打倒时，他觉得要好好想想了。什么叫兄弟？铭科兄、李哥这样的才叫兄弟！什么叫姐妹，丽琪姐这样的才叫姐妹！哎呀，这个世界上大约除了江小燕没人能比得上冯丽琪了。终于，想了两天，郑立新听从冯丽琪的建议来到了明溪饭店。

喜出望外的冯丽琪拉着郑立新的手，直接把忽然变得腼腆的大个子拉进后厨，向正用一块西瓜皮雕花的大厨胖子说："胖子，我给你招了个关门弟子。"

是胖子说的，对前面倾心相授的那个明溪徒弟绝情而去，让他很是伤心。事实上，明溪的父亲这一年来身体越来越差，母亲经常打电话来让他回去子承父业，父亲甚至在电话里承诺不再阻止他当厨师。然而，身为富二代的胖子明白，这只是父亲的托词，因为子承父业也就意味着他再不能挥勺烹饪出一道道美味，哪有一个公司的总经理身兼厨师的。而在明溪饭店，他就是这些已名扬布达佩斯的明溪美食指挥若定的将军，每一天他都生活得快乐而充实。只是母命难违，或许他该是结束游子生涯的时候了。是啊，人有时候并不仅是为自己活着，更多的是为了亲人。所以，对于有知遇之恩的冯丽琪和陈铭科，胖子已经承诺要为明溪饭店培养出一个能挑大梁的大厨。但是，那个在厨艺上颇有天分的明溪徒弟，刚出师却另起炉灶，这就陷当初双方有承诺的胖子于不义了。好在徒弟终究还是给师傅留了一点情分，或是考虑到无法与现在的明溪饭店冯丽琪打下的人脉相抗衡，他知趣地到另外一个城市开明溪饭店。表面上言语油腔滑调实际上善良忠厚的胖子觉得对不起冯丽琪，因此，他答应由冯丽琪物色人选，他在布达佩斯最后收一个关门弟子，待出师后他才回国。当然，这个人选必须经过他的考验才算，也就是说得有天分，做菜的天分，不仅是刀工火候调料的掌握，更需要嗅觉、味觉的美食天赋。

就这么着，想了两个晚上的郑立新进入明溪饭店后厨时胖子显然有些吃惊，让这个能吃能喝的大个子来当自己的关门弟子，胖子觉得女老板冯丽琪这回是被情感蒙住了双眼。碍于冯丽琪的面子，胖子斜一眼正拿眼打量厨房的大个子，从鼻子里"哼"了一声，扔给郑立新一把菜刀："把那块肉切成肉丁。"

郑立新在众人惊诧怀疑的目光下，用一盘大大小小不规则的肉丁掀开生活崭新的一页。

这是一个挺糟糕的开始，大个子在厨房里有些笨手笨脚，胖子用冷漠的目光看着，等待他知难而退。出人意料，在胖子与冯丽琪约定的试用期一个月内，仅仅两个星期，自己也没想到对厨艺居然这么感兴趣的郑立新就有模有样地与厨房和谐相处了。事实上，这时候的明溪饭店随着生意扩张已不局限于地道的传统明溪菜，而是在有正儿八本厨师证的胖子指导下，根据冯丽琪对布达佩斯大大小小中餐馆的暗中调查，为迎合匈牙利人口味自创了不少招牌菜，顾客也由单纯的中国人扩展为匈牙利人和各国的外国人。这是胖子和冯丽琪共同的作品，冯丽琪是设计师，胖子则把她的设想用一把炒勺变成活色生香的美食。最难的也在于此，种种口味之间的调换考验着厨师后天的功底，更依托厨师天生的嗅觉和味觉，也就是厨艺的天赋。真是太让人意外了，这个开初在厨房里显得笨手笨脚的大个子竟然颇具厨艺天赋，更难得还有对厨艺的热爱。

颇感意外的胖子喜形于色，毫不避讳地对冯丽琪说，假以时日郑立新必定青出于蓝而胜于蓝。陈铭科觉得胖子未免把个煮菜说得过于玄乎，不过是菜煮得好吃一点，还真有什么天赋可言。冯丽琪不这么看，因为她有亲身感受。自开了这个饭店，曾在明溪驿掌过勺的她空闲时向胖子请教厨艺，但她煮的菜总是与胖子差着那么一点意思。胖子不客气地说，这一点意思就是天赋的差别。陈铭科不以为然，却赞成冯丽琪给郑立新办个隆重的拜师礼，因为这或许能让在四虎市场和卡西洛之间漂浮的大个子真正稳住脚跟。于是，这些年越来越迷信的陈铭科请研究过易经的余知天，根据郑立新和胖子的八字选了个吉日，在明溪饭店摆了一桌。菜都是传统地道的明溪菜，除了那盘客秋包是冯丽琪亲为，其余都是郑立新当徒弟一个月后的作品。郑立新正儿八本地依古礼给胖子端茶跪拜三叩，胖子对一桌菜一一指点，他在布达佩斯的关门弟子就算正式收下了。一年后，当胖子在父亲重病不得不返回明溪子承父业之后，郑立新正式成为明溪饭店的掌勺大厨。

5

郑立新这朵浮萍终于在布达佩斯扎下根，算是有了一个稳定的工作，早出晚归在明溪饭店从事他喜爱的厨艺。

　　岁月如白驹过隙，转眼间 9 年的时光就在锅勺的唱响中溜走了。9 年啊，在明溪饭店后厨留下 9 年足迹的郑立新却没有如当初冯丽琪所设想的一样成家立业。然而，当时只是想让郑立新安定下来的冯丽琪没想到，郑立新会对厨艺焕发出发自骨子里的热爱，继而一发不可收拾。偶尔，冯丽琪总用难以置信的目光悄悄欣赏大个子在厨房里如指挥若定的将军将一道道美食制作出来，暗暗感叹一个人的潜能如果没有机会就会永远埋没着，无人知晓，甚至连他本人也不知道。郑立新当然体会到丽琪姐欣慰里夹杂着失望的目光，自从到了明溪饭店，眼见冯丽琪里里外外忙碌，他更加敬重和同情这位事业上顺利但婚姻不幸的大姐。也正因此，有好长一段时间他老老实实地上班炒菜，下班回家，如果那个阴暗潮湿的出租房像个家的话。当然，随着后来胖子回国，郑立新独当一面成为明溪饭店掌勺大厨，工资水涨船高的郑立新终于还是耐不住诱惑再次迈进卡西洛的大门，让陈铭科和冯丽琪失望得连话都懒得说了。这期间，一直自认算不上好人可也不是坏人的郑立新手上又过了一个女人，一个会讲一口中国话的越南女人，两人竟然是在卡西洛里认识的。这个赌瘾比郑立新还大的越南女人看样子真爱上这个大个子和他的中国厨艺，在郑立新恍然醒悟这个女人是他生活中的一剂毒药，决绝地把她从出租屋赶走时，越南女人还到明溪饭店纠缠他好一阵子，后来是冯丽琪私底下用一笔钱把她打发了。经了这个越南女人，自知做错事的郑立新在冯丽琪面前老实大半年后方再次迈进卡西洛。

　　卡西洛就像是一块磁铁，无论郑立新走得多远、拐多少道弯、走多长时间，只要一靠近，立马产生物理作用。现在，陈铭科和冯丽琪已彻底向顽固盘踞在郑立新心中的赌魔举手投降了，唯一感到欣慰的是郑立新毕竟能守住最后的红线。当然，这是郑立新自欺欺人，为自己的堕落找一个堂而皇之的理由。有时候，躺在黑漆漆的半地下室里，看着从天窗打进来的几线光随着外面车辆和行人的移动而变幻，郑立新心里就会冷静地算一笔笔经济账，为至今一贫如洗而心生懊悔。当然，这种懊悔在走进卡西洛的亢奋中马上烟消云散。于是，在懊悔和亢奋之间摇摆着，不知不觉走到这个对郑立新来说真正发生蜕变的日子。

　　跨进 2009 年的布达佩斯正进入夏秋交替的季节，从多瑙河上拂过的清风已带着一丝寒意。6 月 29 日，从邻国俄罗斯传来一个令所有人目瞪口呆的消息，俄罗斯官方突然宣布关闭"一只蚂蚁"市场，查封清缴市场内及仓库共计数十万吨、价值约 20 亿美元的货物，市场内近 3000 名中国商人和不少外国商人损失惨重，不少商家一夜之间赔光全部身家。

　　"一只蚂蚁"市场就像布达佩斯四虎市场一样大名远扬。其实，它与蚂蚁无关，这个叫法是因市场所在地叫伊斯梅洛沃，按该地名谐音，中国商人为方便就称它"一只蚂蚁"，其真名是切尔基佐夫斯基大市场，素有莫斯科"城中之城"的称号。"一只蚂蚁"市场是由俄罗斯富豪伊斯梅诺夫于 1991 年创办，占地 200 多公顷，最早是一个露天的大市场，后来生意越来越好，成为欧洲最大的零售批发市场，经营者服装和工艺品为主，货物销往俄罗斯全国和周边的独联体国家。市场里聚集着经营服装、玩具、皮货的中国、越南、阿塞拜疆、土耳其、印度及独联体等各国商人。其中中国商人最多，市场内 80% 以上的摊位被中国商人租用。

　　在大家互相打听着某个相熟的朋友在"一只蚂蚁"的情况如何中，不时就有各种消息在中国商人间传播。如某商人一夜回到解放前而想不开，一头撞死在红场的石柱上；更有一位中国商人，前一天刚从国内运来 7 个集装箱的货物，第二天全被扣留，绝望之下，这个平日自忖有几个钱横着走路的老板，当着成百上千同病相怜者的面，痛哭流涕地在地上打滚，眼见着精神失常。一时间，种种传说在布达佩斯满天飞。忽然有人提醒，唇亡齿寒，匈牙利当局会不会也对外国商人来这么一记狠招。联想当初"四虎市场事件"，大家开始担心起在匈牙利的生意来。

　　人心惶惶中，郑立新的心情也莫名地有些惶惶不安起来，他想到跟着舅舅在"一只蚂蚁"做生意的江小燕。其实，这些年经历了那些个如过眼云烟的女人，萍水相逢的江小燕在郑立新记忆里反而越来越清晰，甚至于经他有意地不断修饰，江小燕的形象越来越完美。现在，从俄罗斯传来各种各样有关"灰色清关"的新闻里，郑立新看着同样惊讶地与陈铭科议论着此事的冯丽琪，心里忽就释然了。不错，17 年前国际列车上萍水相逢，郑立新亲眼见识过江小燕天生的生意头脑，更何况她舅舅是早已功成名就的大老板，她和舅舅怎么可能会被这该死的"灰色清关"清到呢？这么一想，郑立新不由哑然失笑。

待到被俄罗斯"灰色清关"搅乱的匈牙利商界慢慢平静下来，说话就到了10月1日。这个日子对于匈牙利来说是个平常的日子，对于背井离乡到匈牙利打拼的中国人来说却不平常，这天的8家华文报纸刊出了有关中华人民共和国成立60周年大庆的新闻。当然，作为远在他乡的游子，每天为了生存打拼，国家的概念更多时候只是珍藏心间，国庆节这个特别的日子该出摊还出摊该做生意还做生意，顶多朋友们聚在一起互相感叹地道一句今天是国庆节，举杯遥祝祖国。明溪饭店不是这样，早5年前，感慨于每逢匈牙利8月19日、20日国庆节全国放假和商店歇业的举国同庆，陈铭科就与冯丽琪商量逢中国国庆节这天给员工放假一天，同时发放一个数目可观的红包。于是，从那年开始，10月1日给员工放假就成了明溪饭店一个铁打的规定。前一天晚上，召集饭店的员工们一起加餐，席间由女老板给员工发红包，第二天歇业，让大家好好玩玩，与遥远的祖国同庆生日。

国庆节给员工带薪放假还发放红包，开始有不少中国商人效仿明溪饭店，但坚持了两三年就不声不响地取消了员工这项特别的福利。毕竟这是竞争激烈的国际大商场，来到布达佩斯的商人不得不选择利益至上，生存是第一位，且把祖国放在心间，待功成名就，有能力再报效国家。这当然是大家自由的选择，早已取代当年明溪驿的明溪饭店也不是为了在商界做口碑，但这么多年一直延续下来。这个晚上，郑立新使出浑身解数为这个国庆晚宴煮出了一桌地道的明溪菜，没有别的客人，都是本店的员工。喝了几杯酒，听大家夸了一桌好话，壮了一身英雄胆的郑立新揣着冯丽琪亲手塞进口袋的红包，决定明天好好地放松一下，至于怎么放松他还没想好。然而，一走出明溪饭店大门，一身酒胆的郑立新一双脚就不知不觉地往卡西洛去了，到得门口才恍醒其实内心里他早已想到放松的方式了。

多少是有些迟疑的，回想起冯丽琪让他把钱收好时意味深长的目光，但是门内那种熟悉得不能再熟悉的声音就像一只探出门的手，一下就把内心稍做挣扎的他不由分说拉进了卡西洛。其实，自从听到俄罗斯"灰色清关"种种传闻后，半个多月来郑立新就没进过卡西洛，把口袋里的钱捂得严严实实的，有时候有意身上只带仅够车费的钱。然而，现在有了这个丽琪姐显然特别关照的鼓鼓的红包，又喝下国庆晚宴壮行酒的郑立新决定到卡西洛里搏一搏。嘿嘿，借着国庆酒宴的吉祥多半能得胜而归，明天国庆节好好耍耍，这粮草可就充足了。

6

这是郑立新趁着酒劲走进卡西洛的雄心壮志，但仅仅两个小时，还未在口袋捂热的红包就丢进了卡西洛的血盆大口，万丈豪情转眼间被浇了一盆冰水，幸好口袋里没揣着多余的银两，否则，愤怒失望交织中的他必定要突破底线。郑立新垂头丧气地走出卡西洛大门，被秋风那么一吹，原本没多少的酒意就彻底消散了。口袋里只剩下坐车的零钱，郑立新预备明天坐游轮畅游多瑙河来庆祝亲爱的祖国国庆的计划也取消了，他现在只想回出租屋躲在黑暗中咀嚼自己的懊悔。总是这样，自到了明溪饭店当厨师，在冯丽琪关注和劝导下，偶尔"走神"进入卡西洛的郑立新度过赌博时的兴奋后，总要一个人悄悄咀嚼懊悔的苦果，第二天甚至不敢直视冯丽琪的眼睛。明察秋毫的丽琪姐又总是用一声无奈的叹息，表达她的恨铁不成钢。现在他不想回去，他已想好了，明天国庆节就把自己关在出租房里，炒两个菜把自己灌醉来庆祝。是啊，一个屡教不改的赌徒，有什么脸在匈牙利人面前庆祝自己祖国的生日呢？郑立新这么责骂着自己，慢慢朝多瑙河边走去。不知走了多久，不知不觉间竟走到了绿桥。

绿桥号称多瑙河的自由之桥，原来以茜茜公主的丈夫约瑟夫为名，桥为绿色；白桥则是茜茜公主桥，桥为白色。到布达佩斯没多久，郑立新就把这座古城横跨在多瑙河上的几座桥走了一遭，知晓绿桥和白桥别称为夫妻桥，据说有外国夫妻到布达佩斯游玩总要到这绿桥和白桥照相留念，有个夫妻感情与桥一样坚固的意思。对此，郑立新是很不以为然的。眼下，绿桥被灯下映照得五彩缤纷，绿色的桥身平添了一种神秘感，而从河面上吹拂过来的晚风让被卡西洛击败的郑立新感到了匈牙利秋天的冷意，不由自主地缩起肩膀。正是夜生活开始热闹的时光，绿桥上行人如织，当他无心无绪地走到桥头，眯缝双眼远眺夜色中依然隐约可辨的渔人堡时，在毫无准备的情况下，转头却与一双陌生而熟悉的眼睛迎头相撞。

不错，生活就以这么一种戏剧性的方式，时隔 17 年后，让两个萍水相逢的人再次萍水相逢。当然，这次的萍水相逢在历经了生活沧桑的这对男女之间不再擦肩而过。

"你是?"

"你是!"

"江……小……燕?"小心翼翼地控制着突然而至的惊喜，生怕被多瑙河上掠起的冷风吹散。

"你……是……郑大哥?"先迟疑地在记忆里搜索，然后是一个确定的反问，最后用一个只有两人知晓的定语进一步确定。

经过短暂而迅速地一系列毫无疑问地确认，17 年前国际列车一个包厢的同行者——江西人江小燕和明溪人郑立新，在布达佩斯绿桥边彼此握住对方伸过的手。时光似乎在江小燕夺眶而出的含义复杂的泪水中凝固了，握过手的郑立新有些手足无措，他的双手还想做什么，还想不听指挥地抱住这个时隔 17 年终于出现在面前的女人，但大脑在关键的时刻阻止了双手的企图。于是，他只能机械地用力搓着双掌来掩饰内心的冲动，终于，在对方含泪的目光里找到准确的话："你……怎么来到了布达佩斯? 一个人?"

点点头又摇摇头，江小燕眼里依然闪烁着晶莹的泪花："郑大哥，我……"这位江西小姑娘，不，应当说是江西女人没把后面的话说完，就软软地瘫倒在反应很快，似乎终于找到堂而皇之理由的郑立新双手里。这真是一个意外之外的意外! 郑立新抱着没有力气，眼睛微闭，瘫软在怀中的江小燕，在来来往往行人诧异的目光下，一时间有些手足无措，只能半拖半抱地将她扯到绿桥边的长凳上坐下，一边手忙脚乱地掏出地质包里随身带着的水，往气息微弱的江小燕嘴里灌。

其实是因为身心俱疲又过于激动，江小燕喝下半瓶水悠悠醒转来，见自己半躺在郑立新怀里，忙挣扎着坐起，有些语无伦次地说："不好意思，郑大哥，我刚才……我……我……"说着，眼里的泪又溢出了眼眶。

　　郑立新忙安慰道："你先喘口气。没事，没事，有我呢，有我呢，我是你的郑大哥呢。17年了，谢谢你还记得郑大哥。"说着话，郑立新的眼睛不由也有些潮湿了，为了这梦想过无数次的重逢。

　　"你还是那样，就是黑了，瘦了。"江小燕轻舒口气，平稳一下呼吸。其实，一打眼看到郑立新她并不敢确定这就是国际列车上勇斗劫匪的中国英雄，是郑立新那已陈旧许多的蓝色帆布地质包，这个地质队员曾经的标配，在一瞬间唤起江西女人沉睡17年的记忆。似从记忆里挣扎出来，江小燕抹去眼中的泪，轻声一叹，说："唉，郑大哥，你一定奇怪我怎么从莫斯科来布达佩斯的。我……我……郑大哥一定听过'灰色清关'，看我现在这个样子也一定猜出来了。我……我舅舅完了，我……"忽然就将头埋在双膝间，江小燕无声地抽泣起来。

　　尽管并不是个善于察言观色的人，但联想到这一段时间在匈牙利满天飞的有关俄罗斯"灰色清关"种种传闻，再看女人失魂落魄、形单影只、孤弱无助的样子，郑立新心中早升起一团不祥的疑云。现在听江小燕直截了当的话，郑立新一时不知如何回答，只是双手扎着，想抚慰女人耸动的双肩却又缩回手来。一瞬间，他做出了一个决定，待女人抬起泪眼凝视着多瑙河上开过去的一条闪烁着五彩灯火，传来欢歌笑语的游船，用不容置疑的语气说，"小燕，你什么都不用说了，如果信得过郑大哥，现在就跟我回去，有话我们慢慢说。"

　　江小燕听到这话似有些吃惊，惊讶对方没有过多询问她在俄罗斯的来龙去脉，也惊讶对方提出的这个建议。似犹豫了一下，终于，在郑立新期待而坦然的目光注视下，她无声一叹，轻轻点了点头。

　　郑立新提出这个建议时有些担忧，怕江小燕的断然拒绝。17年了，设想过无数次的重逢，怎么也没预料到会是这么一种戏剧性的方式，也就是一瞬间，在国际列车上萌芽又发酵了17年的那一抹情愫，在现今情感已布满沧桑的昔日王坊山头老大心中蓬勃生长起来。当然，是以一种竭力控制悄悄生长的方式，因为他太怕这个江小燕像17年前在俄罗斯火车站一样，轻轻一挥手，就被时光淹没得无影无踪，他害怕再等待17年。其实，当像个失散多年的亲人被人认领来到郑立新的蜗居，又狼吞虎咽地扒拉下郑立新翻箱倒柜凑出的食材煮的一大碗香喷喷面条，江小燕没等对方询问，就竹筒倒豆子把自己这一段时间如噩梦般的经历，向布达佩斯这个唯一的熟人倾诉起来。其间，她几次哽咽着说不下去，是郑立新鼓励和信任的目光，促使她终于释放出憋闷心中的痛苦、委屈、无助和不甘。

7

事实上，17年前江小燕与郑立新在莫斯科火车站分手后，两个已是暗暗萌生情愫的年轻男女都没有勇气正视和把握这种缘分，只是机械地听从命运的安排。郑立新在布达佩斯开始异国他乡并不擅长也不喜欢的生意，17年来无法摆脱内心的"赌魔"而把生活走得磕磕绊绊之时，有舅舅这棵大树罩着的江小燕则几乎没承受什么风雨。颇有做生意天赋的江小燕帮舅舅打理生意，很快成为舅舅的得力助手。舅舅有两个儿子，但一个脑子不太灵光，留在江西老家陪奶奶过衣食无忧的日子，另一个儿子随舅舅一起来到俄罗斯，有个子承父业的意思。然而，江小燕的这个表哥却是个不成器的主，打小因舅舅太过宠爱后又因到俄罗斯闯荡生意而疏于管教，书没好好读，还染上了一身毛病，他到了俄罗斯只懂得吃喝玩乐，换俄罗斯女朋友像换衣服一样，一天到晚给舅舅惹事，舅舅时不时还得替他擦屁股。在生意场上呼风唤雨的舅舅对这个亲手溺爱出来的纨绔子弟一点办法也没有，如果不是江小燕几次相劝，他早就将儿子送回国内。儿子没了指望，已颇有成就的舅舅思谋着将来把公司交到外甥女手上，也好给不成器的两个儿子守住这份来之不易的家业。就这么着，在江小燕到俄罗斯的第五年，为公司长治久安的发展大计，经过多年考量，舅舅就把一直跟着自己管理公司的得力助手介绍给外甥女，希望将来他们能夫唱妇随。这个同是江西老乡的助手跟舅舅生意场上闯荡多年，一直对舅舅忠心耿耿、言听计从，他比江小燕足足大了9岁，前妻车祸意外身亡后就一直单着，说是无法忘记与前妻的夫妻情分。这么一个重情重义的男人，舅舅对此欣赏有加，拍胸脯让外甥女不要计较年龄的差别，找一个知冷知热的男人才是女人一辈子最终的依靠。江小燕并不喜欢这个在生意场上表现得八面玲珑的男人，她并不在意男人的年龄，而是内心隐秘角落里一直安放着国际列车上萍水相逢的中国英雄没点破的若有若无的情愫。当她一再借故推托不掉，不得不对舅舅说出郑立新的名字时，舅舅瞪大着那双阅人无数的眼睛看着她，随即放声大笑，接着就讲了好几个俄罗斯和匈牙利孤寂男女一起过生活的故事。这是江小燕第一次听到"傍肩"这个词。舅舅怜惜地看着外甥女，同意她到布达佩斯寻找中国英雄，然而，被"傍肩"这个词吓到的江小燕没有勇气去寻找，她宁愿把这个只是萌芽而从来没有接触阳光，自然也没有生长起来的情愫一直掩埋着，也不要它"见光死"。就这样，江小燕嫁给了舅舅的得力助手。果然，这个男人很知冷知热，江小燕也知足了，虽然这个生意场上的男人，在家庭生活中总让她觉得隔着那么一层薄薄的却无法穿透的面纱。此后的日子，江小燕和舅舅的助手真的达到舅舅所期望的妇唱夫随。舅舅没有食言，在外甥女婚后不久就将"一只蚂蚁"里的三家店面转到她名家，算是给她的嫁妆。表面上江小燕和男人还帮着舅舅一起打理整个公司的生意。江小燕很知足，看看身边那么多闯荡俄罗斯的中国人早出晚归还是一个打工仔，而自己背靠舅舅这棵大树却成了拥有身家的女人。当时，荣建设的北京大院哥们事件江小燕听到过，为此还悄悄帮助了他，舅舅知悉后严厉警告她不要蹚这个浑水。江小燕当然不知道这水有多深，但舅舅提及俄罗斯黑社会和令人勃然变色的克格勃让她没来由地想及中国英雄。是啊，如果中国英雄面对这件事会怎么做？不错，17 年来，每当江小燕碰到难处时总会想及那个敢在国际列车上勇斗劫匪，让俄罗斯警察敬礼的中国英雄会怎么做。这么想多了，就觉得这个对自己知冷知热的舅舅得力助手更看不透了。然而，江小燕得承认自己的生活是知足常乐的，唯一不足的是没能生下一儿半女，后来才知道是男人的问题，他与前妻也是无果而终。这是最大的遗憾，但人生如此，也只能让内心倔强的江小燕无奈地接受这个事实，死了这心的她就此与男人一起帮着舅舅尽心打理生意。当然，还有舅舅赠送给她的"一只蚂蚁"市场三家店面。

生活忙碌而知足，自认为生意场上历练颇有生意头脑的江小燕还一直生活在梦境里，这梦是由舅舅和丈夫制造出来的。然而，一夜之间，给所有俄罗斯的中国商人留下噩梦般记忆的"灰色清关"，让一直在"一只蚂蚁"拥有 10 多家店面的舅舅承受了灭顶之灾。按理说这无法抗拒的"人祸"让每个"一只蚂蚁"的中国商人都损失惨重，但对于经营多年，实力相对更为雄厚的舅舅应是不会撼动公司的根基。不幸的是，生意做得顺风顺水的舅舅有些大意，刚从国内进了一大批价值不菲的货物，竟然第一次违背一向的好习惯，居然将刚收回的一大笔货款因临时有事忘了存银行，也没交代当时忙着与一客商谈生意的江小燕，而是将它们暂时放在店里。就是这么一个偶然的失误让舅舅承受了无法挽回的损失，价值不菲的货物和巨款都打了水漂，所有的店面也被清走。就在舅舅捶胸顿足之时，屋漏偏逢连夜雨，一直是舅舅左膀右臂的江小燕的先生这个时候却背叛了自己的恩人，将公司仅有的资金卷款而逃，不知所终。

　　这对于江小燕和舅舅都是无法承受的心理和经济的双重打击。实际上，此前一向心思缜密的江小燕从报纸上看到不少当局的新闻，曾建议舅舅把几个店面从"一只蚂蚁"里转出来，或许这么多年行船太过顺水，又看中"一只蚂蚁"巨大的商机，舅舅没有采纳外甥女的建议。现在，一夜之间公司倒闭崩盘，一向把头发梳得溜光，连一只苍蝇都站不住的舅舅，披头散发地跟着一大班商户在"一只蚂蚁"外徒劳地向俄罗斯警察要说法。直到男人卷款而逃，江小燕才发现一向知冷知热的男人一直都在处心积虑地为自己留后手，不仅将江小燕的存款不知什么时候全转到他的名下并取得空空，而且利用舅舅的信任，从别的公司借了不少钱。当这些债主闻知舅舅公司倒闭而其得力助手携款不知所终，全都如苍蝇一样围了上来，似乎要把舅舅和江小燕活撕了。一团糟，所有的事情在"灰色清关"中都变得一团糟！后来所有的日子，江小燕一直无法忘记，当她无神无主地走进舅舅人去楼空的办公室时，一脚踩在如淤泥般血渍上的情形，那是割腕自杀的舅舅在俄罗斯洒下的热血。一种钻心的疼痛击向惊骇不已的江小燕，她试图扶起舅舅软软地歪在桌上的头，泪水一滴滴无声渗进舅舅凝固的血液里。然而，江小燕没有理由选择悲伤，在一位跟随舅舅最早来俄罗斯后自立门户的老伯帮助下东躲西藏，躲避债主追讨舅舅死后她这个公司唯一的代理人。暗幸就在一个月前，舅舅帮不争气的儿子摆平一个被表哥搞大肚子的俄罗斯姑娘后，一气之下，令人将儿子送回了江西老家。她是在老伯帮助下才活了下来，但俄罗斯是不能待了，尽管她不是公司的法人代表，舅舅的巨额债务与她无关，但债主认她是舅舅的外甥女。江西老家，她不敢回去，就是死在俄罗斯她也不想回去面对舅妈一家人。最终，老伯给她仅有的一点钱，又通过朋友关系，将她悄悄送出已乱成一锅粥的俄罗斯。她按着老伯给的地址来布达佩斯投奔他的朋友，一个据说在布达佩斯已开出一家超市的江西老乡。没想到，人倒霉了喝口凉水都塞牙，今天中午到达布达佩斯按地址找去，却被房东告知江西老乡已搬家而不知去向。就这样，这一个下午，口袋里连住旅馆的钱都没有的江小燕只啃了一块面包，如无头苍蝇般向像遇到的每个中国人打听，几乎走遍了布达佩斯，走投无路之下来到绿桥上，一时悲从中来，一个念头从心中升起，让她害怕地闭上了眼睛。正思想着今晚还是先到火车站或地下通道凑合一晚，明天争取找一份工作，把肚子顾上再说，就这时候，17 年前的中国英雄突然出现眼前，怎不令江小燕情难自禁呢！

8

当江小燕哽咽中断断续续叙述完这个似乎有些冗长的故事时，面对女人控制不住的泪水，郑立新愤恨地攥起拳头，怒目圆睁，似要一拳砸向那个忘恩负义的男人。他猛地立起身，转了两圈，停在一直无助看着自己的江小燕面前，骂道：“你那个男人不是人！我……”见江小燕忽垂下头，他努力平稳了一下激动的心情，略微想了一下说，“小燕，别担心，现在你见到郑大哥了，一切都过去了。这样啊，这些年我在布达佩斯也算是混熟了，明天我就发动我的那些兄弟。对了，还有我们所有的明溪老乡，帮你找那个江西老乡。只是……他……”

江小燕听懂了郑立新话里的意思，摇头说：“我不知道……我……从没见过他。老伯说他在俄罗斯时得过舅舅的帮助，只是……只是……现在舅舅没了……我不知道……他……”

郑立新明白江小燕的担心，忽地一个念头升起，忙坐到江小燕面前，对此时吃下一大碗面条脸上恢复了血色，但还是一副垂头丧气样子的女人，认真地说：“小燕，嘿嘿，我这么叫你，就觉得回到 17 年前的国际列车上了。”见江小燕脸上难得地闪过一笑，继续说，“你找那个江西老乡不急，还是先安顿下来。我想啊，你现在身体比较弱，也不适合到外面摆摊，那些匈牙利警察凶得很，还是找个安稳轻松一点的活。这样，我做工的明溪饭店这两天正好走了一个女招待，我和老板说说，先把这活做下来。以后呢，有空闲了你再去找江西老乡或者做生意都可以。小燕，你觉得怎样？"

"明溪饭店？你们明溪人开的饭店。我……从没在饭店干过，就怕不懂得里头的规矩。"江小燕兴奋的脸上掠过一丝迟疑。

"不懂就慢慢学嘛。"郑立新忙说，"不瞒你说，我现在可是明溪饭店的大厨，那些规矩我可以教你。"

大厨？江小燕有些不相信地打量着站起身头都快顶到天花板的郑立新，还是有些迟疑。实际上，来匈牙利之前江小燕心里一个隐秘的期盼就是能见到当年的中国英雄，但是，又不希望他看到现在自己这个样子。正是在这种矛盾的心理下，走投无路之际，居然在布达佩斯大茫茫人海中第一天就见到了郑立新。虽然时隔了17年，当年国际列车包厢里两个来自不同省份的年轻人只能算是萍水相逢，然而，说不清什么缘由，江小燕见到还挎着那个在她记忆中没有褪色的蓝色地质包的中国英雄，霎时就放下一直积闷于心中这么多天的戒备，像面对一个失散多年的亲人般倾诉自己的委屈和痛苦。不错，倾诉，倾诉！她只想向面前的男人把内心的牵挂都倾诉出来。现在，江小燕将目光投向放在沙发上的地质包，无声一叹："唉，郑大哥，这么多年了，你这个包还没换啊。刚才，我是先看到地质包，才……才确信真的是你……"

见江小燕的目光从地质包上收回来，并不懂什么诗情画意的郑立新说了一句让自己都有些吃惊的话："有些东西一辈子也换不了！"

似被郑立新这话吓着了，江小燕的目光跳了跳，无处安放地在屋子里转了两圈，还是落在地质包上，又跳开，微微低下头。

郑立新也被自己的话吓了一跳，忙补充一句："如果你信得过我，暂时也不急着找房，就住在这里。两间屋子，随便你挑……"

"信得过！"几乎是脱口而出，江小燕抬起头，目光与郑立新的目光闪电般一接触，再次急急地躲开了。

江小燕跳着逃走的目光让情感并不细腻的郑立新一阵心悸，心疼！现在的江小燕像是一只刚逃脱猎人枪口劫后余生的兔子，那行踪飘忽的目光让他心疼！郑立新心想，她一定是被"灰色清关"带来的灾难吓坏了。尽管江小燕的叙述比较简洁，没有更多的细节展示，但曾经的王坊山头老大，现在在布达佩斯也混些三教九流人物的郑立新，可以想象到舅舅之死和债主追索，对于一个柔弱的女人来说是一种怎样无法言说的灾难，用惊弓之鸟来形容现在的江小燕一点也不为过，而如果不是外表柔弱但内心刚强，江小燕或许早已支撑不下去了。一时间，这个人高马大的中国英雄眼里泛起酸楚的泪花。为了掩饰自己的失态，似接到女人命令的郑立新冲进卧室，手忙脚乱地收拾起来。

这个晚上，因出租屋的另一个小房间一直无人居住，简易的单人床上堆着乱七八糟的杂物，郑立新就裹着一床被子在客厅沙发上权且对付一晚，他的卧房简单收拾后不由分说让给江小燕睡。曾经的萍水相逢，时隔 17 年谁也不知对方有什么样的变化，更何况连同床共枕的丈夫都会落井下石，那这个中国英雄就不会在时光的浸泡下变质吗？在进入房间睡觉时，江小燕多少有些犹豫，但还是没听郑立新开玩笑让她插好门的话。

连日的疲劳和惊吓，现在一下子放松下来，江小燕很快就睡着了。听着虚掩的门内传来女人颇有些重的鼾声，郑立新却辗转反侧难以入眠，既为与江小燕 17 年后的重逢兴奋不已，也为她命运的大起大落而怜惜。就这么在床上烙饼，郑立新终于按捺不住，悄悄来到门边，手举起放下好几次，方做贼似的轻轻半推开门。一打眼，他就看到卷着被子像猫一般蜷曲着睡在床上的江小燕，从天窗外透进来的微弱光线隐约勾勒了女人疲惫的面容，似乎睡梦中还在为命运的不堪而伤心难过。其实，尽管经历了 17 年时光的磨砺，江小燕的外表并没有太大的变化，身体还是和从前一样娇小玲珑，面庞依旧清秀，如果不是眉宇之间的挂着愁绪，一晃眼，还以为就是当年国际列车上初出道的江西妹子。然而，经历过的灾难在脸上泛起的沧桑，还是暴露了时光在一个女人身上留下的痕迹。但这一切在郑立新眼里都是可以忽略不计的，现在这个无数次出现在他梦里的女人突然来临，时光似乎回到国际列车包厢的日日夜夜。一时间，郑立新心潮澎湃，很想伸手抚平女人在睡梦中仍紧锁的眉头。忽然间，女人一个翻身，含糊不清地说了一句梦话："郑大哥，你是英雄。"一个激灵，郑立新忙关上虚掩的门，按下怦怦跳动得厉害的心跳，暗暗骂了自己一声，心虚地将自己放倒在沙发上。不知道是什么时候他就迷迷糊糊睡过去的，后来被天窗外折射进来的一缕阳光打在脸上惊醒过来，才知道天不知何时已是亮了，随后听得厨房传来刷洗的声响，郑立新忙从沙发上坐起来。

听到动静的江小燕转过身来，手上拿着一个钢球刷，腰上绑着一条脏兮兮的围裙，回身笑对靠着门框吃惊地看着面貌一新厨房的郑立新，嗔怪说："你看看，这厨房都脏成什么样子了！你说自己是大厨，就在这样的厨房炒菜？"

"我……我在家里几乎不炒菜。"郑立新看着一夜之间似换了个人，脸上虽还有些许疲惫，但眉头已舒展开来的江小燕，有些发窘地说。同时，江小燕的语气又隐约让他在心里荡起一种陌生的温情。他摊开双手转了一圈，忙去提昨晚随意丢在厅里的地质包。

已是收拾好厨房的江小燕一弯腰，不由分说地扯过地质包，说："郑大哥，你这地质包可能从你背出来就没洗过吧，上面的油污刮下来都能炒菜喽。待会你把东西腾出来，得彻底洗洗。"江小燕边说着话，边拿着抹布擦拭起客厅的家具来。

看江小燕麻利地收拾着屋子，像是一个能干的家庭主妇，郑立新心中涌起一种从未有过的温情。是啊，17 年没挪过窝的这个出租屋里也出入过一些女人，但她们从没给郑立新带来这么一种特别的感觉。什么特别的感觉？就是久违的家的感觉。在遥远的明溪王坊山头的地质之家里，母亲就是这么唠唠叨叨地边数落着父亲边把家收拾得干干净净。那么一种温情的埋怨，就是家特有的。这种感觉让傻站在那里的郑立新眼光就没离开过忙碌的女人，直到女人回过身来嗔怪他怎么不帮忙，倒像这个屋子是她住的。于是，他才像个听话的孩子听从女人的指挥，一会儿帮着清洗抹布，一会儿帮着倒垃圾。郑立新忽想：17 年了，日子是不是现在才算真正开始了？

9

不错，郑立新在布达佩斯的日子从 2009 年才算真正开始。

第三天，当江小燕来到明溪饭店站在冯丽琪面前时，尽管前一天郑立新已详细地把江小燕的事情告知了，但冯丽琪见到外表柔弱温顺，说话细声细气，一直用崇敬的目光看着郑立新的江西女人，内心还是暗暗有些吃惊。实际上，仅从外表看，江小燕与冯丽琪竟有六七分相似，一样身材娇小玲珑，一样清秀的瓜子脸，连发型都是披肩如瀑般的长发，站在一起，就像是两个姐妹。一时间，明溪饭店的员工围上来，一边向此时只懂得傻笑的郑大厨挤眉弄眼，一边惊呼这是冯老板的妹妹来了。冯丽琪一见江小燕，就很喜欢这个文文静静的江西女人，更何况从郑立新嘴里知晓她从事业的顶峰一夜之间跌入低谷，又刚经历了一场生死劫，不由对这个妹妹心生怜惜，拉着她的手，笑道："太好了，你是立新兄弟的患难之交，我可是立新的姐呢。哈哈，今后我就认你这个妹妹。怎么样，小燕妹妹？"

来之前已听郑立新述说过冯丽琪，包括她与陈铭科让人感叹的"傍肩"情感，江小燕还思谋这是怎样一个敢作敢当的女人，现在接触之下早被冯丽琪开朗的性格所感染，暗暗吃惊情感经历如此曲折的女人居然这么阳光。一时间，她羞涩地转头看一眼从进入饭店脸上就挂着笑的大个子，冲冯丽琪轻声一笑，点点头："丽琪姐。"

这么多年来，郑立新与冯丽琪、陈铭科之间早已是一种兄弟姐妹的关系。在郑立新无法斩断心中的赌魔，恨铁不成钢间，冯丽琪和陈铭科曾有多少次试图给郑立新牵线搭桥一个正经过日子的女人，让这个大个子安个家，或许这么一来他的心才会真正安定下来。其中有两个也是国内来布达佩斯打拼的女人与郑立新挺相配，可他断然拒绝了。到后来，被逼不过的他才原原本本地述说在国际列车上与江小燕的一见钟情。得知这个原委，陈铭科和冯丽琪责骂郑立新当初为什么不去俄罗斯找江小燕，或者就听她的建议留在俄罗斯。也正是这一点，冯丽琪方知郑立新内心竟是如此情深的一个男人，也才理解他说的话：这辈子就凑合着过了，有合适的就处一段，等大家都怨烦了就一拍两散，彼此不亏欠。现在，见江小燕看郑立新的目光和郑立新一脸幸福的傻笑，冯丽琪明白这个大个子17年的等待终于有结果了。

这个晚上，想及自己与陈铭科始终无法转变的"傍肩"关系，暗恨自己情感上的软弱，听陈铭科兴致勃勃地询问江小燕的事，她简单把情况介绍后，手指轻轻抚弄着男人唇上一天就长得密匝匝的胡子，迟疑地问："铭科，你……就从来没怪过我？"

"怪你？我为什么怪你？"陈铭科从床头柜上拿过眼镜戴上，瞪眼看着女人。

"我是说……一直这样让你跟我……我……"

"别说了，你要说什么我都知道。说过多少次了，我喜欢现在这样的生活。那些只是个形式，我不怪你的。我等。总有一天……"

冯丽琪一声轻叹："唉，我现在倒有些羡慕大个子了。"

"你是说那个从俄罗斯来的江西女人？"

冯丽琪一扫脸上的阴云，对一脸疑惑的昔日中学英语老师，用神秘的语气说："你看着，这个大个子的克星来了。立新兄弟有救了！"

陈铭科对此不以为然，随后的日子却验证了冯丽琪的话。自江小燕到明溪饭店当服务员，郑立新的工作热情空前高涨，除尽职尽责地完成大厨的本职工作，时不时还到前台帮着招呼客人，一张国字脸成天挂着傻乎乎的笑。不要说明溪饭店的员工，就是到饭店里吃饭的明溪老乡知晓江西姑娘与明溪英雄的故事后，都看出这个一向大大咧咧的大个子是恋爱了。哇，恋爱，这个词经瘦猴那个欠揍的嘴说出来，大家吃惊之余都感到挺陌生的。"恋爱"这个词，在大家眼里早就是奢侈品了。然而，大家开心地拿大个子开玩笑时，又不得不承认原来招惹不得，动不动挥拳用武力说话的大个子现在连性情都变了，话未开口先哈哈一笑，你再怎么开玩笑他也不生气，还是用"哈哈哈"来回应。你说，这样的人不在"恋爱"是什么？按理说都是快 40 岁的人了，再像情窦初开的少男少女一样恋爱总让人觉得有些肉麻。咦，这个傻大个和江西女人不一样，不仅不让人觉得肉麻，反而觉得挺有一种特别的味道。江西女人羞涩安静地一笑，傻大个毫不掩饰演地放声大笑，这种历经沧桑的眉目传情是那么打动人心。

很快，几乎整个布达佩斯的明溪人都知道郑立新与一个从俄罗斯来的江西女人，17 年后接续上当年国际列车上的情缘。在这个无形中已成为另一个明溪驿的饭店，为生活奔波中约几个明溪老乡坐在一起品尝地道的明溪菜，咀嚼着乡情的同时，也乐于从郑大厨与江西女服务员的话题里吸取情感的营养，于善意的玩笑中收获一种别样的温情。不错，这是冯丽琪没有想过的，自江小燕来到明溪饭店，这个温柔清秀的江西姑娘无形中成了明溪饭店的一道风景，不仅明溪老乡都想看看大个子等了 17 年的江西女人是什么样的天仙，连一些好奇的中国人也想听听这个颇为曲折的"恋爱"故事，聊作刀刀见血的商场一种饭后的谈资。于是，明溪饭店的生意更加红火起来。这天，自余知天移民美国后，就离开《欧洲导报》现在已正儿八本地盘下一家店面做生意的瘦猴，召几个明溪老乡到明溪饭店吃饭，在江小燕端菜上来时，他就大声地招呼后厨的郑立新一起给他们敬一杯酒。听到吆喝的郑立新笑呵呵地拎着锅铲出来，当下也不扭捏，对在吧台后笑看这一切的冯丽琪大声说："丽琪姐，瘦猴盛情难却，我们和老乡敬一杯酒，可不算是违反店规哦。"一边就伸手扯住羞红脸转身要走的江小燕，认认真真敬了大家一杯酒。江小燕瞪了他一眼，扭身而去。郑立新又举起江小燕放下的半杯酒一饮而尽，对大家拱拱手，笑对瘦猴说："还要怎样？只要丽琪姐批准，我和小燕给大家来个交杯酒怎么样？哈哈，不过，你可得多付我这大厨一份工资。"

郑立新这记单刀直入的直拳一下把原本还要起哄的瘦猴打到南墙，一时尴尬地笑着，只能拱手相谢说："还是大个厉害，我比不上，你这火力太猛了。"又嬉笑着对同桌的几个明溪老乡说，"咦，大个和江西弟妹敬的酒是喝了，可你们有没吃出来现在明溪饭店的菜多了一种味道。"

"什么味道？"大家同时问道。

"什么味道？"瘦猴故意卖关子，小眼一挤，对几个等他说话的老乡扮了个鬼脸，"啧啧，你们的味觉太差，就没吃出现在我们郑大厨炒的每道菜都多了一种味道。那就是甜味啊！嘿嘿，连这盘苦瓜都炒出甜味哦。我啊，可没中国英雄这样的本事啊，自愧不如。"说着，瘦猴又夸张地向郑立新竖起大拇指。

郑立新随手拿起搁在桌上的锅铲作势打向瘦猴，半空中却拐了个弯轻轻收回，板着的脸绽开大家这一段时间所熟识的傻笑。

面对大个子无所顾忌的傻笑，连瘦猴这么尖刻的人也傻了眼，心中倒没来由泛起一丝醋意。瘦猴所说不错，冯丽琪也感到自江小燕来到明溪饭店，郑立新的厨艺似乎更精进了一层，不仅多了一种无法言说的"甜味"，更多了别样的人情味。私下里，她暗暗为郑立新高兴，也为自己接纳江小燕到明溪饭店而庆幸。其实，原本冯丽琪有些担心江小燕这么多年在俄罗斯一直以白领的身份做生意，能不能适应饭店忙碌而繁复的劳动，心里还真是没有底。原来她是想招一个有饭店工作经验女服务员的，只是碍于郑立新的面子，抱着让对方试试看的想法。然而，只悄悄观察了一天，她就被江小燕的勤快和机灵折服了。外表柔弱羞涩的江小燕一进入工作状态就像换了个人，待人接物落落大方且善于察言观色，没多久，就成了饭店最出色的女服务员，有回头客还指名要那个江西妹子服务。于是，她私下里与陈铭科嘀咕，看这个样子，隔了 17 年，这两人的感情并没有消减，什么时候就顺理成章地帮立新兄弟把家安在布达佩斯了。

10

冯丽琪是这么想的，所有人也都认为江西女人与中国英雄已水乳交融时，并不知道同居一个出租屋的他们还是井水不犯河水，楚河汉界分得很清。事实上，从江小燕到明溪饭店第一天上班开始，郑立新的生活就很有规律了，两人早出晚归双双把家还。郑立新的快乐都写在他那张挂相的大脸上，江小燕当然也很快乐，能一到布达佩斯走投无路中幸运地重逢郑大哥，她是多么感谢上苍没有对她赶尽杀绝，还留了一条生路让她走。然而，俄罗斯的悲惨一幕却总是时不时不经意间涌上心头，几乎每个晚上她都做噩梦，在梦中一次次出现舅舅趴在办公桌血泊中的情形，她在弥漫的血腥味中被面目不详的人无休止地追杀。好几次，她就这么在无处可逃中惊醒来。睡在另一个小房间的郑立新被女人睡梦中的惊叫惊醒了，知道他这只心爱的燕子又做噩梦了。他无法进入梦中抗击要折断燕子翅膀的人，只能抓住像受伤小鹿般浑身颤抖的女人的手，一遍遍安慰她："别怕，别怕，小燕，有我呢，有我呢。一切都过去了，一切都过去了……"

郑立新发誓要一辈子保护这个可怜的女人，他想用尽量多的笑声驱散她心中盘踞的阴霾，他明白这需要时间。他甚至天真地想，都说"老乡见老乡，两眼泪汪汪"，如果能找到那个曾经受过江小燕舅舅恩惠的江西人，或许能让江小燕很快地从噩梦中走出来。于是，他托了许多认识的人打听那个江西人，却一无所获。或许对方早已离开匈牙利了，每天都有那么多人从匈牙利走向别的国家。

江小燕感激郑立新的体贴，实际上能不能找到江西人对她来说已无所谓。据舅舅的兄弟说，这位江西人还有一笔数目不菲的借款没还给舅舅，或许这就是听到一些风声的江西老乡把自己销声匿迹的缘由吧。经历"灰色清关"变故的江小燕早已领略了世态炎凉，原本就是她太天真了，人家怎么可能给她雪中送炭呢，躲她还来不及呢。于是，她让郑立新不要再找那个注定不会出现的江西老乡了。当然明白男人的心思，彼此的心意在重逢那一刻就已相通，她能感受到男人是如何小心翼翼地维护17年前萌生的那一缕情愫，在17年后终于有机会沐浴阳光雨露而茁壮成长。看男人笨拙的样子，江小燕有些心疼而无奈。是啊，都是过来人，又如何不知解对方那热切的期盼呢。这个晚上，当江小燕再次从噩梦中惊醒，再一次抓住郑立新有力的大手时，忽地被男人一把紧紧地搂住了。啊呀，她要窒息了，在男人那让她心跳加速的夹杂着汗臭的体味中，就在理智快被完全淹没之时，似从梦中飘出的血腥味让她浑身一颤。于是，她挣脱男人的怀抱，将男人的大手坚决地挡住，柔弱无奈地对愣在那里的男人含泪道："郑大哥，再……再给我……一点时间。原谅我，我……也想……可……再给我一点时间……我……"

郑立新一声轻叹，像做错事的孩子般垂下头，轻声说："我等你，等到什么时候都等！"

也就是从这个晚上开始，郑立新干脆睡到客厅沙发上，从开着的门可以看到江小燕，他得像门神一样守护这个心灵还在疗伤的女人。或许是心理作用，果然，从这晚开始，纠缠江小燕几个月的梦魇没有天天上门了，只偶尔还会出现，但那些面目不详的陌生人已不让她那么害怕了，梦中的血腥味也在消淡，有时她的"中国英雄"还会适时地在梦中出现，将陌生人打跑。于是，生活就这么在时间的抚慰下慢慢地安定下来，郑立新与江小燕彼此珍惜而小心翼翼地维护着两人之间的情感。白天，他们像一对恩爱夫妻一样在明溪饭店展示着让人感动的"恋爱"；晚上则双双回到出租屋，交流着在明溪饭店看到或听来的趣闻。饭店是一个小社会，汇聚了三教九流的小道消息或花边新闻，总有那么多谈资让他们交流。然而，或许正是这种彼此的小心翼翼，让一直在郑立新心中并没有毁尸灭迹的"赌魔"，在找到合适的土壤后再次顽强地探头。整整两个月后，这天一位曾经的赌友到明溪饭店吃饭，郑立新放下锅铲去敬一杯小酒尽礼节，还额外炒个菜记自己账上赠送给赌友。敬酒时这赌友听说郑立新已"金盆洗手"两个月，就朝正招呼客人的江小燕努努嘴，开玩笑说："咦，没想到天不怕地不怕的大个子还是个惧内的人，哈哈。最近卡西洛可推出了几个新项目，晚上我得去试试手气。郑老弟若还是个站着撒尿的主，我们就在卡西洛不见不散怎么样？"

郑立新笑而不答，回厨房后内心却止不住翻江倒海。正好这几天冯丽琪身体有些不适，交代江小燕打烊后帮她一起理理账目，原本郑立新都是自个边喝着小酒边等江小燕一起回出租房，这晚上，喝下两杯小酒，赌友中午讲过的话就像几只爪子挠心，终还是和正在帮冯丽琪算账的江小燕说去会一个朋友先跑了。当然，并没有什么新的项目，但重入卡西洛的郑立新听到那两个月未闻的声响一时就血脉偾张，当即与赌友扑到赌桌上。手气不错，不到两个小时就收获了在明溪饭店当大厨一个月的工资。爽啊！心满意足的郑立新揣着不劳而获的福林回到出租屋，对在床上织毛衣等他的江小燕有些心虚地扯了个迟回的理由，赶紧一头倒在客厅沙发上睡觉了。

从这天起，隔三岔五地，郑立新就不与江小燕"夫妻双双把家还"了，而他的运气在第一天重返卡西洛得到甜头后就一直走背字，带去的赌资总是有去无回。江小燕哪知晓去会朋友晚归的郑立新有这个路数，直到有一天她疑惑地无意中与冯丽琪提起。冯丽琪当下就瞪大眼睛，一跺脚，咬牙切齿骂道："这个大个子，我还以为……"直到此时，江小燕才从冯丽琪嘴里得知郑立新17年来落下这个屡教不改的恶习。显然，江西女人明白这些日子郑立新一个人晚归的原因了。吃惊之余，她阻住要向郑立新兴师问罪的冯丽琪，柔声说："丽琪姐，你说过你们怎么都劝不住他，那……就让我来试试吧。"

怎么试？江西女人没说，冯丽琪也没问，只是她明白这是拯救大个子最后一招了，她希望自己当初的判断没有错。其实站着只到郑立新肩膀的江西女人能怎么办？她也没力气拉住他，又不是他的妻子，她没有别的办法，她只是真担心夜归的男人。自听到郑立新曾在卡西洛里与人打架的事。于是，江小燕只能在卡西洛外面远远地等，等这个赌尽兴的男人一起回家。对，是家！不知从什么时候，两个人已将这个现在让江小燕收拾得整洁干净窗明几净的出租房称为"家"了。

第一个晚上。江小燕悄悄尾随郑立新来到卡西洛，然后坐在街边人行道树下。她做好了久等的准备，所以带来了正在织的毛衣。毛衣是为郑立新织的，现在刚进行到一小半，她没和郑立新说，是悄悄比他的衣服量的尺寸，郑立新还以为是给她自己织。手巧的她已想好设计的图案，不织什么花啊草啊，就在胸前绣上一个拳头，再加上"中国英雄"四个字。其实，织毛衣是在国内时学的手艺，到俄罗斯后忙于生意就没再织过，现在重操旧业，居然手艺没荒废。江小燕织得很尽心，一针一线，把17年的情愫织进去了。

确实没有别的想法，江小燕只是边织着毛衣边等郑立新回家。她织得很认真，不时抬头看对面灯火辉煌的卡西洛大门，差点就把输了钱一脸沮丧、随意披着衣服的郑立新错过去了。很显然，江小燕突然的出现让郑立新始料不及，那么大的个子瞬间矮了矮，忙拿眼睛扫一眼四周，确信没有他最不想看到的冯丽琪和陈铭科，这才故作镇静地红着脸没话找话："你……怎么在这里？"

江小燕把毛衣收进包里，望着他说："累了吧，我们回家。"

郑立新像做错事的孩子一般，慌乱得不敢看女人亮亮的眼睛，支支吾吾半天想说什么，却被走过来的江小燕揽起手，岔开话说："夜深了，我还真不知道大晚上的布达佩斯这么安静。走，我们回家。"

江小燕再次强调的"我们回家"，让郑立新把所有话都咽下去了。他心虚虚地，手有些僵硬地任女人挽着"回家"了，像个闯了祸得到家长宽容的孩子。

这是第一个晚上。忍了几天后的第二个晚上，江小燕还是边织着毛衣在卡西洛对面等着郑立新。这天郑立新依然输了个精光，差点突破他引以为傲的红线。虽然有所预备，但看到江小燕拿着毛衣站起来，他还是差点一跤绊倒在卡西洛平坦的大门前。在江小燕将毛衣连同银白色的毛衣针放进袋子里时，郑立新看到其中的一只袖子已经打好了。这回没有第一次心慌，但他仍然想从脑子里积存的词汇里找到合适的语言。但是，江小燕没等他说话，就将一个泡着热茶的保温杯递给他，柔声说："渴了吧？喝口茶，来之前泡的。铁观音，提神。是丽琪给的，热乎着呢。这天气一天比一天冷了，看样子马上要下雪了。我们赶快回家吧。"

机械地接过保温杯，喝下一口热乎乎散发着清香的铁观音，郑立新被卡西洛控制的脑细胞回过神来。他再次故作豪爽地一挥手说："回家！"路上，郑立新想解释什么，却被江小燕那略含哀怨的目光柔柔地顶回去了。

于是，郑立新忍了好些天，趁江小燕又帮冯丽琪清账，这才双脚不听使唤地又进了卡西洛。

11

这是第三个晚上，江小燕为郑立新织的毛衣已进入收尾阶段，胸前的"拳头"图案和"中国英雄"四个字先期已用红线绣好。毛衣是黑色的，黑底红字，显得庄重而内敛。这晚上，江小燕在同样的地方等着进入卡西洛的郑立新回家。当这晚上，小赢一把的郑立新豪情万丈走出卡西洛大门时，对江小燕的等待一点也没感到惊讶，他只是奇怪这个女人为什么要这么做，这么做又是出于什么目的。他看到江小燕把已完工的毛衣塞进袋子里时，银白色的金属毛衣针晃花了他的眼睛。事先并没有打草稿，由心中赌赢的豪情搅拌的话就像打开壶盖的水蒸气抑不住往外冒，在江小燕例行柔声招呼他"回家"后，一瞬间似回到明溪王坊山头当老大的日子，面对苦口婆心的领导和父母规劝，破罐破摔的感觉很直接，也很爽。他挺直腰板看着江小燕说："回家？现在你都看到了。你怎么什么都不说？我就是这样，改不了，你还是趁早离我远点……"

对男人的话江小燕并不感到意外，意外的只是这话等了这么多天才听到。她暗舒口气，慢慢地柔声说："我说什么？我能说什么呢？郑大哥，外头天冷，我们回家吧。"

"家？哪里是家？我郑立新从迈出国门就没有家了。"把话说开的感觉真爽，郑立新索性不藏着掖着，冷冷一笑说，"这里是布达佩斯，我们的家在中国！"

　　江小燕站在那里，像是一只受伤的孤燕。良久，抬头看在一边挥着手，似乎终于把憋闷心中的话说出来正痛快爽着的郑立新，她把泡着铁观音的保温杯塞到对方手上，低头柔声说："天冷，喝口热茶暖暖身子吧。"在男人诧异的注视下，她抹了一下眼睛，转身自顾先走了。

　　女人往眼睛上那么一抹，让郑立新鼓足勇气伪装的破罐破摔霎时现了形，他愣在那里，想大声地挥手向女人吼几声，甚至他已想好挺有力量的词汇。比方说"你算我什么人，也来管我""你个女人，多管什么闲事""你咸吃萝卜淡操什么心"，总之什么解气说什么，但这些词汇到嘴边就被10月布达佩斯晚风的冷意消弭了。当郑立新跟在越走越快的江小燕身后，一次次看到前面的女人抬手抹着眼睛，他心中的豪气也被无形中抹去了，只剩下忐忑不安无处着落的心情，被卡西洛搅乱的理智也慢慢复苏了。

　　一路无言，矮了身子钻进出租屋，郑立新像是个做错事被押回家的孩子。是啊，郑立新天不怕地不怕，最怕的就是女人抹眼泪。父亲是霸道的，枫溪女人在父亲眼里只有顺从再顺从，从小他就见惯母亲对父亲的霸道无奈地抹眼泪。长大后，郑立新毫不犹豫地站在母亲一边，父亲面对强壮的儿子只能无奈地叹一声："我怎么养了你这么个狼崽子！"可以说，这晚上，郑立新不是跟着江小燕"回家"，而是被女人的眼泪"押回家"。站在客厅，见进房间就一屁股坐在床沿上背朝着门的江小燕隔那么一会就抬手抹一下眼睛，一开始还故作矜持的郑立新开始局促不安起来，不一会儿就成了热锅上的蚂蚁，下了几回决心，绕着桌子转了几圈，终还是找不到表达的词汇。直到女人除了抹眼睛还增加了耸动肩膀，他才咬了牙，小心地寻找着措辞："小燕，你……别那样，我……我……"

　　"你说别哪样？"猛地从床沿上站起身转过来的江小燕，一双泪眼直直地瞪着郑立新，"你说哪样？你为什么要那样？你怎么能那样？你不知道有多少人都在关心你担心你？你怎么一直还能那样！"

　　江小燕说话的语气依旧是柔柔的，只是在这柔中掺杂了些许刚硬和无助，这让郑立新越加手足无措，支吾着说："是不是我答应你不那样了，你……也就不那样了……"

两人似乎在打着心知肚明的哑谜，郑立新闪开江小燕直视的眼睛。

江小燕忽轻声一叹，弯腰从床角扯过袋子，取出刚打好的毛衣，在郑立新不明所以间走到愣着的男人面前，一把将毛衣塞进他的怀里，轻声说："天一天天冷了，试试……好久没织了，也不知合不合身。"

似捧着一颗烫手山芋的郑立新，意外吃惊中有些机械地将毛衣随手摊放在沙发上，不料想，一打眼却看到展开的毛衣胸前跑出来一个硕大威武的"拳头"和工整的"中国英雄"。郑立新彻底傻了，愣了，他觉得这"拳头"就像一记重锤猛地击打在他徘徊不定的心上，而"中国英雄"四个鲜红夺目的汉字又像是四颗呼啸而来的子弹，重重地击中他身体中那个隐藏着"赌魔"的穴位上。霎时，郑立新胸膛处涌起一股如岩浆般灼人的热浪，这热浪随着瞬间加速的血脉把原本已经归位的理智激得四处乱窜，而从"子弹"击中的"穴位"处生发出的剧痛让他一时间站立不稳。郑立新一把抓起毛衣又轻轻放下，他慢慢垂下了头，接着一拳砸在身前的桌子上。随着一声脆响，前些天江小燕特意割来的餐桌玻璃垫爆裂开不规则的如一朵花的纹路，而从郑立新手上流出的鲜血把这朵形状怪异的花瞬间染红了。

听到声响，转身正走向卧房的江小燕回过头来，瞪大眼睛，惊叫："郑大哥！"

郑立新将血淋淋的拳头按在碎玻璃上，另一只举着毛衣的手将江小燕挡在面前，一字一句地说："小燕，你郑大哥太混了，要让你看不起了。你相信我吗？今天，现在，从现在，我对着这'拳头'发誓，我再也不去卡西洛了！不去了，你信不信？"

江小燕被郑立新按在桌上血糊糊的拳头和眼睛里喷射出灼人温度的目光吓住了，眼泪瞬间溢满眼眶，摇头说："郑大哥，你不要这样，不要这样……"江小燕害怕地捂住了双眼。

"小燕，你是对中国英雄失望，不信你郑大哥了？"郑立新看着餐桌上还在蔓延的红花，羞愧地垂下头，"我不怪你，连我自己都不相信自己了。只是……只是……这一次是真的，小燕，相信我，这次是真的……真的再也不会再迈进卡西洛大门了，让卡西洛和帝国赌场都见鬼去！"

"我信，我信，我信！"江小燕慢慢放下捂眼的双手，她看到了男人眼里的羞愧。这是一个七尺男儿的羞愧，她怎会不相信呢。她深吸口气，迟疑地将手轻轻放在男人血淋淋的拳头上，慢慢地将手指一个个舒展开。接着，她手忙脚乱地从室内拿来自出国后就习惯备着的小药箱，细心地用纱布将郑立新的手包裹起来。

郑立新站在那里，像个木头人一样任女人摆布，手的疼痛早被内心的愧疚淹没。当女人无声地将伤口包扎停当，这时，他才有勇气悄悄地看一眼女人，但他当即就被女人泪眼射出的哀怨目光点燃了。并没有一丝的迟疑，他一把将低声责备后转身要走的女人搂到怀里，有些语无伦次地喃喃道："小燕，小燕，相信我，我……我要做回你的中国英雄……"

江小燕浑身一颤，在男人有力的搂抱中像一根没有知觉的木头，从心底深处一声轻叹，悠悠说："郑大哥，你一直就是我的中国英雄……"她想离开男人的怀抱，但又那么留恋男人有力的搂抱。是啊，她现在太渴望这么一个宽阔结实的胸膛靠一靠了。

事情很快发展到不可收拾的地步。这个羞愧而决意做回中国英雄的大个子，在江小燕肯定的鼓励下，一双大手开始不老实了……

这个晚上，昔日明溪王坊山头的老大，在国际列车上接受过俄罗斯警察敬礼的中国英雄像个唠唠叨叨的长舌妇，把这17年的思念毫无保留地向江西女人倾诉；又像是个贪嘴的孩子总也吃不够他爱吃的零食。如水般温和柔顺的江西女人则爱怜地倾听着、接受着……雪就是在他们漫涨的柔情蜜意中悄然而下的。这是布达佩斯今年的第一场雪，有点怯生生的，试探性的，趁秋末无力之时为冬天提前打个前站，慌里慌张地撒下一层薄薄的白色就撤退了。

当郑立新和江小燕顺着向上的台阶走出出租房来到街面上，除了零星挂在树叶上的雪花，街面上的雪早已被行人和汽车轮子碾压得无影无踪。这是一场及时雪，似乎把他们两人的从前都进行了一番遮掩，今天是一个新的开始。风顺着街边的行道树扑面而来，小雪后的阳光打在脸上只让人感到浅浅的温暖，小鸟依人般偎着郑立新的江小燕心疼地抚着男人受伤的手，不无埋怨地："你啊……"

郑立新用一种从未有过的温柔目光看着江小燕："小燕，谢谢你。今后你就看着吧。"忽地，他用手做喇叭状，对着似乎又飘起若有若无雪花的天空大声喊道，"布达佩斯，你就看着吧！"

远近的行人惊讶地看着这两个中国人。江小燕羞涩地脸红了。

12

江小燕这副药终于治好了纠缠郑立新 17 年的"心魔"，此后，他再也没迈进卡西洛的大门。一个月后，就在大家为郑立新浪子回头金不换高兴之时，这晚上，冯丽琪却接到"那个人"打来的告知父亲病重的电话。于是，她与陈铭科商量后决定将明溪饭店交给江小燕帮着打理，因为陈铭科现在根本没有时间顾明溪饭店，而管理一个饭店对于开过公司做生意的江小燕驾轻就熟，更何况有郑立新帮着敲边鼓。就这么着，冯丽琪十万火急地回去尽孝，临行时向陈铭科保证，这回说什么也得与"那个人"把婚离了，不管付出多大的经济代价。无非就是为了钱吗？冯丽琪和陈铭科为此准备了足够的"活动经费"。然而，他们都把一切想得太简单了！"那个人"没有接受冯丽琪主动提出在明溪来说天价的"分手费"，他的目的就是要这么拖着，不让背叛他的冯丽琪好过，而由此引发的意外，最终让冯丽琪从此留在了明溪。这是所有人都始料不及的，连冯丽琪最好的姐妹吴秀仙也无法改变她这个看似荒唐实则绝望的决定。

根本没想到冯丽琪会将明溪饭店交由自己暂时负责的江小燕吃惊之余，知道这即是丽琪姐对郑立新的信任也是对她能力的肯定，因此，只是稍微犹豫了一下，她就义不容辞地接下了这副重担。然而，谁也没想到冯丽琪居然一去不复返，经过一系列顺利得让人感到不可思议的程序之后，她和郑立新会成为明溪饭店的新主人。郑立新为冯丽琪和陈铭科如此悲情的情感结局感到不可思议，不忍心看陈铭科绝望的样子，打电话回明溪向李秋实询问缘由。李秋实只是简单叙述了冯丽琪回明溪后发生的事情，用无奈而同情的语调对郑立新说："感情这东西，只有当事人自己明白。我把该说的话都说了，可……立新，既然冯丽琪把明溪饭店盘给你做，那你就好好把握她给你的机会吧。"接着，他又不无好奇地说，"什么时候我真得到布达佩斯看看，是一个什么样的江西女人能让我们的立新老弟脱胎换骨，一定是不简单啊。立新，你和江小燕好好开始吧。"怀着满腹困惑和痛惜，郑立新和江小燕认认真真开始当起明溪饭店的新主人。

这对郑立新和江小燕来说确是一个千载难逢的机会。依据李秋实给陈铭科打的电话和后来冯丽琪给陈铭科写的信，明溪饭店的资产一拆为二，她的那一部分折价转让给郑立新，可等饭店经营获利后分期付清；而此时早已心灰意冷的陈铭科也按冯丽琪的想法，同样将股份以借款的方式转让给郑立新。就这么着，并没有任何资本的郑立新和江小燕没出一分钱，就成了明溪饭店的新东家。这种天上掉馅饼砸到头上的事让所有知情者羡慕不已，唏嘘陈铭科和冯丽琪这对"傍肩"，终究难逃大多数"傍肩"各奔东西命运的同时，又赞赏他们的义气和豪气。确实这是一个香喷喷的送到面前只要张开嘴就能咬到的馅饼，但不是天上掉下来的，而是冯丽琪和陈铭科的兄弟情谊，这情谊好长一段时间成为布达佩斯这座纸醉金迷的国际大都市一个近乎神话的传说，类似于家里突然出现一个田螺姑娘一样。郑立新和江小燕当然知道这不是天上掉下来的馅饼，他们记住这份情谊，两人已当着陈铭科的面承诺这笔情义无价的"借款"，将来他们一定要加上该有的利息，尽管自接到冯丽琪信后就沉默无语的陈铭科摇头否决了。

这是一个新的开始，如同他们隔了 17 年的一脉情愫现在蓬勃发展一样，江小燕确定明溪饭店主打明溪风味菜，再适时地点缀几道江西特色菜，并根据匈牙利人口味推出几道布达佩斯菜，以吸引更多的客人。同时，意外获得明溪饭店这个依托的江小燕对他们两人的未来有了更加大胆的谋划，她想着将来有资本后还是要回到老本行。这样，郑立新执掌明溪饭店，她再开辟新的生意天地。郑立新没有江小燕这样的雄心壮志，但乐于有一个女人来安排他的未来。是啊，如果没有江小燕，他的未来一直在原地打转。

明溪饭店在江小燕筹划下更加蒸蒸日上，仅半年后就有了新气象，客人越来越多。江小燕和郑立新商量后，把边上一家经营不下去的店面盘下来。这时候，郑立新精心带的一个徒弟已能上岗工作了，吴秀仙介绍来的一个明溪女孩人老实本分人也机灵，经江小燕带了大半年也能在前台独当一面了。这样一来，江小燕就有时间腾出手来把眼光放在她一直念念不忘的生意上了。江小燕有意识地开始考察布达佩斯的生意市场。现在，她和吴秀仙已成了好朋友，吴秀仙的生意经有不少地方让她佩服，其中重要一条就是对整个市场进行全面的考察，从中发现适合自己的商机。事实上，当年在国际列车上初出道，江小燕就展示了做生意的天赋，后来在俄罗斯经舅舅调教在"一只蚂蚁"早深谙生意之道。然而，一方水土养一方人，匈牙利和俄罗斯毕竟在国家政策和经商环境上有不同之处，特别是经历了"灰色清关"，至今还心有余悸的江小燕变得更加谨慎，可以说是吴秀仙毫无保留传授的心得，最终让一直跃跃欲试的江小燕下定了决心。

经过一段时间深入布达佩斯各个市场全面考察，几乎走遍热闹的大街小巷之后，功夫不负有心人，这天，江小燕发现在一个人流量很大的电车停靠点，开着一家生意颇为兴隆的超市，奇怪的是这家超市把外面的一家店铺租给了一个卖报纸的商贩，却门庭冷落，生意冷清。这是怎么回事？江小燕装着无意地到店里翻看报纸，边打量着店面。只见这家专业卖报的店面报纸倒很齐全，其中还有六七份中文报纸。翻阅间，江小燕居然在一个堆着旧报的角落翻到一份《欧洲导报》。曾听郑立新说过当年轰轰烈烈的"四虎市场事件"，知悉这是一位明溪人创办的华文报纸，于是，江小燕就把这张旧报向老板讨了来，也没有别的想法，就是带给郑立新看看。

天色已晚，心中猜测着缘由的江小燕生怕郑立新担心，揣着满腹疑虑先回家，一路上一直想着这家卖报的商店，脑子里已有了些模糊的想法。不料想，已说好这天要炒一道当年曾引发警察围攻的"拳头椒炒大肠"给江小燕当消夜的郑立新一接过报纸，就兴奋地大叫道："小燕，你这可是做了件大好事！你看看，这张报纸正是报道'四虎市场事件'，上头还有余老师亲笔写的文章呢。太好了！"一边说就兴奋一把将江小燕举起来，在女人踢着腿笑着让放下来后，又亲了女人一下。江小燕看着孩子气般的男人，嗔道："你看你这毛毛躁躁的样子，一张旧报纸值得这么高兴嘛。"

当然值得高兴！其实，当年因为在卡西洛惹事而没能参加"四虎市场事件"的示威游行，一直让郑立新引以为憾。为了弥补遗憾，他找来那几天报道

"四虎市场事件"的《欧洲导报》，一篇篇地看，还将这些报纸细心收藏起来。不料有一天他和同居的那个越南女人吵架，这位其实真心想和明溪男人过日子却得不到真心对待的越南女人，竟冲着这叠报纸下手，一把火烧了个精光。郑立新又气又急，捏着拳头险些打破他从不与女人动手的底线，暴跳如雷地把越南女人赶出了出租屋。现在看到《欧洲导报》，郑立新如何不高兴，就像是一件宝贝失而复得，听女人埋怨，就笑哈哈地说："高兴，当然值得高兴。小燕，你不知道，当时我们都没有想到这一点。明天啊，我就把这张报纸拿到明溪饭店贴起来。"

13

当然，江小燕没有同意郑立新这么做，只准许他将装裱的旧报挂在出租屋里，因为她担心这有明显政治色彩的报纸，会影响越来越多到明溪饭店吃饭的匈牙利客人的心情。然而，这晚上江小燕顺从地应和了郑立新的癫狂后，看着从天窗打进来的一线晨光，脑子里又想着这家生意冷清的店铺，再也躺不住。见男人还在酣睡，她悄悄地起床，留了张简单的条子急急地出了门。似乎晚到一步，一个大好的机会就要丧失了。不错，机会。江小燕敏锐地察觉到这或许是又一个千载难逢的机会，对于眼下资金还不雄厚的她和郑立新来说。她来得太早了，超市已开了门，有三三两两的顾客进出，但超市外的这家店铺却大门紧闭。没来由松了口气，江小燕随便在一家小吃摊解决早餐问题，一边吃着一边眼睛一眨不眨地看着对面的店铺。似乎在考验江小燕的耐心，直到超市外围一圈的店面都陆续开门，这家卖报纸的商店却还不开张做生意。街上正一点点地热闹起来，各种商贩的叫卖声和熙熙攘攘的行人嘈杂声，让江小燕热切期盼的心不由有些急躁起来。不急，不急，性急吃不了热豆腐。江小燕这么提醒着自己，又把想好的措辞如何配合肢体动作在心中预演了一遍。终于，直到她将这种预演进行到第五遍时，这家似乎不想做生意的店铺的门才缓缓开启了。

年纪看上去有 60 多岁的匈牙利男人，显然对开门就冲进来的这个女顾客很是意外。他张大嘴，扶扶滑到鼻尖上的眼镜，吃惊地从眼镜上方眯缝双眼盯着脸色绯红的江小燕，用匈牙利语问："女士……你要买什么报纸?"

　　江小燕听不懂匈牙利老人的话，尽管她到匈牙利也有一些时日了，做生意脑瓜子机灵，但语言方面却略显迟钝，除了日常生活对话外，并没有学得多少匈牙利语。当然，这与她长期待在明溪饭店也有关系，对上门的顾客迎来送往，只要明白固定的那几句匈牙利话也就足够了，更何况来明溪饭店用餐的多半是中国人。虽听不懂对方说什么，但江小燕从对方的表情和动作里已猜个八九不离十。于是，她摆摆手，用事先想好的几句匈牙利问候语再配合肢体动作，顺利地让对方明白了她的意图。让她感到意外的是这位匈牙利老人居然会说几句蹩脚的中国话，这无形中减少了彼此沟通的难度。最后，江小燕指指整个店面，又指指自己，用中国话一字一句地说："我看你的店铺生意冷清，能不能把它盘给我？"

　　坐在柜台后的匈牙利老人明白了七八分意思，依然从滑到鼻尖上的眼镜上方，用冷漠的眼神看着边吃力说话边手舞足蹈的中国女人，决绝地摇摇头，用汉语说："不！"

　　这个汉语的"不"说得很标准，江小燕一颗心"咕咚"往下掉。然而，只是一刹那，她就将失望的表情重新归整，脸上努力堆出一大朵怎么看都让人赏心悦目的笑："老先生，请你听听我的想法，就不会拒绝我的建议了。"到这时候，江小燕才发现靠她懂得几句匈牙利问候语和对方蹩脚的汉语，很难把自己挺复杂的想法进行细致沟通。看着老人冷漠地瞪着她的眼睛，生怕对方赶她走，江小燕忙掏钱买下店铺的 7 份中文报纸，一种一张。她的这个举动显然缓解了老人眼中的冷漠，他把滑到鼻尖的眼镜推到了原本应该待的鼻梁正中，指指柜台前的一张凳子，示意江小燕可以坐着看报。

　　心急如焚的江小燕坐了下来。这时候，店里总算走进来一位买报的匈牙利老太太，看样子与老板相熟，拿了报纸，两人就用匈牙利语叽里呱啦地说笑起来，边说着那老太婆还用异样的眼光不时看一眼中国女人。江小燕哪有心思看报，只是胡乱地翻着用繁体字印刷的中文报纸，直到匈牙利老太太拿着报纸走了，她才急急地站起来，再次向表情不知不觉中已缓和许多的匈牙利老人，重复刚才的话和肢体语言。当然，这样的沟通是不会成功的，江小燕这才发现自己犯了一个致命的错误，应当叫已能说一口流利匈牙利语的郑立新一起来。再次交流无果，江小燕只能礼貌地退出店面，免得惹老人不高兴，把事情彻底搞砸。她当即就到超市外的公用电话亭给郑立新打电话求救，对刚到店面正在指挥后厨准备中午营业的郑立新说了地址，发电报般命令："速来，十万火急！"此时的江小燕对店铺进行一番火力侦察后，心中的想法更加成熟了，偶尔走进店铺的买报人似乎都成了她潜在的对手，如果让人捷足先登，可就错失这千载难逢的良机了。

不知发生什么危急情况的郑立新火急火燎地赶来时，一直在街对面行道树下坐立不安的江小燕已如热锅上蚂蚁，这种等待比当初她在卡西洛外面等郑立新完全不同，那是知道结果的等待，而这是可能产生不同结果的等待。一见郑立新，也不待对方发问，江小燕当即就竹筒倒豆子把心中早已考虑成熟的想法一五一十说了。郑立新是第一次看性格内向、平素并没有太多言语的江小燕有如此着急的样子，咧着大嘴"嘿嘿"笑道："不就是一个店面嘛，我们想开店做生意，这么大的布达佩斯有的是店面，难不成还要在这棵树上吊死？只要有钱，不要说租，就是买，也不是难事。"

当初几乎没花一分钱，"空手套白狼"从冯丽琪和陈铭科手上转来明溪饭店，此后，江小燕和郑立新每月扣除必不可少的开销和留下一部分资金为未来的打算，其余的都按时按月将钱转给陈铭科。当然，此前陈铭科已将明溪饭店股金和所有生意，按当初他和冯丽琪立下的"君子协定"，一次性转给了国内的女人，而他此举也被了解他们情况的人视为最男人的行为。就这么在江小燕的精打细算下，他们总算从牙缝中积累了有数的资本，现在江小燕就想靠这有限的资本再一次借船出海，为她和郑立新的小家闯出一片天地。好钢得用在刀刃上！现在这家店面就是必须用上好钢的刀刃，她得靠这把刀劈波斩浪。因此，听郑立新嘻嘻哈哈的话，江小燕瞪了男人一眼，提高声说："我们就是没多少钱！"

自明溪饭店成了他们两人夫妻店以来，原来像一匹野马的明溪大个子可算是被江西女人拴上了套，妇唱夫随，郑立新唯江小燕马首是瞻。有时候，熟识郑立新的人看这个大个子穿着江小燕亲手织的毛衣上那威武的"拳头"和"中国英雄"，就不由感叹"英雄难过美人关"果然是至理名言。来明溪饭店吃饭的明溪老乡爱拿郑立新这个变化开玩笑，原本火药般一点就炸的郑立新却总是笑呵呵地回应。有一回，一向尖酸的瘦猴当着几个明溪老乡的面问郑立新："这明溪饭店谁是老板啊？"郑立新并不生气，回说："老板娘就是老板，老板是老板。"哇哈，一个粗人说出这么精妙的话来，让自从跟余知天办了几天《欧洲导报》，就一直以文化人自居的瘦猴哑口无言，连叹："厉害，厉害！余主编说女人是男人最好的学校，这话果然不假！"郑立新也听余知天说过这句话，以前不明白，现在才明白那是因为爱。郑立新没有太多的诗情画意，只知道自国际列车上相遇，江小燕就是他命定的女人，他要以男人的力量保护她，不让她再经历任何人生的"灰色清关"。所以，郑立新把自己完完全全交给江小燕，而在国际列车上已让他领略的女人生意头脑也让他明白，他郑立新不是做生意的料，此后他所要做的就是女人指哪打哪，义无反顾。现在，女人这么一瞪眼，郑立新忙把笑硬生生地从脸上收了，像个遵守课堂纪律的学生，认认真真听江小燕老师布置作业。而他的作业，就是与那个看起来对江小燕已存有戒心的匈牙利老人，完成交流工作，然后原原本本地把江小燕老板或老板娘的意图传达给对方。听江小燕有条有理地交代完任务，郑立新不敢再嬉皮笑脸，只迟疑地提醒："小燕，你不是常说做生意最怕让对方一下子看清底牌。你把什么话都写在脸上，不是把底牌都亮给对方了？"

江小燕有些意外地看一眼男人，柔声道："那要看对手是什么人了。立新，这个老人一看就不是老谋深算的生意人，我直接亮出底牌更显得真诚。我刚才太着急了，拐弯抹角，也不够坦诚，让他对我产生了戒心。"想了想，又补充说，"昨天我就侦察清楚了，这家店面的生意非常冷清，以我推断，能保本就不错了，不可能赢利。再一个，我看这老人家也不是成心做生意，对顾客进门只是眼皮子一抬了事，自顾听着收音机。我不知道他这么做算什么，就猜想他开店不是为了做生意。"

这回倒是郑立新更加谨慎，让江小燕在一边等着，他也先来个火力侦察。只是一小会儿，在门外驻足看了一下，郑立新就回头了，笑嘻嘻地对江小燕竖起大拇指："夫人真是火眼金睛！有人进店挑报纸，这老头眼皮子都没抬。走，我这就去帮你把他搞定。"

江小燕听着郑立新这一声"夫人"的称谓，脸微微一红，嗔道："谁是你的夫人！说正经的，待会你把我的话原原本本翻译给他听。精诚所至，金石为开。就不信这世上真有人做赔本买卖只为赚一声吆喝。"

当江小燕和郑立新一起进入店铺时，与人来人往超市形成鲜明对比，没有一个顾客的店面里歪着头听收音机的匈牙利老人显然有些惊讶。江小燕见状，忙脸上堆着笑，比画着说明了来意，郑立新也一字一句地用匈牙利语翻译给对方。随后，经过一阵交流，匈牙利老人脸上疑惑提防的表情消失了，指指身边的凳子示意江小燕慢慢说。江小燕暗松口气，向郑立新递去一个初战告捷的眼色，坐下来，语调缓和地把自己的想法进行详细地阐述。其实，以他们目前的经济实力，也考虑到匈牙利老人开这家店可能不是为了赚钱做生意，江小燕是想和对方商议，由她来承担店铺全部的租金，请匈牙利老人将靠窗台的店面一半面积让给她卖货，对方依然可以卖他的报纸，又免了租金。

当江小燕这详细的设想通过郑立新翻译原原本本地传达给对方时，匈牙利老人终于关上了刚才只是调低音量的收音机，从柜台后站起来，一脸疑惑地问："女士，你说的都是真的？我还可以卖报纸？"

江小燕听懂了对方的意思，真诚地微笑着点了点头。

匈牙利老人脸上一时就绽开了笑容："我答应你们。中国人，你们是好人！"

好人！这个评价有些让江小燕意外，听对方说明了原委，才真正理解老人做这个不赚钱赚吆喝买卖的真实用意。原来，这位 65 岁的匈牙利老人在人流量很大的电车停靠点，借着与超市老板的亲戚关系开这家专卖报纸的店果然不是为了做生意，店面自开张一直就在勉强保本的边缘徘徊。老人退休前原是布达佩斯一家小报的记者，两年前老伴意外车祸去世。虽有儿有女、衣食无忧，但他仍固执地开了这家专卖报纸的店面，原因有二：一是职业使然；二是排解失去伴侣的孤独。儿女们拿老父亲也没有办法，借着与超市老板的亲戚关系，这地方又是电车停靠点，店铺家里来往方便，就租了这个店面。老人开这卖报商店，生意门可罗雀，不知有多少人看中这黄金地段要盘店面，都被老人二话不说拒绝了。并不是江小燕一个人独具慧眼看中这地盘，而是那些人都没找到打开老人心结的钥匙，是她的真诚和对症下药的建议打动了内心孤独的老人。于是，这位面目严肃内心善良的匈牙利老人，与江小燕签下了共同经营店铺的合同。

承担全部资金，却只拥有一半的店面。连郑立新都怀疑精明的江小燕这回做的必定是亏本的买卖，不用多久就会撞南墙回头。就这样，江小燕在大家怀疑的目光下开始经营这家以批发为主的门市部。从这天开始，她就把精力放在批发店的经营上，郑立新则依然负责早就驾轻就熟的明溪饭店，她只是抽空一起帮着他理理账目。首先，江小燕在征得匈牙利老人同意后将店面重新装修，整个门面装饰得像一个批发门市部；其次，价格上走经济实惠的路子，先利用电车停靠站的地利把人气带动起来。果然，焕然一新的店面开张没几天就吸引了路过的众多顾客，收入比第一天涨了十几倍。

匈牙利老人依然在靠里头的店面卖他的报纸，然而，他的注意力早没放在报纸上了，看着中国女人走马灯似迎来送往着络绎不绝的顾客，不由对江小燕由衷地竖起大拇指。有时候，他还义务成为江小燕的店员，在江小燕忙不过来时，热情主动地替她招呼顾客。这让江小燕感激之余有些过意不去。老人就瞪着眼睛，满脸是笑地佯装生气道："江女士，你负担了全部租金，我帮忙是应当的。你们中国人都是大好人！"

这是一个双赢的结果。老人爱这个热闹，他不再像从前那样整天抱着收音机对人不理不睬了，而是心情愉快地帮着江小燕跑前跑后，像个快乐的跟班。匈牙利老人这个变化，让这天到店里来的郑立新惊诧无比，对江小燕开玩笑说："小燕，你这是给人灌了什么迷魂汤？这哪还是那个半死不活的外国老头啊！"

江小燕轻啐了对方一口，小声责备道："别瞎说！我也没想到老人会这样，前些天他的儿子过来，还说要感谢我让他父亲走出了孤独。"她的脸色一暗，轻叹道，"唉，人老了就是怕孤独，得有伴，儿女再多也代替不了。立新，你说是不是这个理？"

见女人眼里有水意在泛滥，郑立新粗糙的心一颤，直视着女人的眼睛，发誓般："小燕，我们再也不会分开了。"

女人的脸幸福地绽红了。

卷
玖

1

这是一个崭新的开始。一年之后，当匈牙利老人因身体原因被儿子接到另一个城市生活。这家店面全部让给江小燕时，江小燕已在另一个地铁口盘下又一家店面，他们的日子用一句俗语"芝麻开花节节高"来形容最为恰当。生意顺风顺水，夫妻俩相亲相爱妇唱夫随，更重要的是江小燕在关键的时候老树发新芽，眼看着要荒芜的田地居然开花结果了。确定江小燕肚子里的孩子是一对双胞胎，郑立新欣喜若狂地把她捧在手里怕摔了，含在嘴里怕化了，浑身是劲地里外忙碌，明溪饭店这天突然来了一位曾经的故人。说起来也算不上是故人，是原来曾与郑立新一起"练摊"的一位沈阳女子，后来又都成了卡西洛的顾客。现在，见这样的"故人"前来投靠，正准备关店面与妻子一起回家的郑立新在女人狐疑的目光下，干脆竹筒倒豆子，当着沈阳女子的面，把他们的相识说了个清楚。

待郑立新说完，这位粗嗓门、高身架的典型东北女人也直截了当地把自己的经历说了。原来，这女人现在没有做生意，已嫁了人，嫁汉嫁汉穿衣吃饭了，时不时上卡西洛过过瘾，日子也算过得有些滋味。不承想这男人也是道上混的人物，欠下一屁股高利贷跑得没了影，现在追债的打手成天上门纠缠，限她几天还清债务，不然就押她卖身还债。沈阳女人是趁监视的打手不注意从后窗用衣服绑着当绳索逃出来的，走投无路之下偶然听到当年挺仗义的熟人郑立新经营红火的明溪饭店，就火急火燎地投靠来了。沈阳女人是个直性子，三言两语打消江小燕怀疑后，恳求已显肚的江小燕说："大姐，你就让大哥收留我吧，我只待三天。我和一位朋友说好了，三天后他就把我送出匈牙利。这鬼地方，老娘再也不想待了！现在那些打手一定在到处找我，我那些东北老乡的地都去不得了，想来想去只有郑大哥这里还安全些，他们怎么也想不到我会躲到明溪饭店不是？大姐，我不吃闲饭，我有力气，帮你们干活。"

郑立新见沈阳女人一副落魄的样子，虽知黑社会的水很深，但细想她说的话也有道理，谁会找到明溪人的地盘呢。再说只是三天，三天后神不知鬼不觉地把她送走，人情也做了。一时间，他骨子里的义气涌上来，向江小燕投去征求意见的目光。

江小燕当然读懂了郑立新眼中的意思，但她现在不时还心有余悸。可以说，她比郑立新还体会到黑社会这池水的深浅，这辈子她一点也不想沾了，开店时也一直把各方面的关系打点得滴水不漏。破财消灾，这是中国古训，这一点在外国他乡更要铭记。然而，江小燕看着沈阳女人满脸憔悴的样子，就让她想及初到匈牙利投靠无门险些跳多瑙河的绝望，无意间垂下的手挨到自个隆起的肚子，心想：不要说念着都是中国同胞伸出援手，就算是给肚子里未出世的孩子积德吧。于是，迟疑了半晌，江小燕轻叹口气，向郑立新点点头，又将他拉到一边，嘱咐他就说是她的朋友介绍的刚来匈牙利的江西老乡，在店里暂时落脚，过两天就走，一定不能让人知道沈阳女人东北人的身份。

三天，果然风平浪静，来店里吃饭的人没人注意这个突然出现的江西女人，沈阳女人也低眉顺眼地听从江小燕的吩咐，尽量多干活少说话。三天后的夜晚，感激不已的沈阳女人果然被朋友接走了。临了，她流泪握着江小燕的手不放："大姐，你和郑大哥一定好人有好报，生意兴隆，财源广进。"

看着沈阳女人感激的泪水，江小燕就为当时收留她时片刻的犹豫而有些羞愧。她硬将一些钱塞到对方手里，也感叹地说："妹子，回去吧，外国的日子不好过，家里总有安稳的热炕头。听说现在改革开放的中国日子一天天好过了，能挣到钱就不要再出来折腾了。"江小燕这话是对沈阳女人说的，也是心有所感。是啊，在异国他乡打拼，其中的甘苦也只有当事人自知了。

郑立新和江小燕目送沈阳女人消失在布达佩斯的夜色之下，原以为这件事也就这么过去，却不知"世上没有不透风的墙"，沈阳女人偶尔开口显露的东北口音还是为后来事件的发酵埋下了伏笔。一个星期后，明溪饭店里多了些不三不四的顾客，点菜挑三拣四，说话恶声恶气。开始还以为是几个不入流的小混混来挑事，就好吃好喝地招待下来。再后来几天就感到气氛越来越不对了，明溪饭店门口居然出现一些带枪的人转悠。这些人也不闹事，就是有意地把绑在腰间的枪露出来，脸色凝重地一天在门口晃那么两回。曾经有一段时间与三教九流打过交道的郑立新当下心知肚明，心中打鼓，猜测或是沈阳女人的事情暴露了。而自怀孕后江小燕就比较少来明溪饭店，基本上都在批发店里协助郑立新执意雇来的一个明溪人打理店铺。郑立新暗暗决定一定要在这个脓包鼓起来时先挤破，以免影响到江小燕的情绪。思索再三，郑立新先找到原先道上的一个哥们，一打听，果然如他猜测的一样。于是，避着所有认识的人耳目，郑立新私下从店里拿出一笔钱，让这哥们主持，摆了一桌，"装孙子"说好话，拍胸脯数真金白银，总算是把这个要鼓起来的脓包消了下去。无端花去这么一笔数目不菲的银两，郑立新很是心疼了好些天，原本这是他准备在孩子出生前置办别墅的，现在只能把这个计划推后了，对江小燕则撒谎说原来地质队有个朋友出了大事，将钱寄回国帮他救急了。郑立新从未对自己撒谎，孕期反应强烈的江小燕也就没往心里想，她这个高龄产妇现在是一门心思地想着肚中孩子，遵医嘱少操心多休息。

表面上，郑立新费尽心思瞒着江小燕把这个因沈阳女人滋生的脓包消灭在萌芽状态，然而，正是这一次助人为乐为埋下隐患。2015 年，一记闷棍将郑立新打倒在多瑙河畔的双狮桥头，也将把江小燕来之不易的幸福生活打得支离破碎。后来江小燕悄然离开了匈牙利，没人知道这个伤心绝望的女人带着她和郑立新共同哺育的双胞胎儿女去了哪里。有人说在北京看到她，有人说在上海看到她，有人还活灵活现地说在明溪的王坊山头看到她。总之，她从所有认识她的人生活中彻底地消失了。

2

郑立新和江小燕接过明溪饭店这个饱含冯丽琪和陈铭科情义的馅饼，借这个平台在布达佩斯将生意做得风生水起，在经历沈阳女人事件后生活又按照预定的轨道往前走。然而，在冯丽琪离开匈牙利一去不复返后，昔日中学英语老师的生活却一落千丈了。

事实上，当一个月后，久盼女人回匈牙利的陈铭科打了无数次电话到明溪没找到冯丽琪，却在这天接到冯丽琪委托李秋实打来的电话时，他整个人几乎崩溃了。当时他手拿着电话，感到有一股冷意正从头到脚将他冰冻起来。电话那头的李秋实着急地叫道："铭科，铭科，你还在听吗？先别着急上火，你别看丽琪表面上风风火火，其实她是心思很重的人，爱走一根筋，这……这你都是知道的。我和你嫂子劝了她一个晚上，可她翻来覆去就是那么几句话。唉，这女人太拗了！我想啊，铭科，暂时先这样，让她在明溪待一段时间，过了这个坎，我再让你嫂子单独找她好好谈谈，女人之间有些话更好说些。铭科，你听到了吗？你怎么不说话？铭科……"

李秋实在冯丽琪流泪恳求下给陈铭科说的每句话都像一颗颗子弹，通过遥远的电话线铿锵有力地击中昔日中学英语老师绝望无助的心。陈铭科把李秋实的话都听进去了，又什么也没听进去，他只想找个地方好好大哭一场，然后再大笑一场。听着李秋实在国际长途那端焦急地呼喊，陈铭科默默放下电话。是啊，哭笑不得，这是陈铭科满怀期待得到冯丽琪如此绝情回复后的心情。就这么忽然间成为陌路人，连个电话都不亲自打，还要把这么绝情的决定让别人来转达，冯丽琪，你怎么是这样的一个女人！陈铭科放下电话那一刻，从牙缝里挤出的都是对女人由爱而生的恨。但冷静下来他就想明白了，这不是那个热情似火的冯丽琪，她虽然在感情上一直都那么纠结，可绝不是这个连告别电话都不打的冷血动物，她一定有无法言说的苦衷。这么一想，陈铭科很想马上回明溪与冯丽琪一起面对所有的一切，但生意缠身身不由己，他只能一遍遍打冯丽琪回国时留下的那个再也联系不到她的电话，焦灼地等待着。然而，没多久，这种侥幸被冯丽琪寄来的一封短得不能再短的短信和交代吴秀仙处理她在匈牙利生意的委托书击碎了。信只有八字："该结束的总会结束"，外加一行省略号。看着这个初中毕业生与自己这个中学老师用标点符号来表达感情，陈铭科心碎了，也知道一切都无法挽回了。陈铭科知道冯丽琪的性格，他再跑回明溪也问不出究竟。于是，陈铭科这个晚上在与冯丽琪共居的房子把自己狠狠地灌醉了；第二天万念俱灰地躺了一整天；第三天，他就拿着这纸委托书找到显然已接到冯丽琪电话的吴秀仙。吴秀仙用担忧的目光看着两眼无神，蓬头垢面的陈铭科，一声长叹："唉，铭科，我这丽琪妹子是着了魔怔了！你别恨她，她这辈子过得不易。唉，谁能知道会出这样的事。就是这样的事让我丽琪妹子走进死胡同再也出不来了。唉！"陈铭科当然不知道吴秀仙在电话里如何把冯丽琪骂了个狗血淋头，责备她不要把不是自己的错误揽到自个身上，而冯丽琪说是她男人的意外死亡，让她不敢看女儿那无辜而冷漠的目光，已是大姑娘的女儿一定早听到她与陈铭科的风声了，她是怕就这么失去女儿！这似乎是一个理由，当然还有对男人深深的愧疚。吴秀仙不由暗叹，冯丽琪与陈铭科这对在大家眼里唯一得到认可的"傍肩"真的走到尽头了。

吴秀仙不敢把自己与冯丽琪的对话告诉陈铭科。然而，就是在吴秀仙一声声惋叹中，陈铭科清楚明白地依照法律程序完成了与冯丽琪财产的分割。其实，一直都信守"君子协定"，两人在生意和财产上分得挺清楚，由吴秀仙找来的律师很快就把一切都理清了，包括在明溪饭店的处理上，也按照冯丽琪的意思，无偿"借"给郑立新和江小燕。一切都分割清楚那天，陈铭科最后一次在自己和冯丽琪租住的家里请了吴秀仙夫妇和郑立新夫妇，由郑立新下厨煮了一桌地道的明溪菜。很快，在两对夫妇无可奈何的目光下，陈铭科顺顺当当地把自己又一次用酒放倒了。这是一桌没有滋味或者说滋味复杂的告别宴，对于陈铭科而言。大家几乎没怎么动筷子，最后，吴秀仙让郑立新陪醉睡床上的陈铭科。虽然，一桌人都小心翼翼地避开冯丽琪的名字，陈铭科却明白这是他和已远在明溪的冯丽琪最后的晚餐，他每一次举杯，都在无声地与弥漫在屋子里无处不在的冯丽琪的气息告别。

不错，陈铭科要做彻底的告别。就在江小燕和郑立新盘下电车站超市外卖报纸店的同一天，他搬离原来与冯丽琪充满温馨的房子，退掉原本准备购买的郊外一幢他和冯丽琪相看多次已支付定金的别墅，租住到布达佩斯 21 区的一座公寓楼一层。公寓房间不大，却设施齐全，有卫生间、厨房，一间卧房，可摆一张沙发和一张吃饭桌的客厅。这就够了，陈铭科现在就怕房子太空，这会让他想起与冯丽琪一起度过的日子。找到这个并非处于闹市可交通相对比较方便的公寓楼，费了陈铭科一些心思，冯丽琪离去让他似乎一下子失去奋斗的动力，原本扩张的生意准备收一收，首先是市场的店面不想经营下去了，正找人出手，开在一家地铁口的批发店暂时交给信任的人打理，明溪饭店也连同冯丽琪的股份一并无息"借"给郑立新。忽然间，一直忙碌的陈铭科闲了下来。实话说，这么些年他已积累了相当雄厚的资金，盘店甚至买店面都有经济实力。因此，他要好好冷静一下，想想今后的路怎么走。明溪是不想回去了，此前与冯丽琪一起经营的店面和生意又不想继续做下去，因为一进店面一接触这些生意，他的眼前就闪现出冯丽琪的影子，心就一阵阵的揪疼，一种掺杂了爱与恨的疼。陈铭科现在才明白，以前在小说里看到的那些爱情故事里，为何爱之深也恨之切了。

于是，陈铭科给自己放了一个长假，把整个匈牙利的城市和风景都转了个遍，可惜匈牙利并不大，没多久就转完了。把杂七杂八的忧伤都甩在匈牙利美丽的风景里，赤条条一人回到布达佩斯的陈铭科，表面上算是从冯丽琪的阴影里走出来了，就将家搬到这座公寓。让他没想到的是，房东竟然是曾有过一面之缘的布达佩斯一所大学的教授。找了许多地方找到这座公寓与房东一见面，陈铭科一眼就认出对方身上穿着的灯芯绒夹克。啊呀，这不就是当初刚到匈牙利"练摊"时，李秋实从身上扒下来的夹克吗？不会错，当时他和李秋实一起摊开塑料布"练摊"，货物都卖光时，这位下班路过的温文尔雅的教授买走了李秋实从国内穿来的这件灯芯绒夹克，真想不到这么多年居然教授还穿在身上。虽然看上去衣服色彩已非常陈旧了，衣肘处还打上色彩相近的补丁，但经时光磨砺整件衣服还保存完整，可以想象教授是真的很喜欢这件夹克，当年付出挺昂贵的钱接过还带着李秋实体温的衣服时那种欣喜若狂的表情不是装出来的，也可见教授是个节俭和善良的实诚人。

无巧不成书！已退休多年的教授经陈铭科提醒也回忆起当年买这件衣服的情形，认出这个会讲英语现在还会讲一口流利匈牙利语的中国人。一时间，带陈铭科看房的教授惊喜得连声用匈牙利语和英语两种语言说："太神奇了，太神奇了！"也不知他是赞叹这巧遇的神奇，还是身上灯芯绒夹克的神奇。兴奋不已的他走到门口，朝楼上喊道，"玛尔雅，玛尔雅，快下来，快来看看我遇到了谁？天神啊，这太神奇了，太神奇了！"

随着一声清脆的应答声，楼上走下来一位美丽的马扎尔姑娘，她被激动得说话都有些语不成句的父亲拉进房里。正看完卧房走到客厅的陈铭科眼前猛地一亮，被对方亮丽的身材晃花了眼睛。也如教授般暗中惊叹：天神啊！这真是他到布达佩斯后见到的最美的马扎尔姑娘。高挑的身材，比陈铭科还高出半个头，皮肤白嫩，金发碧眼，体态丰满，曲线玲珑。一时间，整个房子似乎都亮堂起来。玛尔雅则在父亲有些语无伦次地讲述他与这位中国人和灯芯绒夹克奇缘后，柔声细语地责备说："爸爸，你心脏不好，不要太激动。"她用好奇的目光打量着看上去神情疲惫的中国男人，用并不流利的汉语问，"你就是当年卖衣服给我父亲的中国人？"

这女孩居然还会讲汉语，尽管发音不太标准。然而，这一句汉语让陈铭科吃惊之余拉近这位异国美人的心理距离，忙摆手说："不是我。我当时只是充当这桩生意的翻译。衣服是我另一位朋友的，他现在已经回中国了。"

玛尔雅没完全听懂陈铭科的话，向父亲投去疑问的目光。

此时已坐在沙发上的老教授笑着用匈牙利语对女儿说："这位中国朋友说得不错，夹克是另一位中国人卖我的，哈哈。"他热情地向陈铭科介绍女儿，"这是我的女儿玛尔雅，她喜欢中文，曾经在我执教的大学读书，现在在一所中学教书。中国人，我记得你说在中国时当过英语老师。真是太巧了，你和我女儿可算是同行呢！"老教授的记忆力不错，还记得陈铭科是中学英语老师。

居然也是中学老师，真是太巧了。正因这么多巧合，陈铭科向马扎尔姑娘再次详细地做自我介绍时，已决定租住下这间公寓。虽然这地方在交通区位上离他现在的店面不太方便，得转一趟车，但他心中已有把原来店盘掉的打算，更何况有与老教授的奇缘，交通不是问题。于是，陈铭科当即二话不说签下了租房合同。

　　玛尔雅显然很高兴，大胆地用亮得灼人的眼神看着陈铭科，用蹩脚的汉语说："太好了，以后我可以向陈先生请教中文了。"

　　陈铭科躲开马扎尔姑娘热烈的目光，用中文回道："可以，可以，随时欢迎。"

3

　　后来才知晓老教授叫米奇里，前些年为爱妻治病卖了郊外的别墅，换上这上下两层的公寓，现在早已退休多年的他与女儿相依为命，住在楼上的公寓。他的腿脚不便，心脏不太好，经济也不算宽裕，就将楼下的一间公寓出租来贴补家用。楼上面积更大些的公寓有两个卧室，大的卧室女儿住，小的卧室自己住。再说这外表像是 20 多岁清纯少女的玛尔雅其实今年已经 30 岁了，受父亲影响，她一直很喜欢中国文化，大学时选修了中文，只是老师的中文水平实在太糟了，所以她的中文现在还是初级阶段。大学毕业后，玛尔雅到一所中学继承父亲的衣钵教书。善良美丽的玛尔雅有过一段短暂而不幸的婚姻，她的丈夫曾是父亲的得意门生。然而，这桩在外人看起来郎才女貌的婚姻却因丈夫的滥情而夭折。结婚不久，在玛尔雅怀孕后，父亲的得意门生就出轨了。当父亲暴跳如雷地把得意门生赶出家门。结束这段只有两年的婚姻时，情绪受到打击的玛尔雅流产了，悲愤而本就有病的母亲病情加重。此后，玛尔雅就对男人失望了，一直与父母住在一起。令教授欣慰的是玛尔雅虽然对婚姻失去了信心，但对工作和生活没有失去信心，性格依然活泼爽直，在学校和朋友眼中是个善良而充满阳光的女人。抑或是这一点，当她好奇地被父亲拉到陈铭科面前时，她眼里放射出的温柔而惊奇的目光，清澈得让陈铭科读到了只有少女才有的清纯。

　　爱美之心，人皆有之。如果说爱情夭折正处于万念俱灰中的陈铭科体内雄性激素被异性的美瞬间没有邪念地激发，那么，陈铭科第一眼记住的并不是这位 30 岁马扎尔姑娘的性感，而是她蓝眼睛里的清纯，让他想起那位大胡子匈牙利画家对冯丽琪的称呼"清纯少女"。然而，所谓的"清纯"，其实是两位男人在瞬间对另一个陌生女人的误读。只是玛尔雅与冯丽琪一样活泼爽直，让陈铭科的心不由揪疼了一下。

陈铭科在租住的公寓里开始了没有冯丽琪的生活，当然有些不适应，因为这么多年来他已习惯于把生活交给冯丽琪打理了。曾经与冯丽琪共同经营的店面和生意都在找下家来接手，爱恨交织中陈铭科决意抹去生活中所有冯丽琪的影子，当然包括共同的生意。至于接下来做什么，一时间他并没有想好，尽管在周游匈牙利时萌生了一个朦朦胧胧的想法，但还不太成熟，暂且顺着原来的轨道走一段吧。于是，白天陈铭科不得不打理着已是停不下来的生意，晚上则按部就班地把无心无绪的自己扔到租住的公寓房里，原本并不善于饮酒的陈铭科每天入睡前给自己来几杯"助睡酒"。生活总要继续，但梦中理智就不听使唤了，需要酒精的助力才能逃脱。

善良美丽的马扎尔姑娘从第二天开始就对这个戴着眼镜的昔日中学老师产生了抑制不住的好奇心，这种好奇心一步步地让她慢慢地没有商量地介入了明溪人的生活。实际上，经历一次婚姻失败的马扎尔姑娘不是对婚姻失去信心，准确地说是对匈牙利同胞失去了信心。学习中文、热爱中国文化的马扎尔姑娘阅读了中国传统中诸多才子佳人的故事，故事中那些男主角对爱情的一诺千金，让她一直对中国男人抱有好感，现在楼下就住着一个中国男人，而且这个外表忧郁、总是锁着眉头、来去匆匆的中国男人还曾经是自己的同行。就这么着，不知深浅的马扎尔姑娘在对婚姻失去信心许多年后，不知不觉让自己陷入明溪人忧郁的目光中。从第三天开始，忍了两天的马扎尔姑娘无法再像才子佳人故事中绝大多数佳人那般矜持了，主动以房东的身份找楼下的租客，以陈铭科曾经答应的学中文理由频频上门。也不知匈牙利中学老师怎么有那么多业余时间，似乎也不要备课和批改作业，不用像中国的老师一样上门家访，更没有业余开门授课"挖地瓜"的爱好，只要陈铭科回到家里，不用多长时间，玛尔雅就上门"不耻下问"了。

除了以学生的身份光顾"不厌其烦"的老师，从陈铭科住进来，楼上房东的家里就时常有各种需要身强力壮男人帮助的事情发生。不是下水道堵塞，就是电灯突然不亮，腿脚不便且心脏做过搭桥手术的老教授无力处理，不得不求助于楼下的中国男人。对于这些事情，陈铭科当仁不让，一听到招呼就拍马赶到，在老教授笑吟吟目光和玛尔雅一直保持着的热烈似火的注视下三下五除二搞定，然后礼貌地抽身而退。

玛尔雅并不在乎陈铭科这拒人于千里之外的礼貌，彼此越加熟悉后，她干脆不用以学中文的借口不请自来。这天晚上，她敲开陈铭科的屋门，看着乱糟糟的屋子，一边像主妇一样掀窗帘开窗户透气，一边手脚麻利地清扫屋子。忽看到桌上陈铭科前一天晚上喝剩下的小半瓶白酒，也不客气，抓起酒瓶一口就把它喝完了。她将空酒瓶扔到垃圾袋里，直视着坐在沙发上张大嘴愣着说不出话来的陈铭科，"酒，还有吗？陈老师，你以后喝酒我来陪你。"一开始，玛尔雅就称陈铭科为陈老师。陈铭科一时呆呆回道，"没……没有，明天我多买几瓶来。"玛尔雅不是酒鬼，却酒量大得惊人，她并没有天天来陪陈铭科喝酒。让陈铭科吃惊的不是玛尔雅的酒量，而是性情爽直的马扎尔姑娘经历失败婚姻后依然保持的单纯。玛尔雅就此全面介入陈铭科这个租客的生活，不容商量地说："我父亲是一个爱干净整洁的人，他可不希望你把房间弄得乱七八糟。这样吧，反正我每天都得遵教授的命令清扫屋子，就顺便把这小房间收拾了，也免得你被解租。"

在租房协议里还真有这么一条在陈铭科看来匪夷所思估计是搞形式的约定：保持租住房的整洁卫生，否则视为违约，房东可单方面解除协议，且不退租金押金。玛尔雅使出这么一个撒手锏，从此名正言顺地全面介入陈铭科的生活。已是过来人的陈铭科不是傻瓜，当然早就看出马扎尔姑娘那温度很高的目光中的含义。然而，刚咽下冯丽琪制造的这碗"爱情毒药"，精疲力竭中他实在没有体力再扑入一个新的爱海，更何况这是陌生的外国爱海，尽管这片海是那么诱人。他不忍心伤害一个美丽善良的姑娘，只能采取把神经线加粗的办法，在笑纳马扎尔姑娘超越一个房东应有的服务时，隔三岔五借各种理由送一些中国商品作为回报，玛尔雅也毫不客气地笑纳了。

就这么着，陈铭科装疯卖傻地躲着马扎尔姑娘一直持续恒温的热烈，直到半年后的这天，回了一趟明溪的吴秀仙在多瑙河畔告诉他："我这丽琪妹子真是疯了，我怎么劝都劝不住，她要嫁人了！"陈铭科摇晃了一下，险些一头栽到多瑙河里。吴秀仙关切地觑陈铭科的脸色，"铭科，你没事吧？我一直在犹豫要不要告诉你这消息，可……忘了丽琪吧，你们是有缘无分啊。缘聚缘散，我们出国讨生活的人更看得开不是？"陈铭科扶住一棵行道树，慢慢站立了身子，忽地在脸上绽开一丛苦涩的笑说："那我要祝福她了，代我传达吧。另外，秀仙姐，请你转告她，我也要结婚了，是一个美丽善良的马扎尔姑娘。"陈铭科原本就破碎的心被这个噩耗般的消息又摔碎了一次。

　　陈铭科当然不知道这是吴秀仙回明溪后冯丽琪哀求她使出的绝招，为的就是彻底斩断男人的念想。这天，陈铭科不知自己是如何与吴秀仙告别，又是如何一个人走过绿桥，坐上电车回到 21 区公寓楼的。一进门，他把自己放倒在沙发上，呆呆地躺了许久。在黑暗中，他终于确信与冯丽琪的一切真正结束了，此前他还筹划着等店面脱手腾出时间回一趟明溪，当面找到冯丽琪。好吧，这样也好。这么呆躺了许久，陈铭科头脑中原本还举棋不定的一个想法清晰起来。对，马上把原来的店盘了，重新开始，他已想好要做什么了。一切安定下来，就让妹妹把父亲接到匈牙利生活，明溪，他是再也不会回去了。夜幕降临，拉着厚厚窗帘的屋子越加黑暗，陈铭科破碎的心经这猛力地一摔，居然慢慢地重新组合，心情也格外地平静下来。这就是置之死地而后生？感情也是这般？陈铭科在重叠的怅然长叹中突然听到熟悉的叩门声，一声短，两声长，这是玛尔雅礼貌的方式，温柔而坚韧。陈铭科忙从沙发上站起来，睁开的眼睛适应着屋子里黑暗，摸索着找到刚才摘下放在桌子上的眼镜，起身去按门边的开关，无意中却将放在门边的凳子踢翻了。

　　门开，灯亮了。端着一碗匈牙利炖牛肉的玛尔雅有些吃惊地看着弯腰扶凳子的陈铭科，迟疑了一下："陈老师，我……我想……"

　　"你不是来学中文的，你是想嫁给我。是不是？"

　　玛尔雅蓝眼睛里射出惊愕的目光，看着这个似乎有些不认识的，正微笑地看着她的中国男人，怀疑这直通通的话是不是陈老师说出来的。

　　"嫁给我吧，玛尔雅，像你看过的书上才子佳人一样，我会做个好男人，不离不弃。"

　　这回玛尔雅听懂了，碧蓝的眼里忽地泛出了水意，连连点头说："好的，好的，我嫁给你，陈老师。"她冲进屋子，返身把门重重地关上，将热气腾腾的混和着牛肉、猪肉、洋葱、蔬菜，面上漂着红辣椒粉，像她一样性格奔放的炖牛肉往桌上一放，不由分说，一头扎到并没有太多准备的中国男人身上。身材并不高大的陈铭科无法承受玛尔雅飞蛾扑火般用力一扑，受不住力，被女人撞倒在门边的沙发上，面对突然而来的软玉温香显得有些手忙脚乱，好在马扎尔姑娘如兰的芳唇和热烈的吻挽救了他……

陈铭科原来靠冯丽琪支撑的天塌了，现在马扎尔姑娘替他顶起了另一片新的天。一年后，一个混合着中国和匈牙利血统的聪明帅气的男孩成了他们的爱情结晶，在陈铭科购置的郊外别墅里，陪着他已有些老年痴呆的父亲享受天伦之乐。此时，一起来匈牙利的还有陈铭科的几个兄弟姐妹。陈铭科用这么一种决绝的方式，把陈家从明溪连根拔后，种植到了布达佩斯。其实，这也是不少明溪人闯荡匈牙利最后的归宿。当然，明溪洋坊的陈家宗祠永远燃着陈铭科这一脉香火。

<h1 style="text-align:center">4</h1>

这个晚上，陈铭科尽情领略马扎尔姑娘如火的激情，几乎要被女人漫涨的温柔融化之时，一个原本萌芽的想法也终于成熟：盘掉所有曾经与冯丽琪有关的生意，开一家专售中国食品的超市。

其实，斩断与冯丽琪不只是生活还有生意上的联系，不过是陈铭科的一厢情愿，就说这转移生意方向开"中国食品超市"的想法，追溯源头是当年他和冯丽琪卖茶叶蛋。正是有了当初这一段介入饮食的经历，陈铭科在畅游匈牙利风景名胜时才会特别留意中国食品市场，且这段时间有意考察了一些食品超市和菜市场，发现中国食品在匈牙利非常受欢迎，但货源短缺，于是，在这个晚上用跳入马扎尔姑娘爱河沐浴这种方式向过去告别时，陈铭科做了最终的决定。显然，开一家专门的"中国食品超市"货源不用发愁，重要的还是客源。陈铭科不想零打碎敲像开杂货店一样坐等顾客上门，他要做的是固定的大客户。经他这些日子对布达佩斯食品市场的调查，他设想的经营策略是从国内直接将食品发货匈牙利，品种要多而广。他瞄准的大客户就是布达佩斯的几家赌场，而这个点子还是那天他到明溪饭店吃饭时，曾经出入卡西洛和几个赌场的郑立新无意中提及赌场的食品生意可以看看。

过后的几天，陈铭科照着郑立新传授的经验，装成职业赌徒的样子大摇大摆地逛赌场，果然发现这些赌场设有专门的自助餐区，进来的赌客吃喝全免，只要进入赌场，你赌不赌都可以免费吃。当然，原来郑立新在"帝国赌场"领工资这种被别有用心的"聪明人"利用空子的好事是没有了，但这无疑是赌场招揽顾客一个欲擒故纵的手段，羊毛出在羊身上，就是想进来吃白食的人，有几个能挡住赌场纸醉金迷的氛围？赌博心理其实是人类的天性，难免会出手一赌，赌场老板谙熟人这种动物的心理，进赌场就迟早会上道。进入赌场的陈铭科有备而来，可也忍不住出手赌了一把，把口袋里的零钱输了个精光。就是这样，陈铭科这个有心人逛赌场只要听说某个赌场菜好吃，有什么菜，就一一记在心上，几天下来，竟然记了一个小本本，上面还标明中国厨师的名字和联络方式。一切都了然于胸后，这个晚上，他伏在桌上像画导游图一样在布达佩斯的地图上标明赌场位置，以及市区较大的食品超市等资料时，一到晚上就悄悄到楼下报到，借口学中文的玛尔雅奇怪今天陈老师怎么还不"上课"。她好奇地探看陈铭科标得密密麻麻的地图，疑惑地问："陈老师，这是什么？你担心在布达佩斯还会迷路？"已是同居一起的玛尔雅还是这么称呼陈铭科，直至终生。

"这是未来的中国食品超市生意经！""陈老师"这称呼让陈铭科很受用，总让他想起为人师表那清贫而踏实的日子。他收起地图，笑看着女人清纯的眼睛，说："玛尔雅，谢谢你。"是马扎尔姑娘让他彻底走出过去的阴影才会有这新的开始，而真正打动陈铭科不只是玛尔雅的美丽，更有她经历风雨后依然保持的单纯和善良。

"你们中国人什么都好，就是说话老喜欢拐弯抹角。"玛尔雅调皮地对陈铭科眨眨眼，身体藤一样缠住明溪男人这棵"树"……

心中有数，当直接冠名"中国食品超市"的商店正式开张后，"中国食品"的丰富多彩和价廉物美很快在布达佩斯引起轰动，不少零售商闻讯前来登门进货，陈铭科看重的赌场"食品生意"也按部就班展开。按照他事先划定的商品销售"导售图"，超市一开张，他就亲自就各赌场联系事先已打过招呼的中国厨师，让他们帮忙联络采购员。第一家赌场的采购员是匈牙利人，与中国厨师自然是好朋友，早在心中斟酌好措辞的陈铭科单刀直入地对他说："嘿，你这赌场最受顾客欢迎的菜是中国产的，我的'中国食品超市'里就有，价格比你现在采买的便宜多了，质量也更好，你不妨先来看看，做比较，再决定。"他神秘地眨眨眼，补充说，"这有很大差价。先生，你知道的……"

这个心知肚明的采购员第二天果然来到陈铭科的中国食品超市。显然，店门上方那大大的用中匈两国文字写的"中国食品超市"让他有些吃惊，当然，更吃惊的是他巡视超市的食品后。生意场上历练多年的陈铭科早已善于察言观色，见状忙趁热打铁，进一步向他推荐各种有利于身体健康和营养平衡的中国食品。这是香菇，厨师配料里少不得它；这是木耳，吃了对人有百利而无一害；这黄花菜，是一种开在中国山溪边的花，拿来炖排骨汤最鲜美甘甜，保准让赌客们吃了后就是输钱也不急躁上火，还会心平气和地掏更多的钱赌；这冬笋罐头，可是山珍，我不远万里把它运到匈牙利来，是因为它饱含多种维生素，粗纤维。冬笋只有冬天才在中国的山上生长，季节很短，尤其珍贵。陈铭科说得兴起，见匈牙利采购员早被这些中国食品的功能深深吸引住，就顺手拿起一包茶叶说："刚才说到冬笋的好处，这种茶也有很多益处。"他善意地开匈牙利采购员的玩笑，"我看亚诺什先生年纪轻轻小肚腩都出来了，一定让妻子抱怨吧。你拿去喝喝看，或许有效。喏，这茶叶包装上有英文说明，我知道亚诺什先生懂英文，看看就明白了。"

采购员听出陈铭科话中的善意，不好意思地将两包茶叶塞进包里，苦笑着用英语道："啊呀，我听中国厨师大哥说了，陈老板以前在中国是英语老师，英语顶呱呱的。哎呀，真的是啊，我老婆早就嫌我肚子大了，我回去悄悄地喝茶，到时给她一个惊喜。"

陈铭科忙改用英语表示"合作愉快"。于是，匈牙利人采买了一大堆物美价廉的中国食品满载而归，也不知他有没有给老婆制造出惊喜，但一个星期后陈铭科正思量着这匈牙利采购员是不是就做了这么一锤子买卖时，这天一大早他就给明溪人带来了惊喜。他一来就将列了一长串中国食品名称的采购单拍在桌上，指名"旁普士（笋）"要的数量翻倍，说是很多人都没吃过这种新奇的中国食品，需求量很大。

就这样，冬笋罐头在匈牙利采购员亚诺什的带动下火了起来，竟然在"中国食品超市"脱销了，陈铭科赶紧打电话让国内的合作伙伴组织货源发来匈牙利。如此，有了这个良好的开头，随后几家赌场的生意也被陈铭科用同样的办法一一拿下。一个月后，中国食品超市的营业额直线上升。到后来，匈牙利各个赌场的都认得开中国食品超市的明溪老板，只要陈铭科在赌场一露脸，工作人员就会关心地问他们预定的货到了没有。当然，生意做熟络的陈铭科现在大部分时间都在外面跑，不失时机地推销中国食品，见匈牙利不少人爱吃面包，他就引导说："把韭菜、香菇夹在面包里，味道很特别。"有些匈牙利人没见过酱油、麻油，在超市里拿到鼻子底下闻来闻去，好奇地赞叹，询问中国的食品是不是都这么好闻。他在详细向对方介绍这两种调料的味道和用途后，又不无诗意地夸耀说："是啊，我的家乡中国明溪地处山区，青山绿水，一年四季鸟语花香。"对方好奇地问明溪在中国哪里，他就拿来特意从国内带来的三张地图，一张是中国地图，一张福建地图，一张三明地图，先指着中国地图上的福建，又指指福建地图上的三明后，再指着三明地图上的明溪："在这里，先生，这就是青山绿水的明溪。"于是，在对方稍感诧异的惊叹声中他得到了一种无法言说的满足，似乎从地图上为中国食品找到一种归属感，自己也得到了"纸上回家"的快乐。

见缝插针，不失时机。这是陈铭科后来毫无保留地向初到布达佩斯、生意上还摸不着门道的明溪老乡传授的生意经。就这天，陈铭科亲自给一家赌场送货，见赌场老板的妻子嘴角生疮，正好身上带着自己配的八宝茶，当即送给对方试试。所谓的八宝茶，是因陈铭科在经营中国食品超市时发现匈牙利当地的蔬菜很贵，很多初到布达佩斯经济不宽裕的中国人舍不得吃，加上水土不服，十有八九着急上火。于是，农村长大从父母那里懂得一些简单草药的陈铭科，在国内进货时就有意进了金银花、枸杞、胖大海、红枣、莲子等配成八宝茶，分装成一小袋一小袋，冲泡喝。原本是给自己和中国朋友们喝。没想到，陈铭科的无意之举竟走出一条生意之道。过了两天，这位赌场老板登门中国食品超市场，指名要买一批"八宝茶"。他兴奋地说："陈老板，你这个八宝茶太神奇了，我妻子喝下后第二天嘴角的疮就收了。我自己喝了下，着急上火也消了。"正是这个意外收获提醒了陈铭科，他敏感地察觉到其中的商机，此后，他开始从国内进一些养生的中草药，配成"八宝茶"提供给商家，获得了丰厚的回报。生意从未有过顺利的陈铭科信心倍增，现在他有一个雄心壮志，将来把他的中国食品超市开遍整个匈牙利，让所有匈牙利人都吃上他从国内运来的中国食品。

5

夫唱妇随，玛尔雅火辣辣的温情悄然抚平冯丽琪留给陈铭科的心灵创伤。当他在外面跑时，得到老教授许可已领了结婚证的玛尔雅周末就到中国食品超市帮忙打理，与几个雇佣的中国售货员在一起，有了语言环境，她的中文水平比只是求教陈老师进步了很多。依她的意思要辞职到店里帮忙，被陈铭科制止了，因为他很喜欢玛尔雅中学老师的职业，每当看到妻子在灯下备课，就让他感到似乎自己也还在课书育人。当然，他现在与玛尔雅缺的就是一个中国式婚礼，这得等已购买下的位于布达山腰的别墅装修完工。不错，中国式婚礼，这是陈铭科与玛尔雅领结婚证时与对方的约定，而酷爱中国文化、思想开明的老教授也同意明溪人这个特殊的条件。

此时的陈铭科自非当初两手空空到布达佩斯不能相提并论，经过这几年生意上的积累已拥有足够资金，每隔一个月他就亲自回国筹措货物，发一个内装足足300多个品种的食品集装箱运到匈牙利。之所以他要亲自回国组织货源，就是因为当年李秋实他们的公司被自家兄弟所坑的教训，这种大买卖马虎不得。虽然打电话让国内合作伙伴组织了货物，但他还是不放心，得亲自回国看着集装箱上飞机才安心。然而，几次回国陈铭科都没有顺道回明溪，其中原因当然是他还没想好如何面对形同陌路的冯丽琪。当然，随着中国食品超市在匈牙利几个城市连锁店的开张，陈铭科已无法事事躬亲，再一个，国内的货源也交给了合作伙伴组织。合作一段时间后双方知根知底，再一个双方的利益捆绑在一起。就这样，随着在布达佩斯开出两家连锁店，陈铭科的中国食品超市已有了些名气，有些顾客不远百里找上门来。生意最好时，一个集装箱20多万元的货物，利润可达到 70 多万人民币。

生意出人意料地顺风顺水，不需要当初在四虎市场经营巴比隆那般早出晚归，为省下 50 福林尽量少喝水。现在陈铭科入乡随俗，也像大多数布达佩斯中产阶级一样买了一部面包车，车上置办了厨具、被褥及其他必需的生活用品，每到周末或节假日，依匈牙利法律必须关门歇业时，就拉着腿脚不便的老教授和妻子玛尔雅到郊外的森林或河滩边草地上野炊，享受一个成功人士应有的闲适和满足。然而，每当坐在草地边静静地看着河边风景，在玛尔雅快乐地准备丰盛的野餐时，陈铭科眼前总会恍惚中幻化出冯丽琪的身影，一颗似乎已穿上厚厚铠甲的心就会抽疼，目光被那些异国的鸟儿在天空上拉得很散很散……这种感觉一直持续到一家人搬进位于布达山腰的别墅。别墅装修落成后，陈铭科遵从匈牙利人的风俗，在玛尔雅温情的注目下，在每个房间都认真地撒了盐，据说这样可以辟邪。玛尔雅幸福地看着撒完盐的陈铭科，笑吟吟地说："陈老师，你现在真像是一个匈牙利女婿！"不错，自从与匈牙利这家人结缘，明溪中学老师不知不觉中改变了许多，风俗上总是尽可能在中国风俗和匈牙利风俗之间取得最大的公约数。比方说匈牙利人除夕之夜不吃禽类，认为吃了鸡、鸭、鹅等长翅膀的动物，来年的好运就会飞走，从此，这些长翅膀的动物再没上过陈家新年的餐桌；匈牙利人新年送亲友礼物喜欢"打扫烟囱工人"和小肥猪的图形，因为这代表着除旧迎新和喜庆。当陈铭科第一次送给玛尔雅一位"打扫烟囱工人"和一只小肥猪时，玛尔雅激动得给了中国丈夫一个长长的热吻。现在，不易觉察地无声一叹，陈铭科上前轻轻拥住肚子已显怀的马扎尔姑娘："玛尔雅，我也要给一位中国媳妇举行一个中国式婚礼。"

虽是迟到的婚礼，玛尔雅还是激动万分，一大早就在特意过来操持一切的吴秀仙和江小燕指挥下进行装扮，与沉静的陈铭科形成鲜明对比。这也是一个简单的婚礼，一切都按照陈铭科的意思办，请的中国客人只有郑立新夫妇和吴秀仙夫妇，还有，就是好奇地要来看中国婚礼的玛尔雅最要好的三个中学同事。最特别的一位客人则是匈牙利明溪商会会长，他将担任这个异国他乡中国婚礼的证婚人。

丘会长并不是土生土长的明溪人，老家在闽西，但他一直认为是明溪这块福地成就今天的他。1988 年初中还未毕业，14 岁的丘会长因家境困难辍学外出闯荡。他先到明溪县一家木材厂做工，工作强度大收入却很低。于是，1989 年他弃工学技术，来到明溪县城拜师学修车。"勤奋干，辛苦赚，努力变！"这是他的座右铭。丘会长勤劳吃苦，虚心好学，得到了师傅的赏识和喜爱，别人需要三天甚至一个星期才能掌握的技能，他几个小时便能娴熟掌握。1991 年，已出师的丘会长经师傅首肯，在明溪城区创办了一家修车店，经过几年艰苦努力，他的修车店在同行及客户圈的口碑极佳。然而，他不是安于现状的人，在风起云涌的明溪出国潮激发下，1997 年又怀揣极少的资金到达匈牙利。此时，他支付完一切费用后兜里只剩 700 美金。就这样，他在异国他乡从摆地摊开始再次创业，极具商业智慧他总能敏锐地把握商机，将积累的有限资金投到看准的项目上，经过多年打拼，终于创建了有自主品牌的袜业有限公司。他现在担任匈牙利明溪商会会长，后来因业务繁忙卸任会长后又被推选为名誉会长。

当年，丘会长的修车店就开在李秋实家楼下，两人因之相识并成为肝胆兄弟，可以说，他闯荡匈牙利与李秋实的影响不无关系。因此，对陈铭科的这桩跨国婚姻，在李秋实无法到场的情形下，他当仁不让地充当了证婚人。

现在，新郎和新娘都穿上陈铭科特意从国内让人带来的披红挂绿的传统服饰，一块鲜红的红盖头搭在金发碧眼的玛尔雅头上。尽管牵着她的吴秀仙一再交代红布头得入洞房后由新郎来掀，性急好奇的玛尔雅还是忍不住在拜堂时悄悄掀开一角偷窥新郎，见被打扮得像戏台上人物的陈铭科一本正经的样子，忍不住发出了笑声。正牵着她的吴秀仙忙附耳警告说："不许笑，新娘得有羞涩的样子。"

玛尔雅不解地小声问："秀仙大姐，为什么中国新娘都要羞涩的样子？"

吴秀仙一时被问住了，她的眼里晃过冯丽琪秀丽的脸庞，应付着说："不为什么，中国新娘从古到今就是羞涩的样子。玛尔雅，马上要拜父母了，你再笑他们就不高兴了。"

为了这个婚礼，几经呼唤，陈铭科总算如期把他的父亲从国内接到匈牙利定居。父亲对陈铭科娶了这么个大大咧咧的金发碧眼的外国女人不太满意，但见儿子闯出这么一片天地，又知悉儿子与冯丽琪"傍肩"多年的分道扬镳，心疼儿子的他还是硬着头皮应了马扎尔女人一声不标准的"爸爸"。当郑立新开着绑扎着红花的面包车，从 21 区公寓与陈铭科一起把新娘拉到别墅时，主持婚礼的丘会长拉长声吆喝："婚礼开始。"于是，一系列按部就班的中国礼仪在异国他乡隆重上演了，让在场的匈牙利人目不暇接。最开眼的莫过于丘会长特意安排的，在拜堂前由吴秀仙吟唱《拜堂歌》。现在，吴秀仙轻声让玛尔雅收住笑后，亮开嗓子唱道：

一拜天，如天长。

二拜地，如天久。

三拜东王公，富贵似石长。

四拜西王母，寿命如彭祖。

五拜诸位神祇，梁鸿案举庆齐眉。

六拜堂上宗亲，夫妻相处永如宾。

七拜媒人并众客，夫妻和合调琴瑟。

八拜夫妻相交拜，男才女貌正相当。

在吴秀仙吟唱《拜堂歌》时，事先早排演过的玛尔雅三个女伴开始向新娘新郎头上撒花瓣，这并不是中国婚礼中的一部分，而是一直向往在婚礼上踩着满地五颜六色花瓣走向"中国洞房"的玛尔雅唯一请求。当时已是应承父亲完全遵明溪风俗举行传统婚礼的陈铭科有些为难，因为父亲并不太接受这个外国媳妇，并对玛尔雅肚子里注定改变中国血统的陈家后代有些失望。丘会长做通了陈铭科父亲的思想工作，这才有这婚礼上这个"节外生枝"。在吴秀仙吟唱之中，依礼拜天地、拜父母、夫妻对拜，丘会长一声"礼成"，结束了婚礼仪式。新郎用一根红绳子将新娘牵入洞房后，玛尔雅迫不及待地催促陈铭科赶快掀盖头。陈铭科用一根绑着红花的金属棍掀去盖头，轻笑道："玛尔雅，哪有你这样不知羞，急着让新郎掀盖头的新娘啊！"

玛尔雅蓝眼睛里放射出灼人的光："是不是这样才算中国媳妇了？"

霎时，没来由地眼前闪过冯丽琪俏丽的身影，陈铭科有些走神。良久，方恍醒过来："是啊，从现在起你才真正算是陈家的媳妇了。"

话音刚落，玛尔雅猛地扑上来，用热辣辣的吻堵住陈铭科的嘴："我要和你生好多好多中国儿子！现在就生！"

6

玛尔雅后来兑现了进洞房时的诺言，一年后先是生了一个黑发碧眼英俊的混血男孩，随后又生了两个中国面庞却金发黑眼的女孩，完成这些诺言后，已是陈铭科把中国食品超市开到德布勒森、米什科尔茨、佩奇三个城市的2015年了。时光飞逝，用中国的话说玛尔雅很有旺夫运，这些年陈铭科家庭事业双丰收，哪个都没有耽误，在外人眼里荣任匈牙利明溪商会副会长的他无疑是成功人士，尤其是他的异国婚姻不知让多少人羡慕不已。

陈铭科与玛尔雅结婚后才知晓回明溪的冯丽琪并没有结婚，那只是她斩断与自己情缘最决绝的借口。因此，陈铭科在夜深人静之时黑暗中偶尔会闪过一丝悔意，听到从国内传来的有关冯丽琪的消息时心里会那么抽疼一下，但看着生了三个孩子后已辞去中学老师工作专心相夫教子的玛尔雅，连挑剔的父亲也接受了这个善良贤惠的马扎尔儿媳妇，陈铭科就没有理由不打起十二分精神继续把生意做得风生水起。当然，偶尔的走神是家常便饭，比方说当中国推出影响波及全世界的"一带一路"倡议时，他就会敏感地联系到据说在明溪已是一家酒店和一家饭店老板的冯丽琪。

其实，国家一推出"一带一路"的宏伟构想，正如"春江水暖鸭先知"般，在国外打拼的中国游子们最先嗅到其中不同寻常的味道。比方说身处于匈牙利的几千名明溪人，就在各种场合打探这"一带一路"究竟对他们的生意会有什么样的影响，而具有战略眼光的匈牙利明溪商会会长更是把几个副会长和秘书长召集在一起，有针对性地探讨"一带一路"对于打拼在匈牙利的明溪人意味着什么。也就是在这个不同寻常的会上，陈铭科第一次从一个商人的角度了解"一带一路"的演变过程。

事实上，"一带一路"是"丝绸之路经济带"和"21世纪海上丝绸之路"的简称，而"丝绸之路"是指古代陆上和海上的丝绸之路。"陆上丝绸之路"，是指西汉汉武帝派张骞出使西域开辟的以首都长安（今西安）为起点，经凉州、酒泉、瓜州、敦煌、中亚国家、阿富汗、伊朗、伊拉克、叙利亚等而达地中海，以罗马为终点，全长 6440 公里。这条路被认为是连接亚欧大陆的古代东西方文明的交汇之路，丝绸则是最具代表性的货物。"海上丝绸之路"，是指古代中国与世界其他地区进行经济文化交流交往的海上通道。2000 多年前，一条以中国徐闻港、合浦港等港口为起点的海上丝绸之路成就了世界性的贸易网络。唐代，中国东南沿海有一条叫作"广州通海夷道"的海上航路，这便是中国海上丝绸之路的最早叫法。

古代海上丝绸之路从中国东南沿海，经过中南半岛和南海诸国，穿过印度洋，进入红海，抵达东非和欧洲，成为中国与外国贸易往来和文化交流的海上大通道，并推动了沿线各国的共同发展。中国运往世界各地的主要货物，从丝绸到瓷器与茶叶，形成一股持续吹向全球的东方文明之风。尤其是在宋元时期，中国造船技术和航海技术的大幅提升以及指南针的航海运用，全面提升了商船远航能力，私人海上贸易也得到发展。这一时期，中国同世界 60 多个国家有直接的"海上丝路"商贸往来，引发了西方世界一窥东方文明的大航海时代热潮。明代郑和远航的成功，标志着海上丝绸之路发展到极盛时期。

中国境内海上丝绸之路主要有广州、泉州、宁波三个主港和扬州、福州等其他支线港组成。广州是世界海上交通史上唯一 2000 多年长盛不衰的大港，从 3 世纪 30 年代起，广州已成为海上丝绸之路的主港。唐宋时期，广州成为中国第一大港，明末清初海禁，广州长时间处于"一口通商"局面；宋末至元代时，泉州成为中国第一大港，并与埃及的亚历山大港并称为"世界第一大港"，后因明清海禁而衰落，联合国教科文组织所承认的海上丝绸之路的起点便是泉州；在东汉初年，宁波地区已与日本有交往，到了唐朝，成为中国的大港之一，两宋时，靠北的外贸港先后为辽、金所占，或受战事影响，外贸大量转移到宁波。

当丘会长把这些通过各种渠道搜集的有关"一带一路"的资料，让几个副会长和秘书长先好好学习后，抑制不住激动地对大家说："看着吧，国家在这个时候借我们老祖宗的智慧抛出这个东西，后面一定会有一系列具体措施。在座的各位都是在匈牙利已有些身家的人，回去后不只是自己好好琢磨琢磨，心理上有个准备，还得把这些信息告诉所有的明溪老乡。兄弟们啊，这可是一个千载难逢的机遇，我可不想任何一位明溪老乡错过哦。"

丘会长激动而语重心长的话，让陈铭科有些跃跃欲试，后来，他已在匈牙利好多个城市开出连锁店的"中国食品超市"，果然借"一带一路"东风上了一个新台阶，成立了"中国食品贸易集团"，通过意大利的赵剑武、陆艳夫妇牵线，把生意做到了意大利。

现在最让在匈牙利所有中国人振奋的是 2015 年 6 月 6 日，赴匈牙利进行正式访问的中华人民共和国外交部部长王毅，在布达佩斯同匈牙利外交与对外经济部部长西亚尔托签署了《中华人民共和国政府和匈牙利政府关于共同推进丝绸之路经济带和 21 世纪海上丝绸之路建设的谅解备忘录》。这是中国同欧洲国家签署的第一个此类合作文件，此前对"一带一路"已有过深入解读的明溪人当然明白，这意味着"一带一路"真正在匈牙利落地了。因此，自这件影响波及生活工作在匈牙利所有中国人的大事发生一个月来，凡是中国人凑在一起，没两句话都要绕到令人兴奋的"一带一路"上，什么带哪条路，即使最不关心政治时事的人也都搞清楚了这"带"和"路"，谁都知道这意味着进一步改革开放的中国将给人们带来更大的商机。就在大家琢磨着自个的生意如何与"一带一路"接轨，抓住这个已到来的千载难逢商机时，还有一件更加让陈铭科兴奋的事是，似乎有意跟随着中华人民共和国外交部部长的脚步，曾经在布达佩斯产生过深刻影响的明溪驿三巨头李秋实、王兴发和赵剑武将来匈牙利。重返曾经是三人"滑铁卢"的布达佩斯对他们意味着什么，知悉当年明溪驿前因后果的陈铭科最清楚，这即是三个功成名就者的回归，也是来了结此前留下的遗憾。因此，从先后接到李秋实、王兴发和赵剑武电话那天起，陈铭科就在筹划着如何为三位兄长规划一个有特殊意味的匈牙利之行，与李秋实亲如兄弟的明溪商会丘会长主持的例行接待酒宴必不可少，这也是匈牙利明溪商会对来到匈牙利的明溪同胞遵行的惯例。早知明溪驿历史，更何况其中还牵涉那件特殊的皮夹克，在玛尔雅眼里这已不是一件普通的皮夹克，而是联结起她与丈夫的情缘，甚至见证了中匈友谊，因而玛尔雅很赞成把三人的落脚点安排在自己家里。这是兄弟回家，住酒店岂不生分了。再说已定居匈牙利的陈铭科的父亲一年里倒有多半时间回明溪待在青山绿水的洋坊，偌大别墅空荡荡的。陈铭科也是这么想的，他感激妻子的通情达理，搂着依偎在怀里的玛尔雅，直视着她如大海般深不见底的蓝眼睛，感叹说："玛尔雅，你越来越像一个中国媳妇喽。"

"什么叫作像，我就是中国媳妇嘛。"玛尔雅的中国话说得越来越流利了，她娇嗔地嘟起嘴，"陈老师，你什么时候带我回明溪啊？把我们的三个孩子都带回去看看他们的老家，你不是总对孩子们说要认祖归宗吗？"

陈铭科就被玛尔雅这重复了很多次的话将住了，照例用"孩子还小，中国认祖归宗的仪式很复杂，得找时机"的理由搪塞过去了，好在直肠子的马扎尔姑娘非常崇拜陈老师，从没怀疑他说的话。而在马扎尔姑娘撩拨起的激情慢慢淹没之中，陈铭科其实明白他所说的"时机"不知何年何月，因为现在的明溪有一个他至今也无法忘怀的冯丽琪。事实上，直到多年后，陈铭科才带着儿子和孙子回明溪老家的陈家祠堂认祖归宗，历经人世沧桑，相逢一笑泯恩仇。当他和此时已将事业全部交给女儿女婿打理，一直孤身一人，热衷于跳广场舞，身姿容貌似乎被时光遗忘，依然有一双匈牙利画家称赞的"清纯"眼睛的冯丽琪坐在一起时，伴随着袅袅飘溢的茶香，两位眼泛水意的昔日"傍肩"，用一杯清茶把所有的话都泡在其中。

7

7月6日，明溪驿三位驿主即将到来前两天的晚上，已是晚上12点整，陈铭科位于布达山腰的别墅大铁门却被急促的摇晃声惊醒了，看门的哈士奇吠叫几声随后就消停了。这天晚上陈铭科在书房里翻看刚从书店买来的各种版本的裴多菲诗集，这是他为李秋实准备的，他知道现在的李秋实已是一位标准的诗人，电话里他说要带两本去年他出版的作品，里头收集了这么些年他创作的诗歌。因此，陈铭科分别给王兴发和赵剑武都准备了礼物后，就想送给李哥的礼物莫过于他崇拜的匈牙利诗人裴多菲的诗集了。于是，自知道他们要来后，陈铭科跑遍了布达佩斯的书店，好不容易才凑齐这一叠各种版本的裴多菲诗集，居然还找到由匈牙利出版社出版的中文版的，这大约是匈牙利出版商考虑到在匈牙利的中国人很多而有意为之。这个晚上，陈铭科难得有这样的闲情逸致，让玛尔雅和孩子们先睡，自个就一直待在书房里翻阅这些有匈牙利文、英文、中文和其他文字版本的裴多菲诗集，读着已经有些陌生的诗句，曾经那段也算是混迹在文字中的日子就如海水退潮后，将过去那些粗糙而难忘的美好遗存在记忆的沙滩上，想及当年李秋实到匈牙利后买的那本匈牙利文《裴多菲诗集》竟生隔世之感。陈铭科就这么默读着诗人裴多菲精美的诗句，又想及李哥最喜欢用"格局"的大小来衡量一个人，暗想现在自己这白天数黑论黄，晚上老婆孩子热炕头，"格局"是比以前大了还是小了呢？正这么思忖着，就听到铁门粗暴地被推响的声音，从哈士奇仅吼叫两声就停止，陈铭科判断来客一定是熟人。只是这么晚了，莫不是有什么重大的急事？陈铭科忙放下手中翻阅的《裴多菲诗选》，下楼梯过走廊时没听到女人动静，显然她和孩子刚进入深睡期。当陈铭科看到郑立新正隔着铁栅门逗着前扑后跃的哈士奇真是吃惊不小，见对方并不是惊慌失措的样子，一颗心方安定下来，边开门边埋怨说，"立新兄弟，火上房了？你不看看这都几点了，这么晚跑来，该不是酒瘾犯了，忍不住背着江小燕到我这来过瘾吧？玛尔雅和孩子们可都睡下了，我没闲心陪你。"

郑立新放下激动的哈士奇，说："就是火上房了！你这英语老师也太不仗义了！你要把李哥他们拢到你家里，说什么家比酒店温馨，我那楼房比不上你的别墅，这倒也罢了，怎么你还要将欢迎酒会也放在家里？是不是觉得你陈老板现在是匈牙利明溪商会副会长，财大气粗，拔根毛都比我的腰粗？可我这正宗厨师的手艺你家里有吗？商会成立都在我明溪饭店，我想借李哥、王哥、赵哥的东风，召集明溪老乡们热闹热闹一下就不成？我说你这个中学英语老师是成心砸我场子是不是？"看样子，一身大汗的大个子还真有些生气了。

陈铭科边拉他往书房走，边笑着解释："立新兄弟，你真是误会了。知道你是大厨师，全布达佩斯莫说中国人，就是好多匈牙利人也好你这一口。你现在带了三五成群的徒弟，饭店也开了好几家，有人要吃你亲手做的菜不仅得提前预订，还得看我们郑大厨师有没有心情，是不是？嘿，这我都知道，可听我仔细和你说说，就明白我这么做的道理了。"

郑立新一屁股坐在书房的沙发上，摆手说："要说文化，李哥比你有文化，人家现在都是什么作家协会的人了，书出了好几本，可我就没感到李哥有文人的酸气。你一个英语老师，现在跟我一样买进卖出做生意，怎么倒是一肚子花花肠子，为朋友接个风还有这么多说道呢。真是的！"

陈铭科笑着给郑立新倒了一杯茶，待对方一口牛饮后，方慢条斯理地说出他这么做的理由。

郑立新不能不误会，也不能不生气。想想李秋实当年可是凭一己之力将他从水深火热的地质队解救到匈牙利，又让他在已是风雨飘摇的明溪驿开始异国他乡的生活，是李秋实给他指路，他才在布达佩斯立住了脚。当年目睹明溪驿倒闭，他郑立新无能为力，后来他把力气都放在陈铭科和冯丽琪组织的送别宴那道"拳头椒炒大肠"，却把事件搞砸了。虽然李秋实他们没说他什么，但他明白把警察招来一定给即将"逃离"布达佩斯的他们添堵了。就此，这么些年来他一直愧疚于心，而这么晚找来的起因当然是陈铭科傍晚时给明溪饭店打的那个电话。当时郑立新在外头办事，电话是江小燕接的，本来陈铭科要再解释一下缘由，是孩子打扰他中断了电话。陈铭科想到大个子可能会误会，也想着明天当面说服对方，就是没想到这个大个子会按捺不住，这么晚还上门兴师问罪。然而，郑立新不能将这件事过夜，他是在外面与几个朋友应酬吃饭后回家才听江小燕说的，当时一下就炸了。

其实，自李秋实、王兴发、赵剑武三个大忙人好不容易都腾出各自的时间确定到布达佩斯的日期，陈铭科、郑立新和吴秀仙就几次碰头，筹划如何按他们的意思安排布达佩斯的行程。只有 5 天时间，五天里与明溪商会弟兄们聚一聚是免不了的，那是大呼隆的见面，除了场面上的应酬，当然还有生意上的事要谈，都是生意场上的人，这是免不了的。在确定三人住陈铭科的大别墅外，争执最激烈的就是接风晚宴的安排，吴秀仙主张由她做东安排在匈牙利最高级的酒店，顺便也借她官场的关系把布达佩斯认识的一些头面人物给他们引荐下，没准对他们的生意有用得着之处。这些年，吴秀仙夫妇可说是匈牙利发展最好的明溪人，她的玉仙国际贸易公司的生意早就做到了欧洲别的国家，更让人敬佩的是借着当年与大胡子警察麦塔结下的友谊，她与布达佩斯官方的一些人物走得比较近，这为她公司的发展提供了别人无法比拟的人脉。然而，也正是因为她的公司与官场有那么多的牵连，原本很敬重秀仙姐的郑立新很是不以为然，武断地认为，官场黑暗腐败，秀仙姐的公司涉及这潭浑水，又怎么干净得起来？他的生意在江小燕掌舵下做得顺风顺水，让他忙得屁滚尿流，但他从心理上与吴秀仙有了隔膜，快人快语的他当面也说过。吴秀仙对这位小兄弟的话当然一笑置之，生意之道原就是鸡往后扒猪朝前拱，向来只以成败论英雄。因此，她的想法是，当年三位在明溪人中立起明溪驿的兄弟"落荒而逃"，这次重返布达佩斯既有"还债"之意，亦有荣归之耀，若能请得动布达佩斯官方几个头头脑脑的人物出来捧场，岂不是给三位兄弟添彩！无形中也替他们扳回一局。没想到，她这个提议当下就遭到大个子强烈反对，陈铭科也不赞成，认为接风的酒宴应当以兄弟姐妹的亲情为重，若弄几个官员坐在一起，在高级酒店里那么一举杯，这接风宴一定不是李哥他们所期盼的，若是他们真的有生意意向需要疏通官方哪些关系，到时再牵线搭桥也不迟。于是，几个人最终商定接风酒宴放在明溪饭店。由郑立新安排，除了商会会长和几个副会长一同请来，当然还有走得近些的明溪老乡，明溪饭店歇业一晚，热热闹闹地给回归的明溪驿三位驿主挣回面子，也给明溪人长长脸。

　　就这么着，郑立新总算扳回一局。当然，吴秀仙无奈地妥协后也把三位驿主后面在匈牙利的行程代为安排了。争得接风酒宴权郑立新对此倒没有异议，当下就咧开大嘴笑道："我们三人中秀仙姐最有钱，后面的安排我就不与你争了。铭科兄也不要争，我知道你也有钱，可比起秀仙姐还是差一竿子。"

　　郑立新的话透着那么俗气，陈铭科与吴秀仙相视会心一笑，也不与大个子再费口舌了。但是，就这么定下来的事情突然变卦了，郑立新如何不生气。自从与江小燕结婚又当了爸爸之后，正所谓一物降一物，郑立新这头犟牛算是被套上了笼头，唯江小燕马首是瞻，妇唱夫随的生活过得有滋有味，不仅江小燕费尽心思买下当年盘来的位置处于电车站黄金地段的店面，批发兼零售的生意做得越来越大，而且明溪饭店也在布达佩斯开出了两家分店，现下正筹划着在佩奇再开一家分店。当然，他们早从出租屋搬到宽敞明亮的四居室楼房，原本按郑立新的意思也像陈铭科一样到布达山腰买一幢别墅，但一心要将生意扩大的江小燕暂时不想把钱变成死钱，毕竟他们还没有达到吴秀仙和陈铭科那样的财力。为了把生意做大而买进尽量多的货物品种，批发零售店可是积压了不少的资金，因此，有限的流动资金得好钢用在刀刃上。像一头牛有使不完力气的郑立新一切听江小燕安排，江小燕这么说，他也就忍住了买别墅的念头，但这回李哥他们回来陈铭科以此为由争得居住权就让他有些许后悔，接风酒宴几乎成了他表达对李哥感恩之情的最重要程序之一。因此，这天照例到布达佩斯郊区开的两家小店收款的郑立新一回家，听江小燕说了电话内容，当下就气炸了，屁股刚落座就从沙发上弹起来，也顾不得进屋看两个正在玩得起劲的双生儿女，气呼呼地拎起地质包冲出家门，急着要与出尔反尔的英语老师较个真章，连装在地质包里约 200 万福林的货款也忘了先取出来。郑立新转身要走时，江小燕一把将他扯住，沉下脸警告："立新，有话要好好说，不要和铭科哥急。他电话里没说明白，我想他或者有新的想法。"

"我不和他急，我就是要看看英语老师肚子里的花花肠子都装着啥下水！"郑立新这话说得有些粗，见女人瞪眼，方长吸一口气，笑道，"嘿嘿，我有话憋不住。放心，我的拳头不打自家兄弟，铭科兄可是我做生意的领路人呢。"当他将地质包挎上肩后走出家门，不知怎的，一种奇怪的感觉忽然涌上心头，有一种说不出的难舍难分的味道。一时间，他忽地返身将站在门口显然还是有些不放心的女人紧紧地搂在怀里，柔声说，"小燕，我爱你，一辈子。等我回来。"

江小燕有些意外，在男人有力的拥抱和柔情语调中。一愣神，她尚来不及说什么，男人却已极快地松开她，转身大步流星地下了楼，转眼消失在楼梯拐角处被路灯映照得有些诡秘的布达佩斯夜色之中。

江小燕没有感到意外的是，郑立新这么多年一直背着他那已陈旧得不成样子的地质包，原来在国际列车上她记忆深刻的深蓝色已变成了淡蓝，边角处也有磨损，拉链则换了好几条。背过许多包，郑立新最舍不得的还是这个曾经证明他是一名地质队员身份的地质包，而当江小燕说重逢那天她第一眼先是认出地质包然后才看到了他时，郑立新对这个款式过时的地质包更情有独钟。偌大的地质包在郑立新"练摊"时发挥了大作用，结实耐用，能装许多的货物，现在则经常大材小用，一层层拉链收到最小，里面放着茶叶、水杯、零食、毛巾、钥匙、手机，还有几件换洗衣服。这些装备都是江小燕为郑立新备好的，现在郑立新得一天在两个餐馆间奔跑，他爱出汗，大冷天的也能出，而江小燕爱干净，包里放上换洗的内衣是必不可少的。最重要的是包里还会偷偷地放上一个郑立新很久以前留下来的草绿色军用行军壶，行军壶里是伪装成水的酒，酒是让人从明溪带来的家酿红酒。之所以要这么伪装，是因为自儿子女儿办满月酒时，郑立新在明溪饭店大摆酒宴招呼宾朋，喝多的他居然一脚踩进街上一个有着明显标志的正在施工的坑里，腿摔骨折。此后，江小燕就严格控制他喝酒，直至最后又因酒误事两次后就彻底地让男人远离酒了。军用水壶装酒这个秘密，郑立新以为伪装得天衣无缝，一直没有被江小燕发现，并不知道女人其实早就发现了这个秘密。正是这样，郑立新的生活在江小燕的指引下正从粗糙变得精致，而他很享受这种指引。

8

郑立新放下地质包当即向陈铭科不客气地发炮后，见对方笑着倒水沏茶，又气不过地补充说："好，我就听你说说你的道理！"

陈铭科见郑立新连喝三杯茶，气顺了些，轻声一笑，指着书桌上一叠裴多菲诗集说："立新兄弟，你看到那些诗集了吗？"

郑立新眼皮子一撩，不以为然地说："早听你说过啊，要给李哥一个最好的礼物。"又一挥手，"铭科兄，别扯那么远，就说说为何要砸我的场子？该不会是因为丽琪姐？真的再也不踏进明溪饭店一步？"

真是这样。自将店无偿借给郑立新夫妇开始，陈铭科就没再进过明溪饭店，甚至连明溪商会成立，在明溪饭店聚会那天，他这个当选副会长也借故到佩奇忙生意没参加。现在似被直性子的大个子捅到内心隐秘的痛处，陈铭科一愣间，眼前闪过一丝忧伤，随即借着倒茶的工夫把脸上不无尴尬的表情抹去了，似没听到般，他慢慢地说了自己的理由。

当年李秋实、王兴发和赵剑武是在布达佩斯栽了大跟斗而"逃离"匈牙利的，以陈铭科猜测，如今功成名就的他们相约重返布达佩斯，且选择在中国与匈牙利牵手"一带一路"的时刻，更多是出于弥补当年留下的缺憾。三人都是追寻人生大格局的人，一定不希望把这样的重返变成一次"炫耀"般的荣归，如果搞什么热热闹闹的欢迎晚宴，未免显得他们过于小气，有违他们的初衷。最好的是什么？那就是从哪里跌倒从哪里爬起来，这是一个男人，特别是一个追求人生大格局的男人真正荣耀。那么，用一餐温馨而充满亲情的家宴来接风洗尘，自然又不做作，符合三人向来行事低调沉稳的风格。很显然，陈铭科看着瞪大双眼盯着他的郑立新，用平缓真诚的语调简洁说完这两天来一直让他纠结而想清的理由，把原本要兴师问罪的怒气冲冲的大个子打动了。陈铭科见郑立新将喝完的茶杯轻轻放回茶盘，在给他续上刚泡的新茶时，一声轻叹："唉，虽说现在这个家已是换了女主人，可……可我想李哥他们会理解的。这一切……唉，不提了。"他挥手间似乎把笼罩在眼前的什么东西拂去了，转用欢快的语调说，"立新兄弟，这家宴啊还得你来掌勺，才能整出地道的明溪菜，让李哥、王哥、赵哥他们真正感到在家里一样。当然哦，你这些年自创的那些吸引外国人的中西合璧的拿手菜不妨也露一手。对了，你当年那道什么'拳头椒炒大肠'也得重新出山。"

"拳头椒炒大肠？那……合适吗？"已被完全说服的郑立新接受了充当这个特殊意义家宴掌勺大厨的重任，迟疑地问。

"合适，合适。"陈铭科当然记得当年"拳头椒炒大肠"这道菜引发的误会，笑道，"这是一段难忘的记忆。我想，他们会喜欢拳头椒的。"

陈铭科的话打消了郑立新心中所有的块垒，他当即兴奋地与陈铭科探讨家宴的菜谱。待昔日的英语老师一一记下后，郑立新没喝新倒的茶，而是拉开地质包掏出草绿色的行军壶，一挥手说，"啊呀，我说你这英语老师肚子里就是长着花花肠子，都要把我这大老粗绕晕了。好吧，兄弟尽释前嫌，唯有把酒言欢，茶哪配得上。"不由分说，把茶倒了，就在双方的茶杯里斟满远道而来依然醇香浓厚的明溪家酿酒。

陈铭科举杯一口喝完，扶扶眼镜说："今天我才知道你的行军壶里藏着这样的秘密。哈哈，多半江小燕也不知道吧？你说是谁的肠子花花啊。"

这么一说，郑立新就不好意思地摸着自个的脑袋笑了，又做势抱拳让陈铭科一定要保密。当然，一行军壶的红酒对于两个男人来说只算是微微沾上点酒意，前后也就一个小时左右，深夜来兴师问罪的大个就执意离去，他没有开车，而是走到大马路上打的回家。这么一点酒对郑立新来说只是毛毛雨落在干燥的地皮上，陈铭科也就没有拦住声称明天一早有要事要做的郑立新回家。他将郑立新送到大门口，让从窝里窜出来的哈士奇又与时常上门已是熟悉的大个子亲热了下，看表已是半夜1点多钟，也就紧着与背着地质包的大个子挥手告别，已迈开大步的郑立新朝身后随意地挥手而去。谁也没想到这轻描淡写的告别，竟然会成为一次再也无法回归的诀别。

没有人知道，甚至后来匈牙利警察努力还原郑立新那晚从陈家别墅离去后返家轨迹，也无法弄清楚已坐上的士的中国人，为什么会出现在与他家方向背道而驰的多瑙河双狮桥头，并由此大脑袋挨上似乎早埋伏在那里的一记闷棍。一切都找不到缘由，引发办案的匈牙利警察起疑的唯一线索，就是陈铭科提供他在与郑立新挥手告别时，似乎曾听到轻微的手机铃声。当然，吆喝在铁栅门上扑腾的哈士奇回狗窝里安睡的陈铭科，对于这短促的极可能发自郑立新背上地质包外层袋子里的手机铃声并不能完全确定。就此，警察推断极可能是某一个极为信任的朋友打电话，将原本归家的郑立新引到案发现场，而被害人是在面对熟人毫无防备的情况下被击打而当场身亡，因为被害人是一个一米八几的强壮大个子，且身怀中国功夫。警察没有找到郑立新遇害后失踪的手机，案发现场除了一根坚硬的沾着血渍的木棍，还有一个装着七七八八东西的地质包，包里所有的东西完好无损，包括白天郑立新收回的那笔数目不算太多，按理说凶手也没理由不要货款。显然，早有预谋的凶犯销毁了手机这唯一的直接证据，且木棍被擦拭过，没留下任何有价值的指纹。综合案发时各种情况，以及郑立新此前有过混迹于卡西洛，并与三教九流有交往，极可能那时候就埋下了雷。办案警方初步结论：这是一起有预谋的并非图财而纯粹是出于报复的谋杀案，凶手不是单独的个体，背后牵涉的或许是布达佩斯盘根错节的黑社会组织。

得知警方对凶案起因的初步结论，第二天就出面与警察局交涉的匈牙利明溪商会和警察，都感到了一种极可能无法得到最终结论的麻烦。

当然，更没有人知道郑立新这晚上离开陈铭科家后愉快的心情。不错，郑立新很愉快，急着回家与一定翘首盼望的妻子诉说他此时的心情。走出陈铭科家门时接到这个让他感到意外的电话时他有些许的犹豫，但出于朋友义气，他仅是迟疑片刻就让的士司机掉转车头。然后，他给妻子打了个电话，简单说自己已在车上，等会就到家了。随后，出租车就将他拉到多瑙河畔的双狮桥头放下。这个在出租车上打的电话和内容以及过程，警察后来通过的士司机和江小燕都得到了证实，无法得到还原的是哪一个熟人能让郑立新出现在不该不出现的地方。这才是本案的关键。只有郑立新知道这个曾经也算对他有恩的朋友的名字，有一次他在卡西洛与几个黑社会的人发生冲突，是这个萍水相逢的朋友出面摆平。好多年了，彼此在不同的道上奔走，井水河水各不相遇，前天听说这朋友回布达佩斯了，没想到居然会在这个深夜接到他的电话。当然，郑立新不知道的背后缘由是与当年他出手相救那个被黑社会追债的沈阳女子也有一定关系。而这些纠结，将随着大个子的倒下石沉大海。

　　这个晚上，出于朋友义气没有任何防备的郑立新目送的士驶过双狮桥，茫然四顾的他好一会儿才从那一丛绿化带里看到似乎等待已久的朋友。跨过马路走向对方时，他习惯地左右看看深夜已行人车辆稀少的马路两边，兴奋地朝对方吆喝一声就迈开大步走去。他张开双臂准备回应朋友张开的双臂，来一个男人式的拥抱，就在这一刻，他的脑袋感到一阵重力袭来。在一阵钻心的疼痛中郑立新只来得及扫一眼随着自己身体一同跌落的那根来历不明的木棍和远处的石狮子，恍惚间脑海里闪过的是 23 年前乍暖还寒的 4 月，跻身于人头攒动的北京西客站时茫然无助的感觉。他伸手想抓住朋友突然缩回去的手，瞪大眼睛想看清朋友脸上那冷漠得不似朋友相见的表情……没来由地，在意识逐渐模糊间脑子里忽闪过 6 岁时在明溪王坊地质子弟学校边稻田里，用一场酣畅淋漓的胜利，赌赢小伙伴口袋里十几个花花绿绿糖果的情形。

　　可以肯定的还有，郑立新在最后的时刻一定还听到深夜的多瑙河依然喧嚣的波涛声。

9

　　此时，李秋实正和一位久未谋面的朋友走过俄罗斯莫斯科红场。之所以要转道飞往俄罗斯在莫斯科稍做停留，一是与这位北京朋友探讨生意合做的事，当然后来生意并没有谈成；二是有意体验当年坐火车到匈牙利的感觉。李秋实原本还想来一次原原本本的回归，重新体验北京到莫斯科到匈牙利的国际列车之旅，只因时间不许可而将北京到莫斯科改乘了飞机。这当然是最主要的原因，也不知为什么，随着这些年与商界有意拉开距离和浸泡于诗文中，李秋实时常会在心中浮起一种怀旧之感，妻子开玩笑说他老了。老了吗？52 岁的李秋实跨入年过半百之列后，回想这几年的经历和身份转换，真有一种恍若隔世之感。

2006 年，当一直致力于中欧文化交流的匈牙利明溪商会副会长柯智宇赞助并带着佩奇市巴尔托克·贝拉男声合唱团，参加厦门举办的国际奥林匹克合唱比赛并获得金奖时，此前与柯智宇没见过面但神交已久的李秋实特意赶到厦门。其实，柯智宇1994 年到匈牙利时李秋实前脚刚走，他在布达佩斯的四虎市场待了 4 个月就只身前往佩奇市寻找商机，从跳蚤市场赶集市开始，打拼 5 年方开出第一家小商店，到 2003 年却已经拥有佩奇市及周边城市的 6 家连锁商店。2004 年，敢为人先的柯智宇在佩奇市中心租下 4000 多平方米的商场。现在，他已在匈牙利 4 个州的首府经营 4 个大型连锁商场。难能可贵的是，经商之余，柯智宇还积极投身于公益和文化事业。2010 年 10 月 4 号，匈牙利发生红泥事件（铝制造泄漏灾害），在会长的号召下，匈牙利明溪商会第一时间发起匈牙利华人募捐行动，当日募集资金 600 万福林，募捐的当天占匈牙利全国捐款 3000 万福林的五分之一。随后，华人社区又陆续捐款至 1000 万福林，匈牙利国家电视台及凤凰卫视欧洲台进行追踪报道，柯智宇副会长代表商会及旅匈华人华侨接受采访。2013 年 6 月，匈牙利发生特大洪灾，匈牙利明溪商会参与华人社区捐款，柯智宇带头捐款，在他的带动下，华人捐款达到 1250 万福林。柯智宇对匈牙利社会经济发展的贡献，得到了佩奇市社会各界的高度赞誉。他于 2008 年获得"佩奇市酒骑士"称号。此次赴匈牙利之前，李秋实已从匈牙利明溪商会获悉，佩奇市政府刚授予柯智宇"佩奇市荣誉勋章"。这个对华人来说至高无上的荣誉，让所有匈牙利的明溪人感到由衷自豪。此刻，正是怀揣着这样的自豪感和明溪驿"三剑客"重逢的喜悦，李秋实忽想及与柯智宇那次厦门相见。当时，两人走在观音山辽阔的海滩上，柯智宇感慨地说：

"秋实兄，这些年在匈牙利我感触最深的是，我们中国人来到匈牙利经商，也带来了中华民族的文化，同时接受融合着匈牙利的文化。我们改变了匈牙利，匈牙利也改变了我们。这就是文化的魅力。当一个国家的民族接触到另一个国家的文化，感受并接受它，从心底里接受另一个国家的文明，从内心深处接纳对方，这时候，民心就真正相通了。"

现在，仰望着红场边俄罗斯最具民族特色的尖尖屋顶，李秋实想及9年来除了经商同时一直致力于中匈文化交流的柯智宇这番话，不由感慨万分。是啊，这不正是国家推出"一带一路"倡议时强调的"五通"之一吗？他想着此次到匈牙利有时间得到佩奇拜访柯智宇，促动他的合唱团到明溪演出。当然，后来因郑立新意外事件，李秋实没时间到佩奇，只是与生意和公务繁忙抽不开身的柯智宇通了一个长长的电话。一年后，作为第十四届中国国际合唱节的特邀嘉宾，柯智宇没有食言，率巴尔托克·贝拉男声合唱团经北京、沈阳、嘉定、厦门巡回演出，最终到达明溪，让明溪人领略了匈牙利音乐的魅力。

事实上，对李秋实人生来说一个重大跨越，正是郑立新在布达佩斯重逢江小燕的2009年，偶然从一位朋友那里得知他认识的一位澳大利亚农场主要出手农场。说者无意，听者有心。此时通过"先行工程"积累的信誉和人脉，在此后的工程中早已淘到第一桶金的李秋实正为自己的未来何去何从而踌躇。一是此时的"先行工程"已近尾声；二是自挖掘机翻车事件后，听从凌笙的劝告放慢脚步的李秋实总觉得在完成原始资本积累后，无休止的承包工程并不是他最好的选择，他想腾出更多的时间，用文字来梳理一下这些年自己的经历。正是出于这些考虑，在经过快速而细致的市场调查和前景预测后，李秋实收拢了聚仁机械有限公司的业务，集中所有的资金和银行的贷款买下澳大利亚的一个农场。当时，一些看好李秋实聚仁机械有限公司发展势头，认为他必定按照这个路子一直走下去的亲朋，都惊呼李秋实是疯子，要制造第二个"滑铁卢"了，这必定是一笔肉包子打狗没有回本的买卖。然而，后来的事实证明，李秋实"孤注一掷"把当时所有的"蛋"都放在一个篮子里的做法有先见之明，每年牧场的出租给他带来了可观的利润，让他腾出更完整的时间来圆他一直追求的人生格局——自由，时间的自由和心灵的自由。

　　当然，更重要的是有了相对的财富自由，李秋实首先出资将明溪县城通往李坑的道路水泥硬化，4.5 米的乡村公路，让李坑人与县城过起了同城生活。此外，几经商谈，李秋实通过土地流转买下明溪城郊几座茶山 50 年的经营权，在商言商，几年时间里他将明溪品牌的茶叶出口匈牙利乃至非洲，还在茶山建起了不少小木屋，红火的农家乐给当地村民提供了家门口就业的机会。就在人们以为他要大力开发乡村游时，他却出人意料地在茶山边风景最好的地段建起一座以自己和妻子名字命名的敬老院——秋娟老人时光，免费为无儿无女的孤寡老人提供养老服务。一个挺有诗意的与众不同的名称，让对此前不参与新侨文化广场建设的李秋实颇有误解的冯丽琪敬佩不已，强烈地要求"秋娟老人时光"也有她冯丽琪的股份。完全的公益，没有任何赢利，有不少人暗地奚笑李秋实沽名钓誉，对这些无端猜忌报之一笑的李秋实无法拒绝冯丽琪的理解和支持。当冯丽琪一有空就来敬老院做志愿者，连历经沧桑的李秋实也不明白，冯丽琪与陈铭科这对好人为什么不能好好生活。或许，一切都是缘分的使然吧。李秋实也只能这么无奈地为他们惋惜了。

　　曾经沧海难为水，除却巫山不是云。现在，在一条人生的道路起起伏伏间，李秋实逐渐把曾经的追寻雕刻在自己的思想上，而从思想里流出的文字凝结成了两本文学作品集。当散发着油墨的书让三明文学界开始认识这个与众不同的商人时，凌笙感叹地对挚友说："这才是原来我认识的那个李秋实。秋实，还记得当年你从匈牙利逃回明溪时，在月峰寺前和我说过的话吗？"

　　坐在莫斯科开往匈牙利首都的火车上，李秋实忽然想及当年在罗汉公面前长跪不起后豁然顿悟的情形，也忆起自己对凌笙说过的话。现在，莫斯科的景致在似乎并没有多少变化的火车车窗里逐渐远去，火车车轮与铁轨摩擦单调重复的声响似曾相识，恍惚间似回到当年的与一大班怀揣淘金梦的明溪人，义无反顾向陌生的充满诱惑的布达佩斯进发的情形。然而，大浪淘沙，人生经不起多少挥霍，当年的那些热血青年大多已面目不详，被时光刻刀雕刻成或让人赞叹或让人惋惜或让人津津乐道或让人不齿的形象，而他李秋实终于经历布达佩斯的沉沦后"重生"了。那么，这次与当年的王兄和赵弟重返，究竟是为了荣归还是还债？仔细想来什么都不是，或许仅仅是对自己热血沸腾的青春岁月一段悲喜交集的记忆，做一无伤大雅的凭吊吧。这么想着，李秋实摸摸行囊中已是写上几个朋友名字的两本文集，心里莫名地忐忑不安起来。就这时候，他接到了陈铭科打来的电话。李秋实以为这是例行的询问电话，进一步落实他到达布达佩斯的时间。尽管他一再让陈铭科和郑立新不要一大早赶来接站，没有多少行李，他一个人按着地址慢慢溜达着自行去陈铭科的别墅，顺便清清静静地第一时间感受一下布达佩斯 20 多年来的变化。理解李秋实这想法的陈铭科赞成了，郑立新却不容商量地说要亲自开车接李哥。现在没接到急性子的郑立新电话，倒是陈铭科打来了，李秋实稍微有些意外，特别是听到陈铭科在电话里语调低沉，顿生疑虑："铭科，什么事?"电话里的陈铭科忙提高声解释，"没事，没事，都好好的呢。我只是和李哥确定一下到达的时间，你弟妹说要第一时间见到我嘴里一直念叨的李哥，这个马扎尔女人，也是热心肠的急性子。"听陈铭科这么解释，李秋实的心稍放下了，但总感觉他这个电话有些奇怪，心中忽地多了一块没有来由的石头悬着。在布达佩斯火车站，李秋实并没有第一时间见到金发碧眼、据说性格与冯丽琪挺相像的马扎尔女人，而是一眼看到戴着眼镜，淹没在接站人群中有些灰头土脸的陈铭科，一时间，一种不祥的预感涌上他的心头。并没有说话，他用一双利眼看着目光躲躲闪闪的陈铭科，第一句话问："铭科，出什么事了?"

"李哥，立新兄弟……"陈铭科无处安放的目光躲不开李秋实的利眼，稍迟疑后放悲声，抱头蹲到地上。

李秋实心中那块不祥的石头"扑通"一声落了下来，将本就激动的心绪荡出一大片横七竖八的涟漪。

10

无法预料的计划之外！李秋实、王兴发和赵剑武时隔 20 多年重返布达佩斯，因郑立新的意外事件，所有的心情和行程都发生了让人欲哭无泪的跳转。紧随李秋实先后到达布达佩斯的王兴发和赵剑武在陈铭科的别墅会合后，一时间，大家都被这巨大的意外制造的悲伤笼罩了。没有时间讲述这些年的经历，也没有心情叙说久别重逢的激动，已先期等待的匈牙利明溪商会丘会长与大家一起很快拟定接下来要完成的重要工作：一是安抚死者的家属，已有吴秀仙和江小燕的一位江西同乡在照顾；二是由商会出面，陈铭科牵头操办郑立新的后事，号召大家集资捐助家属；三是由吴秀仙出面与警察局保持沟通，督促警察局尽快破案。负责本案的正是吴秀仙的朋友，许多明溪人都熟悉的，已是区警察局副局长的"八字胡"麦塔。三位现在对布达佩斯情况不熟悉的客人只参与协助操办死者的后事。另外，再安排两位明溪女老乡一起帮着照顾悲痛欲绝的江小燕及两个孩子。

来不及述说久别的友情，在拥挤的车流中小心开车的陈铭科已断断续续把警察局对郑立新遇害初步结论告知了李秋实。想着他们三人离开布达布斯这么多年，这案子居然牵涉了让警察也头疼的黑社会，因此，李秋实对陈铭科这样的安排没有异议。事实上，这突发事件完全打乱了三个兴致勃勃荣归匈牙利的明溪人的心情，悲叹之中由商会出面顺利地办完郑立新后事，在墓地，李秋实满怀怜惜地一左一右揽住郑立新的双胞胎儿女，无语而凝涕，千言万语竟不知从何说起。立起身，他对仅三天时间就瘦得脱了形的江小燕轻声一叹，"唉，弟妹，生活还要继续，两个孩子需要你啊！立新走了，有什么事我们大家都会帮忙的。我们都是你和侄儿侄女的亲人。一切都会好起来的，会好起来的……"李秋实这么说着，连自己都觉得这些话是那么地缺盐少醋，但除此也就只能说说什么节哀顺变了。

当晚，在陈铭科别墅的书房里，面对着一叠各种版本的裴多菲诗集，李秋实眼含悲泪，无言长叹，悲伤、愤怒、无助等情绪在心中交织。同样无言悲伤的王兴发、赵剑武和陈铭科，脸上也淌下了不轻弹的男儿泪。王兴发脸上凝结着的愤怒似要喷出火来，拍桌子吼道："明天我们一起再去警察局。怎么着，也得给立新兄弟讨个说法！"

赵剑武剑眉一扬，应和道："王哥说得对。安慰死者最好的办法就是尽快找到凶手，还立新兄弟一个公道。立新兄弟不能就这么不明不白地……"想起当初郑立新到匈牙利正是自己到火车站接来，前些天通电话时他还说要还这个人情，一定要接他回布达佩斯，这个历经困苦从没掉过泪的铁杆汉子哽咽着说不下去了。其实，这次来匈牙利，原本妻子陆艳要和赵剑武同行，因出发前一天公司出了一点状况需要处理，陆艳才临时退了航班机票。

　　这似乎是大家此时愤怒悲伤交织中唯一能想到的安慰死者的行动。于是，几个人你一言我一语，连夜由李秋实起草了一纸申告书，代表明溪商会表达全体明溪人同仇敌忾，要警察局尽快给死者一个说法的请求，给在布达佩斯经商的所有中国人一个安全的环境。一切商谈妥当，申告书明天交给丘会长定夺，争取让尽量多的明溪人签名。然而，从头到尾看了两遍申告书的丘会长沉吟着还没有发表意见，站在一旁也看完申告书的吴秀仙率先反对："我不赞成这个申告书。"她摆手让颇感意外的几个男人坐下来，解释说，"我理解大家的心情，我又何尝不是如此？恨不得马上让凶手血债血偿。但是，事情远没有我们想象的简单。这几天，我一直和麦塔副局长保持联络，知道的情况更多些。布达佩斯警方也深知这个案件对在匈经商的中国人包括所有外国人影响很大，他们也想尽快破案。只是这次作案的黑社会手脚做得很干净，没有留下任何有价值的线索，加上以前立新兄弟出入卡西洛时交往的人很杂，三教九流都有，虽然这么多年过去了。警方已确定犯罪嫌疑人是黑社会一员的，那位深更半夜能把立新兄弟叫到多瑙河边的熟人是谁？警察不知道，我们作为郑立新的朋友也不知道。我想，立新兄弟浪子回头后有意斩断与过去的联系，只是树欲静而风不止，谁知道他什么时候又与黑道上的人结下什么梁子呢？唉，这些都不是我们所知的。"这么一通说，见大家都陷入沉思之中，吴秀仙目视对她点头称是的丘会长，长长一叹："唉，所以说，这申告书不递为好，不仅于事无补，还会人为造成商会与警察局的芥蒂。用我们生意人的话，这不是一笔划算的买卖。依我的意思，立新兄弟发生意外把三位兄弟回匈牙利的安排都打乱了。可有一点不能乱，我们在商言商的心不能乱。这样，我已和几个商家初步谈了谈，丘会长也正帮着王哥与匈牙利政府牵线搭桥，最后落实投资匈塞铁路的具体事宜；剑武兄弟要考察铭科的'中国食品超市'和匈牙利食品市场也不要停下。生活还要继续，我们明溪人大风大浪都闯过了多少，可不能被这无端的一闷棍打蒙了。"

　　吴秀仙的一席话让大家彻底冷静下来。这时候，丘会长才站起来表态，呵呵一笑说："吴副会长说的是，看看我们这些大男人遇事倒没有一个女人淡定啊。哈哈，就按秀仙安排吧。"又转身对王兴发说，"王兄，你有心回报布达佩斯而投资匈塞铁路，从巴西那么远来一趟不容易，我可不能让你空手而归啊。"

匈塞铁路是一条连接匈牙利布达佩斯和塞尔维亚贝尔格莱德的双线电气化客货共线高速铁路，是中国与中东欧国家共建"一带一路"的一个重点项目。2013年11月25日，中国和匈牙利共同宣布将匈塞铁路的改造升级定为中匈塞合作项目时，王兴发就萌生回归布达佩斯的想法。当他远在巴西与丘会长提及公司的投资构想时，得到了匈牙利明溪商会的大力支持，最终经吴秀仙从中牵线与匈牙利政府达成投资协议。签署协议时因为有事不能亲行，是儿子代表他来了布达佩斯，这次他重返布达佩斯除了落实协议的有关细节，更重要的是商定参加将于今年11月24日举行的启动仪式具体事宜。王兴发是怀着感恩的心情参与匈塞铁路投资的，虽说在商言商，但他已将利润降到最低，目的是在功成名就、有能力回报的今天，为这座让那么多明溪人的梦想在此起航的城市做些什么。因此，王兴发听了丘会长的话，忽地起身握住对方的手，用力摇了两下，感慨说："知我者，会长也！立新兄弟走了，我们还在匈牙利的明溪人要做得更好！"

丘会长带头为王兴发的话鼓掌，拉着他的手一起坐下后，眼里不觉蕴满了热泪。他缓缓环视屋子里人，感慨道，"我和大家一样，不再是当初走出国门两手空空的愣头青了，都是有身家的商人。眼观六路耳听八方，这个商场的铁律不用我说你们也明白。大家看啊，现在国际国内形势这么好，国家用'一带一路'这把钥匙把世界的大门都给大家打开了，我们就伸展拳脚干吧。不过，得悠着点，别走太快了！用现在时鲜的话说，走太快了，灵魂就跟不上了！"

丘会长的话句句走心，让在场的人都陷入沉思之中。与吴秀仙最为熟识的李秋实颇为惊讶地发现吴秀仙变化太大了，行事说话有大将风度，当真是巾帼不让须眉，由此，他一颗被郑立新事件激得有些乱了方寸的心也逐渐淡定下来。他向吴秀仙点点头，走向丘会长，握住了对方伸过来的手，用力摇了摇。然而，当王兴发和赵剑武开始他们预定的生意事宜后，离开匈牙利的前一天，李秋实与吴秀仙一起来到警察局，他要亲自与麦塔了解一下情况，这样他的心才能在离开前真正安定下来。他对吴秀仙说郑立新是他带来匈牙利的，回去后他得给郑立新父母一个交代。

吴秀仙理解李秋实所说的"交代"并不是要案件明确的结果，而是要来自警察局的明确信息，这个信息通过任何人传递都会变得不可靠，而他也就无法面对死者年迈不能来匈的父母。因此，她带着李秋实走进麦塔办公室时，事先将李秋实的意图在电话进行了沟通。她当然不知道，李秋实还有另外一个让她感到意外的任务。

现在，依然留着标志性八字胡的麦塔副局长用尊重和关切的目光看着这个身材适中、身体健朗的中年男人，用一口流利的中文向李秋实伸手表示欢迎后，并没有太多的过度就翻开厚厚的卷宗，用职业性的语言详细介绍郑立新被害案的经过和案件侦破的进展情况。这个过程显得有些冗长，且有违警察局办案的规矩，显然，麦塔给中国人开了个充满人情味的"后门"。末了，麦塔抹了抹八字胡，用遗憾的语气表示抱歉："李先生，事情就是这样，现在我们警察局对本案还没找到明确的破案方向。我只能这么告诉您，多年前郑先生曾给一个被黑社会追债的东北女人提供庇护这条线索，也因这个东北女人早就离开匈牙利而断了。目前，我们正试图通过国际刑警组织寻找她。当然，这也只是猜测，并不能确定这起谋杀案与东北女人有关。您知道，毕竟郑先生以前……"

李秋实当然知道会面对这样的结果，在提出一定要见一见负责侦破此案的麦塔副局长之前就已了然。此行无非是当面确定下，或者说需要的就是这么一个过程，让他回去后能更准确地给郑立新的父母一个交代。据说退休后到枫溪老家安度晚年的郑立新父母身体都不太好。当然，除了需要这个过程，李秋实还必须代表王兴发和赵剑武一起履行一个 23 年前"逃离"匈牙利时心中暗暗发下的誓言：那就是有朝一日功成名就荣归布达佩斯，连本带息交上当年堆在明溪驿那么多货物要花费的废品处理费。这是一个纠缠三人心中 23 年的承诺。因此，当李秋实脸上挂着凝重的表情打断麦塔多少有些愧意的话后，没有把有关郑立新被害案的话题延续下去，而是掏出了一张银行卡，让麦塔代向布达佩斯相关部门上交这笔钱。

这太让人意外了。吴秀仙瞪眼看着李秋实，麦塔震得坐回椅子上。然后，麦塔不可置信地怕烫手般拿起放在桌上的银行卡，唇上的八字胡颤动着说：

"李先生，您……您不是在开玩笑吧？这……"

李秋实对中国话说得非常流利的麦塔点点头："是真的，我们这次回匈牙利最主要目的就是兑现当年的承诺。"又指指惊得还缓不过劲来的吴秀仙，"麦塔局长，你敬重的明溪女可以做证。我，还有王兴发先生和赵剑武先生，都是一言九鼎的男人！"

"君子一言，驷马难追！"麦塔居然懂得中国的成语。

"对，驷马难追！"李秋实进一步打消对方的疑虑，"我们这么做只是不想惊动太多的人。我们三人想了半天，在布达佩斯也只有你可以信任。麦塔先生，能帮我们完成这个心愿吗？但我有一个请求，不要透露我们三人的名字和这笔钱的来由，就说是三个中国人要为布达佩斯做一点公益。"李秋实隔着桌子，用炯炯有神的目光看着不停地抹着八字胡的麦塔。

麦塔用力握住李秋实伸出的手摇着，用敬佩而不可思议的眼神看着对方，向吴秀仙摇头赞道："太不可思议了，中国人！你们中国人总是那么让人感到不可思议。诚信是金，李先生，请接受我代表匈牙利人向一个中国人表示的敬意！"说着，麦塔双腿并拢，向微笑着的李秋实庄重敬礼。

不可思议！在这晚上的送别晚宴上，被当年明溪驿三位驿主惊得走出警察局大门还觉得这一切是不是真实的吴秀仙，在酒桌上一再用这句话表达对三位明溪男人的敬重。

11

这是一个意味深长的由接风宴演变而来的送别宴。因了郑立新事件的发生，原定商会一个大规模的酒会临时取消，只由丘会长做东，几个副会长和秘书长参加，请三位回匈牙利的明溪人小聚。席间气氛沉闷，酒入愁肠愁更长，大家也无心举杯庆祝，草草就收场了。酒后，并没有喝多少酒无一丝酒意的三人，在陈铭科陪同下去寻找当年的明溪驿。然而，人去楼空，明溪驿早已在几年前因修路而拆毁，展现在三人面前的只是车水马龙的马路。想着当年赵剑武将郑立新带进明溪驿的情形，三人也没心情怀旧了，只背朝马路照了一张合影了事。这个晚上，所有的事情都尘埃落定，只剩下无奈的等待，最为重要的是李秋实代表三人兑现了当年的诺言，可谓放下了一块横亘在心里 23 年的石头，一身轻松。当然还有两件大事进展顺利：一是在吴秀仙帮助和匈牙利明溪商会牵线搭桥下，借着外交部部长与匈牙利政府签署"一带一路"建设谅解备忘录的东风，王兴发已初步与匈牙利政府有关部门达成生意合作意向，前景可观；二是赵剑武跟随着陈铭科考察了他开的几个"中国食品超市"及匈牙利的食品市场，两人初步达成在意大利合作经营"中国食品超市"的想法，下一步就等陈铭科到意大利进一步考察后落地。只有李秋实闭口不谈生意，关在书房里翻阅那一叠裴多菲的诗。玛尔雅感到这个大哥有些奇怪，陈铭科解释说，李哥的产业在澳大利亚，他现在的心思都在文学上呢。经历了郑立新事件的波折后，三人荣归布达佩斯预定的行程总算疙疙瘩瘩地完成了，算是给这个不同寻常的送行宴增添了一些欢乐的气氛。事先陈铭科和吴秀仙就与大家约定，晚上不再提郑立新的事情，只是把酒叙别情。然而，真的能做到这一点吗？虽然这个不同寻常家宴一开始，大家脸上都挂着笑，但眉宇间的悲凉随着郑立新大徒弟的到来和郑立新那张菜谱的出现就若隐若现了。

事实上，这个从接风宴演变的送别宴，作为东道主陈铭科和吴秀仙好是费了一番周折，最为难的是要不要请江小燕，后来和大家商量后还是决定不能冷落了江小燕。意料之中的是江小燕借口身体不适和生意需要打理婉拒了。意料之外的是她让郑立新的大徒弟，现在明溪饭店总店的大厨来别墅掌勺，更有郑立新那张早拟好的菜谱。当这位来自枫溪的郑立新母亲族人的年轻厨师，将这张据他说是师母从地质包里翻出来的郑立新遗物呈现在大家面前时，所有人都愣住了。李秋实一把抓过菜谱，只见一张纸上豆芽菜般排列着郑立新的手书。狗爬字，这是李秋实当年不客气地批评郑立新的话。菜谱第一道菜是主食：客秋包，随后就是明溪饭店拿手的菜，其中有经过他改良后更适合外国人口味的明溪菜，大约他是想让三位兄长领略一下他独创的异国风味明溪味道。最醒目的是最后一道菜：拳头椒炒大肠。似为了强调这道菜的重要性，郑立新别出心裁地在菜名边上画了一个大大的拳头。一时间，阅读完这凝聚着兄弟情谊的菜谱，李秋实眼里早流动着浓浓的水意，起身把菜谱高高扬起，对大家说："好，我们就领了立新兄弟的心意。说好了，今天大家好好喝酒，不说愁事。立新兄弟可是顶天立地的汉子，明溪王坊山头的老大，明溪县城里也算是有一号的，他可不想看大家娘们般磨磨叽叽掉什么猫泪。"

王兴发接过这意味深长的菜谱，眼里也是水雾蒸腾，转身将菜谱递给年轻厨师，沉声说："才来几天，我就听说现在布达佩斯的餐饮江湖称你'刘一刀'，青出于蓝而胜于蓝。小伙子，今天你可得给你师傅长脸，我们几个走南闯北，嘴可是刁得很。"

赵剑武也勉力一笑，拍拍年轻厨师的肩膀："长江后浪推前浪，明溪饭店后继有人，今晚我们就品品'刘一刀'的成色。"

"刘一刀"脸色凝重地点点头，弯腰对大家鞠了一躬，跟着好奇的女主人走向厨房。

果然，"刘一刀"出手不凡。一道道明溪菜和郑立新改造后适合外国人口味的中国菜，按照拟定的菜谱上来后，大家在交口称赞时按照事先的约定没再提郑立新。然而，这样刻意的回避让酒桌上的气氛从开始就有些造作，像一个女人化妆过度，时不时感到涂抹得过厚的粉往下掉。酒显然又消耗得过快了些，菜未上半席，几个人却酒至半酣。这个晚上，原本当仁不让要来主持送别晚宴的匈牙利明溪商会丘会长因故不能出席，一直勉力把控酒桌气氛的两个副会长陈铭科和吴秀仙觉得气氛有些不对。见吴秀仙给自己递眼色，陈铭科会意，忙拉过在厨房客厅跑前跑后帮着端菜的玛尔雅一阵耳语。于是，玛尔雅用标准的中国话对大家说："各位大哥大姐们，请大家先放下酒杯，我有一件礼物要送给李哥。"

玛尔雅的话让大家都感到好奇，而当她从楼上拿来清洗得干干净净的灯芯绒夹克呈现在大家面前，最先站起来的李秋实岂止好奇，而是震惊了。他一眼就认出这件20多年前自己从明溪穿到匈牙利的灯芯绒夹克，那是他最喜欢最好的一件新衣服，当时被刚接触到的福林激得头脑一热，就把身上穿的衣服也卖了，后来他多少还有些后悔。陈铭科藏得够深啊，这么多年没透露半句。是等着今天给他的意外之喜？李秋实向陈铭科投去疑问和责备的眼神。

其实，在陈铭科与玛尔雅结婚时，老教授就把这件来自中国人的夹克作为一段缘分的见证送给中国女婿，其意不言自明，自然是要陈铭科珍惜与他女儿来之不易的中匈情缘。这么多年，陈铭科一直当宝贝珍藏着，他也没想到当年李秋实的一个无意之举会成就他的跨国婚姻。两年前，老教授过世时又慎重地交代中国女婿，有朝一日衣服的主人回匈牙利，就把这件夹克还给对方，他还说是这件夹克让他认识了中国人的善良、淳朴、勤奋，他期望这件衣服由它的主人亲自带回中国，让所有人都知道中匈之间不同寻常的历史情缘。老岳父这么说，陈铭科自然照办，他理解一辈子热爱和研究中国文化的老教授的良苦用心。前一段时间，这些年一直在布达佩斯不安分、时不时回老家住一段日子的父亲回国时，陈铭科也曾想过要不要让父亲把夹克带回去，是玛尔雅否决了，她要亲手交给李秋实。

　　现在，站在丈夫身边的玛尔雅不待男人开口解释，快人快语地说："李哥，你不要责怪陈老师，是我让他保密的。今天，我替父亲把它转交给你，我还要代父亲和你干三杯酒。你们中国人说无三不成礼。可以吗？"马扎尔女人举起满满的一杯酒，用挑战的眼神看着李秋实。

　　一时间，大家不无善意地起哄刚与王兴发猜拳连输三杯酒的李秋实。酒是好酒，可是醉人的不是酒啊，心思沉重的李秋实已觉得酒意上头。奇怪，今晚的酒怎么这么容易醉人啊！回过神来的李秋实接过玛尔雅递过来的灯芯绒夹克，轻轻抚摸着这时隔20多年的柔顺，一种异样的情感在心中激荡。于是，他举起满杯酒，大声喝道："好，我借这三杯酒向米奇里教授表示敬意和感谢。我会把它带回中国，珍藏在未来的明溪人闯东欧的展览馆里，若干年后，让人们还记得这件衣服背后的中匈情缘！"

　　借着这件打了好几个补、颜色已很陈旧的灯芯绒夹克，玛尔雅与李秋实三杯不同寻常的酒扭转了送别宴尴尬的气氛。当然，在座的人并不知道，就在大家起哄着已胖了许多的李秋实勉强套上衣服时，江小燕已背着郑立新的地质包，带着儿子和女儿坐上离开布达佩斯的飞机，这个除了莫斯科又一个让她伤心的城市，在她含泪的目光中淹没于夜色之下……就此从郑立新朋友的视线里不知所终。

　　这时候，送别宴最后一道菜"拳头椒炒大肠"经徒弟之手，用郑立新23年前同样的方式隆重上桌，一举打乱了玛尔雅以一件怀旧灯芯绒夹克制造的中匈友好和谐气氛。没人能说得清大家眼眶里噙满的泪水，是匈牙利够威够劲的"拳头椒"制造的，还是 23 年前的回忆酿出的。总之，在弥漫着热气腾腾辣味和大肠特有的气味里，大家不约而同地默默举杯，又轻轻地将酒洒到了地上……

是手机骤然震响挽救了眼泪即将夺眶而出的李秋实，他借故"哼哼"连声应着，走到客厅外的草坪。温柔聪明的哈士奇摇晃着尾巴走向突然从屋里出来的客人，说实在的，它挺爱热闹的，但今天主人不许它进屋，它一直怅然若失地倾听着屋内的喧哗声，无精打采地看着紧闭的铁栅门。实际上，它还有些疑惑：每次来总会给它带来不同于狗粮的好吃东西的大个子怎么没来呢？李秋实借接电话逃离似乎已找不到进展方向的送别宴，当然不会理解一条狗的多愁善感，他弯腰抚摸着哈士奇的头，颇感惊讶地倾听着电话那头冯丽琪欲言又止的话。其实，有关郑立新事件的前因后果李秋实早已第一时间告知冯丽琪，并得到丘会长的指示，让她代表匈牙利明溪商会到枫溪向郑立新的父母表示慰问。现在，冯丽琪关心的是李秋实到警察局面见麦塔的结果。李秋实调整了一下情绪，简洁地说完麦塔的回复后，听冯丽琪语气沉重地述说她与正巧回明溪的两个在匈牙利经商的老乡一起去枫溪的经过，说郑立新的父亲自始至终没说一句话，而他患老年痴呆的母亲却突然清醒过来，哭得像泪人一样。冯丽琪的话让李秋实心尖上一揪，轻声一叹："唉，血浓于水！这不是奇迹，这就是走得多远都在的血脉啊！"

突然，电话那头的冯丽琪似迟疑了下："你们……是不是在一起？"

一阵阵从布达山顶吹下来的晚风带着微微凉意，温柔地收干了李秋实被"拳头椒炒大肠"和往事激出的泪花。听冯丽琪发问，他当即回说："是啊，明天我们就离开布达佩斯了。送别的家宴，在铭科的别墅。"

电话里的冯丽琪沉默了。

李秋实想了想说："丽琪，你别介意，该过去了。你们……"

"早过去了，我没介意。"冯丽琪极快地抢过话。

正要说话的李秋实听到动静，转身却看到端着一杯酒的陈铭科站在客厅门外。

陈铭科扶了扶眼镜，慢慢走向李秋实，看着捂着手机的李秋实，轻声问：

"是……丽琪?"

电话里冯丽琪疑惑地发问:"喂,秋实,你怎么不说话?你……"

李秋实看着陈铭科点点头,将手机递给对方。陈铭科伸出的手神经质地颤了一下,缩回来,终于又紧紧地抓住了电话,慢慢地贴到耳边。

"你还没说江小燕和两个孩子怎么样了?喂,我的意思是能不能让她带着孩子一起回枫溪看看立新的父母……"

"是我……丽琪,好久不见……"陈铭科有些打绊地说。显然,电话那头的冯丽琪很是吃惊,电话里传来愈来愈急促的呼吸声。尽管没有说话,陈铭科也熟悉这曾经朝夕相处的呼吸声。骤然间,一种来自内心深处的疼痛袭来,陈铭科茫然扫一眼退到一边逗弄哈士奇的李秋实,一字一句地说:"丽琪,你还好吗?李哥把一切都告诉我了。我太浑了,一点也不懂得你的用心。丽琪,我……"

电话那头在一阵越加沉重的呼吸声后变成了忙音,而从布达山顶下来的晚风显然与多瑙河波涛上游荡的带着水意的晚风达成了某种协议,它们跨越了说远不远说短不短的距离,联合起来,围住垂手而立,眼镜后的双眼闪烁着水亮的,来自中国明溪的英语老师,他显得是那么的孤立无助。

屋内隐约传来吴秀仙高亢、悠扬的明溪山歌《节令谣》:

> 正月花灯照厅堂,
> 二月燕子转家梁。
> 三月脚踏阳春水,
> 四月枇杷满树黄。
> 五月家家裹粽子,
> 六月蒲扇好乘凉。
> 七月秋风起,
> 八月秋风凉,
> 九月是重阳,
> 十月割些早禾糯,做块糍粑尝。

12

同一时刻，远在中国明溪的冯丽琪正走在横跨明溪河的东方军桥上，听到陈铭科的声音，一时有些站立不稳。她木木地放下电话，一种锥心的疼痛笼罩了全身。无力的身体倚着东方军桥的栏杆，冯丽琪倾听着一点也不善解人意的明溪河水依然欢快地哗哗流着，与遥远的多瑙河波涛是那么的异曲同工。是啊，该过去了，可已枕着明溪河小桥流水入眠整整 6 年，为什么梦里喧响的还是多瑙河涛声呢？

只有冯丽琪知道这 6 年她是怎么一步步走过来的，她爽直的女强人外表里掩饰的是一颗多愁善感的心。6 年前，当她急急忙忙从匈牙利赶回明溪，到家才知道从头到尾都是男人逼迫善良懦弱的兄长策划的骗局，然而，她略微有些吃惊后并不愤怒，依然和颜悦色地给忐忑不安的哥嫂和侄儿侄女及近亲送上早准备好的礼物。为这些礼物，她拉着陈铭科几乎跑遍了整个布达佩斯，因为她向陈铭科承诺，这次回去一定与"那个人"办了离婚手续。因此，她不想在这个时候节外生枝，她要单方面结束这桩荒唐的"换亲"，私底下她不容商量地对可怜巴巴看着她的哥哥说，如果嫂嫂要"报复"离婚，也阻止不了她。然而，已蹚过匈牙利那么多风雨的冯丽琪预想到许多种结果，却怎么也没想到会是这样的结局。

这个晚上，她像一个俘虏一样被得意扬扬的丈夫"押"回村时，已做好足够的心理准备，让男人好好享用他的"战利品"，然而，当狼一样扑上来的男人几番挣扎惊恐万分地颓败下阵后，冯丽琪害怕了，她看到男人疯狂的眼神里慢慢溢满的绝望。"你这个娼妇，你施了什么魔法？你是成心要和我过不去！"在男人怒吼声中，缩到墙角的冯丽琪无助地用垒起的被子作为战壕，但很快就被男人毁坏，紧接着，在她完全没有准备的情况下，男人有力的拳头和巴掌结结实实地落在她的身上。这是冯丽琪没有预想到的，但她不是待宰的羔羊，只是她的还击被男人轻描淡写地化解了。冯丽琪在昏厥过去时，只记得自己咬牙说了句，"不打死我，就离婚！"

冯丽琪没有被打死。当她被久违的鸡叫唤醒，窗外那一束晨光怜惜地将她抚摸时，浑身疼痛的她怀疑是不是自己已经死了。只是她没有死，那个人却真的死了。当冯丽琪挣扎着穿好衣服，一步步挪出门，她看到村庄死一样的寂静。此后的日子，对于冯丽琪来说是一段炼狱般的生活，丈夫的本家族人异口同声指责冯丽琪克死了男人，是个灾星。官方介入后很快界定这是一起意外溺水事件，警察的调查还原了事件发生全过程：当晚，男人离家后并没按冯丽琪事后所猜测的去那个寡妇家，而是到小卖部边上的自家理发铺喝酒。这个理发匠酗酒在村里早已人人皆知，也因为酒，他多次给人剃须时把人整得鲜血直流，理发店的生意由此一落千丈。男人对此并不在意，常与外人炫耀他有一部外国提款机。酒壮怂人胆，或许酒后男人还想回家收拾自己的"战利品"，半道上过木板桥却失足跌入溪中。按理说这溪潭淹不死一个人高马大的大男人，只是如果这男人醉得不省人事就另当别论了。尽管有警察的明确公断，男人的族人还是不依不饶地要将杀人犯绳之以法。经历意外打击早已忘记身上伤痛的冯丽琪，在人群里看到抹着眼泪的与丈夫有染的寡妇。这时候，早已长成大姑娘，在三明一家星级酒店当领班闻讯赶回的女儿，那陌生而冰冷的目光瞬间把一直隐忍着的冯丽琪击垮了。

　　一切尘埃落定。这个预想不到的结果彻底改变了冯丽琪。哥哥将她接回娘家，但嫂子那生出刀子的目光让冯丽琪不寒而栗，只住了一个晚上，她就在老父亲的叹息声中逃到三明。这个时候，只有女儿是她唯一的亲人。女儿接纳了她，但她眼里的冷意和陌生让冯丽琪此前历练的所有人生经验都瓦解了，让她觉得自己就是个罪人。不错，一切的一切似乎都得归结于自己，如果没有当初答应那荒唐的"换亲"，如果后来没有陈铭科，那么，那个人就不会死。如果丈夫不死，她这回一定要与他离婚。他是以这么一种方式来折磨她吗？心存内疚的冯丽琪是这么认为的。思前想后，冯丽琪不得不痛苦地明白她现在可以跟任何人结婚，唯独不能跟陈铭科，因为她以后的日子不能生活在内疚之中。更重要的是女儿，她可以失去自己的爱情，但不能失去女儿，看着亭亭玉立的女儿她就心疼愧疚得心尖滴血，女儿长大了，而她的钱不能找回女儿逝去的时光啊。就这么着，冯丽琪在李秋实夫妻百般劝说不成下，走进人们眼里的"死胡同"，也再也走不出这条"情感胡同"的天！

　　6年了，6年的韶华流逝！现在的冯丽琪每天生活得很充实。她结束与陈铭科生意和感情上的所有关系，用这些年的积累在明溪先是开了一家饭店，请李秋实找市里一位著名书法家题写了"明匈饭店"的匾额，经营地道的明溪菜，更有来自匈牙利异国风味的中西结合的菜，生意一开张就红火。两年后，她又开"明匈大酒店"，同时经营住宿、餐饮和KTV，成立了明匈酒店餐饮有限公司，自己任董事长。酒店交给有管理酒店经验的女儿打理，还入股三明一家五星级酒店。因着对丈夫的愧疚，她把丈夫的族人都陆续带到城里，当然还有哥嫂和兄弟姐妹，她尽其所能把他们安排在酒店、饭店工作，有的出资金资助他们开店做生意。当国家打响"脱贫攻坚"战役时，冯丽琪对口帮扶村里的几个贫困户脱贫，给村里投资脱贫项目，还参与投资李秋实创办的敬老院——秋娟老人时光。渐渐地，这些本分善良的农民慢慢地理解了这个曾经的"灾星"，让冯丽琪收获了不菲的口碑，成了明溪乡亲眼中的女强人。当已是意大利明溪商会常务副会长的赵剑武挑头联合王兴发、肖守仁、吴秀仙、冯丽琪投资兴建欧侨广场，因他们几个人都身在国外，具体的事物大都落在冯丽琪身上。另外，有时忙得脚不沾地的冯丽琪决然斩断与陈铭科所有联系后，她就把自己情感的大门关闭了，此后日子她只想尽自己的能力弥补当年没陪伴女儿成长的缺憾。冯丽琪乐于这样的忙碌，忙碌中事业的顺利进展，可以让她情感的神经麻木。然而，有一点让她一直无法释怀，无论她怎么做，似乎都无法消融母女间冰冷的隔阂。偶尔，夜深人静之时，刻意割断与匈牙利那段生活联系的心在解除白天人前人后的伪装后，脑子里会闪过那个戴着眼镜即使成了腰缠万贯的老板依然像中学老师，让她刻骨铭心的男人。当意外听到通过电话传来的遥远的这个男人的声音，那一刻，冯丽琪的眼泪忍不住夺眶而出。她竭力平息着自己的呼吸，在对方柔情的呼唤中掐断了电话。

　　冯丽琪不知道自己是如何回到明匈大酒店董事长办公室，只知道自己需要找一个安静的没人打扰的地方，静静地抚摸从匈牙利传递过来的温情中夹带着的让她说不清痛点的疼痛。她把自己摔进宽大的椅子里，抬头就看到对面墙上挂着的《清纯少女》油画。这是格鲁吉送的礼物，一幅他对已被博物馆收藏的画作《清纯少女》的模仿之作。冯丽琪真诚地感谢格鲁吉的欣赏，永久地留住了自己最美好的瞬间。真没想到，格鲁吉居然有先见之明，这幅画成了冯丽琪对于匈牙利美好记忆的见证。现在，看着用匈牙利文字题写的画名，冯丽琪只能报以轻声一叹："是啊，过去的都已过去，如李哥所说的该走出来了。然而，自己不是早就走出来了吗？"冯丽琪正这么疑惑不解地自怨自艾时，办公室的门突然"砰"的一声，被急促地撞开了。赶忙收拾脸上乱成一团表情的冯丽琪诧异有谁这么晚直闯董事长办公室，却见是一脸焦急，眼里闪着泪花的女儿。

"你怎么回事？怎么回事啊！手机打不通，家里也找不到人。我都急死了！"

面对女儿连珠炮般的质问，冯丽琪这才发现刚才竟下意识地将手机关机了。冯丽琪心虚虚地找着措辞，想解释几句。

女儿又大声说："妈，你以后能不能不这样了？"

不能哪样？冯丽琪心中一丛等待很久的快乐和欣慰慢慢地在女儿责备声中绽放开来。啊，原来这才是女儿真实的情感，她心里一直记挂着她这个妈！冯丽琪快乐地接受着女儿泪眼里飘出的一个个带着叹号的责备，在显然被吓到的女儿控制不住的语言和担心的泪水中，或许连她自己也没有察觉，正是从这一刻起她真正走出来了，走到了李秋实一直对她谆谆教导的，一个女强人真正应有的人生格局中。

13

2019 年 6 月的一天，匈牙利布达佩斯多瑙河上的双狮桥上走来两位特殊的游客，他们是来自中国福建三明的凌笙和李秋实。他们此行目的并不是为了旅游，而是要写一部描述明溪人闯东欧的长篇小说。此前，他们的足迹掠过了意大利和法国。三天前，他们到达布达佩斯就开始马不停蹄地采访，走访的第一站就是曾经的明溪驿和在中匈经贸史上里程碑式的四虎市场，这两个已不复存在的建筑是通过李秋实的讲述才在凌笙的头脑中鲜活地立体起来。

事实上，这是一次相约多年意义非凡的欧洲之行。当 2015 年李秋实重返匈牙利回到明溪后，就对此时已从诗歌创作转为小说写作，并相继以永安、沙县、建宁等为背景写作了几部反映三明历史文化长篇小说而获得好评的凌笙说，请他写一部反映明溪人闯东欧的长篇小说。当时，正筹划着尝试新题材写作的凌笙爽快地答应下来。然而，由于种种主客观原因，欧洲之行在 4 年后才终于成行。

当然是有备而来。自接受李秋实的建议，要以笔触呈现闻名全国的"内陆新侨乡"——明溪，写明溪人闯东欧这个陌生的题材，凌笙有意无意地一直在通过各种渠道收集、了解相关资料，特别是李秋实陆续写作的几十个明溪人闯东欧的人物小传，提供了小说原始的素材和大致的方向。可以说，这些人物并不是凌笙此次到了意大利、匈牙利才出现在他的采访本里，而是他早已借助各种资料和现代传媒在头脑里形成模糊的五官。因此，当充当向导的李秋实通过商会的帮助完成凌笙预定的采访工作后，临离开布达佩斯回国前最后一天，凌笙提出再到双狮桥走走，他觉得被资料充填得似乎没有空隙的大脑需要多瑙河的风吹一吹。亦商亦文，已出版了两本文集的李秋实，当然理解凌笙这个在外人看来有些奇怪的提议。现在，看着凌笙的目光被那一群绕着游轮飞走的海鸥牵得越来越远，默默无语的李秋实想及多年前郑立新就在对面的桥头遇害，心情又莫名地有些沉重起来。这时候，凌笙终于将目光从消逝在多瑙河拐弯处的海鸥收回，轻舒口气："秋实，走过欧洲这么几个国家，我可以自豪地说，华人在欧洲上百年的创业史，被以我们明溪人为主的福建人用二十几年时间就速写了。现在，我找到切入小说的角度了。"

相交多年早已知根知底，李秋实见一头卷发被多瑙河的风吹得东倒西歪的好友灼亮的眼神，不由也心里一亮："梳理出头绪了？"

凌笙不答反问："秋实，你是明溪人，可知明溪一名的由来？"

如何不知！身为明溪的文化人如何能不知自己家乡的历史。明溪古称厥田下。北宋元符元年（1098 年）是清流县辖的明溪驿，后改为明溪巡警司。明正统十三年（1448 年）至明正统十四年（1449 年），沙县爆发邓茂七起义被镇压后，于明成化六年（1470 年）同知程熙以"民梗难治"为由，奏准析清流县的归上和归下里、沙县的沙阳里，将乐县的中和、兴善里，宁化县的柳杨、下觉里等地合设归化县，显"百姓归化"之义。至 1933 年，因与绥远省归化城同名而改回原名——明溪。李秋实倒背如流地把明溪地名变迁的历史简洁地述说后，微微一笑，说："凌笙，明溪人把我们所租的别墅称为明溪驿，正是由此而来。"

凌笙点点头："那你可知'明溪'二字渊源？"见李秋实疑惑地摇头，他往后拢一拢散落在额前的几揪乱发，沉声说："我也是偶然在一次采访中听一位老人说的。前段时间我一直在查阅明溪几个版本的县志，都没找到有关的说法，后来在《福建通志》里找到了。"

"怎么说？"

"《福建通志·河渠书》记载：'两岸上有大小阜相对如'明'字，故将穿城溪流称为明溪，明溪地名亦因此而来。"凌笙一字一句说完，语调兴奋地强调，"秋实，原来在明溪城境的溪流左右各有两山相对，形如日与月！我忽然想到月峰寺，是否有一座年代久远，早已消失在历史和人们视野里的日峰庙呢？中国文化向来讲究阴阳和谐，天与地，日与月，应是同理啊！"

"啊呀，凌笙老弟，听你这么一说，回去还真得找找日峰庙，不信在历史或传说里就没有一点蛛丝马迹！"李秋实目光热了起来。

"文化对一地民系性格的滋养有直接关系。如果说真有一座日峰庙，那么，它维系的又是怎样一种文化呢？"凌笙沉思着，忽一笑，"秋实，小说题目有了。"

李秋实略一沉吟，会心一笑："我知道。"

这时候，他们才感到双狮桥在车流和人流中的微微颤动，那只在"二战"炮火中受伤的石狮子友好而不解地看着两个又说又笑的中国人。